王水照主編

日本宋學研究六人集（第二輯）

種村和史 著

李棟 譯

宋代《詩經》學的繼承與演變

六人集

上海古籍出版社

圖書在版編目(CIP)數據

宋代《詩經》學的繼承與演變／(日)種村和史著；李棟譯.—上海：上海古籍出版社，2017.10
（日本宋學研究六人集）
ISBN 978-7-5325-8571-7

Ⅰ.①宋… Ⅱ.①種…②李… Ⅲ.①《詩經》—詩歌研究 Ⅳ.①I207.222

中國版本圖書館CIP數據核字(2017)第192402號

日本宋學研究六人集
宋代《詩經》學的繼承與演變
[日]種村和史 著
李 棟 譯
上海古籍出版社 出版、發行
（上海瑞金二路272號 郵政編碼200020）
(1) 網址：www.guji.com.cn
(2) E-mail：guji1@guji.com.cn
(3) 易文網網址：www.ewen.co
常熟人民印刷有限公司印刷
開本850×1168 1/32 印張21.5 插頁5 字數483,000
2017年10月第1版 2017年10月第1次印刷
印數：1—1,300
ISBN 978-7-5325-8571-7
I·3203 定價：88.00元
如有質量問題，請與承印公司聯繫

前　言

王水照

　　2005年,我曾主編一套《日本宋學研究六人集》,由上海古籍出版社出版。因爲各種客觀條件所限,那套書收録的六位日本學者的論著都是有關宋代文學的。此後,我又陸續聯繫到研究宋代思想、歷史的六位中青年學者,故現在有條件編成第二輯。相對來説,這第二輯涉及的領域比較廣泛,包括了宋代思想、政治結構、士大夫社會、家族、都市、貨幣等多個方面的研究,對於國内同行了解和參考日本宋學研究的最新成果,相信會有幫助。

　　第一輯的《前言》曾就"宋學"一詞作過解釋,嗣後仍有讀者質疑於我,這裏繼續談點個人的看法。清人將"宋學"與"漢學"對舉,分指義理之學和考據之學,這是從治學方法上對宋明和漢唐儒學之特點進行比較總結的結果,當然有其合理性。但是,特點並不等於全部,如在漢唐學術和宋明學術的意義上理解"漢學"和"宋學",我們根本無法想像哪個時代的學術是只有考據沒有義理,或只有義理沒有考據的。事實上,漢代今文經學的長處並不在於考據,而有些宋代學人對制度史的叙述,對書目、金石、譜諜之學的關注,對詩文用典的細密調查,都充分展示出其考據的能力。我在第一輯的《前言》中提到日本學界自内藤湖南以來的"唐宋變革論",其中包含了對漢唐學人和宋明學人的身份區別,即前者多爲門閥士大夫,而後者基本上是科舉士大夫。這至少能提示我們,可以從學術承擔者的身份、立場、旨趣之差異,去認識以上兩種學術形態,因爲士大夫身份的這個歷史性變遷,正好與傳統的"漢學"、"宋學"對舉之說相應。在這個意義上,我們也不妨以宋代(或者還可以包括元、明)的全部物質和精神文明爲"宋學"的對象。如果研究者的心目中保持了對漢唐和宋明之區別的關注,那麼他的"宋學"研究並非只有利於對宋代歷史現象的認識。日本學界已有非常顯著的事例,比如宮崎市定對"唐宋變革論"的深入闡述,就給他的學生吉川忠夫寫作《六朝精神史研究》帶來極具根本性的啓迪。

在世界文明的總體格局中,中國文明無疑據有非常重要的地位,其對於人類歷史整體的意義,決定了"中國學"必然是一門世界性的學問,就如希臘學、印度學相似。就此而言,海外"中國學"的成果對於我們來說,決不僅僅是"它山之石",那些不同國籍和膚色的"中國學"者,是我們不折不扣的同行,不瞭解他們的成果,就很難令我們自己的研究真正處於某個領域的前沿位置。也就是出於對"前沿性"的關注,我們這套叢書所選擇的都是日本中青年學者的著作,這些學者無一不在日本的大學裏擔當着教學和科研的現任。翻閱這套叢書的讀者不妨想像,日本的學生正在講臺下聆聽和記憶同樣的內容,儘管這對他們來說顯得艱難,但這些學生從不要求教師把講義做得淺顯通俗。爲了做好畢業論文,他們必須去挑戰一些包括中國學者在內的他人尚未掌握的東西。

我對這套叢書的學術質量抱有充分的信心,如果有些不足之處,可能是在翻譯上。日本"中國學"歷史悠長,積累深厚,產生過不少經典名著,現在國內學界有較多人樂於翻譯那些名著,但對目前正在大學擔當講席的學者取得的最新"尖端"成果,却不夠重視。這個情況有礙交流,所以我們勉力做了這件工作。但可想而知,翻譯是艱難的,譯者不僅要通曉中日兩種語言,還要懂得專業知識,甚至必須對原作者有所了解。姑且不論這樣的翻譯工作能否爲譯者帶來利益,僅僅是譯者們不同的表述習慣,就會影響到叢書的整體風格,更何況還有幾位譯者合力完成一本書的情況。上海古籍出版社的編輯們在文字處理上費了大量心力,他們的工作效果顯著,但我仍願意承認,這套書的翻譯僅以傳達論著的學術内涵爲目標。如果有的論著經過了歷史的檢驗,而獲得經典的聲譽,那麽將來一定會有更好的譯本問世。目前的譯文不能盡如人意,只好敬請諒解,同時也真誠地期待批評。

海外"中國學"的研究對象是中國,是關於中國歷史和現狀的研究,這又必然制約於其本民族的文化背景,研究者的"異域之眼"離不開自身的學術傳統,民族感情甚或意識形態等政治因素均不可避免。然而,在跨文化的交流中,我贊同有的學者所提出的"文化的饋贈"的觀念和原則,就是説,既然是"饋贈",受贈方可以接受也可以不接受,立足民族本位,自主選擇,不必自餒或自閉;饋贈方應本"學術乃天下之公器"的理念而力戒優越感或自大心理。海外流行的"中國中心論",如果是強調研究中國問題應注重中國人自己的觀察視角,不能一味用以"異域之眼",當然是有道理的;但如指世界文化應以中國爲"中心",我們聽來似覺順耳,實在應引起警覺。國内流傳的"河西河東"之説,當作是對未來世界文化中心歸屬的預言,似無實據;如果指歷史上曾經有過的一種現象,也是符合實際的。比如中日文化交流史上,唐代中國是先生,平安日本是學生,到了明治維新以後,中國變成了學生,國人紛紛通過日本的中介和橋梁吸取西方的新知。陳寅恪先生有詩云："群趨東鄰受國史,神州士夫羞欲死。"於當時國内之學術衰微,感慨遥深,所寄寓之振興期望,感動學界;而時至今日,已可調整心態,既不妄自菲薄,也不妄自尊大,力求在跨文化的交流、交融、交鋒中求得共同的發展,使"中國學"真正成爲一門世界性的學問。這也是我們組織出版這套叢書的目的。

2009 年歲末於復旦大學光華樓

目　　錄

前言 /1

緒言 /1

凡例 /1

第一部　歷代《詩經》學總覽

第一章　蝗蟲爲何不嫉妒
　　　　——《詩經》解釋學史速寫 /3

一、前言 /3

二、《螽斯》之詩 /3

三、漢唐《詩經》學的解釋 /4

四、宋代《詩經》學的解釋 /14

五、清朝考據學的解釋 /24

六、歷代《詩經》學的學術關係 /28

七、結語 /30

第二章　后妃是否爲丈夫求賢 /32

一、前言 /32

二、《小序》對於《卷耳》的解釋 /32

三、從道德角度出發的批評 /34

四、從文學方面出發的視角 /37

五、漢唐《詩經》學對宋代《詩經》學的影響 /40

六、漢唐《詩經》學是一體的嗎 /42

第二部　北宋《詩經》學的創始與發展

第三章　《毛詩正義》：歐陽修《詩本義》的搖籃 /49
一、前言 /49
二、《詩本義》對《毛詩正義》的引用 /52
三、對於《正義》之方法的批判 /59
四、《正義》對於歐陽修《詩經》研究的意義 /71
五、歐陽修批判《毛詩正義》的理由 /78
六、歐陽修《詩經》研究的立足點 /85
七、補充說明 /91
八、結語 /94
　附表：《詩本義》引用《毛詩正義》說一覽 /96

第四章　從《詩本義》看歐陽修的比喻說
　　　　——與《傳》《箋》《正義》相比較 /106
一、問題之所在 /106
二、對於"賦比興"框架的認識 /107
三、對於比喻之意義的認識 /109
四、重視比喻解釋與全詩的整合性 /112
五、比興取事物的一方面 /114
六、對作詩過程的推想揣摩 /118
七、歐陽修比喻說的定位 /120

第五章　對詩歌結構的理解與"詩人的視角"
　　　　——王安石《詩經新義》的闡釋理念與方法 /124
一、前言 /124

二、重視章與章之間關係的解釋 ／127

三、重視詩句之間關係的解釋 ／135

四、比喻問題與結構性理解的關係 ／140

五、思古詩的結構 ／155

六、關於詩篇的作者 ／158

七、王安石之解釋理念及方法的歷史地位 ／164

八、今後的課題 ／169

附表：《詩經新義》中使用"層遞法"解釋的部分 ／171

第六章　蘇轍《詩集傳》與歐陽修《詩本義》的關係
　　　　——平穩背後的實情（一） ／176

一、前言 ／176

二、視角的一元化 ／181

三、道德說教的解讀 ／184

四、關於"孔子刪詩說" ／187

五、對歐陽修方法論及理念的應用和發展 ／190

六、對歐陽修學說的繼承與修正 ／192

七、結語 ／201

第七章　蘇轍《詩集傳》與王安石《詩經新義》的關係
　　　　——平穩背後的實情（二） ／205

一、前言 ／205

二、關於字句的訓詁 ／207

三、關於詩篇的結構 ／210

四、王安石方法的應用——以"層遞法"進行解釋 ／216

五、補充說明 ／218

六、《蘇傳》的解釋策略——北宋《詩經》解釋學的方法論目

標 /220
　七、結語 /222

第八章　蘇轍對《小序》的看法
　　　——平穩背後的實情（三） /224
　一、前言 /224
　二、蘇轍對《小序》首句與第二句往下部分觀點一致的例子 /226
　三、第二句往下部分的刪除能與新解釋相協調的例子 /230
　四、對《詩序》第二句往下的部分加以補充、修正並用於新的解釋中 /238
　五、蘇轍的《詩序》説 /241
　六、關於《詩經》學傳授的觀點 /247
　七、與同時代《詩經》學的關係 /254
　八、結語 /258

第九章　蘇轍對漢唐《詩經》學的看法
　　　——平穩背後的實情（四） /260
　一、前言 /260
　二、對待《毛傳》的方法 /260
　三、對待《正義》的方法 /263
　四、結語 /276

第十章　穿鑿閱讀法
　　　——程頤《詩經》解釋的目標及其在宋代《詩經》學史中的位置 /278
　一、前言 /278

二、程頤《詩經》解釋的目標——以《皇矣》爲例 /279

三、獨特的字義訓釋 /287

四、對於詩篇結構方面的關注 /290

五、與同時代《詩經》學者的關係 /294

六、高度抽象性的解釋 /300

七、結語 /306

第三部　解釋的修辭法

第十一章　事實果真如此嗎
——《詩經》解釋學史上的歷史主義解釋之諸相 /311

一、前言 /311

二、《丘中有麻》之詩 /313

三、《正義》對《傳》《箋》的合理化解釋 /316

四、歐陽修的批評——解釋的抽象化 /318

五、以佚失的書籍爲依據 /323

六、歷史主義與據所見作詩的關係 /330

七、朱熹的解釋及其批評——淫奔詩的解釋 /334

八、現代的解釋 /339

九、結語 /344

第十二章　作爲泛論
——擺脫歷史主義解釋的方法論概念 /349

一、問題之所在 /349

二、《抑》之詩 /352

三、《詩本義》中其他的"泛言""泛論"用例 /361

四、《正義》中的"泛言""泛論" /365

五、對後世《詩經》學的影響 /368

六、結語 /373

第十三章 如何將詩看作虛構之物
——《毛詩正義》中的假設觀念及其在宋代的發展 /375

一、前言 /375

二、《毛詩正義》的"假設""設言" /378

三、《傳》《箋》《正義》中假設觀念的意義 /388

四、歐陽修的"假設" /395

五、朱熹《詩集傳》中的"設言" /398

六、南宋時期其他學者的"假設""設言" /408

七、結語 /417

第十四章 以詩爲道德之鑒者
——"陳古刺今說"與"淫詩說"所體現的《詩經》學觀念變化與發展 /422

一、問題的設定 /422

二、北宋諸家及朱熹對思古說的態度 /426

三、歐陽修之"準淫詩說"的特點 /440

四、關於詩歌道德性之由來的看法 /447

五、歐陽修關於"詩人之意"與"聖人之志"認識的另一性質 /452

六、淫詩說中的難點 /457

第十五章 詩人的視線、投向詩人的視線
——關於"詩中叙事者與作者之關係"問題的觀念變遷 /464

一、問題的設定 /464

二、關於"詩中敘事者與作者關係"問題的多種看法 /468

三、詩人是信息傳遞者——《正義》的觀點 /472

四、《正義》之觀念的意義 /478

五、詩人是表達者——歐陽修的看法 /486

六、《正義》與朱熹的比較 /490

七、詩人與編詩 /495

第四部 儒教倫理與解釋

第十六章 去國而走向新天地是否不義
——《詩經》解釋中對國家的歸屬意識之變遷 /509

一、前言 /509

二、作爲政論的《詩經》解釋 /511

三、從私憤到公憤——道德性的顧慮 /519

四、臣子之義——隱遁的政治功能 /527

五、《詩經》解釋中的殉國意識 /535

六、結語 /549

第十七章 以詩歌諷刺過去的君主是否正當
——《毛詩正義》的"追刺說"研究 /553

一、前言 /553

二、《正義》的"追刺說" /554

三、"追刺"與"追美"是對稱的嗎 /557

四、《正義》中的異說 /563

五、《正義》"追刺說"分析 /567

六、不認定爲"追刺"的例子 /570

七、結論 /575

第十八章　詩歌爲何不可解釋成對過去君主的諷刺
　　　　　　——宋代《詩經》學者對"追刺説"的批評　/580
一、前言　/580
二、關於《正義》之"《抑》追刺説"的反調　/581
三、從倫理角度對"追刺"的質疑　/586
四、關於"此何人哉"　/589
五、對"刺"的懷疑　/592
六、《詩經》解釋中的倫理性要求與文學性要求　/598
七、補充説明　/600

第五部　宋代《詩經》學對清代《詩經》學的影響

第十九章　訓詁的連綴
　　　　　　——歐陽修《詩本義》對陳奂《詩毛氏傳疏》的影響
　　　　　　　　/607
一、問題之所在　/607
二、實例考察　/613
三、歐陽修與陳奂的關聯方式　/626
四、在對待《毛詩正義》上的共同之處　/629
五、歐陽修《詩經》研究對陳奂考據學的貢獻　/632
六、補充説明　/638
七、結論　/641

各章最初發表目録　/645

後記　/649

緒　　言

一

　　究竟何爲注釋？日語中有一句習語是"多餘的注釋不必提"，這大概代表了人們通常的看法：注釋不過是原文的附屬品，是無關宏旨的外物。注釋給我們的印象是，它解釋原文中晦澀語句的意思，或者對我們如今久已生疏的人名、地名以及古代文物制度等加以説明。這樣想來，如果能順暢地理解原文的意思，那麼注釋似乎就可以完全抛開了。打個比方來説，注釋之於原文，就像是覆在維納斯身上的晨衣。人們通常認爲，維納斯脱去這件衣物，仍舊絲毫無損於她驚心動魄的美麗；同樣，原文即便脱離了注釋，其本來的意思和價值也都不會變質或受損。

　　然而，中國古典尤其是儒教經典中附加的注釋，却不能用這種通常的觀念來看待。中國的古人認爲，經典的注釋承擔著"規定讀者應該怎樣理解經文"的功能，讀者自行閲讀並不能正確理解經文，非得借助於注釋方能明白其真正意義、從中汲取教益。從這個意義上來説，注釋的地位毫不遜於經文。

　　進一步來説，中國的古人認爲儒教的經典，即《易》《詩》《書》《禮》《春秋》五部經書用文字講述了自己文化的精髓和道德的根本。將人類之所以是萬物靈長的緣由用語言形式表達出來，就是五經，因此文化人必須學習、掌握五經。而政治的擔當者尤其需要體會五經的精神，並依此治理世界，所以在選拔國家官僚的國家級考試——科舉中，也要考察考生對五經的理解程度。

然而，僅僅讀過或是熟諳了五經的文章仍然不夠，學習者必須能夠正確理解五經中的教諭，也就是說，要能正確解讀五經。這就需要有個統一的説明，告訴人們何爲正確的教導、應當如何理解五經内容。這個對正確解讀方法的説明，就是注釋。因此，在科舉考試中，不但五經是考生必須學習鑽研的文獻，由國家認證爲正確説明了五經旨意的注釋書籍，也是公認的教材。回答與五經相關的問題時，考生必須按照公認文本的解釋作答，用其他的解釋則將被判爲不合格。有時考生還需要能背誦五經注釋本身，當試題中僅提示最初的幾個字時，他們被要求正確回答出剩下的内容。儘管不同時代指定的標準文本不同，但有一點是不變的：從唐代開始，朝廷用科舉考試的方式來選拔官員，由國家制定對經典的正確解釋，而考生即中國的讀書人原則上都以科舉爲目標，自幼鑽研積累知識，他們必須熟讀國家認定的注釋書以至能夠記誦。不難想象，文本中對經典的解釋，以及蘊含其中的道德教諭，都深刻地印在當時讀書人的頭腦中。

然而，儘管有國家規定的對五經的正確解釋，但既然五經傳達了作爲人類存在之根本的文化和道德，是最重要的著作，那麽人們當然希望確切地弄清其真正含義。越是擁有陳寅恪所謂"獨立之精神，自由之思想"的人，越不能滿足於對官方解釋的機械複述，而是強烈地想要究明經典的真正含義。因此，在科舉的官方文本之外，歷代學者不斷用各自的理念和方法作了衆多的新注釋。從某種意義上來説，儒教的歷史也是歷代學者不斷作出新注釋的歷史。如此一來，同一部經典、同樣的經文就積累了多種多樣的解釋，從各種注釋中展現出來的說法差異，應當也反映了注釋者價值觀的不同。再者，各位學者的觀念也可能受到其時代思潮與歷史狀況的影響。比較某位學者與其他學者的注釋，或是某個時代與其他時代的注釋，考察其中的差異何以產生、如何產生，或許就可以發現中國人縱向上的思想變遷或是感性變化。

《詩經》是中國最古老的詩集，集合了西周至春秋時代的各地民謠、朝廷的儀式歌、宗廟的祭祀歌。據傳說，當時朝廷設有采詩之官，他們被派往各地，採集民謠獻給朝廷，採集起來的民謠由管理國家音樂的太師來整理保存；到春秋時期，儒教創始人孔子對當時留下的詩加以取捨，整理爲一部共三百零五篇的詩集，這就是今天所見的《詩經》。傳統觀念認爲，《詩經》之詩以樸素的方式表達了民衆對政治的讚美、批判等感情，閱讀這些詩歌不但能夠使爲政者瞭解執政的正確方法，也能使讀者從中體會到古代人民的赤誠之心，從而實現道德教化。因此，《詩經》這部古代的詩集，就成爲了儒教經典的五經之一。

所以說，《詩經》首先是中國最古老的詩集，是各國民謠、朝廷儀式歌、祭祀歌的集合，同時又是五經之一，是爲了教給人們正確道德而編纂出來的。前者說的是《詩經》作爲文學作品的特性，而後者則是《詩經》作爲道德文本的特性。《詩經》這部經典及其中的詩篇都同時包含了兩種不同的性質。

不過，儘管《詩經》作爲五經之一對中國人產生了巨大的影響，但這種影響力却並非僅僅來自於詩歌本身。歷代學者們研究詩篇到底講了什麼内容、包含了怎樣的道德意圖，并將其成果以注釋的形式併入詩篇，進行說明。如此，《詩經》方纔不止是民謠、儀式歌、祭祀歌的集子，而是進一步發揮了"經"

的感化力。也就是說,只有當詩篇單純的原文披上了種種解釋之衣,《詩經》纔顯現出道德的面貌。如果是這樣,那麼《詩經》文本中文學性和道德性共存的情形,也必然反映在注釋中。即是說,在《詩經》的注釋中同時存在著注釋者文學層面的觀點和道德層面的觀點。比較歷代的注釋,就可以發現各位學者的文學觀和道德觀;將之綜合在一起,則能呈現中國文學觀和道德觀的變遷之貌。

本書將立足於這樣的思路,比較歷代的各種《詩經》注釋,尋找注釋之間解釋差異所體現的真相,希望可以將此作爲一個切入點,來考察中國人的思維模式。

二

以上論述或許會引起疑問:無論學者的解釋如何不同,注釋總歸是用來解釋經文的,就《詩經》的情況來說,注釋不過是被用來解釋特定詩歌的。既然經文——就《詩經》而言即詩歌的内容——已然確定,那麼不管各家解釋有何種差異,它們也都被限制於一個範圍之内,因此彼此之間不過是五十步與百步之差吧?對這樣的注釋進行比較,所得不是極其有限嗎?這一疑問看起來確實有些道理,不過事實並非如此。讓我們通過實例來考察一下。

以《詩經》中《邶風·靜女》一篇爲例:

> 靜女其姝,俟我於城隅。愛而不見,搔首踟躕。
> 靜女其孌,貽我彤管。彤管有煒,說懌女美。
> 自牧歸荑,洵美且異。匪女之爲美,美人之貽。

按照現代的一般解釋,應當如何解讀這首詩?以下引用目加田誠的譯文爲例:

美麗的姑娘嫻静端莊，約我會面在城牆之旁。我遍尋不到她的身影，也只好搔首踟躕遊蕩。

美麗的姑娘端莊嫻静，將彤管作爲禮物相贈。彤管彤管的顔色緋紅，這實在是美麗的餽贈。

她贈我野外的茅草花，那花兒既美麗又珍貴。其實倒也不是花兒美，只是那贈花的人兒美。

（目加田誠《定本〈詩經〉譯注（上）》，《目加田誠著作集》第二卷，龍溪書舍，1983年，第112頁。波浪線爲本書著者添加。中文譯詩出自譯者——譯者注）

這看起來是歌詠年輕男女戀愛、很可能是初戀之喜悦的詩歌。第一章的内容是，男子愛慕美麗的姑娘，第一次約她單獨見面，在城牆處相會，然而他心中忐忑，不知姑娘是否會來，因此不安地反復踱步。第二章説的是男子從女子處獲贈彤管的喜悦。關於"彤管"究竟爲何物，衆説紛紜，無法確定，想來應當是漆飾過的漂亮物品吧。而第三章裏，男子收到了女子贈送的野花，這大概是女子到田野上做農活等事情時看到的花，她拿來送給自己的戀人。第二章的彤管要稍微貴重些，而相比那種鄭重的禮物，"荑"是日常生活中觸目可及的東西。這表示女子希望與男子分享自己日常生活中細微處的小小喜悦，從中能看出女子對男子的感情也逐漸加深。如此看來，《静女》是一篇嬌美的戀愛詩章，它呈現了青年男女的愛情進展：從初次約會見面時的心潮澎湃，到戀愛早期的矜持克制，再到二人情感轉深、將日常偶然的喜悦也拿來分享。對本詩的現代解釋通常是這樣的。

然而，當人們將《詩經》看作儒教經典時，對這首詩的解釋則大不一樣。《毛詩正義》一書集結了從漢代至唐代對《詩經》

的標準解釋,據之來翻譯《靜女》一詩則是:

貞淑嫻靜的姑娘真是美麗,

她的行為總是恪守禮儀,<u>自持如有城墻護衛,莊嚴不可侵犯</u>。

我心中愛慕這樣臻於淑德的姑娘,希望她成為我們君主的妃子,

然而她却躲藏起來,令我搔首、踟躕遊蕩。

貞淑嫻靜的姑娘真是美麗,

她將<u>彤管之法</u>贈送與我。

<u>宫中女官用紅色筆管的筆寫成這部法則,記錄妃子應有的行事準則。</u>

<u>她正是遵從這部法則的教導</u>,成為了臻於淑德的女性。

若是有人贈我美麗嬌艷的茅草花,我就用這花來祭奠祖先。就像這樣,

若是有人將那美麗的姑娘帶到我身邊,<u>我就將她進獻給我們君主,使她成為妃子</u>。

我這樣説,並不僅僅是因為她長得美麗,

而是因為<u>她贈給我的彤管之法,正被她自己好好遵守著</u>。

這與現代的解釋相差甚遠,簡直看不出是在討論同一首詩。譯文中加波浪線的部分是與現代解釋的相異之處。而且,相異的字義解釋中被加入了道德含義。"俟我於城隅"被解釋成"她自持如有城牆護衛,莊嚴不可侵犯"。而"彤管"具體是什麽樣子我們雖然無從得知,但總之是裝飾得漂亮的管,在此却被解釋成"彤管之法":古代後宫中設有逐一記錄妃嬪

言行的女官,她們使用的筆稱爲"彤管",她們的記錄成爲後世女性道德的範本,而"彤管之法"就意味著貞淑女性應當遵循的道德。詩句被解釋成:女子的行爲體現了"彤管之法"中蘊含的道德,並將此道德向"我"傳達。

譯文中加虛線的部分,也是經文即詩句中沒有寫,而疏家從字裏行間發掘出隱情並加以補充的部分。這也是爲了將詩句用道德脉絡貫穿起來而作的補充。在"靜女其姝"與"俟我於城隅"之間,補上"我愛慕那個賢淑有德的女子,希望她能成爲我們君主的妃嬪"這一節,就説明了並非叙事人自己在戀愛,而是叙事人在尋求秉持淑德、適合成爲自己君主之妃的女子。如此一來,這首詩就不是在傾訴初戀的憧憬與困惑,而是表達了爲國爲君盡忠職守的臣子之心;詩中描寫的女性也不僅是一位美少女,而且是道德高尚的淑女。由此,這首詩就適合用於道德教化了。

在字句的解釋中添加道德意味,並認爲字裏行間隱含了詩句本身並未提及的道德内容、因此加以補足——不難想象,使用如此手法來解釋詩篇將使解釋的自由度變得極大。通過解釋上的操作,注釋者本人的價值判斷和觀念可以便利地植入注釋中,因此各種注釋之間就相差甚遠。這樣看來,對本文的注釋並非維納斯的晨衣,而應比作是寄居於昆蟲幼蟲體内的菌類,它嗣後將使此幼蟲變爲冬蟲夏草這種靈藥。注釋使得原文中生發出了全新的内容。因此我們可以期待,通過將多種注釋拿來比較,可以發現注釋者注釋的基本特質,或是催生出此特質的時代思潮。

三

《詩經》解釋的歷史長達兩千餘年,其間出現了數量龐大

的注釋。根據通常的看法,《詩經》解釋學的變遷史可概括如下:

從儒學的立場來看,《詩經》是孔子爲了以道德教化人民,而將當時民間流行或是在宴會及國家祭祀場所演奏的詩歌中挑選出一部分,編集起來而形成的。不過,對於《詩經》爲什麼、怎樣教化人民,以及孔子在多大程度上參與了《詩經》的編纂過程,有多種不同看法。以孔子編輯的《詩經》爲基礎,後人申發出衆多的學術研究,它們大致可總結爲漢唐《詩經》學(至唐代《毛詩正義》爲止,總稱"漢唐《詩經》學")、宋代《詩經》學(及其餘波——元明《詩經》學)和清代《詩經》學(清代考據學的《詩經》學)三座山脉[1]。

被總稱爲"漢唐《詩經》學"的學問,其内部結構極其複雜,解釋是經由多層累積重疊而成的。首先,每篇詩歌的前面都附加了"詩序",說明詩歌寫作的歷史背景,以及其中包含了怎樣的道德讚美或諷刺意圖。這樣的詩序稱爲"小序",據說是孔子的弟子子夏根據孔子的教導而寫下來的。人們認爲《小序》表達了《詩經》編輯者孔子的意圖,因此在解釋《詩經》時也將其作爲基本依據,推崇備至。

衆多學者都對《詩經》原文及《詩序》作了注釋,其中對後世影響最大的,是秦漢之際毛亨(一說毛萇)所撰的《毛傳》(正式書名爲《毛氏故訓傳》)。《毛傳》對《詩經》文字和句意有相當簡潔的注釋。

東漢末年,大儒鄭玄著《鄭箋》,據《詩序》及《毛傳》之說,

---

[1] 當然,除了流傳到現在的毛亨的學術之外,關於《詩經》,漢代國家公認的有三家《詩》,其《詩序》也不同,但三家《詩》後來佚失了。本書意在通觀古典中國的《詩經》解釋學史,因此將一直到清代都有學術後繼者的《毛傳》和它所採用的《詩序》作爲考察的起點,而對影響後世儒學較少的三家《詩》的發展流脉,原則上不作考察。

詳細闡述了《詩經》之意旨。《鄭箋》的釋義雖以《毛傳》爲本，然而在具體詞句的解釋上也多有異於《毛傳》之處。但它們基本上都還是以《小序》爲依據解釋詩篇，因此被總稱爲"傳箋"，成爲後世推重的漢代《詩經》學代表。

以《詩序》《毛傳》《鄭箋》對《詩經》的解釋爲基礎，六朝時期又出現了多種對《詩經》的再注釋（即"義疏"）。至唐初，應第二代皇帝太宗之命，孔穎達牽頭，衆多學者合力對五經的權威注釋再作極其詳細的解釋，完成了《五經正義》。對《詩經》的解釋著作稱爲《毛詩正義》，它基於六朝所作的《詩經》義疏，將《詩序》《毛傳》《鄭箋》整合起來，作了極爲詳細的解說——儘管在此與其說是"基於"，不如就像岡村繁指出的那樣，說"剪刀加漿糊"或許更近於事實①。上文提到，《毛傳》與《鄭箋》雖有若干說法不同，疏家却致力於使二說都能成立，並盡量合理地消除說法之間的齟齬，使其統歸於同一學術體系的框架之内。他們因此運用邏輯和考據，構築了一個異常龐大的再解釋的宫殿。唐代繼承了從隋代開始的官員選拔制度——科舉考試，五經被列爲考試的科目，而《毛詩正義》成爲其中解釋《詩經》的標準文本，獲得了極大的權威。這就是漢唐《詩經》學的大致情形。

總體來看，漢唐《詩經》學在原文之外附加《小序》、附加《毛傳》、附加《鄭箋》，然後《正義》將這些整合在一起包裹起

---

① 岡村繁《毛詩正義譯注》第一册的《〈毛詩正義〉解說》舉例說："管見所及，《毛詩正義》的編輯方法有時過於簡單，甚至有很多處讓人懷疑是用'剪刀加漿糊'的方式拼湊在校本（或自己的稿子）上的……但話說回來，正是這種做法，使六朝以來積累的《毛詩》解釋之成果得以大致保持原貌地留存下來，并匯集其精華。"（日本・中國書店，1986年，第7頁。）筆者在研究過程中發現《正義》的一些議論前後相矛盾，不能看作是同一個人撰寫的，這也可以當作岡村之推測的旁證。參看本書第十七章第四節。

來,於是形成了一個"洋葱式"的結構。通常的觀點是,結構中的每層之間雖然都各有説法的不同,但都能回溯到《小序》之説,因此從根本上來看它們還是同質的,可以看作一個整體。而本書的研究想要討論的就是:它們是否真的可以被當作一個整體來看待?

至宋代,對於享有至高權威的科舉標準文本《正義》的質疑聲漸起,宋人試圖擺脱《詩序》《傳》《箋》《正義》的桎梏,重新解釋《詩經》。這方面的先驅是北宋歐陽修的《詩本義》,緊隨其後,王安石的《詩經新義》、蘇轍的《詩集傳》、程頤的《詩説》等著作也陸續出現,最終由南宋朱熹的《詩集傳》集其大成。《詩集傳》在其後的元、明兩代取代《正義》成爲科舉的標準解釋文本,獲得了極大的權威。歐陽修、王安石、蘇轍、程頤、朱熹等人都是當時一流的學者、文學家、政治家,是富有才能的多面手。正是這樣的一群人孜孜不倦地探求《詩經》的真意,切磋琢磨,競相提出新的解釋,形成了宋代《詩經》解釋學。可以説,對於漢唐《詩經》學那種洋葱狀的結構,他們分別從自己的角度展開了批判。也有學者將洋葱狀結構分解、把自己的詩説直接與《小序》關聯起來,依據《小序》之説從與漢唐《詩經》學相異的獨特角度作出解釋。

到清朝,對宋代以來經學的批評聲高漲,清代考據學興起,對新《詩經》學的摸索成爲其中的一個環節。清代考據學的《詩經》學,其特點是將回歸漢學作爲目標。由此,被宋代《詩經》學否定的《詩序》《毛傳》等再次作爲權威復活過來。清人採漢代學者的經説,志於嚴密的文獻學或語言學研究。這一學派之《詩經》研究的集大成之作,有胡承珙的《毛詩後箋》、馬瑞辰的《毛詩傳箋通釋》以及陳奂的《詩毛氏傳疏》。其中《詩毛氏傳疏》的特點是只推重《詩序》和《毛傳》,將二者作爲絕對權威、完全依據它們來展開研究,實現了清代考據學的學術理念,值得關注。

《詩經》解釋史的如此極其複雜的變遷軌跡,可以圖形的方式展示如下,見圖1。

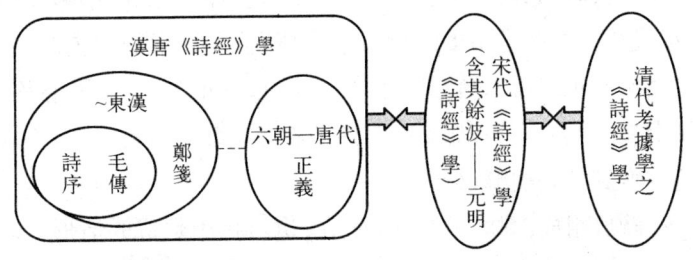

圖1　歷代《詩經》學的變遷(據通常觀點)

四

如上所示,《詩經》解釋隨著時代發展經歷了種種變遷,大致而言可分爲漢唐《詩經》學、宋元明《詩經》學和清代《詩經》學三座山脈。以往研究的大宗是分別對其加以討論,或是個別分析構成此山脈的各學派、各學者的學術面貌。而對於三者之間的關係,傳統看法通常注重發現其中的對立和斷絕,著重考察的是新時代的學者們通過批判前代《詩經》學的理念和方法來獲得反撥之力,從而形成自己的學術。也就是說,對前代《詩經》學的反撥和批判被當作各時代《詩經》學形成的原動力,獲得了最多的關注。

本書想要探尋《詩經》解釋史的實際樣貌,所採取的研究角度與歷來的研究有若干不同。筆者也同意,新時代學者是以批判前代學術獲得助力來構建自己的學術的,因爲這的確是當時學者們自覺選擇的方法。然而,以往的研究在接受這一既有結構時,是否過於篤定而稍欠商榷?如果研究的前提觀念是後代《詩經》學以前代《詩經》學為反命題,太過致力於說明其獨特、新穎之處,那麼或許就沒能充分地做到通過時常仔細考察其與前代或後代學術的相對關係來瞭解它們。如果認為後代學術異於前代是理所當然,就可能因此而不夠重視"後代學術經歷了諸多曲折方獲形成"這一情形的歷史意義,並反過來也忽視了《詩經》學中"跨時代繼承"這一重要脈絡。用上文的比喻來說,如果經常性地將各山脈分隔看待,就不太能注意到其間的聯繫。

關於組成山脈的群山的研究,也可指出類似的情形。以往的《詩經》學史研究往往注重對各位《詩經》學者的成就分別加以考察,而對於各位學者的成就之間有何關聯的問題,目前尚無充分的討論。並且,將研究方法具體到對某一詩篇的解釋及產生這一解釋的方法、支撐這一方法的觀念進行研究的程度,從中獲得歷代《詩經》學前後繼承與革新的實貌,這樣的研究似乎也還很不充分。打個比方來說,對每座山峰的仔細端詳雖然積累了眾多的成就,但端詳者往往意識不到此山實際上是山脈的構成部分之一,因此缺乏遠眺的習慣,並且也沒有達到對形成山峰的岩石、土壤或植被進行研究的詳細程度,沒有以這樣的詳細研究來考察山與山、山與山脈整體之間的關係。

或許,研究者默認這是理所當然之事。經學是旨在"正確"解釋經文文本的學問。即使注釋書籍中包含了學者的觀點,也必須被看作是正確解釋經文的結果、是從經文中抽繹出來的。況且每一經的解釋都有各自的前提條件,就《詩經》研究而言,解釋的前提條件有"采詩官收集、太師編成樂曲、孔子從三千篇詩歌中取捨選擇"這樣關於《詩經》形成的傳說,有

"正《風》正《雅》歌頌文王和大姒、變《風》變《雅》哀嘆亂世"這樣的結構,也包括《詩序》《毛傳》《鄭箋》等被歷代學者視爲權威、代代尊崇的經説。而最關鍵的是這樣一種觀念:《詩經》是以風教爲目的而形成的道德的文本。對於這些前提條件,學者無論推崇抑或否定,都必須首先表明態度,而後方能進一步解釋。雖説宋代是頻繁對傳統經學從根本上提出質疑的時代,宋人嘗試了多種新的學術方案,但"《詩經》爲經"這一前提却絲毫没有動搖,而且上文提到的前提條件無論受到祖述抑或批判,都作爲重要因素持續受到關注。

這樣看來,宋人的經説也並非横空出世,而是在對前代經説的繼承和反撥這兩種密切關係基礎上形成的,這一點當可視作不言而喻的共識。

不過,即便如此,仍有問題必須解决而尚未獲得充分説明,那就是,這些學術、歷史性的關聯是如何具體地體現在《詩經》學論著中的? 實際上,就現在的研究現狀來看,即使是學界公認的在《詩經》學史上有重要意義的著作,關於其經説在怎樣的關聯之上形成,目前也没有得到充分的分析,因此我們也就無從充分瞭解這些《詩經》學產生、發展、確立的動態情形。進而我們可以認爲,要將《詩經》學的每部論著在《詩經》學整體脉絡中分別準確定位、認識其學術意義,仍需期待今後的大量工作。

以往的研究關注歷代學者通過《詩經》研究提出了怎樣的觀點,而本書認爲在繼承這一點的基礎上,還必須追踪體驗這些學者們的方法和過程,即對於被多個前提條件層層包裹的、作爲經學的《詩經》學,他們是如何投入並展開"戰鬥"的。同時,還必須考察他們的方法是依據了怎樣的《詩經》觀。只有這樣,纔能弄清歷代學者的《詩經》學從其前輩那裏繼承了什麼、又爲後來者留下了什麼。也只有經過這樣的考察，從舊有視角切入的研究方能開拓出新的空間。

基於以上觀念，筆者將在以往的《詩經》學框架之外，嘗試重新審視《詩經》學的學術理念與方法的形成與繼承，由此描繪出與以往不同的《詩經》學脈絡圖式。

由於帶著這樣的問題，北宋《詩經》學就成爲了最重要的研究對象。在這一時代，衆多學者力圖擺脫漢唐《詩經》學的桎梏，以自己的眼光重新審視《詩經》，他們積累的學術成果對後代《詩經》學產生了重大影響。如此，正值新《詩經》學在激流中逐漸形成的北宋這一時代，就最應被當作上述研究的對象。面對漢唐《詩經》學這個不可撼動的宏偉學術宮殿，北宋《詩經》學作了怎樣的挑戰和新建？在這場"戰鬥"中，彼此間又展開了怎樣的繼承與反撥？通過對這些問題的考察，不但能弄清一個時代的研究史，而且也可以切近地研究關於《詩經》解釋學之整體特徵與脈絡的本質性問題。並且，通過考察這些問題，也可以再次檢驗原來在北宋《詩經》學這個框架中得出的結論是否妥當，以及這一時代的《詩經》學是否確實擁有共同的特質。如果這一共同特質的確存在的話，筆者也想繼續探討這種特質是來源於怎樣的學術目標和觀念框架。通過這樣的考察，就能做到不是將《詩經》學的斷代史簡單排列，而是從綿延兩千餘年、不斷繼承變化發展的《詩經》學的生態史中，爲這一時代的《詩經》學定位。

五

在帶著上一節所說的問題進行研究時，本書注重對兩個方法的運用：將多個注釋比較對照的方法，以及對具體經說加以分析的方法。

如果要著重於弄清《詩經》解釋學史動態發展的情形,將各個學者的《詩經》學放入《詩經》學整體歷史中來考察的話,只看某個學者自己的經說是不夠的,必須通過與他人比較來研究。只有通過比較考察,我們纔會去思考各種經說提出時的邏輯思路、學術條件以及必然性。尤其是,對於探尋北宋《詩經》學實貌而言,《毛詩正義》是最重要的比較對象。本書想著重考察這二者之間的關係。本書雖著眼於北宋《詩經》學,但同時也能以宋代爲對照,從這個新視角出發來重新考察《毛詩正義》的性質和歷史價值。

　　再有,要想考察各位《詩經》學者的學術之實貌,僅僅分析他們的總論性研究和關於大問題的概論是不夠的。這些著述雖然提供了重要的情報,可用以瞭解他們對於《詩經》整體的認識,然而從這些整體性的觀念中却未必能直接引申出他們對具體詩篇的解釋,其間存在著數度變折。他們對《詩經》的整體性觀念與他們的《詩經》解釋實貌之間並不能畫等號。因此,爲了將他們的《詩經》學放到《詩經》解釋學繼承與變化的歷史中來審視,很多時候,那些沒有被他們的整體觀言論所完全覆蓋的內容,反而應該特別注意。帶著這樣的觀點,筆者試圖著眼於微觀,詳細徹底地分析圍繞某一詩篇某一詩句或語句的具體經說。對於一個經說,將之與作者在同一問題上的其他經說或是其他學者的經說進行比較,並考察從比較中體現出的差異有何意義。由此可考察這一經說是從學者怎樣的思路中歸結出來的。對細部的考察積累起來,即可資探究學者的《詩經》觀、解釋理念及研究方法。在《詩經》解釋學的歷史中,每個學者的《詩經》解釋所具有的特質和存在意義,就能藉由這樣的操作更加鮮明地呈現出來。

　　另外,想要探究學者們怎樣解讀具體詩篇、而非《詩經》整體,就必然意味著要研究他們從詩篇中獲取了怎樣的意象世界。這與他們如何從文學角度看待《詩經》這部書有關。也就是說,以《詩經》這部富於文學性的經典中收錄的具體詩篇爲基礎,通過分析其解釋理念和方法,就可獲得將文學與經學同時納入視野的研究角度,從而有希望超越以往"《詩經》的文學研究與《詩經》的經學研究兩相隔離"的境況。

六

本書的結構可概括如下:

第一部"歷代《詩經》學總覽"收錄的兩篇論文,選取《詩經》學中具體而微的問題,考察歷代《詩經》學者對此有怎樣的解釋,以及從這些解釋中又可以見出他們在解釋學立場上有怎樣的差異。這一部分通過這樣的考察,概括論述了《詩經》解釋學史的相關問題究竟是什麼,意在借助具體的例子,將上文所述筆者觀察和研究歷代《詩經》學的基本視角和方法,更爲明白地展現出來。

第二部"北宋《詩經》學的創始與發展"中,筆者考察了運用新的《詩經》觀、解釋理念和方法,逐漸構築宋代《詩經》學的北宋時期代表學者們的研究。筆者著眼於歐陽修、王安石、蘇轍、程頤等能夠代表這個時代的《詩經》學者們的論著,考察了其中表現出的解釋理念和方法。通過考察,筆者試圖探究北宋《詩經》學從他們批判的前代學術中繼承了什麼、他們構築的學術對後來的《詩經》學有何貢獻,試圖動態地把握《詩經》解釋學史。考察不只包括對個別學者之研究的分析,而且關注此研究與北宋時代其他學者的研究有何交叉,以及它與前代學術——漢唐《詩經》學在視角上有何差異或繼承關係,力求探得實貌。筆者期待通過這樣的考察,能夠獲得對北宋《詩經》學之共同學術特徵的新見解。

如果説第二部是學者本位的考察,第三、四兩部則從更廣闊的視角,探尋促生出北宋《詩經》學之共同學術特徵的因素。筆者的方法是,分析它與潛藏於整個《詩經》解釋學史深處的解釋觀念之間的關係,由此入手來對其定位并展開考察。這裏雖然只是籠統地提到"因素",但因素實際上是多種多樣的。"怎樣纔能從詩篇中抽繹出意思"這種與解釋方法有關的問題也可看作一種因素。第三部"解釋的修辭法"處理這個問題,可以説是從文學角度對《詩經》解釋學史的考察。接下來,《詩經》既然是儒學經典,就應當也存在與倫理道德相關的原因;還有,解釋者所置身的歷史、政治環境也是有很大影響的一種因素;另外,詩篇解釋中有時也會摻入解釋者對自己時代的認知——這些是第四部要處理的問題。

不過,以上的種種因素並非彼此毫不相干,在某種情況下它們還是渾然一體的。因此,本書將之分爲兩部、分別標目,只是爲了便宜行事而已。實際上,筆者也希望通過關注這種種因素之間的相互關係,考察《詩經》解釋學這門學問是如何成立、如何建構的。

爲了探究《詩經》解釋學史的實貌,本書將重點放在了以往未被深入考察的漢唐《詩經》學與宋代《詩經》學之間的有機關係問題上。同樣沒有得到充分研究的,還有宋代《詩經》學如何影響了清代《詩經》學這一問題。在第五部"宋代《詩經》學對清代《詩經》學的影響"中,筆者考察了前四部中呈現的宋代《詩經》學的解釋理念和方法對清代《詩經》學有怎樣的影響。考察的對象是被認爲集清代考據學的《詩經》學之大成的《詩毛氏傳疏》。作者陳奂高調標榜獨尊漢學,此書也被認爲是貫徹了他的這一研究態度。因此,一般認爲他幾乎沒有受到宋代《詩經》學的影響,到目前爲止,還很少有對於兩者關係的考察。筆者在此大膽將這樣一部著作作爲研究對象,期待可以以此對宋代《詩經》學與清代考據學的《詩經》學之關係有鮮明的論證。這是這一部分的研究中心。

本書是筆者圍繞以上所述問題所展開的研究的中期報告。僅就探究"《詩經》學史長流中北宋《詩經》學史的實貌"這個問題而言,就還有許多的問題必須加以研究。例如《毛傳》《鄭箋》的學術特點問題,其中鄭玄《詩經》學的特點尤其值得著重討論;還有六朝義疏之學的實貌,及其與《毛詩正義》的關係等等,都是不可不理清的前提條件。另外,吸取北宋《詩經》學成果、可與之比肩的南宋《詩經》學的意義,以及北宋《詩經》學對元明清《詩經》學的影響,也有必要探討。但本書沒能涉及這些問題,尚有待日後的研究。因此,筆者期待本書的研究可以確定研究視角、確立研究方法,爲進一步的研究起到標示的作用。

凡　例

○ 本書論及衆多《詩經》解釋學的相關論著,以下是其中的主要作品。在不導致誤解的情況下,論文中提及這些著作時皆用簡稱;引用其中的文字時亦附簡稱。
- 唐・孔穎達等奉勅撰《毛詩正義》(簡稱《正義》)

 　　《十三經注疏(附校勘記)》第二册(據嘉慶二十年江西南昌府學刊本景印,臺灣・藝文印書館),並參考《十三經注疏(整理本)》(北京大學出版社,2000年)第4～6册

 　　另外,在檢索字句時,也利用了臺灣中研院的漢籍電子文獻(Scripta Sinica)瀚典全文檢索系統 2.0 版(史語所"漢籍全文資料庫計劃"製作)所收《十三經注疏》。

 　　如所周知,關於《毛傳》的作者,歷來有"毛亨""毛萇"兩説。在本書涉及的時代,《詩經》學者們意見並不一致,因此本書統稱"毛公"。

- 北宋・歐陽修撰《詩本義》

 　　《四部叢刊》廣編據吳縣潘氏滂憙齋藏宋刊本影印本

 　　《詩本義》卷一至卷一二是對詩經各篇的論釋,分爲"論"和"本義"兩部分。"論"是就解釋上的問題介紹古人之説,並進行論述;"本義"是歐陽修按照自己的看法通釋詩意。論文在引用這部分的文字時,標明篇名以及

"論"/"本義"。從卷一三往下是一系列文章,討論有關《詩經》的種種問題。論文在引用這部分的文字時,標明卷數和篇名。

- 北宋·王安石《詩經新義》(簡稱《新義》)

  程元敏輯《〈三經新義〉輯考彙評(二)——〈詩經〉》(《中華叢書》,臺灣編譯館,1986年)

- 北宋·蘇轍撰《詩集傳》(簡稱《蘇傳》)

  《續修四庫全書》據淳熙七年蘇詡筠州公使庫刻本影印本(上海古籍出版社,2001年)

- 北宋·程頤《詩解》(簡稱《程解》)

  《河南程氏經說》卷三(《理學叢書·二程集》下冊,中華書局,1981年)

- 南宋·范處義《詩補傳》

  《詩經要籍集成》第5冊據《通志堂經解》本影印本(學苑出版社,2003年)

- 南宋·呂祖謙《呂氏家塾讀詩記》

  《四部叢刊》廣編第40冊據常熟瞿氏鐵琴銅劍樓藏宋刊本影印本

- 南宋·朱熹《詩集傳》(簡稱《集傳》)

  《四部叢刊》廣編第40冊據静嘉堂文庫藏宋本影印本

- 南宋·朱熹《詩序辨說》

  《朱子全書(修訂本)》第1冊(上海古籍出版社、安徽教育出版社,2010年)

- 南宋·朱熹《朱子語類》

  王星賢點校,《理學叢書》本(中華書局,1986年)

- 南宋·李樗、南宋·黃櫄《李與仲實夫毛詩集解》(簡稱

《李黃解》)
　　　《通志堂經解》第 7 冊(江蘇廣陵古籍刻印社,1993 年)
● 南宋·嚴粲《詩緝》
　　　據明趙府味經堂刊本影印本(臺灣廣文書局,1970 年)
● 元·許謙《詩集傳名物鈔》
　　　文淵閣《四庫全書》本
● 清·錢澄之《田間詩學》
　　　文淵閣《四庫全書》本
● 清·戴震《杲溪詩經補注》
　　　《戴東原先生全集》本(臺灣大化書局,1978 年)
● 清·段玉裁《毛詩故訓傳定本小箋》
　　　《段玉裁遺書》本(臺灣·大化書局,1976 年)
● 清·焦循《毛詩補疏》
　　　《皇清經解》本
● 清·方玉潤《詩經原始》
　　　中華書局排印本,1986 年
● 清·陳奐《詩毛氏傳疏》
　　　據漱芳齋咸豐元年刊本影印本(北京中國書店,1984 年)
● 清·胡承珙《毛詩後箋》
　　　《安徽古籍叢書》本(黃山書社,1999 年)
● 清·王先謙《詩三家義集疏》
　　　《十三經清人注疏》本(中華書局,1987 年)
●《文淵閣四庫全書電子版(原文及全文檢索版)》
　　　上海人民出版社、迪志文化出版有限公司,1999 年

○ 由於許多注釋書籍可以方便地通過篇名及章來檢索，因此若非必要，論文中將不詳細標出引文的卷數和頁數。
○ 引文中加( )的部分，是筆者爲便於讀者理解而作的適當補充。

第一部

歷代《詩經》學總覽

第一章　蝗蟲爲何不嫉妒
——《詩經》解釋學史速寫

一、前　言

在長達兩千餘年的《詩經》解釋學史之中,有一個問題一直困擾著歷代最優秀的研究者。它雖然極爲瑣細,但對於《詩經》學的構築而言却是繞不過去的重要問題,因此必須予以解決。這就是:蝗蟲是否嫉妒? 如果答案是否定的,又究竟是爲什麼?

本文想要探討的是,這樣的問題到底爲何會產生,以及圍繞這個問題歷代的《詩經》學者們逐漸展開了怎樣的議論。筆者希望藉此可略窺《詩經》解釋學史發展的實貌;與此同時,筆者對《詩經》解釋學史尋源討流的研究視角和方法,也可以在以下的探討中體現出來。

二、《螽斯》之詩

《詩經·周南·螽斯》云:

> 螽斯羽,詵詵兮。宜爾子孫,振振兮。
> 螽斯羽,薨薨兮。宜爾子孫,繩繩兮。
> 螽斯羽,揖揖兮。宜爾子孫,蟄蟄兮。

譯成現代漢語,其大意如下:

蝗蟲①展翅膀，群集在一方。你們多子又多孫，繁茂興盛聚一堂。

　　蝗蟲展翅膀，嗡嗡飛得忙。你們多子又多孫，謹慎群處在一堂。

　　蝗蟲展翅膀，緊聚在一方。你們多子又多孫，安静和睦在一堂。②

這首詩本是合樂舞蹈時所唱的民謡，三章的内容相同，僅在字句上稍作變動，反復詠唱。詩依韻而作，"詵詵""振振"屬于上古音韻部③(下同)中的"文部"，"薨薨""繩繩"屬"蒸部"，"揖揖""蟄蟄"屬"緝部"。

依照我們現在的常識性感覺，這首詩是在稱羨蝗蟲旺盛的繁殖能力，並祝福年輕的夫婦多生子嗣、振興家族④。或者也可以解釋爲通過歌頌蝗蟲的繁殖力來達到巫術的效果，使人也獲得這種多産的能力。然而當這樣一首詩被作爲儒學經典來解釋的時候，它却具有了相當不同的含義。

三、漢唐《詩經》學的解釋

如緒言中所述，在漢唐《詩經》學中，《詩序》決定了詩篇解釋的方向。《螽斯》的《詩序》爲這首詩的解釋定下了怎樣的基

---

① 關於"螽斯"是何種昆蟲，歷代説法頗多，至今未有定論，作者對此問題並無評判的能力。就本文所關注的問題而言，螽斯身份的認證並没有本質上的必要性，因此本文在論述中暫且將螽斯等同於蝗蟲。
② 此處現代漢語譯文引自程俊英《詩經譯注》(上海古籍出版社，1985年，第10頁)。——譯者注
③ 上古韻部的分類，依據王力《詩經韻讀》(上海古籍出版社，1980年)的29部分類。
④ 目加田誠《定本詩經譯注》(《目加田誠著作集》第二卷，龍溪書舍，1983年，第44頁)、白川静《詩經·國風》(東洋文庫518，平凡社，1990年，第63頁)。

調呢？據《毛詩正義》之説，這段《詩序》可句讀爲：

> 螽斯，后妃子孫衆多也。言若螽斯不妒忌，則子孫衆多也。

首句認爲"《螽斯》一詩是爲歌詠周文王之妃（太姒）子孫繁盛而作"，這並没有什麼問題。《國風·周南》讚美周朝的開國君主文王之王后太姒的淑德，並且爲這種淑德教化了民俗而表示祝賀，這是《詩經》學的基本認識，《詩序》正是遵循了這一思路。但接下來説到"若螽斯不妒忌，則子孫衆多也"，那麽"像蝗蟲那樣不嫉妒"的真實含義究竟是怎樣的？這在後來的《詩經》學者們那裏成爲了一個大問題。《毛傳》對本詩解釋道：

> 螽斯，蚣蝑也。詵詵，衆多也。

這僅僅是非常簡單的訓詁，因此很難瞭解毛氏是怎樣解釋這一問題的。而《鄭箋》則將詩的主旨解釋如下：

> 凡物有陰陽情慾者無不妒忌，維蚣蝑不耳。各得受氣而生子，故能詵詵然衆多。后妃之德能如是，則亦宜然。

"后妃若能懷有蝗蟲那樣不嫉妒的美德，就能獲得衆多的子嗣"這一説法的邏輯，據《正義》可以這樣解釋：雖説文王除太姒之外還有衆多的妃妾，但她們所生下的子嗣在名義上都是正妃太姒的孩子。太姒若是没有嫉妒之心，文王就可以無所顧慮地親近其他的妃妾，使她們生下很多孩子，於是身爲正妻的太姒就有了衆多子嗣[1]。

---

[1] 《正義》云："此不妒忌，得子孫衆多者，以其不妒忌，則嬪妾俱進，所生亦后妃之子孫，故得衆多也。"

那麼,《鄭箋》中"各得受氣而生子"這句話究竟是什麼意思呢?《正義》對此解釋如下:

> 螽斯之蟲不妒忌,故諸蚣蝑皆共交接,各各受氣而生子,故螽斯之羽詵詵然衆多。

關於這與后妃之德有怎樣的關係,《正義》認爲:

> 以興后妃之身不妒忌,故令衆妾皆共進御,各得受氣而生子。故后妃子孫亦衆多也。

"衆妾皆共進御,各得受氣而生子"的説法,表明《正義》認爲"受氣"指的是"接受雄性精氣"。因此《正義》對於詩意的理解就是:由於蝗蟲没有固定的配偶關係束縛它們,因此交尾的機會就增多,衆多的蝗蟲紛紛交尾受精,於是産下了很多的後代。

*

那麼,鄭玄所言果真如此嗎?筆者對此抱有相當懷疑的態度。對於《鄭箋》之語,另有一種可能的解釋:蝗蟲産子並非是通過雌雄交尾,因此也並不嫉妒。也就是説,"各得受氣"指的是每個個體都接受上天之氣而繁殖子孫,雌雄無交接,自然也就不會生出嫉妒之心。採取這種説法的,有《藝文類聚》卷一五"后妃部"的"后妃"條。這一條中引用了《螽斯》一詩的《詩序》,雙行注云:

> 凡物有陰陽情慾者無不妒忌,惟螽斯不妒,各得大氣(明本作"天氣")而生子。①

這明顯引用了《鄭箋》,而"各得大氣(或天氣)而生子"的説法,表明他採取的是如上的解釋。取這樣的解釋,則"各得

---

① 《藝文類聚》卷一五,上海古籍出版社(據宋紹興刊本校訂排印),1982年。

大氣而生子"就成爲對"凡物有陰陽情慾者無不妒忌,惟螽斯不妒"一句之理由的說明。而《正義》對《鄭箋》的理解則與此不同,從"螽斯之蟲不妒忌,故諸蚣蝑皆共交接"的說法可以看出,《正義》將蝗蟲不嫉妒當作毋庸置疑的前提,因此進一步得出"所以蝗蟲可任意交尾"的觀點,而並不回答"蝗蟲爲何不嫉妒"這個自然應當產生的疑問。作爲注釋,這就難免有偏失之謗。如此看來,筆者對於《鄭箋》的解釋或許更勝一籌。

要判斷這兩種解釋中哪種是對鄭玄意圖的正確理解,最爲便捷的途徑是考察一下中國古人對於蝗蟲繁殖形態的觀念。不過,藉助《文淵閣四庫全書電子版》來檢索可以發現,除了《螽斯》一詩的《詩序》及承襲《鄭箋》之說的資料之外,並無其他關於蝗蟲繁殖形態的記載可供參考。這不禁讓人懷疑《鄭箋》的記載並非基於當時的博物學知識,而是爲解釋本詩的《詩序》而捏造了看似屬於博物學的記載。

或許當初的人們認爲昆蟲可以不必交尾而產子。在較晚的時代,南宋的羅願在《爾雅翼》①卷二四《釋蟲一》中有如下之"蠹":

> 蠹,再蠹也,原即再之義。或曰:蠹不交而生者,往往爲原蠹。

"原蠹"一詞見於《周禮·夏官司馬》中"馬質"一條:"馬質掌質馬,禁原蠹者。"說"原蠹"即"再蠹",指的是孵化較遲的蠹。養蠹時雖已把蠹卵浸在鹽水中來甄別優良的卵,但仍有孵化時較其他更遲的卵,即"再蠹"。羅願介紹說,這樣的蠹是不經雌雄交尾而產下的卵所孵化出來的。他的說法所依何據並不清楚,而他雖是南宋時人,距鄭玄生活的後漢時代已久,

---

① 筆者所用的是石雲孫點校的《安徽古籍叢書》本(黃山書社,1991年)。

却仍然可以作爲一個例證,説明"某些昆蟲可以不通過交尾即產子"這樣的觀念古已有之。

同樣,《爾雅翼》卷二六《釋蟲三》中關於"蠭"①是這樣説的:

> 蠭,種類至多。其黄色細腰者,謂之稚蜂,腰間極細,僅相聯屬。天地之性,細腰純雄,大腰純雌。純雄,謂蜂;純雌,黿鼈之屬也。《列子》亦曰:純雌其名大腰,純雄其名稚蜂。言無雌雄而自化。故《淮南子》以蜂之類爲貞蟲,言其無慾也。《博物志》以爲蜂無雌,取桑蟲或阜螽子抱而成己子。②

從上文所引用的《列子·天瑞篇》《淮南子·原道訓》以及晉代張華的《博物志》等書中可以看出,中國古人普遍認爲,蜂不經交尾即可產子,或者自身不產子而收養其他昆蟲、使其變身爲蜂。"不交尾,故貞淑",若將《鄭箋》理解爲"雌雄不交尾,因此不嫉妒",那麽這就是與之相適應的邏輯。也就是説,在"雌雄交尾是不貞、嫉妒等惡德之源"這一點上,兩者是共通的③。

---

① "蜂"的異體字。
② 蜂捉住桑蟲的幼蟲,將其養爲己子的傳説,在《詩經·小雅·小宛》中已可見:"螟蛉有子,蜾蠃負之。"《毛傳》云:"螟蛉,桑蟲也;蜾蠃,蒲盧也。"《正義》引陸機之説:"螟蛉者,桑上小青蟲也,似步屈,其色青而細小,或在草萊上。蜾蠃,土蜂也,似蜂而小腰,取桑蟲負之於木空中,七日而化爲其子。"關於將桑蟲變成自己孩子的方法,《毛傳》云:"謂負而以禮,暖之以氣,煦之而令變爲己子也。"
③ 此處與蜂之純雄相對,將"黿鼈"當作純雌,並非要説明它是無受精生殖,而是要説明一種奇妙的生殖——異類交婚。《爾雅翼》卷三一"釋魚四"之"攝龜"云:"按大腰純雌,細腰純雄,故龜與蛇牝牡。龜之性妒,或遇雌蛇,相趁鬭噬。"同卷"黿"條云:"天地之性,細腰純雄,大腰純雌,故黿鼈之類,以蛇爲雄……今黿亦大腰,乃復以鼈爲雌,故曰黿鳴鼈應。"在這個邏輯中"大腰=黿=雌性"與"細腰=蛇=雄性"是成對的。在這裏,黿與雄蛇交尾因此引起雌蛇的嫉妒之心,正可反證螽斯因不交尾故不起嫉妒心、蜂因不交尾故被稱爲"貞蟲",其思路是交尾行爲產生了嫉妒的惡德。

由以上數例可知，人們普遍地相信某些昆蟲不經交尾就可產子。而對於《正義》中"萬物之中惟有蝗蟲不嫉妒，因此可以不受特定的束縛而進行交尾"的觀點，則筆者管見所及，並未發現另外有支持它的說法。如此看來，將《鄭箋》所云"各受其氣"理解爲"雌雄不交，即可生子"就是可能的。而當時人們普遍具有的"某些昆蟲，如蜂、蠶等不交尾即可生子"觀念，雖與鄭玄所言"萬物之中唯有蝗蟲可不交尾而生子，不嫉妒"的說法相齟齬，但如上文所推測，《鄭箋》的記述是模擬博物學的，並不一定與當時的常識相一致，如若作此理解，也就解釋得通了。

換一個角度來看，將"受氣"解釋爲"受精"，或是"受天地／自然之氣"，二者哪一個更爲妥當這個問題，可以通過討論古典文獻中的用例來考察：

首先是著疏家自己的用例。《周易·乾卦》之《文言傳》云：

> 本乎天者親上，本乎地者親下，則各從其類也。

對此，《正義》曰：

> 本受氣於天者，是動物含靈之屬。……本受氣於地者，是植物無識之屬。

《尚書·周書·洪範》云：

> 惟天陰騭下民。

《正義》曰：

> 言民是上天所生，形神天之所授，故天不言而默定下民。群生受氣流形，各有性靈心識，下民不知其然，是天默定也。

這二例中的"受氣"之語都被用爲"受天地之氣"的意思。
《禮記·昏義》云：

> 故曰昏禮者禮之本也。

鄭玄注云：

> 言子受氣性純則孝，孝則忠也。

《正義》則疏通爲：

> 昏禮者禮之本也者，夫婦昏姻之禮是諸禮之本。所以昏禮爲禮本者，昏姻得所，則受氣純和，生子必孝，事君必忠，孝則父子親，忠則朝廷正。

這裏的"受氣"指子女得到父母之氣（氣性、氣質）。以上兩種用法都與"交接受精"這樣物質層面的意思相去甚遠。

以上是孔穎達受命撰寫包括《毛詩正義》在内的《五經正義》中的用例。當然，《五經正義》並非孔穎達等人的獨創，而是集合了六朝諸家所著的義疏類作品，從中選取與自己的觀念相適應的部分，拼貼而成。因此，以上的用例雖不可用來歸納孔穎達等人的個人用語方法，但或許可以見出當時儒者在用法上的傾向。

接下來考察的是在此之前"受氣"的用例。《莊子·外篇·秋水》云：

> 而吾未嘗以此自多者，自以比形於天地，而受氣於陰陽。吾在於天地之間，猶小石小木之在大山也。

晉·張華《鷦鷯賦》云：

> 何造化之多端兮，播群形於萬類。惟鷦鷯之微禽，亦

攝生而受氣。育翩翾之陋體,無玄黃以自貴。①

晉·陶淵明《感士不遇賦》云:

咨大塊之受氣,何斯人之獨靈。②

三者都用爲"受天地之氣"的意思。

不過,將"受氣"用爲"受男性之精氣"的例子也並非没有,《論衡》卷二《命義篇》云:

受氣時,母不謹慎,心妄慮邪,則子長大,狂悖不善,形體醜惡。

"受氣"在此可以解釋爲"女性受男性的精氣"。同書卷三《奇怪篇》云:

夏之衰,二龍鬭於庭,吐㲲於地。龍亡㲲在,櫝而藏之。至周幽王,發出龍㲲,化爲玄黿,入於後宫,與處女交,遂生褒姒。玄黿與人異類,何以感於處女而施氣乎?

其中的"施氣"也可解釋爲"男性(雄)將精氣送入女性體内"。但這所説的都是人類(即使是異類,也是與人類相交接),而涉及像本例所説的蝗蟲等昆蟲之間,或者是某一動物的雌雄之間,則筆者並未發現以"受氣"指其"雌雄受精"的例子。"受氣"的另一義是天地化生萬物,萬物得造物之精華,如此,則人爲萬物之靈長,自然可用"受氣"之説,而這樣的用法是否可以擴展到所有的動物?還有,"受精"意義上的"受氣"一詞是否可以通用於人類、動物,成爲與生殖有關的普通用語?這些方面仍然值得考慮。

---

① 蕭統編、李善注《文選》卷一三,上海古籍出版社,1986年,第617頁。
② 袁行霈箋注《陶淵明集箋注》卷五,中華書局,2003年,第431頁。

從這些用例來看，《正義》將"受氣"解釋爲"受雄性之氣，即受精"的說法就相當勉強了①；而且，考慮到《五經正義》中這樣的用法也僅有一例，則可推測，或許疏家自己也認識到了這邏輯的勉強，却仍然這樣解釋。

如此看來，"蝗蟲不交尾即可生子，因此不嫉妒"的解釋方法，或許就可以說是合於鄭玄之意的。

*

以上筆者的推定若是正確，那麼著疏家爲何偏要作這樣牽強附會的解釋？比較容易想到的一個原因是，依照他們的正常認識，"蝗蟲不必交尾即可生子"這樣的說法是難以接受的，因此他們傾向於按照自己的常識來作出解釋。不過，除此之外另有一個重要的原因，那就是疏家對於比喻的認識。

漢唐《詩經》學在解釋比喻時，傾向於將主體和喻體完全對應②。典型的例子就是《周南·關雎》一詩。《毛傳》解釋"關關雎鳩，在河之洲"句中"雎鳩"爲"鳥摯而有別"（獰猛的鳥，雌雄分別而居）。對此，鄭玄認爲雎鳩既然用來比喻太姒與文王夫婦，"獰猛"的說法就顯得不妥，因此《鄭箋》云："摯之言至也。"將"摯"解釋爲同音的"至"字，則《關雎》就體現了"雌雄情意至，然而有別"。《正義》也依此對《傳》《箋》作疏通。就中體現出的觀念是，比喻中喻體的"雌雄雎鳩"與主體的"文王、太姒夫婦"，不僅都有夫婦間恪守禮儀、以禮相待的美德，而且他們在其他美德方面也必須全面地彼此相稱，因此，"獰猛"這樣的習性既然與比喻主體"文王、太姒夫婦"的聖德相矛

---

① 《呂氏春秋·季春紀·盡數》云："凡食之道，無饑無飽，是之謂五藏之葆。口必甘味，和精端容，將之以神氣。百節虞歡，咸進受氣。飲必小咽，端直無戾。"這裏"受氣"是從食物中獲得"氣"，雖然用法稍異，但也不是"受精"之意。

② 關於《詩經》解釋學史上的比喻問題，請參考本書第四、五章。

盾,雎鳩就不能是獰猛的。

對《螽斯》之序中的"螽斯不妒忌"之語,《鄭箋》與《正義》都如此在意,也是因爲他們認爲"蝗"並非僅僅用來比喻子孫衆多,而且也象徵著后妃的婦德①。而按照他們"比喻主體與喻體全面對應"的認識方式,"蝗蟲不經交尾、受天之氣而生子嗣"的說法就會給詩歌解釋帶來矛盾,如下所示:

蝗蟲受天之氣(雌雄不交尾)而生子 → 后妃(及妃妾)與文王未結歡好而生子嗣

這樣一來,文王的妃子們就超自然地生產了。徵之史籍,如此神異之事並無確證。《史記·管蔡世家》云:"武王同母兄弟十人,母曰太姒,文王正妃也。"只言太姒在文王時有十子,並未記載他們的出生是超自然的。《大雅·思齊》云:"太姒嗣徽音,則百斯男。"《毛傳》云:"太姒十子,衆妾則宜百子也。"《鄭箋》《正義》都並沒有將此作爲他們超自然出生的記載,而認爲他們是文王與妃子們正常地交接而生下的(《傳》《箋》《正義》都這樣認爲)。因此,若將"受氣"解釋爲"不交尾而生子",則本應真實的《詩序》就變成是在賣弄荒誕無根之辭了。或許疏家就是爲了回避《鄭箋》中的這一難點,纔將"受氣"解釋成了"受精"。

不過,從他們對於比喻的認識來看,《正義》的解釋也並未實現完全的對應關係。太姒是文王後宮中的首要人物,她是否嫉妒,直接關係到其他妃妾是否能陪伴文王過夜。然而,蝗蟲的世界中應當沒有人類社會的等級,因此每隻蝗蟲是否嫉

---

① 反過來說,用蝗蟲這樣的昆蟲來比喻太姒這樣具有理想形象的后妃究竟是否合適,此一疑問似乎一直別扭地存在於《詩經》學者的內心深處,在《詩經》學的著述中它屢屢被提及。

妒也就并不是決定它們交尾自由度的要素。而且,認爲在衆多的生物中唯有蝗蟲不受固定夫妻關係的束縛、可自由交尾,並將此作爲蝗蟲不嫉妒的理由,這即便在撰寫《正義》的當時應該也是缺乏説服力的。

如此,《正義》可能是爲了使解釋合於自己的常識而故意曲解《序》《傳》《箋》之意。人們通常用"疏不破注"來直截地表示疏家的學術態度,即是説《義疏》《正義》的解釋決不脱離注的説法,且不攙入自己的意見。然而筆者却認爲有必要重新審視這一定論。《正義》雖然表面上確實以忠于《序》《傳》《箋》爲原則,但其解釋之中却可能混入了疏家自己的意見。換言之,"疏不破注"無法現實地貫徹,有時候疏家只是借用這一旗號來隱藏他們的恣意曲解。因此,如緒言圖1中所示,將《詩序》及《毛傳》《鄭箋》《正義》視作一體、總歸入"漢唐《詩經》學"名下的做法是值得商榷的①。與之相反的,筆者認爲,通過仔細地解讀這些恣意的曲解,可以發現疏家在對《序》《傳》《箋》作簡單敷衍之外的自己的觀點,把握《詩經》解釋中的新轉變,進而可以正確衡量六朝及唐代的疏家在經學歷史展開的過程中所起到的作用。

四、宋代《詩經》學的解釋

到宋代,文化的擔當者往往兼有詩人、藝術家、政治家、哲學家等多重身份,他們以全能的面貌陸續登上歷史舞臺。他們也重新構築了儒學的思想體系與學術體系,其中就包括對於漢唐《詩經》學的批判,爲其先驅者當數歐陽修的《詩本義》。此前關於《螽斯》的解釋受到了歐陽修的嚴厲批評,這一批評

---

① 請參考本書第三章。

已爲人所熟知,並屢屢被標舉爲歐陽修依據其"人情説"解釋《詩經》的佳例①。然而本文爲了總覽《螽斯》之解釋的歷史,仍不得不再次提及歐陽修的觀點。其大要如下:

歐陽修《詩本義》中所使用的"人情説",一言以蔽之,即人的常識與道德是不變的,因此對於《詩經》中所詠歎的思想情感,生活在宋代的歐陽修也可憑藉自身健全、道德的感情和符合常識的思考作出正確的解釋。站在這樣的立場上,他對漢唐的《螽斯》解釋批評如下:螽蟲是否嫉妒,人又如何能知道?這首詩僅僅是以螽蟲子孫衆多來比喻后妃子嗣繁盛而已,無論是《鄭箋》還是《正義》,它們將"螽蟲不嫉妒"當作前提、穿鑿附會地尋找理由都是没有意義的。這一批評相當理直氣壯,但並不能説歐陽修認爲《詩序》是荒誕的。他認爲《詩序》本無錯誤,只是在後世的流傳過程中發生了文字的錯亂,由此產生了問題。根據《正義》的解釋,《詩序》爲:

　　螽斯,后妃子孫衆多也。言若螽斯不妒忌,則子孫衆多也。

而歐陽修則以爲《詩序》原來的語序是這樣的:

　　螽斯,后妃子孫衆多也。言不妒忌則子孫衆多若螽斯也。

按照這樣的語序,《詩序》所表達的就是"后妃若能不嫉妒妃妾,就會如螽蟲那樣子嗣繁盛",這樣一來,螽蟲的多產與"不嫉妒"之間没有了因果關係,解釋也就變得相當合理。歐

---

① 例如,江口尚純《歐陽修的〈詩經〉學》(《歐陽修の詩經学》,《詩經研究》,1987 年 12 月)、邊土名朝邦《歐陽修的〈鄭箋〉批判》(《歐陽修の〈鄭箋〉批判》,《活水論文集》第 23 號,1980 年)。

陽修認爲,《詩序》所叙述的本是這樣合於情理的内容,但流傳過程中發生了誤寫及錯簡等事故,導致現在所見的語序錯亂,漢唐的學者没有注意到這一點,仍依據語序錯亂的《詩序》進行解釋,這纔使事態變得混亂起來。

歐陽修對《詩序》做如此解釋,固然是由於他認爲《詩經》的詩篇都是合於常識的,但同時必須指出的是,這一解釋的産生也源於他對《詩經》中的比喻有了新認識。如前文所言,漢唐《詩經》學通常認爲比喻的主體與喻體應當完全對應,因此纔産生了"蝗蟲爲何不嫉妒"的問題。而歐陽修對比喻的解釋則與此相異,他認爲主體和喻體可以僅僅在一個側面上相對應。就《螽斯》而言,此詩只取了蝗蟲多産這一個側面的比喻義,詩人並未顧及蝗蟲的其他屬性。同樣,太姒"不嫉妒"的美德也就跟蝗蟲的比喻並無關係。詩人見到蝗蟲的群居樣貌,有感於它們的多産,並思及周王的家族繁榮,從而作詩,歐陽修就是通過揣摩詩人構思詩歌的這一心理過程來進行解釋的。《正義》及以前的《詩經》解釋著作在解釋比喻時,都關注於邏輯地解讀主體與喻體之間的對應關係,而歐陽修則採取對喻體形象進行玩味的姿態。若是採取歐陽修這樣將比喻作爲詩歌構思起點的態度,那麽在解讀詩歌時就完全不必理會"蝗蟲是否嫉妒"的問題了①。

如此,"據常識解釋"的方法就成立了,這一方法在對《詩經》修辭、作詩過程的理解上開啓了一個新局面,被認爲是歐陽修對《詩經》學的最大貢獻。在歐陽修的《詩經》研究中,思想與文學兩個方面是不可分割的,如果僅取其"人情説"進行討論,則無法對他的《詩經》研究作全面的考察。

---

① 請參考本書第四章。

*

在歐陽修作過批評之後,按説"螽蟲不嫉妒"的説法對於解釋《螽斯》而言應當已經不成爲問題了,但事實上却並非如此,其後的些微曲折仍是必要的。蘇軾之弟蘇轍所著的《詩集傳》被認爲在解釋詩篇方面很穩當,但它對於《螽斯》有如下的説法:

> 螽斯,蚣蝑也,不妒而多子,一生八十一子。……言后妃子孫衆多如螽斯也。

蘇轍對《詩經》學的貢獻之一,是他認爲《詩序》的第一句與後面的句子爲不同的作者所撰寫,第一句叙述的是孔子的觀點,值得信任;此後的句子則爲後世學者根據自己的解釋對第一句演繹而成,攙雜了不值得信任的部分,因而他將它們删除了①。具體到《螽斯》,則"螽斯,后妃子孫衆多也"一句是孔子的弟子(並不一定是子夏)記録了孔子的觀點,是真正的序;而"言若螽斯不妒忌,則子孫衆多也"則是後代學者附加的,並非原序,因此被删除了。

根據這樣的觀點,則"螽蟲不嫉妒"之説並非《詩序》的第一句,本就不應當構成問題。然而蘇轍在對《螽斯》的説明中却襲用了"不妒而多子"的説法,這一點是很值得玩味的②。

從這一點上可以看出,對待不合常識、超自然的説法,蘇轍的態度與歐陽修不同。歐陽修將不合常識之事一律駁爲謬

---

① 本書第八章將詳細討論這一問題。
② 宋·陸佃《埤雅》卷一〇"釋蟲"下"螽"條云:"螽斯蟲之不妒忌,一母百子也。故《詩》以爲子孫衆多之况。"也是沿襲了"螽蟲不嫉妒"的説法。從王安石《詩經新義》的輯佚部分中,我們無從得知他對這個問題的看法,但既然身爲王安石弟子的陸佃立説如此,再考慮到王安石尊崇《詩序》的立場,那麼他與陸佃持同一觀點的可能性是很大的。

説並剔除之,而蘇轍則將其納入自己的觀點。這在解釋《大雅‧生民》時表現得很明顯。據《鄭箋》,《生民》歌詠的是周朝始祖后稷誕生的神話,后稷之母姜嫄踏在神的腳印上,因而孕育了后稷。歐陽修將此解釋視爲荒誕而不用,蘇轍則認爲這是正確的解釋,説道:

> 要之,物之異於常物者,其取天地之氣弘多,故其生也或異。虎豹之生異於犬羊,蛟蜃之生異於魚鱉,物固有然者,神人之生而有以異於人,何足怪哉?雖近世猶有然者。然學者以其不可推而莫之信。夫事之不可推者何獨此,以耳目之陋而不信萬物之變,物之變無窮,而耳目之見有限,以有限待無窮,則其爲説也勞而世不服。古之聖人不然,苟誠有之,不以所見疑所不見……其説蓋廣如此。後世復有聖人,無是固不可少之,而有是亦不足怪,此聖人之意也。

如上,蘇轍並不一概否定異常與神秘之説。這説明他認爲人的理性與常識是有限的,無法解釋世界上的全部現象,他的觀點是從不可知論的角度對於歐陽修"人情説"作出的反駁。從這樣的觀點出發,那麼他接納"蝗蟲不嫉妒"之説也就是當然的了。南宋呂祖謙的《呂氏家塾讀詩記》所引人言"古人精察物理,固有以知其不妒忌也",也建立在"古人能知今人所不知的事物之理"這樣的邏輯上,是對理性有限論的申發。可見這樣的思路很是普遍。

*

此後,圍繞著序的可信性,宋代展開了各種議論。總體而言,《詩序》逐漸被認爲不可信賴而受到輕視。然而討論並非只停留在是否信任《詩序》的層面,其中也包含了文學性認識的發展。其典型的例子就是朱熹之解釋的變化。

《吕氏家塾讀詩記》中引用了朱熹關於《螽斯》的經説：

> 螽斯聚處和一而卵育蕃多，故以爲不妒忌則子孫衆多之比。非必知其不妒忌也。

這是朱熹早年的學説①，此時朱熹《詩經》觀的最大特徵就是信賴《詩序》，他對本詩的解釋也依從了《詩序》中的"若螽斯不妒忌"。不過，朱熹是在消化了《詩序》之後，用自己的邏輯對詩歌作出合於常識的説明，而他將《詩序》合理化的方法是與歐陽修相異的。

上文已經説過，歐陽修所追求的合理性是合於"人情"，即是説他相信人的感情與常識是不變的，因此也可以根據對於常識的信賴而對《詩經》作出正確的解釋。他所相信不變的人的感情與常識，都在作爲解釋者的歐陽修自己身上最爲清晰地具體體現出來，若極言之，則可以説他是爲了用自己的感情與常識來解讀詩歌，纔提倡"人情説"。他既然認爲神秘之事並不存在於現實中，自然也就會在詩歌解釋中將神異的部分排除在外。也就是説，歐陽修所認識的詩歌合理性與現實世界的合理性是一致的。

而朱熹的"合理性"則别有指向。在他看來，判斷一種解釋的妥當性可以暫且不論其是否符合現實，而是要看它是否是詩歌創作的語境中應有的思路。就本詩而言，朱熹認爲詩人看到螽蟲群居的樣子、有感於它們的關係融洽從而認爲螽

---

① 《吕氏家塾讀詩記》中引用的朱熹之解釋，朱熹自己在其《吕氏家塾讀詩記序》(淳熙壬寅九月己卯)中有所辯明："雖然，此書所謂朱氏者，實熹少時淺陋之説，而伯恭父誤有取焉。其後歷時既久，自知其説有所未安。"由此可知，至遲到本序寫作的淳熙九年(1182)，即朱熹59歲時，他已放棄了這一觀點。

蟲不嫉妒,這一思路的產生是充分合理的。他認爲詩歌世界的原理及秩序是與現實世界相異的,只憑現實世界的邏輯無法完全解釋詩歌。換言之,歐陽修不認同詩性的虛構,而朱熹則認同。在解釋《螽斯》之序時的不同姿態,反映了二者如上的認識差異。

朱熹的這一解釋,或可説是萌芽於前述蘇轍之説的土壤中。雖然蘇轍相信"蝗蟲不嫉妒",而朱熹則將之視爲虛構,二人觀點確有相異之處,但與歐陽修相比,他們都將符合自己常識的世界和詩歌所描繪的世界區分開來,在這一點上二人是相通的。這或者可以説是體現了將《詩經》作爲文學作品來對待這一視角成熟的過程。從這個角度而言,蘇轍對於神秘、違背常識之説的容納就並非是從歐陽修水準的倒退,而是作爲一種觸媒,促進了當時文學觀的成熟。

在撰寫《詩集傳》的階段①,朱熹已不信任《詩序》,而是根據自己的閱讀體會來解讀詩篇。在對本詩的解釋中,他也擺脱了"若螽斯不妒忌"説法的束縛,據常識來解詩:

> 螽斯,蝗屬,長而青角,長股,能以股相切作聲。一生九十九子。……比者,以彼物比此物也。后妃不妒忌而子孫衆多,故衆妾以螽斯之群處和集而子孫衆多比之,言其有是德而宜有是福也。

朱熹的新説法中也言及后妃的婦德,有"后妃不妒忌"之説,這是從"《詩經》以道德教化天下"的儒家觀念而來的。值得注意的是"衆妾以螽斯之群處和集而子孫衆多比之"一句,即認爲此詩是"衆妾"在讚美后妃的婦德。這説明朱熹解釋

---

① 據束景南《朱熹年譜長編》(華東師範大學出版社,2001年),《詩集傳》的寫作始自淳熙五年(1178),成於淳熙十三年(1186)。

《詩經》時,關注於詩是何人所作,有一種推想還原詩歌構思之語境的解釋態度。而且,螽蟲在此也只是用作多產的比喻物,與"不嫉妒"的后妃之德没什麽關係。這可以看出朱熹更著重於體察比喻中的形象,而不是邏輯地解讀主體與喻體之間的關係。在這一點上,他繼承了前述歐陽修對比喻的認識(比喻體現了詩歌產生的思路),可以説歐陽修在對比喻的解釋上有很大的貢獻①。

*

若螽斯不妒忌則非也。螽斯微蟲,何由知其不妒忌乎?

這是宋代嚴粲《詩緝》中的説法,它具有代表性地説明:歐陽修《詩本義》從常識出發駁斥"螽蟲不嫉妒"之説的觀點,隨著時代的推移逐漸被《詩經》學者們所接受。事實上,從元、明學者的《詩經》學著述中可以知道,在當時"螽蟲是否嫉妒"已經不構成問題了②。《詩序》的權威一旦崩塌,必然會有此結果。

隨著"螽蟲爲何不嫉妒"的問題漸漸淡出研究者的視線,對本詩的解釋中逐漸出現了兩個新的方向。其一表現爲博物學方面的興趣,即關注"螽蟲一次可以產子多少"。如上所見,

---

① 另外,朱熹在《朱子語類》卷八一也談到了"螽斯":"不妒忌,是后妃之一節。《關雎》所論是全體。"(方子)(第 2098 頁)"若螽斯則只是比,蓋借螽斯以比后妃之子孫衆多。宜爾子孫振振兮,却自是説螽斯之子孫,不是説后妃之子孫也。蓋比詩多不説破者。"(時舉)(同上書,第 2097 頁)後者是關於"比"這一詩體的重要説法,尤爲後世學者屢屢引用。
② 參考夏傳才、董治安主編《詩經要籍集成》(學苑出版社,2002 年)所收元、明時期的《詩經》學專著。

蘇轍云"一生八十一子",朱熹云"一生九十九子"①;而陸佃更有"一母百子也"的説法②。他們所説的實際數字從何得來,無從知悉,不過《太平廣記》卷四七九"螽斯"(引自《玉堂閑話》)一條的説法或許可資參考:

> 蝗之爲孼也。蓋沴氣所生,斯臭腥,或曰魚卵所化。每歲生育,或三或四,每一生其卵盈百。自卵及翼,凡一月而飛,故《詩》稱螽斯子孫衆多。螽斯即蝗屬也,羽翼未成,跳躍而行,其名蝻。

上引説法中吸納了關於蝗蟲的多種博物學知識,其中也包含世俗見解。其叙述蝗蟲多產云"每一生其卵盈百",所用的是概數,却不知何時變成了"八十一子""九十九子"等實數。而且,嚴粲對此雖然只是一筆帶過,"不必以定數言之,但以生子多者莫如蝗耳",但在整個元明時期的《詩經》學著述中,學者們屢屢提及蘇轍、朱熹、陸佃之説孰是孰非的問題,也就是"蝗蟲每次可生幾子",這著實讓他們煩惱。

另一個新的研究方向是根據蝗蟲的生活狀態來構造性地解釋《螽斯》一詩。從王安石、吕祖謙的解釋中可以發現這一傾向。如第二節所述,本詩採用"重章疊唱"的形式,三個章節内容相同,反復詠歎,僅在字句上稍作變化。因此,一直以來的解釋都認爲這三章只是反復詠唱蝗蟲群居的樣態。而王安石的《詩經新義》則將其解釋爲描寫了連續的蝗蟲生活史③:

---

① 清·原宣賢《毛詩抄》云:"東坡云生八十一子,朱文公云生九十九子,世俗以爲生百子。有不到兩三日即可飛之説,亦有出生二三日方可飛之説。其時見其子衆多,蓋於其飛行時所見,故曰'螽斯羽'云云。"這裏說"東坡",是將蘇轍誤作了其兄蘇軾。
② 參考 p.19 注①。
③ 詳參本書第五章第二節。

第一章：蝗蟲出生→第二章：蝗蟲飛翔→第三章：蝗蟲（爲攝食、交尾而）聚集

吕祖謙的《吕氏家塾讀詩記》繼承此説法，有言曰：

> 吕氏曰：螽斯始化，其羽詵詵然，比次而起。已化，則齊飛，薨薨然有聲。既飛復斂羽，揖揖然而聚。歷言衆多之狀，其變如此也。

二人的説法表明他們試圖從詩篇中找出某種有起伏的複雜結構。他們既是學者，又是詩人，自己作詩時在一首詩中注入了深意，因此也希望從《詩經》的詩篇中發現類似的深意。上文已論及，歐陽修通過推想詩人創作的過程來解釋比喻，而王安石、吕祖謙則從另一方面著手，將自己與詩人重合，從而作出解釋①。

*

如上，宋代圍繞《螽斯》一詩出現了種種説法，而肇始者則是歐陽修。歐陽修從《詩序》及《傳》《箋》《正義》中自己感到不合理的地方入手，加以批判，並提出合於自己常識的新説法。從這裏可以發現超越漢唐《詩經》學、開拓新時代《詩經》學新局面的原動力。不過，如上一節指出的，《正義》可能已經感到了《鄭箋》中的不合理之處，並以疏通的方式進行調整。若筆者的判斷是正確的，那麼一直被認爲是在《詩經》解釋上奉《序》《傳》《箋》爲圭臬的《正義》，與從本質上批判《序》《傳》《箋》、開闢《詩經》學新天地的《詩本義》，在"感到《序》《傳》《箋》的不合理之處"這一點上是相通的。二者的差異只在於通過何種方式來應對這不合理，是進行疏通來消解之，還是對其正面加以批判。就此而言，則宋代《詩經》學的新氣象，在

---

① 詳參本書第五章第二節。另外請參考周裕鍇《中國古代闡釋學研究》（上海人民出版社，2003年）第五章《兩宋文人談禪説詩》。

《正義》的疏通中已經開始嶄露①。因此,將漢唐之學合而言之,而以宋代《詩經》學與漢唐《詩經》學爲對立、將兩者斷絶而論,這樣的説法是不完全正確的。

五、清朝考據學的解釋

宋以後對《螽斯》的解釋,基本上都不將《詩序》作爲解釋的絶對基準,"蝗蟲是否嫉妒"也已不構成問題了。這樣的解釋距現代的解釋已相差非遠,因此,問題到此本可告一段落了。但它並没有這麽簡單就結束。隨著清代學術的追宗漢學、考據興起,《詩序》也重新恢復了權威,《毛傳》受到尊重(但清朝考據學的《詩經》學並不太重視《鄭箋》與《正義》,他們志在越過後漢與唐代的學術,直承《詩序》與《毛傳》)。

最能體現這一學風的是陳奂的《詩毛氏傳疏》。陳奂在對《詩經》的解釋上謹依《詩序》和《毛傳》,並且不採用《詩本義》關於《詩序》的説法。這大約是因爲他並不同意《詩本義》中"《詩序》之語序錯亂"的觀點,認爲忠實於當下所見的原典樣貌來進行解釋,是解釋經典的應有之義,而歐陽修的做法則是對原典的恣意改竄。然而陳奂雖如此嚴格地要回歸至漢代的《詩經》學,他却並没有重新開啓"蝗蟲是否嫉妒"的討論,而是巧妙地回避了這個問題,同時作了漢代經學式的解釋。

《鄭箋》《正義》對《螽斯》的《詩序》斷句爲:

> 《螽斯》,后妃子孫衆多也。言若螽斯不妒忌,則子孫衆多也。

由此而陷入了"蝗蟲爲何不嫉妒"的難題中。陳奂認爲

---

① 詳參本書第三章。

《詩序》的文字本身並無錯簡、誤脱等，但歷代的注釋家們却在對文字的句讀上出了錯誤，"言若螽斯"以下應當句斷：

> 《螽斯》，后妃子孫衆多也。言若螽斯。不妒忌則子孫衆多也。

如此則"不嫉妒"就與"螽斯"毫不相干了，這句話的意思就變成："《螽斯》，歌詠后妃子孫繁盛，如蝗蟲那樣。若能不嫉妒，就會有衆多子嗣。"這裏"不嫉妒"的主語雖未明説，但從文脉上來看當可理解爲"后妃"不嫉妒。這樣一來，"蝗蟲是否嫉妒"的問題就消失了，使解釋合於常識就成爲可能。陳奐通過這樣的解釋而使問題合理化了。

筆者對於這樣的説法當然感到巧妙，但同時又抱有過於取巧、毋寧説是狡猾的印象。導致筆者如此印象的緣由，是面對這個問題的陳奐在《詩經》解釋學史上爲自己定位的方式。

陳奐欲繼承漢代、尤其是毛亨的《詩經》學，因此採取了嚴格遵從《詩序》的立場。一方面，他對《詩序》作了極爲合理的解釋。而所謂"合理的解釋"，是從常識出發對《鄭箋》《正義》的某些説法提出異議，這一方法與歐陽修的《詩本義》頗有淵源。事實上，陳奐改變句讀而得出的《詩序》之意，與歐陽修變換語序而得出的《詩序》之意完全相同。兩者的差異僅僅在於如何將這同一個意思從《詩序》中申發出來，也就是在對申發方式的理念(是否認同對相關的《詩序》之文進行加工)上區別開來。因此，陳奐吸收了宋代《詩經》學"對《詩序》施以合理解釋"的理念，他雖然標榜忠實於漢代《詩經》學的姿態，實際上却以宋代《詩經》學的理念爲解釋方針。他的解釋並非只是繼承漢學，而是含有不尋常的複雜特性，却隱藏在"漢學復興"的旗幟之下。從這裏不能不感覺到陳奐學説的僞裝性。

陳奐的學說本身並非其首創，胡承珙在《毛詩後箋》中對此有如下說明：

> 《序》云：……歐陽《本義》云：……朱克升、蔣仁叔皆從之。許氏《名物鈔》載金仁山説，以"言若螽斯"絶句，屬上文，以"不妒忌"歸之后妃，屬下文。何氏《古義》、朱氏《通義》皆從之。

據此，則改變《螽斯》之序斷句的説法，是宋末元初的名儒金履祥首唱的。或許是因爲這一説法既能合於常識地解釋《詩序》，在文獻學上又不必對原典作改動，這兩點優長使清朝篤信《詩序》《毛傳》的學者們關注到了這個流傳並不廣泛的説法。段玉裁《毛詩故訓傳定本小箋》、焦循《毛詩補疏》也採用了這一説法。陳奐大概是直接繼承了他的經學老師段玉裁的説法。從學説的由來來看，我們也可益加明瞭：改變斷句方式的思路，是對歐陽修的學説改造而來①。

---

① 陳奐對《詩序》《毛傳》的篤信或許也不應當全盤相信。與其説他是真心相信《詩序》與《毛傳》，不如説他是出於策略的考慮，因此採用了篤信《詩序》的立場。筆者之所以這樣認爲，理由有三：一、陳奐的老師段玉裁雖然也依據《詩序》《毛傳》解釋《詩經》，却並無排他性的篤信，他認爲要正確認識《毛傳》與《鄭箋》的學説，就不可像以前的研究那樣將二者混在一起處理，而應當對二者分別進行研究，據此，他認爲《鄭箋》有其獨立的價值；二、陳奐的另一位老師王念孫，及其子——與陳奐交往密切的王引之，都是最爲權威的學者，有這樣身份的王引之也批判過陳奐對《毛傳》的墨守；三、陳奐爲與自己的解釋態度不同的胡承珙續成了《毛詩後箋》一書，他所續寫的部分是抄用《詩毛氏傳疏》之説，雖説並非使用胡承珙的方法，但至少説明他心理上可以容許與自己相異的《詩經》學。從以上的三點來看，陳奐在與學界交往時並不堅持將《詩序》《毛傳》作爲《詩經》解釋的唯一方法，而且他一面在某種程度上容許這樣的想法，一面又策略性地採用《詩序》《毛傳》作爲自己《詩經》研究的根據。對於這一點筆者今後將繼續展開研究。關於陳奐與他的老師們的《詩經》研究立場，請參考拙稿《清朝詩經學的變遷——以戴、段、二王爲例》(《清朝詩經學的變容——戴、段、二王の場合——》，慶應義塾大學文學部《藝文研究》第 62 號, 1993 年)、《陳奐〈詩毛氏傳疏〉的特點》(《陳奐〈詩毛氏傳疏〉の性格》，同前第 70 號, 1996 年)。

陳奐的確想要復歸漢代的《詩經》學,但他所欲回到的漢代《詩經》學已經由他自己的解釋重新構築過了,而如上所見,這正是受了宋代《詩經》學相當大的影響。因此可以説陳奐是以宋代《詩經》學的思考理念對漢代《詩經》學進行了再構築,至少這一特性是占有著不可忽視的分量。從上述事實來看,筆者認爲,想要把握清代考據學之《詩經》學的實貌,則不可將目光僅限於它與漢唐《詩經》學之間的關係上,而必須深入考察它從宋代《詩經》學中所受到的影響①。

*

清代學術雖標榜繼承漢學,但《詩序》已不再擁有無可動搖的權威。胡承珙《毛詩後箋》云:

> 承珙案:序首句云"螽斯,后妃子孫衆多也",是但以螽斯喻子孫之衆多,因而推衍其意,以爲不妒忌耳。即以不妒忌歸之螽斯,亦不過因其群處和集而卵育蕃多之故。范氏《補傳》曰:凡物之群處而不相殘者,則知其能不妒忌也。諸儒改讀序文,皆可不必。

胡承珙將《詩序》中"螽蟲不嫉妒"的説法納入己説,認爲螽蟲並非真的不嫉妒,只是詩人從螽蟲群居的樣貌中讀取出了"不嫉妒"的品德。也就是説,"螽蟲不嫉妒"是一種擬人的表達方式,或者説是移情的結果,因此不必從中尋找自然科學意義上的真理。這與《呂氏家塾讀詩記》中所引朱熹的説法相似,他們都認爲現實世界與詩歌世界有不同的邏輯,因此即使詩歌中所叙之事不合於常識也沒有問題。就像陳奐以歐陽修之説爲己説之樣板那樣,胡承珙的觀點也是在朱熹説法的樣板上形成的。就此也可見清代考據學派對宋代《詩經》學多有借鑒。

---

① 關於這個問題,請參考本書第十九章。

王先謙《詩三家義集疏》否認了《詩序》《毛傳》的絕對權威，他認爲《詩序》之説本來就不構成問題：

> 是此詩美后妃不妒忌，以致子孫衆多，能使皆賢。自來説《詩》者無異詞。《序》説（螽斯不妒忌）……螽斯微蟲，妒忌與否，非人所知。《箋》説因之而益謬。陳氏奐祖《傳》，於"斯"字斷句，究屬牽強。

如此，曾經那樣長久地困擾學者們的問題，也從《詩經》學研究的前沿引退了。

六、歷代《詩經》學的學術關係

以上，本文對圍繞《螽斯》一詩的研究史作了一個大致的梳理，由這個小問題引出了涉及《詩經》解釋學史上的認識的諸多問題。

緒言中圖 1 所示，是一直以來研究者對於歷代《詩經》學變遷的見解。在這個"漢唐《詩經》學→宋代《詩經》學→清代考證學之《詩經》學"的變遷脉絡中，每一代的學術都是以批判反撥前代之學的樣貌出現的。與此同時，有很多對各個時代學術的個別研究。當然，以某個時代、某位學者的學術爲焦點，正確把握其特徵，是正確理解《詩經》解釋學史的前提，其首當其衝的必要性是不言而喻的。因此，應當承認歷來研究的努力方向是正當的。然而，從以上對《螽斯》解釋的變遷過程所作的分析來看，這一框架還須稍作調整。

也就是説，每個時代的《詩經》學固然是圍繞著對前代學術的批判而形成的，但他們彼此間並非完全割裂，而是各自從其所批判和反撥的前代學術那裏充分吸取了營養，融入了自己的學術之中。應當看到，所謂的"反撥"並非像兩塊磁鐵的負極與負極那樣完全遠隔,而是具有相當的黏著力,濃墨重彩地保留了兩兩共鳴、相互依存之處,並在形成自己的新學說時將其納入囊中。從這個意義上來看,僅僅孤立地討論各時代學術間的反撥之處是不充分的,必須將注意力更多地投放於那些在學術上超越時代界限、前後貫通的關注點和繼承關係。

反過來說,《詩序》《毛傳》《鄭箋》《正義》等雖被整合爲"漢唐《詩經》學"體系,當作一個整體來看待,但他們各自有其獨特的見解與存在價值,這一點也不容忽略。"祖述"一詞表達了儒學的基本立場,它的意思是崇尚遠古先人的觀點,忠實地將其繼承、叙述和傳遞,而絶不攙入自己自作聰明的觀點。"疏不破注"一詞就是在這樣的學術精神中產生的。然而,如本稿所考察的,注釋者及再注釋者在對前人的《詩經》解釋作忠實的再解釋之外,實際上也以將變形與誇張加入解釋中的方式表明了自己對於作品的認識。因此,不可被"祖述"的表現形式所遮蔽,從而忽略了其中所表現的內容。

將以上的關係用圖形來表示,就是圖1:

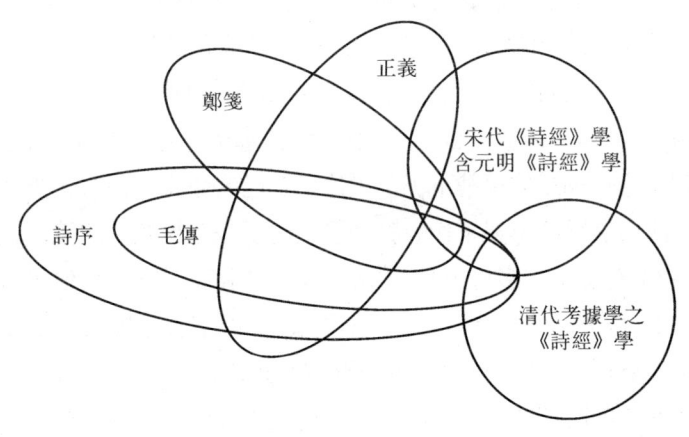

圖1　筆者對於歷代《詩經》學相互關係的認識

七、結　語

　　通過考察被祖述的對象與注釋、再注釋之間的偏差與分歧,能够發現注釋者自己的思維方式以及他所處時代的思潮。並且,通過這樣的考察,也可發現從來被認爲如水油般層次分明的各段學術之間也存在重要的相互關聯。這就是筆者所採取的研究方法,從自來被視爲一體的體系内部發掘出差異,在一直被認爲不甚相關的對象之間發現關聯。筆者試圖不依照現有的時代、學派構造,而是從《詩經》解釋學之理念、方法的繼承關係方面來考察,以窺見其發展過程的實貌。

　　站在筆者這樣的立場上來看,宋代《詩經》學,尤其是處於其形成時期的北宋的《詩經》學,就成爲了研究《詩經》學歷史的關鍵。以北宋《詩經》學爲著眼點,向上可考察它如何從與前代《詩經》學的關係中衍生申發出來,向下可討論它對於後代、尤其是清代考據學的《詩經》學產生了怎樣的影響,而藉此即可掌握《詩經》解釋中的觀念經歷了怎樣的發展過程。

　　要弄清北宋《詩經》學的成立過程,非常重要的一點是,對於重新解讀《正義》的疏家之觀念,必須能正確地掌握。義疏之學一直戴著"疏不破注"這樣先入爲主的枷鎖,被認爲是無法獨立發展、創造性低的學問。然而,通過仔細解讀可知,他們在這一枷鎖的束縛下仍舊表達了自己的觀念。而這正爲連接漢唐《詩經》學與宋代《詩經》學架起了一座橋梁。的確,《正義》中充滿了許多可説是"曲解""穿鑿""强辯"的内容,但筆者認爲,他們的這種"曲解""穿鑿""强辯"毋寧説正開啓了經學中富有創造性的新天地。不僅是對《正義》有意義,包含著創造性的"曲解""穿鑿""强辯"也成爲了推動中國《詩經》學發展的原動力。

還有,本章中討論了各個時代對《螽斯》解釋的變化,其中顯示的處理《詩經》比喻的方式,伴隨著他們文學觀的變化而變化。《詩經》解釋史的變遷並不僅僅是思想上的變化,還有如何從文學角度來把握《詩經》這一認識的變化,此一變化與思想變化密不可分,有了它,《詩經》解釋史的變遷纔得以實現。這裏所謂的"文學"性認識,並非單指對詩歌内容的文學性解讀,也包含對詩篇結構及修辭等文學應有之形態的認識。因此,其中就深刻地反映了《詩經》學者自身的文學觀。筆者認為,通過分析這個問題,就可以超越經學研究與文學研究相分離的現狀,在更爲綜合的視野中審視中國的古典文化。爲此,就需要深入到感性層面對《詩經》研究中所展現的歷代學者之思考方式進行分析。從這個意義上來説,構築新《詩經》學的學者同時也是富有敏鋭文學感覺的文學家,這也是北宋《詩經》學值得深入考察的地方。

第二章　后妃是否爲丈夫求賢

一、前　言

在上一章中，筆者對歷代《詩經》解釋學的發展過程作了一個大致的總結，並指出有必要重新審視各個時代的《詩經》解釋學之間的關係。而在考察《詩經》解釋學史的時候，另有一種與上述歷史性視野不同的視角是必要的，它關注的是每個注釋怎樣以多種觀念的組合爲基礎而產生、其中凝聚了注釋者怎樣的(如道德、歷史、現實、文學等方面的)價值觀。如果說上一章主要強調了有必要考察注釋之間的歷史性關係，那麼這一章想要強調的就是，必須弄清組成各注釋的多樣且多重的思維構造。每個注釋都像一個結晶體，分析他們的構成，是把握注釋間歷史性關係之實貌的必要前期工作。

在這一章中，筆者將以宋代《詩經》學各學者的著作爲材料，考察他們在共同建立反對漢唐《詩經》學之詩說的同時，各自經歷了怎樣的思索過程，其中又反映了怎樣的價值觀差異。

二、《小序》對於《卷耳》的解釋

本章將以《周南·卷耳》爲考察對象。全詩如下：

采采卷耳，不盈頃筐。嗟我懷人，寘彼周行。
陟彼崔嵬，我馬虺隤。我姑酌彼金罍，維以不永懷。
陟彼高崗，我馬玄黃。我姑酌彼兕觥，維以不永傷。

> 陟彼砠矣,我馬瘏矣,我僕痡矣,云何吁矣。

關於此詩,即使現代也有多種不同的解釋,以下引用吉川幸次郎明白曉暢的譯文:

> 卷耳采了又采,不能裝滿小筐。啊,我想念那個人,(把不滿的小筐)放在路上。
>
> (我想要極目眺望他所在的地方,駕上馬車)登上土山,我的馬兒蹣跚不前。我姑且用金樽飲酒,無論何時也不要在憂愁裏深陷。
>
> 登上高高的山脊,我的馬兒沒精打采。我姑且用牛角杯飲酒,無論何時也不要長久地傷懷。
>
> 登上那石山,我的馬兒疲憊不堪,牽馬的僕人也筋疲力盡,唉,實在是沒有法兒辦。[1]

吉川將此詩解釋爲士兵出征——或者不是士兵、而可能是朝廷派遣的官員出使他國——家中的妻子因思念丈夫而作的詩。

但是,從儒學立場上對本詩作出的解釋就完全不一樣了。被漢唐《詩經》學據爲根本的《小序》是這樣説的:

> 《卷耳》,后妃之志也。又當輔佐君子,求賢審官,知臣下之勤勞。內有進賢之志,而無險詖私謁之心,朝夕思念,至於憂勤也。

《小序》中所説的"后妃"指的是太姒。周文王是奠定周王朝基業的聖人,而"太姒"是其王妃之名,她被認爲是淑德全備的理想女性。《卷耳》一詩收入《國風·周南》,而漢唐《詩經》

---

[1] 吉川幸次郎《詩經·國風(上)》,《中國詩人選集》,岩波書店,1985年,第36頁。中文由譯者翻譯——譯者注。

學將《周南》與其後的《召南》兩部分定位爲歌詠后妃太姒之淑德的組詩。

《小序》認爲,《卷耳》一詩歌詠的是太姒這一位歷史上實際存在過的人物在過去某一時刻的行爲和心情。這體現了漢唐《詩經》學在《詩經》解釋方面的一大特徵,即認爲《詩經》的詩篇表現了歷史上實際存在過的人物身上所實際發生的事情,因此他們採取的解釋方法是,將詩的內容與歷史性事件、事實一一對應。漢唐《詩經》學的這一方法被稱爲"以詩附史"。不難想到,這樣的方式容易使解釋變得牽強附會,通常的觀點認爲它因此成爲了宋代《詩經》學的批評對象,並被捨棄。關於宋代《詩經》學將此捨棄後採用了怎樣的解釋方式,下文將論及。另外,"以詩附史"的解釋方法在宋代被捨棄這樣的一般説法是否確切,也將在下文進行討論①。

回到《卷耳》的《小序》。《小序》想要表達的是,作爲后妃的太姒輔佐丈夫文王,爲了丈夫而尋求賢人,推薦給丈夫做臣子,並且審查判斷應當授予他怎樣的官職。她就是這樣爲丈夫提供政治上的輔佐,日夜憂勤,殫精竭慮。也就是説,《小序》認爲這首詩歌頌了作爲女性的太姒爲輔佐丈夫而搜求、審查官員,換言之,即女性以輔佐丈夫的名目參與政治的狀況。在此後的《詩經》解釋史上,這一點引起了很大的討論。

三、從道德角度出發的批評

宋代的《詩經》學者爲何對漢唐《詩經》學感到不滿足?一個重要的理由是,他們懷有這樣的疑問:作爲漢唐《詩經》學之根本的《小序》,其對詩篇的説明是否的確抓住了詩篇的真

---

① 關於這一問題,本書第十一章將詳細討論。

正主旨？對於《卷耳》的《小序》,許多學者都有過批評,他們的視角大致可歸納爲兩個。這兩個視角恰好可以如實地反映宋代《詩經》學想要構築怎樣的學術來超越漢唐《詩經》學。

首先,歐陽修和蘇轍的説法體現了第一個視角。作爲宋代《詩經》學先驅的歐陽修《詩本義》,針對《卷耳》的《小序》有如下説法:

> 婦人無外事。求賢審官,非后妃之職也。臣下出使,歸而宴勞之,此庸君之所能也。國君不能官人於列位,使后妃越職而深憂,至勞心而廢事,又不知臣下之勤勞,闕宴勞之常禮,重貽后妃之憂傷,如此則文王之志荒矣。

歐陽修認爲"婦人無外事。求賢審官,非后妃之職也",即認爲《小序》所説的"后妃搜求賢者、審查官職"這樣女性參政的行爲是越權。他接下來批評道,根據《詩序》得出的是這樣不合理的結論,因此《小序》之説有誤。

蘇轍《詩集傳》也有以下説法①:

> 婦人知勉其君子求賢以自助,有其志可耳。若夫求賢審官,則君子之事也。

他也並不認同女性參與政治,認爲女性應當鼓勵丈夫求賢,而不是自己出面求賢和審查。

歐陽修和蘇轍批評《小序》的動機是相同的,其批評都由"后妃不應干涉天子的政務"這一道德觀點申發出來。從這樣的觀點出發,他們就得出了"《卷耳》所吟詠的並非是這個內容,因此《小序》之説有誤"的結論。在此,他們用"不應如此"爲依據,推導出"所吟詠的並非是如此"的結論,這不能不引起

---

① 關於蘇轍對《卷耳》的解釋,本書第八、九章有詳細討論,請參看。

我們的注意。在傳統中國社會，《詩經》被當作經典，它是至高無上的，能够對民衆進行道德教化。歐陽修和蘇轍也同樣這麽認爲。因此，關於《詩經》的一個基本準則是，詩篇中"所吟詠的並非是""不應"有的事情。然而當他們考察前人的解釋時，發現所吟詠的却是從道德立場出發"不應"有的事情，於是他們就得出了"解釋有誤"的結論①。簡言之，他們是基於道德的理由對《小序》的説法作出批評。

在考慮這樣從道德理由出發的批評時，有一點必須注意：歐陽修和蘇轍之所以認爲《詩序》所言違背道德，是由於他們自己認爲"女性不應參政"。即是説，他們以自己的道德觀爲根據，斷定《詩序》的説法是錯誤的。無論歐陽修和蘇轍的時代是怎樣的情況，總之他們没有考慮過這樣的問題：在《卷耳》一詩寫作的古代，或許后妃積極參與丈夫的政事是合於道義的，今昔之間或許存在道德觀的變化。他們認爲自己時代的道德、常識、邏輯應當是與古代相合的，因此就基於這樣的認識來形成自己的學説。這種觀點被稱作"人情説"。從這樣的"人情説"出發進行解釋是歐陽修《詩本義》的一大特徵。他認爲《詩經》中所叙述的事情、所表達的道德應該都是以極爲明白曉暢的形式來表現的，因此他相信，從這樣的"人情説"出發，根據自己的道德觀、常識和邏輯來解釋《詩經》就是正確的。他的這一"人情説"革除了漢唐《詩經》學經常因難懂而繞到很遠的方面來解釋詩篇的弊端，非常有助於作出更合理的解釋。"人情説"也得到了後來學者的繼承，成爲宋代《詩經》學革新的一大推進力。不過，不可忽視的一點是，"人情説"也與一種主觀性很强的古典解釋方法聯繫在一起，這種方法不

---

① 參考本書第十八章。

承認古今之間的歷史性變化,或者,如果"不承認"有些言過,它至少也是對歷史性變化的可能性相當不敏感。本文所舉《卷耳》一詩的解釋就非常微妙地體現了"人情説"的優長和不足。

四、從文學方面出發的視角

下面想要考察的是批評《小序》的另一視角。南宋集性理之學大成的朱熹在《詩經》學領域也作出了很多貢獻,其於元代以降的影響力是巨大的。在《詩序辨説》中,他對《小序》作了極爲嚴厲的批評,其中對《卷耳》的《小序》批評如下:

> 此詩之序,首句得之,餘皆傅會之鑿説。后妃雖知臣下之勤勞而憂之,然曰"嗟我懷人",則其言親暱,非后妃之所得施於使臣者矣。且首章之"我"獨爲后妃,而後章之"我"皆爲使臣,首尾衡决,不相承應,亦非文字之體也。

朱熹對《小序》的批評與歐陽修、蘇轍不同。他認爲,《卷耳》第一章中的"嗟我懷人"一句,也就是吉川幸次郎譯爲"啊,我懷念那個人"的,是思念愛人而感歎的口吻,無法像《小序》所説的那樣,解釋成"后妃爲了丈夫的政事而尋求有用人才"這樣的思賢口吻。而且他還認爲,《卷耳》詩中每章都有第一人稱"我",根據《小序》的解釋,則只有第一章的"我"是后妃的自稱,其他的"我"指的都是爲執行政務而在外奔波的使者,這樣就使得一篇詩中第一章和其他章節的叙述者不一致,首尾不貫通,因此《小序》的説法是錯誤的①。這裏體現出的朱熹

---

① 不過,"首章叙述妻子對丈夫的思念,以下各章叙述倦於行旅的丈夫對家的思念"這樣相和歌風格的解釋,在現代也被目加田誠等所採用(參考前揭目加田誠著作)。朱熹之説是否是定論,本書暫不涉及,而它的確是從文學角度出發作出的解釋之一種,本書即在此層面上對其進行討論。

的方法是，著眼於《卷耳》這首詩的面貌，湊近詩句本身去考察其中的意思，從而對《小序》作出批評。歐陽修和蘇轍等的批評是脫離了詩句、單討論《小序》本身，專門批評其中道德方面的弱點。而朱熹則將《小序》之說與詩篇關聯起來，在此基礎上考察《小序》是否能合理地解釋詩篇，從而作出批評。朱熹的解釋採取貼近詩篇本身的方式，從這個意義上來說，它可以被稱爲從文學理由出發的批評。像這樣細讀詩句、分析它的意思，是宋代《詩經》學非常有效的一種解釋方式。後代評價認爲，通過著重於這一點，宋代《詩經》學往往能夠從漢唐《詩經》學"以詩附史"的方式中脫離出來，轉爲文學性的解釋。而且，包括朱熹《詩集傳》在內的宋代《詩經》學的說法，也可謂是我們的現代解釋之濫觴。

接下來我們將對這樣從文學視角出發的解釋進行更細緻的考察。朱熹將自己的《詩經》解釋整理爲《詩集傳》這樣一部著作。在其中的《卷耳》注中有如下說法：

> 后妃以君子不在而思念之，故賦此詩，託言方采卷耳，未滿頃筐，而心適念其君子，故不能復采，而寘之大道之旁也。（首章）
>
> 此又託言欲登此崔嵬之山，以望所懷之人，而往從之，則馬罷病而不能進。於是且酌金罍之酒，而欲其不至于長以爲念也。（二章）

"託言"一詞在這裏出現了兩次。筆者所理解的"託言"意指"將對丈夫的思慕寄託在摘菜的詩句中""將對丈夫的思慕寄託在登山的詩句中"。也就是說，"託言"是這樣的一種認識方式：詩句中所敘述的事物只用來寄託作者的心情，而並非作者本來想要詠唱的内容，後者隱藏在詩句中①。朱熹的解釋方式是，不但要弄清詩句的意思，而且要通過詩句中所寫的内容，發現表達者即作者想要表達怎樣的思想感情；如果是用叙述其他事物的方式，要弄清作者爲何要採取這樣的方式。也就是説，此處表現出了漢唐《詩經》學很少涉及的對於詩歌表達方式的關注，或者説對於作爲表達者的詩人的關注。這種關注不但擴大了他們解釋《詩經》的可能性，也加深了對詩中人物情感的考察。

上文通過考察宋代《詩經》學對於《卷耳》之《小序》的批評，説明了這一批評中包含著從道德觀點和文學關懷出發的兩方面動機②。除此之外，在宋代《詩經》學對漢唐《詩經》學進行批評的其他部分中，也可發現基於歷史觀念的批評。歷代王朝中，宋朝在對外方面是最弱的，經常受到周圍强大的異民族政權如遼、西夏、金、元等的壓迫。宋人的國家意識因此而增强，這也影響到了他們的《詩經》解釋。再有，從上文的討論中也可發現受政治動機影響的解釋。衆所周知，宋代的王

---

① "託言"一詞在《詩集傳》的五首詩中共出現了六次，除《卷耳》以外，其他的例子是：

一、《邶風·簡兮》之"云誰之思，西方美人"：《詩集傳》云："西方美人，託言以指西周之盛王。如《離騷》亦以美人目其君也。"

二、《衛風·氓》之"乘彼垝垣，以望復關"：《詩集傳》云："復關，男子之所居也。不敢顯言其人，故託言之耳。"

三、《衛風·有狐》之"有狐綏綏，在彼其梁"：《詩集傳》云："國亂民散，喪其妃耦。有寡婦見鰥夫而欲嫁之，故託言有狐獨行，而憂其無裳也。"

四、《魏風·碩鼠》之"碩鼠碩鼠，無食我黍"：《詩集傳》云："民困於貪殘之政，故託言大鼠害己而去之也。"

從以上的例子也可以確認，"託言"一詞都表示這樣的認識方式，即詩中所講述的事情只是作者抒發内心情感的寄託之言，作者真正想表達的内容不在表面的叙述中，而是隱含在詩句裏。

② 關於這個問題，本書第十七、十八章中將詳細討論。

安石大力推行新法，其新政策是以異於傳統的價值觀爲依據的。而傳統的維護者對新法的反對也很強烈，因此北宋晚期陷入了新黨、舊黨激烈鬥爭的局面。推行新法的王安石著有《詩經新義》這樣一部很有特色的《詩經》注本，它後來成爲官方指定的科舉教材。而與之同時代的蘇轍、程頤等《詩經》注釋者則屬於舊黨。他們的解釋中也有一些能夠反映出各自的政見①。

如上，道德理由、文學理由、基於歷史觀念的理由、政治理由等各種動機混雜在一起，共同推動了宋代學者批評漢唐《詩經》學、構築新《詩經》學這樣的革新之舉。以道德動機爲例，想要用儒家倫理貫穿《詩經》整體，有時也的確會用道德上的價值觀歪曲《詩經》之意，很多前輩學者都對此表示了批評。而從文學觀點出發的解釋則提供了弄清《詩經》本來面貌的可能性，多爲人所肯定。學界多有像這樣"一個方面落後，另一個方面進步"的分類，然而這樣的判然區分是否允當，仍可懷疑。從《卷耳》的例子可以看出，無論解釋者是出於怎樣的意圖，從多個立場出發，重新考察漢唐《詩經》學的解釋是否妥當，都對他們的新解釋的產生有所影響。如此看來，或許我們不應當對每一個批評視角進行甄別，而應當認識到正是在多種動機交織的混沌狀態中，《詩經》學的新局面方纔得以打開。這樣纔可窺見實情。

五、漢唐《詩經》學對宋代《詩經》學的影響

到上一節爲止，本書一直從"宋代《詩經》學批評漢唐《詩

---

① 關於宋代《詩經》學著作中反映當時歷史情況以及個人政見的注釋，請參考本書第十六章。

經》學、構築新學術"這樣的角度來進行論述。照此來看,則或許可以說,宋代《詩經》學的歷史是從它與漢唐《詩經》學完全劃清關係的時刻開始的。然而事實並非如此,宋代《詩經》學也接受和繼承了漢唐《詩經》學的某些觀念。本節擬對此進行說明。

朱熹在《詩集傳》中對《卷耳》有如下的説法:

> 此亦后妃所自作,可以見其貞靜專一之至矣。豈當文王朝會征伐之時、羑里拘幽之日而作歟?然不可考矣。

朱熹並不依漢唐《詩經》學的説法,將《卷耳》一詩解釋成太姒協助文王、擔當政務,而是解釋成妻子由於懷念遠方的丈夫而感歎。不過,朱熹認爲這首詩是太姒自己創作的。與漢唐《詩經》學一樣,他將詩與歷史人物文王之妃太姒聯繫在一起了。上文已經指出,漢唐《詩經》學的特徵是"以詩附史",即傾向於將詩與歷史上實際存在的人物和事件聯繫起來。從朱熹的這條解釋來看,歷史主義的解釋方式餘勢猶盛。

這一點在以上引文的後半段"豈當文王朝會征伐之時、羑里拘幽之日而作歟?然不可考矣"中體現得更清楚。"然不可考矣"一句體現了朱熹依照客觀根據來解釋詩歌的學術態度:詩中無明確證據,則必須解釋爲不確定。不過另一方面,朱熹在此之前推測這首詩是文王拘於羑里時太姒思念丈夫而作。明知這是冷靜考慮後就不可下的判斷,自己也承認沒有證據、只能是臆測而已,但朱熹還是非要將此臆測寫下來。雖然持有"應當客觀地解釋《詩經》"這樣的學術信念,但又無法不去探討詩歌是何時、在怎樣的歷史情境下創作出來的:朱熹的思想是矛盾的。這也可見當時學者的思想主幹中仍流淌著歷史主義的傾向[①]。如此看來,宋代《詩經》學中仍然濃墨重彩

---

① 請參考本書第十一章。

地保留了漢唐《詩經》學的解釋意向。

六、漢唐《詩經》學是一體的嗎

那麼,漢唐《詩經》學自身又是怎樣的呢?本書緒言中提到了學界的一般認識,即認爲《序》《傳》《箋》《正義》是如洋葱狀層層重疊,構成了漢唐《詩經》學這一整體。然而果真是這樣的嗎?

從《正義》對於《卷耳》之《小序》的敷衍①來看,疏家認爲,求取賢人、審查並授予其官位的是丈夫文王,而不是后妃太姒;使臣經受旅途疲憊出使國外,回來後慰勞他的也是丈夫文王。據此説法,則后妃並不直接干預政事,充其量只是勸丈夫施行善政而已。"輔佐君子"之語,應當並非是指在具體政務上的輔佐,而是指妻子與丈夫心意相通,共同因爲希望得到賢人而懷有憂心,是能够理解丈夫的人。

這裏没有出現一個通過自己執政來輔佐丈夫的后妃形象。從上文的論述中可見,宋代學者認爲《小序》中所説的是"后妃輔佐丈夫,后妃自己尋求賢人並審查適合於他的官職",對此進行了批評。然而,爲何《正義》之説本應對《小序》作敷述,却並未提到后妃親自參政?

事實上,《正義》對《小序》的解讀與宋代學者不同。宋代《詩經》學者的解讀是:

> 又當輔佐君子。求賢審官,知臣下之勤勞。

這裏的理解是,后妃應當輔佐丈夫,而輔佐的内容就是尋求賢人和審查官職,並理解使臣的旅途勞頓。而《正義》的解讀則是:

---

① 參考本書第九章第三節。

> 又當輔佐君子求賢審官。知臣下之勤勞……

《正義》將其理解成了丈夫要尋求賢人、審查官職,而后妃則輔佐丈夫做這些事情。即是説,《毛傳》《正義》與宋代《詩經》學者對《小序》的句讀不同,他們或是認爲"君子"是輔佐的賓語,或是認爲"君子"是"求賢審官"的主語,因此説法也有了差異。《正義》與宋代《詩經》學者對同一段《小序》的解讀不同,於是得出了完全相異的解釋。由此可以看出,研究《詩經》解釋學史,不僅應當考察歷代《詩經》學者是如何解釋《詩經》的,也應考察歷代《詩經》學者如何解釋前人的解釋這一問題。

但是,總的來説,《正義》的解釋似乎缺乏合理性,這就意味著《正義》勉强地將"求賢審官"解釋成丈夫的行爲,那麽因此而產生的邏輯矛盾就必須設法彌合。

爲何《正義》要這樣勉强地解釋呢?因爲疏家認爲女性不應該干涉政治,他們在解釋《小序》時,用合於自己價值觀的方式使《小序》的意思變得合理了。這樣看來,疏家的價值觀與宋代《詩經》學者並無差別。反過來説,在如何看待女性關涉國家政事的問題上,《小序》與《正義》的價值觀是不一致的,那麽,漢唐的《詩經》學就未必可以説是一個整體。

所以説,圍繞著《卷耳》的《小序》,無論是《正義》的編纂者還是宋代的《詩經》學者都堅持"后妃不應干涉政務",在這一點上他們是相同的,而在具體的處理方式上則相異。《正義》奉《小序》爲神聖完美的至言,認爲它不可能有失誤,在這樣的思路基礎上,《正義》將《小序》解釋得合於自己的價值觀,雖然如上所示這解釋稍嫌勉强,但它仍然堅持《小序》的正確性。而宋代《詩經》學者則質疑《小序》的絶對權威,他們的解讀不帶有先入爲主的推崇,他們從中發現了道德上的錯誤並進行批評。因此,雖説《正義》與宋代《詩經》學者持有同樣的道德價值觀,但站在各自的學術立場上,在解釋時對《小序》一者擁護,一者批評。

從以上的考察可知,我們必須重新考慮"漢唐《詩經》學是一個整體,且宋代《詩經》學與漢唐《詩經》學直接對立"這樣通常被當作《詩經》解釋學史常識的看法。實際上,關於這個問題,《毛傳》早已展示了與《小序》不同的觀點。對於《卷耳》首章的"嗟我懷人,寘彼周行",《毛傳》的解釋如下:

> 思君子官賢人置周之列。

根據《毛傳》,則授予賢人官職、使之位列大臣的還是"夫",也就是文王。而太姒終歸只是希望丈夫能夠授予賢人官職,即是說后妃僅僅是期待丈夫推行好的政治,並不親自涉足政務。在這一點上,《毛傳》與《正義》的觀念是一致的。如此看來,被認爲是一個整體的《詩序》與《毛傳》《正義》之間存在道德價值觀的差異,後兩者的價值觀實則與宋代《詩經》學者相同,即是說,《毛傳》《正義》一面尊重《小序》,一面又用與宋代學者相同的價值觀來重新解讀《小序》。《毛傳》與《正義》連結起了《小序》與《詩本義》之間的道德觀差異。

這樣的例子其實有很多,只是如果只讀《正義》的話則難以發現。單看《正義》,則只能發現《毛傳》《正義》正確地繼承了《小序》之說,而通過與宋代《詩經》學的不同觀點相對比,我們方能發現看起來團結一致的漢唐《詩經》學內部存在著思考方式的差異。尤其引人注意的是這樣的例子:它能夠體現《小序》《毛傳》《鄭箋》三者與《正義》之間的價值觀差異,而其中《正義》的價值觀又表現得與宋代《詩經》學的價值觀相同。這賦予了《正義》新的意義。一直以來,《正義》基本上都被認爲是缺乏獨創性,僅僅忠實地對《小序》《毛傳》《鄭箋》進行再解釋的作品,然而,在這忠實地再解釋之中,實則也包含了很多疏家依據自己價值觀對前人的解釋進行重新解釋的部分。那麼,認爲有重新解釋必要的《正義》就在價值觀上與宋代學者有了相同之處。即是説,《詩經》學在宋代得以革新,而《正義》在某種程度上可謂是宋代《詩經》學的準備階段。

因此,必須意識到的是,宋代《詩經》學雖被認爲是與漢唐《詩經》學相對立的,但這對立的方式並非如磁鐵的負極與負極一樣完全相斥隔離,而是像一顆顆納豆彼此以絲相連那樣,儘管各自奉行不同的宗旨,却被無法切斷的關係連接在一起,這是一種有黏著力的對立。

如此,通過對比考察多個時代的注釋就可以明白,看似嶄新觀點的出現,實際上是隱蔽地繼承前代學説的結果;反過來,看似停滯不前的學説内部,實則孕育著新的要素,正在向下一個時代過渡。而且,像歷史主義的解釋那樣貫穿中國古代時期的學術志向、不隨時代變換而更改的精神,也可在這樣的考察中尋得頭緒。對注釋進行比較研究的趣味就在這裏。

第二部

北宋《詩經》學的創始與發展

第三章 《毛詩正義》：歐陽修《詩本義》的搖籃

一、前　言

(先父)嘗曰："先儒於經不能無失，而所得已多矣。正其失可也，力詆之不可也。盡其說而理有不通，然後得以論正。予非好爲異論也。"其於《詩》《易》多所發明，爲《詩本義》，所改正百餘篇，其餘則曰："毛、鄭之說是矣，復何云乎？"其公心通論如此。

這段話引自歐陽發爲父親歐陽修撰寫的《事蹟》①。從中可知，歐陽修的《詩經》研究主要致力於修正《毛傳》《鄭箋》，而他所採取的方式並非肆意地批判《毛傳》《鄭箋》，而是相當尊重並積極繼承其成果。對於這種治學精神，自南宋的晁公武以來，歷代論及《詩本義》者基本上都給予了高度的評價②。

---

① 吴充所撰的《行狀》(《四部叢刊》正編《歐陽文忠公集》附錄一，第十二葉A面)中也引用了同一段文字。
② 晁公武的評論如下："歐公解詩，毛、鄭之說已善，因之不改。至於質諸先聖則悖理，考於人情則不可行，然後易之。故所得比諸儒最多。"(《郡齋讀書志校證》卷二《詩類》，上海古籍出版社，2011年，第66頁)

　　另有陳振孫《直齋書錄解題》的評論如下："《詩本義》十六卷 圖譜附，歐陽修撰。先爲論以辨毛、鄭之失，然後斷以己見。末二卷爲《一義解》、《取舍義》、《時世》《本末》二論、《豳》《魯》《序》三問，而《補亡鄭譜》及《詩圖總序》，附於卷末。大意以爲毛、鄭之已善者皆不改，不得已乃易之，非樂求異於先儒也。"(《直齋書錄解題》卷二《詩類》，據徐[轉下頁注]

而且,歷代論者在考察《詩本義》的特徵及其經學史意義的時候,往往關注於這一點:歐陽修(從批判與繼承兩個方面出發)的這一方法與《詩序》《毛傳》《鄭箋》等漢唐《詩經》學的準則是相對立的。現代的《詩本義》研究也大致如此。

不過,唐代孔穎達等所著的《毛詩正義》作爲對《詩序》《毛傳》《鄭箋》作出標準解釋的著作,在《詩本義》寫成①之時仍然是科舉考試的權威教材②,但《詩本義》與《正義》之間有怎樣的關係,此前却很少有人關注。換句話說,在此前的《詩本義》研究中,論者通常都使它與《詩序》《毛傳》《鄭箋》直接對峙。他們從《詩經》學研究史中抽離了六朝至唐代積累起來的注疏學傳統,認爲《詩本義》對《詩經》學的革新,在於它首先針對《序》《傳》《箋》所代表的截至後漢的《詩經》學展開了銳利的批判。可以說他們構建了這樣一個印象:歐陽修的眼中似乎從來不曾存在過《正義》,他是直面漢代學問的。

[接上頁注]小孌、顧美華點校本,上海古籍出版社,1987年,36頁)

　　歷代對《詩本義》評價的典型,是《四庫全書總目提要·經部·詩》中的《詩本義》提要(臺灣商務印書館,2000年,第296頁):"自唐以來,說詩者莫敢議毛、鄭,雖老師宿儒,亦謹守《小序》。至宋而新義日增,舊說幾廢,推原所始,實發於修。……是修作是書,本出於和氣平心,以意逆志,故其立論未嘗輕議二家,而亦不曲徇二家,其所訓釋,往往得詩人之本志。"

① 華孳亨《增訂歐陽文忠公年譜》(以下簡稱《年譜》。據《昭代叢書》丙集補,縮頁影印道光二十四年世楷堂刊本,上海古籍出版社,1990年,第1册,第531頁)將《詩本義》的成書繫於嘉祐四年己亥(1059)歐陽修五十三歲時。葉氏自言所據:"以卷首公自題官知在是年。"筆者所見《四部叢刊》本、《通志堂經解》本無此自題,不知華氏之言所據何本,但除華氏繫年外無更有力的說法,故暫且從之。另外,嘉祐四年時歐陽修爲龍圖閣學士、給事中、同提舉在京諸司庫務。同年二月充御試進士詳定官,賜御書"善經"二字。嘉祐二年他曾知禮部貢舉,錄取蘇軾、蘇轍、曾鞏、程顥、張載等,人稱"貢舉得人之盛,獨絶前後"。此則在其兩年之後。

② 熙寧八年(1075),王安石等人所著的《三經新義》頒佈於天下,成爲新的標準文本。

在前面的引文中，歐陽修自述了他對於《毛傳》《鄭箋》的自覺繼承與批判，上述觀點正是基於此而形成，并在此意義上來説是合理的。而且，考慮到在歐陽修的時代人們閱讀經典的情況，則《詩本義》的撰述也的確有可能並未參考《正義》：由於當時的經注與疏是分别流傳的，因此也許可以設想歐陽修没有參照單行的疏本《正義》，而是專以經注本爲對象進行研究。若是這樣來考慮，則可得出以下的結論：《正義》雖仍是國家公認的經學書，但當時的學者已將其作爲没有參考價值、"被遺棄的書籍"了。

然而，暫且不論這樣的可能性以及歐陽修自己的認識評價，事實究竟如何，仍需檢驗。歐陽修在《詩經》學上的主要功績，是通過否定《序》《傳》《箋》之墨守，開拓了《詩經》研究的新方法，在此意義上《詩本義》無疑有著革新的功績。但是，想要弄清楚這種革新是如何形成的，就必須考察歐陽修是在怎樣的學術基礎之上構築了自己的研究，因此也就必須關注他與在其之前最近的《詩經》學之間有何關係。（一）歐陽修寫作《詩本義》時是否看過《毛詩正義》？假使看過，他又是否將之作爲必須參考的文獻？（二）如果答案是肯定的，那麽歐陽修從《正義》中學到了什麽？（三）或者歐陽修批判了《正義》的哪一方面？

筆者以爲，通過一步步推進這樣的考察，就可以弄清歐陽修《詩經》學的形成過程，尤其是可以具體瞭解其方法的形成過程。

從另一個角度來説，在歐陽修的時代，《五經正義》雖是具有官方權威性質的經學書，但我們並不清楚它對當時的學術構成了怎樣的影響。因此，宋代的學術是如何從唐代的注疏學中脱離出來的，以及具體説來《五經正義》是如何失去其經學史地位的,我們也都不清楚。資料不足在很大程度上阻礙了這些問題的解決,我們很難從當時學者的著述中找到他們對《正義》經說的討論。就此而言,《詩本義》也是相當有意義的。這一著作所採取的體例是,針對《詩經》中詩篇的個別問題,重新考察已有經說的成果,然後提出自己的解釋。如果歐陽修將《正義》的經說納入考察範圍的話,他對《正義》的意見就可以用較爲易懂的形式提取出來。藉由這樣的考察,我們就有希望獲得宋代學者對《正義》之見解的一個樣本。

本文將帶著以上所說的問題,結合實例,考察《正義》的影響是如何在《詩本義》中體現的。

二、《詩本義》對《毛詩正義》的引用

首先,我們必須弄清楚歐陽修的《詩經》研究是否參考了《毛詩正義》。事實上,通觀《詩本義》,其中明確顯示引用了《毛詩正義》的地方極少,筆者僅發現了以下兩處:

二—(一) 《齊風·敝笱》

《敝笱》,刺文姜也……毛謂"鰥,大魚也",鄭謂"鰥,魚子也",孔穎達《正義》引《孔叢子》言"鰥,魚之大盈車",則毛謂"大魚"不無據矣。鄭改"鰥"字爲"鯤",遂以爲魚子,其義得失,不較可知也。(《取捨義》,卷一三,第十葉B面)

二—(二)

譜序自"周公致太平"已上,皆亡其文。予取孔穎達《正義》所載之文補足,因爲之注。自"周公"已下即用舊注云。(《詩譜補亡》,第十六葉B面)

這兩個例子,尤其是後者,明確地顯示歐陽修看過了《正義》。不過,一例是將支持《毛傳》之經說的資料《孔叢子》從《正義》中引用出來,二例是將鄭玄《詩譜序》的佚文從《正義》中輯佚出來的記載,都並非是以《正義》之說作爲議論的對象。因此它們都不能說明歐陽修對於《正義》持有怎樣的學術態度。

那麽,歐陽修以《正義》之說爲議論對象的例子是否完全沒有呢?並不能單純地這樣說,因爲在歐陽修對前人經說的引用中,有一些雖然並未出現"孔穎達""毛詩正義"等名稱,却可以推測是源出於《正義》的。首先是:

二—(三)

"於鑠王師,遵養時晦",《毛傳》但云"遵,率;養,取;晦,昧",而更無他說。爲義疏者述其意云:"率此師以取是闇昧之君。謂誅紂以定天下。"則毛公謂"於鑠王師"者,武王之師也。(《〈酌〉論》,卷一二,第八葉 B 面)

在《正義》中可以找到與加點的十七字相同的句子(藝文印書館影印本卷一九之四,第十六葉 A 面)。此外,《詩本義》中以"爲義疏者"這樣的詞語標出的引用句還存在於卷五《〈鳲鳩〉論》(作"爲疏義者")和卷一二的《〈酌〉論》《〈有駜〉論》中,雖然文字上都並非完全一致,但都可在《正義》中找到相對應的文字(參看附表《〈詩本義〉引用〈毛詩正義〉說一覽表》)。

在另外一些例子中,沒有用"爲義疏者"標出的引用句中所表達的旨趣,也能夠在《正義》中找到對應的經說。以下即擬將對應的《正義》之文分別列出,進行考察。

二—(四) 《小雅》之《十月》《雨無正》《小旻》《小宛》

> 《小宛》之詩，據文求義，施於厲、幽皆可，雖鄭氏亦不能爲説以見非刺幽也。而爲鄭學者彊附益之，乃云四詩之《序》皆言大夫刺，既以《十月》爲刺厲王，則《小旻》《小宛》從可知。……又云《小旻》《小宛》，其卒章皆有怖畏恐懼之言，似是一人之作。(《〈十月〉〈雨無正〉〈小旻〉〈小宛〉論》，卷七，第十三葉 A 面)

《小雅・十月之交》之序云："《十月之交》，大夫刺幽王也。"鄭玄認爲"當爲刺厲王，作詁訓、傳時移其篇第，因改之耳"。其後的《雨無正》《小旻》《小宛》，鄭玄也同樣認爲是刺厲王之詩，但並無特別的論證。對此，《正義》有如下的敷述：

> 鄭檢此篇爲厲王，其理故(本作"欲"，據校勘記改)明，而知下三篇亦當爲刺厲王者，以《序》皆言"大夫"，其文大體相類。《十月之交》《雨無正》卒章説已留彼去，念友之意全同。《小旻》《小宛》其卒章説怖畏罪辜，恐懼之心如一，似一人之作。故以爲當刺厲王也。(《十月之交・序》正義，卷一二之二，第二葉 A 面)

可見歐陽修的批評是對此而發的。

二一(五)　《小雅・正月》

> 鄭謂"苟欲免身"，而後學者因益之曰"寧貽患於父祖子孫以苟自免"者，豈詩人之意哉？(《〈正月〉論》，卷七，第七葉 A 面)

這裏説的是《小雅・正月》中"父母生我，胡俾我瘉。不自我先，不自我後"。《鄭箋》云：

> 自，從也。天使父母生我，何故不長遂我，而使我遭此暴虐之政而病？此何不出我之前、居我之後？窮苦之

第三章 《毛詩正義》：歐陽修《詩本義》的搖籃　　55

情,苟欲免身。

對此,《正義》認爲:

上章言王急酷,故此("此"下原有"病"字,據校勘記刪)遭暴虐(原無"虐"字,據校勘記補)之政而病也。以所願不宜願,免之而已。乃云不自我先、不自我後,忠恕者己所不欲勿施於人,況以虐政推於先後,非父祖則子孫,是窮苦之情,苟欲免身。①（卷一二之一,第十葉 A 面）

而《詩本義》的議論正是爲此而發。

二一（六）《小雅·小宛》

又謂"先人"爲文、武,亦疏矣,而後之學者既以"先人"爲文、武,而"有懷二人"又爲文、武,不應重複其言而無他義也。(《〈小宛〉論》,卷七,第十五葉 A 面)

《小雅·小宛》首章云:"我心憂傷,念昔先人。明發不寐,有懷二人。"其"先人"二字,《毛傳》解釋爲"先人,文、武",而《正義》則進一步疏通云"追念在昔之先人文王、武王也。……有所思者唯此文、武二人"(卷一二之三,第一葉 A 面),將"二人"也解釋爲文王、武王。

以上數例都可在《毛詩正義》中找到相應的經説,因此這些説法很有可能就是歐陽修從《毛詩正義》中引用的。帶著這樣的觀點來通觀《詩本義》全文,則可發現以"爲疏義者""爲義

---

① 《正義》中此處疏家的意圖理解起來稍微有點困難,不過聯繫《小雅·四月》中"先祖匪人,胡寧忍予"一句的正義來看,它與歐陽修引用的部分是旨趣相同的:"人困則反本,窮則告親。故我先祖非人,出悖慢之言,明怨恨之甚。猶《正月》之篇,怨父母生己不自先後也。"(卷一三之一,第十六葉 A 面)

疏者""爲鄭學者""後學者""爲毛、鄭學者"①、"學者"②等詞語提示的四十例前人説法中,有二十四例都能够找到與《正義》之説的對應關係(參看附表《〈詩本義〉引用〈毛詩正義〉説一覽表》)。此外還有四例可以認爲是從《正義》中進行了轉引。在看不出對應關係的例子③中,除批評鄭玄"改字説"的"先人"我們不知是何人之外,其他的基本上都並非是引用舊説,而只是用了"先人"這個語詞的一般含義,因此可以看作是例外。由此可知,歐陽修在他的《詩經》研究中參考了《正義》,並將之作爲重要的資料,討論了其中的經説。

以上的觀點或許會受到這樣的反駁:這些引用也可能並非出自《正義》,而是出自與《正義》恰好持同樣觀點的其他文獻,例如六朝的多種義疏等等。然而,根據目録記載,以謝沈《毛詩釋義》十卷、劉炫《毛詩述義》三十卷、張氏《毛詩義疏》五卷等爲首的六朝和唐代的義疏,其著録都截止於《新唐書·藝文志》,此後的《崇文總目》《郡齋讀書志》《直齋書録解題》中都未著録,因此在歐陽修的時代它們很可能都已經亡逸了④。不僅是義疏的文獻,著録於《崇文總目》《郡齋讀書志》《直齋書録解題》的《毛詩》研究書籍中,在《詩本義》之前的寥寥無幾,無法找到可以認爲是歐陽修引用對象的其他文獻。而即使我們假定這些書籍在當時仍然留存,但與官方敕命刊印的《正

---

① 例如三一(三)《周南·麟之趾》中就有來自《正義》,並以"爲毛、鄭學者"標出的引用文字。
② 例如四一(四)《邶風·匏有苦葉》中就有來自《正義》,並以"學者"標出的引用文字。
③ 例如《〈大雅·文王〉論》中的"鄭又謂'天命之以爲王'云者,惑後學之述甚者也"等語(卷一〇,第一葉B面)。
④ 《通志·藝文略》中雖然也著録了六朝的義疏作品,但參考内藤湖南《支那目録學·校讎略·大要》(《内藤湖南全集》第十二卷,筑摩書房,1970年,第415頁)可知,那是因爲鄭樵寫作《通志》時也記載亡逸了的書籍。

義》相比,它們被歐陽修閱讀的可能性也是不可同日而語的。可以說歐陽修時代的實際情況是,在《毛傳》《鄭箋》之外,集中的、可資進行《詩經》研究的文獻,除去《經典釋文》①就只有《毛詩正義》了。既然二—(一)(二)的兩例已説明歐陽修曾參考了《毛詩正義》,我們也就可以自然地認爲前舉的數例同樣是引自《毛詩正義》了②。

那麽,歐陽修爲什麽不明確説明這些是從《正義》中引用的呢?

首先可以想到的一個理由是,歐陽修引用《正義》之説時基本上都是將其作爲批判的對象,而在當時《正義》仍然是國家認定的標準文本,因此歐陽修對於公然批判它是有所忌憚的。不過,對於比孔穎達的《正義》更應當尊敬的《詩序》《毛傳》《鄭箋》,歐陽修在《詩本義》中也都有直率的批判③,而且在當時的文獻中,也有公然批判《五經正義》的例子④,因此,歐陽修不太可能將批判《正義》視爲禁忌。

---

① 《經典釋文》刊行於五代後周的顯德二年(995),其後又多次重新刊行,因此歐陽修讀此書的機會應該很多。關於《經典釋文》的抄寫刊行情況,參考木島史雄《〈經典釋文〉の著述構想とその變用の構圖——〈書物の情報表示形式の適正化〉の視點から——》(《東方學報(京都)》第71册,1999年,第133~203頁)。另外,《經典釋文》對《詩本義》的學術影響,還幾乎没有被認識到,這一點是值得關注的,但本文暫未涉及。
② 目録中未著録的歐陽修之前宋人研究《詩經》的書或説法,在歐陽修時代是存在的,因此也必須考慮到歐陽修有可能參考了它們。不過,如果某一經説已在《正義》中出現了,那説明是這些研究引用了《正義》,歐陽修也只是從他們那裏轉引了《正義》而已,因此這種情況可以簡化成對於《正義》的引用。
③ 顯著的例子有:《大雅·生民》之論中依次展開對《毛傳》的批判,有"妄儒不知所守而無所擇,惟所傳則信而從焉;而曲學之士好奇,得怪事則喜附而爲説。前世以此爲六經患者非一也"的説法;對《菁菁者莪》下的鄭玄之説,《一義解》中有"拘儒之狹論也"的批判等。
④ 可舉出的例子有:李覯《直講李先生文集》卷二六《寄周禮致太平論上諸公啓》中的"世之儒者以異於注疏爲學,以奇其詞句爲文"等。

其次可提出的理由是，歐陽修對於"毛詩正義"這樣的書名心懷抵觸。他在《論九經正義中刪去讖緯劄子》中寫道：

> 至唐太宗時，始詔名儒撰定九經之疏，號爲《正義》，凡數百篇。自爾以來著爲定論，凡不本《正義》者謂之異端，則學者之宗師，百世之取信也。然其所載既博，所擇不精，多引讖緯之書以相雜亂，怪奇詭僻，所謂非聖之書，異乎"正義"之名也。（《歐陽文忠公集》卷一一二，《奏議集》第一六《翰苑》，第二冊，第864頁）

這一建議雖然最終未能實現①，但從中可知，歐陽修主要是由於《五經正義》採用讖緯之說，因此對其中的解釋懷有不信任感，認爲"正義"之名並不合適②。如此我們或許可以說，在寫作《詩本義》之際，他也不願以"正義"的名字來指稱那些他認爲錯誤的經說，而是使用"爲鄭學者""後學者""學者"等稱呼，從而使他們顯得並非絕對權威。二一（一）（二）的兩個例子明確地寫出了撰者名與書名，則可以被解釋爲：此二例與他例不同，其引用目的並非批判；且這裏需要說明引用、輯佚的來源，因此必須正確地標明出處。

但是，這樣的理由雖可解釋歐陽修爲何不使用"正義"之名，却無法解釋爲何撰者孔穎達的名字也未出現。

還有一種可能性是，歐陽修認爲《正義》並非孔穎達（以及他手下負責撰寫的疏家們）之原創，而是由六朝的義疏作品集

---

① 據華孳亨所撰《年譜》，在歐陽修建議之後，仁宗曾"命國子學官取諸經《正義》所引讖緯之說，逐旋寫録奏上"，但"時執政者不甚主之，竟不行"。

② 華孳亨所撰《年譜》中注云："公劄子未注年月，《吕氏家塾記》云'公在翰林日，建言云'，故附於此。"將此建議繫於《詩本義》完成的己亥嘉祐四年。據此，則可以認爲《詩本義》是伴隨歐陽修政治實踐的經學改革大構想之一環。

合而成。由於對撰述的情況①有正確的認識,因此他希望在正確的學術史定位基礎上考察《正義》所載之學説。他採用"爲義疏者""爲鄭學者""爲毛、鄭學者"這樣的表達,表明他自己的批判並不只針對一部《正義》,而是面向"注疏學"的治學方法以及代代承襲這種方法的疏家全體。

以上列舉了可想到的可能性,然而由於資料闕如,對於哪種假説更爲妥當,目前並不能得出結論,尚待後考②。

三、對於《正義》之方法的批判

在上一節所舉出的例子中,《正義》對於有問題的(在歐陽修看來)《傳》《箋》訓釋所作的敷述,受到了歐陽修的批判。也就是説,這裏對《正義》的批判是《傳》《箋》批判的延續,因此《正義》並未被當作獨立的經説來對待。簡單説來,歐陽修批

---

① 《毛詩正義·序》中云:"其近代爲義疏者,有全緩、何胤、舒瑗、劉軌思、劉醜、劉焯、劉炫等。然焯、炫並聰穎特達,文而又儒,擢秀幹於一時,騁絶轡於千里,固諸儒之所揖讓,日下之無雙,於其所作疏内特爲殊絶。今奉勅删定,故據以爲本。然焯、炫等負恃才氣,輕鄙先達,同其所異,異其所同,或應略而反詳,或宜詳而更略。準其繩墨,差忒未免,勘其會同,時有顛躓。今則削其所煩,增其所簡,唯意存於曲直,非有心於愛憎。"

② 由於與本節的討論有關聯,將《詩本義》中可能是從《周易正義》中引用的例子列舉如下:卷五《〈候人〉論》云:"第三章'不遂其媾',毛、鄭訓'媾'爲'厚',鄭又以'遂'爲'久',今遍考前世訓詁,無'厚''久'之訓……媾,婚媾也。馬融謂重婚爲媾,不知其何據而云也。鄭於注《易》又以'媾'爲'會',大抵'婚''媾'古人多連言之,蓋會聚合好之義也。"此處歐陽修所引的馬融、鄭玄的訓詁,是《周易正義》中《屯》六二的卦辭"匪寇婚媾"的《正義》引用的"馬季長云重婚曰媾,鄭玄云媾猶會也"(藝文印書館景印嘉慶二十年江西南昌府學刊本,卷一,第二十九葉B面)。不過,在《經典釋文》的《周易音義·屯》卦"婚媾"的注記中,已有這樣的引用:"媾,古后反。馬云重婚。本作冓。鄭云猶會。"(據北京圖書館藏宋刻本影印本,上海古籍出版社,1985年,上册,第77頁)如此,則歐陽修所據的究竟是《周易正義》還是《經典釋文》並不能確定。不過,即便歐陽修所據的是《經典釋文》,也不能動摇他撰寫《詩本義》的時候參考了六朝到唐代的義疏作品這一事實,因此與本文的論旨並不齟齬。

判的真正對象仍是《傳》《箋》,《正義》批判僅是附帶論及而已。從而可以得出這樣的意見,即這些例子能夠支撐我們在舊有的理解框架內充分討論《詩本義》與《毛傳》《鄭箋》的關係,而不必特意設定本文所提出的"歐陽修對於《正義》的立場"這一視角,進行討論。

然而,對於歐陽修的《詩經》研究而言,《正義》之説往往並非只是《傳》《箋》之附庸。在《詩本義》中涉及《正義》的内容裏,有些例子具有與前舉諸例不同的特點。

三—(一) 《曹風・鳲鳩》第二章

> 淑人君子,其帶伊絲。其帶伊絲,其弁伊騏。

《鄭箋》云:"騏當作琪,以玉爲之,言此帶弁者,刺不稱其服。"對此,《詩本義》有如下的批評:

> 又其三章皆美淑人君子,獨於中間一章刺其不稱其服,詩人之意豈若是乎?至爲疏義者覺其非,是始略言淑人君子刺曹無此人,而"在梅""在棘",彊爲之説以附之①,然非毛、鄭之本意也。(《〈鳲鳩〉論》,卷五,第五葉B面)

的確,此詩首章的"淑人君子,其儀一兮"一句,《鄭箋》解釋爲"善人君子,其執義當如一也";第三章的"淑人君子,其儀

---

① 《正義》云:"下章云在梅在棘,言其所在之樹。見鳲鳩均壹養之,得長大而處他木也。鳲鳩常言'在桑',其子每章異木,言子自飛去,母常不移也。"(卷七之三,第七葉A面)這裏批判了"之所以説鳲鳩之子'在梅''在棘',是爲了襯托母鳥的'均一'之德"的説法。歐陽修云:"及其子長而飛去在他木,則其心又隨之,故其身則在桑,而其心念其子,則在梅、在棘、在榛也。此亦用心之不一也。"(卷五,第六葉A面)他認爲母鳥並不"始終如一",大概他認爲這樣雖然變換了叙述的角度,但却是表達詩句本身意思的解釋。

忒兮"一句,《鄭箋》解釋爲"執義不疑",都認爲是在褒美"淑人君子"。唯有這一句却釋爲對"淑人君子"品德不佳的諷刺,如歐陽修所言,看起來是缺乏統一性的。不過,《正義》對此有如下的説明:

> 舉其帶弁,言德稱其服,故民愛之。刺曹君不稱其服,使民惡之。(卷七之三,第八葉 A 面)

《正義》認爲,本章詩句的字面意思確是讚美古代君主出色的容儀,但内裏却是在批評曹國當時的君主無好品行。因此,《鄭箋》中"刺不稱其服"之語指的是當時曹國的君主,鄭玄想要揭示出作者在讚美理想君子的詩句中隱含著的批評。詩句所述爲古事,其中又暗含對今事的批評,《正義》用這樣的結構來解讀,就將《鄭箋》中此章與其他章的矛盾解決了。對此,歐陽修在指出毛、鄭錯誤的同時,也指出《正義》是在"强爲之説"。

在關於《生民》《麟之趾》的議論中也有同樣的例子:
三一(二) 《大雅·生民》第六章

> 誕降嘉種,維秬維秠,維穈維芑。

《毛傳》云:"天降嘉種。"《鄭箋》云:"天應堯之顯后稷,故爲之下嘉種。"對此《正義》云:

> 天降種者,美大后稷,以稷之必獲,歸功於天,非天實下之也。①(卷一七之一,第一五葉 A 面)

《正義》認爲,詩人將豐收看作上天的恩惠,因此有"天降

---

① 《魯頌·閟宮》中"是生后稷,降之百福"的《正義》中也重複了同樣的旨趣:"《生民》云'誕降嘉種'者,從上而下之辭,是天神多與后稷以五穀也。言天神與者,以種之必長,歸功於天,非天實與之也。"(卷二十之二,第四葉 A 面)

穀物"的表達,而並非真在描述穀物從天上落下這樣神話般的場景,《傳》《箋》也都明白這一點,而仍然依照詩句來訓釋。對此,歐陽修云:

> 是以先儒雖主毛、鄭之學者,亦覺其非,但云詩人美大其事,推天以爲言爾。然則毛、鄭於后稷,喜爲怪說,前後不一也。(《〈思文〉〈臣工〉論》,卷一二,第五葉 A 面)

他認爲《傳》《箋》常有將讖緯之說也納入詩歌解釋的傾向,從這方面來考慮,則毛、鄭在訓釋《生民》時,的確認爲它叙述了有神話性質的事實。而疏家則不過是對《傳》《箋》本來的解釋曲爲解說,作了合理化的疏通。

三一(三) 《麟之趾》

《麟之趾》的《詩序》云:"《麟之趾》,《關雎》之應也。《關雎》之化行,則天下無犯非禮,雖衰世之公子,皆信厚如麟趾之時也。"鄭玄將此敷衍爲:"《關雎》之時,以麟爲應。後世雖衰,猶存《關雎》之化者,君之宗族,猶尚振振然有似麟應之時,無以過也。"《詩本義》對此則有如下批評:

> 《關雎》《麟趾》,作非一人。作《麟趾》者了無及《關雎》之意。故前儒爲毛、鄭學者自覺其非,乃爲曲說云:實無麟應,太史編詩之時,假設此義,以謂《關雎》化成,宜有麟出,故借此《麟趾》之篇列於最後,使若化成而麟至爾。然則《序》之所述乃非詩人作詩之本意,是太師編詩假設之義也。毛、鄭遂執《序》意以解詩,是以太師假設之義,解詩人之本義,宜其失之遠也。(卷一,第九葉 B 面)

歐陽修在此批評的是《正義》中的這一段:

> 此篇本意,直美公子信厚,似古致麟之時,不爲有《關

雎》而應之。太師編之以象應,叙者述以示法耳。不然,此豈一人作詩而得相顧以爲終始也?又使天下無犯非禮,乃致公子信厚,是公子難化於天下,豈其然乎?明是編之以爲示法耳。(卷一之三,第十葉B面)

《正義》認爲,《關雎》與《麟之趾》相互照應,是太師將詩編纂爲樂章時的做法,《詩序》中説明了太師的這一編纂意圖。對於其他的詩篇,《正義》往往有"作《關雎》詩者,言后妃之德也""作《葛覃》詩者,言后妃之本性也"這樣的表達,説明《正義》是基於"《詩序》傳達了作詩的本意"這樣的觀點進行疏通的。而對於《麟之趾》的《詩序》,《正義》中並無"作《麟之趾》者"這樣的表達方式,而是説"此《麟趾》處末者,有《關雎》之應也"[①]。這説明疏家並不認爲《麟之趾》的《詩序》傳達了作者的本意。然而,認爲其他的《詩序》表現了作詩者的本意,本詩《詩序》則説明了太師的編纂意圖,這就體現出疏家對於《詩序》的認識缺乏統一性。歐陽修的批評即就此而發。

在以上的三個例子中,不僅《毛傳》《鄭箋》,還有《正義》之疏通的妥當與否都成爲了《詩本義》批判的對象。由此可見,在歐陽修看來,《正義》並非單純的《傳》《箋》附屬物,其本身藴含著值得探討的問題,是有獨立價值的作品。根據歐陽修的考察,在三—(一)(二)兩個例子中,疏家對《傳》《箋》的注釋存有疑問,但仍勉强進行疏通,因此其解釋歪曲了《傳》《箋》本來的意思。由於固守"《傳》《箋》總是正確"的信條,却使解釋違背了《傳》《箋》本意,這就陷入了自相矛盾的境地。换言之,歐陽修等於判定了"疏不破注"這一學術立場是不可能貫徹的。

---

① 關於《召南·騶虞》的詩序,《正義》云:"以《騶虞》處末者,見《鵲巢》之應也。"認爲這是説明了《召南》的首尾照應關係。(卷一之五,第十四葉A面)

而在三一(三)這個例子中,歐陽修批評《正義》明明在《詩序》中發現了問題,却仍强爲之説,因此乖離了詩篇的本意。因此他判斷,採取"疏不破注"的態度無法發掘出經典的原意。這兩個判斷,從根本上否定了以《五經正義》爲代表的傳統經學的方法,如實反映了歐陽修建構新《詩經》學的學術姿態。

在考察歐陽修"《正義》無法貫徹'疏不破注'態度"這一論斷的邏輯依據時,筆者注意到一個值得玩味的地方,即歐陽修認爲疏家與自己一樣都覺察到了《序》《傳》《箋》的問題,這是他作出以上論斷的基礎。至少,他有"至爲疏者覺其非""前儒爲毛、鄭學者自覺其非""先儒雖主毛、鄭之學者亦覺其非"的揣度,在這一點上他對疏家抱有某種親近感。從三一(二)的例子來看,歐陽修認爲對於《毛傳》《鄭箋》中據讖緯説而作的詩歌解釋,疏家和自己都察覺到了問題。二者的區别僅在於應對的方法上,一者勉强地進行疏通,使其意義更加合理,一者則從正面進行批判。二者的共同點與相異處可歸結爲:在歐陽修看來,疏家儘管對《傳》《箋》的解釋有疑惑,却仍勉强疏通,因此陷入了自相矛盾之中。歐陽修通過對此方法進行反思,將自己從《傳》《箋》中發現的問題作爲出發點,探索新的《詩經》解釋途徑。從察覺到《傳》《箋》中的問題這一點來説,疏家與歐陽修的距離並非如想象的那樣大。

三一(三)尤其值得注意。這個例子説明,《正義》認爲詩中含有作者的"本意"和"太師編詩之意圖"兩層意思,兩者動輒容易乖離。在作爲歐陽修《詩經》研究之基礎的學術觀念中,始終貫穿著這一觀點。歐陽修在《詩本義》卷一四的《本末論》中叙述了他的學術認識,對此,傳統的《詩本義》研究同樣很重視,其概要如下:在《詩經》形成及其後《詩經》學發展的

第三章 《毛詩正義》：歐陽修《詩本義》的搖籃

過程中，《詩經》的詩篇有以下四個不同的意義、解釋層面上的階段特徵，即：（一）詩人之意。每首詩由民間詩人創作的階段。作者有感於事物，蘊美刺之意於其中，以言辭表達喜怒哀樂，即成詩篇。（二）太師之職。各國的采詩官采集民間歌謠，由太師將其編成樂章，用於在朝廷的祭宴、民間的宴席上演奏的階段。（三）聖人之志。孔子將詩編爲可資教化的文本，列入六經的階段。（四）經師之業。經過春秋戰國的混亂、秦代的焚書坑儒等，學者整理殘篇，施以義訓，其中有一部分因他們恣意違背詩的本意進行解釋而造成混亂的階段。

面對這樣混亂的狀況，學者應當依"本"而行，即掌握"詩人之意"、從而明瞭"聖人之志"；而不應被"太師之職""經師之業"這樣的"末"所誤導。以這樣的學術認識爲基礎，歐陽修寫作了探究解明"詩人之意""聖人之志"的《詩本義》①，而他認爲詩中並存著不同的意思層面，這一點與《正義》之說相同②。

---

① 參考《詩本義》卷一四《本末論》。這一觀念是歐陽修《詩經》研究的基礎，歷來的研究也同樣強調這一點。
② 《正義》認爲意思有兩層，而歐陽修則認爲有四層，理由說明如下：
　　如第六節中所討論的，疏家認爲孔子對於《詩經》編纂的貢獻非常有限。他們認爲編纂《詩經》的主要功績應當歸於周朝廷及諸侯國的太師，孔子不過是保存了這部作品使之流傳後世。因此在涉及編纂者意圖的問題上，只要考慮太師之意即可，不必顧忌孔子之意（聖人之志）。還有，以"三家詩"爲代表，漢代的確出現了多種詩說，但在疏家看來，其中所留存的部分《毛傳》也是對太師、孔子、子夏以來傳統的正確繼承，解釋者認爲這沒有謬誤。《正義》基於這樣正確的師承，對《傳》《箋》作疏通，因此也就不會去考慮"經師之業"的混亂狀況。這樣，從疏家的立場來看，只考慮"詩人之意"與"太師之職"兩層意思的關係就足夠了。而依照歷史脈絡來看，歐陽修認爲只考慮"詩人之意"與"太師之職"兩層意思不足以說明《詩經》的形成和發展的真實面貌，他從《詩經》編纂的狀況中新抽出"聖人之志"，更進一步否定師承的絕對性、否定《序》《傳》《箋》具有絕對權威，由此考慮到了"經師之業"。

只不過,疏家雖然認識到《詩經》中存在兩個意思層面,却不能始終將探明詩之"本意"作爲研究目的,而是跟隨著《序》《傳》《箋》所指向的方向,對於不同的詩歌,其研究方向也可能相異。而歐陽修不但更爲精密地叙述《正義》之説,並且因其關係到自己如何選擇研究對象,所以非常重視這個問題。關於《詩經》解釋上的重要問題,二者有共同的觀念,這是值得特別指出的。

《正義》與《詩本義》關注同樣的問題,也可從以下的例子中略爲曲折地體現出來。

三一(四) 《小雅·小明》第四章

> 嗟爾君子,無恒安處。

《鄭箋》云:"恒,常也。嗟女君子,謂其友未仕者也。人之居無常安之處,謂當安安而能遷。孔子曰:'鳥則擇木。'"對此,歐陽修的批評如下:

> 鄭乃以"嗟爾君子"爲其友之未仕者,且①大夫方以亂世悔仕,宜勉其未仕之友以安居而不仕,安得教其無恒安處?蓋鄭謂大夫勉未仕之友去之他國,無安處於周邦也,故引"鳥則擇木"之説。夫悔仕者,悔不退而窮處爾。如鄭之説,則周之大夫皆懷貳志,教其友以叛周而去,此豈足以垂訓也。(《〈小明〉論》,卷八,第十葉B面)

歐陽修批評《鄭箋》將詩句解釋成"仕於亂世而陷入困頓的大夫勸其友人,使他離開亂世、到其他國家另謀生活",認爲

---

① 像這樣用"且"字表示前後轉折的例子,在《詩本義》中有很多。徵諸各詞典,關於這樣的用法似乎没有説明。關於這一點,還望方家指教。

這是勸人背叛祖國①。而《正義》則對《鄭箋》有如下的疏通：

> 嗟乎，汝有德未仕之君子。人之居，無常安樂之處，謂不要以仕宦爲安，汝但安以待命，勿汲汲求仕。（卷一三之一，第二十五葉Ａ面）

> 無常安之處，謂隱之與仕，所安無常也。安安能遷者，無明君，當安此遷遁之安居；若有明君，而能遷往仕之，是出處須時，無常安也。必待時而遷者。孔子曰："鳥則擇木。"尤臣之擇君，遷也，故須安此之安，擇君而能遷也。（同上，第二十五葉Ｂ面）

《正義》認爲，鄭玄將詩句解釋成"大夫勸友人不要在亂世出仕，應該隱遁，而並未勸人舍故國、至他國"。根據《正義》的疏通，《鄭箋》與歐陽修"大夫生逢亂世，自悔出仕，因此勸沒有出仕的朋友安居待命、不要做官"的解釋並不齟齬。也就是說，歐陽修沒有依照《正義》，而是獨自對《鄭箋》進行解釋，認爲鄭玄沒有抓住詩歌的本意而加以批評。反過來也可以認爲，《正義》與歐陽修二者對《鄭箋》的解釋都契合了同樣的君臣關係倫理觀："大夫雖可因主君而選擇不仕、歸隱林泉，但棄故國、仕他國則不可。"②若是這樣，則關於創作《小明》一詩的

---

① 批判"爲求明君而棄故國、遷他國"的行爲，認爲這違背倫理道德，是歐陽修一貫的立場。對於《小雅·正月》中"瞻烏爰止，于誰之屋"一句下毛、鄭的解釋，歐陽修批評如下："毛、鄭之意不然，謂烏擇富人之屋而集，譬民當擇明君而歸之，是爲大夫者無忠國之心，不救王惡而教民叛也。"（卷七，第八葉Ａ面）

② 不過，疏家是否一直用這樣的人臣倫理觀來疏通《詩經》，則是有點複雜的問題。比方說，在《小雅·正月》中"瞻烏爰止，于誰之屋"句下的《正義》中有如下說法，其中就看不到《小明》之《正義》中的倫理觀："毛以爲……今我民人見遇如此，於何所從而得天祿乎？是無祿也(原作"世"，據校勘記改)。由此視烏於所止，當止於誰之屋乎？以興視我民人所歸，亦當歸於誰之君乎？烏集於富人之屋以求食，喻民當歸于　（轉下頁注）

倫理觀基礎，《正義》與歐陽修的認識是相同的。而在此基礎上，一者採用將《鄭箋》合理化的方法，一者則批判《鄭箋》、探明詩歌的本意。

同樣的例子在《氓》《賓之初筵》中也可見到。

三一（五） 《衛風·氓》第三章

> 桑之未落，其葉沃若。于嗟鳩兮，無食桑葚。于嗟女兮，無與士耽。士之耽兮，猶可說也。女之耽兮，不可說也。

《鄭箋》云："於是時，國之賢者刺此婦人見誘，故于嗟而戒之。鳩以非時食葚，猶女子嫁不以禮，耽非禮之樂。"歐陽修則認爲這是無視詩歌結構的解釋，批評道：

> 皆是女被棄逐，困而自悔之辭。鄭以爲"國之賢者刺此婦人見誘，故于嗟而戒之"，今據上文"以我賄遷"、下文"桑之落矣"，皆是女之自語，豈於其間獨此數句爲國之賢者之言？（卷三，第八葉 A 面）

在歐陽修看來，鄭玄認爲這首詩前後都是女性後悔的話語，中間是他人（國之賢者）的話語，他的解釋使詩意脈絡不貫通，因此這一解釋無視了詩歌結構上的有機聯繫。不過，《正義》對此已有如下的疏通：

> 鄭以爲……國之賢者刺己見誘，故言……己時不用其言……故今思而自悔。（卷三之三，第三葉 B 面）

（接上頁注）明德之君以求天祿也。言民無所歸，以見惡之甚也。"（卷十二之一，第十一葉 A 面）據此，則疏家也並不一定反對選擇明君、捨棄故國的行爲。不過，這是就民衆而言，與《小明》討論的士捨棄故國的情況有所不同。或許他們認爲士與普通民衆的倫理標準本來就不同吧。關於這個問題本書第十六章有詳細的討論，請參看。

《正義》對《鄭箋》的解釋是,"國之賢者"的話語是女性回想的。被拋棄的女性在抱怨之中想起了國家的賢人昔日曾對自己發出忠告,後悔自己愚鈍,沒有聽從。這種插入子結構的處理方式,就將歐陽修所批評的問題消解掉了,詩句的意思在女性的内心意識中統合起來。反過來說,歐陽修雖然沒有依照《正義》之說,而是獨自解讀詩歌,從而發現並批評了《鄭箋》的缺陷,但其關於本詩結構的基本認識,却終歸與《正義》無甚區別。

三一(六) 《小雅·賓之初筵》

此詩前半的兩章叙述的是有禮有節的宴席場景,後半的三章則描述了混亂的宴席上杯盤狼藉的樣子。《詩本義》對此有如下說法:

> 如鄭氏之說,則王之飲酒……是其一日之内,朝爲得禮之賢君,暮爲淫液之昏主,此豈近於人情哉?蓋詩人之作,常陳古以刺今。今詩五章,其前二章陳古如彼,其後三章刺時如此。而鄭氏不分別之,此其所以大失也。(《〈賓之初筵〉論》,卷九,第一葉 B 面)

而本詩《小序》的《正義》中,疏家云:

> 此經五章……鄭以上二章陳古大射行祭之事,次二章言今王祭末之燕,俱以上二章陳古以駁今,次二章刺當時之荒廢。(卷一四之三,第二葉 A 面)

據此,則《正義》對《鄭箋》的解釋已如歐陽修主張的那樣,將詩歌理解爲前半詠古、後半詠今的結構。這樣,在理解《鄭箋》時,就可以避免產生歐陽修所批評的"一日之内賢君變爲暗君"的矛盾。二者的不同與本詩第三章中鄭玄的解釋有關:

> 賓之初筵,溫溫其恭。其未醉止,威儀反反。曰既醉止,威儀幡幡。舍其坐遷,屢舞僊僊。

《鄭箋》云:"此言賓初即筵之時,能自敕戒以禮。至於旅酬,而小人之態出。"《正義》認爲《鄭箋》"賓初即筵之時"僅指本章前四句而言,那麽鄭玄的解釋就是,一、二章叙述了遵循古代先王禮儀的宴席場面,到第三章則場景轉換,詩歌開始諷刺作詩當下的幽王時代宴席的混亂。而歐陽修則認爲《鄭箋》所説的"賓初即筵之時"不僅指第三章前四句,而且包括第一、二兩章,因此鄭玄錯誤理解了本詩的結構,將全詩都解釋爲按時間順序描寫幽王宴席的樣子。由此可知,歐陽修没有依照《正義》而獨自對《鄭箋》作了解釋;同時,他獨自解釋、批判《鄭箋》後所提出的詩歌解釋,與《正義》根據《鄭箋》之意敷述而成的解釋,實則旨趣相同。

以上三例中,歐陽修無視《正義》的疏通,獨自解釋《傳》《箋》之意并加以批判。他對於《正義》的棄與取究竟採用怎樣的標準,這個問題將在後面的章節中進行考察。這裏關心的是,歐陽修批判《鄭箋》、探究詩篇的本意、從而提出的觀點,結果與《正義》疏通《鄭箋》之言而做出的解釋旨趣相同。這説明,篤信《傳》《箋》並對其進行疏通的《正義》,與將《傳》《箋》的某些部分視作謬説並加以批判的歐陽修,實際上對《傳》《箋》關注著同樣的問題。他們的相異之處在於應對的方式,一者雖從《傳》《箋》中發現了問題,却仍努力進行合理疏通,一者則對《傳》《箋》大膽批判,擺脱其束縛、獨立解釋詩歌。如三一(一)(二)(三)中所見,歐陽修忖度疏家之意,認爲"疏家對《傳》《箋》的解釋察覺到了問題"。這不能一概看作是他的自以爲是,從上述例子中也可隱約看出,疏家們一方面對《傳》《箋》的解釋感到疑惑,另一方面又恪守"疏不破注"的原則,堅持搭建勉強可成立的邏輯結構。可以説,歐陽修是對於《正義》已經致力於消解矛盾、作出説明的問題,又重新拎出來討論,從而批判《鄭箋》。

由此看來,歐陽修在《詩本義》中所作的《傳》《箋》批判,早在《正義》中已有萌芽。疏家以疏通方式勉力期於解決的問題,被歐陽修當作打破注疏學框架、探究《詩經》本意的考察線索,重新討論。從這個角度上來看,對於《正義》與《詩本義》的經學史關係,就有可能從連續的層面——即《詩經》研究發展、成熟的層面——而非斷絶的層面來理解了。在方法上,漢代《詩經》學與開宋代《詩經》學先聲的歐陽修本是乖離的,而將他們聯繫起來的就是《正義》。爲了使這一點呈現得更爲明確,下一節將從更爲廣闊的視角出發,討論《詩本義》中是怎樣體現其受《正義》之影響的,换言之,也就是歐陽修是怎樣吸收《正義》的《詩經》研究成果的。

四、《正義》對於歐陽修《詩經》研究的意義

在以上討論的基礎上重新審視《詩本義》,可知歐陽修以多種形式吸收了《正義》的研究成果。首先需要指出的是,歐陽修從《正義》中引用需要的考證材料。《詩本義》引用文獻的數量和種類非常有限,除《尚書》《春秋左傳》《國語》《史記》中的歷史記載,《爾雅》的訓詁,以及《春秋左傳》《孟子》等文獻中討論《詩經》的部分之外,引用其他文獻並不多[1]。在這一狀

---

[1] 這裏想附帶説明的是,《詩本義》引用文獻的種類之所以不多,除了因爲受到當時古文獻流布狀況的制約之外,大約也與歐陽修的研究方法有關。由卷一四《豳問》中的"今之所謂《周禮》者,不完之書也"可知,他似乎認爲將《禮》作爲考察《詩》之本義的資料也未必妥當。還有,在卷九《賓之初筵》"鄭氏長於禮學,其以禮家之説,曲爲附會詩人之意,本未必然"的一段話中,可以明顯地看出,歐陽修認爲鄭玄聯繫《禮》(轉下頁注)

況下,可以推定,較爲特殊的引用文獻多是從《正義》轉引的。例如,《詩本義》對《爾雅》的引用並不太多①,而其中大部分都是《正義》已引用過的內容,可以看作歐陽修獨自引用的只有一例②。再如訓詁方面所引用的漢魏學者之說,也大多可以從《正義》中找到。這說明歐陽修並不打算廣泛涉獵古代文獻、加以詳細考證,這樣一來,《正義》就成爲他爲數不多的參考資料之一,被用作了資料庫。

其次需要指出的是,《正義》的經說直接影響了《詩本義》中見解的形成。

四—(一) 《大雅·棫樸》首章

芃芃棫樸,薪之槱之。

《鄭箋》云:"白桵相樸屬而生者,枝條芃芃然,豫斫以爲薪,至祭皇天上帝及三辰,則聚積以燎之。"對此,《詩本義》云:

(接上頁注)來解釋《詩》,因此其解釋並不符合《詩》的本義,顯然他對以《禮》解《詩》的方式很有警惕。或許正是因爲如此,《詩本義》中幾乎沒有引用"三禮"。由此可見,相比廣泛搜集古代典籍、從多個角度進行考證的研究方法來說,歐陽修更願將《詩經》解釋的視角鎖定在有限的方面,只從有限的文獻中探尋詩的本義。《鄭箋》從歷史和禮制兩方面對《詩》的解釋常自相矛盾,而歐陽修擯棄了以《禮》制解《詩》的方式,只關注於從歷史方面解釋,因此也就不會產生鄭玄那樣的矛盾,這從他引用文獻的特點中也可看出來。此前曾引用的"然其所載既博,所擇不精"也與此處討論的內容相契合,這或許可以說是歐陽修治學的要諦。

① 必須考慮到的是,歐陽修對《爾雅》的認識也是理由之一。歐陽修認爲《爾雅》的訓詁是秦漢學者集合《詩》的訓詁而形成的,因此它在本質上與《毛傳》同源,也就無法作爲《毛傳》的旁證資料。在《詩本義》卷一〇《〈大雅·文王〉論》中,他說:"《爾雅》非聖人之書,考其文理,乃是秦漢之間,學《詩》者纂集說詩博士解詁之言爾。凡引《爾雅》者,本謂旁取他書以正說詩之失,若《爾雅》只是纂集說詩博士之言,則何煩復引也?"

② 《詩本義》卷一二,《周頌·思文》《臣工》中有如下說法:"《爾雅》釋草,載《詩》所有諸穀之命,黍稷稻粱之類甚多,而獨無麥,謂之來牟。是毛公之前說《詩》者不以來牟爲麥,可知矣。"

第三章 《毛詩正義》：歐陽修《詩本義》的搖籃

> 如鄭説，則豫斫棫樸，將祭而積薪……鄭所以然者，牽於二章"奉璋"之説也。(《〈棫樸〉論》，卷一○，第五葉A面)

這一見解是在《正義》之疏通的基礎上形成的：

> 至此爲祭天者。以下云"奉璋峨峨"，是祭時之事，則此亦祭事。(卷一六之三，第一葉B面)

當然，《正義》的解説是爲了證明鄭玄之解釋在邏輯上前後統一，而《詩本義》則在引用之後批評鄭玄之説不能成立，二者的意圖恰好相反。不過，在對鄭玄之詩歌解釋結構的理解上，歐陽修參考了《正義》之説，由此可見他的《傳》《箋》批判是以《正義》的疏通爲基礎的。這可以作爲《正義》與《詩本義》之間學説傳承的一個例證。同樣，關於二一(三)《酌》一詩，《詩本義》對《毛傳》意思的推定也是基於《正義》之説形成的，也可作爲一例。

第三項想要指出的是，在某些例子中，通過對《正義》學説的批判，歐陽修自己的研究方法體現了出來。首先，討論詩歌編次問題的有以下例子：

四一(二) 《邶風·匏有苦葉》

《正義》認爲詩歌大致是按照時代先後順序編次的：

> 諸變詩一君有數篇者，大率以事之先後爲次。……邶詩先《匏有苦葉》，後次《新臺》，是以事先後爲次也。(《邶鄘魏譜》正義，卷二之一，第五葉A面)

> 宣公納伋之妻，亦是淫亂。箋於此不言者，是時宣公或未納之也。故《匏有苦葉》譏"雄鳴求其牡"，夫人爲夷姜，則此亦爲夷姜明矣。(《雄雉·序》之《正義》，卷二之二，第三葉B面)

對於《邶風・匏有苦葉》之《序》中的"公與夫人并爲淫亂"一句,《鄭箋》云:"夫人謂夷姜。"衛宣公前後曾與夷姜、宣姜二人有不軌之交往,迎娶她們爲夫人,而鄭玄認爲在這首詩中與宣公一起受到諷刺的夫人只有夷姜一人,並不包括後來纔嫁給宣公的宣姜。《正義》爲擁護鄭玄之説,提出了"變風之詩大致按時代順序編次"的説法。對此,歐陽修則認爲,"夫人"指的是夷姜還是宣姜,難以確定:

> 詩刺衛宣公與夫人並爲淫亂,而鄭氏謂夫人者夷姜也⋯⋯學者因附鄭説,謂作詩時未爲伋娶,故當是刺夷姜。且詩作早晚不可知,今直以詩之編次偶在前爾,然則鄭説胡可爲據也。(《〈匏有苦葉〉論》,卷二,第十一葉B面)

歐陽修反對道:要判斷作詩順序及詩中史實年代,現在的《詩經》編次不足以作爲依據,因此詩歌的寫作時間和所詠事件還是要通過考察其內容來判斷。這段議論值得注意的是,歐陽修通過批判《正義》關於詩歌編次問題的意見,從而否定了鄭玄之説。也就是説,藉由《正義》的疏通來抓住鄭玄思路的脉絡,是他批判鄭説的前提。二—(三)和四—(一)兩個例子也是如此。

同樣,讓我們看一下關於"斷章取義"意義的考察:
四—(三) 《邶風・匏有苦葉》

> 匏有苦葉,濟有深涉。

《毛傳》云:"興也。匏謂之瓠,瓠葉苦,不可食也。"根據這一説法,則此二句可解釋成"葫蘆有苦葉,不可食用;河中水太深,無法渡過"。不過,關於這首詩,《國語・魯語》中有叔孫穆子引用此詩來表達决心的故事,在那裏"匏"被解釋

第三章 《毛詩正義》：歐陽修《詩本義》的搖籃

成繫在腰間用來浮水渡河的工具，與《毛傳》的訓詁不同。叔孫穆子斷章取義地引用《詩經》，他的詩說是否可信呢？《正義》認爲既然是斷章取義，那麼這就不可作爲解釋詩歌的根據：

  彼云取匏供濟，與此《傳》不同者，賦詩斷章也。（卷二之二，第六葉 A 面）

而歐陽修則有以下說法：

  昔魯叔孫穆子賦《匏有苦葉》，晉叔向曰："苦匏不才，供濟於人而已。"蓋謂要舟以渡水也。《春秋》《國語》所載諸侯大夫賦《詩》，多不用《詩》本義，第略取一章或二句，假借其言以苟通其意，如"鵲巢""黍苗"之類，故皆不可引以爲《詩》之證。至於鳥獸草木諸物常用於人者，則不應繆妄。苦匏爲物，當毛、鄭未說《詩》之前，其說如此。若穆子，去《詩》時近，不應繆妄也。今依其說以解《詩》，則本義得矣。（《〈匏有苦葉〉論》，卷二，第十一葉 B 面）

歐陽修認爲，斷章取義有場合的限制，在對全句詩進行解釋時，不可以之作爲根據；但涉及對日常生活中動植物的訓詁，却不會摻雜不相關的意思，因此可以作爲依據。《正義》全盤懷疑斷章取義的資料在詩歌解釋方面的價值，與之相比，歐陽修則顯示出更加積極利用的態度。

無論是在對詩歌編次的考慮上，還是對斷章取義的認識方式上，《正義》的立論都在努力使《傳》《箋》之說正當化，而歐陽修的議論則針對這些說法而發。他首先要反駁被置入《正義》中的解釋理論，然後方能對《序》《傳》《箋》展開有效地批判。從這個意義上來說，通過《正義》對《序》《傳》《箋》進行疏通的方式,《正義》與《序》《傳》《箋》共同構成了一個多層結構的整體,而歐陽修在進行古注批判時,並非只將目光鎖定於《序》《傳》《箋》,却是以這個整體爲對象。换個角度而言,《正義》爲歐陽修提供了批判《序》《傳》《箋》的線索。而且,對詩歌編次、斷章取義之意義的認識是歐陽修《詩經》研究中的重要部分,這樣重要的解釋理論是與《正義》碰撞並提煉而形成的,其結果就體現在以上的兩個例子中。對於歐陽修《詩經》研究方法的構築,《正義》也貢獻頗多。

在對《詩經》的看法及《詩經》研究理論方面,也有例子顯示《正義》與歐陽修的認識相似。比如三一(三)中已經指出的,關於詩篇意思的多層性,《正義》與《詩本義》的認識相通,就是其中的一個顯著的例子。《正義》對於歐陽修的《詩經》研究而言,也許不僅是在個別注釋上產生影響,或者說不單是被批判的對象,而可能成爲了產生歐陽修《詩經》研究之基本特質的根源,以上的例子就顯示了這種可能性。當然,歐陽修的學說是受到多種情況以多種形態啓發和影響而形成的,并不能下結論認爲它是單從《正義》之説發展而來的。然而,從以上歐陽修利用《正義》的狀況來看,即使是在詩歌原理方面,《正義》或許也爲歐陽修學説的確立作出了很大的貢獻。這雖然不可輕下判斷,但此一問題提示了義疏之學與歐陽修《詩經》學之間的關係,值得在今後作進一步考察。

通過以上的考察,可將歐陽修與《正義》關係的形態整理如下:(一)《正義》作爲考證材料的資料庫。(二)《正義》與《詩本義》中的議論:a.《詩本義》中採納《正義》之説。b.《詩本義》批判《正義》之説,從而形成自己的議論。(三)《正義》作爲歐陽修的詩歌解釋理論的淵源。

這樣看來,對於歐陽修《詩經》研究的確立,《正義》起了極爲重要的作用。

另外必須注意的是,《詩本義》如何活用從《正義》中學來的東西。歐陽修以各種形式吸取了《正義》的成果,大多並非原樣照搬,而是消化吸收、爲己所用,反過來將其變成批判古注和《正義》的武器。後漢時期,何休好公羊學,著《公羊墨守》《左氏膏肓》《穀梁廢疾》,鄭玄則作《發墨守》《鍼膏肓》《起廢疾》來反駁他,何休於是有"康成入吾室,操吾矛,以伐我"之嘆(《後漢書·鄭玄傳》)。疏家與歐陽修的關係恰與此相仿佛。歐陽修在與《正義》的對話中,認識到了漢唐《詩經》學在方法上的問題,而後提煉出了自己對《詩經》的看法。而且,在摸索《詩經》研究方法的時候,他也將《正義》中尚未成熟的新方法加以完善,用在自己的研究中。可以説,對歐陽修而言,《正義》並非只是死知識的堆積,而是一座寶庫,匯集了在新情境下可能煥發出新光彩的活知識。

如第一節中所指出的,將歐陽修的《詩經》學與《詩序》《毛傳》《鄭箋》直接對峙,是傳統研究的明顯傾向。而經過本節的考察後筆者發現,歐陽修是通過與《正義》的對話,逐漸使自己對《詩經》的看法和研究方法成熟起來的。即是説,歐陽修與前代學術的交接,並不是與《序》《傳》《箋》直接對峙,而是以《正義》爲中介。或許可以説,歐陽修的《詩經》學在《正義》的懷抱中慢慢形成和完善,最終從《正義》的懷抱中獨立了出去。野間文史討論截止到宋初時期人們對六朝義疏的接受時,指出:"六朝時代的義疏,在唐初被整理成爲《五經正義》,看來似乎已宣告完結,但經唐末五代至北宋初年,六朝義疏以印刷刊本的形式,恐怕獲得了更多的讀者,而且以《論語正義》《爾雅疏》(以及《孝經疏》)這樣的新面目重新出現。邢昺依然停留在漢唐訓詁學的階段。《爾雅疏》修訂的咸平四年(1001)之後十六年,被推尊爲道學之祖的周敦頤方纔出生。"①通過考察《正義》對歐陽修《詩經》學的影響,我們可以對這一説法加以補充:《爾雅疏》修訂半個多世紀後,已經没有了對六朝義疏學和漢唐訓詁學的直接模仿,但當時的走在學術前沿的學者歐陽修仍仔細地研讀了《毛詩正義》,并批判地吸收和應用了其中的成果。從這個意義上來説《正義》仍保持著生命力。僅從《詩本義》中就可以發現,六朝到唐代的義疏之學是新學術的淵源所在。

五、歐陽修批判《毛詩正義》的理由

如上所述,雖説歐陽修從《正義》中受到了多樣且重大的影響,但像三—(三)(四)(五)中那樣,有時歐陽修也並不依照《正義》,而好像是無視《正義》的存在,獨自考察毛、鄭的意圖從而發表議論。歐陽修是以怎樣的標準來判斷《正義》之疏通是否正確的呢?爲了考察這個問題,本節將討論幾個與三—(三)(四)(五)在很多方面有不同特點的例子。

五—(一) 《周南·葛覃》首章

葛之覃兮,施於中谷,維葉萋萋。

《毛傳》云:"興也。覃,延也。葛,所以爲絺綌,女功之事煩辱者。施,移也。中谷,谷中也。萋萋,茂盛貌。"《鄭箋》云:"葛者,婦人之所有事也。此因葛之性以興焉。興者,葛延蔓于谷中,喻女在父母之家,形體浸浸,日長大也。葉萋萋然,喻其容色美盛也。"

黄鳥于飛,集於灌木,其鳴喈喈。

---

① 《論邢昺〈爾雅疏〉》(《邢昺〈爾雅疏〉について》),收入《五經正義の研究——その成立と展開——》,研文出版,1998年,第475頁。

《毛傳》云:"黃鳥,摶黍也。灌木,叢木也。喈喈,和聲之遠聞也。"《鄭箋》云:"葛延蔓之時,則摶黍飛鳴,亦因以興焉。飛集叢木,興女有嫁于君子之道。和聲之遠聞,興女有才美之稱達於遠方。"

對此,《詩本義》云:

> 論曰:葛覃之首章,《毛傳》爲得而《鄭箋》失之。葛以爲絺綌爾,據其下章可驗。安有取喻女之長大哉?黃鳥,栗留也,麥黃椹熟栗留鳴,蓋知時之鳥也,詩人引之以志夏時草木盛,葛欲成,而女功之事將作爾,豈有喻女有才美之聲遠聞哉?如鄭之說則與下章意不相屬,可謂衍說也。(《〈葛覃〉論》,卷一,第二葉B面)

歐陽修贊同《毛傳》的說法,認爲葛是即將開始的女功的主要材料,"黃鳥"是宣告女功季節到來的鳥兒;而批評鄭玄的說法,認爲將這兩個事物看作對女性美及其名聲的比喻是不正確的。《正義》則有如下的疏通:

> 言葛之漸長,稍稍延蔓兮而移於谷中。非直枝幹漸長、維葉則萋萋然茂盛,以興后妃之生,浸浸日大而長於父母之家,非直形體日大,其容色又美盛。當此葛延蔓之時,有黃鳥往飛,集於叢木之上,其鳴之聲喈喈然遠聞,以興后妃形體既大,宜往歸嫁於君子之家,其才美之稱亦達於遠方也。(卷一之二,第二葉A面)

> 《傳》既云"興也",復言葛所以爲絺綌者,以下章說后妃治葛,不爲興,欲見此章因事爲興。故箋申之云:葛者婦人之所有事。此因葛之性以興焉是也。(同上)

《正義》認爲,製作絺綌的材料——葛長長了、宣告了女功季節來到的黃鳥在啼叫,這首詩在如實描述這些景物的同時,也即此鋪展開了聯想,用他們比喻后妃的成長以及她的名聲傳遍四方。《正義》還認爲,《毛傳》是就實際景物進行解釋,《鄭箋》則指出其使用了比喻手法,二者功能不同,只有在解釋時統合《傳》《箋》,纔能使詩句之意獲得全面的理解。依據《正義》的這個說明來讀《傳》《箋》,並不能產生歐陽修的批評。所以說歐陽修在此繞過了《正義》之說,獨自解釋《鄭箋》。

五一(二) 《小雅·青蠅》

營營青蠅,止于樊。

《毛傳》云:"興也。營營,往來貌。樊,藩也。"《鄭箋》云:"興者,蠅之爲蟲,污白使黑,污黑使白。喻佞人變亂善惡也。言'止于藩',欲外之令遠物也。"對此《詩本義》有如下說法:

> 青蠅之污黑白,不獨鄭氏之說,前世儒者亦多見於文字。然蠅之爲物,古今理無不同,不知昔人何爲有此說也。今之青蠅所污甚微,以黑點白,猶或有之,然其微細不能變物之色。詩人惡讒言變亂善惡,其爲害大,必不引以爲喻,至於變黑爲白,則未嘗有之。乃知毛義不如鄭說也。齊詩曰:"匪雞則鳴,蒼蠅之聲。"蓋古人取其飛聲之衆可以亂聽,猶今謂"聚蚊成雷"也。(卷九,第一葉A面)

他肯定了《毛傳》的訓釋,認爲詩中以"蒼蠅飛來飛去的噪音"作比喻,而否定《鄭箋》的說法,不同意詩中是在以"蒼蠅使物品變色"作比喻。《正義》則有如下疏通:

> 言彼營營然往來者,青蠅之蟲也。此蟲污白使黑,

污黑使白，乃變亂白黑，不可近之，當去止於藩籬之上，無令在宮室之內也。以興彼往來者讒佞之人也。讒人喻善使惡，喻惡使善，以變亂善惡，不可親之，當棄於荒野之外，無令在朝廷之上也。（卷一四之三，第一葉A面）

《正義》認爲關於《青蠅》一詩的比喻意味，毛公的認識與鄭玄相同。《毛傳》所說的"往來之貌"是對詩人眼前實景的敘述，《鄭箋》中則說明了這一景象用來比喻奸臣讒言的危害極大，二者有所分工。而在此基礎上，《正義》統合毛、鄭進行了解釋。歐陽修的批評無法依據這一解釋產生，所以說在這裏他同樣無視了《正義》的疏通。

以上兩個例子顯示了《正義》與歐陽修在認識《毛傳》與《鄭箋》關係方面的差異。《正義》認爲《傳》《箋》互補，提示了對詩歌的全面解釋；歐陽修則分別對待，各自考察其訓釋。歐陽修不採用《正義》的疏通，或許是由於他認爲毛公對詩句字義的訓詁本是正確的，鄭玄却誤解了；或者《鄭箋》中另外添入的解釋被《正義》錯誤地敷述，遮蔽了《毛傳》中本來的意思。

而且，從中也可發現歐陽修脫離《鄭箋》獨自解釋《毛傳》時的方法，即僅按字句本身來理解《毛傳》，換言之，不去推敲考索字句中沒有寫的毛公的想法。這從他以下的說法中也可以得到印證："《毛傳》,《新臺》，訓詁而已，其言既簡，不知其意如何。"（《新臺》，卷三，第四葉A面）"毛於《斯干》，訓詁而已。"（《斯干》，卷七，第一葉A面）"《樸樕》五章，毛於其四章所解絕簡，莫見其得。"（《樸樕》，卷十，第四葉A面）這些說法指出了《毛傳》簡潔、其解釋難以補足，同時也表明，對簡潔的《毛傳》字句，他不贊成挖掘其中的隱含之意。

將《毛傳》與《鄭箋》拆開、不探究《毛傳》字句中沒有寫明的毛公之意，這兩方面的方法與漢唐學者正好相反。《詩經》書名的"鄭氏箋"下附有陸德明《毛詩音義》中所叙的鄭玄作《箋》之動機：

> 案鄭《六藝論》云：注詩宗毛爲主。毛義若隱略，則表明；如有不同，即下己意使可識別也。（卷一之一，第三葉 A 面）

如其所言，鄭玄《詩經》研究的中心課題是對《毛傳》中沒有明顯表達出來的毛公之詩歌解釋進行探微索隱，加以顯明。疏家在同樣附於此的《正義》中有如下説法：

> 鄭以毛學審備，遵暢厥旨。所以表明毛意，記識其事，故特稱爲箋。（卷一之一，第三葉 A 面）

疏家接受鄭玄的方法，融合《毛傳》《鄭箋》進行疏通。因此，《毛傳》中斷片式的各個訓詁之間的空隙，都在《鄭箋》之下隱沒了。疏家在疏通的過程中，遇到兩者之間有分歧，或者有兩者未曾説明的語義，也會依照上述的認識，進行忖度而後補足。而歐陽修認爲毛公以後的學者像這樣任意揣度毛公的想法，會導致對《毛傳》本意的錯誤理解，因此，他選擇了自己的學術方法。

前舉三一（四）（五）（六）三例也是如此。歐陽修之所以沒有採用《正義》對《鄭箋》的解釋，也是因爲疏家對《鄭箋》中沒有寫的鄭玄之意自作揣測。在三一（五）中，《鄭箋》中沒有"女子回想其國中賢者的話，感到後悔"的叙述，《正義》解讀爲女性回想的結構，而歐陽修並不認同；在三一（六）中，《鄭箋》中並沒有説前兩章是"古代君王宴會的場景"，歐陽修因此認爲鄭玄將本詩全部解釋成"對現在君王宴會場景的叙述"。歐陽修讀《鄭箋》時,只從《鄭箋》中的字句本身去考察鄭玄的想法。不揣度語句中沒有寫的想法,是貫穿了《詩本義》全書的學術態度。

下面再換個角度來考慮這個問題。衆所周知,《毛傳》的訓詁基本上是以斷片的形式記述,像歐陽修這樣不揣測言外之意的解讀法,所能得到的只是失去《毛氏故訓傳》——即毛公的《詩經》解釋——之整體性的訓詁斷片而已。也就是説,歐陽修的解讀方法不僅是切斷《毛傳》與《鄭箋》的關係,而且使《毛傳》解體、訓詁徹底地斷片化。這一方法雖是批評前代學術而得來的,但換個角度説就是極端功能主義的。這是因爲斷片化、彼此失去關聯的《毛傳》訓詁,其中所包含的意思就非常有限了,對歐陽修而言,《毛傳》訓詁的意義只在於被他當作素材,方便地加入到自己詩歌解釋的脉絡中。所以,無論動機如何,歐陽修對《毛傳》的處理,是將漢代訓詁納入他的《詩經》研究的一種有效手段。

通過這樣的方式,不僅是《毛傳》和《鄭箋》,還有《詩經》學中歷來被作爲常識的各種學術關聯也被歐陽修切斷了。《毛傳》與《詩序》、《詩序》與《詩》,或是《毛傳》與《爾雅》等構成的師承系譜,被漢唐《詩經》學奉爲學術基礎,認爲其具有不可分割的整體性,而歐陽修則否定了系譜的純粹性與正確性。並且,以子夏爲《詩序》作者、以孔門弟子爲《爾雅》作者等等,是爲了增加師承系譜的權威性而定下的,歐陽修對此也一併否認。不僅如此,他還對《詩經》本身的全體性、統一性的很多方面加上了保留條件。例如在四—(六)中,歐陽修否定了現行《詩經》中詩歌排列的必然性,批評以《詩經》編纂者的意圖爲前提而輕易作出的詩歌解釋,并強調"詩的作者並非一人"的事實,從而在探討《詩經》的整體特徵與傾向時保持了慎重的態度①。當然,他雖然採取將詩篇的語言、修辭等部分從《詩經》全體中抽出來進行研究的方法,但在這種情況下,他總能保持冷静的認識,認爲最多也只是"有如此的傾向",而不會將抽出部分的《詩經》之特徵絶對地視作《詩經》整體的原理性特質,從而以之看作解釋詩篇的前提,對所有的詩歌進行簡單的統一處理。換言之,對於一首詩,歐陽修往往傾向於首先將它作爲一個有著獨立完整意思的作品進行解釋,並把歷代《詩經》學的成果看成各自獨立的個體,加以參考。這不但説明了他嚴謹的學術態度,同時對於歐陽修的《詩經》解釋而言,彼此失去關聯、斷片化了的前代《詩經》學成果,可以作爲素材自由取用;並且,解釋某一首詩也可以僅就其本身而論,不必受《詩經》整體特徵的束縛,因此也增大了詩歌解釋的自由度。通過這樣的處理,歐陽修既可保證解釋的自由,又可使解釋因採用前代訓詁而穩當、可信。

如此看來,歐陽修尊奉"獨立於經驗"的原則,斬斷了漢唐《詩經》學體系性、關係性的鏈條,這是他重新解讀《詩經》和古注的基礎。第一節中已經提到,《詩本義》雖然批判《詩序》《毛傳》《鄭箋》,却尊重它們,這兩種不同的方法同時存在,這被看作是它最大的優點,獲得了很多讚賞,而歐陽修之所以能實現這一學術方法的理由,在這一節中就可以找到。並且,由於使用這種方法,他既從《正義》中受了很大的影響,又能不爲其體系性和統一性所束縛,而是將所受到的啓發自由地活用在自

---

① 例如《詩本義》卷六論《鴻雁》:"《詩》所刺美,或取物以爲喻,則必先道其物,次言所刺美之事多矣。……《詩》非一人之作,體各不同,雖不盡如此,然如此者多也。"卷一〇論《蕩》:"然則刺者其意淺,故其言切。而傷者其意深,故其言緩而遠。作詩之人不一,其用心未必皆同,然考《詩》之意,如此者多,蓋人之常情也。"像這樣,歐陽修在討論《詩》的法則問題時,也注意避免將一個觀點簡單地普泛化。

己構想的《詩經》學體系中。

六、歐陽修《詩經》研究的立足點

另一方面,歐陽修的這一學術姿態,也必然會面臨很大的問題,這就是,以各種標準將《詩經》中詩歌的整體性關聯切斷後,《詩經》所以爲"經"的理由是什麽?

毋庸多言,《詩經》並非單純是文學作品的總集,也是經典,解釋《詩經》的作品,必須不脱離"《詩經》是爲了對人進行道德教化而編纂的"這一大前提。歐陽修使構成漢唐《詩經》學的各元素成爲斷片,又認爲詩篇具有獨立自足的意思,他因此獲得了自由解釋《詩經》作品的空間。但嚴格來説這質疑了對《詩經》進行統一解釋的意義,進而也導致《詩經》喪失了其作爲經典的理論根據。在《正義》中,上述問題表現得並不明顯,《正義》認爲《詩經》與《詩經》學的成立與發展都是一體相承的體系,它自己也依托於這個整體性。而歐陽修爲了超越和克服漢唐之學的《詩經》觀,否定了其學術前提,那麽他要使自己的《詩經》學成爲經學(這雖是同義反復的冗言,但考慮到現代的讀者大多對非經學的《詩經》學更爲親近,因此筆者仍希望用這樣的説法),就必須提出《詩經》作爲經典的新理由。這究竟是什麽呢?

要考慮這個問題,就要關注《詩本義》中言及孔子之處。何澤恒早就指出①,《詩本義》中反復强調了孔子删定《詩經》之説。

六一(一)

《詩》,孔子所删正也。《春秋》,孔子所修也。(《詩本

---

① 《歐陽修之經史學》第二章,第70頁。

義》卷一四《魯問》)

六一(二)

詩之作也,觸事感物,文之以言,美者善之,惡者刺之,以發其愉揚怨憤於口,道其哀樂喜怒於心。此詩人之意也……世久而失其傳,亂其雅頌,亡其次序,又采者積多而無所擇。孔子生於周末,方修禮樂之壞,於是,正其雅頌,删其繁重,列於六經,著其善惡,以爲勸戒。此聖人之志也。(《詩本義》卷一四《本末論》)

司馬遷云:"古者,詩三千餘篇,及至孔子,去其重,取可施於禮義。"(《史記·孔子世家》)對此,《正義》持批判的態度①,相反,歐陽修則對司馬遷之説重新作了評價:

六一(三)

司馬遷謂古詩三千餘篇,孔子删之,存者三百。鄭學之徒皆以遷説之謬言,古詩雖多,不容十分去九。以予考之,遷説然也。何以知之?今書傳所載逸詩何可數焉,以圖推之,有更十君而取其一篇者,又有二十餘君而取其一篇者。由是言之,何啻乎三千詩?(《詩本義·詩圖總序》)

何澤恒認爲,歐陽修關於孔子删詩的這一觀點,在經學史上是孤立的,也受到後代許多學者的批判,綜合來看,這一説法不足憑據②。筆者對此結論雖無異議③,但想要換一個視角

---

① "經傳所引諸詩,見存者多,亡失者少,不容孔子十去其九。"
② 見前揭書第 71 頁。
③ 另有何澤恒未曾論及的内容,也可支持他的結論:《毛詩正義》懷疑司馬遷之説,認爲"經傳所引諸詩,見存者多,亡失者少,不容孔子十去其九",被各種書引用的逸詩數量很少。而歐陽修則認爲逸詩很多,並將其當作自己説法的依據。也就是説,歐陽修理論的根據是他對　(轉下頁注)

第三章 《毛詩正義》：歐陽修《詩本義》的搖籃

來考慮這個問題。爲何歐陽修儘管只有薄弱的根據，却要拘泥於"孔子删詩説"呢？"孔子删詩説"對於他的《詩經》學具有怎樣的意義？

南宋段昌武《毛詩集解》卷首《論詩總説·詩之世》中記載了歐陽修這樣的説法：

六一（四）

歐陽氏……又曰：删云者，非止全篇删去也，或篇删其章，或章删其句，或句删其字。如"唐棣之華，偏其反而，豈不爾思，室是遠而"，此《小雅·常棣》之詩也①。夫子謂其以室爲遠，害於兄弟之義，故篇删其章也。"衣錦尚絅，文之著也"，《邶鄘風·君子偕老》之詩也②。夫子惡其盡飾之過，恐其流而不返，故章删其句也。"誰能秉

（接上頁注）於逸詩數量的主觀評價，而非客觀論證。恐怕正是因爲如此，他的後輩們不認同他的觀點而同意《正義》之説，認爲既然經典中引用的詩中逸詩的數量很少，那麼就可以據此來否定孔子删詩的説法。從這裏也可知，何澤恒的判斷是正確的。

另外，關於孔子是否曾經删詩的討論，可參考《經義考》卷九七《詩一》"古詩"條下集聚的歷代諸家説法以及朱彝尊的按語。此處例舉出與歐陽修時代相近的諸家之説：

鄭樵："上下千餘年，《詩》纔三百五篇。有更十君而取一篇者，皆商周之所作，夫子併得之於魯太師，編而録之，非有意於删也。删詩之説，漢儒倡之。"

葉適："《史記》古詩三千餘篇，孔取三百五篇。……按周詩及諸侯用爲樂章，今載於左氏《傳》者，皆史官先所采定。就有逸詩，殊少矣。疑不待孔子而後删十取一也。又《論語》稱'詩三百'，本謂古人已具之詩，不應指其自删者言之。然則詩不因孔子而後删矣。"

朱子："人言夫子删詩，看來只采得許多詩。夫子不曾删去，只是刊定而已。""當時史官收詩時，已各有編次。但經孔子時已經散失，故孔子重新整理一番，未見得删興不删。"

① 據《論語·子罕》："子曰：可與共學，未可與適道；可與適道，未可與立；可與立，未可與權。'唐棣之華，偏其反而。豈不爾思，室是遠而。'子曰：未之思也。夫何遠之有？"
② 《禮記·中庸》："《詩》曰：衣錦尚絅，惡其文之著也。"

國成,不自爲政,卒勞百姓"①,此《小雅·節南山》之詩也,夫子以"能"之一字爲意之害,故句刪其字也。

遺憾的是,此説無法在《詩本義》及《歐陽文忠公集》中得到印證。如果這確是歐陽修所言,那説明他認爲孔子對於《詩經》的編纂起了非常大的作用。也就是説,孔子不僅從三千篇詩歌中選出了可資道德的三百餘首,而且也爲了使其"可資道德",對這三百餘首詩自由地作了修改。《詩經》之詩經過了孔子加工,它們受到孔子道德觀很深的浸潤,在這個意義上,它們是可與孔子之著作相比肩的作品。

在《詩本義》中,有多個例子是以孔子刪改《詩經》之説爲基準,來判斷《傳》《箋》的解釋是否恰當。

六一(五) 《考槃》論

如鄭之説,進則喜樂,退則怨懟,乃不知命之狠人爾,安得爲賢者也?……使詩人之意果如鄭説,孔子錄詩,必不取也。(卷三,第七葉A面)

六一(六) 《正月》論

幽厲之詩,極陳怨刺之言,以揚君之惡。孔子錄之者,非取其暴揚主過也,以其君心難格,非規誨可入,而其臣下猶有愛上之忠,極盡下情之所苦,而指切其惡,尚冀其警懼而改悔也。至其不改悔而敗亡,則錄以爲後王之戒。如毛、鄭"瞻烏"之説,異乎孔子錄詩之意也。(卷七,第八葉A面)

六一(七) 《四月》論

今此大夫不幸而遭亂世,反深責其先祖以人情不及

---

① 見《禮記·緇衣》(王先謙《詩三家義集疏》作《齊詩》)。

之事,詩人之意決不如此,就使如此,不可垂訓,聖人刪詩,必棄而不錄也。(卷八,第八葉A面)

從以上諸例中也可見,歐陽修認爲,《詩經》濃重地反映了孔子的道德觀,從孔子於詩篇中所發現的道德意義入手,就可以弄清詩篇的意思。這也就是根據"孔子錄詩之意"用演繹方式解釋詩歌。歐陽修的以上說法可以整理如下:

(一)詩的作者不一定道德高尚,詩的創作也不一定出自高尚的意圖……這是從"作者並非只有一人"這一認識中得出的。

(二)儘管如此,由於這三百篇詩是經過孔子選擇、修正的,因此在性質上是統一的。……儘管"作者並非只有一人",但仍可保證用統一的視角和方法來考察《詩經》是妥當的。

這就要求根據孔子的編纂意圖來解釋《詩經》。與《正義》比較,歐陽修的這一觀點是獨特的。根據《正義》,孔子編纂《詩經》的方式並非是選擇和修正,而是集成和保存[1]。也就是說,疏家認爲孔子的功績在於將當時瀕臨佚失的《詩經》集起來、傳之後世,而不是孔子用自己的標準在豐富的詩歌作品中進行了嚴格的取捨。他們認爲,對《詩經》的形成起到關鍵作用的是"太師"[2],而非孔子,因此《正義》中強調太師

---

[1] "孔子錄詩之時,則得五篇而已,今《詩》是孔子所定,《商頌》止有五篇,明是孔子錄詩之時已亡其七篇,唯得此五篇而已。"(《商頌譜正義》,卷二〇之三)

[2] "自從政衰,散亡商之禮樂。七世至戴公時,當宣王,大夫正考父者,校商之名頌十二篇於周太師,以《那》爲首,歸以祀其先王。"(《商頌譜》卷二〇之三)

的作用①。身爲周代官員的太師是《詩經》的編者,這觀點本身無法直接得出《詩經》之爲"經"的理由,這說明,疏家并未將"《詩經》由誰編纂"當作根本的問題。他們應該是認爲,《詩經》通過"詩人—太師—孔子—子夏……"這樣正確的師承體系來傳承,這其中就包含著《詩經》之所以爲"經"的理由。這個師承的系譜由毛公—鄭玄來承續,而《正義》則通過祖述毛公、鄭玄,使自己置身系譜之中,獲得歸屬感。

而歐陽修的《詩經》研究既然否定了師承權威,就必須爲《詩經》之所以爲"經"的問題另外設定新的理由。從這裏就可以發現歐陽修強調孔子作用的主要原因。詩篇雖説是各自獨立的,但如果它們都貫穿著孔子選擇和改編的意圖,就可以與上一節中的"自由的解釋"及"經學研究立場"共存。也就是説,站在這樣的立場上,從孔子收錄詩篇的理由——詩篇中表現了或是被添加了怎樣的道德涵義——中探討詩篇的本意就是妥當的。如前所述,歐陽修依照自己方法的需要,將《詩序》《毛傳》《鄭箋》的有機結合分解,直至每個經説單獨構成一個要素,供自己的《詩經》研究來取用。那麼對他而言,要使自己的《詩經》解釋成爲經學,就必須強調孔子的存在。第三節已總結過,歐陽修在《本末論》中提出了"由探討'詩人之意'而獲得'聖人之志'"的方案,而在實際解釋詩歌的時候,他却同時使用了與此恰好相反的"通過'聖人之志'探究'詩人之意'"的方法,這一點,在六一(五)(六)(七)(八)中體現了出來。孔子删詩説對歐陽修的《詩經》研究而言是不可或缺的理論支柱。

那麼歐陽修是怎樣理解孔子之意的呢?邊土名朝邦詳細

---

① "既序一篇之義,又序名晉爲唐之意,此實晉也。而謂之唐者,太師察其詩之音旨,本其國之風俗,見其所憂之事深,所思之事遠,儉約而能用禮,有唐堯之遺風。故名之曰唐也。"(《唐風·蟋蟀·序》之《正義》,卷六之一)

地討論了這個問題。根據他的研究："支持歐陽修'聖人之志簡單明白'這一見解的,是他的如下信念：我等凡人所擁有的古今不變的人情,與聖人之志終歸是一致的。'聖人之言,在人情不遠'(《居士外集》卷一一《答宋咸書》)就是明證。"①"道理本是形而上的,但它通常都在能夠體現人情的、我們有現實經驗的事物中存在。因此,根據我們的人之本性,就可能推及天下萬物的道理。反過來則可以說,符合人情的事物是合理的,違背人情的則不合理。這樣,越是合理的事物就越簡單明白。也就是說,所有人都能從人之本性中清楚領會的,就是聖人的本來之志,其中存有上天之道。如此一來,任何人都能夠基於自己的本性,充分而自由地從經典中探究聖人的本意。"②說到底,歐陽修認爲,根據自己之意就可以推量出孔子之意。因此,歐陽修在討論《詩經》時強調孔子的存在,就是爲了保證他從自己的主觀意識和常識出發來解釋《詩經》的行爲是正當的。歐陽修依照自己的判斷解釋《詩經》之詩,《正義》則絕對重視師承,而通過強調孔子之意,歐陽修使他的學術方法在《詩經》學中比《正義》更爲優越。

七、補充説明

如上所說,歐陽修不依照《正義》而重新解釋《毛傳》《鄭箋》,使自己的《詩經》研究獲得了營養,但他的學說中也有缺點。此處舉出兩點。第一點是方法的不徹底,即是說,歐陽修並非一直堅持將《毛傳》《鄭箋》分開的方法：

七一(一) 《周南·螽斯》

---

① 邊土名朝邦《歐陽修的〈鄭箋〉批評》(《歐陽修の鄭箋批判》),《活水論文集》第23號,1980年,第46頁。
② 同上。

《螽斯》之《序》云:"后妃子孫衆多也。言若螽斯不妒嫉則子孫衆多也。"首章"螽斯羽,詵詵兮"之《鄭箋》云:

> 凡物有陰陽情慾者,無不妒忌,維蚣蝑不耳,各得受氣而生子,故能詵詵然衆多。后妃之德能如是,則亦宜然。(卷一之二,第十二葉 A 面)

從中可知,鄭玄將《序》讀作"后妃子孫衆多也。言若螽斯不妒嫉,則子孫衆多也"。對此,歐陽修批評道:

> 螫蟲,蝗類微蟲爾,詩人安能知其心不妒忌?此尤不近人情者。(卷一,第五葉 A 面)

他認爲之所以會出這樣的錯誤,是因爲沒有注意到《詩序》的文字有顛倒:

> 《螽斯》大義甚明而易得,惟其序文顛倒,遂使毛、鄭從而解之,失也。據《序》,宜言"不妒忌則子孫衆多如螽斯也"。今其文倒,故毛、鄭遂謂螽斯有不妒忌之性者,失也。(同上)

歐陽修在此説的是"毛、鄭",認爲二者沒有注意到《詩序》的顛倒,因此解釋錯誤。但《螽斯》的《毛傳》中並沒有毛公如此解讀《詩序》的記述。所以歐陽修是把鄭玄的解釋也援用到毛公身上了。這與上一節中歐陽修將《毛傳》與《鄭箋》區分、只根據各自記述的內容進行解釋的方法正好相反。這樣的例子在《野有死麕》《匏有苦葉》《小雅·巧言》等當中也都可以見到。因此可以説歐陽修並沒有徹底地使用他的方法。

歐陽修方法的第二個問題是,他將《毛傳》與《鄭箋》區分開來,這是否真的妥當?

如本章第五節中所見,鄭玄作《箋》的基本態度是推崇《毛傳》,將其中隱含的意思加以表明。鄭玄自己確實有繼承《毛傳》的自覺意識,《正義》也據此而採用了對《傳》《箋》作疏通的方法。那麼,歐陽修通過切斷與《鄭箋》的關聯來探究《毛傳》的本意,這一方法是否沒有問題?

再次以五一(一)《周南·葛覃》爲例。對於這首詩,《正義》認爲《毛傳》作了訓詁學上的説明,《鄭箋》則解讀了詩人的意圖,二者各有分工、相互補充地解釋了詩歌。歐陽修則否定這種看法,認爲《毛傳》與《鄭箋》對詩歌的解釋是不同的。看起來,歐陽修的立論明快,而《正義》之説則只是無益的牽強附會而已。不過,《正義》的疏通並非沒有根據。重新研讀《毛傳》,可以注意到其中有"興也"這樣的定義。也就是説,毛公將"葛之覃兮,施於中谷,維葉萋萋"看作是"興"。《鄭箋》云"興者……"對《毛傳》"興也"的定義進行解説。如此看來,《毛傳》中"葛,所以爲絺綌,女功之事煩辱者""黃鳥,搏黍也。……喈喈,和聲之遠聞也"總歸是詩句字面意思層面上的訓詁,並非解釋詩的本意,這正如鄭玄所説明的那樣;而《正義》希望能忠實地繼承《毛傳》中"興也"的定義。另一方面,根據歐陽修對《毛傳》的理解,這句詩描寫了葛成長的實景,因此《毛傳》中"興也"的定義也就無處著落了。歐陽修雖以"《毛傳》爲得"的説法來肯定《毛傳》,實際上卻並未全面採納《毛傳》的見解。

以上的兩個問題,印證了第五節中所討論的歐陽修《詩經》研究的特點。他對於方法的選擇,是以對自己有用與否爲基準的。歐陽修的確是不依從《正義》獨自重新解讀《傳》《箋》,這歸根結底是爲了搜尋可資利用的素材,用於自己的《詩經》解釋。他的原則是,遇到對自己解釋《詩經》有利的訓詁,就將它從整體中抽出來使用,這就可以解釋他爲何無視了《葛覃》中《毛傳》"興也"的定義。歐陽修的研究是用所謂"斷章取義"的方式,從《毛傳》《鄭箋》中抽取素材,而並非以《傳》

《箋》本身作爲研究對象、解明《傳》《箋》真正的意思。一言以蔽之，在歐陽修的《詩經》研究中，客觀考證與主觀選擇各占一半。

八、結　語

以上，本文探討了《正義》與《詩本義》之關係這一此前不太引人注意的問題。通過這一考察，從漢唐訓詁、注疏學到歐陽修《詩本義》，《詩經》學變遷的具體面貌可以在某種程度上展現出來。在漢唐《詩經》學與宋代《詩經》學之間，有一個學術姿態上的很大轉折，而《詩本義》正處於轉折點上，這說法當然是正確的。不過，唐代學術對《詩本義》之形成的滋養，却出乎意料的大。既有的研究只關注《詩本義》與《序》《傳》《箋》的關係，而筆者認爲應當對這一觀念進行修正。雖然歐陽修或許是自覺地與《序》《傳》《箋》相對峙，但具體而言，《正義》融合《序》《傳》《箋》，體現了一個統一的解釋體系，而歐陽修正是以《正義》爲參照對象構建了自己的學術。《詩本義》在批判、超越《正義》的同時，也從《正義》中吸取、消化了多種營養。在這個意義上來說，《正義》是《詩本義》的搖籃。

這一點也表明，我們或許應當重新考慮《正義》的學術史價值。學者們大多認爲，《正義》這一著作，及其使用的"疏通"這一方法，在學術上的創造性低，是經學發展停滯的表現。然而，如本章第三節中所見，對於《毛傳》《鄭箋》的詩歌解釋，《正義》與歐陽修關注著同樣的問題，這說明疏家們在意識方面與宋代引領研究風潮的學者非常相近。的確，疏家只能在疏通這一框架內表達他所關注的問題，因此無法充分展開自己的學說，很難給出與《傳》《箋》相異的、獨特的詩歌解釋。但是他們爲將要出現的歐陽修《詩本義》準備好了論點。疏家在疏通這一框架內使漢代經學與新的意識相適應，重新作了解釋，對此,我們有必要重新進行詳細的考察。

不過,在考慮這個問題的時候,應當對《正義》這一作品的特徵加以充分的關注。本文認爲歐陽修曾實際參考過《正義》,並對《正義》作了比較研究,將其中所見的經說都單純地看作"《正義》之説"。但事實上,《正義》之説被認爲是由六朝諸義疏拼貼而成的。若是如此,那麼與歐陽修之意識相近的"開放的"解釋意識,與其說來自《正義》的編纂者,不如說更可能來自六朝疏家。當然,《正義》的編纂者引用的必然是自己贊成的內容,從這個意義上來說,他們與六朝的疏家擁有共同的意識;但考慮到原創的問題,那麼從《正義》追溯到更早的時代是可能的。在這個意義上,《正義》的編纂和發佈,是經典解釋的固定化和制度化,由此,六朝疏家所準備的、與漢代相異的《詩經》解釋新方向已無法繼續發展。而到北宋中葉歐陽修的時代,在自由的學術氛圍(自由地批判過去的儒學方法的風潮)中,又展開了一幅新的圖景,這一方向得以蘇醒并以新的形態復活過來。然而,關於《正義》如何借鑒六朝的義疏、在借鑒時進行了怎樣的處理,其具體情況我們還並不完全瞭解。因此,現在很難判斷《正義》的經說在多大程度上保留了六朝義疏的原始形態,上述的圖景也只是提示了今後考察的可能方向而已。

本文只是就《詩本義》一個例子進行了討論。《詩本義》的學術姿態是能代表當時學界的普遍情況、還是在當時非常特殊,本文沒有考察。本文所得出的結論是否可以用來概括同時代《詩經》學的一般動向,還必須通過繼續考察每種文獻來驗證。在這個意義上,筆者希望以本文提起問題,來重新考察宋代《詩經》學之情形。另外本文中考察的"注疏學與勃興於中葉的新經學的關係",是只限於《詩經》這一部經典的問題,還是同樣可見於其他經典?這個意義深遠的問題,尚待異日的考察。

附表：《詩本義》引用《毛詩正義》說一覽

凡例

○ 本表旨在調查《詩本義》中被當作前人說法而引用的經說與《毛詩正義》的關係，表中標示的是《詩本義》中未說明人名、書名的部分。

○ 本表依據筆者的判斷，標明所引經說在《毛詩正義》中的對應位置，以及文字內容。

○ 本表列出與《毛詩正義》沒有直接對應關係的引用句，作為參考。

卷數	頁數	A面/B面	詩題	內容	稱呼	在《正義》中的位置	《正義》之內容
一	六	A面	兔罝	今為詩說者泥於序文"莫不好德""賢人眾多"之語，因以謂《周南》之人舉國皆賢，無復君子小人之別，下至《兔罝》之人，皆負方叔、召虎，吉甫春秋賢大夫之材德，則又誣矣。	今為詩說者	卷一之三，第一葉A面	由后妃《關雎》之化行，則天下之人莫不好德，是故賢人眾多，由賢人多，故《兔罝》之人又能恭敬，是后妃化之化行也。

第三章 《毛詩正義》：歐陽修《詩本義》的搖籃　97

續表

卷數	頁數 A面/B面	詩題	內　　容	稱呼	在《正義》中的位置	《正義》之內容
一九	B面	麟之趾	《關雎》《麟趾》作非一人，作《麟趾》者丁無及《關雎》之意。故前儒曲說云：鄭學者自覺其非，乃爲曲說云：鄭無麟應，大師編詩之時，假設此義以謂《關雎》化成，宜有麟出，故借此《麟趾》之篇，列於最後，使若化成而麟至爾。然則《序》之所述乃非詩人作詩之本意，是大師編詩假設之義也。毛、鄭遂執《序》意以解詩，是以大師假設之義解詩人之本義，宜失其之遠也。	前儒	卷一之三，第九葉B面	《關雎》《麟趾》作非一人，作《麟趾》者丁無及《關雎》之意。故前儒爲毛、鄭學者自覺其非，乃爲曲說云：鄭無麟應，大師編詩之時，假設此義以謂《關雎》化成，宜有麟出，故借此《麟趾》之篇，列於最後，使若化成而麟至爾。然則《序》之所述乃非詩人作詩之本意，是大師編詩假設之義也。毛、鄭遂執《序》意以解詩，是以大師假設之義解詩人之本義，宜失其本義之遠也。
二一	B面	鶉有苦葉	詩刺衛宣公與夫人並爲淫亂，而鄭氏謂夫人未及夷姜也……學者因附鄭說，謂作詩時未爲仮娶，故當是刺宣公納伋之妻亦不可知。今且以詩之編次且詩作早晚不可知。然則鄭說胡說皆可據也。偶在前爾。	學者	卷二之一，第五葉A面／卷二之二，第三葉B面	諸變詩一君有數篇者，大率以事之先後篇次。……邶詩先《後爲次也。/宣公次《新臺》，是以事先後爲次也。/宣公納伋之妻亦未納之也。《箋》於此不言者，是時宣公或未納之也。故《鵲巢》于苦葉，譏雄鳴求其匹，夫人爲夷姜，則此亦爲夷姜明也。

續　表

卷數	頁數 A面/B面	詩題	內　　容	稱呼	在《正義》中的位置	《正義》之內容
五一	A面	東門之枌	附其說者，遂引《春秋》莊公季友如陳，葬原仲，爲此原氏。	附其說者	卷七之一，第六葉A面	《春秋·莊二十七年》：季友如陳葬原仲。是陳大夫姓原氏也。
五一	B面	鳲鳩	又其三章皆美淑人君子，獨於中間一章刺其不稱其服，詩人之意豈若是乎？至爲疏義者覺其非是，始略言淑人君子刺曹無此人而在梅棘，強爲之説以附之，然非毛、鄭之本義也。	爲疏義者	卷七之三，第八葉B面	説善人君子而言刺帶弁者，以善人能稱其服，刺今不稱其服也。
七四	B面	無羊	又謂"衆維魚矣"，謂人衆相與捕魚，是歲衆庶人相供養之祥。據詩"衆維魚矣"，但言魚多爾，何有捕魚之文……而爲鄭學者遂附益之。以爲庶人無故不殺雞豚，惟捕魚以爲養。	爲鄭學者	卷十一之二，第十四葉A面	魚者，庶民之所以養者，以庶民不得殺大豕，維捕魚以食之，是所以養也。
七五	B面	節南山	說者遂謂幽王之時有兩家父。	説者	卷十二之一，第一葉B面	但古人以父爲字，或累世同之。……此家氏或父子同字，父未必是一人也。

續　表

卷數	頁數A面/B面	詩題	內　　容	稱呼	在《正義》中的位置	《正義》之內容
七	B面	正月	鄭謂苟欲免身，而後學者因盆之曰"寧貽患於父祖子孫苟自免"者，豈詩人之意哉？	後學者	卷十二之一，第十葉B面	上章言王急酷，故此篇之政而病也。以所願不宜願，免之而已。乃云不自我先，不自我後，忽者已所不欲，勿施於人，況以虐災推於先後，非父祖則子孫，是窮苦之情苟欲免身。
七一三	B面	十月	《小宛》之詩，據文求義，施於幽，皆可。雖鄭氏亦不能爲說以見非刺幽也。而爲鄭學者疆附益之，乃云《十月》皆爲大夫刺，既以《小宛》《小旻》《小宛》其卒章皆有怖畏恐懼之言，似是一人之作。	爲鄭學者	卷十二之二，第二葉A面	鄭檢此篇爲厲王，其理故明，而知下三篇亦當爲刺厲王者，以《序》皆言"大夫"，其文大體相類。《十月之交》《雨無正》《小旻》卒章說已留彼去，念友之意全同。《小旻》《小宛》卒章說怖畏罪罪恐懼之心如一，似一人之作。故以爲當刺厲王也。
七一五	B面	小宛	又謂"先人"爲文武，亦疏矣。而後之學者既以"先人""有懷"二爲，不應重複其言而無他義也。	後之學者	卷十二之三，第一葉A面	追念在昔之先人文王、武王也。……有所思人，唯此文、武二人。

續　表

卷數	頁數 A面/B面	詩題	內　容	稱呼	在《正義》中的位置	《正義》之內容
八一	A面	巧言	"旦",當為語助。鄭音"苟旦"之"旦",言王即位,旦為民父母,其後乃刑殺無罪。惟學者附益以增鄭過,就令只依鄭說曰父母旦,亦豈成文理。	學者	卷十二之三,第十葉B面	皆以"旦"為辭。
一〇	A面	文王	說者但言殷未滅時文王自稱王於一國之中,理已為不可。	說者	卷一六之三,第五葉B面	文王雖稱王,改正朔,得行其統內六州而已。
一〇	B面	皇矣	而為毛、鄭之學者又謂:周侵三國,召兵於密而不從。	為毛、鄭之學者	卷一六之四,第十葉A面	其所徵者是侵阮也,文王欲侵此三國,徵兵於密,密人拒而不從。
一一三	B面	生民	今《史記》本紀出於《大戴禮》《世本》諸書。其言堯及契、稷皆為帝嚳之子。先儒以年世長短考之,理不能通。	先儒	卷一七之一,第二葉B面	堯感聖君,契為堯賢弟,在位七十載而不能用……若稷、契,堯之親弟,當生在堯立之前,比至堯朋百餘歲矣……若稷、契即是譽子,則未嘗隔世。

續 表

卷數	頁數	A面/B面	詩題	內　容	稱呼	在《正義》中的位置	《正義》之內容
一〇	四	B面	生民	附毛說者爲后稷是帝嚳遺腹子。	附毛說者	卷一七之二、第五葉B面	諸書傳言，姜嫄履大迹生稷，簡狄吞卵生契者，皆毛所不信。蓋以二章卒章皆言上帝，此獨言帝，不言上。故以爲高辛氏帝也。卯生契者，皆毛所不信。蓋以帝皆爲高辛氏帝。獨言帝，不言上。故以爲高辛氏帝也。
一〇	四			附鄭說者謂是帝嚳靈威仰之子。	附鄭說者	卷一七之二、第六葉B面	鄭以姜嫄非高辛帝之妃，自然不得以帝爲高辛帝矣。此上帝即蒼帝靈威仰也。
一二	五	B面	思文臣工	是以先儒雖主毛，鄭之學者亦覺其非，但云詩人美大其事，推天以爲言爾。然則毛、鄭於后稷喜爲怪說，前後不一。	先儒雖主毛、鄭之學者	卷一七之二、第十葉B面	天應堯之顯后稷，故爲之下嘉種。
一二	六	B面	思文臣工	而後之學者以麥不當有二名，因以牟爲大麥，然謂辨爲麥之類，或爲大麥理尚可通。若謂來辨爲麥，則非爾。	後之學者	卷一九之二、第十二葉A面	孟子云："辨麥，大麥也。"趙岐注云："辨麥，播種而穫之。"《說文》云："辨，周受來牟也。一麥二夆，象其芒刺之形。"受來牟也。一麥二夆，象其芒刺之形。天所來也。"

續表

卷數	頁面 A面/B面	詩題	內容	稱呼	在《正義》中的位置	《正義》之內容
一二	B面	酌	"於鑠王師，遵養時晦"，《毛傳》但云："遵，率。養，取。晦，昧。"而更無他說。爲義疏者述其意云："率此師以取是闇昧之君。謂誅紂以定天下。"則毛公謂"於鑠王師"者，武王之師也。	爲義疏者	卷一九之四，第十六葉A面	於乎美哉，武王之用師也。率此師以定天下。
一二〇	B面	有駜	故爲義疏者廣鄭之說，謂僖公君臣既明德義，則潔白之士所爲，群集於朝，因謂"在公"爲舊臣，"振鷺"爲新來之士。	爲義疏者	卷二〇之二，第十二葉A面	潔白之士不仕庸君，以僖公君臣無事相與，明義明德而已。德義明，乃爲賢人所慕，故潔白之士則群集於君之朝。既言君臣相與，明義明德，則潔白之士群集君朝，別言潔白之士謂舊臣之外新求者也。
一三〇	B面	取舍義	《敝笱》刺文姜也。……毛謂鰥大魚也，鄭謂鰥魚子也。孔叢子》《孔叢子》：鰥魚之大盈車，言鰥魚爲大魚不無據矣。鄭改"鰥"字爲"鯤"，遂以爲魚子。其義得失，不較可知也。	孔穎達《正義》	卷五之二，第九葉B面	《孔叢子》云："衛人釣於河，得鰥魚焉，其大盈車……"是鰥爲大魚也。《傳》以鰥爲大魚，則以大爲喻。

第三章 《毛詩正義》：歐陽修《詩本義》的搖籃　103

續　表

卷數	頁數	A面/B面	詩題	內　容	稱呼	在《正義》中的位置	《正義》之內容
一三	六	A面	詩譜補亡	《譜序》自"周公致太平"已上皆亡其文，子取孔穎達《正義》所載之文補足，因為之注，自"周公"已下即用舊注云。	孔穎達《正義》		
一三	二	B面	詩圖總序	鄭學之徒皆以遷說之謬言，古詩雖多，不容十分去九。	鄭學之徒	詩譜序，第五葉B面	如《史記》之言，則孔子之前詩篇多矣。案書傳所引之詩，見在者多，亡逸者少。則孔子所錄不容十分去九。言古詩三千餘篇，未可信也。馬遷

參考：在《正義》中找不到對應文字的部分

卷數	頁數	A面/B面	詩題	內　容	稱呼	參考內容
一	二	B面	關雎	先儒辯雎鳩之者衆表，皆不離於水鳥，惟毛公得。	先儒	
一	一〇	B面	麟之趾	後儒異為說《詩》《序》者，常賴《序》文以為證。	後儒	

續表

卷數	頁數	A面/B面	詩題	內容	稱呼	參考內容
二	五	A面	摽有梅	故前世學者多云：詩人不以梅實記時早晚。	前世學者	孫卿曰……孫卿毛氏之師，明毛氏亦然。……《家語》曰……王肅述毛曰……誰周亦云……此皆取說於毛氏矣(正義，卷一之五，第一葉A面)。
三	二一	B面	靜女	改經就注，先儒固已非之。	先儒	
三	一二	B面	丘中有麻	前世諸儒皆無考據。	前世諸儒	毛時書籍猶多，或有所據，未詳毛氏何以知之。(《正義》，卷四之一，20葉A面)
五	八	A面	鴟鴞	諸儒用《爾雅》，謂"鴟鴞"，謂"鶪鴂"。	諸儒	"鴟鴞""鶪鴂"，釋鳥文。……舍人曰……《方言》云……陸璣疏云……《正義》，卷八之二，第二葉B面)
五	一〇	B面	九罭	前儒解"罭"為"囊"，謂綏罟，百囊網也。	前儒	《釋器》云："緵罟謂之九罭，九罭，魚網也。"孫炎曰……郭璞曰……(《正義》，卷八之二，第六葉B面)
六	三	B面	棠棣	鄭改不為拊。先儒固已言其非矣。	先儒	

續 表

卷數	頁數	A面/B面	詩題	內容	稱呼	參考內容
六	七	B面	出車	求詩義者,以人情求之,則不遠矣。然學者常至於迂遠,遂失其本義。	學者	
七	二	A面	斯干	改字,先儒已知其非矣。	先儒	
九	一	A面	青蠅	青蠅之污黑白,不獨鄭氏之說,前世儒者,亦多見於文字。	前世儒者	
一〇	一	B面	文王	鄭又謂"天命之以爲王"云者,惑後學之述甚者也。	後學	
一二	三	A面	一義解‧野有蔓草	《周禮》言:"仲春之月,會男女之無夫家者。"學者多以此說爲非。	學者	
一二	四	A面	一義解‧七月	鄭多改字,前世學者已non之。	前世學者	
一三	七	A面	一義解‧雲漢	改字,先儒不取。	先儒	
一三	九	A面	取舍義	鄭改"綠"爲"祿"……先儒所以不取。	先儒	
	一五	A面	詩譜補亡後序	後之學者因迹前世之所傳而較其得失。	後之學者	

第四章　從《詩本義》看歐陽修的比喻説

——與《傳》《箋》《正義》相比較

一、問題之所在

歐陽修的《詩本義》是宋代《詩經》學的開端，從宋代至今，學者們從多個角度評論和研究它，力圖弄清其解釋理念、學術特徵以及學術史意義。人們往往列舉出能够明顯體現《詩本義》特徵的若干點，例如它開始真正地批判《詩序》《毛傳》《鄭箋》這些漢唐以來在《詩經》解釋方面具有權威地位的經説；還有它提出的"人情"説——由於我們可以樂觀地相信人的本性穩定不變，因此可以用平易、注重常識的方式來解釋《詩經》。

而《毛詩大序》中與風、雅、頌並稱爲"六義"的"賦""比""興"，長久以來作爲《詩經》的代表性修辭技法而受到重視。關於它們的內容(尤其是"興"的內容)，自古以來就有衆多的議論，已經足以形成一個學説史了。然而雖然江口尚純①、蔣立甫②等

---

① 參見江口尚純《歐陽修的詩經學》(《歐陽修の詩經學》,《詩經研究》1987年12期)。文中指出，歐陽修對"比"和"興"的區別不一定很嚴密，他認爲詩人取事物的一個側面用來比興，並批判舊有學説中牽强附會的比喻解釋。本文擬通過實際事例驗證這個説法，並作詳細分析，從而在歐陽修的《詩經》學中爲其比喻説正確地定位。
② 潘嘯龍、蔣立甫《論歐陽修對〈詩經〉的文學研究》,見氏著《詩騷詩學與藝術》,上海古籍出版社,2004年。

已將歐陽修對於比喻的看法單獨抽出，現在却還没有對這方面的綜合考察。因此，歐陽修的比喻論如何繼承前人的學說、與之有何差異、對其後《詩經》學的發展又有何影響，都有待進一步探明。本文擬在繼承前人研究成果的基礎上，整體地考察歐陽修的比喻説，並試圖確定它在《詩經》學發展史中的地位。

衆所周知，南宋朱熹的"賦比興論"與漢唐《詩經》學的説法大相徑庭。對此，近年莫礪鋒[①]與檀作文[②]有詳細分析，已經弄清了它的具體面貌。本文要討論的，是存在於漢唐《詩經》學與朱熹《詩經》學之間、推動了朱熹之"比喻論"成立的學術觀點。

二、對於"賦比興"框架的認識

首先需要討論的是，對於"賦""比""興"這三個《詩經》修辭技法的框架，歐陽修有怎樣的看法。

《詩本義》中找不到"賦"作爲修辭用語的用例，但從"詩人取物爲比，比所刺美之事爾。至於陳己事，可以直述"（卷三《〈采葛〉論》）來看，歐陽修認爲"直述"是與"比"並列的修辭方法。這裏的"直述"相當於"六義"之"賦"。

另一方面，"比""興"同屬比喻的下一級分類，傳統觀點將"賦"與它們並列，歐陽修對此有怎樣的評價？《詩本義》中雖可散見"比""興"這樣的詞，但其意思却不固定，而且在卷二《〈召南・鵲巢〉論》中歐陽修還有意將二者混用了：

> 拙鳥不能自營巢，而有居鵲之成巢者，以爲興爾……
> 古之詩人取物比興，但取其一義以喻意爾，此《鵲巢》之

---

① 莫礪鋒《朱熹文學研究》第五章《朱熹的詩經學》，南京大學出版社，2000年。
② 檀作文《朱熹詩經學研究》，學苑出版社，2003年。

義。詩人但取鵲之營巢用功多,以比周室積行累功以成王業。鳩居鵲之成巢,以比夫人起家來居已成之周室爾。其所以云之意,以興夫人來居其位,當思周室創業積累之艱難,宜輔佐君子,共守而不失也。

歐陽修在同一個論述當中並用"比""興",且連結二字出現了"比興"這樣的詞,説明他並不認爲"比"和"興"是並列的概念。

但是,從以上的引文中,我們可以在某種程度上推測歐陽修是如何看待"比""興"關係的。從"取……以比……"的説法可以看出,"比"這個術語被用來説明詩句中的比喻句所包含的意思。也就是説,"比"顯示了"比喻句←→比喻的意思"這樣一一對應的關係。而從"其所以云之意,以興……"的説法可以看出,"興"往往用來表示將個別的比喻組合起來、表達連貫意思的意圖①。也就是説,歐陽修並非將"比""興"並置,而

---

① 以下列舉《詩本義》中"興"的用例,雖然此外也引用了《傳》《箋》中被稱爲"興"的内容,但那是作爲批判對象而引用的,可以除外。這裏的引用多出自前幾卷,因此不具有體現整體情形的意義。另外,用例都不是"論",而是歐陽修根據自己的學説對詩歌進行通釋的"本義",這能够支持筆者的以下思路:"興"不是比喻與意思之間的一一對應,而是將作者想表達的内容整體表達出來。一、捕兔之人有其網罟於道路林木之下,肅肅然嚴整,使兔不能越逸,以興周南之君列其武夫爲國守禦,赳赳然勇力,使姦民不得竊發爾。(《〈周南·兔罝〉本義》)二、"誰謂雀無角,何以穿我屋"者,以興事有非意而相干者。(《〈召南·行露〉本義》)三、梅之盛時,其實落者少而在者七。已而落者多而在者三。已而遂盡落矣。詩人因此以興物之盛時不可久,以言召南之人顧其男女方盛之年,懼其過時而至衰落,乃其求庶士以相婚姻也。(《〈召南·摽有梅〉本義》)四、濟盈不濡軌者,濟盈無不濡之理,而涉者貪於必進,自謂不濡,又興宣公貪於淫慾,身蹈罪惡而不自知也。雉鳴求其牡者,又興夫人不顧禮義而從宣公,如禽獸之相求,惟知雌雄爲匹,而無親疏父子之别……凡涉水者淺則徒行,深則舟渡,而腰匏以涉者,水深而無舟,蓋急遽而蹈險者也。故詩人引以爲比。(《〈召南·匏有苦葉〉本義》)五、激揚之水,其力弱不能流移白石,以興昭公微弱,不能制曲沃,而桓叔之彊於晉國,如白石鑿鑿然見於水中爾。其民從而樂之。(《〈唐風·揚之水〉本義》)

是認爲"興"包含了"比",它們是上級概念與下級概念的關係。

不過,從這兩個字的分佈狀況來看,"興"出現於《國風》,而"比"多見於《國風》和《小雅》①,因此很難説歐陽修是系統地將它們作爲《詩經》解釋的術語來使用。關於這一點,江口的觀點是正確的,他認爲:"歐陽修對'比'和'興'的區分並不嚴密。"②而且,《詩本義》在説明比喻的時候,通篇都出現了與上述三詞相應的"喻""譬""譬喻"等詞。由此可見,歐陽修並未遵從傳統,將比喻分爲"比"和"興"兩部分,而是以直述("賦")和比喻("比""興")構成内涵更豐富的對立雙方,以此分析《詩經》的修辭技法。

三、對於比喻之意義的認識

上文已指出,《詩本義》中的"賦"字未被用作表示修辭法的術語。但這並不意味著歐陽修輕視作爲修辭法的直述。在《〈王風·采葛〉論》中,他説:

> 詩人取物爲比,比所刺美之事爾。至於陳己事,可以直述,不假曲取他物以爲辭。(卷三)

他將直述當作與比喻並立的一種修辭法來重視。這是由於歐陽修認識到了用比喻解釋詩句的危險性。以《魯頌·有駜》爲例:

> 有駜有駜,駜彼乘黄。

《毛傳》云"駜,馬肥彊貌",用字義上的訓詁,來説明馬的狀態;又云"馬肥彊則能升高進遠",從馬的狀態來推量它的能

---

① 《詩本義》中"比"的用例,《國風》有十六處,《小雅》九處,《大雅》一處(但爲了批判而引用的《傳》《箋》中的部分除外)。

② 前揭江口論文。

力。此後則一轉,認爲"臣彊力則能安國",從詩句中發現了"馬肥力彊=臣下彊力"這樣的比喻。《鄭箋》更進一步說"此喻僖公之用臣必致其禄食",將關注點轉換到了君主方面,推論道:臣下彊力是由於君主厚待臣下。因此從詩句中發現了"禄食足而臣莫不盡其忠"的道德教訓。

從《傳》到《箋》,詩歌的原意之上被層層叠加了新的内涵。在這個過程中,比喻解釋起了很大的作用,它的目的則是導出道德教訓。可見在對比喻的解讀中,存在著過度闡釋的危險。

歐陽修重視從原文出發來解釋詩歌,他反對使詩歌擁有過多含義的比喻解釋手法,對於《傳》《箋》之説有這樣的批判:"皆詩文所無。此又妄意詩人而委曲爲説,故失之,詩之義愈遠也。"(卷一二)他的解釋方式是直述詩意:"據詩,但述乘馬肥彊爾。"(同上)說明他不肯勉強用比喻來解讀。從這裏可以看出,歐陽修正確地評價了直述的修辭法,認爲不能過度擡高比喻在詩中的作用。

關於詩人用比喻的情況,歐陽修有如下説明:

> 且詩人取物比興,本以意有難明,假物見意爾。(卷三《〈鄘風·墻有茨〉論》)

> 且詩人本以意有難明,故假物以見意①。如彤管之說,左右不通如此。詩人假之,何以明意理?(卷三《〈邶風·静女〉論》)

這可以看出他的以下兩個觀點:

(一) 因爲比喻被用來更明瞭地表達詩人之意,所以用比喻來解釋詩句就必須要使詩意更簡潔易懂。《傳》

---

① 歐陽修此言,與陸德明《經典釋文·毛詩序》"興是譬諭之名,意有不盡,故題曰興"相近,或許有學說上的繼承關係。

《箋》《正義》的比喻解釋法，往往容易使詩意更加混亂難懂，因此這種方法必須受到批判。

（二）比喻被用來表現詩人"難以言表之思想情感"，而《傳》《箋》《正義》的比喻解釋則將"思想情感"變成了"教訓"，這應該加以批判。比喻解釋的目的在此從得出教訓轉變爲解讀詩人的思想情感。

由此看來，歐陽修在考慮《詩經》的修辭方法時，沒有採用傳統的"賦比興"三分法，而是採用了"直述/比喻"的二分法，這並非只是因爲他對"比""興"的功能還沒有形成成熟的認識，而是可能有更積極的意義。在鄭玄"比見今之失，不敢斥言……興見今之美，嫌於媚諛"（《周禮‧太師》注）的解釋中，"比""興"不只是單純的修辭技法，而且有很深的"美""刺"等政治、道德的評價意義。站在這樣的立場上，就必須要從比喻中解讀出"教訓"了。而另一方面，從另一個對"比""興"的代表性見解"比顯興隱"（《毛詩大序》"故詩有六義焉……"之《正義》）的立場出發，也可能會導致爲探索"興"所隱含的意思而過度闡釋、産生難懂的或是"説教"式的解釋。如此一來，傳統的比興定義容易導致政治、道德性的評價和過度闡釋，這對於相信"經義固常簡直明白"（卷三《〈鄘風‧相鼠〉論》）的歐陽修而言是難以認同的。上文引用過的《〈王風‧采葛〉論》中的"詩人取物爲比，比所刺美"，雖與鄭玄的比興說形似，但考察《詩本義》中的比喻解釋就會發現，比起鄭玄從詩中解讀出評論的超然態度，歐陽修更傾向於從中挖掘包含了詩人強烈情感的諷刺和讚美。他剔除解釋的其他部分，爲了探求包含詩人思想情感的純粹比喻的意思，甚至不去區分"比"和"興"，只是在大致把握概念的基礎上解釋比喻。

四、重視比喻解釋與全詩的整合性

那麼,在實際解釋比喻的時候,歐陽修採用了怎樣的方法呢?讓我們在借鑒江口尚純、蔣立甫結論的基礎上,考察一下歐陽修的方法在方法體系中的位置以及歷史意義。首先,如蔣立甫所指出的,歐陽修結合上下文,從整體上來認識比喻①:

> 且詩之比興必須上下成文以相發明,乃可推據。今若獨用一句而不以上下文理推之,何以見詩人之意?(卷七《〈小雅·斯干〉論》)

> 詩所刺美,或取物以爲喻,則必先道其物,次言所刺美之事者多矣。(卷六《〈小雅·鴻雁〉論》②)

《鄭箋》無視文本的整體意思,僅就每句來解釋比喻,以上則是歐陽修對它的批評。以《鴻雁》爲例,歐陽修認爲,詩中"鴻雁于飛,肅肅其羽"二句是用來比喻下文"之子于歸,劬勞于野"二句的,因此"鴻雁"是"之子"的喻體③。而鄭玄認爲這兩句是以鴻雁懂得避陰就陽爲喻,說明人民都歸向有德的君主④,下句的"之子"是指有侯、伯、卿、士之位的人⑤。他將這一章的前半段和後半段分開來解釋。歐陽修認爲這樣的解釋無視了上下文的關聯性,因此並不贊同⑥。這裏清楚地顯示

---

① 前揭蔣立甫論文。
② 前揭蔣立甫論文已引此二例,由於是重要的論點,因此本文也再次引用。
③ "以文義考之,當是以鴻雁比之子。"(《詩本義》卷六《〈小雅·鴻雁〉論》)
④ 《鄭箋》云:"鴻雁知辟陰陽寒暑,興者喻民知去無道就有道。"
⑤ 《毛傳》云:"之子,侯伯卿士也。"《鄭箋》云:"是時……侯伯久不述職,(宣)王使廢於存省諸侯,於是始復之,故美焉。"
⑥ "康成不然,乃謂鴻雁知辟陰就陽,喻民知就有道。之子自是侯伯卿士之述職者。上下文不相須,豈成文理。"(《詩本義》卷六《〈小雅·鴻雁〉論》)

了鄭玄與歐陽修在比喻解釋之有效程度上的觀點差異。鄭玄認爲比喻句本身就包含了完整的"比喻—意思"關係,而歐陽修則認爲,比喻句的意思必須與其他句子聯繫起來纔能解讀。檀作文指出,《傳》《箋》《正義》只限於從"興句"中得出對於"興"的解釋,而朱熹則認爲"興"體現於"興句"與其上下文的關係之中①。這個例子不但證明了檀氏對《傳》《箋》《正義》的分析是正確的,而且也說明歐陽修的觀點與朱熹一致,從中可以發現二人之間的學術繼承關係。

重視比喻句與其他句子、或者說詩歌全體之間的關係這一態度,就導出了以下的解釋方法:

> 鼠穴處,詩人不以譬高位也。本刺無禮儀,何取鼠之偷食。(卷三《〈鄘風·碩鼠〉論》)

> 詩人引類比物,長於譬喻。以斧斨比禮義,其事不類。(卷五《〈豳風·破斧〉論》)

> 《伐木》,文王之雅也……伐木,庶人之賤事,不宜爲文王之詩……且文王之詩,雖欲泛言凡人須友以成,猶當以天子諸侯之事爲主,因而及於庶人賤事可矣。今詩每以伐木爲言,是以庶人賤事爲主,豈得爲文王之詩?(卷六《〈小雅·伐木〉論》)

歐陽修認爲,用於比喻的事物不是只有單純的類似點,而必須與被比喻者及詩的主題相適應,因此他不將《相鼠》《破斧》看作是比喻,而對《伐木》則表示不確定。這種方法來自於他從詩歌上下文來考察比喻之意的態度。

---

① "《毛傳》釋'興',基本上便是採用 A 喻 B 這樣一種類比譬喻的結構模式。……A 是詩文自身的一個句群,B 不是詩文自身的一個句群,而是《毛傳》所理解的所謂'經義'。"(前揭檀氏著書第 159 頁)

考慮本體與喻體之間在意義類比之外的對應關係的方法,《正義》中也存在。《邶風·凱風》云:

> 睍睆黃鳥,載好其音。

《箋》云:"睍睆以興顏色説也,好其音者,興其辭,令順也。" 對此,《正義》曰:

> 興必以類。睍睆是好貌,故興顏色也;音聲由言語,故興辭令也。

《正義》指出"興必以類"是説,二者並非只在"美"這一點上相互對應,比如在這首詩中,"鳥的身姿→孝子的表情"(視覺的事象)、"鳥聲→孝子的措辭"(聽覺的事象)在感官上也對應,也就是説,"興"的喻體要與本體有親緣關係①。《正義》認爲比喻的喻體必須與本體相適應,在這一點上與歐陽修相似。

然而,二者在基本方法上有很大的不同。《鄭箋》與《正義》關心的是比喻與其中包含的意思是否對應,他們的視角是微觀的,没有考慮比喻與詩歌整體的關係。他們只尋求"興句"與其内部意思之間的對應,而並不向外擴展。在《凱風》一詩中,他們不考慮用鳥作比的必然性。他們不像歐陽修那樣認爲喻體應與詩歌整體所詠内容相關,詩歌整體没有被納入他們的視野,他們充其量不過是對修辭上的比喻作一説明。

五、比興取事物的一方面

《周南·關雎》首章云:

> 關關雎鳩,在河之洲。

---

① 鄧國光《唐代詩論抉原——孔穎達詩學》,《中華文史論叢》第 56 輯,第 222 頁。

《毛傳》云:"興也。關關,和聲也。雎鳩,王雎也。鳥摯而有別。"對此,《鄭箋》解說道:"摯之言至也。謂王雎之鳥雌雄情意至,然而有別。"他考慮到這首詩是稱頌文王之后大姒的淑德,出現"摯(獰猛之意)"的意思是不協調的,因此將"摯"替換解讀爲"至"。歐陽修批評《鄭箋》是曲解,主張取《毛傳》中"摯"字的本來意"獰猛"。然後,他對於意思齟齬的問題有以下說明:

> 或曰:詩人本述后妃淑善之德,反以猛摯之物比之,豈不戾哉?對曰:不取其摯,取其別也。雎鳩之在河洲,聽其聲則和,視其居則有別,此詩人之所取也。

歐陽修認爲,《毛傳》解說了詩人以鳥來託言"夫婦有別"的意思,同時,《毛傳》對於這種鳥另外的"獰猛"特徵感興趣,也就是有所謂的博物學興趣。歐陽修的這一觀念,在《〈召南·鵲巢〉論》中有具體的說明:

> 古之詩人取物比興,但取其一義,以喻意爾。(卷二)

歐陽修的觀點是:在用事物作比的時候,取其哪一個側面、從哪一點評價,是詩人的自由。喻體並不需要與本體全面對應,想要使之全面對應的做法會導致解釋生硬。解釋者必須弄清詩人是取事物的哪一個側面來進行比喻的。《〈曹風·鳲鳩〉論》以此爲基礎,議論得更爲極端①。歐陽修根據《詩序》的"刺不壹也,在位無君子,用心之不壹也",認爲這首詩諷刺了爲政者對於公家不能盡忠。然而這與詩中作爲比喻所吟詠的形象是相齟齬的。詩中呈現了一個極爲慈愛的鳲鳩母鳥的形象,它爲了餵養七只幼鳥而不停地上下翻飛,早上從上面

---

① 此外對於《周南·螽斯》,歐陽修也基於這樣的比喻論作了解釋。

的樹枝飛到下面的樹枝,晚上再飛回去,即使它的孩子們獨立了,它仍然牽掛它們。因此《正義》解釋爲:母鳥對孩子的照顧體現了"均一之德",詩人以此諷刺了爲政者無此品德。但歐陽修並不贊同,認爲這使得"興"與《詩序》相矛盾①,因此有如下的説法:

> 故其哺子也,朝從上而下,則顧後其下者爲不足,故暮則從下而上,又顧後其上者爲不足,則復自上而下。其勞如此,所謂用心不一也。及其子長而飛去在他木,則其心又隨之,故其身則在桑,而其心念其子,則在梅在棘在榛也,此亦用心之不一也。(卷五)

歐陽修在此捨弃了鳲鳩母鳥擁有的"愛情美好"意象,將此詩解釋爲:母鳥因爲顧念幼鳥所以十分忙亂,"用心不一",詩中用此來比喻爲政者只圖私利,對公家"用心不一"。

歐陽修作出這樣的比喻解釋,就是建立在他"詩人只取事物的一個屬性用在比喻中"的觀點基礎上。他對《關雎》的解釋比歷來的説法更有説服力,説明這一比喻論是一件有力的武器,它能夠助人超越古注、貼近詩歌原貌。歐陽修在對《鳲鳩》的比喻解釋中,完全無視了意象引發意義聯想的能力,因此這解釋略顯"理論先行",有些勉強,但它恰恰説明了歐陽修非常自信地利用這個解釋理論。這一點,如江口尚純、蔣立甫也都注意到的,是歐陽修比喻論的一個重要成果②。

不過,與以上比喻説類似的思路早在《正義》中已出現了。《大雅·卷阿》云:

---

① "如毛、鄭以鳲鳩有均一之德,而所謂淑人君子又如三章所陳可以正國人,則乃是美其用心均一,與《序》之義特相反也。"
② 參考前揭江口尚純及蔣立甫的論文。

有卷者阿,飄風自南。

《鄭箋》云:"有大陵卷然而曲,迴風從長養之方來入之。興者,喻王當屈體以待賢者。"對此,《正義》云:

> 飄風之來,非有定所,而以自南言之,明其取南爲義。故知以南是長養之方,喻賢者有長養之德,故云其來爲長養民也。《檜風》云"匪風飄兮";《何人斯》篇云"其爲飄風"。彼皆不言自南,故以爲惡。此言從長養之方,故爲喻善。興取一象,不得皆同。此言賢人疾來,故以疾風爲喻。

《正義》所謂"興取一象"是指,詩人用來打比方的事物有多個涵義,詩中只選取其中的一個,而放棄其他不合於整體意脈的意思①。《周南·卷耳》云:

采采卷耳,不盈頃筐。

《毛傳》云:"憂者之興也。采采,事采之也。"對此,《正義》曰:

> 不云"興也",而云"憂者之興",明有異於餘興也。餘興言采菜即取采菜喻,言生長即以生長喻。此言采菜而取憂爲興,故特言憂者之興。言興取其憂而已,不取其采菜也。言事采之者,言勤事采此菜也。此與芣苢俱言采采,彼傳云非一辭,與此不同者,此取憂爲興,言勤事采菜尚不盈筐,言其憂之極,故云事采之。彼以婦人樂有子,明其采者衆,故云非一辭。

---

① 關於《正義》中"興取一象"的解釋,前揭鄧國光論文(第223頁)已經指出了。

以上諸例説明,《正義》中也有這樣的觀點:某個比喻可以有多個意思,而詩人只選用其中的一個。在比喻的多義性方面,我們可以發現這與歐陽修比喻論的關聯性。

《文心雕龍·比興》篇云:"關雎有別,故后妃方德。尸鳩貞一,故夫人象義。義取其貞,無從於夷禽;德貴其別,不嫌於鷙鳥。"以上二者的比喻論應當都受到了這段話的影響,因此,歐陽修的觀點可以溯源至很久之前①。

然而,雖然都認同"比喻的意思是多樣的",歐陽修與《正義》的比喻論却也有很大的差異。《正義》中的"比喻多樣性"觀點,是爲了説明使用同一事物的詩句爲何在多個詩篇中意思不同。而歐陽修的重點在於,要弄清楚當詩人用一個事物作比喻時,他關注哪個方面。

這種差異來源於兩者不同的《詩經》學指向。《正義》的比喻論是用來説明《鄭箋》的,也就是説,同一事物的比喻用在多首詩中,《鄭箋》對各詩的解釋却不相同,《正義》爲使《鄭箋》的説法合理,所以使用了這一比喻論。而歐陽修用比喻論來解明詩歌本意。爲了批判《傳》《箋》《正義》中(他認爲)牽强附會的詩歌解釋、給出更爲合理的解釋,他使用了這個比喻論。將此放在歷史的背景上來看,由於歐陽修超越了漢唐《詩經》學謹守的權威性解釋,因此他能夠將《正義》中尚且片面使用的比喻論作全方位的發揮。

六、對作詩過程的推想揣摩

在第五節所引的《〈周南·關雎〉論》中,針對"獰猛的鳥用

---

① 不過,雖然劉勰認爲《關雎》之"有別"、《鵲巢》之"貞一"有比喻之意,但這可以説是對《毛傳》和《鄭箋》之解釋的沿襲。

在讚美淑女的詩中不協調"這樣的批評,歐陽修用了"比興只取事物的一個方面"這一理論來回答。在此,批評者的思路是第四節討論過的"必須使用適應於詩歌全體的東西來打比方"。那麽,批評是基於歐陽修自己的一個比喻說,而他用了自己的另一個比喻說來反駁。這樣一來"必須使用適應於詩歌全體的東西來打比方"和"比興只取事物的一個方面"就産生了矛盾。歐陽修是如何使這兩個理論獲得統一的呢?

能夠彌合二者鴻溝的思路是,指出詩人用了眼前的實物來打比方。《關雎》的《本義》云:"詩人見雎鳩雌雄在河洲之上,聽其聲……"強調詩人實際看到了雎鳩的樣子。他認爲詩人實際見到的事物引發了詩興,因此詩人用它來比喻。既然詩人用引發詩思的事物作比,那麽整首詩歌自然就與比喻在内容上有了很深的關聯。另一方面,既然是詩人感興趣的東西,那麽只使用它的一個方面(在《關雎》中是雌雄別居的樣子)也就沒有什麽難理解的。由於詩人是直觀地接收某個事物,因此他就不會再去揣摩這個事物沒有映入他眼簾的整體樣貌、整體屬性,並以之作比喻。那麽,事物是否全面與詩歌内容相適應也就不是問題了。這樣,導入了詩人視點的思路,就可以消解以上兩個理論之間的矛盾了。

　　天之潤澤於物者,若雨、若雪、若水泉之浸,其類非一,而獨以露爲言者,露以夜降者也。因其夜飲,故近取以爲比。(卷六《〈小雅・湛露〉本義》)

從這段論述中也可看出這樣的思路:詩的比喻只與被比喻之物相類似,這當然重要,但另外還需要關注的是它與詩人作詩的情况有什麽必然的關聯。回過頭去看,第四節曾引用了歐陽修對《傳》《箋》《正義》說法的批評,認爲那些說法無法使比喻與詩歌整體相適應,那是因爲"鼠—高位之人""斧—禮儀""樵夫—文王"通通都在視覺印象上不協調。歐陽修的判斷是,詩人看到這些事物,無法產生詩中的詩思,這也證明,歐陽修的比喻論重視詩人是否實際見到了那些事物。他認爲,詩歌比喻除了有修辭上的功能——即純粹因類似性而以 A 替換 B——之外,對詩人而言還有啓發詩思的意義。換一個角度來看,歐陽修的方法是,通過對比喻的解釋,不但要弄清歷來的"比喻—比喻之意",而且要對詩人作詩的情況進行推想揣摩。

歐陽修的這個説法重視包含"興"字的"興起",即引發詩歌創作的方面。當然,認爲"興"含"興起"之意的思路,在歐陽修之前的學者們也已有過①。但是,如上所見,在解釋對詩歌的解釋時,歐陽修之前的學者都急於弄清"興"作爲比喻的意思,而幾乎沒有顧及"興"與詩歌構思之間有何關係、"興"的意象對詩歌整體起了怎樣的作用。當時雖有"比喻中包含了詩人的視角"這樣的思路,却沒有被應用到現實的解釋方法中。從這個意義上説,歐陽修對於比喻解釋作了一番新的拓展。

七、歐陽修比喻説的定位

歐陽修爲何要構建這樣的比喻論呢?

本文曾多次説到,歐陽修的比喻論在概念的層面上,曾多次被《正義》及其之前的《詩經》研究提及。從這個意義上來説,歐陽修對漢唐《詩經》學頗有繼承②。然而在歐陽修之前的研究者們都未將此觀念充分地應用在《詩經》解釋中。在漢

---

① 例如鄭司農"興者託事於物,則興者起也。取譬引類起發己心。詩文諸舉草木鳥獸以見意者,皆興辭也。"(《大序》"故詩有六義焉……"正義)
② 請參考本書第三章。

唐《詩經》學的學術框架內有《詩序》《毛詩》《鄭箋》這樣的權威解釋,研究只能採用對其進行敷述衍說的形式。因此學者即使發現了新的解釋理念,也不能用於理解詩歌原文,而只能用來給《傳》《箋》作合理的解說。一言以蔽之,研究方法並沒有跟上解釋理念和方法論的發展。

而掙脫了《序》《傳》《箋》權威束縛的歐陽修,則將以上諸概念整理成自己的比喻論,自由地利用它來解釋詩歌本身。因此,從理論的真正發展這個意義上來說,歐陽修的確是先驅者。

《傳》《箋》《正義》只部分地給了理論發展的空間,個中原因就像本章第四、五節中所說明的,《正義》只關心比喻與被比喻的意思之間的關係。檀作文已指出,《傳》《箋》《正義》在解釋時將比喻從整體中剝離出來;而前引的多個例子可以說明,歐陽修則態度堅持地將詩歌作為一個整體來把握。關於比喻句,他也試圖在弄清它的含義時將它在全詩中的價值考慮在內①。這使他的比喻解釋超越了單純意義上的解讀,而成為追求文學意義的理由。如第三節所見,歐陽修希望從比喻中讀出的不是說教,而是作者思想感情的表達。

這樣的思路產生於他的《詩經》觀。他認為《詩經》的詩人們性格上有貴賤、賢不肖的差別,《詩經》的內容也駁雜不一②。而且,他對《詩經》的認識也含有"古詩"的一般性概念,認為他們雖然思想深邃,技巧却很單純③。也就是說,歐陽修認為《詩經》之詩是將各色人等的深邃思想用樸素的表現方式

---

① 這或許可以歸因於他本人作為詩人的特質。
② 《歐陽文忠公集》卷四《酬學詩僧惟悟》詩云:"《詩》三百五篇,作者非一人。羈臣與棄妾,桑濮乃淫奔。其言或可取,瘢雜不全純。"
③ "古詩之體,意深則言淺,理勝則文簡。"(卷八《〈小雅・何人斯〉論》)此外,《小雅・四月》《大雅・蕩》等的論中也有同樣的說法。

吟詠出來的。這樣一來，就很難接受《傳》《箋》那種從詩中追求過多意思的解釋方法了。

不過，《詩經》是經典，《詩經》研究是經學的一部分。歐陽修是怎麼調和"《詩經》是古詩"和"《詩經》是經書"這兩個觀點的？歐陽修重視孔子在《詩經》形成過程中的作用。他認爲孔子從三千篇中仔細挑選出三百篇，並加以必要的改編，由是賦予了《詩經》以道德價值。反過來說，未經孔子加工以前的《詩經》文本相當樸素就是可以理解的了。他在《詩本義·本末論》中曾展開論述他的學說，認爲《詩經》含有"詩人之意""太師之職""聖人之志""經師之業"四個層面，其中"詩人之意""聖人之志"是學者應當追求的"本"。歷來的研究都將"詩人之意"與"聖人之志"看作是同一層面的，而從上文歐陽修的觀點來看，他應當是認爲此二者分屬不同層面。用現代的說法，歐陽修冷靜地認識到將《詩經》作爲文學來解釋和作爲經學來解釋是兩回事。而且，他認爲導入"聖人之志"的思路，是在詩歌本來的意思之外附加了詩歌的道德價值，或許他就是通過這樣對《詩經》經典性的擔保，來貼近《詩經》實態地加以解釋①。

詩人拿實際見到的事物來做比喻，這一觀點是歐陽修對《詩經》解釋的重要貢獻。然而，關於修辭性強的比喻（固定詞句的比喻）他也有說法：

---

① 歐陽修思考過詩歌本來的意思和現實社會出於需要賦予詩歌的意義並存的這個問題，並且認爲後者在有些情況下有其存在意義。關於他認爲"末義"的"經師之業"，他在《〈小雅·青蠅〉論》中一面批判鄭玄根據禮制來解釋此詩是有害於詩歌本義："鄭氏長於禮學，其以禮家之說曲爲附會詩人之意，本未必然。"一面又說"義或可通，亦不爲害也。學者當自擇之"，認爲學者可以根據各自的立場選擇取本義或是末義來解釋。關於本章討論的歐陽修《本末論》顯示出的觀念，本書第十四章有詳細討論，請參考。

《詩・王風》《鄭風》及此,有《揚之水》三篇,其《王》《鄭》二篇皆以激揚之水,力弱不能流移束薪,豈獨於此篇謂波流湍疾、洗去垢濁?(卷四《〈唐風・揚之水〉論》)

可以看出,這裏認爲同樣的比喻表示同樣的意思。毋寧説比喻作爲常見套路表現形式的特徵很明顯。那麽,所有用來比喻的事物當真都是詩人親眼所見的嗎?比喻的性質可以被一般化地處理嗎?要解決這個問題,歐陽修就需要重新考察在方法上被他一般化處理的"比""興"之間有什麽差異。但他沒有這樣做,也就沒有得出最後的結論,於是留下了曖昧不明之處。這個問題被留給了他的後代《詩經》學者,並且可以説,它最終歸結爲宋代《詩經》學的代表學者——朱熹的"賦比興論"。本章開頭已經提到,莫礪鋒、檀作文對於朱熹的"賦比興論"有詳細的分析①。這裏需要注意的是,強調"興句"的興起功能、不僅探討"興句"本身而且重視與其他詩句的關聯性,這樣的思路是由歐陽修觸發的。由此而言,歐陽修的"比喻説"可謂是宋代《詩經》學的起點,具有重要的地位。

---

① 本書第五章"對詩歌結構的理解與'詩人的視角'——王安石《詩經新義》的闡釋理念與方法"還將對歐陽修與王安石之比喻説的關係進行考察,請參考。

第五章　對詩歌結構的理解
與"詩人的視角"
——王安石《詩經新義》的闡釋理念與方法

一、前　言

《詩經新義》①(以下簡稱《新義》)是《三經新義》之一,由王安石主持修撰而成。它的修撰是一份國家事業,目的在於對《詩經》作出正統解釋。這部書被推廣於世,後來成爲科擧考試的唯一標準文本②。它在很大程度上支配了北宋末讀書人的思考,對此,朱剛在《論蘇轍晚年詩——簞瓢吾何憂,作詩中腸熱》中已有詳細的討論③。而由於感受到這樣巨大的支

---

① 據程元敏《三經新義修撰通考》(收入氏著《三經新義輯考彙評(一)——〈尚書〉》),熙寧八年(1075)六月《詩經新義》呈給皇帝,詔送國子館版刻。元豐三年(1080)改正字句,再次刊刻。《詩經新義》以王安石命門人陸佃、沈季長所著書爲基礎,熙寧六年神宗詔開經義局後,經王安石之子王雱、呂惠卿、呂升卿等爲主經義局成員實際修撰而成。不過,王安石監督了修撰的全過程,並指示做了一些修改。這一經說以王安石的學說爲基礎,此前的研究者也都將《新義》看作是王安石《詩經》學的具體表達。本書採用這一觀點,將《新義》看作王安石的著述,將其中論述的經說看作王安石的觀點。另外,《三經新義》《詩經新義》的書名也依從程書的說法。

② 關於《三經新義》對有宋一代的儒學,尤其是對科場的影響及其過程,程元敏《三經新義修撰通考》《三經新義與字説科場顯微錄》(收入氏著《三經新義輯考彙評(一)——〈尚書〉》)有詳細論述。

③ 《文學遺產》,2005年第3期。

第五章 對詩歌結構的理解與"詩人的視角"

配力,以晁說之和楊時等人爲首的學者們痛烈地批判了《三經新義》①。因此,從元代以後,學者漸漸不再關注此書,其全本今已不存,我們只能看見從各書中將引用的片段輯佚出來之後的面貌②,因此也就無法充分地確認它的經學史意義了。

不過,從勉强留下的《新義》片段中,前人也已反復地努力探索過王安石《詩經》學的面貌③。他們的考察主要側重於以下幾點:(一)獨特的字義解釋——尤其是它與王安石所著《字說》的關係。(二)致力於與禮制保持一致的闡釋。(三)與新法相關聯的闡釋——作爲政治宣傳媒介的功用。

研究者們一致認爲,由於王安石的《詩經》學有如上的特徵,因此它在宋代《詩經》學中有獨特的地位,同時王安石的解釋中也有許多牽强附會之處。

宋代以來,對於《新義》的言論大多是從以上觀點申發出來的,由此看來,這樣的考察在研究方向上是正確的④。而王安石在思想、政治、文學等各方面都有巨大的影響,要探討《新義》在他的整體成就中佔據怎樣的位置,這些考察當然也是不可或缺的。

然而,要給《新義》在《詩經》學史中正確地定位,或許還需

---

① 關於宋代《新義》擁護派與反對派大概情形,請參考戴維《詩經研究史》第六章第一節《北宋〈詩經〉研究》第三部分"王學與反王學的鬥爭"(湖南教育出版社,2001年,第277頁)。
② 《新義》輯本有邱漢生輯校《詩經鈎沉》(中華書局,1982年)和程元敏《三經新義輯考彙評(二)——〈詩經〉》(臺灣編譯館,1986年)。
③ 本章參考的有李祥俊《王安石學術思想研究》(北京師範大學出版社,2000年)、戴維《詩經研究史》(前揭)、洪湛侯《詩經學史》第三編第二章(中華書局,2002年)等。
④ 歷代關於《新義》的言論,見前揭程書。

要與此不同的探索。上述的《新義》研究，集中關注於王安石在《新義》中有何主張。與此相比，對於王安石"如何表達主張"這一問題的考察可能還並不充分。也就是說，如何看待《詩經》的詩篇、用怎樣的方法進行解釋的問題。當時的《詩經》學是在多層前提條件包裹下的經學，我們必須採取一個區別於以往的新視角，討論在這個《詩經》學中王安石擁有怎樣的理念及方法。同時我們也必須考慮，基於對《詩經》的怎樣的認識，方纔產生了這樣的理念和方法。唯其如此，我們纔能明瞭王安石的《詩經》學是如何承前啟後的。而經過這樣的考察，上文從傳統視角出發的考察或許也將獲得更大的空間。

基於以上思路，本章將考察王安石解釋《詩經》的方法，並由此探討他的《詩經》觀。

《新義》的經說中有許多牽強附會之處，這早在宋代就有很多學者指出，已成定說；更不用說瞭解王安石之後《詩經》學發展的人，尤其是瞭解清代考據學的研究方法及成果的我們，會發現《新義》的經說在方法上有不少經不起客觀推敲的問題。不過，本章不是要甄別王安石對《詩經》的具體解釋是否有學術上的正確性，而是要考察王安石從舊有的經說中發現了什麼樣的問題、為了克服這些問題而建構了怎樣的《詩經》學。筆者認為，即使在學術上經不起推敲，但王安石的具體經說若能就他關注的問題及其研究指歸給我們提示，那麼它們也非常值得研究。

作為考察的前提，在此想要提請讀者注意的是，王安石採取了信任《詩序》的態度。《詩序》是《毛傳》《鄭箋》等在解釋上的最重要依據，而眾所周知，宋代《詩經》學對於《詩序》的權威性從根本上展開了批判①。其中王安石的態度本身是很值得關注的,他反對《毛傳》《鄭箋》《正義》的解釋,構築起了新的《詩經》研究,但對於《詩序》則無條件地尊崇。下面的第五節將討論這個問題。本文在介紹詩歌主題時依據《詩序》的説法,這是依從王安石的態度,也一併請讀者注意。

二、重視章與章之間關係的解釋

首先要考察的是,在王安石看來,《詩經》的詩篇是怎樣構想而寫成的。《詩經》中的大多數詩篇都由數章構成,那麽王安石是如何看待各章之間關係的?

《周南·螽斯》的《小序》云:"《螽斯》,后妃子孫衆多也。言若螽斯不妒忌,則子孫衆多也。"②認爲這首詩是在講述蝗蟲旺盛的繁殖能力,並祈盼周文王與大姒子孫繁盛。其各章開頭的句子都在描述蝗蟲的樣子。原詩及《毛傳》的訓詁如下:

> 螽斯羽,詵詵兮。(首章)
> [傳]詵詵,衆多也。
> 螽斯羽,薨薨兮。(第二章)
> [傳]薨薨,衆多也。
> 螽斯羽,揖揖兮。(第三章)
> [傳]揖揖,會聚也。

---

① 關於宋代《詩經》學對《詩序》的看法,請參考前揭戴維《詩經研究史》、洪湛侯《詩經學史》等。
② 歐陽修《詩本義》批評這段《小序》,認爲蝗蟲不嫉妒一事並無意義,請參考第一章。對於歐陽修的批評,尊重《詩序》的王安石有何看法,現在並不明確。因此這裏依照傳統的、即《正義》的解讀方法爲這段小序添加了句讀。

雖說"揖揖"的訓詁與其他兩個詞略有不同,但《毛傳》對這三個詞的解釋基本上都是"描述許多蝗蟲聚集在一起的樣子"。據《毛傳》及依從《毛傳》的《鄭箋》《正義》的解釋,這首詩的三章反復講述了蝗蟲群居之貌。《鄭箋》《正義》認爲本詩的三章在内容上完全相同,這從它們對第二章、第三章全無箋釋和疏通一事中也可以看出。像這樣僅對首章詳細解說、此後各章則幾乎不予說明的例子,在《鄭箋》《正義》中不勝枚舉。他們的一個基本認識是,表達同一個意思的"疊詠"是《詩經》時代的代表性詩歌形式。本詩就可看作一個代表性的例子。

而《新義》則云:

詵詵,言其生之衆。(首章)
薨薨,言其飛之衆。(第二章)
揖揖,言其聚之衆。(第三章)(第一四頁)

《新義》認爲三個詞都有"衆(數量多)"的意思,這是從《毛傳》中來的;但認爲三個詞分別形容了"出生""飛翔""聚集"的動態,這一點與《傳》《箋》《正義》不同,是獨特的解釋。而且值得注意的是,這三個詞是依"發生—飛翔—(爲覓食及交尾而)集合"的順序,按照蝗蟲生活史歷時地排列的。那麼,根據《新義》的解釋,這首詩描述了蝗蟲的代表性行爲,顯示它們出生、成長以及生育下一代的樣子,從而動態地展現了蝗蟲的世代延續、無限繁殖。作爲比喻,它用來祈福,希望后妃的淑德能使周王家的子孫永遠繁盛。與《傳》《箋》《正義》將三章解釋爲單純的疊詠相比,王安石的解釋則遠爲生動而富於變化。

王安石的解釋是從哪裏生發出來的?在以上討論的三個詞中,"薨薨"被解釋爲蝗蟲群飛之貌,可由《齊風・雞鳴》中"蟲飛薨薨,甘與子同夢"來印證,可謂用典有據,訓詁穩當。

而"詵詵"被《新義》解釋成蝗蟲群體孵化之貌,在此前的用例、訓詁中却無可依據。大概王安石是從《鄭箋》的以下訓釋中得到啓發的:

> 凡物有陰陽情欲者,無不妒忌,維蚣蝑不耳。各得受氣而生子,故能詵詵然衆多。(第五二頁)

然而這是參考《詩序》而對"螽斯羽,詵詵兮"兩句的解説,並不能據以認爲"詵詵"是"出生"之意。由此來看,王安石並沒有經過嚴密的訓詁學考量來尋求這三個詞的意思,他是依照蝗蟲的生活史來確定"誕生、成長、生殖"的意思的。在王安石之後,《詩經》學者蘇轍的《詩集傳》①、朱熹的《詩集傳》②等著作繼承了《新義》對"薨薨"的訓詁,而放棄了它對"詵詵"的解釋,可以推測是因爲《新義》對"詵詵"的解釋經不起訓詁學的推敲。

一首詩,《傳》《箋》《正義》認爲它只是單純疊詠,《新義》却從其各章之間發現了多重的事態變化和推移,並進行解釋,這樣的例子除《螽斯》之外尚有許多。以下舉出兩例:《小雅·鼓鐘》諷刺幽王於淮水之畔招集諸侯、耽於逸樂,詩的各章中有描寫淮水樣貌的句子:

> 淮水湯湯(首章)
> 淮水湝湝(第二章)

---

① 《蘇傳》將這三個詞分別訓爲"詵詵,衆多也";"薨薨,羣飛聲也";"揖揖,會聚也"。另外,《蘇傳》的確切形成時間雖不詳,但孔凡禮認爲,根據蘇軾對蘇轍《詩傳》《春秋傳》《古史》的稱讚之語來看,此書應成於紹聖四年(1097)之前(孔凡禮《蘇轍年譜》紹聖四年六月六日條,學苑出版社,2001年,第562頁)。考慮到《新義》發布後的巨大影響,蘇轍很有可能見過《新義》。
② 朱熹《詩集傳》將這三個詞分別訓爲"詵詵,和集貌";"薨薨,羣飛聲";"揖揖,會聚也"。

[傳]湝湝猶湯湯。

淮有三洲。（第三章）

[傳]三洲，淮上地。

從本詩的《毛傳》可以知道，《傳》《箋》《正義》都認爲這三章描述的是淮水相同的風景，只是換用不同的説法而已。而《新義》中則有這樣的注解：

湝湝，則既不溢矣。（第二章）

作樂當淮水之溢，至淮水之降，以言其久也。其流連亦甚矣。（第三章）（第一九二頁）

《新義》認爲第三章的"淮有三洲"一句，説的是此前一直被水淹没的中洲，由於水位退落而顯現出來。從首章到第三章，通過描述淮水水量的變化，表現宴會經過了很長的時間，從而暗示幽王耽於逸樂，不知歸去。王安石還有以下的説法：

幽王鼓鐘淮水之上，爲流連之樂，久而忘反，故人憂傷。淑人君子，懷允不忘者，傷今而思古也。（同上）

對於這句詩，《傳》《箋》《正義》認爲它只是一幅描繪幽王享樂之地的静物畫，王安石則解釋爲通過風景描寫來顯示詩歌世界的時間推進，由此來有力地諷刺幽王享樂過度。與《傳》《箋》《正義》相比，王安石從本詩中發現了更多層的複雜意思。並且由於有這三句，詩的三章就通過時間的連續推進而聯繫起來了，整首詩呈現出一個更嚴密的結構。

不過，與《螽斯》的情況不同，《新義》對《鐘鼓》的解釋似乎很被後代學者看重。例如，《蘇傳》對《鐘鼓》的看法就與《新義》一致：

始言湯湯，水盛也。中言湝湝，水流也。終言三洲，

第五章　對詩歌結構的理解與"詩人的視角"

水落而洲見也。言幽王之久於淮上也。

朱熹《集傳》的解釋則更有啓發性：

湯湯,沸騰之貌。(首章)
湝湝,猶湯湯。(第二章)
三洲,淮上地。(第三章)

這基本依據了《毛傳》的訓詁,但朱熹同時以"王氏曰"介紹了"幽王鼓鐘淮水之上……傷今而思古也",以"蘇氏曰"介紹了《蘇傳》之説,最後又總結道：

此詩之義有不可知者,姑釋其訓詁名物而略以王氏、蘇氏之説解之。未敢信其必然也。

朱熹是一面根據《毛傳》,一面又據王安石、蘇轍的説法來解釋的。

朱子在字義訓詁方面基本遵從《毛傳》,這大概是因爲他覺得王安石的訓詁不夠可靠吧。這裏的重點在於"湝湝"的訓詁。《經籍纂詁》中並沒有記載"湝湝"表示退潮或者比"湯湯"水量少的訓詁例子,而是引用了《説文解字》十一上"湝,水流湝湝也"及《廣雅·釋訓》的"湝湝,流也"兩個説法,蘇轍的訓詁應當是據此而來的。蘇轍沒有使用王安石那沒有先例的詞語解釋,而是使用了《廣雅》的訓釋,結果得出的結論與王安石是一樣的。不過,即使"湝湝"是表示流動之貌,由於描寫對象是淮水這樣一條河流,那麼流動之貌也不能直接拿來表示水量從溢滿到退落。因此,根據舊的訓釋,無法證明這三句詩表現了水量徐徐減少的樣子。反過來看,"湝湝,則既不溢矣"這樣的《新義》注釋,也是以"湝,水流湝湝也"的訓詁爲基礎,推論至"水流出,則水量也減少了",其中王安石的主觀判斷成分重於判斷字義的成分。從這一點來看,朱熹採取了在字義訓詁方面更值得信賴的《毛傳》的説法。

但儘管如此,朱子之所以贊成用幽王流連於享樂這種解釋來理解整首詩,還是因爲王安石將各章以時間線索串聯起來的思路打動了他吧。嚴格説來,王安石認爲詩歌的三章有時間的變遷,這説法的基礎是對"湯湯""湝湝""三洲"的詞義解釋,那麼,朱熹在字義訓詁層面依據《毛傳》,在詩歌整體意思層面却又依據王安石之説,這做法存在矛盾。從最後的"未敢信其必然也"可以知道,朱熹自己也意識到了這種矛盾。儘管如此,他仍保留了這種矛盾,因爲他認爲王安石對本詩的理解是可取的。

再來看《衛風·淇奥》的例子:

> 瞻彼淇奥,緑竹猗猗(首章)
> [傳]猗猗,美盛貌。
> 瞻彼淇奥,緑竹青青(第二章)
> [傳]青青,茂盛貌。
> 瞻彼淇奥,緑竹如簀(第三章)
> [傳]簀,積也。
> [正義]《傳》云"積也",言茂盛似如積聚,亦爲美盛也。

這三章都被解釋成對緑竹優美茂盛之貌的描寫。而《新義》則認爲從各章之間可以發現緑竹成長的一系列過程,這就使得章與章在意思上緊密聯結起來了:

> 緑竹猗猗,言其少長未剛之時。青青,爲方剛之時。如簀,爲盛之至。(第五三頁)

王安石爲何從本詩中看出了緑竹生長的過程呢?如本詩

第五章 對詩歌結構的理解與"詩人的視角"

《詩序》"美武公之德也"所言,各章在上文引用的詩句之後都有稱頌武公之德的詩句:

有匪君子,如切如磋,如琢如磨。(首章)

[正義]言此有斐然文章之君子爲武公,能學問聽諫,以禮自修而成其德美,如骨之見切,如象之見磋,如玉之見琢,如石之見磨,以成其寶器。

有匪君子,充耳琇瑩,會弁如星。(第二章)

[正義]言有其德而稱其服,故宜入王朝而爲卿相也。

有匪君子,如金如錫,如圭如璧。(第三章)

[正義]言有匪然文章之君子爲武公,器德已成,練精如金錫。道業既就,琢磨如圭璧。

此與首章互文。首章論其學問聽諫之時,言如器未成之初,須琢磨。此論道德既成之時,故言如圭璧已成之器。

第三章的《正義》詳細解釋了《鄭箋》關於"如金如錫,如圭如璧"的説法"四者亦道其學而成也"。《鄭箋》和《正義》都認爲首章與第三章之間可以看出因果關係,或者説時間遷移:武公研習學問,日積月累,最終獲得了完整的美德。而關於第二章與第三章的關聯,第三章的《正義》説:

既外修飾而内寬弘。

《正義》的解釋是,第二章從外表、第三章從内心方面讚頌了武公的美德。也就是説,據《箋》和《正義》可知,以往的觀點認爲,三章之間可以看出武公之德成熟、並深化完成的連續過程。

不過,本詩首章"瞻彼淇奥,緑竹猗猗"的《毛傳》云"興也",雖然説明是用描寫緑竹來比喻武公美德的興起,但如果根據上文引用的《傳》《箋》《正義》的解釋來看，三章的起興句基本上是同義的。三章以同義的起興句引起對武公之德的描述，如果説這三章之間有一個逐漸成熟的連續變化，那麽起興句與下句之間的對應關係就會出現齟齬。而《新義》則能很好地消除這種齟齬。

這樣想來，王安石爲了使起興句與下句順暢地對應，從三章中對"緑竹"的描寫中發現了一個成長、成熟的過程。那麽，他不僅使章與章之間的關係緊密，而且使一章内部的詩句意義也緊密地關聯起來①。

根據滕志賢的研究，詩歌中事態隨著章節順序而推移、發展的方法稱爲"層遞法"，"按照從近到遠，從淺到深，從少到多，從緩到急，從先到後，從下到上……的順序組織語言，表現時間、空間、程度、節奏、數量等的循序漸進、層層深入"，是《詩經》的常用手法之一②。《傳》《箋》《正義》未必充分注意了這一手法，而王安石的詩歌解釋則對此重視，積極找尋使用這一手法的部分。這樣的例子在《新義》全書中都可以找到（參考附表），可以説這是王安石在其《詩經》解釋中自覺採用的方法。

以往的解釋認爲性質、内容相同的章節彼此分散、孤立、單純重複，是並列的關係。而王安石《詩經》解釋的這一方法，則致力於從中發現某種活力因素，並借助它使詩歌整體緊密地結合在一起。

---

① 朱熹《詩集傳》亦云："猗猗，始生柔弱而美盛也。"（首章）"青青，堅剛茂盛之貌。"（第二章）"簀，棧也。竹之密比似之，則盛之至也。"（第三章）與《新義》同説。
② 滕志賢《詩經引論》第二章，江蘇教育出版社，1996年，第50頁。

三、重視詩句之間關係的解釋

上一節中我們看到,王安石在解讀詩歌的整體結構時,關注詩歌章與章之間的關係。這種重視詩歌要素之間關係的解釋方法,可以說是王安石《詩經》研究的根本方法。這一節將考察的是,對於構成一章的詩句,王安石如何看待它們之間的關係。

《鄭風·羔裘》之《詩序》云:

> 《羔裘》,刺朝也。言古之君子以風其朝焉。

認爲這是歌頌了古代鄭國朝廷的理想狀態。例如,首章云:

> 羔裘如濡,洵直且侯。
> 彼其之子,舍命不渝。

《傳》《箋》《正義》認爲,這一整章都在稱頌往昔鄭國臣子的出衆風采與高尚德行。關於第二句中的"侯"字,《毛傳》云"侯,君也",而《鄭箋》和《正義》爲使其與"稱讚臣子"的解釋相一致,將它解釋成"有足以爲人君的美德"。根據他們的解釋,《詩序》所說的"君子"也就有"具有美德的臣子"之意。

而《新義》則有如下解釋:

> 群而不黨則宜直,致恭而有禮則宜侯。侯以順王命爲善故也。君能直己以順王命,則其臣化之,舍命不渝矣。洵直且侯爲君,舍命不渝爲臣。(第七〇頁)

王安石將本章分爲兩部分,前兩句讚美鄭國君主,後兩句讚美臣子被君主感化。如圖所示:

　　　　　　君　　　　　　　臣
　　羔裘如濡,洵直且侯。　彼其之子,舍命不渝。

本詩第二章、第三章云:

　　羔裘豹飾,孔武有力。彼其之子,邦之司直。(第二章)

　　羔裘晏兮,三英粲兮。彼其之子,邦之彦兮。(第三章)

對這兩章,王安石的解釋也像首章一樣,將每章分爲君主和臣子兩部分:

　　此詩解分作君臣事。孔武有力爲君,邦之司直爲臣。三英粲兮爲君,邦之彦兮爲臣。(同上)

根據他的説法,《詩序》的"君子"指鄭國國君和臣子兩個方面。王安石之所以將結構解讀成這樣,是因爲《傳》《箋》《正義》將第一章第二句的"侯"字解釋成歌頌臣子,而王安石認爲這樣解釋不通。《鄭箋》和《正義》也已經意識到了這樣解釋並不合理:

　　[鄭箋]君者,言正其衣冠,(《論語‧子張》)尊其瞻視,儼然人望而畏之。

　　[正義]其性行均直,且有人君之度也。(《論語‧雍也》)孔子稱"雍也可使南面",亦美其堪爲人君。與此同也。

這裏將"侯"看作假設的説法,試圖消除矛盾。而王安石的説法則是用另外的方式消除矛盾①,大致來説他是依

---

① 順便説一句,《蘇傳》認爲本詩第一章讚頌君主,第二章讚頌大臣,第三章讚頌卿大夫。另外,朱熹《詩集傳》云:"侯,美也。"

賴於這樣的觀念,即認爲一章之内的結構並不單純,而是相當複雜的①。

認爲一章之内結構複雜,這種解釋手法還有其他的例子,例如《小雅·伐木》的《詩序》云:

> 伐木,燕朋友故舊也。自天子至于庶人,未有不須友以成者。親親以睦,友賢不棄,不遺故舊,則民德歸厚矣。

不過,這首詩的首章叙述的是鳥兒被伐木聲驚動飛起,交互鳴叫的樣子。

> 伐木丁丁,鳥鳴嚶嚶。出自幽谷,遷于喬木。嚶其鳴矣,求其友聲。

從第三章往下,則前後分別描寫伐木聲與招呼親友宴飲:

> 伐木許許,釃酒有藇。既有肥羜,以速諸父。寧適不來,微我弗顧。

關於這一點,《傳》與《箋》的説法不一。《正義》根據《毛傳》的説法作了詳細説明,大意是認爲:第一章"伐木丁丁,鳥鳴嚶嚶"是興,伐木使鳥兒受驚飛起,用來比喻兩個朋友相互砥礪、切磋琢磨,從而彼此勉勵。第二章叙述這樣的兩個朋友一起飲酒的情形。

在這裏,鳥兒被伐木聲驚動交鳴的樣子充其量只是一種修辭,來比喻友人相互切磋琢磨。伐木聲與受驚的鳥兒本身,與下句詩——與親友宴飲歡樂——實際上並無關聯。

鄭玄則認爲伐木聲和鳥兒受驚交鳴的樣子並非比喻,而是實事。他的説法是:

---

① 被解釋爲由君臣兩個部分構成的,還有《檜風·匪風》,首章"匪風發兮"被認爲説君主之事,"匪車偈兮"説的則是臣子之事。

文王未成爲文王之前，曾做伐木的工作，與朋友觥籌交錯，一同飲酒，現在成爲了天子，則召集親人王族，舉辦盛大的酒宴。

歐陽修在《詩本義》中批評鄭玄的解釋，其大意是認爲，即便是成爲天子之前，文王也不會親自做伐木這樣的庶民工作。

鄭玄與《毛傳》説法不同，是爲了使解釋忠實於《詩序》。也就是説，儘管《詩序》有"自天子至於庶人，未有不須友以成者"之説，但《毛傳》的解釋中，與親友宴飲的只有天子（文王），沒有庶人。鄭玄發現了這個問題，因此設想了文王成爲天子之前、身爲"庶人"從事伐木工作的情形來進行解釋，想要使詩歌內容與《詩序》對應起來。

衆所周知，歐陽修並不唯《詩序》是從，因此他與鄭玄關注的問題不同。所以，他對《鄭箋》有嚴厲的批評。而另一方面，尊崇《詩序》的王安石則與鄭玄面對著同樣的問題。他將以什麼方法來提出解釋，既保持與《詩序》一致，同時又勝過《鄭箋》呢？

關於本詩第一章，《新義》云：

鶯猶尋舊友。

關於第二章，則是：

以庶人之宴，而伐木之友，然猶釃酒有藇以待之。又況於既有肥羜，以速諸父乎。

這是從中發現了一個伐木（庶民）與天子的對比結構。王安石解釋道，伐木是貧窮庶民的象徵，連他們也有真心好友，那麼地位高的人就更有親密朋友了。如下圖所示：

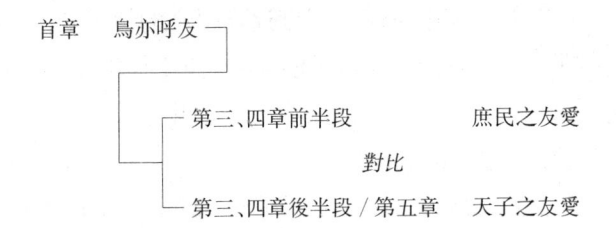

```
首章    鳥亦呼友┐
       ├─ 第三、四章前半段          庶民之友愛
       │                        對比
       └─ 第三、四章後半段/第五章    天子之友愛
```

也就是説，王安石從這首詩中解讀出一個"萬物都與朋友親近友愛"的結構。通過這樣的解釋，《新義》就不至成爲鄭玄那樣被歐陽修批評的不合理解釋，而且提出了忠於《詩序》的解釋。

王安石還指出，本詩中，天子招待的對象在第三章中是"諸父"，第四章中是"諸舅"，第五章中是"兄弟"，關係越來越親近①。與之相伴，對應的菜餚也越來越高檔：

諸父——肥羜

諸舅——八簋與肥牡

兄弟——籩豆有踐

王安石説：

每有隆而無殺也。

---

① 關於"諸父""諸舅""兄弟"的解釋，學者們有不同的見解。《毛傳》云："天子謂同姓諸侯，諸侯謂同姓大夫皆曰父。異姓則稱舅。兄弟，父之黨、母之黨。"《集傳》云："諸父，朋友之同姓而尊者也。諸舅，朋友之異姓而尊者也。先諸父而後諸舅者親疏之殺也。兄弟朋友之同儕者，無遠皆在也。先諸舅而後兄弟者，尊卑之等也。"二説都認同這樣一個秩序：諸父——範圍限定（親）·貴，諸舅——範圍限定（疏）·貴，兄弟——範圍不限定·卑。不過，《毛傳》和《集傳》都没像王安石那樣提到款待對象與食物品質之間的逐級對應關係。現在的《新義》中没有留下對"諸父""諸舅""兄弟"的解釋，不過從王安石在解釋時將他們與逐漸豪華的食物逐級對應來看，《新義》與《毛傳》《集傳》不同，認爲從"諸父"到"兄弟"是從疏到親的變化。

我們在第一節中見過的程度逐章提高的情形，在這首詩中也存在。也就是說，王安石認爲這首詩中描寫了兩種發展變化的關係：（一）鳥—庶民—天子：萬物皆友愛。（二）疏遠—親近：友愛情漸深。

本詩被這樣解釋之後，相比《傳》《箋》《正義》的解釋，在詩篇的整體結構方面明顯變得複雜了。而且與此同時，本詩讚美友愛的主題也更有說服力了。

對於《傳》《箋》《正義》認爲是單層結構的詩歌章節內容，王安石的如上解釋則傾向於解讀出一個複雜的結構。應當說，這樣的解釋可以給詩歌添加說理議論的脈絡。將它與"從章節之間發現變化推移"的解釋方法合起來看，就能發現，根據王安石的解釋而呈現的詩歌內容，其中講論道理的散文性說理要素，要強過情感的表達。

四、比喻問題與結構性理解的關係

如上，王安石的解釋傾向於從詩中發現散文性的說理議論，而詩歌的比喻手法與散文的說理特質正好對立，當遇到比喻的時候，王安石的解釋傾向將如何發揮呢？這使我們想起第一節中討論過的《衛風·淇奧》。王安石尋找能從各章之間發現綠竹成長之貌的理由，其結論是，詩句中敘述的武公學問的積累與完成過程，與起興句相對應[1]。由此可見，王安石不僅考慮章與章之間的橫向關係，也考慮縱向關係，即把起興句與其他詩句關聯起來解釋。關於《新義》中的比喻解釋，歷代學

---

[1] 將《淇奧》中"綠竹猗猗"一句看作興句，也是依從《毛傳》的定義，嚴格來說，我們無法確定《新義》是否認爲這是興句。關於本文在考察《新義》的比喻觀念時，如何處理《毛傳》對"興"的認定，請參考下文。

者們批評最多的,是其中多有牽强附會之説①。但反過來看,對比喻的解釋最能體現王安石《詩經》研究的特徵。本節將從比喻問題著手,探討王安石如何看待詩句與詩句之間的關係。

無需多言,"興"是詩之六義中"賦""比""興"之一,是《詩經》中最受重視的詩歌技巧,而關於它的意思,自古有多種説法。王安石如何看待"興"之手法,自然也是很有意義的問題。不過在現存《新義》的經説中,對具體詩句下定義説"這是興"的情況非常少②,因此很難將考察的視角縮小到"興"這一點上。所以本文將考察對象擴大爲王安石的比喻觀,考察當王安石認爲詩中的某句是比喻句時,他如何看待這一詩句與其他詩句或者詩歌整體的關係,以及其中又是否能體現出王安石的特點。經過這樣的考察,分析他認爲是"興"的詩句,弄清他對於"興"的看法。另外,本文對王安石《詩經》研究的考察,主要通過比較它與《傳》《箋》《正義》來進行,因此在研究"興"的問題時,也將考察王安石如何解釋《毛傳》中規定爲"興"的詩句。至於《傳》《箋》《正義》關於"興"的觀念,本文參考檀作文的研究成果③。

---

① 例如,宋人唐仲友説:"雖知本《詩序》,至於比興,穿鑿苛碎。學者此由拘牽,小文勝而大義隱。"(《九經發題》,據程書轉引,第9頁)另外,前揭洪湛侯《詩經學史》在"《詩經新義》缺點舉例"中設有"引喻失義之例"一項,列舉《新義》中牽强附會的比喻解釋(第321頁)。
② 《衛風·碩人》《小雅·車舝》《大雅·棫樸》等都曾使用"興"這個詞,具體請參考四一(三)。
③ 檀作文《朱熹詩經學研究》(學苑出版社,2003年)第三章《朱熹對〈詩經〉文學性的認識(下)——以"興"爲中心》詳細分析了《傳》《箋》《正義》對"興"的解釋,結論是:《毛傳》對"興"的解釋,基本上都使用了"用A來比喻B"的模式。A是詩文本身的一個句群,B則不是,而是《毛傳》理解的"經義"(同書第159頁)。也就是説他認爲,《傳》《箋》《正義》不重視興句與詩歌整體中其他要素之間的關係,傾向於孤立地只從興句本身去理解、解釋。上文討論的《淇奥》的《傳》《箋》《正義》的特徵,就很好地印證了他的這個結論。

對於《毛傳》中規定爲"興也"的詩句,《新義》的經説可分爲以下幾類:(一)《新義》也認爲這句詩是通常意義上的比喻,其説法與《傳》《箋》《正義》没有明顯差異。(二)《新義》雖也認爲這句詩是比喻,但能發現它與《傳》《箋》《正義》在解釋上的特點有所不同。(三)《新義》的意見與《傳》不同,不認爲那是比喻。

本節討論的是第二和第三兩種情况。首先來看與《傳》的差異最大的第三種情况。

(一) 與《傳》《箋》不同、不解釋爲比喻的例子

《周南·桃之夭夭》首章最初兩句是:

桃之夭夭,灼灼其華。

[傳]興也。桃有華之盛者。夭夭,其少壯也。灼灼,花之盛也。

[箋]興者,喻時婦人皆得以年盛時行也。

這裏的解釋是以桃花開放來比喻女性正當年華。而《新義》是這樣解釋的:

桃華於仲春,以記昏姻之時。(第一五頁)

這是説,描寫桃花是爲了表示現在是適合婚姻的好季節。《新義》否定了《傳》《箋》所説的比喻意義,而認爲這是在描寫能够體現詩歌季節的象徵性事物。

在同樣描寫桃花的《魏風·園有桃》中也是如此:

園有桃,其實之殽。

[傳]興也。園有桃,其實之食。國有民,得其力。

[正義]園有桃,得其實爲之殽,以興國有民,得其力

爲君用。

根據《正義》的敷衍,《傳》是將桃子比喻成了國內人民。而《新義》則注釋道:

　　資園桃以爲穀,賴園棘以爲食,非特儉嗇而已,又不能用其民。(第八二頁)

王安石的解釋是:這首詩說的是魏公非常吝嗇,將庭園內的桃與棗貯藏起來食用,諷刺了他的無德。在此,他也沒有像《毛傳》那樣,認爲關於桃的詩句是比喻,而是將其看作說明魏公薄德的代表性事例。

像這樣,對於《毛傳》中認定是"興也"的詩句,《新義》有時不認爲是比喻,而將其視作詩人本來敘述的主要內容(以下簡稱"主要內容")的一部分。這就完全否定了《毛傳》"興也"的規定,將其解釋爲單純的直接敘述①。

根據《傳》《箋》《正義》的解釋,這些詩歌分成兩部分:首先以"比興句"開頭,他們只具有修辭功能,與主要內容並無關聯;而後纔敘述主要內容。而在《新義》看來,詩歌敘述的同時,主要內容也逐漸展開,敘述是開門見山式的。而且,在《毛傳》中規定爲起興句的部分中加入與主要內容相關的敘述,就使得詩歌的邏輯內容變得豐富且複雜。所以說,《新義》的解釋使詩歌的敘述結構開門見山,而敘述內容也更爲複雜。

---

① 不過,考慮到現在的《新義》是輯佚而成,那麼還有一種可能,即《新義》接受《毛傳》關於"興也"的規定,並且認爲"興"這種技法不只有單純比喻的功能,只是它對比喻的解釋今天已經部分佚失,保留下來的只有對除了單純比喻之外的功能的敘述。然而這無法證明,因此本文中暫且將之當作不依從《毛傳》對"興"的規定的例子來處理。

（二）在比喻解釋上與《傳》《箋》的不同

接下來討論的另一種情況是，對於《毛傳》中規定爲"興也"的詩句，《新義》雖然也解釋爲比喻，但其解釋却與《傳》《箋》《正義》有質的差異。《唐風·山有樞》云：

> 山有樞，隰有榆。（首章）
> 山有栲，隰有杻。（第二章）
> 山有漆，隰有栗。（第三章）

《毛傳》云："國君有財貨而不能用，如山隰不能自用其財。"認爲這不過是説明比喻之意的單純比喻句，而《新義》則説：

> 山隰有樞、榆、栲、杻、漆、栗，以自庇飾爲美者，而人所資賴。今也有衣裳弗能曳婁……曾山隰之不如也。（第八五頁）

這裏認爲山澤用來比喻國君，而生長在那裏的樹木則比作他的衣服和宫殿等財産。同時，《新義》又云：

> 樞、榆、栲、杻，宫室器械之材，而漆則可以飾器械，栗則可食也。……則所以修其政，故以樞、榆、栲、杻刺之。（同上）

王安石不止於將它們解釋成單純的比喻，還提到了這些樹木在宫中的用途。他著眼於這些樹木與被諷刺的君主的日常生活之間有何關聯。也就是説，他認爲比喻句不僅具有單純的修辭功能，而是與主要内容有意義上的關聯。

關於《小雅·何草不黄》也是如此。此詩第四章云：

> 有芃者狐，率彼幽草。有棧之車，行彼周道。
> ［箋］狐，草行草止，故以比棧車輦者。

[正義]有芃芃然而小者,當狐也。此狐本是草中之獸,故可循彼幽草。今我有棧之輦車,人輓以行。此人本非禽獸,何爲行彼周道之上,常在外野,與狐在幽草同乎。

以狐草行草止,故比輦者亦道行道止,故以幽草與周道相對也。

《箋》與《正義》都只是指出了狐行於深草與棧車行於道路之間的類比關係,而《新義》則有如下解釋:

四夷交侵中國,諸侯莫肯朝事,則周道鞠爲茂草,故以"彼幽草"況行彼周道也。(第二一八頁)

由於國家戰亂,諸侯停止朝覲,因此通向周朝都城的路上長滿了野草,《新義》指出這樣的因果關係,從而説明了在深草中走過的狐狸與在周道上走過的士兵之間必然能形成比喻關係。在王安石看來,"幽草"並非單純是修辭上的比喻,而是構成主要内容、即荒涼風景的一部分。比喻句被看作構成主要内容的一部分、而非單純的修辭,在這一點上本詩與《山有樞》相同。

換個角度來看,王安石的觀點是:詩人在選擇喻體時並非"聯想"到某些事物,而是從詩的場景中"選取"這些事物。在他看來,比喻與主要内容並非分屬於兩個層面①。

(三) 比喻與詩人的視角

認爲比喻句是主要内容的一部分,這觀點與以下看法有

---

① 對於《傳》《箋》《正義》認爲是"興"的詩句,上一節提到的《新義》經説不認爲是比喻,而將之解釋成詩歌主要内容的一部分。不過,從這一節的考察來看,也有可能《新義》中本來另有將之看作比喻的部分,只是這部分文字現在散佚了。

關：詩人親眼見到了那些風景和事物,並將它們寫進了詩歌裏。從《新義》中認爲是"興"的某些詩句來看,王安石的確有這樣的看法。以《大雅・棫樸》第三章爲例：

淠彼涇舟,烝徒楫之。

[箋]淠淠然涇水中之舟,順流而行者,乃衆徒船人以楫櫂之故也。興衆臣之賢者,行君政令。

[正義]言淠淠然順流而行者,是涇水之舟船。此舟船所以得順流而行者,乃由衆徒船人以楫櫂之故也。以興隨民而化者,是文王之政令也。此政令所以得隨民而化者,乃由諸臣賢者以力行之故也。

許多船夫划船行駛在涇水上,多位賢臣奉獻力量使文王的政令得以實現,《鄭箋》和《正義》對"興"的解釋只限於指出以上兩者之間有類比關係,因此詩中使用了比喻。而《新義》則認爲：

涇在周地,興所見也。(第二二九頁)

《新義》雖承繼《箋》與《正義》之説,認爲這是"興",但它的説明並不止於比喻解釋。"興所見"是《箋》和《正義》中沒有提及的。"涇在周地"的注釋,也是爲了提醒讀者注意,詩人當真站在文王故地叙述文王的功業。王安石在這條注釋裏想要説明的是,詩人實際看到了舟行涇水上的情景而寫作了這首詩。注釋强調了起興句的必然性。這一點是《新義》解釋的獨特之處。《鄭箋》與《正義》只將起興句作爲比喻來解釋,而沒有涉及詩人是否看到了舟行涇水的情景,也就是説,他們沒考慮詩人視角的問題。

在《邶風・燕燕》中也有同樣的例子：

第五章 對詩歌結構的理解與"詩人的視角"

燕燕于飛,差池其羽。(首章)

……

燕燕于飛,下上其音。(第三章)

[箋]"差池其羽",謂張舒其尾翼,興戴嬀將歸,顧視其衣服。

"下上其音",興戴嬀將歸,言語感激,聲有小大。

在此,《鄭箋》指出了燕子飛翔的情形與戴嬀將回娘家的情形有類似之處,也是將之解釋爲單純修辭上的比喻。而《新義》説:

燕方春時,以其匹至,成巢而生之,失時而去。其羽相與差池,其鳴一上而一下,故莊姜感所見以興焉。(第三二頁)

這裏強調的是,本詩作者莊姜親眼看到燕子,有感而發寫了這首詩。

從這兩個例子出發來考慮,關於《小雅・車舝》中"閒關車之舝兮,思孌季女逝兮"一句,《新義》云:

舝之在車,閒以固之,關以通之①,然後足以與行。賢女之配君子,貞以固之,順以通之,如舝之在車,故因興焉。(第二〇五頁)

這裏的解釋是,詩人親眼看到了載著齊侯季女前往幽王處成婚的車上的舝(車軸頭上鐵製的部分),聯想起她的淑德,從而寫作了這首詩。

如上,《新義》用"興"字注釋某一句時,並非將之看作單純的比喻,而是在解釋中著重強調詩人實際見到了這些事物。

---

① 此處未詳。

《新義》引入了"詩人的視角"這一觀點,就能在起興句的內容和主要內容之間發現現實關係,從而將他們看作是同一個層面上的內容。

有趣的是,認爲是詩人將親眼所見的事物用於比喻的這種看法,鄭玄也有過。《周南·卷耳》云:

> 采采卷耳,不盈傾筐。
> [傳]憂者之興也。
> [箋]器之易盈而不盈者,志在輔佐君子,憂思深也。

《正義》認爲《毛傳》與《鄭箋》在此並無解釋上的差異,疏通如下:

> 傾筐,易盈之器,而不能滿者,此人志有所念,憂思不在于此故也。此采菜之人憂念之深矣,以興后妃志在輔佐君子,欲其官賢賞勞,朝夕思念,至於憂勤。其憂思深遠,亦如采菜之人也。

根據《正義》,《傳》《箋》都認爲《卷耳》中的兩句是比喻句,用來比喻愁思深切的后妃,摘菜的動作與詩歌的主要內容沒有關聯,采菜之人並非后妃。

然而,讓人猶豫的是《鄭箋》中有"志在輔佐君子"一句,從這句話來看,也可以認爲鄭玄將主角看作"后妃",認爲摘菜的就是后妃本人。這樣一來,鄭玄不僅把"采采卷耳"看作比喻,而且還認爲它是實際發生的情景。而《正義》之所以説《鄭箋》的觀點是摘菜之人與后妃不同,一來是爲了使《傳》《箋》統一,二來也是因爲疏家認爲后妃不會親自摘菜,所以他們故意曲解了《鄭箋》的意思。

《詩經》中還有與《卷耳》相同、將女性摘菜作爲起興句的其它詩歌,《鄭箋》與《正義》對它們的解釋可以證明筆者的如上觀點。《小雅·采綠》云：

> 終朝采綠，不盈一匊。
> ［傳］興也。
> ［箋］終朝采之而不滿手，怨曠之深，憂思不專於事。

《鄭箋》對這句詩的解釋，基本與《卷耳》相同。不過，《正義》認爲本詩的《毛傳》與《鄭箋》解釋不同。關於《毛傳》，它說：

> 毛以爲此采者（終朝采也不盈一匊）由此人志在於他故也。以興此婦人終日爲此家務，而不能成其一事者，此婦人由志念於夫故也。

《正義》認爲，《毛傳》的觀點是此詩與《卷耳》一樣，是單純的比喻，摘菜之人並非思婦。而關於此詩的《鄭箋》，《正義》說：

> 鄭爲婦人身自采綠，不興爲異。

對於本詩第二章"終朝采藍，不盈一襜"的《鄭箋》，《正義》云：

> 鄭以上二句爲賦也。

這就是說，《正義》認爲，《鄭箋》將這些詩句看作婦人直接敘述自己的行爲。不過，既然《鄭箋》的注釋是相同的，那麼其中包含的鄭玄解釋也必然是同一方向的。如果我們要認爲《卷耳》之箋將《卷耳》的詩句看作"興"，那麼《采綠》也應是如此；如果要認爲《采綠》之箋將摘菜之人看作婦人自己，那麼就該認爲《卷耳》中的摘菜之人被《箋》看作是后妃自己。關於這兩首詩的《箋》,《正義》的意見中存在矛盾①。

若要使對二份箋釋的解釋沒有矛盾,可採取以下方法:(一)《鄭箋》認爲兩首詩都是"興"(與《毛傳》並無不同觀點)。(二)然而在認爲此"興"起到了比喻作用的同時,《鄭箋》也認爲詩中直接敘述了主人公自己的行爲。

也就是説應當這樣來解釋:《鄭箋》認爲,這兩首詩中的"興"承擔了比喻與直接敘述的功能。

如果筆者的推論是正確的,那麽鄭玄的解釋與王安石的比喻觀念相近,王安石的比喻理論本身在鄭玄那裏已然存在了。王安石的比喻理論也有可能受到了《鄭箋》的啓發。不過在此必須注意的是,儘管我們發現了一些體現這種比喻觀念的例子,但就《詩經》整體而言,《鄭箋》大多數時候還是將"興"解釋爲單純比喻的。因此,上文中的比喻解釋並非《鄭箋》中一貫使用的方法。

另外還需要注意的是,《正義》對二詩之箋的解釋之間存在矛盾。在解釋《卷耳》時,《正義》認爲《鄭箋》與《毛傳》都將詩句看作"興"、解釋爲比喻,因此它沒有將后妃解釋爲摘菜之人。相反,在解釋《采緑》時,《正義》認爲鄭玄主張詩中的女性即是摘菜之人,所以《鄭箋》與《毛傳》不同,不將詩句看作"興",而是看作"賦"。我們由此知道,《正義》沒考慮過比喻與直接敘述並存的可能性。這説明在漢唐《詩經》學中,這樣的比喻理論尚且沒有被當作一般觀念接受。因此即使王安石的

---

① 關於《卷耳》與《采緑》的《鄭箋》,《正義》有不同的解讀,這可以認爲是由於二詩主要内容的女主人公身份不同。據《詩序》,《卷耳》講述的是文王之妃大姒,那麽就很難想象天子之妃親自動手摘菜。而《采緑》講述的是空自等待丈夫出征歸來的妻子,由於她的身份並不高貴,摘菜就很可以理解。從這點來看,《正義》認爲,《箋》將《卷耳》解釋爲"興",而將《采緑》解釋爲"賦"。

比喻理論與上文《鄭箋》之說有關,他也是擷取了尚在萌芽狀態的比喻理論,使之發展成熟,在自己的《詩經》解釋中真正地得以施展。

順便說到,關於這兩首詩,《新義》的解釋如下:

> 卷耳,易得之菜;頃筐,易盈之器。今也采采卷耳,非一采而乃至於不盈者,以其志在進賢,不在於采卷耳也。亦猶《采綠》之詩曰……謂其志在於怨曠,而不在於采藍采綠也。(《周南·卷耳》)(第一二頁)

王安石的解釋接近於上文中筆者提到的鄭玄的解釋。由此可知他的比喻論與鄭玄"既是比喻又是直接叙述"的比喻論相當接近。

(四) 王安石的興說

通過以上考察可知,在對於"興"的觀念上,《傳》《箋》《正義》與《新義》最大的差異在於,前者的注釋主要著力於弄清興者與被起興者之間的類似關係,而基本上沒有關注過詩人是否親眼見到這些事物;後者的解釋則特別強調詩人親眼見到了這些事物。換言之,《傳》《箋》《正義》最重視"興"的比喻功能,而《新義》除此之外還特別關心詩歌產生時"興"的功能。因此,在《傳》《箋》《正義》看來,起興句與主要內容並無關聯,主要是單純修辭上的措辭;而在《新義》看來,起興句是叙述的一部分,被納入主要內容中,使詩歌內容更爲複雜曲折。

那麼,《新義》對"興"的如上解釋是以何種觀念爲基礎的?《毛詩大序》云:"故詩有六義焉。……二曰賦,三曰比,四曰興……"而《新義》則曰:

> 以其所類而比之之謂比。

以其所感發而况之之謂興,興兼比與賦者也。(第四頁)

《新義》認爲,"比""興"的差異在於,"比"是以單純類似關係爲基礎的比喻,而"興"是有"所感發"而形成的比喻。兩個事物之間有類似關係纔能構成"比",而詩人被事物引發聯想則是"興"的必要條件。即是說,"興"是詩人構思詩歌的起點。這個定義與四—(三)中的幾個例子相吻合。而《傳》《箋》《正義》對"興"的解釋,旨在説明以類比關係爲基礎的起興句及其比喻義,如果用王安石的定義來衡量,這是"比"而非"興"。

另外,"興,兼比與賦者也"的定義,表示起興句在比喻的同時也是直接叙述,這與四—(二)中王安石對興的解釋相契合,即被用作比喻的事物同時也是主要内容的一部分,是構成叙述的因素。

上文考察了《新義》對《毛傳》中規定爲"興也"的詩句的解釋,將其結果分爲以下三類:(一)《新義》也認爲這句詩是通常意義上的比喻,其説法與《傳》《箋》《正義》没有明顯差異。(二)《新義》雖也認爲這句詩是比喻,但能發現它與《傳》《箋》《正義》在解釋上的特點有所不同。(三)《新義》的意見與《傳》不同,不認爲那是比喻。

按照王安石的定義可以這樣推測:一是"比",二纔是"興"。如果再將三看作是"賦"的話,就可以用王安石眼中的"賦""比""興"來爲《毛傳》中規定爲"興"的詩句分類了。另外,《新義》中有很多與比喻有關的注,以"喻……""況……"的形式出現,或許也可以將它們按照王安石的定義分爲"比"與"興"兩類。

"興"指叙述引發詩思的事物,所叙述的是詩人親眼所見的事物,這樣的觀念本身自然是古已有之。例如下文引用的

是《文心雕龍·比興》中有名的定義,它解釋了作爲詩思起點的"興":

> 故比者附也,興者起也。
> 起情,故興體以立;附理,故比例以生。①

《詩經·大序》中"故詩有六義焉"一句的《正義》中,引用鄭司農之説:

> 司農又云:興者託事於物,則興者起也。取譬引類,起發己心,詩文諸舉草木鳥獸以見意者,皆興辭也。

這也是認爲興是詩思的起點。上一節討論了《卷耳》與《采緑》,如果鄭玄的觀點像筆者所推定的那樣,是"興不但表示比喻,而且直接叙述主人公自己的行動"的話,那麽他的觀點就與王安石"興兼比與賦者也"的定義直接聯繫起來了。如此,則王安石的定義本身就不能説非常有獨特性了。

不過,以我們現在看到的情況來説,在解釋具體某一首詩歌時,《傳》《箋》《正義》著力于説明比喻的意思,而對於它與詩人產生詩思之間有何關係、與主要內容之間有何關係,則關注甚少。而《新義》解釋詩歌時常將如下觀念用作工具:興是講述詩人親眼所見的事物,是詩歌產生的起點;它不僅是比喻,同時也是賦。那麽可以説,《新義》展示了《詩經》學的新方法。

那麽,王安石爲何能够根據關於"興"的這種觀念,提出他的《詩經》解釋方法?筆者認爲,這與解讀詩歌的方式關係匪淺。《傳》《箋》《正義》的解釋特點是,將構成詩歌的語言要素拆分開來,細究語義,對其間的關聯則不甚在意②。《鄭箋》和

---

① 參考詹鍈《文心雕龍義證》(上海古籍出版社,1994年,下册,第1337頁)。書中亦收録了歷代諸家關於這一問題的評論和論考,可參考。
② 請參考前揭檀作文論述。

《正義》雖然都將"興"看作詩思的開端,但由於它們解釋詩歌的視點是分散的,因此沒有顧及"興"與詩歌整體的關係①。而王安石則如第一、二節中見到的那樣,相比對單個要素的說明,他更重視章與章之間的關聯、章内部詩句的關聯(比喻句與其他部分之間的關聯)等,他的研究方法是從整體上理解詩歌。也就是說,他將詩歌看作有機統一體。這與他對"興"的考察也是自然聯繫在一起的。他在分析起興句時,也重視它與其他詩句間的關聯、它在詩歌整體中的作用,通過這樣的解釋,作爲詩思之起點的"興"就被重點突出出來了。

關於王安石"詩歌是有機統一體"觀念的形成,最重要的要素是,他在解釋詩歌時重視詩人的視角和作詩的情況。他非常關注詩人如何完成一篇詩歌,希望從詩中解讀出作者構思詩歌的過程。請允許我用一點比喻的方式來說明。王安石強烈地意識到詩人的存在,對他而言,《詩經》之詩與王粲《七哀詩》、杜甫《石壕別》、梅堯臣《田家語》等性質差不多。也就是說,在這些詩中,作者或是在中原戰亂中遇見一個母親因飢餓而捨棄自己的兒子,感嘆"驅馬棄之去,此言不忍聽";或是借宿人家的老婦代替老翁被徵入軍隊,老婦去後,老翁在家中暗自啜泣,作者聽著老翁的哭聲,"天明登前途,獨與老翁別";或是看到農民的艱苦,爲自己毫無辦法而感到羞恥:"我聞誠所慚,徒爾叨君禄。却詠歸去來,刈薪向深谷。"這些詩中描寫的都是作者的見聞,它們的視角都收束到作者一人身上。在王安石看來,《詩經》之詩與此相近,詩人的視線確實地存在於詩歌中心,讀者讀詩時也追隨想象著詩人構思詩歌的過

---

① 這可能是因爲他們的研究有斷章取義之處,筆者希望在漢唐《詩經》學獲得新的學術史定位後重新考察這個問題。

程——經《新義》解釋過的詩歌,就以這種優雅的結構呈現在我們面前。

五、思古詩的結構

此類詩歌能够很好地反映王安石重視詩人視角的解釋態度,在它們當中包含了一系列思古傷今之詩——通過追憶往昔治世情景,感慨悲嘆當今的亂世。關於這些詩,《詩序》云:

《瞻彼洛矣》,刺幽王也。思古明王能爵命諸侯,賞善罰惡焉。(《小雅・瞻彼洛矣》序)

《楚茨》,刺幽王也。政煩賦重,田萊多荒,饑饉降喪,民卒流亡,祭祀不饗,故君子思古焉。(《小雅・楚茨》序)

《信南山》,刺幽王也。不能修成王之業,疆理天下,以奉禹功,故君子思古焉。(《小雅・信南山》序)

《詩序》認爲這些詩"思古",因此解釋的方向也就自然被定下了。不過,關於如何看待這些詩的結構,《傳》《箋》《正義》與《新義》則有所不同。

《小雅・瞻彼洛矣》首章前兩句云:

瞻彼洛矣,維水泱泱。

[傳]興也,洛宗周溉浸水也。泱泱,深廣貌。

[箋]我視彼洛水,灌溉以時,其澤浸潤,以成嘉穀。興者,喻古明王恩澤加於天下,爵命賞賜,以成賢者。

《毛傳》《鄭箋》認爲這句是"興",是用洛水潤澤農田的樣子比喻君王恩澤遍施天下。也就是説,依照《傳》《箋》的解釋,這首詩的最初兩句是追想、讚美往昔明君之世的詩句,而言外之意則是刺今(諷刺幽王)。《新義》則曰:

瞻彼洛水而思古之明王,見其地而不見其人也。(第二〇一頁)

王安石解讀出了這樣一個結構:最初兩句是詩人所見的實景,詩人站在往昔明君親臨過的地方,看著眼前的風景,感到明君已逝,並爲當今亂世而憂思感慨,從而開始吟詠創作出讚美古代的詩歌。也就是說,在這裏,詩人的確存在,他被風景觸動而吟詠創作的心理活動,讀者能夠通過詩歌推想揣摩到。王安石理解的詩歌結構,是因實際景物而引發詩思、歌詠想象中的往昔世界,而他的解釋則重視詩人的視角,以及催發創作的心理過程。

當然,本詩云"瞻彼洛矣",直接叙述了作者的視線,因此《鄭箋》也提到了作者的視角:"我視彼洛水。"不過這反而凸顯出了鄭玄與王安石在解釋思路上的不同。《鄭箋》對於詩人視線的注意,僅限於對以上詩句的解釋部分,隨後就轉身去說明洛水之惠澤與君王之恩澤之間的類比關係了。至於詩人是否實際見到了洛水,在鄭玄的解釋中,這與詩歌的主要内容幾乎無關。即便是實際景物,鄭玄也認爲這不過是單純的比喻修辭功能,他並没有像王安石的解釋那樣,將其看作決定詩歌結構的要素。這說明,鄭玄的《詩經》解釋並不重視詩人的視角。

像這樣從思古詩中發現與現在的情況以及詩人創作現場相關的詩句,是王安石《詩經》解釋的特徵。《小雅·楚茨》首章云:

楚楚者茨,言抽其棘。
[箋]伐除蒺藜與棘,自古之人何乃勤苦爲此事乎。

《鄭箋》認爲,這兩句描寫的是,往昔明君時代,人們辛勤地伐除蒺藜與棘,開墾耕地。詩歌最初兩句讚美往昔的情形,詩人的"傷今"之思則在言外。

而《新義》則認爲這兩句是詩人親見當今的世貌，吟詠而成：

> 此上二句，傷今也。言楚楚者茨，則茨生衆也。
>
> 今棘茨之所生，乃自昔我藝黍稷之地。（第一九三頁）

在王安石看來，這首詩的結構是：詩人站在如今荒蕪的田地前感到悲傷，由此開始懷念、嚮往往昔明君時代農業興盛的情景。與《瞻彼洛矣》一樣，讀者能夠到詩人作詩的現場去。

南宋的李樗對王安石的解釋有如下批評：

> 王氏之意，以爲傷今而作，然觀《楚茨》一篇，乃是思古人之意，如《信南山》《甫田》《大田》，全篇盡是思古人之詩，全無一句及於刺幽王，《楚茨》之詩亦然也。（同右）

李樗的看法與《傳》《箋》《正義》一致。從這個批評也可看出，王安石這種注重詩歌結構的解釋相當特殊。

《小雅·信南山》的前兩句是：

> 信彼南山，維禹甸之。

對此，《新義》云：

> 言"信彼"者，以見幽王之政衰矣，不明乎得失之際者①，聞有道先王之事，則疑其不能如彼故也。

這裏仔細研究了詩人用"信彼"二字的含義②，認爲這是

---

① 這裏引用了《毛詩大序》中的"國史明乎得失之迹"一句。
② 《傳》《箋》並未深究"信彼"的含義。《正義》（解釋《鄭箋》的前兩句）云："言信乎者，文通於下。言禹治南山，成王田之，皆信然矣。"只是説明了"信"字的意思，並沒有考慮這句話的對象問題。

對生於衰落時代失去理想的人們説的話,這些人懷疑關於往昔理想治世的描述。詩人向特定的聽衆(讀者)講述,詩人作詩的場所則暗示於言外。在這裏,也能發現一個"詩人置身現實而講述往昔"的結構。王安石認爲,詩歌並非單純地讚美古代,而是透過亂世之人的懷疑這層棱鏡來審視古代,它的視線是曲折的。

如上,不管詩歌有比喻意義還是直接陳述,王安石的思古詩解釋關注的是詩人創作詩歌時的場所,以及他們構思詩歌的心理過程。這一解釋相當重視詩人生活的當代與當時人們觀念中的古今落差。

六、關於詩篇的作者

以上考察了《新義》中體現的王安石《詩經》解釋的理念及方法。通過考察可知,與《傳》《箋》《正義》相比,王安石的解釋更加重視詩歌的結構。在他看來,詩篇有複雜的多層結構,有散文般依靠強大邏輯性的説服力。王安石的解釋態度可以這樣總結:詩是特定作者在特定狀況下爲表現某種明確主旨、主張而創作出來的。

王安石的這種詩歌解釋強烈地意識到了詩人的存在。在通常的印象中,《詩經》之詩是自然生發的民謠,用未加雕飾的語言表達人民樸素的思想感情,而王安石的看法則異於這個一般印象。那麼王安石是如何看待作者的呢?

對於《詩經·大序》中的"國史明乎得失之跡……"一段,《新義》有如下注釋:

> 世傳以爲言其義者子夏也。觀其文辭,自秦漢以來諸儒,蓋莫能與於此。然傳以爲子夏,臣竊疑之。詩上及於文王、高宗、成湯。……方其作時無義,以示後世,則雖

孔子亦不可得而知,况於子夏乎?(第五頁)

在此,王安石認爲《詩序》是詩的作者自己添加的。那麼寫作《詩序》的是怎樣的人呢?《臨川先生文集》卷七二《答韓求仁書》云:

> 蓋序《詩》者不知何人①,然非達先王之法言者,不能爲也。故其言約而明,肆而深,要當精思而熟講之爾,不當有失也。②

這說明王安石認爲《詩序》的作者有很好的道德和教養,那麼也就是說,詩歌作者也具有很好的道德和教養。而且,上文所引《新義》逸文之後,還有如下逸文值得注意:

> 《詩序》是國史撰作。(第五頁)

程元敏感到這句話於上面的引文之間有矛盾,因此解釋說:"前條,安石以爲《詩序》乃詩人自作,此條則謂國史作。余謂安石蓋謂詩人所作止於也字以上,其餘則國史爲明乎得失之跡而作。"③然而,"《詩序》的第一句與以後的部分由不同作者分別寫成"是蘇轍的觀點④,王安石並沒有這樣的說法,從《新義》的注釋中也無法找到根據來證明王安石有如此觀念。因此就必須有一種解釋,能夠同時容納這兩條逸文的字面意思,使之不生齟齬。這就是:王安石認爲"《詩》是國史所作"。

能夠說明王安石有如此觀點的例子,可舉出上一節引用

---

① 如此處所見,王安石對於《詩序》作者的看法時有變化。例如他在《陳風·月出》之序的注中云:"《詩》所言者,說美色而已,而《序》知其不好德者……"認爲《詩》與《序》的作者並非同一人,那麼詩人寫作了《詩序》,就並非是他一以貫之的看法。這一點暫待日後考察。
② 卷七二,第一頁右,《四部叢刊》正編本。
③ 《三經新義輯考彙評(二)——〈詩經〉》之《附注》注一(第315頁)。
④ 《蘇傳》卷一《關雎·序》中"關雎,后妃之德也"一句之注。

過的《小雅·信南山》。這首詩的《詩序》云"君子思古",《新義》認爲這首詩的敘述對象是"不明得失之跡者",而既然"明得失之跡"這個說法出自《毛詩大序》之"國史明得失之跡……以風其上",那麼這首詩的作者就是"國史"。也就是說,王安石認爲《詩序》所說的思古之"君子"就是"國史"。

當然,"《詩》的作者是國史"的觀點是依據上文《毛詩大序》之說,並非王安石的獨創。《正義》對《大序》敷衍道:

> 言國之史官皆博聞強識之士,明曉於人君得失善惡之迹,禮義廢則人倫亂,政教失則法令酷。國史傷此人倫之廢棄,哀此刑政之苛虐,哀傷之志鬱積於內,乃吟詠己之情性以風刺其上,覬其改惡爲善,所以作變詩也。

《正義》認爲,天子和諸侯的史官是變風的作者。不過《正義》的觀點也時有自相矛盾處。關於何爲"史",《正義》曰:

> 苟能制作文章,亦可謂之爲史,不必要作史官……史官自有作詩者矣,不盡是史官爲之也。

這是說,能夠寫文章者皆可謂之"史",皆可成爲詩之作者。關於《信南山》的作者,《正義》在此只是依從了《小序》的"君子"之說,而並未像王安石那樣聯繫《毛詩大序》、認爲是"國史"。且《正義》又云:

> 凡是臣民,皆得風刺,不必要其國史所爲。

認爲只要是能夠風刺的臣民皆可成爲詩之作者。因此,《正義》雖有"國史爲《詩》之作者"的說法,但涉及具體某首詩的作者時,又可能放鬆條件。

儘管王安石有"國史是《詩》之作者"的看法,但從現存的《新義》中無法確認這是否是他在解釋《詩經》時的一貫看法。

我們不知道他是否認爲《詩》全是國史所作，假使他確實這樣認爲，也無從明了他所謂的"國史"是何意義。不過，如果他像上一節考察的結果那樣，一以貫之地主張詩歌有複雜的結構，那麼在他觀念中的《詩經》作品，就並非像我們簡單認爲的那樣，如民謠一般自然生發出來。如此一來，他設想的作者範圍就並非《正義》"凡是臣民，皆……"那樣無限擴展。他心目中的詩歌作者，是有優秀的語言運用及表達能力的知識階層。"國史"或許可看作是此階層的代表。

要更清楚地瞭解詩歌作者的問題，可以考察關於詩歌寫作的對象及原因的觀念。針對《大序》中"是以一國之事，繫於一人，謂之風"，《正義》與王安石有不同的説法，在此可以作爲一個例子。對於"一人"一詞，他們的理解不同。《正義》認爲"一人"指詩歌作者而言：

> 一人者，作詩之人。其作詩者，道己一人之心耳。要所言一人心乃是一國之心，詩人覽一國之意以爲己心，故一國之事繫此一人，使言之也。
>
> 一人美則一國皆美之，一人刺則天下皆刺之。

按《正義》的説法，詩人只是表達自己的感慨，並無以某人爲對象、以某種訴求爲目的的明確意圖。但他表達的個人感慨自然地與全國民眾的心聲一致，因此詩人代表了民意。那麼《詩經》之詩並非刻意爲道德、政治意圖而作，詩人也只是沒有個性的民眾中的一人而已。如果《詩經》由這樣成於平凡人之手、創作意圖甚少的詩歌集結而成，爲何它能有資風教、成爲至高的道德範本？《正義》的觀點是，這是因爲《詩經》由國史取捨選擇並編輯後，方纔形成：

> 必是言當舉世之心，動合一國之意，然後得爲《風》

《雅》,載在樂章,不然,則國史不錄其文也。①

從關於"一人"的說法可以看出,《正義》認爲,給詩歌添加了政治和道德價值的是編者而非作者個人,詩人只是抒發個人感慨的平凡民衆而已。

王安石對"一人"的解釋則恰與《正義》相反:

> 《風》之本,出於人君一人之躬行,而其末見於一國之事。(第六頁)

與《正義》不同,王安石將"一人"解釋爲君主。他認爲,國家之事全由君主的行爲引發,換個説法,即無論大小、無關題材,只要論及國事,就應當討論君主的行爲。《正義》對"一人"的解釋強調創作主體的無意識,而王安石的解釋則將詩作的對象集中於一點,使詩作的意義固定。依照他的觀點,詩歌對君主的政治或道德評論就不是像《正義》所説的那樣,有待於國史的取捨選擇和編輯,而是所有詩歌在創作之時就被賦予的宿命。王安石的這一《詩經》觀試圖從詩中解讀出面向特定對象的明確意見。由此,詩人的創作意圖自然就成爲解釋者關心的重點了。《新義》中對《鄘風·干旄》的解釋也反映了這種思路:

> 柏舟之仁人見愠於群小,以至於覯閔受侮者,以頃公故也。然則文公之臣子好善如此,亦以文公故也,故曰一國之事,一人之本,謂之《風》。(第五〇頁)

王安石認爲,詩歌表面上講述臣子之事,但詩人的真正意

---

① 這裏强調國史記錄、編輯《詩經》,與上面的引文中賦予國史以作者地位的説法有所齟齬,這説明,對於《詩經》,《正義》並未一以貫之地將國史看作詩歌作者。

圖其實在於勸諫君主。他的解釋重視詩歌作爲信息載體的功能。

考察《正義》與《新義》關於《小雅·采綠》之序的注釋，可以更清晰地發現在詩歌寫作的政治動機方面，二者有不同的觀點。《序》云：

> 《采綠》，刺怨曠也。幽王之時多怨曠者也。

《正義》曰：

> 婦人之怨曠非王政，而錄之於《雅》者，以怨曠者爲行役過時，是王政之失，故錄之以刺王也。

詩歌本身不過是個人感慨，並非政治批判，而編者出於某種政治意圖存錄了這首詩，縱使它具有了政治意味。而《新義》認爲：

> 明盛之朝，外無曠夫，內無怨女。今幽王之世反此，故賦《采綠》之詩以刺焉。（第二一三頁）

這是認爲作詩者本來就有政治批判的動機①。由此也可瞭解，王安石將詩看作政治目的的載體，是刻意表達意圖的作品。而且，《正義》認爲此詩的作者是與丈夫分居的婦人，王安石則認爲這只是作者假託婦人的口吻而已。

從王安石的如上《詩經》觀念來看，如前幾節所見，他將詩歌解讀爲有複雜、多層結構的作品的方法相當容易理解。即是說，王安石認爲，詩歌是道德、教養俱佳的讀書人爲實現其政治目的而特地創作的。那麽，對王安石而言，《詩經》之詩與

---

① 雖説"賦詩"也可能並非"作詩"，而是"演唱已有的詩歌"之意，但考慮到這是對《采綠》之《詩序》的注（《呂氏家塾讀詩記》卷二四"采綠序"條下引用《新義》此注），可以認爲在這裏"賦詩"是"作詩"的意思。

他本人也寫得相當出色的文人詩就有非常相近的性質了①。

七、王安石之解釋理念及方法的歷史地位

以上所見王安石的《詩經》解釋理念及方法,在宋代《詩經》學中有怎樣的地位?筆者在此並非想對這一問題作概括的論述,而是試圖從有關比喻和興的問題入手,以宋代《詩經》學的開拓者歐陽修和宋代《詩經》學的集大成者朱熹爲參照系,將王安石與他們對比考察,從而獲得一個大致的結論。

歐陽修與王安石的《詩經》學有種種不同之處,其中最顯著的,是他們對待《詩序》的態度。歐陽修否定《詩序》的權威,認爲"子夏將孔子的教導寫成《詩序》"一事是虛構的,因此他用自己的《詩經》觀念和方法來探討詩歌的本義。而王安石則認爲《詩序》是作者本人寫成,因此對其極爲推崇,將之作爲《詩經》解釋的起點,這樣的研究方法與歐陽修大相徑庭。

再有,歐陽修之所以將《詩經》之詩看作教化民衆的道德文本,是因爲他認爲《詩經》由孔子編纂而成。孔子從當時存世的三千篇詩中選取了利於風教的三百篇,有時還因道德目的對原來的詩篇作了修改。經過孔子的如此刪改,《詩經》纔成爲經典,因此詩人就不一定全部擁有出色的教養和道德水平,詩歌寫作的時候也未必都體現了崇高的道德。這也與王安石關於詩和詩序作者的看法恰成對比②。

在《詩經》解釋中最信奉"經義固常簡直明白"(《詩本義》

---

① 本節爲了明確展現《正義》與王安石在看法上的差異,簡要地說明了《正義》對於"詩歌作者"及"作者與編者之關係"問題的看法。但實際上《正義》對這個問題的看法也有其複雜之處。本書第十五章將就此作詳細討論。
② 請參考第四章第六節。

卷三《〈鄘風·相鼠〉論》)的歐陽修,與認爲《詩經》有複雜結構和高尚思想的王安石,可以說在觀念上正好相反。

值得注意的是,與王安石如此不同的歐陽修,却在對比喻的認識上與王安石有某些共識。

對於"賦""比""興"三者,歐陽修並未像王安石那樣留下明確的定義,而且他比王安石更不重視區分"比""興"這兩種修辭手法。他的研究毋寧說是關注於比喻在《詩經》中的一般應用,得出結論後,其應用原則如下:(一)比喻運用的事物適合於詩歌整體的內容。(二)詩人用事物來比喻的時候,只關注這個事物某一方面的性質。(三)詩人親眼見到比喻的事物,由此引發了詩思。

他將這些原則應用於詩歌解釋,來批判《傳》《箋》《正義》的解釋[1]。關注比喻與詩歌整體的對應關係、並認爲詩人親眼見到了比喻的事物,這樣的視角與王安石的觀念相符合。

下面再根據莫礪鋒[2]和檀作文[3]的分析概括一下朱熹關於比喻的學說。莫礪鋒認爲:"對於興而言,鶻突正是朱熹定義的優點。"朱熹認識到《詩經》中的興包含了多種概念,有多層含義,莫礪鋒對此高度評價。根據他的分析,"興"是具有如下多種修辭技巧的多義概念:(一)包含有比喻關係的興體。(二)包含有反比關係的興體。(三)不包含邏輯關係,只是"借眼前物事說將起"的"興"體。(四)不包含邏輯關係,也不是"借眼前物事說將起"的"興"體。聲韻之相近。(五)句法上有類似之處。

---

[1] 詳情請參考本書第四章。
[2] 參考莫礪鋒《朱熹文學研究》第五章《朱熹的詩經學》,南京大學學術文庫,南京大學出版社,2000年。
[3] 參考檀作文前揭書第三章。

莫礪鋒指出,朱熹之前的學者們對此並未注意,由於他們對"興"的功能認識得非常有限,只將其理解爲比喻,因此解釋也就不免陷入牽強附會的泥沼。而朱熹由於認識到了"興"的多義性,所以能給出合理的解釋①。

　　朱熹之所以能有如此觀點,得益於他從比《傳》《箋》《正義》更廣闊的視角來解釋興句。檀作文對此有詳細的分析,他解釋了《傳》《箋》《正義》與朱熹在對"興"的理解上存在的最大差異:在《傳》《箋》《正義》中,"興"只限於興句本身。"興"的比喻功能是興句本身包含了興義(比喻義)。因此《傳》《箋》《正義》在解釋興句時集中探求的是興句本身包含的興義,並未關注興句與其他詩句之間的關係。而朱熹認爲,"興"體現在興句與上下文之間的關係中,比喻義並非僅限於興句本身②。

　　根據二人的研究,關於"興",朱熹的功績在於發現了一句話不是屬於"賦""比""興"之一,而是像"賦而興""比而興""賦而比""賦而比又興"這樣,有所重合③。這也是通過考察興句與其他詩句的關係纔引出的思路。

　　比較歐陽修、王安石、朱熹的説法,可以發現研究的視角從比喻向"興"集中,且隨著研究的進展,"興"的功能逐漸清晰,對它的認識逐漸精密。並且,三人的觀點也有相同之處,即不是將比喻句(興句)單獨拿出來討論,而是把一首詩看作一個有機的綜合體,將興句放在與它的關係中討論。《傳》《箋》《正義》將興句與詩歌內容割裂開來討論,因此不免牽強附會,而歐陽修等人則通過以上方式超越了《傳》《箋》《正義》

---

① 參考莫礪鋒前揭書第 250 至 254 頁。
② 參考檀作文前揭書第三章。
③ 參考莫礪鋒前揭書第 243 頁;檀作文前揭書第 211 頁。

的做法。也就是説,他們都認爲,將一篇詩歌拆解開來解釋再組合在一起,並不能獲得對詩歌的完全理解。

對詩歌如何寫成這一問題的思考,是以上這種視角的來源。歐陽修和王安石認爲作者親眼見到了比喻中的事物,他們的方法尤其明顯地體現了這一點。而三位學者共同的觀念是:對於一首詩,要綜合理解其作者及創作情況,纔能明白其創作意圖。於是有了特別關注創作主體、有志於推想揣摩創作過程的研究。

周裕鍇曾將"以意逆志"(《孟子·萬章上》)與"説《詩》者,不以文害辭,不以辭害志"(同上)並列作爲宋代解釋學的理念,進行討論。他認爲,對於中國古典解釋學奉爲圭臬的"以意逆志"這句孟子的話,宋人的理解是"以己之意逆詩人之志"(趙岐注),即藉由"讀者根據自己的心理經驗推測、忖度"這樣"同情之理解"的方法,讀者纔能感知到詩人的思想(志)[1]。他舉出蘇軾關於《詩經》的意見作爲這種觀念的典型例子,有如下説明:

> 蘇軾在研究《詩經》時就發現"興"和"比"兩種創作方法的區別,"比"誠然是詩人有意識取物來表意,而"興"則是一種無意識偶然觸物有感……由於"興"的文字並無表達詩人創作意圖的功能,因爲對"興"的闡釋就只能以讀者己意推測,而無法通過文辭來分析。[2]

---

[1] 參考周裕鍇《中國古代闡釋學研究》第五章《兩宋文人談禪説詩》,上海人民出版社,2003年,第219頁。
[2] 參考周裕鍇前揭書第223頁。周裕鍇根據《蘇軾文集》卷二《詩論》(第56頁),認爲這篇文章是蘇軾的。不過,這篇文章也被收入了蘇轍《欒城集·欒城應詔集》卷三《進論五首》(上海古籍出版社,1987年,下册,第1613頁),因此也可能是蘇轍的作品。

蘇軾在此關於"興"的觀念及其解釋方法，對於考察歐陽修、王安石、朱熹三人《詩經》研究的共同點而言，相當有啓發性。注釋者推想揣摩詩人詩歌創作的情境這種"同情之理解"，也是他們《詩經》研究的志向所在。可以説這是對"以意逆志"方法的體現。綜上所述，在由歐陽修開啓、朱熹集大成的宋代《詩經》學的發展脉絡中，王安石的《詩經》學確實佔有一席之地。

可以認爲，這樣講求追踪體驗的《詩經》學之所以能形成，有一個重要的原因，即歐陽修、王安石、朱熹都是詩人，其《詩經》研究中也反映出他們作爲文學家的實際經驗。或許就是以自己一直寫詩的體驗爲基礎，他們繞否定了《傳》《箋》《正義》那種將一首詩拆分爲若干零件、分別研究的方法，而是盡量將詩歌看作有機統一體，從整體上加以解釋。也就是説《傳》《箋》《正義》之所以必然有別於宋代《詩經》學，尤其是文學家們的《詩經》學，是因爲前者並非詩人所作，而後者則是。

就王安石而言，批評者常常認爲他的《詩經》研究"牽强附會"，换句話説，是認爲王安石對於《詩經》過度解釋了。這或許是因爲他自己作詩時在其中寄寓了重要的思想感情，於是將這種重要性同樣地賦予了《詩經》作品。上文已經提到，他對《詩經》作品的認識接近於後世的文人詩，也可用來説明這裏的問題。如此看來，連他的這個"缺點"也成爲了宋代解釋學特點的一種體現。

宋人常常以"人情"爲基準判斷經説正確與否。衆所周知，歐陽修的《詩本義》是其代表。主張"人情"説，即是認爲古人與自己有同樣的價值觀和常識，按照同樣的道德準則行動，换句話説，"人情"是不變的。那麽，歸根到底，依據"人情"説作出的解釋就建立在這種觀念基礎上：注釋者根據自己的價值觀、常識和道德準則來研究古代經典,能够弄清其本義。以這一觀念爲根基,周裕鍇所說的宋人"同情之理解"的方法纔得以形成。不過,如果認爲王安石的《詩經》研究是將他自己作爲詩人的價值觀和審美作爲基礎、應用於《詩經》作品的話,那就是說王安石認爲古人與今人用同樣的方法寫詩,那麽這也可以看作是"人情"説的一種運用。王安石的《新義》雖常常受到不近"人情"的批評①,但從如上角度來看,則所謂有違人情的王安石《詩經》學中也包含了廣義的人情說。從這一點來說,他的《詩經》學也可納入歐陽修以來的《詩經》學脈絡中。

當然,歐陽修—王安石—朱熹之間並無一脈相承的學術繼承關係。僅從尊崇《詩序》,以及由此生發出的對詩人特性的認識這一點來看,王安石與歐陽修、朱熹之間也溝壑難越。然而正是因此,歐陽修—王安石—朱熹之間有如上共同之處,纔說明宋代《詩經》學中也存在著無意中超越個別學術觀念之間的差異、對同一目標的尋求。

八、今後的課題

上文探討了王安石《新義》中的解釋理念和方法,並嘗試爲其在宋代《詩經》學中定位。最後,筆者將列舉幾個仍待研究的課題,以備遺忘。

---

① 在此舉黄櫄的批評作爲一例:"此不知《詩》之理者也。……竊以爲人民天地鬼神,皆同此心,則同此理。以理求理,夫何遠之有?先王知此理之不遠於人心,人心之所同然,故用之以經夫婦,以無邪之理而正之也。以是推之,則孝敬之所以成,人倫之所以厚,教化之所以美,風俗之所以移,皆此理之所以用也。"(批評《新義》對《毛詩大序》"故正得失,動天地,感鬼神,莫近於詩"的注解。)這段認爲用人情說解釋《詩經》很正確的評論,反過來就是非難《新義》沒有考慮人情。認爲《詩經》的本質以"人心"爲基礎、王安石的詩說沒有把握到這個本質,這正是用歐陽修《詩經》學的根本精神來批評王安石。

王安石的《詩經》學，一言以蔽之，可謂重視叙事甚於抒情。這應當也是與宋詩的理念相通的。如此説來，則王安石是基於自己的詩歌理念確定了其《詩經》解釋的方法。他的《詩經》研究與其文學觀之間有何關係？這個問題仍待深入探討。

　　本文從六義中的"賦""比""興"三個修辭方法入手，探討王安石的《詩經》觀念。不過，他如何看待"風""雅""頌"三種詩體導致的内容差異，是本文未曾考察的問題。本文的結論雖然認爲王安石解釋《詩經》時强烈意識到了詩人的存在，但如果他考慮了"風""雅""頌"的形成與特徵各異這個問題，那麽他當然也會認爲不同詩體的"詩人"有不同的特徵。爲使本章的推論更爲完善，筆者擬今後繼續探討這方面的問題。

　　本章討論王安石的《詩經》解釋，考察了其與《傳》《箋》《正義》的重大差異，不過在此基礎上，應該看到，如四—(三)考察對《卷耳》與《采緑》中"興"的解釋時所顯示的，王安石與鄭玄有不可忽視的相同點。且兩人都執著於過度闡釋這一基本方法，表現之一就是他們都希望自己的解釋與禮制相符。這是一個值得從多個角度考察的問題。

　　如果説宋代《詩經》學的形成，是由於宋人並非將詩歌拆解分散，而是把它看作有機統一體從整體上加以解釋，那麽，也必須考察這對後代《詩經》學有怎樣的影響。尤其值得關注的是，清代考證學批判宋明之學空疏，標榜回歸漢學，那麽宋代《詩經》學的解釋理念是如何影響或者没有影響他們的？這個問題尚且有待日後的研究。

附表：《詩經新義》中使用"層遞法"解釋的部分

（頁數對應程元敏《三經新義輯考彙評(二)——〈詩經〉》）

1 《周南·螽斯》(p.14)
螽斯羽，詵詵兮。
[新義]詵詵，言其生之衆。
螽斯羽，薨薨兮。
[新義]薨薨，言其飛之衆。
螽斯羽，揖揖兮。
[新義]揖揖，言其聚之衆。
([傳]詵詵，衆多也。……薨薨，衆多也。……揖揖，會聚也。)

2 《邶風·日月》(p.33)
照臨下土。
[新義]照臨下土，為日之與月相繼而生明，以照臨下土。
下土是冒。
[新義]下土是冒，為月之明雖有時而蔽虧，不足以臨照，然尚與日中天而冒下土。
出自東方。[新義]出自東方，為月雖不得中天而冒下土，然尚與日代出於東方。
([序]衛莊姜傷己也。遭州吁之難，傷己不見答於先君，以至困窮之詩也。)

3 《鄘風·相鼠》(p.50)
[新義]鼠猶有皮毛以成體，人反無儀容以飾其身，曾鼠之不若也。
皮以被其外，齒以養其內，體者內外之所以立。

4 《鄘風·干旄》(p.50)
素絲紕之。
素絲組之。
素絲祝之。

[新義]組成而住址,故初言紕,中言組,終言祝。祝,斷也。
([序]干旄,美好善也。衛文公臣子多好善,賢者樂告以善道也。)

5 《衛風・淇奧》(p.54)
瞻彼淇奧,綠竹猗猗。
瞻彼淇奧,綠竹青青。
瞻彼淇奧,綠竹如簀。
[新義]綠竹猗猗,言其少長未剛之時。青青,爲方剛之時。如簀,爲盛之至。

6 《衛風・有狐》(p.59)
心之憂矣,之子無裳。
心之憂矣,之子無帶。
心之憂矣,之子無服。
[新義]無裳則憂其無裳而已,無帶則又憂無服,則所憂者衆矣。

7 《王風・兔爰》(p.63)
我生之後,逢此百罹。
我生之後,逢此百憂。
我生之後,逢此百凶。
[新義]凶甚於憂,有甚於罹。
([評]宋李樗曰:罹,憂也。百憂,百凶亦是百罹之意。據詩,三章皆是一意,但換其韻耳。)

8 《鄭風・將仲子》(p.68)
將仲子兮,無踰我里,無折我樹杞。
將仲子兮,無踰我牆,無折我樹桑。
將仲子兮,無踰我園,無折我樹檀。
[新義]始曰無踰我里,中曰無踰我牆,卒曰無踰我園。以言仲子之言彌峻,而莊公拒之彌固也。始曰無折我樹杞,中曰無折我樹桑,卒曰無折我樹檀。以言莊公不制段於早,而段之彌強也。

9 《齊風・還》(p.77)
子之還兮,遭我乎峱之間兮。

子之茂兮,遭我乎猲之道兮。
子之昌兮,遭我乎猲之陽兮。
[新義]猲之間,禽獸所在。猲之道,則人所往來,禽獸宜少。以猲之陽,則出於猲間遠矣,禽獸宜甚少也。

10　《唐風・杕杜》(p.87)
　　獨行踽踽,豈無他人,不如我同父。
　　[新義]言既無同父,雖有他人,猶獨行也。
　　獨行睘睘。豈無他人,不如我同姓。
　　[新義]同姓雖非同父,猶愈於他人耳。

11　《唐風・羔裘》(p.88)
　　羔裘豹袪。……羔裘豹褎。
　　[新義]羔裘豹袪,則在位操事,使人以猛而已。非恤其民者也。……羔裘豹褎,則其猛又甚矣。

12　《唐風・鴇羽》(p.89)
　　[新義]此詩始曰鴇羽,中曰鴇翼,卒曰鴇行……中甚於始,終甚於中。

13　《秦風・蒹葭》(p.98)
　　蒹葭萋萋,白露未晞。
　　蒹葭采采,白露未已。
　　[新義]淒淒(萋萋)爲成材,故於淒淒曰未晞。於采采曰未已,言成物之易而速,有如此者。

14　《小雅・南山有臺》(p.139)
　　南山有臺,北山有萊。
　　南山有桑,北山有楊。
　　南山有栲,北山有杻。
　　南山有枸,北山有楰。
　　[新義]臺爲賤者所衣,萊爲賤者所食,桑可以衣,楊可以爲宫室器械之材,栲可以爲車之巾,杻可以爲弓弩之幹,枸有美食,楰有文理而又高大,中宫室器械之材。

15 《小雅・菁菁者莪》(p.142)
　　既見君子,樂且有儀。
　　既見君子,錫我百朋。
　　[新義]以樂且有儀爲大,錫我百朋爲小。以樂且有儀爲先,錫我百朋爲後。

16 《小雅・庭燎》(p.154)
　　夜如何其,夜未央,庭燎之光。
　　夜如何其,夜未艾,庭燎晣晣。
　　夜如何其,夜鄉晨,庭燎有煇。
　　[新義]光者燎盛也。晣晣則其衰也。煇則其光散矣。

17 《小雅・鼓鍾》(p.191)
　　淮水湯湯……淮水湝湝……淮有三洲
　　[新義]湝湝,則既不溢矣。
　　作樂當淮水之溢,至淮水之降,以言其久也。其流連亦甚矣。
　　([傳]湝湝猶湯湯。)

18 《小雅・青蠅》(p.205)
　　營營青蠅,止於樊。
　　營營青蠅,止於棘。
　　營營青蠅,止於榛。
　　[新義]止於樊棘榛者,以譬其入之有漸也。

19 《大雅・皇矣》(p.232)
　　作之屏之,其菑其翳。修之平之,其灌其栵。啓之辟之,其檉其椐。攘之剔之,其檿其柘。
　　[新義]其始,作之屏之也,則菑翳而已。既而又就之者衆,無所容之,則其修之平之也,及於灌栵。其啓之辟之也,及於檉椐,則皆材之小者爾。至其甚衆,則無以處之也,則其攘之剔之者,及其檿柘矣。檿柘,材之美,人所恃以蠶者也,今乃攘剔以至於檿柘者,蓋以民歸之多,無所容之,不得已而及於檿柘之木也。

[補充]

20 《答韓求仁書》
　　刺亂,爲亂者作也。閔亂,爲遭亂者作也。何以知其如此,平王之《揚之水》,先束薪而後束楚,忽之《揚之水》,先束楚而又束薪,周之亂在上,而鄭之亂在下故也。亂在上則刺其上,亂在下則閔其上,是以知如此也。
　　《鄭風·揚之水·序》:《揚之水》,閔無臣也。君子閔忽之無忠臣良士,終以死亡,而作是詩也。
　　揚之水,不流束楚。
　　揚之水,不流束薪。
　　《王風·揚之水·序》:《揚之水》,此平王也。不撫其民,而遠屯戍于母家,周人遠思焉。
　　揚之水,不流束薪。
　　揚之水,不流束楚。
　　揚之水,不流束蒲。

第六章　蘇轍《詩集傳》與歐陽修《詩本義》的關係
——平穩背後的實情（一）

一、前　　言

　　宋代《詩經》學是對漢唐《詩經》學的變革，在其形成過程中，歐陽修的《詩本義》、王安石的《詩經新義》以及蘇轍的《詩集傳》是北宋時期的最重要著作，這應該是共識。這三部著作按照以上順序先後問世，對當時的《詩經》學發展有重大影響。其中，《蘇傳》與《詩本義》不同，對《詩經》全篇都作了注釋；也與《詩經新義》不同，歷時久遠而未嘗散佚，仍能以全貌呈現在我們面前。從這個意義上來說，它是最適於詳細研究的稀有資料。

　　不但如此，歷代對這一注釋的評價也很高。朱熹説："子由詩解好處多。"①事實上，他的《詩經》研究從《蘇傳》中頗受裨益，陳明義②和石本道明③的研究都指出了這一點。

---
①　朱熹《朱子語類》卷八〇《詩一·解詩》，第 2090 頁。
②　陳明義《蘇轍〈詩集傳〉在〈詩經〉詮釋史上的地位與價值》第五章第二節（林慶彰主編《經學研究論叢》第二輯，臺北聖環圖書公司，1994 年，第 149～155 頁）。在這篇論文中，作者還指出，朱熹《詩集傳》引用的宋人詩説二十家中，蘇轍《詩集傳》的引用最多，有四十三條，並將其影響總結爲如下七點：一、對《詩序》的批判，二、對詩篇意義解釋，三、訓詁，四、對詩經篇名的解釋，五、《國風》的改題，六、《小雅》篇目的修改，七、章句的修改。
③　石本道明《蘇轍〈詩集傳〉與朱熹〈詩集傳〉》《〈蘇轍〈詩集傳〉〉と朱熹〈詩集傳〉》），《國學院雜誌》一〇二〔一〇〕〔通號一一三四〕，2010 年 10 月。

然而,儘管蘇轍的《詩經》學既有很高的研究價值,又具備很好的研究條件,但對其真正的研究却要到近年纔開始①。相比之下,歐陽修《詩經》學則從很早就吸引了衆多研究者,並積累了豐富的研究成果,與之差別明顯②。

之所以這樣,或許是因爲蘇轍的《詩經》解釋很"平穩"。洪湛侯的研究中提及了對於《蘇傳》的褒獎和貶斥③,而這兩種批評都提到了它的"平穩"。《四庫全書總目提要》認爲《蘇傳》是平心之作:

> 轍於毛詩之學,亦不激不隨,務持其平者。④

而清代的周中孚則在《鄭堂讀書記》中批評它保守:

> 其所謂集解,亦不過融洽舊說,以就簡約,未見有出人意表者。⑤

或許就是這種平穩的特性,使人們難以發現《蘇傳》與

---

① 筆者參考的近年有代表性的研究,除前面提到的陳明義論文和石本論文之外,還有:李冬梅《蘇轍〈詩集傳〉新探》(四川大學《儒藏》學術叢書,四川大學出版社,2006年),于昕《蘇轍著〈詩集傳〉攻〈序〉的內容和特點》(《第四屆詩經國際學術研討會論文集》,2000年),郝桂敏《歐陽修與蘇轍〈詩〉學研究比較論》(《遼寧大學學報》2001年第3期),郝桂敏《宋代〈詩經〉文獻研究》(中國社會科學博士論文文庫,中國社會科學出版社,2006年)。根據李冬梅前揭書的《緒論》,陳明義《蘇轍〈詩集傳〉研究》(中國臺北東吳大學中國文學系碩士論文,1993年)是目前最全面的《蘇傳》研究論文,從上文提到的陳明義與之同一主旨的論文中也可對此有所瞭解。但遺憾的是,筆者還未能讀到這篇論文。
② 陳明義也指出:"然而就北宋的《詩經》詮釋而言,學者的研究多集中於歐陽修一人,有關的論文甚多。而對於蘇轍的研究則鮮少致意。"(前揭論文,第109頁)
③ 洪湛侯《詩經學史》,中華書局,2002年,第327頁。
④ 《四庫全書總目提要》經部詩類一《〈詩集傳〉提要》(國學基本叢書排印本,臺灣商務印書館,第299頁)。
⑤ 《鄭堂讀書記》卷八,經部五之上,《詩類》(中國目錄學名著第一集,世界書局,1965年再版)。

傳統《詩經》學明確劃界的特徵,並且也使對《蘇傳》的研究發展較緩。《鄭堂讀書記》的批評意見就體現了這種不耐煩。

本文試舉以下兩種《詩經》研究史的論述,來簡潔地說明近來《蘇傳》研究的關注點。戴維在《詩經研究史》中對《蘇傳》的特徵有如下總結[①]:(一)將《小序》僅保存首句,其餘皆刪汰以盡。(二)十五《國風》的次序,是孔子預先知道各國滅亡的次序而排列的。(三)對於《雅》的大小問題,提出"《小雅》言政事之得失,《大雅》言道德之存亡"這樣新的看法。(四)《頌》只爲頌德,并非爲天子所專用的詩體。(五)提出音樂在《詩經》中分類的作用。(六)對於王安石的新經義,持反對態度,但並未如司馬光一樣深惡痛絶。

洪湛侯《詩經學史》有如下論述[②]:(一)懷疑《詩序》,僅採首句。(二)詮釋篇名,別有見解。(三)論詩釋詞,每多創見。

二書所論《蘇傳》特徵雖多有異趣,但也可從中發現共同的傾向。它們並不關心蘇轍秉持怎樣的解釋理念和方法,形成了《蘇傳》中解釋《詩經》個別詩篇的具體經説,也不關注這些經説與前人的成就有何種關係,因此也就沒有通過對這些問題的分析和積累總結出《蘇傳》的學術特徵[③]。不僅是這兩部著作,一直以來的《蘇傳》研究都有這種共同的傾向。

[①] 戴維《詩經研究史》第六章第一節五《北宋後期其他〈詩經〉著述》,湖南教育出版社,2001年。
[②] 洪湛侯前揭書第324～328頁。
[③] 洪湛侯指出,《蘇傳》的特徵是"論詩釋詞,每多創見",不過他舉的例子都是優秀或是對後世影響大的個別經説,而筆者關心的是這些經説是以怎樣的方法和《詩經》觀爲基礎而形成的,與洪湛侯的角度有若干不同。

第六章 蘇轍《詩集傳》與歐陽修《詩本義》的關係

　　此前的研究從《蘇傳》中選取部分內容加以考察,在某種程度上弄清了《蘇傳》之《詩經》學的特徵。並且,關於《蘇傳》對以朱熹《詩集傳》爲代表的後世《詩經》學的影響,上文舉出的陳明義和石本等研究者的論文也確實提供了很多成果。不過,很少有研究涉及蘇轍如何吸收前人的成果來建構自己的《詩經》學①。例如,管見所及,目前還沒有學者具體考察歐陽修、王安石的《詩經》學與蘇轍《詩經》學之關係。而且,《蘇傳》與更早的唐代孔穎達《毛詩正義》有何關聯,也基本上未被關注。

　　然而,想要正確把握《蘇傳》在《詩經》學史上的意義,就必須展開以上的考察。在《蘇傳》研究終於真正啓動了的今天,從這樣的角度重新考察《蘇傳》有重要的價值。

　　衆所周知,歐陽修《詩本義》與王安石《詩經新義》等是《詩經》學史上劃時代的著作,但從另一個角度來看的話,它們對

---

① 實際上,這是近年來《蘇傳》的研究者們共同關心的問題。例如,陳明義針對以往《蘇傳》研究的問題,指出:"屈萬里先生曾指出蘇轍的《詩集傳》'能獨抒己見,而不迷信舊説',説明了此書的價値。囿於前人專研蘇轍《詩集傳》的文章較少,而已探究論述者,亦似未能抉發其一義藴,而僅將蘇轍《詩集傳》作一種孤立的研究,並不能從《詩經》詮釋史上漢、宋學演變的角度入手,從而不能認識此書在《詩經》詮釋史的意義和價値。"李冬梅則對陳明義的研究有如下批評:"陳氏論文祇是從著作本身入手,就蘇轍《詩經傳》本身所討論的問題進行評述,並未將其所論問題放入整個《詩經》學史的範疇内,造成了自身的孤立,因此也就未能盡顯《詩集傳》在整個《詩經》學史上的價値和地位。"二人都指出孤立地研究《蘇傳》不可取,必須將它放到詩經闡釋學史整體的視野中加以討論,這與筆者的關注點是一致的。陳明義有這樣的想法,但他的研究仍被李冬梅認爲是不夠充分,這不但説明上述"整體視野中的研究"不易,而且也説明要解決這個問題需要從多個角度入手展開考察吧。對於形成具體説的《詩經》闡釋理念和方法,陳、李二人都未將其置於《詩經》闡釋學史的視野中考察,那麼筆者的關注點和視角應該可以對《蘇傳》研究有所貢獻。

後世的影響尚未得到充分説明①,尤其是後來的《詩經》學者如何繼承了他們的解釋方法和理念,還是個幾乎未曾開拓的領域。因此,現在的研究需要集中於具體的經説,分析後來的學者如何繼承、揚棄和發展它們。隨著這些分析的展開,我們也就可以明了,作爲解釋之學的宋代《詩經》學,其研究旨趣何在。同時,我們還能由此切入,探討宋人如何認識《詩經》這一文學作品,想要從中吸取怎樣的文學養分。

從這個角度來説,《蘇傳》也相當重要。在歐陽修、王安石等前人與後來的南宋《詩經》學之間,《蘇傳》處於一個承前啓後的位置上。

筆者帶著這樣的想法,希望通過考察個别經説的繼承關係,弄清蘇轍從歐陽修、王安石處獲得了怎樣的影響,以及他如何在自己的研究中有效地運用它們。本章首先考察歐陽修《詩本義》與《蘇傳》的關係。

眾所周知,蘇轍與兄長蘇軾參加進士科考試時,歐陽修正是當年的主考官②,因此他是蘇轍的恩師。那麼,歐陽修的《詩經》研究被蘇轍繼承這一設想,就相當自然。而與之相反,考慮到王安石與蘇轍的關係,對二人之間的學術關係的預想

---

① 裴普賢《歐陽修〈詩本義〉研究》(臺灣東大圖書有限公司,1981年)第三章《〈詩本義〉内容與對宋代〈詩經〉學影響的考察》中附有《歐陽修——四篇〈詩本義〉内容與朱熹〈詩集傳〉對照表》,詳細考察了歐陽修與朱熹在《詩經》學上的經説繼承關係,是很有價值的研究。不過,從歐陽修的《詩經》學到朱熹的《詩經》學,經歷了怎樣的學術繼承和發展,這是需要考察的,而管見所及,目前尚無這樣的研究。
② 《宋史》卷三一九《歐陽修傳》云:"知嘉祐二年貢舉。時士子尚爲險怪奇澀之文,號太學體。修痛排抑之,凡如是者輒黜。"(中華書局,1977年,第30册,第10378頁)《宋史》卷三三八《蘇軾傳》云:"嘉祐二年,試禮部,但置第二,復以春秋對義居第一。"(同上書,第31册,第10801頁)《宋史》卷三三九《蘇轍傳》云:"年十九,與兄軾同登進士科,又同策制舉。"

就不很樂觀。那麼,需要解決的問題就是,蘇轍從歐陽修那裏繼承了怎樣的《詩經》學解釋理念和方法,以及反過來說,他用自己並非來自繼承的獨特理念和方法補充了歐陽修《詩經》學的哪一部分。

關於《蘇傳》與《詩本義》的比較,有郝桂敏的研究①可資參考。不過,這份研究關注於歐陽修與蘇轍二人《詩經》學特徵的比較,而未嘗涉及兩者之間的學術繼承關係。本文將以郝桂敏的研究爲基礎,比較《詩本義》與《蘇傳》的詩篇解釋,分析其中所體現出的在解釋理念及方法層面上的繼承與發展。

二、視角的一元化

根據《鄭箋》及《正義》,《邶風·擊鼓》表現了被衛國之州吁徵發的士兵的怨訴。他感嘆自己歷經艱苦,無法預測明天;感嘆自己雖與戰友誓同生死,但戰鬭時軍隊瓦解,戰友却丢下自己各自逃亡。

歐陽修對這首詩的解釋却是,被州吁徵發的士兵將要出征之前,與妻子作今生的告別,並感嘆命運不濟。最能够明顯體現《鄭箋》《正義》與歐陽修之説的差別的,是對第三章的解釋:

> 死生契闊,與子成説。執子之手,與子偕老。

《鄭箋》認爲這是士兵對戰友的呼唤:

> 從軍之士與其伍約:死也生也,相與處勤苦之中,我與子成相説愛之恩,志在相存救也。……執其手,與之約

---

① 郝桂敏前揭書 134~140 頁,及其前揭論文。

誓,示信也。言俱老者,庶幾俱免於難。

歐陽修駁斥這個觀點,認爲這一章是士兵與妻子訣別的情景:

> 因念與子死生勤苦,無所不同,本期偕老,而今闊別不能爲生。

與《鄭箋》《正義》的解釋相比,歐陽修的觀點有一個特徵:詩篇敘述有一貫性,視角是一元化的。也就是説,在《鄭箋》《正義》的解釋中,雖説從首章到第三章都是軍隊出發前的情形,但前兩章是士兵的獨白,第三章却轉換場景,變成他對友人説話。第四章則場景又變,講述了軍隊在前線潰敗後的事情。而歐陽修認爲:"故於其詩載其士卒將行,與其室家訣別之語。"在他看來,四章都是軍隊出征前,士兵對妻子説的話,整首詩的敘述角度是一致的。

《蘇傳》與《詩本義》一樣,有如下解釋:

> 民將征行,與室家訣別曰……契闊,勤苦也;成説,歷數也。然猶庶幾獲免於死亡,故曰:"執子之手,與子偕老。"

《鄭風·女曰雞鳴》也可提供同樣的例子。此詩的第三章云:

> 知子之來之,雜佩以贈之。……

《正義》曰:

> 古者之賢士與異國賓客燕飲相親,設辭以愧謝之(指自己不能向賓客送好的禮物)。

《鄭箋》認爲這一章是賢士對其賓客所説的話。根據《鄭箋》的解釋,本詩首章表現的是大夫與妻子的對話,因此第二、三章就有一個很大的場景轉換。

歐陽修批評這樣不自然的解釋,認爲本詩整體上都是大夫與妻子的對話,對這一部分他解釋説:

> 凡云"子"者,皆婦謂其夫也。其卒章又言"知子之來相和好"者,當有以贈報之,以勉其夫不獨厚於室家,又當尊賢友善而因物以結之。此所謂説德而不好色,以刺時之不然也。

根據這個説法,上面的兩句詩應該被譯爲:若是我提前知道你要請他來我們家裹,我將以雜佩贈送與他。《蘇傳》與《詩本義》一樣,有如下解釋:

> 苟子有所招來而與之友者,吾將爲子雜佩以贈之。言不留色而好德也。

在以上的兩個例子中,《鄭箋》和《正義》認爲詩篇中有場、視角的轉換,而《詩本義》與《蘇傳》則秉持"詩篇視角一以貫之"的觀點來解釋詩歌。《鄭箋》和《正義》都從詩篇各章的内容中體會到了某種跳躍感,因此認爲,這或許是發生在另一個時間、場景,抑或是由另一個人叙述的。歐陽修認爲這樣的解釋很牽强,他的做法使詩篇叙述的視角單一,增强詩篇内部聯繫的緊密程度和一貫性。由於致力於使視角單一,他將各章内容之間的跳躍也集中納入了單一主體内部,於是詩篇就反映了叙述者感情的熱烈和内心的躊躇,内容反而更加豐富了。《蘇傳》的解釋已可見於《詩本義》中,因此可以説這些觀點是從歐陽修那裹繼承來的。也就是説,蘇轍認爲《詩經》的詩篇是在某種一以貫之的構想之下寫成的,他基於這種觀念解釋詩篇,而這樣的方法則是從歐陽修處學來的。

三、道德說教的解讀

上一節以《女曰雞鳴》爲例,對於蘇轍繼承歐陽修關於詩歌視角的觀念一事作了考察。由於他們在敘述視角的問題上與漢唐《詩經》學持不同觀點,因此在詩歌的道德主旨方面,他們的解釋也必然異於後者。

關於《女曰雞鳴》中妻子要將雜佩贈給丈夫之友人一事的意義,歐陽修認爲"此所謂說德而不好色",蘇轍則說"言不留色而好德也"。這裏使用的"說德而不好色""不留色"的說法,都源自本詩的《小序》《鄭箋》和《正義》。《女曰雞鳴》之《序》云:"刺不說德也。陳古義以刺今不說德而好色也。"其《正義》曰:"陳古之賢士好德不好色之義。"歐陽修"說德而不好色"之說即典出於此。《女曰雞鳴》首章"女曰雞鳴,士曰昧旦"之《鄭箋》云:"此夫婦相警覺以夙興,言不留色也。"這是"不留色"的出處。然而,歐陽修與蘇轍賦予了它們與《鄭箋》《正義》不同的道德意義。

《鄭箋》注釋了《小序》中"不說德"的"德"字:"德,謂士大夫賓客有德者。"據此,這裏的"德"不是指抽象的道德理念,而是指具體的人物,即"有德之人"。再有,《正義》對《鄭箋》中"留色"之語的說明是:

> 古之賢士不留於色。
> 　彼既以時而起,此亦不敢淹留,即是相警之義也。各以時起,是不爲色而留也。

據此,則"留色"的意思是留戀美麗的妻子,耽於家庭生活而不肯到朝廷工作。那麼,這裏的"色"就包含著危險,可以成爲阻礙勤勉社會生活之要因。如此想來，《鄭箋》《正義》對《序》中"不說德而好色"的理解是："不喜歡與有道德的君子交往，喜歡容貌美麗的女子（喜歡耽於色欲）。""德"與"色"是對立關係。也就是說，這裏包含了一種嚴格的道德觀：對於與有"德"的朋友交往、換句話說是"男性想要實現一個道德自我"這件事來說，"色"是障礙，因此男性必須抑制對於妻子的眷戀之情。《鄭箋》《正義》認爲本詩的三章中，只有第一章出現了妻子，後兩章都是君子款待有德君子的內容，由此也可說明上述道德觀。《鄭箋》所謂"此夫婦相警覺"，實際上是站在男性立場，只關注男性在公共生活中實現其道德一事。

而歐陽修與蘇轍的解釋却没有這樣糾結的痛苦。《詩本義》云：

> 其終篇皆是夫婦相語之事，蓋言古之賢夫婦相語者如此，所以見其妻之不以色取愛於其夫，而夫之於其妻不說其色而内相勉勵，以成其賢也。

由此可知，他們認爲"說德""好德"的"德"字並非"有德之人"，而是夫妻應有的、相互勉勵支持的道德境界、道德生活。那麽，"好德不好色"就是夫妻二人共同的道德狀態，它指"不沉溺於夫婦之愛，而努力過道德的生活"。妻子鼓勵丈夫在家庭以外的社會中發揮其良好影響，使丈夫不因滿足於與妻子的愛情生活而忘記社會身份、道德責任，她也因此提高了自己作爲賢德女性的道德水準。在此，"德"與"色"不是相互對立，他們認爲應該將包含"色"的夫婦之愛看作基礎，支撐起幸福的家庭生活，從而夫妻同心、追求更高的道德境界。也就是說，對於包含了"色"的人性慾望，歐陽修與蘇轍的態度比《鄭箋》和《正義》更寬容①。

從《檜風·隰有萇楚》的《蘇傳》中也能發現這種對待慾望的態度：

[經]隰有萇楚，猗儺其枝。

[蘇傳]萇楚，銚弋也。蔓而不纍，其枝猗儺而已。以喻君子有欲而不留欲也。

《蘇傳》在此也沒有完全否定慾望，而是肯定了控制有度的慾望。《鄭箋》《正義》的説法則是：

[鄭箋]興者，喻人少而端慤，則長大無情慾。

[正義]此國人疾君淫恣情慾，思得無情慾之人……以興人於少小之時能正直端慤，雖長大亦不妄淫恣情慾。

《鄭箋》《正義》視情慾爲罪惡，將無情慾看作理想狀態，與之相比，蘇轍對慾望的態度明顯更爲寬容。在這一點上，可以説歐陽修與蘇轍有共同的道德觀念。

同樣的例子，還有他們從《邶風·二子乘舟》中也解讀出了同樣的道德觀念。這首詩講述衛國太子伋、壽二人的悲劇，並表達了憐憫之情。宣公疏遠、並派殺手刺殺太子伋，伋的同父異母兄弟壽爲了救伋而以身相代，被刺客殺死。壽死後，伋趕來向刺客表明身份，最終也被殺害。漢唐《詩經》學的解釋，只認爲詩歌的作者痛惜憐憫兄弟二人的死亡，而歐陽修則認爲詩中除了憐憫，還批評了自赴死地、輕易送命的兄弟二人之

---

① 對此，朱熹《詩集傳》注云："蓋不唯治其門內之職，有慾其君子親賢友，善結其歡心，而無所愛於服飾之玩也。"朱熹在此將"色"解釋爲美麗的裝飾品，而非"容色"，意謂爲了丈夫的友情，不吝嗇貴重的東西。這一解釋消解了男女愛情的因素，從中或許可以看出朱熹對"色慾"的警惕態度，更凸顯出歐陽修、蘇轍對慾望的態度相當寬容。

無謀。《詩本義》説:

> 以譬夫乘舟者,汎汎然無所維制,至於覆溺,可哀而不足尚。亦猶《語》謂"暴虎馮河,死而無悔"也。

而《蘇傳》云:

> 言二子若避害而去,於義非有瑕疵也,而曷爲不去哉?夫宣公將害伋,伋不忍去而死之,尚可也;而壽之死獨何哉?無救於兄而重父之過,君子以爲非義也。

這是對歐陽修"可哀而不足尚"説法的繼承,更具體地指出了二人應被批評的地方。

以上的例子説明,關於從詩篇中解讀出怎樣的道德教益,以及它們怎樣反映在《詩經》解釋之中,蘇轍從歐陽修處有所借鑒。

四、關於"孔子刪詩説"

同樣以《女曰雞鳴》和《二子乘舟》爲對象,《鄭箋》《正義》與歐陽修、蘇轍得出了不同的道德教益,我們從中可以知道,他們得出的道德教益鮮明地反映了注釋者本身的道德價值觀。道德教益與其説是通過解釋詩篇字句能夠自然得出的,不如説它更多地體現了注釋者從字裏行間忖度作者的心意,因此假託於詩篇的意義解釋之上的、注釋者自己的道德觀念。此前,筆者曾有相關的研究①,即歐陽修將自己的道德觀施於《詩經》解釋之中,而他的"《詩經》刪詩説"與"人情説"則充當了理論根據,使他的以上行爲在邏輯上被正當化了。筆者的論點大致如下:

---

① 參考本書第三章第六節。

孔子從當時留存的詩歌中選取出有資道德的一部分，形成《詩經》，這是"孔子刪詩說"。以此說爲前提，帶著"孔子從詩篇中發現了怎樣的道德意義"這樣的問題來解釋詩篇，是正確的方法。再者，如邊土名朝邦所說，在歐陽修看來，孔子之意最終與古今不變的人情一致①。因此，強調孔子對於《詩經》的重要性，就保障了歐陽修用自己的主觀意念與常識來解釋《詩經》的正當性。

這一邏輯，蘇轍也從歐陽修處學到了。如郝桂敏所指出的②，蘇轍與歐陽修一樣，認同孔子刪詩說。他認爲孔子編輯《詩經》這一事實，是《詩經》成爲經典的決定性原因，以下幾個例子能說明他懷有這樣的看法：

（一）孔子刪詩而取三百五篇。今其亡者六焉。（卷一《周南・關雎》序"關雎后妃之德也"注）

（二）夫思歸，情之所當然也；不歸，法之不得已也。聖人不以不得已之法而廢其當然之情，故閔而錄之也。（卷二《邶風・泉水》首章注）

（三）自僖公至於孔子八世，事之小者容有失之。其大者未有不錄也（但是，沒有記載說明僖公取得了如這首詩所述的偉大功績）。今此詩之言甚美而大，則君臣之辭歟（即是說：是僖公的臣子誇大君主功績的言辭）。或曰，以君臣而爲此辭可也，而孔子錄之可乎？曰，維可之，是以錄之。錄其所可而去其所不可。此孔子之所以爲詩也。（卷一九《魯頌・泮水》序"泮水頌僖公也"注）

（四）詩止於陳靈何也？古之說者曰，王澤竭而詩不

---

① 邊土名朝邦《歐陽修的〈鄭箋〉批判》（《歐陽修の〈鄭箋〉批判》），《活水論文集》第23號，1980年，第46頁。
② 郝桂敏前揭書140頁。

作。是不然矣。予以爲陳靈之後天下未嘗無詩,而仲尼有所不取也。盍亦嘗原詩之所爲作者乎?詩之所爲作者,發於思慮之不能自已,而無與乎王澤之存亡也。是以當其盛時,其人親被王澤之純,其心和樂而不流。於是焉發而爲詩,則其詩無有不善,則今之正詩是也。及其衰也,有所憂愁憤怒,不得其平,淫泆放蕩,不合於禮者矣。而猶知復反於正,故其爲詩也亂而不蕩,則今之變詩是也。及其大亡也,怨君而思叛,越禮而忘反,則其詩遠義而無所歸嚮。繇是觀之,天下未嘗一日無詩,而仲尼有所不取也。故曰,變風發乎情,止乎禮義。發乎情,民之性也。止乎禮義,先王之澤也。先王之澤尚存而民之邪心未勝,則猶取焉以爲變詩。及其邪心大行而禮義日遠,則詩淫而無度,不可復取。故詩止於陳靈而非天下之無詩也。有詩而不可以訓焉耳。故曰,陳靈之後天下未嘗無詩,由此言之也。(卷七《陳風・澤陂》卒章注)

從(二)和(四)可以看出蘇轍怎麼看待《詩經》的作者。他不認爲詩人一定是可以教化人民的道德領袖,而是受當時社會風氣影響的人,無論他們的行爲道德或是不道德,都是被動的。因此纔有像(二)這樣柔弱的作者,她作爲女兒的感情與作爲妻子的責任相衝突,内心痛苦而悲嘆。在蘇轍看來,詩人是普通人,他們將自己的思想和感受直率地表達出來,這就是詩。因此,也有像(三)這樣原本在道德性和真實性上未必沒有問題的詩。

那麼,使詩歌成爲道德經典的,與其説是沒有道德顧慮、直率表達自己的思想感情的作者,不如説是從詩歌中發現道德功能和價值、將之收錄進《詩經》中的孔子。詩篇的道德性質不是在創作時被確立的,而是因爲被孔子編入《詩經》纔獲得了保證。也就是説,從上文關於《詩經》的經説中可以明白,《詩經》之詩是通過被孔子肯定、選入《詩經》纔成爲經典的。雖説現在没有資料顯示蘇轍認爲孔子爲使詩篇合於道德而對其内容作了修改①,這一點與歐陽修的情况不同,但他確實認爲孔子的編輯對於《詩經》的道德性質而言意義重大②。

那麽,接下來必須考察的就是,孔子如何解釋詩篇?他依據怎樣的道德意圖將詩篇收入《詩經》?蘇轍是宋代士大夫中的一員,因此他也懷有承擔維護國靖民安的政治和道德責任這樣的自負。當他考慮以上問題時,他感到從詩篇中發現了道德價值、在此意義上而言也屬於解釋者的孔子,要比盡訴衷情的詩篇作者更親近。

由此可見,蘇轍也與歐陽修一樣,將孔子删詩説與人情説當作了理論依據,來支持他依據自己的道德觀念解釋《詩經》。這也應該看作是從歐陽修處繼承的《詩經》學方法。不過,筆者還想在下一節從多個角度考察蘇轍《詩經》學的特點,而後重新考察《詩經》的道德性質、孔子删詩説及人情説。

五、對歐陽修方法論及理念的應用和發展

對於前面幾節考察的《詩經》解釋方法,蘇轍是如何融會貫通、運用自如的?關於歐陽修没有提及的《小雅·杕杜》,蘇轍運用了與歐陽修同樣的方法加以解釋,這可以作爲考察以

---

① 元·馬端臨《文獻通考·經籍考》卷五《詩》中云:"歐陽氏……又曰:'删'云者,非止全篇删去也。或篇删其章,或章删其句,或句删其字。"請參考前揭第六章第六節。
② 蘇轍也認爲孔子在編輯修訂《詩經》時受到了一些限制,例如他有以下説法:"二《雅》之正,其詩之先後,周之盛時蓋已定之矣,仲尼無所升降也。故《儀禮》之歌詩,其次與今詩合。"(《小雅·菁菁者莪》)不過,本文討論的是孔子通過編定《詩經》,爲《詩經》添加了道德性質,因此應該與以上情况並無重要關聯。

上問題的一個對象。

《杕杜》分四章,首章云:

> 有杕之杜,有睆其實。王事靡盬,繼嗣我日。日月陽止,女心傷止,征夫遑止。

據《鄭箋》《正義》,這一章的結構極其複雜。此詩《小序》云:"杕杜,勞還役也。"表示這是文王慰勞守衛邊境歸來的臣子,此詩即是懷想往日艱辛而作。《正義》則說:"言汝等在外,妻皆思汝。"認爲是等待丈夫歸來的妻子寫作了此詩。不過,對於此章中"繼嗣我日"一句,《鄭箋》云:"我行役續嗣其日。言常勞苦,無休息。"《正義》云:"繼續我所行之日,朝行明去,不得休息。"將之解釋成出征的丈夫表達自己的感受。也就是說,在《鄭箋》《正義》看來,這一章由三個不同的視角綰合而成:國君理解臣子之心的視角、出征臣子的視角、妻子等待丈夫歸來的視角。

而《蘇傳》認爲本詩整體只有一個視角,即妻子等待出征的丈夫歸來。對於有爭議的一句,他說:

> 奈何王事日夜不已,使君子久而不反乎。

《鄭箋》《正義》將"我日"的"我"字按字面理解,蘇轍則解釋爲"我的夫君",大概是認爲妻子過於思念丈夫,因此在表達心意時將自己和丈夫合一了①。本章第二節曾經討論過,對於《鄭箋》《正義》認爲由多個視角錯綜構成的詩篇,歐陽修在

---

① 對"我"字這樣解釋,還可找出其他例子,如《王風·葛藟》的《蘇傳》。《葛藟》首章"謂他人父,亦莫我顧"的"我"字,《鄭箋》《正義》都認爲指君王的同族人,也就是作者,《蘇傳》則認爲是作者理解了君王的心理,代君王發言:"曾經照顧過的'他人'不肯顧念(身爲君王的)我。"具體請參考本書第七章。

解釋時則將之收束到一個單一的敘述視角。蘇轍也有這樣的做法。《詩本義》沒有討論本詩,而蘇轍則用統一叙述視角的方法給出了新的解釋。這就表明,蘇轍不僅引用歐陽修的個別經説,而且繼承了歐陽修的方法,應用在自己的《詩經》解釋中。

有些情況下,蘇轍不但與歐陽修的觀點一致,而且其議論較歐陽修更爲深入。試舉疊詠爲例。

歐陽修曾指出,《詩經》中多有疊詠之詩。《周南·樛木》的《詩本義》云:

> 凡詩每章重複前語,其甚多,乃詩人之常爾。

歐陽修以此觀點爲基礎,批評《鄭箋》《正義》,反對每章轉變叙述視角、使解釋複雜化。對於想要使解釋簡明、視角單一的歐陽修來説,這一觀點是其立論的基礎。但他未曾説明這種疊詠詩歌是怎樣產生的。

蘇轍則對《周南·卷耳》的第三章解釋説,這只是對第二章内容的同義重複:

> 此章意不盡申殷勤也,凡詩之重複類此。

對於歐陽修未曾提及的疊詠產生的理由,這裏做了考察。蘇轍通過設想作詩現場的情形,如詩人感情充沛、抒發未盡,從而對修辭比歐陽修理解得更加深入了。

由此看來,蘇轍不但學習了歐陽修的方法,並且將之融會貫通於自己的研究,更進一步加以發展。

六、對歐陽修學説的繼承與修正

以上討論了蘇轍的《詩經》解釋從歐陽修處獲得的教益,這説明蘇轍以歐陽修的成就爲基礎展開了他的《詩經》研究。

那麼,蘇轍在歐陽修成就的基礎上,是如何形成他自己獨特的《詩經》研究的? 換句話說,如果認爲蘇轍的《詩經》學並非歐陽修《詩經》學的單純模仿和延長,而是在《詩經》學史上具有獨立意義,那麼這種意義是以怎樣的獨特性爲依據的? 爲了考察這個問題,本節將研究《蘇傳》中以《詩本義》之説爲基礎,並從蘇轍自己的獨特視角加以修正的説法。

《唐風·揚之水》中"揚之水,白石鑿鑿"一句,《鄭箋》云:

激揚之水,波流湍疾,洗去垢濁,使白石鑿鑿然。興者喻桓叔盛彊,除民所惡,民得以有禮義也。

歐陽修的説法是:

激揚之水,其力弱,不能流移白石。以興昭公微弱,不能制曲沃,而桓叔之彊於晉國,如白石鑿鑿然見於水中爾。

二説相異處在於將"揚之水"解釋成"激流之水"還是"力弱之水"。歐陽修反對《箋》的説法,是因爲他想要使本詩的解釋與《王風》《鄭風》中同樣以"揚之水"爲題目的兩首詩統一起來①。即是説,《王風》與《鄭風》的《揚之水》分别有這樣的句子:

揚之水,不流束薪。(《王風·揚之水》)
揚之水,不流束楚。(《鄭風·揚之水》)

既然水流沖不走薪楚,那麼水勢就是微弱的,歐陽修認爲

---

① 《唐風·揚之水》的《詩本義》云:"《詩·王風》《鄭》及此有《揚之水》三篇,其《王》《鄭》二篇皆以激揚之水力弱,不能流移束薪,豈獨於此篇謂波流疾湍,洗去垢濁?"

這種解釋也同樣可以用於《唐風·揚之水》。《毛傳》和《鄭箋》各自對三篇《揚之水》的解釋都並不一致①，而歐陽修的解釋則更爲合理。

《蘇傳》云：

> 譬如揚水，以求其能流，雖物之易流者有不能流矣，而況於石乎？祇以益其鑿鑿耳。

與以上二說比較來看，蘇轍基本上同意歐陽修的看法。他的這段說法與他對《王風》《鄭風》中兩篇《揚之水》的看法也保持一致，說明他認爲歐陽修的觀點合理，因此採納了它。在對《王風·揚之水》的解釋中，他詳細解釋了"揚之水"一句的意思：

> 揚之水，非自流之水也。水不能自流而或揚之。雖束薪之易流，有不流矣。水之能自流者，物斯從之，安在其揚之哉。

這個解釋本身與歐陽修的不同，後者依從《毛傳》"揚，激揚也"的訓詁。不過，這個解釋是爲了合理地說明水流爲何微弱，從這個意義上來說，它是對歐陽修解釋的補充。

將歐陽修之說與蘇轍之說相比較，就能發現其中有微妙的差異，即關於"白石鑿鑿"的解釋。《詩本義》認爲這描寫了白石的本來之美，其中雖云"石頭在水中"，但與上句所述"水流微弱之貌"並沒有很強的意義關聯。而在蘇轍的解釋中，這

---

① 例如，《王風·揚之水》的《毛傳》云："興也。揚，激揚也。"《鄭箋》云："激揚之水至湍迅而不能流移束薪。興者，喻平王政教煩急，而恩澤之令不行於下民。"這裏的解釋是，激揚之水的水流雖然迅速，水勢却很弱。《鄭風·揚之水》的《毛傳》則反問道："揚，激揚也。激揚之水，可謂不能流漂束楚乎？"這是反詰"難道可以說水勢弱嗎"，與《王風·揚之水》裏的解釋相互矛盾。

句描寫的是白石經水流清洗,更增其美,具體地說明了上句"揚之水"與下句"白石鑿鑿"的因果關係。也就是說,微弱的流水不是沖走白石,而是增加它的美麗。這樣一來,就更能通過比喻來強調晉昭公的懦弱無能。昭公不但不能壓制威脅自己的曲沃桓叔,而且以自己的無能反襯出了桓叔的有爲,使自己陷入更糟糕的困境。歐陽修的解釋只是將無能的昭公與強勢的桓叔並列對比,《蘇傳》則通過二人的關係突出強調了這種對比。

蘇轍的如上解釋,應該是從《鄭箋》"激揚之水,波流湍疾,洗去垢濁,使白石鑿鑿然"的說法來的。《鄭箋》與蘇轍一樣,都通過解釋水流清洗白石,增加白石的美感,從而說明了水流與白石之美之間的因果關係。

從蘇轍的解釋中可以看出,他的方法是使詩句之間獲得緊密的意義關聯。這與上文探討過的歐陽修的解釋方法是相通的,歐陽修追求詩篇整體敘述視角的一致,從而使詩歌整體在意義上緊密關聯起來。因此,雖然蘇轍與歐陽修的觀點不同,但二人的基本解釋方法一致,且蘇轍實則是爲了強化從歐陽修那裏繼承的解釋姿態而形成了這樣的觀點。爲此,他重新發現並利用了被歐陽修駁斥的《鄭箋》中的長處。

《小雅·出車》第五章有"未見君子,憂心忡忡。既見君子,我心則降"一段,從歐陽修與蘇轍對它的解釋中,也可以發現蘇轍吸收並改進歐陽修學說的方法。《蘇傳》的解釋如下:

> 草蟲鳴而阜螽躍,婦人之念君子亦猶是矣。方其未見也,以不見爲憂耳;及其既見,而後知喜其成功也。

《蘇傳》認爲，這一章描寫的是妻子迎接丈夫回家的喜悦，她的丈夫剛結束與夷狄交戰的遠征，得勝歸來。這個説法受到了歐陽修的影響。《詩本義》云：

> 其室家則曰：自君之出，我見阜螽躍而與非類之草蟲合，自懼獨居（被不好的男子）有所疆迫而不能守禮，每以此草蟲爲戒。故君子未歸時，我常憂心忡忡。今君子歸矣，我心則降。

歐陽修的説法，是批評《鄭箋》中的以下解釋而成的：

> 草蟲鳴阜螽躍而從之，天性也。喻近西戎之諸侯聞南仲既征玁狁，將伐西戎之命，則跳躍而鄉望之，如阜螽之聞草蟲鳴焉。草蟲鳴，晚秋之時也，此以其時所見而興之。

《鄭箋》認爲，這首詩描寫了周朝將軍南仲爲討伐西戎而奔赴前線時，前線地區的諸侯的樣子。但這一章之後的第六章描寫的是南仲攻破西戎的都城、凱旋後的景象，兩章之間的轉折似乎過於急促。而歐陽修的説法則使場景的轉換順暢了許多，蘇轍大概是因此而採納了歐陽修的説法。

不過，《蘇傳》的觀點與《詩本義》也有不同之處，這體現在對"喓喓草蟲，趯趯阜螽"之比喻意義的認識上。這一句寫的是草蟲與阜螽兩種不同的昆蟲交尾，歐陽修認爲此事違背天理，因此它被用來比喻與丈夫以外的男性有不正當關係、有悖道義的行爲。他對於詩句的内容從道德角度加以批判。而蘇轍對不同種類間交尾這種現象，沒有依據自己的主觀觀念加以道德評價，而是坦然接受，認爲這是對妻子從夫的比喻。《召南・草蟲》中同樣有"喓喓草蟲，趯趯阜螽"一句，從歐陽修與蘇轍對這一句的注釋中，更能看出兩者的差異。《詩本蝗蟲的樣子，與貞潔賢淑的大夫之妻的心理聯繫起來，就必須有"從促織和蝗蟲想到淫亂男女的樣子，警誡自己不能如此，同時又擔憂自己是否已經沾染了這種不好的風氣"這樣的過渡。而在蘇轍的解釋中，第一、二句與第三句以下並沒有以上的斷裂，因此也就不需要特地添加解釋。

另一方面，在第三節中所討論的、歐陽修與蘇轍意見統一的兩個例子中，道德判斷與根據詩篇語句作出的解釋並無齟齬。由此，或許就可以發現蘇轍對第三節的兩個例子和本詩有不同態度的理由。這就是，相比用自己的道德標準和常識進行評判，蘇轍更重視如何儘量順暢地根據詩篇本身加以解釋。歐陽修在本詩的《詩本義》中否定《鄭箋》的解釋，他說：

> 毛、鄭乃言在塗之女，憂見其夫而不得禮，又憂被出而歸宗，皆詩文所無，非其本義。

然而，有些諷刺的是，由於歐陽修自己的詩歌解釋中也加進了他的道德價值觀，所以也包含"詩文所無"的成分。這樣看來，歐陽修沒能貫徹的理想解釋理念，被蘇轍代爲實現了。蘇轍的這一方法在《周南·螽斯》的解釋中也有體現，本書第一章對此已有討論，可以參考。另外，或許對於神話事物的態度也是歐陽修與蘇轍不同的地方。例如，《鄭箋》將《大雅·生民》敘述的后稷誕生的情形解釋成始祖神話，即后稷的母親踩在神人的腳印上而懷孕，生下了后稷。衆所周知，歐陽修從常識出發，批評這是荒誕不經的說法①。而蘇轍在解釋時則將

---

① 《大雅·生民》的《詩本義》云："無人道而生子，與天自感於人而生之，在於人理，皆必無之事，可謂誣天也。"

這個故事當作神話接受下來①。李冬梅認爲這表現了蘇轍的思想特徵②，像這樣從二人是否相信神話傳說這樣的思想差別方面進行考察，是研究的常態。不過，從另一個角度來看，這或許也體現了二人的解釋學立場有所不同。

這不同就是，如果按照自己常識和理性來看，《詩經》的詩篇叙述了不合理、荒誕無稽的事情，那麼是接受，還是不認同並且通過解釋使之顯得合理。歐陽修認爲，《詩經》是經典，其中不應該叙述不合理、荒誕無稽的事情。因此他將自己的常識運用於詩歌解釋中，其方法是盡量合理地、符合現實地作解釋。在歐陽修看來，《詩經》詩篇中描述的世界，與他自己生活的世界是連在一起的，他能夠運用自己的常識和道德觀念對其合理地安排秩序和加以評價。

而對蘇轍來説，合於現實與否的問題可以暫且不論，以詩篇的言辭爲依據進行闡釋繞是最重要的。可能就是因此，蘇轍並未運用自己的主觀看法和常識作爲評價標準，對詩篇中叙述的内容進行評判，他的解釋方法是直接接受這些内容。對他而言，《詩經》的世界與他自己生活的世界有一定程度的隔離，有其自己的規律，蘇轍對它保持了一種客觀看待、不假

---

① 《大雅·生民》的《蘇傳》云："稷之生也，姜嫄禋祀郊禖，以祓去無子之疾。見大人迹焉，而履其拇。歆然感之，若有覺其止之者。於是有身，肅戒不御而生后稷。蓋此詩言后稷之生甚明無可疑者。……至於牛羊字之，飛鳥覆之，何哉？要之，物之異於常物者，其取天地之氣弘多。故其生也或異。虎豹之生異於犬羊，蛟蜃之生異於魚鱉，物固有然者。神人之生而有以異於人，何足怪哉？雖近世猶有然者。然學者以其不可推而莫之信。夫事之不可推者何獨此。以耳目之陋而不信萬物之變，物之變無窮而耳目之見有限。以有限待無窮，則其爲説也勢而世不服。古之聖人不然。苟誠有之，不以所見疑所不見。故河圖洛書，稷契之生，皆見於《詩》《易》，不以爲怪。其説蓋廣如此。後世復有聖人，無是固不可少之，而有是亦不足怪。此聖人之意也。"
② 參考前揭李冬梅書第四章第二節。

評判的態度。與歐陽修相比,蘇轍這樣的世界觀更能生出寬容的態度來接受有悖常識的、神話的事物吧。

石本道明指出,蘇轍也曾説:"夫六經之道,惟其近於人情,是以久傳而不廢。"①他與歐陽修一樣,都重視"人情"觀點對經學的意義②。從這個角度來看,也可以認爲蘇轍與歐陽修一樣,都試圖使將自己的道德觀反映在解釋中的行爲成爲正當。不過,通過考察我們發現,對於"人情"這個投射自己的常識和價值觀的裝置,蘇轍利用它介入解釋的程度低於歐陽修。簡單説來,蘇轍的《詩經》解釋比歐陽修的更具有文學解釋的性質。

七、結　　語

《周南・兔罝》的《蘇傳》云:

> 《桃夭》言后妃能使婦人不以色驕其夫,而《兔罝》言其能使婦人以禮克君子之慢。故《桃夭》曰"致",而《兔罝》曰"化"。夫致者可以直致,而化者其功遠矣。

蘇轍在此並非將詩篇看作彼此孤立的作品,而是在根據某種特徵組成的詩群中,分別承擔意義功能。以這種觀念爲基礎,他將一首詩與其他詩歌聯繫起來加以解釋。也就是説,他對《詩經》有一個整體的把握,認爲其中的詩篇在意思上都彼此有機地關聯在一起。這樣的觀點和由此觀點出發的《詩經》解釋,在歐陽修那裏並不明顯。筆者此前已經考察了歐陽修解釋《詩經》的方法,指出他將每一首詩單獨拿出來加以解

---

① 《欒城應詔集》卷四《進論五首・詩論》,《欒城集》,上海古籍出版社,1987年,下册,第1613頁。
② 參考前揭石本論文。

釋，不輕易因爲幾首詩同屬《詩經》或是《國風》等等就事先設想它們之間的關聯，並將之作爲解釋的背景①。從這裏也可以發現二人在《詩經》觀和解釋方法上的不同。

不過，既然蘇轍相信孔子以他自己的道德基準選擇編輯成了《詩經》，即"孔子刪詩說"，那麼他將《詩經》作爲整體來看待也就是自然的結果了。因此，從學術姿態來看，蘇轍並不特殊，倒是歐陽修更特殊一些。這需要聯繫歐陽修建構其《詩經》學的時代狀況來考慮。

對於《傳》《箋》《正義》，即作爲當時權威之學的漢唐《詩經》學②，歐陽修最先提出了真正的批判。在他看來，既然《詩經》的整體結構支撐了《傳》《箋》《正義》的經說，那麼它就是必須被解體的對象。歐陽修的解釋戰略是，放棄一首詩與《詩經》整體的關聯，暫且只考察它表達的内容本身。也就是說，認同"孔子刪詩說"而忽略《詩經》的整體性，這樣的解釋方法是歐陽修爲了與漢唐《詩經》學對抗、構建新《詩經》學而做出的戰略選擇。

而到了蘇轍的時代，對漢唐《詩經》學的質疑已經成爲平常之事。況且，在王安石《三經新義》新出，風靡一時的情況下，漢唐《詩經》學的權威性也大大降低了。在這種環境中構建自己《詩經》學的蘇轍，就不像歐陽修那樣迫切地想要對抗漢唐《詩經》學，能夠悠游地考慮《詩經》整體的情況。在這種情形之下，他選擇了孔子刪詩說，那麼對於必然能夠從孔子刪詩說中導出的、將《詩經》視作整體的觀念，也就虛心地接受了。

---

① 參考本書第三章。
② 《能改齋漫錄》卷二"注疏之學"條下云："國史云：慶曆以前，學者尚文辭，多守章句注疏之學。至劉原父爲七經小傳，始異諸儒之說。"見文淵閣《四庫全書》，第850册，第520頁。

第六章 蘇轍《詩集傳》與歐陽修《詩本義》的關係 203

這樣想來,蘇轍與歐陽修在這個問題上採取不同的態度,是在宋代《詩經》學的進程中自然產生的學術發展的結果。

通過以上考察可以知道,蘇轍從歐陽修的《詩經》研究中吸收了豐富的營養,應用於自己的《詩經》研究中。但他的研究並非對歐陽修《詩經》學簡單模仿和繼續,而是有其獨特的路數。這一研究路數與其説是與歐陽修的《詩經》學相對立,不如説那本來是歐陽修《詩經》學的目標,只是在種種歷史因素的影響下,歐陽修没能將其完全實現,而由蘇轍完成了。在這個意義上來説,蘇轍是歐陽修《詩經》學真正的繼承者。

蘇轍能夠實現這種目標,其最重要的原因是,他在作爲解釋者的自己和被解釋對象的《詩經》之間保持了距離。在上一節中我們看到,對於比喻和神話事物等,蘇轍認爲那屬於有其獨特邏輯的文學世界,因此他未加評論地接受了它們。這體現了他的"保持距離"。與歐陽修相比,蘇轍充分認識到了自己與經典之間的距離,他對《詩經》的審視是客觀而冷靜的。蘇轍的這種方法從以下的文章中也能明白:

> 其意以爲興者,有所取象乎天下之物,以自見其事。故凡詩之爲此事而作,而其言有及於是物者,則必彊爲是物之者,以求合其事,蓋其爲學亦以勞矣……夫興之爲體,猶曰"其意"云爾,意有所觸乎當時,時已去而不可知,故其類可以意推,而不可以言解也……蓋必其當時之所見而有動乎其意,故後之人不可以求得其説,此其所以爲興也。①

---

① 《欒城應詔集》卷四《進論五首·詩論》,《欒城集》,上海古籍出版社,1987年,下册,第1614頁。

這是對《詩經》修辭手法之一的"興"的認識,不過蘇轍在此也同樣認爲,詩中描寫的內容屬於一個自成邏輯的世界,其中的某些內容本來就是在此世界以外的解釋者無法完全用自己的經驗和邏輯解釋的。在他看來,詩中包含了無法完全根據外在邏輯説明的內容。那麼,當解釋者通達地認爲,應該滿足於根據詩文的言語在可理解的範圍內加以解釋,他就能够冷静地看待解釋的可能性。第六節中《草蟲》《出車》的例子説明,蘇轍根據詩的文辭本身進行解釋,並不附加額外的解釋,應該説,他有這樣的謹慎態度,也是源於他認識到了詩歌世界的自成體系以及詩歌解釋並不擁有無限的可能性。從這裏也能看出歐陽修與蘇轍之間的繼承與差異吧。

第七章　蘇轍《詩集傳》與王安石《詩經新義》的關係
——平穩背後的實情(二)

一、前　言

上一章討論了蘇轍《詩集傳》與宋代《詩經》學開拓者,也是蘇轍恩師的歐陽修所著《詩本義》之間的關係。接下來,本章將討論北宋《詩經》學中另一部重要的著作與《蘇傳》的關係,這就是王安石的《詩經新義》。

與歐陽修不同,蘇轍與王安石在政治上彼此對立。蘇轍所屬的舊黨反對王安石,其中一點就是王安石的科舉改革和他為此編寫的《三經新義》,那麼就不難猜想,蘇轍對《三經新義》之一的《詩經新義》有所批判。蘇轍之孫蘇籀記錄了祖父的話,編成《欒城遺言》,其中包括了蘇轍批評《三經新義》的言辭:

> 公讀《新經義》曰:乾纏了濕纏,做殺也不好。①

雖然筆者對這條評語的意思還無法確定,不過這必然是批評《三經新義》的話。蘇轍的兄長蘇軾批評《三經新義》的一段話非常有名:

---

① 文淵閣《四庫全書》,第 864 冊,第 176 頁。

> 而王氏欲以其學同天下。地之美者,同於生物,不同於所生。惟荒瘠斥鹵之地,彌望皆黄茅白葦,此則王氏之同也。①

想來蘇轍也有同樣的想法吧。

我們現在尚未弄清楚,蘇轍對於王安石的《詩經》學具體是怎樣評價的。戴維總結蘇轍對《新義》的看法説:"對於王安石的新經義,持反對態度,但並未如司馬光一樣,視之如洪水猛獸,深惡痛絶。"②他的這一評價,主要根據《宋史·蘇轍傳》的記載而來:

> 光又以安石私設《詩》《書新義》考試天下士,欲改科舉,别爲新格。轍言:"進士來年秋試,日月無幾,而議不時決。詩賦雖小技,比次聲律,用功不淺。至於治經,誦讀講解,尤不輕易。要之,來年皆未可施行。乞來年科場,一切如舊,惟經義兼取注疏及諸家論議,或出己見,不專用王氏學。"③

當司馬光想要廢除王安石的《三經新義》,恢復科舉舊制時,蘇轍有這樣的反對意見。不過他反對的是司馬光的改革過於急切。他認爲無論現行制度有怎樣的問題,也要站在科

---

① 蘇軾《答張文潛縣丞書》,《蘇軾文集》卷四九,中華書局,1986年,第四册,第1427頁。
② 戴維前揭書第309頁。
③ 《宋史·蘇轍傳》,中華書局,1977年,第31册,第10824頁。另外,蘇轍的奏章見於《續資治通鑑長編》卷三七四,元祐元年四月庚寅條(中華書局,1979年,第9060頁),被採納。接受這一建議的司馬光的奏章見於同書卷三七六,元祐元年四月辛亥條(第9117頁),收入《温國文正司馬公文集》卷五二(《四部叢刊》正編41),名爲《乞先行經明行修科箚子》。文中寫明,當時的決定是爲了在元祐五年之後改正科舉考試內容而暫時實行的措施,那麼可知蘇轍的建議並非源自對《新義》本身的評價,而是出於行政上的考慮。

舉應試者的角度,爲他們提供一個適應制度改變的過渡時期。這是在政策實施方面的現實考慮,很難說這個意見是基於他對《三經新義》本身的評價。因此,無論是蘇轍批判《新義》,還是他對《新義》採取溫和態度,這些說法充其量都只是從外在事實進行的推測。要明白蘇轍如何評價《新義》,需要經過具體比較《新義》與《蘇傳》的經說方能得知。

從這個角度入手,將《蘇傳》與《新義》對讀,可以發現《蘇傳》中實則有不少經說是源自《新義》。本文將分析個例,嘗試推定二者之間的學術關係。

二、關於字句的訓詁

首先,在對字句的訓詁方面,《蘇傳》的有一些說法參考了《新義》。

關於《小雅·北山》第二章中的"賢"字的訓詁,歷代意見不一。首先來看《毛傳》與《鄭箋》的訓詁:

> 大夫不均,我從事獨賢。
> [傳]賢,勞也。
> [箋]王不均大夫之使,而專以我有賢才之故,獨使我從事於役。自苦之辭。

與此不同,《蘇傳》對"賢"字的解釋是:"賢,過人也。"這與《新義》的訓詁有關聯。《新義》云:

> 取數多謂之賢。《禮記》曰:某賢於某若干。與此同義。

他們都將這句詩解釋爲"被君主委任的頻率超過其他大夫"。這種說法不必像《鄭箋》的解釋那樣在意義上有大的變動,且其訓詁的依據,是《儀禮·鄉射禮》中"若右勝,則曰右賢於左。若左勝，則曰左賢於右"一句的鄭玄注："賢，猶勝也。"那麼它就比《毛傳》"勞也"的解釋更穩妥①。所以說，蘇轍參考了先行著述《新義》的說法，用在自己的注釋中。

《小雅·鹿鳴》首章云：

> 人之好我，示我周行。

對這一句，《毛傳》與《鄭箋》的解釋不同。《毛傳》云："周，至。行，道也。"據此，這兩句詩的意思是：臣子愛我（文王），教我以至善之道。而《鄭箋》云："周行，周之列位也。"據此，這兩句詩的意思是：若有能以道德教導我的人，我將使他成為周王朝的衆位大臣之一。

《蘇傳》的解釋則如下：

> 周，忠信也……我有嘉賓而禮樂以燕之，從容以盡其歡，使其自得如鹿之食苹②，則夫思以忠信之道示我矣。忠信者，可以願得之，而不可強取也。

據此《蘇傳》的說法，以上兩句詩應解釋成：他人愛我，以忠信之道示我。蘇轍的說法與《毛傳》接近，不過他將"周"解釋成臣子對君主的忠信，與《毛傳》不同。《小雅·都人士》中"行歸于周，萬民所望"一句的《毛傳》云："周，忠信也。"《小雅·皇皇者華》中"我馬維駒，六轡如濡。載馳載驅，周爰咨諏"一句的《毛傳》云："忠信爲周。"蘇轍的訓詁據此而來。可見蘇轍從古訓中尋求依據，希望對字義的解釋也能保持《詩

---

① 不過，蘇轍在《除苗授保康軍節度知潞州制》中有"慭獨賢於煩使，俾暨佚於近藩"（《欒城集》卷三三，上海古籍出版社，1987年，中冊，第693頁）之句，這裏採用了《毛傳》"賢，勞也"的字義解釋，說明他也沒有全面否定《毛傳》的訓詁。
② 《鄭箋》云："苹，藾蕭也。"

經》整體的一致性。

不過,對於《鹿鳴》之"周行"的解釋,並非蘇轍的獨創,《新義》已經有這樣的説法:

> 周爲忠信之周。行,道,言示之忠信之道。

可見蘇轍的説法與王安石相同。對於王安石的這個説法,南宋李樗的批評很值得注意:

> 王氏之意,謂《序》云"得盡其心",故爲此説。然《序》所謂"盡其心",詩中未必有此意。……能待臣下如此,則群臣不得不盡其心也。(《毛詩李黄解·小雅·鹿鳴》)

李樗提及的《鹿鳴》之《序》的全文如下:

> 《鹿鳴》,燕羣臣嘉賓也。既飲食之,又實幣帛筐筺以將其厚意。然後忠臣嘉賓得盡其心矣。

李樗認爲,王安石因爲《序》中有"然後忠臣嘉賓得盡其心矣"之語,所以從詩篇中尋找與之相符的内容,將"周行"解釋成這樣。但《詩序》中的這一部分是撰寫者根據詩中内容——文王厚待臣子和賓客——推測出了臣子們的心理反應,於是在《序》中補充説明而已。王安石認爲《序》的内容能夠與詩歌本身一一對應,這種觀念是錯誤的。

暫且不論李樗的批判是否正確,他對於王安石如此解釋"周行"一詞的邏輯的推測,大概同樣適用於與王安石持相同解釋的蘇轍。若是這樣,那麽蘇轍也將位於《小序》中第二句往下的"然後忠臣嘉賓得盡其心矣"當作了《詩經》解釋的依據。蘇轍認爲《小序》只有首句真正是孔子所作,第二句往下只不過是後人附加上去的,這是經學史上的著名論斷,是其

《詩經》學的最重要標誌。然而從本詩的情況來看,蘇轍雖然認爲《小序》第二句往下的部分並非孔子的原意,將之刪除,我們却並不能説他同時否認了它們本來的價值。這個例子説明,蘇轍試圖復原《小序》原貌的文獻學思路,與他對第二句往下的内容的評價是不同的問題,要分别討論①。

三、關於詩篇的結構

上一節考察了在《詩經》字義的解釋方面,蘇轍對王安石觀點的採納。不過,這是《詩經》解釋中相對表面的問題,若是從這裏就得出結論,認爲王安石的影響對蘇轍《詩經》學的形成而言不可或缺,恐怕並非無懈可擊。不過,二者經説的類似關係並不僅僅體現在對字義的解釋上。如何認識詩篇結構,換句話説,《詩經》的詩篇如何展開敘述,是對解釋而言更關乎本質的問題。而在這個方面,蘇轍與王安石也有重要的共同之處。本節即擬對此加以考察。

(一) 對視角一貫性的重視

《王風·葛藟》首章的《鄭箋》與《毛詩正義》如下:

綿綿葛藟,在河之滸。

[箋]葛也藟也,生於河之厓,得其潤澤以長大而不絶。興者喻王之同姓,得王之恩施,以生長其子孫。

終遠兄弟,謂他人父。

[箋]兄弟,猶言族親也。王寡於恩施,今已②遠棄族

---

① 關於蘇轍的《詩序》觀念的特徵,具體請參考本書第八章。
② 此處暫且依從足利學校藏南宋刊本和阮刻本作"已"字。但解釋時參考《正義》和日本清原氏訓點本作"巳"字來解釋。

親矣。是我謂他人爲已①父。族人尚親親之辭。

　　謂他人父,亦莫我顧。

　　[箋]謂他人爲己父,無恩於我,亦無顧眷我之意。

　　[正義]……王終是遠於兄弟,無復恩施於我。是我謂他人爲己父也。謂他人爲己父,則無恩於我,亦無肯於我有顧戀之意。言王無恩於己,與他人爲父同。責王無父之恩也。

而《蘇傳》云：

　　王今棄遠兄弟,而爲他人父。彼非王族,亦安肯顧王哉？

將《鄭箋》《正義》與《蘇傳》比較,可以發現以下不同：

首先,對"謂他人父"的解釋不同。《鄭箋》《正義》認爲作者稱君主爲"父",詩句的意思是：由於君主疏遠族人,身爲王族成員的我也無法對君主抱有親密的感情,雖然用親戚的稱呼來稱呼他,但就像是稱呼他人爲父親一樣,實際上並不包含親愛之情。

而《蘇傳》則將詩意解釋爲：君主疏遠族人,寵愛並非同族的其他人,就像是成爲那些人的父親一樣。依照他的解釋,則"謂他人父"的"謂"字通"爲"②,這一句的意思是"成爲他人

---

① 阮刻本作"已"字。足利學校藏南宋刊本作"已"還是作"己"不明顯。此處暫且依從阮刻本。但解釋時參考《正義》和日本清原氏訓點作"己"字來解釋。

② 據《漢語大詞典》,《韓非子·解老》中的"嗇之謂術也,生於道理",以及《亡徵》中"知有爲可斷而弗敢行者可亡也",其"謂"字都是"作爲""成爲"之意。馮其庸審定、鄧安生纂著的《通假字典》(花山文藝出版社,1998年)也稱"謂"通"爲",舉《漢書·萬石君傳》中"子孫謂小吏,來歸謁"爲例。蘇轍對本詩的訓詁應該是根據這個用法。

之父"。

其次,對"亦莫我顧"的解釋也不同。《鄭箋》《正義》認爲,這句詩的意思是"君主不關心我",而《蘇傳》的解釋則是:"無論君主怎樣恩顧,外人也不在乎君主"。蘇轍認爲這裏的"我"指君主。也就是説,叙事者代替君主表達了他的心情①。

由於思路上怎樣的差異,纔導致了《鄭箋》《正義》與《蘇傳》在解釋上的分歧? 根據《鄭箋》《正義》的解釋,詩歌表達的意思是:

終遠兄弟　（君主）疏遠我們
謂他人父　（我們）感到稱呼君王就像是稱呼他人爲父親
謂他人父　（我們）感到稱呼君王就像是稱呼他人爲父親
亦莫我顧　（君主）不肯恩顧我

以上各句隱藏在言外的主語是"王"—"我（作者）"—"王",叙述者是交錯變換的。而《蘇傳》對詩意的解釋是:

終遠兄弟　（君主）疏遠我們
謂他人父　（君主）成爲他人之父
謂他人父　（君主）成爲他人之父
亦莫我顧　（他人）却不關心君主

這裏的主語是直線變化的,從"君主"到"他人",因此叙述的視角更具有一貫性。

再有,關於這一章中叙述内容的發展,《鄭箋》《正義》與《蘇傳》也看法不同。在《鄭箋》《正義》看來,這一章中内容上

---

① 對"我"字的如此解釋,在《小雅·杕杜》中也有用例,請參考本書第六章。

沒有發展,只是變換説法重複著自己被君主疏遠的悲怨之情。而從《蘇傳》的解釋中,可以發現一個叙述上的進展,即君主的行爲及其導致的後果——儘管君主拋棄與他同族的我們來寵愛外人,但外人不實心實意地伺候君主。換句話説,《鄭箋》《正義》認爲這一章只是感情的單純傾訴,而《蘇傳》則認爲這悲怨的情感背後,有經過冷静地觀察事態動向之後對君主的批評。

那麼,蘇轍給出如上解釋,不但是爲了保持叙述的一貫性,也是爲了使叙述内容更加豐富。

實際上,蘇轍的解釋並非他的獨特觀點,王安石已有同樣的説法。《新義》云:

> 河滸,水所溢,危地也。潤澤葛藟而生之,則所以自固。猶之王者敦叙九族而親之,亦所以自固。
>
> "謂他人父","謂他人母","謂他人昆",所謂不愛其親而愛他人。

王安石的解釋也是君主不愛自己的族人,却親近外人,因此他很可能也像蘇轍那樣將"謂他人父"解釋爲"成爲他人之父"。而且,由"王者敦叙九族而親之,亦所以自固"之語可知,王安石是從君主的行爲及其目的的角度解釋這首詩的。若將他的觀點進一步推衍,則是"即使對外人施以恩惠,他們也不像族人一樣值得依賴",這就與蘇轍"君主成爲他人之父,他人却不關心君主"的解釋接近了。在以君主爲主語、保持詩句意義的一貫性上,蘇轍和王安石是一致的。

(二) 合理安排時間段

關於詩篇叙事的時間段,王安石與蘇轍都在解釋中努力做到比《鄭箋》和《正義》的處理更爲合理。《小雅・采芑》的第三章云：

> 鴥彼飛隼，其飛戾天。亦集爰止，方叔涖止。
> 其車三千，師干之試。方叔率止，鉦人伐鼓。
> 陳師鞠旅，顯允方叔。伐鼓淵淵，振旅闐闐。

《正義》云：

> 方叔既臨視，乃率之以行也。未戰之前，而陳閱軍士，則有鉦人擊鉦以靜之，鼓人伐鼓以動之。至於臨陳欲戰，乃陳師陳旅，誓而告之，以賞罰使之，用命明信之。方叔既誓師衆，當戰之時，身自伐鼓率衆，以作其氣，淵淵然爲衆用力，遂敗蠻荆。及至戰止將歸，又斂陳振旅，伐鼓闐闐然，由將能如此，所以克勝也。

而《蘇傳》則認爲：

> 故方叔命其鉦人擊鼓以誓之，士之聞其鼓聲者，無不服其明信也。意者方叔之南征，先治其兵，既衆且治，而蠻荆遂服。故詩人詳其治兵，而略其出兵。首章之車，非即戎之車。二章之服，非即戎之服。三章之陳師，未戰而振旅。至於卒章而後言其遇敵。故三章皆治兵也。

比較《正義》與《蘇傳》，有如下差異：《正義》認爲這一章在敘事時有令人目眩的場面轉換：

> 出發前……"方叔涖止"～"師干之試"
> 戰鬭前……"方叔率止"～"陳師鞠旅"
> 戰鬭中……"伐鼓淵淵"
> 戰勝後……"振旅闐闐"

根據《正義》的意見，第一、第二章描寫了軍隊出發前閱兵的場景，第四章則敘述了戰勝的情形。它們全都是在一章内只描寫一個場景。而第三章則在一章之内連換了四個場景，也就是說，與其他幾章相比，這一章的時間段是壓縮之後的面貌。

　　而《蘇傳》則認爲，第三章與前兩章一樣，都在叙述出征之前訓練軍隊的情形。而下面的第四章則描寫了遭遇敵人、戰爭一觸即發時的場景。也就是說，雖然本詩的主題是歌頌周朝中興君主——宣王征討異族、擴展周朝勢力，但詩中並没有描寫與敵軍交戰的情景，而是表現了軍隊備戰的情形和戰爭前夕的士氣高昂。

　　與《正義》相比，《蘇傳》使章與章之間的聯繫顯得清晰，且時間段也分配得更爲均匀。這或許是因爲在這兩個方面，蘇轍感到《正義》的解釋不夠自然，因此特意在自己的解釋中解決這個問題吧？

　　王安石也有同樣的解釋。《新義》云：

　　　　前三章詳序其治兵，末章美其成功，出戰之事，略而不言。蓋以宿將董大衆，荆人自服，不待戰而後屈也。

　　與蘇轍一樣，王安石也認爲第三章整體都在描寫戰前的情形，而没有像《正義》那樣，認爲一章之内壓縮合併了幾個不同的時間段。王安石與蘇轍都試圖在解釋中將時間段均匀分配給詩歌各章。並且，二人也都認爲本詩没有描寫戰鬥。

　　不過，兩人也有意味深長的差異。《蘇傳》認爲第四章描寫了遭遇敵人、戰鬥一觸即發時的情形，王安石則將其看作戰鬥結束後的場景。王安石的這一解釋可以追溯到《正義》，而蘇轍有不同於《正義》的獨特觀點。在王安石看來，詩中的時間過程包含了一段沒有被描述的空白時間(戰鬥時間),蘇轍的觀點中則沒有這種時間上的中斷。從這個意義上來說,蘇轍之說更合理。並且依照蘇轍的解釋,戰鬥和戰勝的場面本是最受期待、最應描寫的,詩人却沒有描寫它們,而是表現了軍隊即將投入戰鬥前緊張感時刻都在增長的情形,在戰鬥即將打響的前一秒,叙述戛然而止,帶著士兵的高昂情緒,詩歌的帷幕迅速落下。與王安石的解釋相比,此處詩歌整體在時間上更爲緊湊,緊迫感顯著增長。如此看來,《蘇傳》不但參考了王安石的解釋,還爲了提高詩篇的文學性而另外下了功夫。

值得一提的是,將詩篇視角統一、使詩篇時間有序,這在歐陽修的《詩本義》中已經可以發現①。那麽,或許就可以說,王安石的這種解釋方法是從歐陽修處學得,而蘇轍則融合借鑒了歐陽修、王安石二家之方法。

四、王安石方法的應用——
以"層遞法"進行解釋

關於詩篇結構的看法,《蘇傳》與王安石的相同之處不僅是視角的一貫性,還有一個很重要的點,即用"層遞法"來解釋《詩經》。《詩經》之詩大多由數章組成,其中有許多是將同樣的内容稍微變換文辭和方式,分幾章連接起來,通常被稱爲"疊詠"。層遞法是指,在解釋中,認爲疊詠之詩並非同一内容的簡單重複,而是呈現了某一事件或事物隨著時間的推移、事態的進展而發生的細微變化,或者是描寫了程度逐漸增大等情形。前面已經討論過,王安石的《詩經》解釋經常使用層遞

---

① 參考本書第六章。

法①,且《蘇傳》在解釋《小雅·鼓鐘》時,也繼承了王安石以層遞法作出的解釋②。

但《蘇傳》中由層遞法得出的解釋,並非只來自蘇轍借鑒王安石個別經說的部分。對於現存《新義》中没有的部分,《蘇傳》也用層遞法進行了解釋。

《小雅·白駒》諷刺周宣王没能將賢臣留在朝廷。賢者乘白駒離開宣王之朝,詩歌表達了對他的懷念之情。全詩分四章,《蘇傳》的解釋分別如下:

> 首章　故於其去也,猶欲其於是逍遥。逍遥,不事事也,雖逍遥猶愈於去耳。
> 二章　客亦非執事者也。
> 三章　既去矣,而猶欲其復來。故告之曰:子苟來也,將待爾以公侯。
> 四章　來而莫之顧,則去而入於空谷,甘於生芻。人之望之,如玉之潔也。君子於是知其不肯少留,而猶欲聞其音聲。故告之曰:無貴爾音而有遠去之心。愛之至也。

蘇轍從本詩中發現了一個連續的時間過程:賢者將要離開朝廷之時——賢者已經離開朝廷之時——賢者離去後過了一段時間(人們風傳他隱居之時)。與此相伴,詩人的思想感情也經歷了變化:從開始時無論如何都希望挽留賢者——希望他不要離開朝廷、希望他回到朝廷,到最後一章終於死心却仍然愛惜他——接受了他堅決離去的意願,希望他不要走遠,在附近隱居,這樣至少能經常見面。從各章中發現時間與心

---

① 本書第五章。
② 同上。

理層面上的進展,這是典型的運用層遞法的解釋①。

這種層遞法的使用,還可從蘇轍對《王風·中谷有蓷》的解釋中發現,説明蘇轍將這一方法納入了自己的體系中。換句話説,這説明他認爲《詩經》的作品自有其邏輯結構和叙述内動力。這説明,無論是在對《詩經》表達方式的認識方面,還是以此認識爲基礎的解釋方法方面,蘇轍都與王安石有很高的重合度。

五、補充説明

以上考察了《詩經》解釋中《蘇傳》從《新義》處接受的影響,從而發現,蘇轍從王安石處學習到的遠比我們預想的多。儘管二人在政治上彼此對立,其基本的價值觀、人生觀也相異趣,但在《詩經》解釋方面,王安石與蘇轍有同樣的目標。

不過,我們仍需謹慎地考量以上研究的有效性。王安石的《新義》亡佚於歷史的大海中,我們現在能够寓目的,是經多位學者努力,輯佚出來的斷片式的經説。在這個意義上來看,我們討論的只是蘇轍與王安石在《詩經》解釋方面的關係的一部分而已。因此,當我們在推進考察時,有大片空白横亘在正反兩個方向上。

由於王安石的經説已經不完整,本章所謂"不見於《新義》"的經説,就不能斷定原本確實不屬於《新義》。換句話説,王安石與蘇轍的學術關係有可能更爲多樣且深入。但反過來看,我們也無法斷言佚失的《新義》經説中没有與蘇轍《詩經》

---

① 《白駒》的《鄭箋》和《正義》認爲,整首詩都是對離開朝廷的賢者的思慕,以及對他離開自己而去的怨意,没有《蘇傳》中那樣的時間和心境變化。

學非常對立的內容,那麼,當我們將《蘇傳》與現存的《新義》比較、進行研究時,也必須警惕,不可過分強調了王安石與蘇轍在學術上的親近程度。

另外,本章因從《新義》和《蘇傳》中發現共同的詩說,所以假設蘇轍從王安石處受到了學術影響,加以考察。這或許會受到"對現象的處理過於簡單"這樣的批評。即使不同學者提倡同樣的觀點,也很有可能僅僅是偶然巧合。尤其要考慮到,《蘇傳》的《詩經》研究是他從二十歲時著手①,經歷一生的歲月方纔完成的②,那麼也有可能在王安石的《新義》尚未問世之前,蘇轍已經有與王安石同樣的觀點。這使得偶然巧合的幾率更高了。

不過,即便二人的觀點只是偶然一致,但二人擁有產生這些觀點的同樣的理念和方法,這却不可等閑視之。因爲即使沒有直接的繼承關係,它也提示了以下問題:超越了學派立場的北宋《詩經》學是在怎樣的觀念基礎上形成的?它希望達成怎樣的學術目標?而且,爲了瞭解這樣屬於一個時代的學

---

① 關於蘇轍的《詩經》研究,據孔凡禮《蘇轍年譜》(學苑出版社,2001年)的繫年。據此書,《欒城遺言》云:"年二十,作《詩傳》。"又云:"公解詩時,年未二十。初出《魚藻》《兔罝》等説,曾祖編札,以爲先儒所未喻。"那麼,蘇轍開始作《蘇傳》是在二十歲時(仁宗嘉祐三年,1058)。這比歐陽修完成《詩本義》(嘉祐四年,1059)早一年,比王安石將《三經新義》呈給皇帝、送國子監刊刻(神宗熙寧八年,1075)早十七年。

② 孔凡禮《蘇轍年譜》將《蘇傳》定稿的時間定在紹聖四年(1097,蘇轍五十九歲),依據是他的兄長蘇軾"子所作《詩傳》《春秋傳》《古史》三書,皆古人所未至"的評論。不過,孔凡禮又引用蘇轍大觀四年(1110,蘇轍七十二歲)所作詩中的"西方他日事,東魯一經傳"一句,寫道:"其時,蘇轍心中所繫念者乃《詩傳》與《春秋傳》。"認爲定稿之後蘇轍又曾修改。筆者認同此說。蘇轍卒於政和二年(1112),那麼他一直到去世的兩年前都在繼續著《詩經》研究。另外,《蘇軾詩集》卷五二《與王定國》第十一簡中云"子由亦了却《詩傳》",可知《蘇傳》於元豐四年(1082,蘇轍四十三歲)脫稿,但孔凡禮推定這一定是初稿,他後來又曾修改。

術目標和集團性的學術活動，提出一個實驗假說，假定其中有學術繼承關係，應該也不至於導致太大的誤解吧。不如說，當我們以個別經說爲單位分別考察、積累成果時，若將它們放入繼承關係的模式中來展開研究，更容易把握問題的本質，並進而扣住《詩經》學的命脈。在這個意義上，筆者認爲，上文的研究對於考察北宋《詩經》學史是有一定意義的。

六、《蘇傳》的解釋策略——北宋《詩經》解釋學的方法論目標

在目前發現的王安石與蘇轍《詩經》學的共同點中，有關詩篇內容之解釋的部分，更能從本質上體現二者的學術繼承關係。現將其整理如下：（一）追求詩篇叙述視角的一貫性（二）合理安排詩篇中的時間段（三）使用層遞法進行解釋

其中的(一)(二)都是歐陽修《詩經》研究中使用過的方法，蘇轍從歐陽修和王安石兩個系統上都有學習和借鑒。(三)則明顯地體現在王安石的《詩經》研究中。這三點有共同的目標，即如下的解釋姿態：在一首詩中追求叙述的一貫性，並使詩篇內容緊凑。

詩篇各章之間存在叙述上的有機關聯，這一點在《周南‧關雎》的《蘇傳》中被當作是《詩經》的普遍法則：

> 芼，擇也。求得而采，采得而芼，先後之叙也。凡《詩》之叙類此。

這裏説明了《關雎》中"參差荇菜，左右流之"（第二章）、"參差荇菜，左右采之"（第四章）、"參差荇菜，左右芼之"（第五章）之間的關係。蘇轍認爲這三句詩叙述的是：爲了宗廟中

的祭祀而採集荇菜這種水草,有"探求—摘取—選擇"這樣連續的過程①。而鄭玄則説:

> 言后妃將共荇菜之菹,必有助而求之者。(第二章)
> 言后妃既得荇菜,必有助而采之者。(第四章)
> 后妃既得荇菜,必有助而擇之者。(第五章)

鄭玄對第四、第五章的解釋中都有"既得荇菜"的説法,説明他未必認爲這三章是一個連續的過程、包含了時間上的先後關係。與之相比可以發現,追求詩歌意義的整體一貫性是蘇轍的一個重要解釋理念。而根據是否有這樣的解釋態度,可以判斷蘇轍確實與歐陽修、王安石一起構成了與漢唐《詩經》學相對立的北宋《詩經》學這個學術流派②。

漢唐《詩經》學與《詩本義》關於《詩經》的比喻,尤其是"興"的觀點差異,也能作爲旁證體現這一點。漢唐《詩經》學注重的,是説明興句内部本體與喻體之間在意義上的對應關係。至於比喻與詩篇整體内容之間有什麽關係,他們不太關心。而歐陽修的《詩經》解釋將詩篇整體都納入研究視野,明顯地注重比喻如何與詩篇整體内容產生關聯③。從這裏也可看出,對於一首詩内部意義的一貫性,漢唐《詩經》學與宋代

---

① 《詩本義》和現存的《新義》中都沒有對於這三句詩的解釋。
② 土田健次郎曾對以下問題展開研究:著名的王安石反對者程頤,認爲王安石的《易解》可與王弼、胡瑗的並列,值得稱讚。他解釋道,這是因爲王安石的《易解》著重於對《易經》文義的考證,屬於義理《易》,在這一點上它與程頤的《易》學接近(見氏著、朱剛譯《道學之形成》第四章,上海古籍出版社,2010年,第237頁)。重視經典内部意義的關聯,從整體視角進行闡釋,在這一點上可以發現王安石的《易解》與其《詩經》學的相似特徵。另外,這種闡釋方式也獲得了王安石的反對者的認同,這一點也與本文討論的王安石與蘇轍的關係相同。這個例子提供了一個很好的切入點,可以用以考察王安石學術對宋代《詩經》學形成有何作用。
③ 參考本書第四章第四節。

《詩經》學之間有觀念的差異。

那麼,或許可以説,追求詩篇意義的一貫性以及詩歌内容的緊湊性,對於宋代《詩經》學而言是一個重要的原動力,它促使宋人超越漢唐《詩經》學、建構有獨特意義的解釋學。並且,從這個意義上來看,蘇轍從歐陽修、王安石二人那裏繼承了這種解釋態度,將之變成自己的解釋方法,並如三一(二)《小雅·采芑》中顯示的那樣,進一步追求詩篇敍述内容的緊湊,可以説他是引導了北宋《詩經》解釋學之理念和方法的完成。

七、結　語

上文考察了蘇轍繼承歐陽修和王安石二人《詩經》解釋學的方法、進行《詩經》研究的情形。歐陽修、王安石、蘇轍三人在《詩經》解釋的目標上有共通之處,從另一個角度來看,這説明王安石在《詩經》學中的地位還需要再次討論。以往,王安石的《詩經》學常被看作是宋代《詩經》學中的特例,而根據這裏的考察可以發現,它確實在宋代《詩經》學形成的脉絡中佔有一席之地。今後必須對其貢獻和影響作更爲具體的研究。

歐陽修與王安石的《詩經》學未必是在同一條流脉上,這從二人不同的方法和《詩經》觀也有所體現。二人《詩經》觀最顯著的不同,是關於作者的看法。歐陽修將《詩經》的詩篇看作一種"古詩",其作者衆多,或貴或賤,或賢或不肖,並不一致。在他看來,《詩經》中的作品之所以能成爲教化人民的聖典,完全是因爲它經過了孔子的嚴格取捨與改編[①]。而王安石認爲《詩經》中的詩篇跟後世的文人詩性質相似,其作者是具有高級知識與道德水平的讀書人。與歐陽修不同,他認爲

---

① 參考本書第四章第七節。

即便没有孔子的操作,《詩經》的作品也本身就具備了成爲經典的道德内涵①。

　　如上一節所見,在蘇轍的《詩經》解釋中,有不少運用了王安石處學來的層遞法。不過,在王安石那裏,層遞法與"詩篇作者是有高度文學素養者"的觀念非常協調地結合在一起。而關於《詩經》作者以及孔子對《詩經》的意義,蘇轍的觀點繼承了歐陽修②。那麽,這裏就存在一個問題:當蘇轍吸收前人成果、構建自己的《詩經》學時,對於不同的《詩經》觀及其所依據的研究方法,要怎樣協調地接納統一,融入自己的《詩經》學中? 這個問題在本章中已來不及解答,筆者擬今後更加詳細地考察蘇轍對漢唐《詩經》學的看法,聯繫這個看法來對以上問題進行討論。

---

① 參考本書第五章第六節。
② 參考本書第四章。

第八章　蘇轍對《小序》的看法
——平穩背後的實情（三）

一、前　言

　　本章將要討論蘇轍如何評價《小序》的問題。蘇轍認爲，《小序》的第一句確實是孔子傳下來的，而第二句及以後的内容都不過是漢代學者的闡述説明，因此他尊重《小序》的第一句，而將後面的内容都從《蘇傳》中剔除了。《小序》是漢唐《詩經》學的最重要依據，而蘇轍的學説雖然只是對《小序》部分地懷疑，却也削弱了它的權威性，爲後來鄭樵、朱熹等人全面否定《小序》開了先河①。這經常被看作是宋代《詩經》學的重要里程碑②。

　　對於這個公認的觀點，筆者基本上没有異議。不過，以往

---

① 例如，郝桂敏在《宋代〈詩經〉文獻研究》第三章《宋代〈詩經〉學的經學解釋（下）》中寫道："蘇轍《詩集傳》略《小序》後句而不觀，却把歐陽修對《毛詩》的懷疑向前推進了一步，他同歐陽修一起，共同拉開了宋代廢序派《詩經》研究的序幕。"（中國社會科學出版社，2006 年，第 87 頁）
② 宋·晁公武《郡齋讀書志》卷二"蘇氏《詩解》二十卷"云："其説以《毛詩序》爲衛宏作，非孔氏之舊，止存其首一言，餘皆删去。"（孫猛校證《群齋讀書志校證》，上海古籍出版社，1990 年，第 67 頁）。宋·陳振孫《直齋書録解題》卷二《詩類·詩解集傳》云："門下侍郎眉山蘇轍子由撰。於《序》止存其首一言，餘皆删去。"（上海古籍出版社，1987 年，第 37 頁）。《四庫全書總目提要·經部·詩類·詩集傳》云："其説以《詩》之《小序》反復繁重，類非一人之詞，疑爲毛公之學，衛宏之所集録，因惟存其發端一言，而以下餘文，悉從删汰。"

的研究往往側重於將蘇轍針對《小序》的評論單獨拿出來考察。換句話說,以往的研究較少從以下角度著手①:蘇轍刪除《小序》第二句往下的內容,將《小序》首句看作孔子的真傳而保留下來,這在詩篇的解釋中是如何反映的?蘇轍異於漢唐《詩經》學的新解釋,其產生與他對《小序》的態度有怎樣的關係?

由此可以作出一個非常合理的推測:既然《詩序》規定了一首詩的旨趣,對於《詩序》的新認識就會給詩篇解釋帶來新局面。當然,這一假說必須加以驗證。從這一角度看問題,不但對於全面瞭解他的《詩經》解釋學不可或缺,而且對於解決以下問題也相當重要:南宋時期以朱熹爲代表的學者們全面否定《詩序》,此後他們根據怎樣的思路來解釋詩篇內容?本文即擬從這一視角出發,重新考察蘇轍對《小序》的認識②。

在考察中用做比較對象的,是北宋以前被看作《小序》解釋之權威的《鄭箋》,以及對《鄭箋》進一步解釋的《正義》。另外,由於蘇轍認爲《小序》第二句往下部分的主要撰寫者是毛公③,

---

① 對於《蘇傳》的整體研究,可以舉出李冬梅《蘇轍〈詩集傳〉新探》(四川大學出版社,2006年),但其中並未涉及筆者所提到的研究角度。另據此書《緒論》,陳明義的《蘇轍〈詩集傳〉研究》(中國臺北東吳大學中國文學系碩士論文,1993年)是目前關於《蘇傳》最全面的研究論文,惜筆者未獲奉讀。不過,陳明義的《蘇轍〈詩集傳〉在〈詩經〉詮釋史上的地位與價值》(林慶彰主編《經學研究論叢》第2輯,臺北聖環圖書公司,1994年)一文總結了其論文的主旨,就此文來看,論文似乎也未解答筆者提出的問題。
② 關於蘇轍之《詩序》觀的研究論文,有于昕《蘇轍著〈詩集傳〉攻〈序〉的內容和特點》(《第四屆〈詩經〉國際學術研討會論文集》,2000年)。
③ 《國風‧關雎‧序》之《蘇傳》云:"其存者將以解之,故從而附益之,以自信其說,是以其言時有反復煩重,類非一人之詞者。凡此皆《毛詩》之學,而衛宏之所集錄也。"

那麼必然也要把《毛傳》納入考察視野中。因此,本文也將涉及《蘇傳》與漢唐《詩經》學之關係的考察。

二、蘇轍對《小序》首句與第二句往下部分觀點一致的例子

排斥《小序》中第二句往下的部分,對蘇轍的《詩經》研究而言有多麼必要?這在多大程度上將他的《詩經》解釋帶向了新的局面?要解決這個問題,就需要考察在每首詩的《蘇傳》中,那些解釋在多大程度上不同於他所刪除的《小序》第二句往下的部分。本節將選取這樣的例子,考察蘇轍《詩經》解釋方法的特徵。

(一) 從《小序》第二句往下的部分中解讀出了首句沒有提到的內容

《小雅·伐木》的《蘇傳》云:

> 事之甚小而須友者,伐木也;物之無知而不忘其群者,鳥也。鳥出於谷而升於木,以木爲安,而不獨有也,故嚶然而鳴以求其友。況於事之大於伐木,而人之有知也哉?是以先王不遺朋友故舊,以爲非特有人助也,鬼神亦將祐之以和平矣。

> 伐木至小矣,而猶須友。故君子於其閒暇而酒食以燕樂之,所以求其歡心也。

以上兩段話描述的是:從山谷間的飛鳥到人類,從伐木的庶民到天子,生物莫不尋求朋友的陪伴。這可能是從王安石的解釋中借鑒而來[①]。

[①] 關於王安石對《伐木》的解釋,請參考本書第五章。

而《毛傳》對本詩首章"伐木丁丁，鳥鳴嚶嚶"的説明是：用伐木時鳥兒受驚交鳴的情形，比喻兩個朋友相互勉勵、切磋琢磨之貌①。《鄭箋》則説，這是描寫了文王顯貴以前與朋友一起伐木勞動的情景。這兩種説法都只是認爲詩中描寫了一對朋友的友愛，而不像王安石、蘇轍的説法那樣，擴展到"萬物求其友"的廣度。

那麼，王安石和蘇轍從何處獲得啓發纔有了如上解釋？這應該不是蘇轍所認可的《小序》首句，因爲這句話並未描繪一個包含卑賤之人和鳥獸等的"求其友生"的圖景：

　　《伐木》，燕朋友故舊也。

那麼，有王安石和蘇轍之説那樣廣度的解釋是否並無先例？我們來看《詩序》的全文：

　　《伐木》，燕朋友故舊也。自天子至于庶人，未有不須友以成者。親親以睦，友賢不棄，不遺故舊，則民德歸厚矣。

這裏雖未提及鳥獸，却表示"自天子至于庶人，未有不須友以成者"，即所有人都需要朋友。王安石的説法可以説是從這裏引申出來的。蘇轍的説法既然以王安石此説爲基礎，那麼他也就是採用了被自己删除的《小序》第二句往下部分的内容。

（二）根據《小序》第二句往下部分的内容，消除首句與詩句之間的矛盾

關於《曹風・鳲鳩》，《蘇傳》中引用的《序》是："刺不一也。"本詩首章則云：

---

① 關於《毛傳》如何解釋《伐木》，依從《正義》之説。

鳲鳩在桑,其子七兮。淑人君子,其儀一也。

詩的首章稱讚了"專一"的品質。蘇轍又解釋道:

　　　鳲鳩之哺其子,朝從上下,莫從下上,平均如一。君子之於人,其均一亦如是也。

也就是說,本詩的内容本身並未體現《序》中"刺不一也"的說法,《序》與詩句有所乖離。且僅讀上文這段《蘇傳》,也並不能解決這種乖離。

本詩《小序》被蘇轍删削之前的版本是:

　　　《鳲鳩》,刺不一也。在位無君子,用心之不一也。

第二句"在位無君子"值得注意,它與詩歌首章的"淑人君子"之"君子"相呼應。《詩序》的意思是,現在的在位者中,並無詩中歌詠的那種秉持均一之德的君子,因此詩人作詩批評現狀。《詩序》解讀詩歌的圖式是:詩人想象、描摹現實中不存在的理想人物之貌,從而慨嘆、批判現實的亂象。這樣的詩歌解釋與"思古刺今"①的思路非常相似②。以此爲過渡,就可以彌合《小序》首句的"刺不一也"與詩歌對理想君子的讚美之間的齟齬。儘管蘇轍在其注釋中並未明言,但他的解釋確實將被他删除的第二句,尤其是"無君子"一語作爲前提③。

---

① 關於"思古刺今",請參考本書第五章第五節及第十四章。
② 順便可以提及的是,歐陽修《詩本義》云:"故詩人以此刺曹臣之在位者,因思古淑人君子其心一者。"認爲此詩思古刺今。
③ 另外,歐陽修《詩本義》爲調和《詩序》中"刺不一"之語與詩歌内容的關係,對鳲鳩的比喻意義有新的解釋:想要從上面的雛鳥餵起,則擔心沒有足夠的食物留給下面巢中的雛鳥;想要從下面餵起,又擔心上面的雛鳥吃不飽——這種育兒的辛勞是"用心不一",用來比喻執政者之心"不一"。不過,這種解釋用母親疼愛雛鳥的美好感情來比喻執政者的醜行,意象不相稱,因此不夠有說服力,蘇轍沒有採用這種說法,而是提出了自己的解釋。關於歐陽修對《鳲鳩》的比喻解釋,請參考本書第四章。

(三) 批評《詩序》第二句往下的部分

在上文的事例中,蘇轍實際解釋詩篇時,並未將《小序》的首句與第二句分開來考察。而反過來,他對於《詩序》第二句往下部分的批評也印證了這種特徵。《陳風·墓門》之《小序》云:

> 《墓門》,刺陳佗也。陳佗無良師傅,以至於不義,惡加於萬民焉。

陳佗是陳桓公之弟,趁桓公病弱之際,殺太子免,篡陳國國君之位。蘇轍只採用了此《序》的首句"《墓門》,刺陳佗也",對於第二句往下的部分,他在注中批評道:

> 陳人知佗之不臣矣,而桓公不去,以及於亂。是以國人追咎桓公,以爲桓公之智,不能及其後,故以《墓門》刺焉。……然毛氏不知《墓門》之爲桓公,而以爲陳佗。故以斧鴞皆爲佗之師傅。其序此詩,亦曰"佗無良師傅,以至於不義,惡加于萬民",失之矣。

蘇轍將《墓門》看作是對導致了陳佗叛亂的桓公的諷刺詩。由此,他批評《毛傳》的訓詁,以及他認爲是毛公所著的、《小序》中第二句往下的部分。然而,如上文引文可見,《小序》首句已經與第二句往下一樣,有"刺陳佗"的判斷。那麼,蘇轍應該認爲《序》的首句也錯了。但他對此沒有任何批評①。這說明,蘇轍雖然將《小序》的第一句當作可信之說引用出來,但

---

① 蘇轍雖然認爲《小序》首句的說法並非全部正確,也有錯誤,但他通常用疑問和反問的方式來表達意見,如對《秦風·終南》之序中"終南,戒襄公也"一句,他說:"此詩美襄公耳,未見所以爲戒者。豈以壽考不忘爲戒之歟?"《墓門》之《詩序》下,他沒有這樣的注釋,也沒有明言首句的"刺陳佗"之語是錯的。

他實際上並未根據這一句解釋詩篇。

從(一)(二)來看,蘇轍依據《詩序》解釋詩篇時,並不一定將《詩序》的首句和第二句往下的部分分開考察。《墓門》的例子則從反面説明,即使是蘇轍反對《詩序》的解釋時,也未必認爲《詩序》首句與第二句往下的部分性質不同。

在以上的三個例子中,蘇轍對《詩序》的看法,即採用《小序》首句而刪除其餘,並不能引導他的詩歌解釋進入一個全新的境界。既然這樣的例子有多個,就説明關於蘇轍的《詩序》觀對其《詩經》研究整體而言有何意義,人們以往的看法有必要被重新審視。那麼,蘇轍對《小序》的記述是重視還是輕視?或者説他對《小序》的價值有何種程度的估測?對此,讓我們從另一個方面進一步加以考察。

三、第二句往下部分的刪除能與
　　新解釋相協調的例子

蘇轍的《詩序》觀是否僅是其《詩經》學中的一個特例,與他的詩歌解釋毫無關聯?在此尚且不能輕易地下結論,因爲《蘇傳》也有一些與上文考察內容不同的情況。本節就準備考察這些將蘇轍的《詩序》觀與其詩歌解釋以邏輯統一起來的例子。

(一) 對於詩篇結構的認識
《邶風・雄雉》之《小序》的全文如下:

　　《雄雉》,刺衛宣公也。淫亂不恤國事,軍旅數起,大夫久役,男女怨曠,國人患之而作是詩。

這裏列舉了數條對衛宣公的諷刺:淫亂之行;發動戰爭;國人因此而夫與妻分別;國人因此而妻與夫隔離。《毛傳》與

《鄭箋》試圖從詩中發現這些要素。首先,他們是這樣解釋本詩首章的:

> 雄雉于飛,泄泄其羽。
> [傳]興也。雄雉見雌雉,飛而鼓其翼泄泄然。
> [箋]興者,喻宣公整其衣服而起,奮訊其形貌,志在婦人而已,不恤國之政事。
> 我之懷矣,自詒伊阻。
> [箋]懷,安也。……君之行如是,我安其朝而不去。今從軍旅久役,不得歸。此自遺以是患難。

《傳》《箋》將首章分成兩部分,認爲第一部分用雄雉的比喻來表現《序》中所謂的"淫亂",第二部分則表現"軍旅數起,大夫久役,男曠"。他們認爲第二章的內容與首章相同,而第三、四章則表現了"女怨"。以第三章爲例:

> 瞻彼日月,悠悠我思。
> [箋]視日月之行,迭往迭來。今君子獨久行役而不來,使我心悠悠然思之。女怨之辭。
> 道之云遠,曷云能來。
> [箋]曷,何也。何時能來望之也。

總結起來,根據《傳》《箋》的解釋,本詩的結構極其複雜:

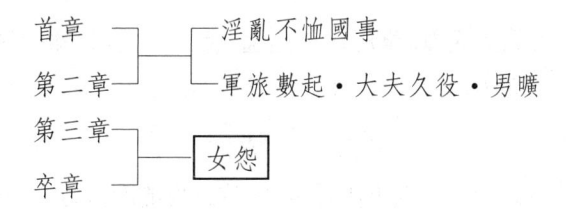

```
首章   ┐ ┌ 淫亂不恤國事
第二章 ┘ └ 軍旅數起・大夫久役・男曠
第三章 ┐ ┌──────┐
卒章   ┘ │ 女怨 │
        └──────┘
```

而《蘇傳》的解釋則相當單純。他對此詩之《序》有如下說法:

夫此詩言宣公好用兵,如雄雉之勇於鬬。……以爲軍旅數起,大夫久役,是矣;以爲並刺其淫亂怨曠,則此詩之所不言也。

他始終都將本詩解釋成對宣公好戰一事的諷刺。因此,他對詩歌的解釋也不包括《傳》《箋》那樣的複雜結構,而是將之視爲從單一角度展開的叙述:長期在外地工作的大夫諷刺宣公,對自己的不明智感到羞恥,並思念故鄉。他的解釋否定了淫亂和男曠女怨的因素,於是就能與他對《小序》第二句往下部分的排斥保持一致。在這個例子中,他只採用《詩序》首句的方法和他對詩歌結構的解讀是相互對應的。

不過,蘇轍的解釋也參照了《小序》首句之後的"軍旅數起,大夫久役"。宣公屢屢興師對外征伐,因此大夫長久在外工作,這層意思並沒有包含在首句的"刺衛宣公也"中,詩歌中與之有關的詩句也只有第三章"道之云遠,曷云能來"一句而已,況且僅憑這兩句也無法完全推導出這層意思。因此,在解釋這首詩的時候,蘇轍也並不是完全不顧《小序》從第二句往下的部分。

《王風·兔爰》的《蘇傳》云:

兔狡而難取,雉介而易執。世亂則輕狡之人肆,而耿介之士常被其禍。其曰"尚寐無吪",寧死而不欲見之之辭也。或曰,羅所以取兔也,兔則免矣,而雉則罹之。天下之禍,首亂者之報也。首亂者則逝矣,而爲之繼者受之。非其所爲而反受其禍,是以寐而不欲動也。

《蘇傳》舉出以上兩種説法,依蘇轍的看法,這兩種説法都認爲詩歌表達了不合理的狀況:始作俑者免於災禍,無辜之人遭遇禍患。他認爲這裏表現的並非是特定的事件或狀況,而是世間的常態。

蘇轍的這個看法,也與他刪除《小序》的第二句相適應。本詩《詩序》全文如下:

> 《兔爰》,閔周也。桓王失信,諸侯背叛,構怨連禍,王師傷敗。君子不樂其生焉。

《詩序》第二句往下的部分認爲此詩叙述了"桓王失信,諸侯背叛,構怨連禍,王師傷敗"歷史事件。若依此,就必須分析考證詩中的内容如何表現了這些歷史事件。從《鄭箋》和《正義》中可以發現他們認真將《小序》的内容與詩句逐一對應解讀的努力①。

而《蘇傳》則認爲詩歌只是叙述了世間常態,這與《小序》首句"《兔爰》,閔周也"這一極爲抽象的定義保持一致。

另外,南宋朱熹《詩集傳》對《兔爰》的解釋與上文的《蘇傳》一樣②,這説明蘇轍的觀點對後世具有影響力。

(二) 反映蘇轍道德觀、價值觀的例子

從《檜風·隰有萇楚》的《蘇傳》中,可以看出蘇轍根據自

---

① 關於本詩首章"有兔爰爰,雉離于羅",《毛傳》云:"爰爰,緩意。鳥網爲羅。言爲政有緩有急,用心之不均。"《鄭箋》云:"有緩者,有所聽縱也;有急者,有所躁蹙也。"這裏認爲詩歌叙述了桓王根據一己之好惡改變對待臣子的方式,即"失信"的情形。另外,關於"我生之初,尚無爲。我生之後,逢此百罹,尚寐無吪"一段,《鄭箋》云:"我長大之後,乃遇此軍役之多憂。今但庶幾於寐,不欲見動。無所樂生之甚。"認爲詩歌叙述了兵役繁重之事,與《小序》的"諸侯背叛"相對應。而關於卒章"我生之後,逢此百凶",《鄭箋》云:"百凶者,王構怨連禍之凶。"認爲這對應著《小序》的"構怨連禍"。這些都體現了將《小序》第二句以下部分中的内容從詩中解讀出來的努力。
② 朱熹《詩集傳》中對《王風·兔爰》的注云:"周室衰微,諸侯背叛。君子不樂其生而作此詩。言張羅本以取兔,今兔狡得免,而雉以耿介,反離于羅,以比小人致亂,而以巧計幸免;君子無辜,而以忠直受禍也。"

己的道德觀作出解釋的情形,同時也可以看出,蘇轍將《小序》第二句往下的部分刪除,以及作出與漢唐《詩經》學不同的解釋,這二者也在邏輯上取得了協調一致。

本詩的《小序》云:

> 《隰有萇楚》,疾恣也。國人疾其君之淫恣,而思無情慾者也。

據此,《鄭箋》云:

> 興者,喻人少而端愨,則長大無情慾。

《正義》曰:

> 此國人疾君淫恣情慾,思得無情慾之人……以興人於少小之時能正直端愨,雖長大亦不妄淫恣情慾。

這裏否定情慾,認爲沒有情慾方爲理想之人,是相當嚴格主義的觀點①。這種解釋是從《小序》"思無情慾者"一語發展而來的。即是說,對《鄭箋》與《正義》而言,墨守《小序》的學術態度與從詩中解讀出嚴格的道德觀念,二者不可分割。而《蘇傳》則曰:

> 萇楚,銚弋也。蔓而不纍其枝,猗儺而已。以喻君子有欲而不留欲也。

"君子有欲而不留欲"的說法值得注意。蘇轍沒有否定"有慾望"這件事本身,他將懷有慾望但能不被慾望支配、有控制力的人稱爲"君子"。與《鄭箋》《正義》相比,他對慾望持有寬容的態度。這樣的解釋,也與他刪除了《小序》中"思無情慾

---

① 關於對《隰有萇楚》的解釋中體現的道德觀念,請參考本書第六章第三節。

者"之語保持一致。

同樣的例子還見於《周南·卷耳》。《蘇傳》採用的此詩《詩序》首句云：

> 《卷耳》,后妃之志也。

對此,蘇轍有如下注釋：

> 婦人知勉其君子求賢以自助,有其志可耳,若夫求賢審官,則君子之事也。①

這是對《小序》第二句往下部分的批評。《小序》云：

> 又當輔佐君子求賢審官,知臣下之勤勞,內有進賢之志,而無險詖私謁之心,朝夕思念,至於憂勤也。

這裏説的是,后妃自己幫助丈夫探求適合作臣子的賢者,並審查判斷應該授予他們何種官職。蘇轍批評這個説法。另外值得注意的是,將《小序》第二句往下的部分與《蘇傳》比較,可以發現《蘇傳》中並沒有《小序》中的"后妃之憂"這個因素。這種憂慮是因爲將國事看作自己的責任而生發出來的,因此,《蘇傳》剔除了"后妃之憂",也就否定了后妃參與國家政治的解釋。

對本詩的首章,《蘇傳》云：

> 卷耳,易得之物；頃筐,易盈之器。而不盈焉,則志不在卷耳也。今將求賢,寘之列位,而志不在,亦不可得也。

---

① 這裏能看出歐陽修《詩本義》的影響,即"婦人無外事,求賢審官,非后妃之職也。臣下出使,歸而宴勞之,此庸君之所能也。國君不能官人於列位,使后妃越職而深憂,至勞心而廢事,又不知臣下之勤勞,闕宴勞之常禮,重貽后妃之憂傷,如此則文王之志荒矣",以及"后妃以采卷耳之不盈,而知求賢之難得,因物托意,諷其君子以謂賢才難得,宜愛惜之"。

這是認爲,后妃鼓勵、規勸自己的丈夫,也就是天子,要有求賢之"志"。與《鄭箋》"易盈而不盈者,志在輔佐君子,憂思深也"的説法比較,憂勞國事的后妃形象在《蘇傳》中消失了。於是,后妃的工作就從親自參與國事轉變成僅僅鼓勵丈夫——也就是内助之功了。關於國事,她是從第三者的立場冷静地爲丈夫參謀。

蘇轍批評《小序》第二句的動機中,也包含著不希望后妃置喙政治的觀念。將《小序》第二句往下的内容删除,與體現了他的政治觀、道德觀的解釋,兩相呼應。

(三)關注詩篇的相似性,不採取《小序》第二句往下部分的説法

《齊風・盧令》首章云:

> 盧令令,其人美且仁。

《蘇傳》云:

> 時人以田獵相尚,故聞其縷鐶之聲而美之曰:此仁人也。猶《還》曰"揖我,謂我儇兮"耳。

本詩《小序》的全文如下:

> 《盧令》,刺荒也。襄公好田獵畢弋,而不修民事,百姓苦之,故陳古以風焉。

《小序》第二句往下有"陳古以風"之説,即是認爲本詩讚美了往昔淳美的風俗。那麽,《小序》首句中"刺荒"這一詩人之寫作動機就没有在詩句上表現出來,而是隱藏在詩歌對往昔之讚美的背後。

蘇轍的解釋與此正相反。他認爲詩人以本詩如實描寫並

批判了當時的不道德風氣。詩中有"其人美且仁"的讚美,也是帶著諷刺之意、用時人的口氣寫入詩歌的,因爲他們陷入不道德境地而不自知,一味追逐、褒賞外在的華美。

根據本詩與《齊風·還》在内容上的相似,蘇轍使他的解釋與《小序》第二句往下的内容有所不同。此詩的《小序》及首章云:

《還》,刺荒也。哀公好田獵,從禽獸而無厭。國人化之,遂成風俗,習於田獵謂之賢,閑於馳逐謂之好焉。(《小序》)

子之還兮,遭我乎峱之閒兮。竝驅從兩肩兮,揖我謂我儇兮。(首章)

據《小序》第二句往下的部分,詩中"揖我,謂我儇兮"一句是對方對自己表示敬意的句子,作者借用當時人的口吻批判他們的不道德。《小序》第二句往下的部分説明了詩人的意圖與詩句的表面意思不一致。這樣的觀點與《蘇傳》對《盧令》的解釋一樣。關於《還》,《蘇傳》云:

言齊人好田,至以還儇相譽而不知恥之,則荒之甚也。

《盧令》與《還》都描寫了游獵的夥伴相互褒獎的情形,其《小序》的首句也都是"刺荒"。因此,蘇轍纔認爲《盧令》也是詩人真實地描述了當時的執政者們道德墮落、生活腐敗,且不以爲恥的樣子,並且蘇轍發現在這一點上此詩與《齊風·還》一致,所以有"猶《還》曰'揖我,謂我儇兮'耳"的説法。即是説,在他看來,描寫同樣内容的詩歌,其作者的創作意圖也相同,所以他將兩首詩的解釋統一起來了。由於不受《小序》第二句往下部分的詩篇解釋的影響,所以蘇轍能够將《盧令》及《還》在詩句本身的描寫上的相似導入解釋中。

四、對《詩序》第二句往下的部分加以補充、修正並用於新的解釋中

在以上討論的例子中,蘇轍刪除《小序》第二句往下的部分,與他對詩篇内容的解釋,二者在邏輯上保持一致。對於《小序》第二句往下的部分,他還有其他的處理方法。本節即擬對此做一考察。

(一) 對第二句往下的部分添加自己的解釋

《蘇傳》中引用的《邶風・新臺》之序如下:"《新臺》,刺衛宣公也。"此詩首章云:

> 新臺有泚,河水瀰瀰。燕婉之求,籧篨不鮮。

《蘇傳》云:

> 宣公納伋之妻,作新臺于河上而要之。國人疾之而難言,故識其臺之所在而已。

被蘇轍刪除的第二句往下的部分是:

> 納伋之妻,作新臺于河上而要之。國人惡之而作是詩也。

二者的字句基本一樣,由此可知蘇轍依據《詩序》第二句往下的部分作了詩篇解釋。

不過,《蘇傳》中有一部分是《詩序》所没有的,即"國人疾之而難言,故識其臺之所在而已"。這是著眼於詩中未曾提及的問題:河邊之臺是由誰、出於何種目的建成的?蘇轍推

測這個詩中沒有的部分所包含的作者意圖,並加以說明。他的理解是,作者不願直接暴露君主的惡行,因此將批判之意寓於象徵性的敘述描寫中。他認爲詩人這樣的表達體現了其"温柔敦厚"(《禮記·經解》)、"主文譎諫"(《詩經·大序》)的態度,是《詩經》精神的反映:不表現强烈感情,而是有節制地加以批判。蘇轍的如上解釋,從字裏行間探明了詩人隱藏的意圖,就這一點來說,它在《小序》解釋的基礎上更加深入了。

(二) 對第二句往下的部分進行修正並加以利用

《蘇傳》中《陳風·東門之池》的《詩序》及首章爲:

> 《東門之池》,刺時也。(序首句)
> 東門之池,可以漚麻。彼美淑姬,可與晤歌。(首章)

蘇轍解釋如下:

> 陳君荒淫無度,而國人化之,皆不可告語,故其君子思得淑女以化之於内。婦人之於君子,日夜處而無間。庶可以漸革其暴,如池之漚麻,漸漬而不自知也。

這個解釋無法從他採用的《小序》首句"刺時也"或是詩句原文中得出。那麼他是怎樣導出了對首章的解釋?

《陳風·東門之池》的《詩序》全文和《正義》如下:

> 《東門之池》,刺時也。疾其君之淫昏,而思賢女以配君子。(《小序》全文)
>
> 此實刺君而云刺時者,由君所化,使時世皆淫,故言刺時以廣之。欲以配君而謂之君子者,妻謂夫爲君子,上下通稱,據賢女爲文,故稱以配君子。經三章皆思得賢女

之事。疾其君之淫昏,序其思賢女之意耳。於經無所當也。(《正義》)

《小序》第二句中,有陳君荒淫、"思賢女以配君子"這樣的說法,這個意思在蘇轍對首章的解釋中也可尋得踪跡。可以認爲,蘇轍是以此爲基礎來解釋首章的。

再有,本詩《小序》首句云"刺時也",但詩歌只叙述了與陳君一人有關的内容,《小序》與詩歌内容並未緊密銜接。爲解決這個問題,《正義》有所説明:"由君所化,使時世皆淫。"即是說,詩中雖然只叙述了陳君一人之事,但其背後的情形是,國内人民都受到陳君惡德的影響。如此,就能使《小序》首句與詩歌内容保持關聯。《蘇傳》中"國人化之"之語,可以認爲是源自《正義》。如此想來,蘇轍在解釋詩歌時,暗自將他刪除了的《小序》第二句以及《正義》的説法當作了前提。

不過,關於能够表明"刺時"之意的内容,若是將《蘇傳》與《小序》第二句往下的部分及其《正義》詳細比較,就能發現兩者之間存在差異。

《正義》云:"此實刺君,而云刺時者,由君所化,使時世皆淫,故言刺時以廣之。"《正義》認爲,《小序》面對著君主惡德波及全國的情况,爲了突出作爲禍患根源的惡德的嚴重性,所以用了"刺時"之語。根據這個解釋,本詩批評的只是陳國國君一人的惡德而已。

《蘇傳》的理解則不同。蘇轍云:"陳君荒淫無度,而國人化之,皆不可告語。"[①]"皆不可告語"的説法在《正義》中並未

[①] 本章引用的《蘇傳》中"君子"一詞出現了兩次。筆者認爲第一個"君子"指道德高尚的詩歌作者,第二個則是"丈夫"之意,這裏指陳君。

出現。在《蘇傳》看來，與其説問題在於陳國君主的惡德本身，不如説是國中没有能够勸諫感化陳君之人。"故其君子思得淑女以化之於内"，是説接受這種情况，期待賢明的夫人能够矯正陳君之失。總之，《蘇傳》的意思是，詩中的問題與其説是陳君的惡德，不如説是國中没有矯正陳君之人，《小序》正是想表達對這種情形的批評，所以有"刺時"的説法。與《正義》相比，根據《蘇傳》的解釋，《小序》首句與詩篇内容更爲統一，因此，蘇轍爲使《小序》首句與詩篇内容彼此對應，利用並修正了《小序》第二句往下部分以及《正義》的解釋，或是將其意思補充完整再加以利用。

五、蘇轍的《詩序》説

以上分析了《蘇傳》中能够代表性地體現蘇轍關於《詩序》看法的事例，由此可知蘇轍對於《小序》的態度有多種，據上文的研究，可總結如下：（一）如第一節提及的，蘇轍尊重《小序》的首句，認爲那是傳自孔子的可靠文本，但他認爲《小序》從第二句往下都是漢代作者的引申而已，因此將它們都刪除了。然而，從第二節的研究可以發現，蘇轍對詩篇的解釋却未必反映這一觀點，我們能從中發現很多例子，是蘇轍依據被他刪除了的第二句往下的部分來解釋詩篇。這説明我們必須重新探究蘇轍是出於何種學術意圖纔將第二句往下的部分全部刪除的。（二）另一方面，如第三節所考察的，也有不少情況是，蘇轍的詩篇解釋與他將第二句往下部分刪除的做法在邏輯上相協調。並且，如第四節所考察的，還有不少情況是，他利用《詩序》中第二句往下的部分，並根據自己的解釋及價值觀等加以補充和修正。通過考察這些例子，我們可以研究蘇轍根據何種觀念來理解詩篇的整體意思。

本節想從以上兩個側面來考察蘇轍之《詩序》觀念。首先來看第一個方面。關於蘇轍的《小序》觀念，郝桂敏有如下論述：

> 因此以往認爲蘇轍《詩集傳》只取《小序》首句的説法是失之片面的。①

郝桂敏的根據如下：第一，《蘇傳》對《序》的注釋中，用"毛詩之叙曰"的形式屢屢引用《小序》第二句往下部分的內容。其中雖然也有對這些內容的批評，但大多是作爲附加材料來説明作詩的年代。可以説這是爲了補充首句而引用的②。第二，從他的詩篇解釋中，可以發現有多處摻入了《詩序》第二句往下部分的内容③。

如郝桂敏所言，這樣的結論刷新了以往關於蘇轍之《詩序》觀念的見解④。雖然這一說法現在還未被當作定論

---

① 參考郝桂敏前揭書第三章第一節第 81 頁。
② 例如，《邶風・柏舟・序》的注云："毛詩之叙曰：此衛頃公之詩也。變風之作而至於漢，其間遠矣，儒者之傳《詩》，容有不知其世者矣。然猶欲必知焉，故從而加之。其出於毛氏者，其傳之也。其出於鄭氏者，其意之也。傳之猶可信也，意之疏矣。是以獨載毛氏之説，不敢傳疑也。"
③ 例如《邶風・綠衣》首章的《蘇傳》云："言妾上僭而夫人失位也。"是引用了《小序》"《綠衣》，衛莊姜傷己也。妾上僭夫人失位而作是詩也"的第二句。再有，《邶風・凱風》首章的《蘇傳》云："衛之淫風流行，雖有七子之母，猶不能安室。"也是從《小序》來的："《凱風》，美孝子也。衛之淫風流行，雖有七子之母，猶不能安其室。故美七子能盡其孝道，以慰其母心而成其志爾。"
④ 洪湛侯《詩經學史》（中華書局，2002 年）第三編《詩經宋學》第二章第三節《蘇轍不採〈詩序〉續申之詞》的以下説法值得注意："《詩序》首句固然簡古，然有時總難盡括全詩旨意，因此蘇轍往往採用補充辦法，加注'毛詩之序曰'云云，以補首句之所未備，如此者近三十例。又或在所引首句之下，加寫一段……這些也都説明蘇轍當時也已感到僅用首句並不能完全説明問題。"（第 325 頁，著重號爲筆者添加。）

普遍接受①,但從前幾節的考察來看,筆者也贊同郝桂敏的觀點。並且,除了郝桂敏曾經討論過的内容之外,第二節的考察還使我們更清楚地瞭解到,關於詩歌作者用怎樣的方式叙述了怎樣的内容這一詩歌構思的問題,蘇轍也從《小序》第二句往下的部分中多有借鑒。

爲何蘇轍要根據自己删除的第二句往下的《小序》之説來解釋《詩經》?錢志熙曾詳細論述了《詩序》的意義②,他將《詩經》之詩定義爲"歌謡",並論述道:"相對於歌謡的抒情性來講,它們的再現事件的功能是比較弱的。雖説是'緣事而發',但並不叙事,而是寫因事所激的哀樂、美刺之情。"③"歌謡與本事之間,主要是一種主觀表現(主觀抒情)的關係,而非客觀再現(客觀叙述)的關係。"④因此,"一般來説,這些歌謡,如果没有本事的記載,是很難猜想它們的本事的"⑤。在這一觀點基礎上,他關於《詩經》之詩有如下説法:

> 風詩的絶大多數作品,都只有這樣一種簡單的情景與場景。而單一、具體的情節與場景,除了感情傾向外,其思想主題往往是難以判斷的,這是造成"詩無達詁"的根本原因。⑥

---

① 近年出版的《詩經》學通史研究及《蘇傳》研究(如李冬梅前揭書),也襲用了以往的觀點。洪湛侯前揭書第三編《詩經宋學》第二章第三節《蘇轍不採〈詩序〉續申之詞》指出,蘇轍的《詩經》研究經常被後人指出的一個特點是:"懷疑《詩序》,僅採首句。"戴維《詩經研究史》第六章《宋代〈詩經〉研究》第一節之五中介紹蘇轍《詩集傳》云:"蘇轍解《詩》,最獨特的是《小序》僅保存首句,其餘皆删汰以盡。"
② 錢志熙《從歌謡的體制看風詩的藝術特點——兼論對〈毛詩〉序傳解詩系統的正確認識》,《北京大學學報(哲學社會科學版)》2005年第2期。
③ 同上書,第64頁。
④ 同上書,第63頁。
⑤ 同上書,第63頁。
⑥ 同上書,第65頁。

《詩經》之詩既有如此特質,則推測"本事"的任務除《小序》之外就無從著手。推崇《詩序》的王安石自是如此,即便是打破《詩序》往日之權威的歐陽修,在解釋具體某一詩篇時也有很多依從《詩序》之處。而蘇轍既然推重《詩序》首句是來自正統的傳承,當然也會以《詩序》爲基礎來考慮本事。

錢志熙在另一篇論文中論述道:"但是是否真的(《小序》——筆者補充)最早只有一句(不管是孔子還是子夏所作,抑或其他人所作)呢?恐怕也不是這樣,因爲我們看到,有一些詩篇的《小序》,光首句並不能表達一個完整的意思,後面的句子是與第一句緊密相連的。"①從這裏也可以發現蘇轍爲何對《小序》採取那種處理方法。由於只憑首句不足以完整表達意思,蘇轍就必須利用第二句往下的部分作爲對首句的注釋,爲自己的詩篇解釋指明方向。也就是説,蘇轍在理論上雖然相信首句的獨立性,但在實際解釋詩篇時,如果不幸首句對詩歌含義的表達不充分,他就只好用第二句往下的記述來加以補充。

不過,蘇轍認爲首句與第二句往下的部分以不同方式形成,這一點還是很重要的。因爲既然兩者性質不同,則如果沒有必要,就可以不依從第二句往下的説法,只根據首句之説來解釋。蘇轍的《詩序》觀使他可以根據自己的判斷標準,自由地決定是否採用第二句往下部分的內容。

那麼,關於是否援引第二句往下的內容來解釋詩篇,蘇轍的判斷標準是什麼?要全面討論這個問題,不但需要詳細地分析《蘇傳》整體,還必須考察他在其他作品中關於《詩經》的

---

① 錢志熙《永嘉學派〈詩經〉學思想論述》,《國學研究》第十八卷,北京大學出版社,2006年。後亦收入氏著《溫州文史論叢》,上海三聯書店,2013年,第151頁。

論述。本文並未做好這樣的準備。因此筆者在此想要集中研究的,是在考察漢唐《詩經》學的評價及其與北宋《詩經》學先行研究的關係時,那些被認爲重要的方面。第三、四節舉例討論了蘇轍刪除《小序》第二句往下的部分與其詩篇解釋之間有邏輯上的必然性,在這些例子中,詩與其《詩序》的關係可總結如下:(一)以蘇轍的道德和常識標準來看,第二句往下的部分中包含的内容難以接受——《檜風·隰有萇楚》《周南·卷耳》。(二)第二句往下的部分將詩歌結構講得過於複雜,添加混亂——《邶風·雄雉》《王風·兔爰》。(三)第二句往下部分的記述與首句不完全協調——《陳風·東門之池》。(四)被認爲表達了相同内容的詩篇,其《小序》的第二句往下的部分中却有不同的説法——《齊風·盧令》。

這裏想特別關注的是第二和第三。第二節中舉出的利用《小序》從第二句往下部分的例子,其叙述都是用同一個視角貫穿一篇《小序》整體,是從一個角度作出的詩篇解釋。

而《雄雉》《兔爰》的《小序》則混合了多個視角,若根據《小序》就無法用統一視角來解釋詩篇。對於《東門之池》的《小序》,蘇轍修正第二句往下的部分,使之與首句更加協調,這也表現了他希望從統一視角解釋詩歌的思路。

另一方面,在第二節提到的《小雅·伐木》中,從第二句往下的部分的記述視角比首句更寬廣,《蘇傳》依從了前者。這看起來與上面的結論相矛盾。不過,它們邏輯上都統一在"求友"的主題之下,能夠在同一個向度上使詩歌内容豐富起來。這與《雄雉》等的情況是不同的,後者從第二句往下部分的視角呈發散狀態。總之,可以認爲蘇轍重視解釋視角的一以貫之,他利用《小序》的前提是不違背這個解釋方法。

如此看來,蘇轍是否採用《小序》第二句往下的内容的標準,是《小序》是否始終從一個統一的角度來説明作者的作詩意圖。這體現了蘇轍的如下觀念:詩篇整體描寫叙述了同一個主題,因此解釋者也可以通過追求解釋的統一性來弄清詩歌的本義。

上文的"四"也可以聯繫這一點來考慮。蘇轍不但追求每一篇《小序》的内在協調,而且追求《詩序》作爲一個整體的協調。這不但説明他認爲《詩經》中的全部《小序》都有其一貫性,而且認爲《詩經》的詩篇也符合於《詩經》整體的一貫性。

而且,即便是批評《詩序》從第二句往下部分的説法時,蘇轍也並非完全否定,而是如第四節所見,在某種程度上補充修正,並吸收進自己的解釋中。由此看來,蘇轍没有簡單地將第二句往下的部分視作同一性質,而是認爲其中玉石混雜。

以上考察了《蘇傳》的《小序》評價和詩篇解釋之間的關係,由此我們能够明瞭他的《小序》觀——尊重首句、删除第二句往下的部分——在其《詩經》學中的位置。即是説,蘇轍並不是由於認爲從第二句往下的部分不過是漢儒所作將之删除,纔形成他解釋詩篇的方法論。並且,以上因果邏輯反過來也同樣不成立,即是説,他也並非因爲綜合了對每首詩的研究,認爲從第二句往下的部分没有價值,纔將從第二句往下的部分删除。

的確,蘇轍從孔子的文體這個角度出發,認爲《詩序》的文章應該簡潔,而從第二句往下的部分過於冗長,因此不是原《詩序》的文章,於是他將其删除了①。但這充其量只是恢復

---

① 《周南·關雎》之《序》的《蘇傳》云:"孔子之叙《書》也,其贊《易》也,未嘗詳言之也。非不能詳,以爲詳之則隘,是以常舉其略,以待學者自推之。今《毛詩》之《叙》,何其詳之甚也。"

《詩序》的本來面目,是從文獻學角度進行的處理,與他認爲從第二句往下的部分是否正確這一判斷無關。如此想來,在蘇轍的《詩經》學中,且不管他的觀點,只就他對《小序》的實際利用情況而言,《小序》首句與從第二句往下的部分,恰如《春秋》及其《傳》的關係那樣。

由此看來,蘇轍的《詩序》說在其《詩經》解釋學中的意義,並不在於《蘇傳》中沒有引用《詩序》從第二句往下的部分。沒有引用,並不能說明蘇轍認爲它們沒有價值。其真正意義在於,《蘇傳》區分首句與從第二句往下部分的不同性質,認爲第二句往下的部分在作者、創作情形以及內容方面的價值,與《毛傳》齊平。通過剝奪第二句往下部分不可動搖的權威性,蘇轍將它們變成了可以自由處理的對象,與《毛傳》《鄭箋》一樣。於是,他取用合理之處,補充修正不完善處,改正錯誤之處,用這樣融通無礙的方法,將《小序》吸收進了自己的《詩經》學。因此,如第四節所見,在某些情況下,蘇轍不但有效利用了《詩序》的原内容,而且爲其添加了更深的意義。由此,他的《詩經》解釋繼承前人成就而不止於蹈襲,有自己的解釋又不至於獨斷,兼具了穩當和獨特兩種性質。

六、關於《詩經》學傳授的觀點

對於《詩序》從第二句往下的部分以及漢唐《詩經》學,蘇轍從整體上持批評態度,但對構成以上《詩經》學的具體經說,他用各種方式最大限度地加以利用。蘇轍的這種方法是在怎樣的學術觀念之上形成的?關於《詩序》從第二句往下的部分之形成,《周南·關雎》之《序》的《蘇傳》云:

其存者將以解之,故從而附益之,以自信其說。是以其言時有反復煩重,類非一人之詞者,凡此皆毛氏之學而衛宏之所集録者也。

這裏認爲,首句是原有的,而後代學者紛紛自述其説,將這些説法集結起來,就是從第二句往下的部分。不過這裏並沒有説明他們的説法有何種性質,那麼蘇轍對它們的學術史定位也就並不明瞭。《詩説》①爲討論這個問題提供了材料:

> 《詩序》非詩人所作,亦非一人作之。蓋自國史明變,太師達雅,其所作之義,必相授於作《詩》之時。況聖人刪定之後,凡在孔門居七十子之列,類能言之。而鄒魯之士、縉紳先生多能明之。漢興,得遺文於戰國之餘,諸儒相與傳授講説,而作爲《序》,其義必有所授之也。於是訓詁傳注起焉,相與祖述而爲之説,使後之學者釋經之旨而不得,即以《序》爲證。殊不知《序》之作亦未爲得《詩》之旨,此不可不辨。
>
> 即此觀之,《詩》之《序》非漢諸儒相與論撰者歟? 不然,何其誤詩人之旨尚如此?

這裏認爲,《詩序》既非成於作者本人之手②,亦非子夏述作,而是由漢代多位《詩經》學者寫就的。爲了得出這樣的結論,蘇轍在此對漢代爲止的《詩經》學傳承做了考察,很值得關注。在蘇轍看來,詩歌的寫作意圖以"國史・太師—《詩經》刪定者孔子—孔門弟子—魯國學者"的脉絡代代傳授,漢代儒者承繼這條脉絡,整理成《詩序》,同時興起了訓詁傳注之學。雖

---

① 這篇論文沒有收入通行的蘇轍文集《欒城集》,詳見李冬梅前揭書第一章第 46 頁。
② 這裏是蘇轍就《詩序》作者的問題,反對王安石的觀點。請參考本書第五章第六節。

然經過秦代焚書,學術中斷,只能集佚遺文,無從獲得全貌,但蘇轍認爲漢代學者寫成的《詩序》傳承了《詩經》學的正統。在他看來,漢代《詩經》學基本上繼承了《詩經》之詩寫成時的詩說,它們經由師弟之間代代的"師承"和"祖述"行爲傳遞下來。這一觀點與漢唐《詩經》學者對自己《詩經》學的看法基本一致①,即正是由於他們身處這個師承系統之中,因此他們的學術的正當性繞得以保證。

不過,蘇轍一方面肯定有這樣的師承系譜存在,一方面又將論調一轉,說"使後之學者釋經之旨而不得,即以《序》爲證。殊不知《序》之作亦未爲得《詩》之旨"。他認爲,由於《詩序》沒有抓住詩的本義,所以這樣的師承系譜誤導了信奉《詩序》的學者。由此可知,關於"師承"這種行爲,漢唐學者與蘇轍有不同的評價。

在漢唐學者看來,能夠確定一代代的學說傳承者,就能保證學說是以純粹的形式傳承下來的。因此他們將自己與正確的師承系譜聯繫在一起,當作自己學說之權威性的依據。但蘇轍認爲,與這樣的系譜聯繫在一起的學者,其學說的正確性未必能得到保證。蘇轍雖沒有說明具體的理由,但他認爲這些學者的學術"必有所授之",却得出"未爲得《詩》之旨"的結論,這大概能說明,在他看來,師承的行爲既然牽涉到歷代的衆多學者,那麼其中也就不免有所摻雜。《邶風·柏舟·序》的《蘇傳》云:

> 變風之作而至於漢,其間遠矣。儒者之傳《詩》,容有不知其世者矣,然猶欲必知焉,故從而加之。

蘇轍推測道,儘管時代遙遠,失去了確切的傳承,但學者

---

① 關於漢唐學者對《詩經》學師承的看法,請參考本書第三章第六節。

不認爲應該將不明白的地方保留，而是往往添加臆測之説。由此可見，他不認爲來歷和傳承能夠提供絕對不變的價值，反而認爲歷史過程和衆人的參與會削弱這種價值。可以説，對於漢唐學者真誠信賴的"師承"行爲本身，蘇轍指出了包含在其本質内的問題。

另一方面，蘇轍認爲流傳到當時的《詩序》及漢代學者的訓詁傳注之學等保持了周代國史、太師以來的傳承，這一點也非常重要。這是因爲蘇轍並不完全否定《詩序》、傳注之學等，而是將之看作推求詩歌本意的必需要素。一言以蔽之，蘇轍認爲漢唐《詩經》學是真僞混雜而形成的混沌性質的文本。

那麼，《詩經》學者應有的學術態度——認識到師承的虛僞性、擺脱其束縛，就並非全面否定漢唐《詩經》學，而是將歷史過程中摻雜進的謬誤從混沌中濾去，提取出真正有傳承的詩説，以之爲基礎來弄清詩歌的本義。

從漢唐《詩經》學的混沌狀態中分別真實和謬誤，依據的是蘇轍自己的判斷基準，而在其中，依據蘇轍自己的常識性感覺作出的判斷，要優先於"師承""祖述"這樣成體系的經説的傳承。在某種意義上，不得不説這是主觀性很強的研究方法。然而對蘇轍而言，有效地利用自己這樣的主觀感覺不可或缺，這使他能以漢唐《詩經》學的混沌爲素材，獲取真正具有傳承的"詩人之旨"。前面幾節中所分析的蘇轍利用《詩序》及漢唐《詩經》學的方法，其理論正確性正是爲這種觀念所支持。

如上所見，《蘇傳》中有很多例子能夠體現蘇轍追求視角統一和邏輯統一，用他自己的道德價值觀重新審視既有解釋。並且，在訓詁考證的方面，他也傾向於將字義解釋爲通常的含義①。這些都是將重視常識性感覺的態度呈現在具體的解釋方法中。值得注意的是,有些例子將根據常識解釋字義與依據道德價值觀來解釋結合起來了。《陳風・宛丘》的首章云:

> 子之湯兮,宛丘之上兮。洵有情兮,而無望兮。

《鄭箋》云:

> 此君信有淫荒之情,其威儀無可觀望而則傚。

《蘇傳》則説:

> 幽公游蕩無度,信有情矣,然而無威儀以爲民望。

《鄭箋》的"此君信有淫荒之情",《蘇傳》的"幽公遊蕩無度",都來自《小序》的説法②:

> 《宛丘》刺幽公也。淫荒昏亂,游蕩無度焉。

如何使陳幽公的"淫荒昏亂,游蕩無度"之惡德與"洵有情兮"一句取得協調,是《鄭箋》與《蘇傳》説法的分歧所在。

《鄭箋》認爲"情"是"淫荒之情",即惡德,"洵有情兮"一句包含了詩人對幽公的批判。那麽這一句與下句的"而無望兮"

---

① 試舉一例。《小雅・六月》"侵鎬及方,至於涇陽"的《蘇傳》云:"鎬,鎬京也。'方',未詳。"這與《鄭箋》"鎬也,方也,皆北方地名"的説法不同。二者的差異是怎麽產生的?《正義》解釋《鄭箋》如此注釋的原因説:"以北狄所侵,故知鎬也方也,皆北方地名也。"據此,則鄭玄從鎬和方被北方異民族攻擊一事,推定這兩個地方都並非首都,而是北狄疆域附近的地名,他不是根據歷史地理方面的知識來注解,而是爲了保證與詩句以外的知識相協調而捏造了地理信息。蘇轍的判斷則沒有摻雜這樣的外部因素,他按照詩中字句推測了通常來説最可能的地名。從中也可看出他的解釋方法,是對諸篇的言辭作平易、常識性的意義解釋。
② 從這裏也可以看出,蘇轍採用了他本不會採用的《小序》第二句往下部分的記述來理解詩篇。

就是順接的關係。根據這一解釋,此二句的意思是:(幽公)確實有此(淫荒之)情,因此不可寄予希望。

而《蘇傳》的看法是,儘管幽公的確是有"淫荒昏亂,游蕩無度"惡德的昏昧君主,但從不倦地追逐自己慾望的角度來看,他也可謂是"洵有情兮"。此處的"情"是忠實於自己慾望,不被看作是惡德。蘇轍將"情"理解爲"真情",其本身無所謂善惡,因此"洵有情兮"一句表明詩人是在某種程度上對幽公的情形加以掂量。《詩序》所言對幽公的諷刺,僅包含在下句中,因此連接此句與下句的"而"字表示轉折的關係。根據他的解釋,這兩句的意思是:"雖然確實有情,但却不可寄予希望。"①蘇轍將"情"看作無關道德善惡、有獨立存在意義的概念。要考察他對於"情"的看法,這是一條重要的材料②。

從字義解釋的角度來看,鄭玄將陳幽公之情解釋爲"淫荒之情",而蘇轍則將之解釋爲真情,後者是更近於日常用法的平易之説。鄭玄認爲陳幽公是應當被批判的人物,那麽在講述幽公事蹟的詩句中不應有讚賞他的言辭,因此"情"字也具有批判意味。可以説對他而言,相比常識性、穩當的語義解釋,更重要的是使解釋與詩歌外部的某種前提知識保持一致。而《蘇傳》之説體現出的解釋方法則是,用平易、常識性的意義來解釋詩中詞語,不爲了與外在情況相符而添加多餘的含義。

---

① 這個解釋也被朱熹繼承採用。《詩集傳》云:"國人見此人常游蕩於宛丘之上,故叙其事以刺之,言雖信有情思而可樂矣,然無威儀可瞻望也。"由此也可知蘇轍的解釋姿態影響了後來的《詩經》學。
② 關於蘇轍《詩經》學中"人情"的重要性,詳見石本道明《蘇轍〈詩集傳〉與朱熹〈詩集傳〉》(《蘇轍〈詩集傳〉と朱熹〈詩集傳〉》,《國學院雜誌》12[10]〔通號 134〕,2001 年 10 月)及李冬梅前揭書第三章。

在語句解釋層面上,這也是一個重視常識性感覺的例子①。

---

① 蘇轍於《蘇傳》之外尚有多篇關於《詩經》的論文,其中包含了考察其《詩經》解釋理論的重要學說。尤其是其《詩說》(參考李冬梅前揭書第一章,第 46 頁)中有對《詩序》的批評考察,是除本文考察的內容之外的很有價值的資料,能夠體現蘇轍從《詩序》第二句開始的部分中發現了什麼問題。本文限於篇幅,不能詳細討論,因此將具體的例子和《蘇傳》中的有關部分一同列舉如下,以備後考:
    A 批評《詩序》將詩中表達希望的假設描寫當成了實事。"夫魯之有《頌》,詞過於實。《閟宮》之詩有曰:'居常與許,復周公之宇。'……蓋此詩之作……皆國人祝之之辭,望其君之能如此也。序《詩》者徒得其言,而未得其意。"(《蘇傳》卷一九:"《毛詩》之《序》曰:《駉》……《有駜》……《泮水》……《閟宮》……夫此詩所謂'居常與許,復周公之宇'者,人之所以願之而其實則未能也,而遂以為頌其能復周公之宇。是以知三詩之《序》皆後世之所增而《駉》之《序》則孔氏之舊也。")
    B 批評《詩序》過於拘泥詩中語詞,因此錯誤理解比喻。"言魚何在,在藻爾。或頒首,或莘尾,或依蒲,自以為得所也。然特在藻在蒲而已,焉足恃以為得所? 猶之幽王何在,在鎬爾。或豈樂而後飲酒,或飲酒而後豈樂,若無事而那居自以為樂者。然特在鎬飲酒,湛於耽樂,而不恤危亡之至,亦焉足以恃以為至樂? 此詩人所刺也。"(《小雅·魚藻·序》:"《魚藻》,刺幽王也。言萬物失其性,王居鎬京,將不能以自樂,故其君子思古之武王焉。")(《蘇傳》卷一三:"毛氏因在鎬之言,故序此詩為思武王,以在藻頒首為魚得其性,蓋不識魚之在藻之有危意也。")
    C 批評《詩序》與史實相悖。"《將仲子·序》曰:小不忍以至大亂……故《春秋》譏之,而左氏謂之鄭志,以鄭伯之志在於殺也。將仲子之刺,亦惡乎養成其惡而終害之,序詩者曰……則莊公之用心豈小不忍者乎?"
    D 批評《詩序》將詩中的部分敘述錯當成詩歌整體的大義。"召旻所刺,刺幽王大壞也。……思召公之辟國,特其一事耳,而序《詩》者遂以旻為閔天下無如召公之臣,焉足以盡一詩之義。"(《大雅·召旻·序》:"《召旻》,凡伯刺幽王大壞也。旻,閔也。閔天下無如召公之臣也。")
    E 批評《詩序》沒完全抓住詩歌的寓意,理解得過淺。"淇奧所美,美武公之德也。武公之德如詩所賦,無所不可。序詩者徒見詩言曰'有匪君子',即稱其有文章,武公所以為君子,非止文章而已。見詩言曰'如切如磋,如琢如磨',即稱其又能聽其規諫。武公所以切磋琢磨,非止聽規諫而已。"(淇奧·序》:"美武公之德也。有文章,又能聽其規諫,以禮自防,故能入相于周,美而作是詩也。")

七、與同時代《詩經》學的關係

第五節曾指出蘇轍的《詩經》解釋有一個特徵,即重視詩篇内容的一貫性。這種方法也見諸歐陽修、王安石的《詩經》學①。歐陽修的《詩經》解釋傾向於盡量使詩篇的描寫視角單一、單純,而王安石的《詩經》解釋則往往賦予詩歌以複雜的内容和主旨。儘管有這樣的差異,但他們的《詩經》解釋却有其共同方法,例如鄭玄的《詩經》解釋中常常有邏輯上的混亂,與之相比,歐陽修和王安石的解釋都試圖使詩篇内容一以貫之,並重視其邏輯性。這種研究姿態是蘇轍、歐陽修和王安石所共有的。

再有,上一章曾提及蘇轍重視常識的解釋方法,這可以看作是對歐陽修《詩經》學的繼承,尤其是他很大程度地繼承了歐陽修的"人情說"——人的常識和正確判斷是古今不變的,我們可以以之爲基礎來探究古人想要表達的意思,甚至是聖人的教導。

那麽,蘇轍的《詩經》學是否僅僅是歐陽修、王安石的單純延長和複述? 蘇轍《詩論》②云:

> 而況乎《詩》者,天下之人,匹夫匹婦,羈臣賤隸,悲憂愉佚之所謂作也。夫天下之人自傷其貧賤困苦之憂,而自述其豐美盛大之樂,其言上及於君臣父子、天下興亡治亂之迹,而下及於飲食牀第、昆蟲草木之類,蓋其中無所不具,而尚何以繩墨法度,區區而求其間哉? 此亦足以見其志之不通矣。夫聖人之於《詩》,以爲其終要入於仁義,

---

① 參考本書第六、七章。
② 《欒城應詔集》卷四(《欒城集》下册,上海古籍出版社,1987年,第1613頁)。

而不責其一言之無當,是以其意可觀,而其言可通也。

這裏敘述了蘇轍對於《詩經》之作者的面貌以及《詩經》編輯者孔子之作用的看法。據他看來,《詩經》的作者有男女貴賤多種面貌,詩中的内容和表達方式也未必全部合乎道德準則。這種關於作者的看法,與歐陽修相近,而與王安石明顯不同①,因後者認爲《詩經》之詩由教養深厚、道德高尚的讀書人寫成。

不過,對於孔子與詩篇的關係,蘇轍的看法與歐陽修異幟。歐陽修認爲,孔子將多位作者寫成的詩篇編輯爲《詩經》時,不但根據道德與否的標準進行了嚴格的取捨,而且有時還對詩篇内容施以修正加工,使其合於道德②。而蘇轍説,如果孔子認爲詩篇内容整體上符合仁義,就不會在意個別的瑕疵,因此他認爲孔子没有改動詩篇來使其符合自己的道德價值觀。二人的觀點差異也與他們對於《詩經》之道德性質的看法不同有關。在歐陽修看來,《詩經》由於孔子的積極參與而成爲了道德上純净無暇的文本,因此,無論是對詩篇整體還是細微之處的解釋,如果不合乎道德,那就是解釋出錯了。而蘇轍的觀點是,《詩經》解釋不被道德標準過度束縛,因此從詩篇中解讀出人情的自然流露纔是可能的③。

---

① 請參考本書第四章第七節,以及第五章第六節。
② 請參考本書第三章第六節。
③ 如楊新勛所言,歐陽修在《詩本義》中認爲有一部分詩歌是敘述不道德内容的"淫詩"(《宋代疑經研究》第二章第二節,中華書局,2007年,第74頁)。不過歐陽修認爲,孔子之所以將這些"淫詩"收入《詩經》,是爲了使讀者厭惡不道德行爲,從而追求道德生活,所以這是從反面論證,文章在道德觀點上還是統一的——某些詩篇整體上不道德,也可資教化。而蘇轍在解釋《陳風·宛丘》時,一邊從道德角度批評陳幽公,一邊又肯定幽公之"情",他並非片面地僅用道德作爲解釋標準,而是也能夠在相反角度上有感情和評價上的調整——具體到《宛丘》而言,即與道德視角相對照的"真情"視角。這種多方面的評價方法是歐陽修所缺乏的。

蘇轍與歐陽修一樣，都將"近人情"當作重要的解釋方法，但他所謂的"人情"之內涵與歐陽修則有若干不同。歐陽修云：

> 詩文雖簡易，然能曲盡人事，而古今人情一也。求《詩》義者，以人情求之則不遠矣。然學者常至於迂遠，遂失其本義。(《詩本義》卷六《〈出車〉論》)

可見歐陽修的"人情"指超越時空的、人類共通的良知和常識，這是作爲聖人的孔子的道德源泉。"人情"與美德不可分離，因此歐陽修相信，用自己信賴的"人情"可以正確捕捉到聖人的道德意圖。即是說在他的《詩經》學中，因作者身份、境遇、作詩情況等產生的詩篇多樣性和偶然性等，被"人情"克服了。"人情"成爲一種裝備，可以幫助形成具有普遍意義的解釋①。

而蘇轍將"人情"理解爲普通人自然的感情流露，因此對"人情"的追求就不像歐陽修那樣，同時意味著對道德性和原理性的追求。即是說，蘇轍與歐陽修不同，他將"人情"看作詩篇內容以及思想感情的複雜性、多樣性的產生源泉，而不是用來一以貫之地解釋《詩經》的理念②。重視詩篇中人類感情的自然流露這一姿態，就從以上觀念申發出來。例如三一(二)討論過的《檜風·隰有萇楚》中有"君子有欲而不留欲也"一

---

① 《詩本義》卷一一《〈蕩〉論》云："刺者其意淺，故其言切。而傷者其意深，故其言緩。作詩之人不一，其用心未必皆同，然考《詩》之如此者多，蓋人之常情也。"另請參考本書第三章第六節。

② 《蘇傳》中"人情"出現了三處：《周南·江有汜》云："江有汜，欲求嫡之悔過而不以怨言犯之。蓋事之不失而嫡自悔矣。此則善原人情也。"《邶風·泉水》云："衛國之女思衛而作詩，其爲衛音也。固宜猶莊舄之病而越吟，人情之所必然也。""故禮緣人情，使得歸寧。"每一處都不像《詩義》中那樣，被用作解釋詩歌的原理。

句,是並不否定懷有慾望的自己的例子;第六節討論過的《陳風・宛丘》中,對於昏庸的陳幽公,也肯定其"情",這也是一例。可見這一姿態體現在詩篇解釋中①。

與此相關,蘇轍對於解釋這一行爲本身的界限也有所認識。他認爲《詩經》是遠古時代人們的作品,後代人無法完全理解。他還認爲《詩經》中有些地方是根據合理思考和客觀考證也無法完全説清楚的。例如,蘇轍並不否定《詩經》中叙述了一些不合常識、超常的現象②。另外,他在《詩論》中寫道:

> 夫興之爲體,猶曰其意云爾,意有所觸乎當時,時已去而不可知,故其類可以意推,而不可以言解也。
>
> 嗟乎,天下之人欲觀於《詩》,其必先知夫興之不可以與比同,而無彊爲之説,以求合其作《詩》之事,則夫《詩》之義庶幾乎可以意曉而無勞矣。

這裏説的是,詩之六義之一的"興"不是比喻,而是詩歌構思的源頭,因此作者以外的人們無法完全理解作者在"興"中寄寓的意圖和思想情感。他認識到以理論爲基礎的解釋的界限,因此重視同感之理解。這與歐陽修關於"興"的説法明顯不同。

歐陽修没有嚴格地區分"比"和"興",只是將它們放在比

---

① 《衛風・氓》的主人公是一位與戀人出走,後來又遭到遺棄的女性。從蘇轍對她的評價中,也可看出他對於人情和道德的觀點。對此詩中"匪來貿絲,來即我謀"一句,鄭玄云:"此民非來買絲,但來就我,欲與我謀爲室家也。"認爲她與其説是淫亂私奔者,不如説是被男性欺騙受害的女性,並將女子性格描述成"用心專者怨必深""又明己專心於女",可見他想要美化女主人公。而《蘇傳》云:"託買絲而就之,謀爲淫亂也。"將女子的出走判斷爲"淫亂",没有想要保持主人公的道德性質。由此可見蘇轍的觀念,即吐露真情的詩篇未必都是道德的。

② 參考本書第一章第四節以及第六章第六節。

喻的範疇內。他認爲比喻是用來明確表述難以敘述的內容，將內容從根本上解釋清楚的方法①。他不像蘇轍那樣，認爲"興"本來就有可能無法解釋②。

由此可見，蘇轍認爲不可解釋是包含在詩歌本質中的一種特性，而歐陽修的這一觀念則很稀薄。在歐陽修看來，"經義固簡直明白"(《詩本義》卷三《〈鄘風・相鼠〉論》)。他也有重視闕疑精神③、避免穿鑿④的主張，但他所謂的不可解釋，是由有各自歷史原因和人爲混亂而導致的本義難明，其性質與蘇轍所説的"詩歌在本質上包含著解釋的不可能"不同。結合二人關於"人情"説的不同理解來看，蘇轍不像歐陽修那樣完全信賴理性、合理性等在解釋中發揮的作用。

蘇轍的這一觀念，不僅針對漢唐學者及北宋前輩學者們的《詩經》學，當然也與他自己的《詩經》解釋方法有關聯。即是説蘇轍冷靜地看到解釋的界限，構築了自己《詩經》學的方法論。在使用理論方法的同時，也重視非邏輯性的理解，這種對平衡的把握應該可以説是蘇轍《詩經》學成熟的表現。

八、結　語

清人周中孚在《鄭堂讀書記》中批評《蘇傳》云：

---

① "詩人取物比興，本以意有難明，假物見意爾。"(《詩本義》卷三《〈牆有茨〉論》)
② 關於歐陽修的比喻觀念，請參考本書第四章第四節。
③ 例如《詩本義》卷四《〈南山〉論》云："詩人之意必不如此，然本義已失矣，故闕其所未詳。"卷八《〈鴛鴦〉論》云："故此篇本義未可知也，已闕其所未詳。"卷一〇《〈生民〉論》云："蓋君子之學也，不窮遠以爲能，闕所不知，慎其傳以惑世也。闕焉而有待可矣。毛、鄭之説，余能破之不疑，《生民》之義，余所不知也，故闕其所詳。"
④ 例如《詩本義》卷五《〈衡門〉論》云："大抵毛、鄭之失在於穿鑿。"卷一〇《〈鳧鷖〉論》云："然學者戒於穿鑿而汨亂經義也。"

其所謂"集解",亦不過融洽舊説,以就簡約,未見有出人意表者。①

從某種意義上來説,這則評語抓住了蘇轍《詩經》學的特點。《蘇傳》的確繼承了歐陽修、王安石等蘇轍之前輩學者的《詩經》研究方法,這在前兩章已經提及。不過,蘇轍並不止於繼承,爲了使解釋更穩當,他從《小序》及漢唐《詩經》學中汲取了大量精華。從這個意義上來説,其《詩經》學方法的重點不在於獨自開拓、提出出人意表的新觀點,而是廣泛借鑒從前的《詩經》學成果,用自己的標準將之融會鑄造,運用自如,從而作出比前人更穩妥的《詩經》解釋。因此,周中孚的評語若是除去批判口吻,就是對於蘇轍《詩經》學本質的確切評價。另外,筆者雖曾指出,《蘇傳》研究較遲緩的原因或許在於其注釋的平穩,因爲這種平穩使人們難以把握其學術特徵②,然而《蘇傳》的平穩中包含了以上所述的内在實情。可以説正是這一點,使《蘇傳》在《詩經》學史上確實地佔有一席之地,是其顯著的特色。

---

① 《鄭堂讀書記》卷八《經部五之上·詩類》(世界書局,1965年再版)。
② 本書第六章第一節。

第九章　蘇轍對漢唐《詩經》學的看法
——平穩背後的實情（四）

一、前　　言

在上一章中，筆者考察了蘇轍對於漢唐《詩經》學之學術主幹——《詩序》的看法，以及他如何將之用於自己的《詩經》解釋。考察的結論是，蘇轍將《小序》第二句往下的部分當作素材，自由地加以運用，"取其優長，補其不足，正其訛誤，以這樣自由無礙的方式將它融入自己的《詩經》學中"。那麼，蘇轍是否也將這種學術方法運用於整個漢唐《詩經》學？爲了瞭解這個問題，本章將考察《蘇傳》如何運用《毛傳》和《正義》的經説。

二、對待《毛傳》的方法

本節考察蘇轍利用《毛傳》的方式。值得注意的是，由於《毛傳》是流傳後世的《詩經》注釋中最古老的一種，因此後來的學者要研究《詩經》，就無法不重視《毛傳》的訓詁，無論他們有怎樣的學術立場。如果《蘇傳》中有引用自《毛傳》的部分，那本身也並不稀奇。然而，《蘇傳》在某些情況下雖然利用了《毛傳》的訓詁，它對詩篇內容的解釋却與《毛傳》不同。這種雙重性質爲我們提供了重要的視角，可用以考察蘇轍對於漢唐《詩經》學的看法。

《陳風·衡門》的首章云：

第九章 蘇轍對漢唐《詩經》學的看法

衡門之下,可以棲遲。

[傳]衡門,橫木爲門,言淺陋也。棲遲,游息也。

[箋]賢者不以衡門之淺陋則不游息於其下,以喻人君不可以國小則不興治致政化。

泌之洋洋,可以樂飢。

[傳]泌,泉水也。洋洋,廣大也。樂飢,可以樂道忘飢。

[箋]飢者,不足於食也。泌,水之流洋洋然,飢者見之可飲以瘵(同"療")飢。以喻人君慇懃,任用賢臣則政教成,亦猶是也。

在《毛傳》《鄭箋》中,"衡門"一詞包含了負面意義"淺陋",用來比喻狹隘的陳國。而"泌"則意爲盛大豐美的水泉,泉水恩惠及人,可以滋潤飢者的喉嚨,使其一時忘記飢餓,是正面的意象,用來比喻拯救國家的賢臣。根據如上解釋,則儘管"衡門之下""泌之洋洋"屬於詩的同一章,且後面一句都是"可以○○"這樣的句式,但它們的意象一爲負面,一爲正面,恰相反對。同時它們與其後面一句的接續關係也就彼此不同,前者是"儘管……仍可以……"的逆接關係,後者則是"……可以……"的順接關係①。

---

① 在《邶風・柏舟》的《傳》《箋》《正義》中也能發現,用同一句型重複敘述的句子,其解釋却不同。對於詩中"我心匪鑒,不可以茹",《傳》《箋》《正義》的理解是"我的心不可以用鏡子來照",而對"我心匪石,不可以轉也。我心匪席,不可以卷也",其解釋却是"我的心不是石頭,不可以移轉;我的心不是葦席,不可以捲起",改變了對句子結構的理解。而歐陽修及以後的學者則用同樣的意義結構來解釋這三句詩。《蘇傳》也將"我心匪鑒,不可以茹"的"茹"字訓爲"入",將此句解釋成:"(鏡子映照萬物,無論善惡,不加選擇,全部容納)但我的心不是鏡子,無法不分善惡地一概容納。"《蘇傳》對此句的句子結構的理解,與其他兩句保持一致。由此可見,《傳》《箋》《正義》與其後的《詩經》學有不同的解釋方法。

而《蘇傳》的解釋則是：

> 衡門，橫木爲門也。棲遲，游息也。泌，泉水也。夫棲遲必大屋，樂飢必飲食，食魚必魴鯉，取妻必姜子，此四者誰不欲之？然人未嘗必此四者而後可以爲，必此四者而後可，則終身有不獲者。故從其所有而爲之，及其至也，雖天下之美無加焉。不然，雖有天下之至美而常挾不足之心以待之，則終亦不爲而已矣。僖公自謂小國無意於爲治，故陳此以誘之。

蘇轍的看法是，"衡門"象徵廣厦，與"泌"一樣是有正面意象的比喻。即是説，"衡門之下""泌之洋洋"兩句的意義方向是一致的，它們以對句形式並列出現，是重複，從而強調了"理想的環境"這層意思。如《蘇傳》所言，二者雖與意象更加正面的"魴鯉""姜子"並列，但依據《傳》《箋》的解釋，四者之中唯有"衡門"具有負面意向，這似乎有些失去平衡。蘇轍對此感到不妥，因此在他的解釋中，四者有同樣的意義方向。也就是説，蘇轍努力在自己的解釋中賦予詩篇以邏輯一貫性。

然而，在此值得關注的是，《蘇傳》没有對"衡門"的語義作新的訓釋。《蘇傳》中"衡門，橫木爲門也"的訓詁，是從《毛傳》中引用而來。但《毛傳》在此句之後還有"言淺陋也"一句，按照這種理解，橫木做成的門是淺陋的。而蘇轍無視了《毛傳》的意圖，只引用了不與自己的解釋相齟齬的部分，從而賦予了"衡門"一詞完全相反的意向。這裏呈現的蘇轍的方法是，捨棄《毛傳》中的理論建構——即訓詁中帶有意圖的部分，而只是截取其中可以用於自己的解釋的部分。這樣一來，蘇轍捨棄毛公訓詁中本來的内涵，從而將它們變成了零件，可以按照自己的構想以各種形態自由組合起來。從蘇轍的角度來説，由於他不受毛公之意圖的限制,因此毛公的訓詁就被賦予了新的意義,在更接近於《詩經》本來之義的解釋(蘇轍所認爲的)中煥發了新生——正如江西詩派的綱領"點鐵成金"。這可以看作是蘇轍接受漢唐《詩經》學的一個典型方法。

這種對《毛傳》的處理方法,與上文討論的對《詩序》的方法相同。可以確定,蘇轍對《詩序》以及漢唐《詩經》學的處理方法是一以貫之的。

三、對待《正義》的方法

唐人孔穎達等奉命編纂的《毛詩正義》對宋代《詩經》學有何等影響?在宋代《詩經》解釋學史的研究中,這個問題一直沒有受到足夠的重視。在對《蘇傳》的研究中,也少有提及其與《正義》之關係者。作爲宋代《詩經》學先聲的歐陽修《詩本義》,在其學說形成的過程中受到了《正義》的影響,筆者此前曾考察這一情形,從而得出結論:《正義》對宋代《詩經》學的形成發揮了重要的影響①。那麽接下來,我們必須進一步考察的是,《正義》與《詩本義》之間呈現的這種學術繼承關係是當時《詩經》學的普遍動向?抑或僅僅是一個特例?從這個角度來看,既然蘇轍繼承並發展了歐陽修的《詩經》學,那麽我們就不能不關注,在蘇轍確立其《詩經》學學術方法的過程中,《正義》發揮了怎樣的影響。本節將討論這個問題。

(一) 對《正義》之解釋及其方法的接受

無需多言,對蘇轍來説,《正義》是一個古文獻和資料的巨大寶庫,可資考證。事實上,我們很容易舉例説明,在字義考

---

① 參考本書第三章。

證、人名和地名的比定等方面,《蘇傳》採用了《正義》的説法①。然而,《正義》對於《蘇傳》而言,並不僅僅只是這種資料庫而已,可以確定的是,在蘇轍《詩經》學的形成過程中,《正義》以多種方式給予了影響。《小雅·六月》云:

   獵狁匪茹②,整居焦穫。侵鎬及方,至于涇陽。

  對此,《蘇傳》云:"匪茹,非其所當入③。整居,言無憚也。"這是根據《正義》的説法形成的意見。《正義》云:

   (獵狁)整齊而處之者,言其(雖侵而)居周之地,(然而)無所畏憚也。

  詩人歌詠"獵狁整居",是想要表達什麽思想感情? 這是《正義》關注的問題。《正義》認爲這句詩表現了獵狁的勇猛難當,由此體現他們是中國的强敵。《蘇傳》繼承了這個看法。由此可見,《蘇傳》不僅在字義考證、人名和地名的比定等方面參考《正義》之説,而且在説明詩人的思想感情方面也有所借鑒。這説明在詩篇内容鑒賞方面,蘇轍將疏家看作是前輩。

  蘇轍對《正義》之解釋的接受,並非僅僅是原封不動地蹈

---

① 試舉一例。《小雅·六月》第四章云:"獵狁匪茹,整居焦穫。"《毛傳》云:"焦穫,周地,接于獵狁者。"關於此處的地名"焦穫",《蘇傳》比《毛傳》更具體地解釋道:"焦穫,周之藪也。郭璞曰:扶風池陽縣瓠中是也。"這是從《正義》之説來的,《正義》曰:"《釋地》云:周有焦穫。郭璞曰:今扶風池陽縣瓠中是也。其澤藪在瓠中,而藪外猶焦穫,所以接于獵狁也。"檢《爾雅·釋地》,"焦穫"指與魯之大野、晉之大陸、楚之雲夢等並列的"十藪"——即十個巨大的沼澤地之一。《正義》根據《爾雅》的記述,附記了"焦穫"爲藪(大沼澤)之事,這也成爲蘇轍的解釋依據。

② 《鄭箋》云:"茹,度也。"《正義》以此爲根據,解釋爲:"言獵狁之來侵,非其所當度爲也。"

③ 蘇轍對"茹"字的訓釋爲"入",與《鄭箋》不同,二者訓詁的差異體現在各自對《邶風·柏舟》中"我心匪鑒,不可以茹"的解釋中。請本頁參考注②。

襲《正義》之説,而是將其吸收消化,用各種形式和方法熔鑄成自己的觀點。來看下面的例子。《邶風·日月》云:

> 胡能有定,寧不我顧。

對此,《正義》曰:

> 然則莊公是不能定事之人,鄭引不能定事之驗,謂莊公不能定完者,隱三年《左傳》曰:"公子州吁有寵而好兵,公不禁。石碏諫曰:'將立州吁,乃定之矣。若猶未也,階之爲禍。'"是公有欲立州吁之意,故杜預云:"完雖爲莊姜子,然太子之位未定。"①是完不爲太子也。

而《蘇傳》云:

> 石碏之諫莊公曰:"將立州吁,乃定之矣。若猶未也,階之爲亂。"莊公不從,故及於禍,此"胡能有定"之謂歟?

若直譯詩中"胡能有定"一句,則是:我是莊公的夫人莊姜,莊公應該以符合我身份的方式對待我,與我同心同德,治理國家。但他連夫婦的關係都不能好好維持,又怎能處理好

---

① 《春秋左氏傳·隱公三年》"其娣戴媯,生桓公,莊姜以爲己子"句下,杜預注云:"雖爲莊姜子,然大子之位未定。"對此,《春秋左傳正義》云:"石碏言:'將立州吁,乃定之矣。'請立州吁,明大子之位未定。衛世家言立完衛大子,非也。"(《十三經注疏》整理本,北京大學出版社,2000年,第16册,第92頁)據此,杜預認爲完並未被立爲太子,其依據只有《左傳》中石碏的一句話。而《史記·衛世家》的記載與此不同:"莊公五年,取齊女爲夫人,好而無子。又取陳女爲夫人,生子,蚤死。陳女女弟亦幸於莊公,而生子完。完母死,莊公令夫人齊女子之,立爲太子。"(中華書局,1963年,第1592頁)即是説完已經登上太子之位。在此處,石碏的諫言是"庶子好兵,使將,亂自此起",並非勸君主立州吁爲太子,因此也與完已經成爲太子之事不矛盾。如上所言,杜預的説法,只是從《正義》所説的《左傳》對石碏諫言的記載中推演猜測而來的,不能僅僅根據它來判定《史記》的記載錯誤。因此,如本文下面將要論及的,蘇轍認爲完已經被立爲太子了,這也是可以成立的。

其他的諸多事務呢①？但詩中並沒有具體說明"其他的諸多事務"究竟是什麼。《正義》和《蘇傳》都認爲這是指衛莊公寵愛妾室所生的兒子州吁，並容許他擴展勢力，於是導致了後來公子完即位後被州吁殺害②，並且還引用《春秋左氏傳》中"隱公三年"的記載加以論證。從這裏可以清楚地看出，蘇轍以《正義》之説爲依據。不過，比較兩種説法，可以發現其中的差異，即關於莊公的何種行爲體現了他"不能定事"，二者的看法不同。

《正義》認爲，之所以説莊公是"不能定事之人"，是因爲他寵愛庶出的州吁，沒有立正妻莊姜的養子完爲太子。而在蘇轍看來，原因在於當石碏諫言要求捨棄完、立州吁爲太子時，莊公躊躇著没能實行。二者想法的差異，也體現在引用《左傳》的方法上。《正義》引用的部分不包括莊公對石碏之諫言的反應，而《蘇傳》則提及了莊公的反應："莊公不從。"（《左傳》作"弗聽"）③這説明在蘇轍看來，莊公沒有聽從石碏之言是問

---

① 據《正義》："今乃如是人莊公，其所接及我夫人，不以古時恩意處遇之，是不與之同德齊意，失月配日之義也。公於夫婦尚不得所，於衆事亦何能有所定乎？適曾不顧念我之言而已，無能有所定也。"
② 《日月》一詩的《詩序》云："《日月》，衛莊姜傷己也。遭周吁之難，傷己不見答於先君，以至困窮之詩也。"《傳》《箋》《正義》聯繫周吁來解釋此詩，是因爲《詩序》第二句云"遭周吁之難"。蘇轍同樣聯繫周吁來解釋此詩，應當也是依據了《詩序》第二句。如此一來，這也説明如本書前面已經提到的那樣，蘇轍儘管删除了《詩序》的第二句，實際上却依據其內容來解釋詩句。
③ 筆者以爲，《正義》的引用方法也有其道理。也就是説，石碏之諫言的真正意圖不是勸莊公立州吁爲太子，而是既然莊公沒有把州吁立爲太子的意願，那麼勸莊公改變對州吁的溺愛，教導他必須安於自己的本分。《正義》擔心，如果不加這樣的説明，在"將立州吁，乃定之矣。若猶未也，階之爲禍"之後僅僅引用"弗聽"，就不能顯示石碏的本意，給人留下他一心用勸君主採取錯誤行爲，因此就沒有引用。這樣看來，或許可以説《蘇傳》的引用雖然完整，却是無視了《左傳》的意圖。

題的關鍵所在。

《正義》的解釋依從了《鄭箋》的説法。《鄭箋》云:"是其所以不能定完也。"《正義》對此作了疏通。而蘇轍與《正義》的著述宗旨不同,他的立場是不拘泥於《鄭箋》之説,自由地表達個人主張。在他的另一部著作《穎濱先生春秋集解》卷一"隱公四年"中,他爲《春秋》中"衛州吁弑其君完"一句注釋云:

> 衛莊公之世子完,庶子州吁,州吁有寵而好兵,公弗禁,公卒,州吁弑完而自立。①

蘇轍在此稱"世子完",認爲完在即位前是太子,這與杜預的説法不同。因此,蘇轍認爲《鄭箋》《正義》的説法有悖事實,所以將之改成了與自己説法相協調的狀態。也就是説,蘇轍吸收《正義》的説法,同時又對與其觀點不同的《左傳》《鄭箋》《正義》的説法進行了必要的修改。

《小雅·六月》云:

> 比物四驪,閑之維則。
> [傳]物,毛物也。則,法也。言先教戰,然後用師。

《正義》曰:

> 然則比物者,比同力之物。戎車齊力尚強。不取同色,而言四驪者,雖以齊力爲主,亦不厭其同色也……無同色者,乃取異毛耳。

對於《毛傳》中未必説清楚了的(這一部分没有《鄭箋》)"比物"一詞,《正義》認爲其語義是"與馬力相同"。因此,詩句中表達的"同力""同色",前者優於後者,二者有輕重之分。然

---

① 《兩蘇經解》第4册,第1746頁,《京都大學漢籍善本叢書》第1期,同朋社,1980年。

而，爲何詩人要將有輕重之分的兩者並列來説呢？他想通過這種方式來表達什麼？《正義》對此没有專門的明確解答。而《蘇傳》在吸收《正義》之説的基礎上有如下説法：

> 毛齊其色也，物齊其力也。既比其物而又四驪，言馬有餘也。

《蘇傳》將"比物"解釋爲集合有同樣力量的馬，將"四驪"解釋成馬的毛色一致，這説明他以《正義》之説爲基礎。不過《蘇傳》還不止於此，蘇轍還解讀出了詩人的創作意圖：詩人通過叙述將力量、毛色一致的馬集合起來這件事，表現了馬的數量有盈餘，即國家財力豐厚。將《正義》與《蘇傳》並觀可以發現，蘇轍似乎是對於《毛傳》中"無同色者，乃取異毛耳"一句想説而没有充分表達透徹的内容，用言辭加以補充並解釋得更清楚了。即是説，蘇轍以《正義》的説法爲依據，並進一步詳加説明，使之更爲易懂。

在上文提及的"玁狁匪茹"一例中，《毛傳》没有説盡詩人的創作意圖，《正義》則詳細地作了説明，蘇轍蹈襲了《正義》之説。而在本例中，《正義》没有説盡詩人的創作意圖，《蘇傳》則詳細地作了説明。看起來《正義》對於《傳》《箋》所做的工作，《蘇傳》也同樣用在了《正義》上。

《唐風·葛生》第四章云：

> 夏之日，冬之夜。
> [傳]言長也。
> [箋]思者於晝夜之長時尤甚，故極之以盡情。
> 百歲之後，歸于其居。
> [箋]居，墳墓也。言此者婦人專一，義之至、情之盡。

這部分没有《正義》。《蘇傳》則云：

夏之日,冬之夜,思者於是劇矣。思之而不可得,則曰:不可生得而見之矣。要之,百歲之後,歸于其居而已。居,墳墓也。思之深,而無異心,此《唐風》之厚也。

《鄭箋》與《蘇傳》的對應關係如下:

《鄭　　箋》	《蘇　　傳》
·思者於晝夜之長時尤甚,故極之以盡情。	·夏之日,冬之夜,思者於是劇矣。 ·思之而不可得,則曰:不可生得而見之矣。要之,百歲之後,歸于其居而已。
·居,墳墓也。 ·言此者婦人專一,義之至、情之盡。	·居,墳墓也。 ·思之深,而無異心,此《唐風》之厚也。

由此看來,《蘇傳》吸收《鄭箋》之説,以之爲基礎進行解釋。在此基礎上,《蘇傳》插入了《鄭箋》中沒有的一節:"思之而不可得,則曰:不可生得而見之矣。要之,百歲之後,歸于其居而已。"其中尤其值得注意的是前半段"思之而不可得,則曰:不可生得而見之矣"並非引用自詩句。這句話可以用來連接詩中"夏之日,冬之夜"與"百歲之後,歸于其居",填補其間的意義空隙。同時,《鄭箋》將"夏之日,冬之夜"概括爲"極之以盡情",而蘇轍的這句話,對其中所蘊含的詩中妻子的情感——無論怎樣都無法與心愛的丈夫相會,走投無路的感受——的具體內容作了清晰的展開解釋。從這個意義上來説,這句話是詳細説明《鄭箋》之意而形成的注釋。這樣説來,蘇轍完成這一注釋的方法就與《正義》的主旨一樣了。也就是説,蘇轍使用《正義》的疏通方法,以更平實易懂的方式解釋《傳》《箋》的文字,並吸收進自己的注釋中,從而説明詩人的創作意圖。

以上討論的四個例子,以多種形態展現了《正義》的影響。每種情況都不僅滿足於單純的對詩句字義、語義的注釋,而是可以看出蘇轍的解釋姿態:從詩句中清晰地解讀出詩人的創作意圖。也就是說,蘇轍雖然在訓詁方面利用《毛傳》《鄭箋》的成果,但他並不滿足於單純的引用,而是想要將《傳》《箋》的訓詁和解釋與闡明詩人之創作意圖聯繫起來,因此他積極地利用《正義》的說法及其方法。如果《正義》的解說很清楚,就直接納入自己的注釋;如果《正義》的解說尚有不足,則加以補充;當《正義》沒有說明的時候,就運用《正義》的方法、自己進行解說。由此可見,對《蘇傳》而言,要最大限度地有效利用《傳》《箋》的訓釋這些《詩經》學史的財富,《正義》留下的研究成果及其方法都非常重要。

(二)《正義》與《蘇傳》觀點相異的情況

如上一節所見,《正義》與《蘇傳》之間存在直接影響。但這並不是全部。在另外一些情況下,《傳》《箋》《正義》與《蘇傳》的說法表面看來相反,實際上卻體現了同樣的觀念。《小雅·菁菁者莪》云:

> 既見君子,賜我百朋。

《鄭箋》云:"古者貨貝,五貝爲朋。"

《蘇傳》則認爲:"古者貨貝,二貝爲朋。"其依據是《漢書·食貨志下》的以下記載:

> 大貝四寸八分以上,二枚爲一朋,直二百一十六。壯貝三寸六分以上,二枚爲一朋,直五十。么貝二寸四分以上,二枚爲一朋,直三十。小貝寸二分以上,二枚爲一朋,直十。不盈寸二分,漏度不得爲朋,率枚直錢三。是爲貝

貨五品。① (著重號爲筆者所加)

乍看之下,《鄭箋》與《漢書·食貨志下》的説法似乎不同,但根據《正義》,兩者之説並無齟齬:

> (《鄭箋》所云)五貝者,《漢書·食貨志》以爲大貝、壯貝、么貝、小貝、不成貝②爲五也。言爲朋者,爲小貝以上四種各二貝爲一朋,而不成者不爲朋。鄭因經廣解之,言有五種之貝,貝中以相與爲朋,非總五貝爲一朋也。

即是説,《鄭箋》所謂"五貝爲朋"的"五貝",指的是將用爲貨幣的貝殼按照大小分成五種。而"二貝爲朋"則是指古代用兩枚貝殼爲一組,當作單位。《正義》説明了二者的不同,因此關於"朋"字語義的理解,兩者也就沒有齟齬了。根據這個解釋,《鄭箋》的意思就是:"用爲貨幣的五種貝殼之中,有四種——即大貝、壯貝、么貝、小貝——以兩枚爲一組。"

《鄭箋》的意思是否真如《正義》所説,或許還有討論的餘地③。不過在此值得注意的是,如此解釋《鄭箋》的疏家與蘇轍一樣,都認爲"朋"指兩枚貝殼。《正義》與《蘇傳》的不同之處只在於,《正義》想要以這個看法爲基礎使《鄭箋》的説法顯得正確,因此使其解釋與《漢書·食貨志下》的説法一致。

這種例子不僅出現在與語句訓詁有關的問題上。上一章第三節之(二)中討論過《周南·卷耳》,此詩《小序》云:

---

① 《漢書》,中華書局,1964年,第1178頁。
② 本文提及的《漢書·食貨志下》云:"不盈寸二分,漏度不得爲朋,率枚直錢三。"是《正義》所言"不成貝"的相關記載。
③ 清代陳奐的《詩毛氏傳疏》在解釋《鄭箋》"古者貨貝,五貝爲朋"時,引用《淮南子·道應篇》"散宜生得大貝百朋以獻紂"一句的高誘注中的"五貝爲一朋也",得出結論:"一朋五貝,百朋五百貝。"他與《正義》不同,認爲鄭玄以五枚貝殼作爲一朋。這説明《正義》之説並非定論。順帶可以提及的是,清代的胡承珙則在《毛詩後箋》中認同《正義》之説。

> 《卷耳》，后妃之志也。又當輔佐君子求賢審官，知臣下之勤勞，内有進賢之志，而無險詖私謁之心，朝夕思念，至於憂勤也。

對此，蘇轍云：

> 婦人知勉其君子求賢以自助，有其志可耳。若夫求賢審官則君子之事也。①

蘇轍對《小序》第二句的句讀是"又當輔佐君子，求賢審官"，認爲這是指后妃爲了丈夫而親自尋求賢者、審查官職②。由此，蘇轍表示政治不容后妃置喙，對《小序》提出了批評。

不過，政治不容后妃置喙這種觀念，在《傳》《箋》《正義》中已經存在了。關於"嗟我懷人，寘彼周行"一句，《毛傳》云：

> 思君子官賢人置周之列位。

從這裏可以看出，授予賢人官職的終歸是丈夫、天子，后妃僅僅是在心裏期盼而已。《毛傳》的解釋中，沒有后妃親自參與政務的情況。根據《毛傳》的這個説法，則《小序》的第二句應該是"又當輔佐君子求賢審官"，其句讀與蘇轍的不同。它的意思也就變成了：丈夫求賢、審查官職，而后

---

① 這可以認爲是對歐陽修《詩本義》之説的繼承："婦人無外事，求賢審官，非后妃之職也。臣下出使，歸而宴勞之，此庸君之所能也。國君不能官人於列位，使后妃越職而深憂，至勞心而廢事，又不知臣下之勤勞，闕宴勞之常禮，重貽后妃之憂傷，如此則文王之志荒矣。"以及"后妃以采卷耳之不盈，而知求賢之難得，因物托意，諷其君子以謂賢才難得，宜愛惜之"。
② 據蘇轍之説，《詩序》全文的解釋是：《卷耳》一詩講述的是后妃之志。並且，她輔佐君子，求賢審官，了解臣下的辛勞，内心希望推薦賢者，不偏袒、不謀私。她朝夕思考這些事情，專心致志，以至於内心憂勞。

妃輔佐丈夫①。

《正義》詳細解釋《小序》云：

> 作《卷耳》詩者，言后妃之志也。后妃非直憂在進賢，躬率婦道，又當輔佐君子，其志欲令君子求賢德之人，審置於官位，復知臣下出使之勤勞，欲令君子賞勞之。內有進賢人之志，唯有德是用，而無險詖不正，私請用其親戚之心，又朝夕思此，欲此君子官賢人，乃至於憂思而成勤。此是后妃之志也。……求賢審官，至於憂勤，皆是輔佐君子之事，君子所專，后妃志意如然，故云后妃之志也。

《正義》對《小序》第二句的解讀與《蘇傳》不同。《蘇傳》將"求賢審官"當作"輔佐君子"的具體內容，認爲詩句的意思是"后妃輔佐丈夫，親自施行尋求賢者、審查官職的任務"，並加以批判。而《正義》將"求賢審官"看作后妃在"輔佐君子"時內心懷有的願望，而不是后妃自己的行爲。下文"君子所專，后妃志意如然"的說法也可以印證這一點。《正義》雖認爲"進賢"是后妃的行爲，但巧妙地避開了將詩句解釋爲后妃親自參與"求賢審官"這種實際政務②。

---

① 當然，關於誰是《詩序》的作者，自來衆說紛紜，莫衷一是。《正義》認爲《小序》第二句往下的部分也是子夏接受孔子教導而寫下來的，而蘇轍則認爲毛公纔是小序第二句往下部分的主要作者。那麼，毛公本人的立場是否真的是依據《詩序》來解釋《詩經》（如果是蘇轍所說的那樣，毛公本人就是《詩序》的作者，那麼"毛公解釋《詩序》"的設定就沒有意義了），也就無法斷定了。這樣一來，此處討論的《詩序》之說與《毛傳》之說的關係問題，就包含了另一個有些微妙的問題：我們應該怎樣認識這些說法？它們究竟是毛公的《詩序》闡釋，還是毛公這個作者在《詩序》和《傳》中重複敘述了同樣的內容？不過，本書將不討論這一點。
② 據《正義》之說，《詩序》全文的解釋是：《卷耳》一詩講述的是后妃之志。君子求賢審官，她輔助之，並了解臣下的辛勞，內心希望推薦賢者，不偏袒、不謀私。她朝夕思考這些事情，專心致志，以至於內心憂勞。

關於"知臣下之勤勞"一句,據《正義》的說法,也是后妃體察外交使臣的辛苦,但她只是希望自己的丈夫去慰勞表彰使臣,而不是親自去做這件事。這裏呈現出的后妃形象是,站在國家政治舞臺的背後,給丈夫好的影響。

在此,我們來討論一下《正義》之解釋是否妥當。根據《正義》的解釋來重新審視《小序》,我們發現《小序》中"輔佐君子求賢審官"一句的邏輯是,通過后妃輔佐君子,推動丈夫"求賢審官"。在后妃的行爲與通過此行爲推動丈夫去做的事情之間,存在邏輯關係。

然而,下文"知臣下之勤勞"雖是后妃的行爲,但關於應當借助此行爲實現的事情——即后妃體察臣子的辛勞,於是促使丈夫去做的事情——却沒有更多的記述。"知臣下之勤勞"一句之下應該順接"希望丈夫做……"一句,但這一句缺失了。這種缺失在《正義》對這部分《小序》的詳細解說中體現得更明顯。

《正義》云:"又當輔佐君子,其志欲令君子求賢德之人,審置於官位,復知臣下出使之勤勞,欲令君子賞勞之。"在重複了《小序》之意的"復知臣下出使之勤勞"一句之後,補充了《小序》中沒有的"欲令君子賞勞之"一句。這樣一來,《小序》的兩句話就包含了同樣的結構——即"后妃的行爲與藉由此行爲希望丈夫做的事情(欲令君子……)"這樣一個結構,因此這兩句話就作爲對句,構成了一個並列關係①。如圖所示:

---

① 《正義》中引文中間省略的部分是:"輔佐君子,總辭也。求賢審官,至於憂勤,皆是輔佐君子之事……"據此,《正義》所説的"補佐君子"也包含了"知臣下之勤勞",整體包含了"求賢審官……至於憂勤"。不過,《正義》中兩次重複"欲令君子……",從這裏來看,應該像本文所論述的,"輔佐君子、求賢審官"與"知臣下之勤勞"相對應,是並列關係。這樣看來,《正義》自己的説法有矛盾。不過,即便"輔佐君子"包括了"求賢(**轉下頁注**)

又當輔佐君子→其志欲令君子求賢德之人、審置於官位

復知臣下出使之勤勞→（欲令君子賞勞之）（《正義》補入）

也就是說，《正義》的解釋要想成立，必須補入《小序》中原來不存在的一節內容。對於"當輔佐君子求賢審官，知臣下之勤勞"一句本應按照文義順其自然地理解，但由於《正義》硬是要將"求賢審官"解釋成丈夫的行爲，因此就導致了邏輯上的齟齬，爲了彌合這種齟齬，就需要將這一句的行爲主體全部看作是后妃。那麼，《正義》的解釋不是對《小序》文義的自然敷述，而是在很大程度上有意識地作了邏輯處理。在疏家的價值觀中，"求賢審官"不應是后妃，而是丈夫的行爲，這是解釋的前提，因此產生了文意上的齟齬；他們發現了這種齟齬，因此用符合其價值觀的方式來解釋《小序》。這樣想來，疏家的觀念是女性不應當參與國家政事，這種意見與前面提及的蘇轍的看法相去不遠。

以上兩個例子說明，《正義》的編纂者花了種種功夫來解釋《序》《傳》《箋》，使之合於自己的價值觀①，而隱藏在疏家之再解釋中的價值觀，與蘇轍的價值觀是相通的。二者的差別只在於表現形式恰好相反：前者將《小序》解釋得合於這個價值觀，後者則依據這個價值觀來批評《小序》。《正義》的著述宗旨是進一步説明《序》《傳》《箋》，它必然也受到這個宗旨的

（接上頁注）審官……至於憂勤"的全部，既然《正義》將"知臣下之勤勞"看作是后妃的行爲，那麼，如本文所指出的，《正義》對"又當輔佐君子求賢審官，知臣下之勤勞"一句的解釋就有邏輯上的衝突。疏家意識到了這一點，却仍然這樣解釋，這樣想來，筆者的論點是可以成立的。

① 關於這個問題，也請參考本書第三章。

制約,考慮到這一點,那麼《正義》與《蘇傳》之說的相通之處,就說明了《正義》是漢代《詩經》學與《蘇傳》之間的連接橋梁。這樣看來,我們大致可以推測,蘇轍在構建自己的《詩經》研究時,將《正義》已有的學術水平作爲基礎,充分瞭解其成果,並吸收進了自己的《詩經》研究之中。

蘇轍的前輩歐陽修以革新《詩經》學而著名,不過從本書第三章的研究可知,從漢唐《詩經》學到歐陽修《詩經》學的轉變,並非橫空出世的忽然轉向。在唐代編纂《正義》時,編纂者的再解釋一面尊崇《傳》《箋》之說,一面又以一種柔和的方式轉變了解釋的旨趣。正是這個過程爲歐陽修作了鋪墊,使他得以充分吸收既有的成就,順利地過渡到新《詩經》學的國度中。本章的研究所呈現出的蘇轍與《正義》之關係,是對歐陽修的繼承。這或許可以部分地回答本節開頭提出的問題:《詩本義》的學術姿態(從《正義》處吸收學術養分,構建自己的學術)是當時《詩經》學的普遍動向?抑或僅僅是一個特例?以上結論說明,歐陽修與《正義》的關係絕非獨特、僅有的事例,在歐陽修開拓的《詩經》學成爲當時整個時代的學術的過程中,他的後繼者們將這種關係作爲一種基本的方法繼承了下來。還有,由於《蘇傳》的確存在於這樣一條由唐至宋順利發展的曲線上,想來他是有過腳踏實地的扎實研究。由此我們可以再一次確認,對宋代《詩經》學而言,《正義》不是沒有利用價值的往日遺物,而是對構建學術方法來說不可或缺的先行研究,持續地發揮著影響。

四、結　語

以上,我們考察了蘇轍對待《毛傳》及《正義》的方法。在《毛傳》方面,他將《毛傳》的訓詁與毛公的詩篇解釋分離開來,只利用其字義解釋;而在《正義》方面,他充分吸收唐代《詩經》學的成果和方法,融入自己的詩篇解釋中。在此可以明瞭的是,《蘇傳》與前代《詩經》學雖然學術立場不同,但它們之間却有密切的關聯。以上兩個視角體現出的蘇轍的方法,與上一章討論的他對於《小序》的態度是相應的。即是説,無論對於《小序》還是《傳》《箋》《正義》,他都積極地吸收合於自己《詩經》觀念的部分。對於有所齟齬處他也不是一律排斥,而是抽出其中有用的部分加以利用,或是對其進行加工,按照自己的觀點來改造。通過這種方式,蘇轍從漢唐《詩經》學中近乎貪婪地吸收了大量成果來形成自己的《詩經》學。運用這種圓融無礙的方法、不偏執於對漢唐《詩經》學的繼承或排斥,是一個重要的因素,使蘇轍的《詩經》學既新穎又穩當。而也正是因此,《蘇傳》纔成爲一部在宋代《詩經》學史上有著不可動搖地位的經典著作。

第十章　穿鑿閱讀法
——程頤《詩經》解釋的目標及其在宋代
《詩經》學史中的位置

一、前　　言

程先生《詩傳》取義太多。詩人平易,恐不如此。①

這是南宋學者朱熹對北宋理學家程頤之《詩經》解釋方法的評論,可謂一語道破了關鍵。朱熹是宋代理學的集大成者,私淑程顥、程頤兄弟甚篤,却不贊同他們的《詩經》學。他批評程頤的説法是過度解釋,認爲應當以更明白平易的方式來解釋。對他而言,程頤的《詩經》學是一個反面典型。朱熹的這一評價後來成爲定論,集中記録程頤之《詩經》解釋的《詩解》被看作北宋《詩經》學中無法獲得成果的徒然之花,罕有提及者,與之相關的研究也很少②。

然而,無論是否定論,也暫且不管它對現代的我們理解《詩經》有多少參考價值,程頤畢竟是引領時代學術的人物,因

---

① 《朱子語類》卷八〇《詩一·解詩》,第 2089 頁。
② 管見所及,近年來的成果有以下三種: A. 戴維《〈詩經〉研究史》第六章《宋代〈詩經〉研究》第四節《〈詩經〉的理學化》,湖南教育出版社,2001年。B. 譚德興《試論程顥、程頤的〈詩〉學思想》,中國《詩經》學會編《〈詩經〉研究叢刊》第六輯,學苑出版社,2004 年。C. 張立文、祁潤興《中國學術通史·宋元明卷》第五章第三節第二項《〈詩序〉作者和價值的論争》,人民出版社,2004 年。

此，他的《詩經》學有怎樣的解釋理念和方法，這些理念、方法建立在他對《詩經》的何種觀念之上，都是不可等閒視之的問題。即便到最後它對於時代而言只是徒然之花，卻也能提供重要的資料，供我們考察以下問題：在宋代《詩經》學的形成期，面對學術挑戰，當時的《詩經》學者們有怎樣的目標？他們經歷了怎樣的摸索過程纔構建起了新時代的《詩經》學？還有，程頤的《詩經》學往往容易被看作是孤立於其他《詩經》學，但事實是否的確如此，也必須加以考察。研究程頤的《詩經》學與先行《詩經》學或者同代學者的《詩經》學有何關係，可以提供重要的線索，用以考察《詩經》學史中何爲普遍、何爲特殊這個問題。

帶著以上問題，本章將從共時和歷時兩個角度來比較《程解》與其他學者的學說，考察《程解》中的詩篇解釋是經由怎樣的思路形成的。

二、程頤《詩經》解釋的目標——以《皇矣》爲例

程頤的解釋被朱熹評論爲"取義太多"，那麼具體說來，這解釋是怎樣的？本章將以實際事例爲基礎，抽繹出程頤《詩經》解釋的特徵，從而探尋他的學術目標。考察的對象是程頤對《大雅·皇矣》一詩的解釋。對於這首詩，尤其是其第二章，程頤的解釋與其他學者的明顯不同。第二章全文如下：

作之屏之，其菑其翳。修之平之，其灌其栵。啓之辟之，其檉其椐。攘之剔之，其檿其柘。帝遷明德，串夷載路。天立厥配，受命既固。

唐代孔穎達等編著的《毛詩正義》對本章有如下解説：

毛以爲天顧文王而興之居，於是四方之民大歸往之。

周地險隘樹木尤多,競共刊除以爲田宅……帝所以徙就文王之明德而顧之者,以其世世習於常道則得居是大位也。天既顧而就之,又爲生賢女,立之以爲妃,令當佐助之。內有賢妃之助,其受命之道既堅固也。言天助自遠,非始於今也。

漢唐《詩經》學認爲,本章敘述了民衆接受文王的統治,開拓周的土地,鞏固了文王主宰天下的實力,且"天立厥配"的"厥配"指文王之妃太姒。雖然有"天助自遠,非始於今"的說法,但他們認爲這一章全部都在講述文王的事蹟。

而朱熹在《詩集傳》中則認爲,本章講述的是文王的祖父大王移住岐周、開拓當地土地的事情①,"厥配"指大王之妃大姜②。與程頤同時代的蘇轍已經有這樣的說法③,朱熹應該是繼承了蘇轍之說。

漢唐《詩經》學與朱熹的解釋,雖然在詩歌敘事對應的時代方面觀點不同,但都認爲本章前半部分的詩句表現了周王領導下的民衆開拓周之土地的情形。他們都認爲這是敘述了某件具體事件,是"六義"中的"賦"。

而程頤的解釋則與之不同:

上章之末言天命歸周,此言其居西土所興之業。④

程頤認爲,本章講述的是周承接天命,在西方推行好的政治,逐漸積累起政績的情形。值得注意的是,這樣講述的對象是"周"。他並不認爲這裏敘述的是某位特定的王的事蹟,即

---

① 本詩第二章的《集傳》云:"此章言大王遷於岐周之事。"
② 本詩第二章的《集傳》云:"配,賢妃也。謂大姜。"
③ 本詩第二章的《蘇傳》云:"大王之徙於岐周也,伐山刊木而居之……自立其賢妃大姜以配之,而其受命既固矣。"
④ 從語境推測"其"指"周"。

在特定的某個歷史時間點具體發生的某事。他還說：

> "天立厥配,受命既固",言天以其德之配天,而立之使王,則其受命堅固而不易也。言天命終歸之,必成王業也。①

程頤認爲"立厥配"指周之德可與天之德並列,"配"字並非指特定的某位王的王妃。

再有,關於本章叙述伐木、開拓土地之情形的詩句,程頤有如下説法：

> 其去惡養善,生息其人民,皆以養治材木爲興。……("作之屏之,其菑其翳"就是説)夫人之爲惡以自亡,故以自死之木興之。……("修之平之,其灌其栵")謂修治其叢列,使疏密正直得其宜,此興平治民物,各得其宜也。"啓之辟之"……必芟除而後茂盛,此興養民也。上四句止言所當去者及行列,至此言"椐""柅",乃興民也。二木,常木,衆多者,故以興民。"攘之剔之",謂穿剔去其繁冗,使成長也。"檿""柘",待用之木,以興養育賢才也。

他認爲本章講述的砍伐樹木的情形並非實事,而是一個比喻,用來象徵周在西方以德治理、以德養民的情形。如此,程頤認爲本章是用來比喻周王朝興隆之貌的描寫,在這一點上,與漢唐《詩經》學以及蘇轍、朱熹等的解釋相比,他的解釋使詩句的内容更爲抽象。他提取詩句意思的手續更爲複雜,再考慮到朱熹没有接受這個説法,而是將詩句内容解釋爲實事,我們可以説這就是那種被朱熹批評爲"取義太多"的解釋之一。

---

① 這引文裏的"其",筆者認爲也指"周"。

那麼,爲何程頤認爲本章所述並非實事,而是抽象之事?要考察這個問題,就要注意程頤對本詩結構的看法。

本詩共有八章,第二章之後的第三、四章讚美了文王之父王季的德治,以及王季之兄太伯讓位於王季的美行,如第三章云:"帝作邦作對,自大伯王季。"從第五章往下,是對文王聖德的祝頌。如上文所見,漢唐《詩經》學認爲第二章講述了文王的事蹟,因此他們認爲本詩的結構是:

　　第一①、二章　　文王
　　第三、四章　　王季(及太伯)
　　第五章往下　　文王

如此,叙述的脉絡是錯綜的。程頤之所以不採用漢唐《詩經》學的説法,應該是由於看到了這個問題。不過,如果只是爲了使詩歌的叙述脉絡整齊有序,那麼程頤的同時代人蘇轍提出、朱熹繼承的解釋也能解決問題:即認爲本章叙述了文王之祖父大王的事蹟,而全詩則講述了"大王—太伯、王季—文王"這樣周王朝草創時期之三代的事蹟②。程頤爲何認爲本章講述的不是特定人物的實事,而是總括性地描寫了周朝各代的治世?關於本詩的主旨,程頤有如下説法:

此詩美周家所以興王業……此詩主意,在美王季。
終言王業之成,而盛述文王之事。
此詩本意,在美王季。故其言太伯之讓,皆由王季。

---

① 首章的《正義》云:"在上之天……乃從殷都眷然迴首西顧於岐周之地,而見文王。天意遂歸於此文王,維與之居。言天常居文王之所,使之爲主,以定民也。"認爲首章與第二章都講述文王的事跡。

② 首章的《集傳》云:"此詩叙大王、大伯、王季之德,以及文王伐密伐崇之事也。"題下注云:"一章、二章言天命太王。三章、四章言天命王季。五章、六章言天命文王伐密。七章、八章言天命文王伐崇。"

下言文王之事，亦歸本王季也。

可見程頤認爲本詩的中心人物是王季，即周王朝在文王時代到達全盛，而周朝因世世代代的德治獲得的興隆，其關鍵在於王季，本詩的叙述中心就是王季。照他的觀點來看，第二章中講到王季以外的人物，叙述就無法集中了。或許就是爲了避免這種情况，他纔將第二章解釋成抽象的比喻。即是説，程頤之所以不將本章解釋成特定人物的實事，是爲了明確叙述中心，提高詩歌内容的凝聚性。

筆者的以上説法或許會遭到反駁：即便程頤認爲本詩的主旨是讚美王季，想要使它成爲詩歌的叙述中心，也無法充分説明他爲何不採取"第二章講述了實事"的觀點，第二章依然可以被解釋成叙述王季的事蹟吧？爲了回答這個問題，就要考察他解釋本詩首章的姿態。本詩首章云：

> 維此二國，其政不獲。維彼四國，爰究爰度。

關於其中的"二國"指什麽，歷來都有争議①。程頤採取《毛傳》的説法，認爲"二國"指夏和殷這兩個周之前的王朝。不過，歐陽修曾經對《毛傳》的這個解釋有質疑：

> 詩謂"二國"者，毛以爲夏、殷者，非也。且詩述文王，何因遠及夏世，而終篇無殷事，則毛説非也。②

歐陽修認爲，本詩既然描寫了文王的興盛，就不應該涉及與周王朝無關的夏朝，且詩中也没有具體提及殷朝的失政，所以將"二國"看作夏和殷是錯誤的。這是從詩歌整體脉絡連貫

---

① 《毛傳》認爲"二國"指"夏"與"殷"。《鄭箋》則認爲指"殷紂王"和與他的親信"崇侯"。歐陽修反對《傳》《箋》之説，認爲指的是"密"與"崇"二國。
② 《詩本義》卷一〇〈〈大雅·皇矣〉論〉。

的角度對毛説作了否定。

《毛傳》中被歐陽修指出的這個問題,漢唐《詩經》學的學者們也注意到了。《正義》爲了使《毛傳》更爲合理,有如下説法:

> 此詩之意主於紂耳。以紂惡同桀,故(以桀)配(紂)而言之。

這是説,"二國"雖然確實指桀王統治的夏王朝與紂王統治的殷王朝,但作者想説的只是殷而已,之所以順帶提到夏,只是因爲夏朝有與殷之紂王同樣暴虐的君主。不過,雖然"桀紂"確實可以作爲表示暴君的習語來用,但詩中既然用的是並非固有名詞的"二國",那麼要將其中一國説成是另一國的"附言",似乎也没有足够的説服力。歐陽修就是由此發現了破綻。

程頤與《毛傳》一樣,都將"二國"解釋爲夏朝和殷朝,那麼,他對歐陽修提到的問題是怎麼解决的? 程頤認爲:

> (天)維求民所定,故君不善則絶之,如彼夏、商二國,不得其政,謂失君道也。則於四方之國,求謀有德之君,使王天下。

這是説,以上四句詩講述的是從夏、殷、周三代的歷史中總結發現的天的意志。前述歐陽修的批評,認爲這四句詩以文王爲主人公,具體講述了文王這個歷史人物的事蹟。歐陽修以此爲前提,指出了《毛傳》的不合理之處。那麼,如果像程頤所説的那樣,這並非是在叙述特定歷史事實,而是在説明歷史原理,以上批評就失去效力了。在對整個首章的解釋中,程頤都表達了他的上述觀念:

> 監觀四方,求民之莫,求民所定也。此泛言天佑下民,作之君長,使得安定也。
>
> "乃眷西顧,此惟與宅",上泛言天道如此,上所云求德可安民者,大而王之,故其眷西顧而歸於周;"此維與宅",謂使其居西土以王天下也。

這裏值得注意的是,程頤認爲首章的内容是"泛言"。"泛言"一詞說明,他認爲詩中並非講述具體的事情,而是一般性地叙述世界原理、人生箴言等抽象内容。由此可見,解釋者程頤認爲,詩歌不僅叙述屬於主要内容的事件,而且在具體叙述中融入了與之相關的普遍原理和教誨,他使用了一種所謂"以多層結構解釋詩歌"的方式。在漢唐《詩經》學的解釋中,這種觀念並不顯著,到北宋以後則被廣泛應用①。從上面的引文可知,程頤的解釋著眼於本詩的結構及其功能。

從這個角度出發,再重新審視他對《皇矣》的解釋,就能發現程頤對第二章的解釋意圖。對於首章,他的解說是:如果現在的君主昏庸無道,那麼尋求有德者成爲新的天下之主就是天意,也是歷史的原理;而周就是天意所歸。他認爲第二章並非講述了大王和文王等特定君主的事蹟,而是用比喻的方式說明周的家族世世代代使人民休養生息,育成人才。而從第三章開始,程頤認爲這是具體描寫叙述了他認定的本詩真正的主人公——王季之事蹟。根據這個解釋,則詩的首章首先說明了天意這個普遍性的理論,然後將視點集中在周王朝這個家族;第二章接下來講述周王朝的一系列政績,正是由於這些事蹟,周朝纔獲得上天的授意,逐漸成爲天下的君主。程

---

① 關於這個術語所呈現的解釋者的觀念,及其在《詩經》解釋中的意義,本書第十二章將作詳細考察。

頤對本詩結構的看法是：在首章的普遍性理論與第三章往下的歷史且具體的敘述之間，第二章起了一個過渡的作用，雖然講述周王朝之事，却並非針對特定人物，其敘述半是具體半是抽象。根據這種解釋，本詩包含一個過程，引導讀者的視線從歷史原理慢慢集中到主人公身上。

這裏想補充說明的是，儘管如上文所述，關於本詩的整體結構，以及對第二章的解釋姿態，朱熹與程頤很不相同，但朱熹對於首章的看法却與程頤相似，他在《集傳》這樣說：

> 此詩叙大王、大伯、王季之德，以及文王伐密、伐崇之事也。此其首章先言天之臨下甚明，但求民之安定而已。彼夏、商之政既不得矣，故求（新的天下之主）於四方之國。苟上帝之所欲致者，則增大其疆境之規模。於是乃眷然顧視西土，以此岐周之地與大王爲居宅也。

朱熹在本詩的題下注中說道："一章、二章言天命太王。"但以上引文中"苟上帝之所欲致者"的說法說明，這兩章叙述的並非特定的某位周王，而是具有普遍意義的天理。即是說，從"此其首章先言"到"則增大其疆境之規模"，並非講述具體事件，而是對天道之原理的說明。因此，朱熹認爲是"天命太王"的僅有首章十二句中的最後兩句而已，與程頤一樣，他也認爲前十句是"泛言"。這樣一來，朱熹就繼承了程頤的說法①。那麽，朱熹的解釋雖在整體上與程頤不同，却有一部分

---

① 朱熹認爲最後兩句是關於大王這樣一個特定人物的叙述，與程頤的解釋不同，這源於他們對本詩叙述中心的看法不同。如 p.283 注②所引用的，朱熹認爲本詩的中心在於列舉褒揚周王朝創業的三代君主之功業，而非程頤所說的那樣，是以其中的某一人爲主角。那麽，爲了盡量平均地分配對三代人的叙述長度，朱熹就認爲應該縮小抽象叙述的範圍吧。

是繼承程頤之說而來,這是必須注意的。如本章第一節所述,朱熹對程頤的《詩經》學有尖銳的批評,但他並未將其全面否定,而是從中也有所借鑒。這其中包含的意義,是非常值得討論的問題。

以上,本節通過對《皇矣》的分析,發現了程頤《詩經》解釋的目標,可整理如下:(一)詩句解釋的獨特性強(操作性強)。(二)注重詩篇結構。(三)解釋的抽象性強。

也就是說,在程頤的《詩經》解釋中,當他解釋語句、詩句——就本例而言,是"將第二章的情景解釋爲比喻"這樣的點等等——時,往往伴隨著解釋上的特殊處理。他的解釋由此具有了高度的抽象性。程頤之所以要使其解釋具有高度抽象性,動機之一是他對詩篇結構的關注。即是說,他認爲詩篇具有多層結構,並從這個觀點出發展開了自己的解釋。

從《皇矣》的解釋中抽繹出的這些特徵,是否適用於程頤全部的《詩經》解釋?還有,這些特徵是程頤特有的嗎?換言之,程頤的《詩經》學果真是孤立無儔的嗎?它是否也從前人的《詩經》學中受到了影響?是否也反映了當時的學術傾向?再者,他對後代的《詩經》學者是否也有影響?從下一節開始,筆者將帶著這些問題,把程頤對其他詩篇的解釋也納入考察的範圍中。

三、獨特的字義訓釋

首先來看"詩句解釋的特殊性高(操作性強)"這一條。爲了從《皇矣》中找到高度凝聚性的結構,程頤將歌詠民衆採伐樹木之貌的詩句,看作是用來比喻周王朝的始祖們慈惠地養育民衆。像這樣,將詩句解讀爲比喻,且是道德性比喻,就是程頤《詩經》解釋的顯著特徵。而且，朱熹"取義太多"的批評也明顯是指程頤的比喻解釋中有牽強之處。譚德興對程頤的比喻解釋已有詳細的研究①，本文即不在這個問題上多加討論，而試圖將考察集中在字義的訓釋上，這是導致對詩句的特殊解釋的另一個主要原因。程頤在解釋詩篇時，往往有他獨特的字義訓釋，與以往的訓詁不同。這其中當然有一些的根據很確切②，例如，《鄘風·蝃蝀》的首章云：

> 女子有行，遠父母兄弟。
> 〔箋〕行，道也。婦人生而有適人之道，何憂於不嫁，而爲淫奔之過乎。

《傳》《箋》中没有"遠"字的訓詁，《正義》則有如下疏通：

> 言女子有適人之道，當自遠其父母兄弟，於理當嫁。何憂於不嫁，而爲淫奔之過惡乎。

《正義》按照字面意思，將"遠"解釋爲"遠離"。而程頤則説：

> 奈何女子之行，而違背父母兄弟乎。"違"③謂違背，

---

① 請參看譚氏前揭論文第二節《〈詩〉分六義，以"興"爲主》。
② 試舉一例：《衛風·碩人》卒章云："庶姜孽孽，庶士有朅。"《毛傳》云："朅，武壯貌。"而程頤將"朅"字釋爲"離去"意，程説是有根據的。《楚辭·九嘆·遠遊》之"貫澒濛以東朅兮"句下，王逸注云："朅，去也。"《漢書·司馬相如傳下》之"朅輕舉而遠遊"句下，顔師古注云："朅，去意也。"均可爲證。
③ 《理學叢書》本《二程集》、文淵閣《四庫全書·程氏經説》都作"違"，但從上下文來看，疑當爲"遠"之誤。然而李朝的宋時烈(1607～1689)以朱熹所編《二程全書》爲基礎、按内容分類編成的《程書分類》載本條，就排印本看來仍作"違"(徐大源校勘評點，上海辭書出版社，2006 年，上册，第 87 頁)。待考。

不由其命而奔也。

程頤將"遠"解釋爲"違"①,這是程頤一人的説法②。歐陽修《詩本義》和王安石《詩經新義》二書均未解釋此"遠"字,而蘇轍《集傳》將"遠"解釋爲"遠離"之意:

> 女子生而當行適人矣,何患於不嫁而爲是非禮也。

朱熹《集傳》亦云:

> 况女子有行,又當遠其父母兄弟,豈可不顧此而冒行乎。

朱熹之説也依照《正義》,而非程頤的訓釋。由此看來,程頤的訓釋在宋代的《詩經》解釋學中是一個特例。

但程頤的訓釋也有其根據。《漢書·公孫弘傳》云:"故法不遠義,則民服而不離。和不遠禮,則民親而不暴",顏師古注曰:"遠,違也"③,即是其例。

不過他的字義訓釋中也時常有一些部分,找不到可以依據的故訓。《大雅·皇矣》的首章有句云:

> 上帝耆之,憎其式廓。

《程解》云:

> "耆",致也……"上帝耆之",謂天命所歸。"式廓",

---

① 不過,對本詩第二章"女子有行,遠兄弟父母"一句,程頤訓釋云:"奈何女子反遠其父母兄弟乎",他對"遠"字之意的理解與漢唐《詩經》學一致,而没有與自己的其他解釋保持一致,原因不詳。
② 試舉一例:《衛風·碩人》卒章云:"庶姜孽孽,庶士有朅",《毛傳》云:"朅,武壯貌",而程頤將"朅"字釋爲"離去"意,程説是有根據的。《楚辭·九歎·遠遊》之"貫頷蒙以東朅兮"句下,王逸注云:"朅,去也";《漢書·司馬相如傳下》之"朅輕舉而遠遊"句下,顏師古注云:"朅,去意也",均可爲證。
③ 據宗福邦、陳世鐃、蕭海波主編《故訓彙纂》,商務印書館,2007年。

謂規限也,猶云規模範圍也。天命所致,則增大其規限,自諸侯而升天子,由百里而撫四海,是增而大之也。"憎"字與"增"同。憎,心有所超也,義與"增"通矣。

程頤將"憎"解釋為"增",也沒有故訓依據。且從"憎,心有所超也,義與'增'通矣"的說明來看,這應該也是程頤根據自己的推論、牽強演繹而作出的字訓。對於這兩句,朱熹的說法是:

"耆""憎""式廓",未詳其義。或曰:"耆,致也。憎,當作增。式廓,猶言規模也。"此謂岐周之地也……苟上帝之所欲致(天下之主)者,則增大其疆境之規模。

朱熹雖未指明"或曰"者的名氏,但他在此引用的是程頤的詩說。儘管朱熹批評程頤的《詩經》解釋牽強附會,但他在這裏却將程頤並無故訓依據的訓釋用在了自己的詩篇解釋中。不過,朱熹可能感到程頤的邏輯說不通,因此沒有引用程頤對"意義引申"觀點的說明,而是表示"憎,當作增",認為二字的關係是字形相似,因此導致了傳寫之誤。從這個例子也可明白,朱熹對程頤《詩經》學的批判,也未嘗沒有通融之處。

四、對於詩篇結構方面的關注

其次來看"注重詩篇結構"這一條。與漢唐《詩經》學相比,程頤傾向於將詩篇結構看得更複雜,認為句與句的連接中也包含了邏輯關係。這從他對《皇矣》的解釋中也能察覺。這種傾向同樣可以通過《衛風·碩人》卒章的"庶姜孽孽,庶士有朅"一句體現出來。《毛傳》的解釋是:"孽孽,盛飾。""朅,武壯貌。"據此,這兩句的意思就是:"(跟隨衛莊公之妃莊姜從齊國來陪嫁者、莊姜的)侍女,也就是莊姜的侄女和妹妹們①身著盛裝,(送莊姜來的)齊國大夫們②意氣昂揚。"《毛傳》認爲這兩句詩是並列關係,描寫了同樣盛大的樣貌。而程頤對這兩句的解釋則是:

> 庶姜衆多③,孽孽不順④,如葭菼然。賢士大夫莫能正,有去⑤而已。

與《毛傳》不同,程頤認爲這兩句不是相同性質內容的單純並列,而是有一個因果關聯:由於"姬妾不肯聽信其言",所以"賢者無從施展,只好離去"。爲了將此二句看作一個連貫的意義單位,從二句之間發現事態的邏輯發展,這一解釋就變得複雜而跌宕起伏了。

同樣的例子也可見於《齊風・東方未明》卒章的解釋。

> 折柳樊圃,狂夫瞿瞿。不能辰夜,不夙則莫。

對於前兩句,《毛傳》云:

> 折柳以爲藩圃,無益於禁矣。"瞿瞿",無守之貌。

《鄭箋》云:

> (因爲太柔軟)柳木之不可以爲藩,猶是狂夫不任挈壺氏(古代掌計時間告知之官)之事。

---

① 《鄭箋》云:"庶姜,謂姪娣。"
② 《毛傳》云:"庶士,齊大夫送女者。"
③ 與《傳》《箋》《正義》的解釋不同,程頤認爲"庶姜"指輕侮本詩主人公莊姜之人。這是因他認爲本詩《小序》"莊公惑於嬖妾,使驕上僭"中迷惑莊公的"嬖妾"即"庶姜"。
④ 將"孽孽"訓爲"不順",故訓中無其例。或許是程頤從"孽"字之字義(例如漢代賈誼《新書・道術》所言"反孝爲孽"或近之)類推而得的。
⑤ 訓"揭"爲"離去",有故訓爲據:《說文解字》卷五《去部》云:"揭,去也。"

也就是説,《毛傳》《鄭箋》認爲這兩句包含了一個比喻關係:就像柳枝不能拿來做籬笆一樣,狂夫也不能承擔司時的任務。這裏的本體和喻體在方向上是一致的,就這一點而言,它與《碩人》的例子一樣,即《毛傳》《鄭箋》認爲這兩句是意義相似的詩句單純地並列在一起。

而程頤對本章的解釋則是:

> 政亂無節,動非其時,或早或暮,無常度也。挈壺氏司漏刻,而朝廷興居不時,是其職廢也。言其不能正時矣,非特刺是官也。折柳以樊圃,狂夫見之且驚躍,知其爲限也。柳,柔脆易折之物,折之以爲藩籬,非堅固也。狂夫以知其有限,見之則躍然而驚。晝夜之限,非不明也。乃不能知,而不早則晏,乃無節之甚。

漢唐《詩經》學將上面的兩句詩解釋成比喻關係,程頤並不認同。他認爲兩句詩構成了一個連續的叙述,意思是"儘管只是折柳以樊圃,也能使狂夫躍然而驚",上下句之間是轉折關係。也就是説,他對上一句的解釋雖是繼承了《傳》《箋》以來的傳統説法,認爲它表達了"柳枝過於柔弱,不可用來做籬笆"的意思,但對下一句,他却解釋爲"即便是這樣不可靠的籬笆,也能夠起到顯示界限的作用,阻止狂夫侵入其中",認爲意思是轉折展開的。

從以上兩句中發現的轉折關係,又會引出本章中更大意義的轉折。在漢唐《詩經》學看來,卒章後二句"不能辰夜,不夙則莫"承接前面的"狂夫瞿瞿",叙述了沒有能力却受命司時的狂夫顯示出的失態。而程頤的解釋則是,由於前兩句的意思是"即使不合用的柳枝也能阻擋狂夫",因此它們與後兩句之間就有意思上的斷層;後兩句被他解釋成:爲政者們不恪守預定的時間行動,而是無規律地漫然度日,他們連柳枝做的籬笆都不如。前兩句用比喻,引出後兩句,在"六義"中這屬於"興",但此處並非通常的順承比喻關係,而是用轉折來彰顯後兩句之意的比喻關係。這樣一來,起興句與後面表示主要内容的詩句在意思上方向相反,起興句以轉折的方式引出後面表示主要内容的詩句。從詩中解讀出這種結構的解釋,在《程解》中尚有他例①,這是以解釋方法的形式,具體表現了程頤的企圖:他想要從詩句中發現複雜的邏輯發展過程②。

如此,程頤認爲這一章包含了雙重的轉折關係:不僅前兩句之間存在意義的轉折,而且前兩句和後兩句也由轉折聯繫在一起。與漢唐《詩經》學的解釋相比,這呈現了極爲複雜的意思,從這個角度上來看,程頤之解釋確實符合朱熹"取義太多,詩人平易,恐不如此"的評價。

不過,朱熹《集傳》對本詩有如下解釋:

> 折柳樊圃雖不足恃,然狂夫見之,猶驚顧而不敢越,以比辰夜之限甚明,人所易知,今乃不能知,而不失之早則失之莫也。

這明顯是承襲了程頤的解釋。那麼,朱熹自己也作了"取義太多"的解釋。也就是説,他儘管批評程頤,却未必貫徹了

---

① 在此舉出兩例:《豳風·狼跋》之《程解》云:"狼,獸之貪者,猛於求欲,故檻於機穽,羅縶前跋後疐,進退困險,詩人取之以言夫狼之所以致禍難危困如是者,以其有貪欲故也。若周公者,至公不私,進退以道,無利欲之蔽,以謙退自處,不有其尊,不矜其德,故雖在危疑之地,安步舒泰,赤舄几几然也。"《唐風·采苓》之《程解》云:"首陽山生堅實之物,故以興讒諛不實之人。"
② 關於程頤關注詩篇結構進行解釋的方法,譚德興也説:"《詩》之章句間的結構,有詩人爲抒情需要而作的特殊安排,其中蘊蓄著豐富的情感内涵,二程對此有深刻的認識。"舉例説明了其重要性(前揭論文第114頁)。

"平易"的解釋態度,在他的解釋意圖中,也包含了這樣一個部分:從詩篇中發現複雜的意思呈現過程。這說明程頤並不平易的解釋方法不是他所特有,毋寧說是包括朱熹在內,整個時代都清晰地呈現出了這種共同的解釋意願。下一節將討論這個問題,對程頤解釋方法的時代意義作一考察。

五、與同時代《詩經》學者的關係

儘管人們通常認爲程頤的解釋獨樹一幟,也仍須結合其與整個時代《詩經》學之志向的關聯來考察它。能夠爲此提供旁證的,是上一節提到的《齊風・東方未明》的《蘇傳》。雖然在具體解釋上有所差異,但蘇轍也認爲詩句與詩句之間的關聯很複雜,從中解讀出了敘事性、邏輯性的發展過程:

> 夫苟不知爲政之節,則或失之蚤,或失之莫,常不能及事之會矣。以爲尚蚤者,爲之常緩。以爲已晚者,爲之常遽。緩者,不意事之已至,而遽者不知事之未及,故其所以備患者,常出於倉卒而不精。故曰:折柳樊圃,狂夫瞿瞿。爲藩以禦,狂夫豈不知柳之不可用哉?無其備而不得已也。此無節之過也。瞿瞿,狂貌。

與程頤不同,蘇轍並不將"狂夫"解釋成試圖入侵庭園的狂悖之人,而是庭園的守衛者。因此在他看來,第一句與第二句之間就不存在程頤認爲的那種轉折關係。且蘇轍將前兩句解釋成"瞿瞿的狂夫因爲折柳枝作不可用的樊圃,所以他不能做好自己的防禦的職責",那麼它們與後兩句之間也就不是意思上反方向的轉折,而是以順承方式引出下文,是通常的"興"。那麼,乍看之下,蘇轍之說似乎是承襲了漢唐《詩經》學的解釋。但實際上二者很不相同。《傳》《箋》將前兩句解釋成

"就像柳枝不可用來建籬笆一樣,狂夫也不可用來司時"這樣的比喻關係,蘇轍則不同。他的理解是:"狂夫瞿瞿,則折柳樊圃。"他認爲這兩句共同表達了一個意思,通過將視線集中在狂夫身上、叙述狂夫的行動及其動機,他發現了一個連貫的思路。漢唐《詩經》學認爲這兩句之間存在比喻關係,是用不同説法對同一事件的重複;而在蘇轍的解釋中,內容彼此不同的這兩句是連續的,表達了更複雜的意思。儘管他和程頤對句意的解釋各不相同,但二人都認爲這兩句詩是一個邏輯性的連續意義整體。即是説,程頤和蘇轍的相同之處在於,他們都認爲詩句的結構複雜,盡量從中引申出富於變化的多層含義。由此也可知,"取義太多"並非程頤一家獨有的解釋姿態。

程頤經常用來從詩篇中引出複雜意思的解釋手法之一,是層遞法。所謂"層遞法"的表達技巧是指隨著詩篇一章章地推進,某種事態或情況的程度逐漸增加。當詩篇被解釋成用這一技法創作而成,它就不再是單純的疊唱——將同樣的內容用稍微不同的字句反復吟詠——而是包含了一個連貫的故事,描述某種事態或狀況的進展或變化,意思更加複雜了。用這種方法來解釋,儘管在漢唐《詩經》學中並非沒有先例,但如筆者在本書第四章所考察過的,王安石曾多次將之用於詩篇解釋。從這個意義上來説,多用層遞法來解釋是程頤與王安石在《詩經》解釋方法上的相同之處。以《鄘風·干旄》爲例,此詩各章有如下詩句:

  素絲紕之,良馬四之。彼姝者子,何以畀之。(首章)
  素絲組之,良馬五之。彼姝者子,何以予之。(二章)
  素絲祝之,良馬六之。彼姝者子,何以告之。(卒章)

程頤的解釋如下:

"紕",疏布之狀。"組",錯密之狀。"祝",疑爲"竺",厚積之意。馬四至於五、六,馬帛之益多,見其禮之益加也。始"畀之",畀,與也,謂答之。中"與之",謂交親之。終"告之",謂忠告之。待之益至,報之益厚,是爲樂告也。

這是說,伴隨著各章"良馬"數量的逐漸增長,用白色絹絲織成的布也依照"疏布—密布—厚布"的順序,程度漸增。同時,對於贈送者的回報也有一個程度的逐漸增長:答禮—交親—忠告。這是典型的層遞法解釋。尤其需要注意的是對第二章"何以予之"的解釋。程頤認爲此句中的"予"和"與"通用,是"參與、支持"的意思。按照字面意思來解釋爲"給予"的話,就與第一章的"畀之"意思重複了。程頤爲了用層遞法來解釋全詩,因此作了這樣的解釋調整。

而王安石的解釋則是:

素絲爲組,所以帶馬……紕之以爲組……組成而祝之,故初言"紕",中言"組",終言"祝","祝",斷也。

儘管具體的解釋不同,但王安石與程頤一樣,都認爲詩篇敘述了某種事態逐章進展的情形,也就是用層遞法進行了解釋①。

程頤與王安石的解釋之共通性質不僅體現在層遞法上。程頤對《小雅·伐木》的如下解釋也展現了他與王安石的相同觀念:

繼言鳥鳴嚶嚶,又以物情興朋友之好……相鳥如是,

---

① 而《正義》則云:"衛文公臣子多好善,故處士賢者樂告之以善道也。經三章皆陳賢者樂告以善道之事……鄭以三章皆上四句言文公臣子建旐乘馬,數往見賢者於浚邑,是好善。見其好善,下二句言賢者樂告以善道也。"如此處《正義》所呈現的,漢唐《詩經》學認爲本詩各章基本是同樣的內容反複而成,而很少關注各章間事態的逐漸推移。

豈人而不求友乎？

而《新義》對本詩第一章的注釋是："鶯猶尋舊友。"對第二章往下則有如下說法：

> 以庶人之寡，而伐木之友然猶釃酒有衍以待之。又（身爲天子）況於既有肥羜，以速諸父乎。

也就是說，王安石從這首詩中發現了一個"萬物親其友"的結構①。這與程頤的解釋相同。

《邶風·簡兮》的首章云：

> 日之方中，在前上處。
> ［傳］教國子弟，以日中爲期。
> ［箋］"在前上處"者，在前列上頭也。
> ［正義］有大德之人兮……又至於日之方中，教國子弟習樂之時，又使之在舞位之前行而處上頭，親爲舞事以教之。

對此，程頤的說法是：

> 日之方中，明朗之時，又在前列而處上，見之宜可辨，而不能知之也。

王安石也說：

> 日之方中，至明而易見之時也。在前上處者，至近而易察之地也。於時不能察而用之，此其所以刺之也。

程頤和王安石都不僅說明了這兩句詩的意思，而且忖度著詩人想要通過詩句表達的意思：儘管詩中之人處在有利的

---

① 關於這一點，請參看本書第四章。

時間和場所,却沒有發現本應看見的人物,由此可以諷刺衛國君主不能發現身邊賢者的價值,僅授予他們卑賤的官職。二人的用意是要把這兩句的意思跟本詩《小序》的以下解釋聯繫起來的:

> 《簡兮》,刺不用賢也。衛之賢者仕於伶官,皆可以承事王者。

也就是說,程、王二人都認爲詩中詩句不是單純描寫情景,而是處處隱含著作者的創作意圖,在此觀念基礎上,他們沿著《小序》的方向做了解釋。這種解釋方法在漢唐《詩經》學中很少見。從上引《傳》《箋》《正義》的内容可以發現,他們只將此詩句看作單純的情景描寫。而王安石與程頤的解釋方法雖然在解釋詩句之表達意圖時有過度穿鑿的危險,但另一方面,他們不滿足於對詩歌表面内容的解釋,而是跟隨作者的思路,將詩篇看作有機的表達體。這種解釋方法與朱熹的方法並非懸隔千里,《集傳》對以上兩句詩的解釋是:

> 日之方中在前上處,言當明顯之處。

可以看出這是對兩人之解釋的蹈襲①。由此可以推測,朱熹的解釋是以王安石或程頤之說爲基礎的。對於"取義太多"的解釋,朱熹也並非一概排斥。

第四節引用了程頤對《齊風·東方未明》之卒章的解釋,討論了他的解釋方法:在起興句與表現主要内容的詩句之間發現轉折的邏輯關係。這種解釋方法在王安石的《新義》中也俯拾即是。例如《小雅·小宛》云:

---

① 順帶提及,朱熹屢屢稱讚蘇轍的解釋穩妥,並採用在自己的解釋中,而蘇轍對此二句的說法却有所不同:"日中而舞未止,言無度也。在前上處,居舞者之前列也。"

宛彼鳴鳩,翰飛戾天。

對此,《毛傳》云:

"鳴鳩",鶻鵰……行小人之道責高明之功,終不可得。

《正義》曰:

宛然翅小者是彼鳴鳩之鳥也,而欲使之高飛至天必不可得也。興才智小者幽王身也,而欲使之行化致治,亦不可得也。

《新義》曰:

鳩雖小鳥,尚有高飛及天之志,而幽王不自奮勉,致鳩不如也。

與《毛傳》《正義》不同,王安石的解釋認為起興句與主要內容以轉折的邏輯關係連接起來。這與程頤的解釋方法一致[1]。

---

[1] 《新義》中使用這種解釋方法的例子,筆者發現了以下幾處:
解《唐風‧山有樞》:"山隰有樞、榆、栲、杻、漆、栗,以自庇飾為美者,而人所資賴。今也有衣裳弗能曳婁,有車馬弗能馳驅,有朝廷弗能洒埽,有鐘鼓弗能鼓考,有酒食弗能為樂,曾山隰之不如也。"
解《唐風‧杕杜》:"杕之實不足食而又特生,然其葉湑湑然則亦能庇其本根。君不能親其宗族,骨肉離散,曾杕杜之不如也。"
解《小雅‧我行其野》:"樗,惡木,尚可芘而息。今以昏姻之故言就爾居,而爾不我畜,則樗之不如也。"
這種解釋方法已見於漢唐《詩經》學,如《衛風‧有狐》的《正義》中有"有狐綏綏然匹行,在彼淇水之梁而得其所,以興今之男女皆喪妃耦,不得匹行,乃狐之不如"之句(據臺北中研院歷史語源研究所《漢籍電子文獻‧瀚典全文檢索系統》http://hanchi.ihp.sinica.edu.tw/ihpc/hanjiquer檢索"之不如"一詞,去除無關項後,《正義》對十二首詩的解釋都是興與主要內容為轉折關係)。不過,程頤和王安石為了做出與漢唐《詩經》學不同的解釋而利用了這一方法,由此看來,這個解釋法對他們而言有重要意義。

王安石與程頤是在新法問題上針鋒相對的對手，程頤的《詩經》解釋從動機上來說，也可謂是對王安石《新義》的反撥①。但儘管如此，二人在《詩經》解釋方法上却有相同之處，這一點意義深遠。它説明，超越了政治、學派見解的差異，二人在詩篇如何被創作出來的問題上存在共同之觀念。我們從中能察覺到在同一個時代潮流中各自進行解釋的二人之姿態②。

六、高度抽象性的解釋

　　接下來要討論的，是第二節的分析所指出的程頤《詩經》解釋特徵之三："解釋的抽象性强"。程頤的解釋傾向於將詩篇與歷史事實分離開來，重視詩歌的教育價值。

---

① 戴維前揭書云："王安石新經義一出，反對者衆，主要以元祐黨人爲核心，對三經義都有專著攻擊，其中反新《詩義》是以洛學派爲首，主要代表有程頤及其弟子楊時、游酢……"（第289頁）"程氏兄弟是反王安石的先鋒，其《詩經》説也是反王氏《詩義》的……"（第296頁）

② 土田健次郎説："程頤曾舉出王弼、胡瑗、王安石的《易解》，作爲學習《周易》之際值得推薦的參考書……舉出這樣三家，意味著他們跟程頤屬於同一路數……要之，程頤對以上三家的推崇，是在義理《易》與象數《易》對峙的背景下，表明他所取的是義理《易》的一路。……程頤對王安石持批判的態度，是頗爲有名的，而獨在《易經》解釋的方面，却予以肯定。王安石的《易解》現在已佚……大概王氏用力之處，在於《易經》文義的考證，亦即屬於義理《易》的路數……再看王氏的《卦名解》（《王文公文集》卷三〇）等文，他就像《序卦傳》那樣尋繹各卦相互之間的有機關聯，由此來確定各卦的特質……無論是胡瑗所述的《口義》還是程頤的《易傳》，都把《序卦傳》的文字分配在各卦的開頭，加以注解……以上三人對《序卦傳》式的《易解》的親近性，似乎也同時表明了他們的《易解》的同類性。恐怕，王安石的《易解》與胡瑗、程頤屬於同一傾向，所以程頤也稱賞他的《易説》"。（《道學之形成》第四章，創文社，2002年，第242頁。譯文見朱剛譯本，上海古籍出版社，2010年，第236～237頁）土田的論述指出：儘管圍繞著王安石的《新義》彼此對立，但在學術目標和方法層面上，王安石和程頤的《易經》解釋之間有同質性，且與他們的《詩經》解釋一樣重視邏輯性，因此應當參考。

程頤被看作是尊重《詩序》說法來解釋《詩經》的"尊序"派學者①。的確，與漢唐《詩經》學相比，《程解》中某些詩篇解釋的例子更關注《小序》與詩句之間的對應關係②。但儘管如

---

① 戴維前揭書這樣概括程頤的《詩序》說："程氏是主張尊《序》的。"以下參考他的意見來整理程頤的《詩序》說。程頤認為《大序》為孔子所作："夫子慮後世之不知詩也，故序《關雎》以示之。學詩而不求序，猶欲入室而不由戶也。"(《關雎》程解)而《小序》則首句為國史所記，第二句往下為後人附加："得失之迹，刺美之義，則國史明之矣。史氏得詩，必載其事，然後其義可知，今小序之首是也。其下則說詩之辭也。其下則說詩者之辭也。"(《關雎》程解)"程氏曰：國史得詩於采詩之官，故知其得失之迹。"(南宋·呂祖謙《呂氏家塾讀詩記》卷二，第四葉 A 面)另外，從上面的引文可以知道，程頤重視孔子與《詩經》文本之形成的關係："至夫子之時，所傳者多矣。夫子刪之，得三百篇，皆止於禮義，可以垂世立教，故曰興於詩。"(《關雎》程解)程頤與歐陽修一樣，認為在孔子的時代有多篇詩歌傳世，孔子從中嚴加選擇，取三百篇編纂成《詩經》。請看本書第三章。

② 試舉一例。《齊風·東方之日》云："東方之日兮，彼姝者子，在我室兮。在我室兮，履我即兮。"對後兩句，《鄭箋》云："在我室者，以禮來，我則就之，與之去也。言今者之子，不以禮來也。"而《程解》有如下解釋："齊國政衰，君臣皆失道，故風俗敗壞，男女淫奔。日興君，月興臣，日月明照，則物無隱蔽，姦慝莫容，如朝廷明於上也。今君不明，故有淫奔之俗，詩人以東方之日，刺其當明而昏也。日出當明，而姝美之人在我室。所以在我室，履我即而來也。即，就也。謂行跡履我跡而來奔也。……由在上之人不明，容此姦慝也。"《鄭箋》認為本詩表現了女性批判不道德男性的態度，將詩解釋成道德性的作品；而程頤認為詩歌描寫了男女準備私奔的情形，二人都不道德。本詩《小序》云："東方之日，刺衰也。君臣失道，男女淫奔，不能以禮化也。"《小序》言"男女淫奔"，認為男女俱不道德，程頤的說法可以說是對其忠實的解釋。即是說，程頤解釋序言的忠實態度比鄭玄更徹底。並且，如前注所說明的，程頤認為《小序》首句與第二句往下部分的位相不同，首句是由知悉作詩情況的國史記錄的，因此應當尊重，而第二句往下的部分是後人附加的，價值相對較低。然而，在對本詩的解釋中他忠實地解釋了第二句往下部分的內容。這說明程頤解釋詩篇時，未必根據他對位相差異的觀點來全面排斥第二句往下的部分，而是根據詩篇情況隨機應變，決定是否採用。對《詩序》的此種態度也可見於蘇轍，請參看本書第八、九章。

另外，程頤對本詩的以上解釋，也被朱熹採用。《集傳》云："興也。履，躡也。即，就也。言此女躡我之跡而相就也。"(首章)"興也。闥，門內也。發，行去也。言躡我而行去也。"(卒章)

此，他也有時不依從《小序》的說法。其中尤其引人注目的，是他反對《小序》將詩歌與歷史人物和事件關聯起來的傾向，認爲詩歌敘述的是普遍意義上的教誨之詞。

例如，《周南·關雎》之序云："《關雎》，后妃之德也。""后妃"歷來被認爲是指文王之妃太姒，但南宋呂祖謙的《呂氏家塾讀詩記》有如下引用：

> 程子曰：詩言后妃之德，非指人而言，或謂太姒，失之矣。①

可知程氏認爲本詩講述的並非是太姒這一特定人物的事情，而是后妃普遍應當有的道德。

再有，《小雅·常棣》之序云：

> 《常棣》，燕兄弟也。閔管蔡之失道，故作《常棣》也。

對此，《程解》云：

> 此燕樂兄弟，親睦宗族之詩，不因管蔡而作也。

程頤否定了"本詩據歷史事件創作"的說法。對此詩與《關雎》，他都認爲詩篇內容並非在敘述某個特定歷史狀況，而是相當普泛性的。

程頤重視詩篇的教育性質，這從他的另一種解釋方法中也能看出。《小雅·鹿鳴》之《程解》云：

> 自《鹿鳴》以下二十二篇，各賦其事，於其事而用之②，其周公之謂乎。與二《南》同也。燕群臣嘉賓則用

---

① 《讀詩記》卷二，第三葉 A 面。
② 《關雎》之《程解》亦云："如《小雅·鹿鳴》以下，各於其事而用之也。爲此詩者，其周公乎。古之人由是道者，文王也……故以當時之詩繫其後。"

《鹿鳴》。

從中可以發現，程頤認爲詩篇雖是爲叙述某個歷史事件而作，但隨後却捨棄了歷史事件的特殊性，而説明普遍性的内容。例如，《小雅·采薇》的《程解》云：

> 文王之時，有昆夷玁狁（侵入中國）之事，遣戍役以守衛，歌此詩以遣之，叙其勤勞悲傷之情，且風以義，當時之事也。後世因用之以遣戍役。

程頤在此認爲，《采薇》本是爲叙述文王時代征討異民族的實事而作，但後世却捨棄了歷史事實，將之普泛化爲出兵時演奏的作品①。對於後世之人而言，詩篇的意義不在於描述了歷史事件，而在於其中表現了被抽象、普泛化了的内容。

這樣的解釋也見於《小雅·伐木》：

> 山中伐木，非一人能獨爲，必與同志者共之。既同其事，則相親好，成朋友之義。伐木之人，尚有此義，况士君子乎。故賦《伐木》之人，叙其情，推其義，以勸朋友之義，燕朋友故舊則歌之，所以風天下也。（《小雅·伐木》程解）

當然，既然在此舉出的《小雅》之詩是在天子和諸侯的朝廷上舉行的儀式及宴會等場合演奏，那麼詩的本來意思被抽象化、具有普泛性意義和功能，就是極爲常識性的觀念。不過，在實際解釋詩篇的時候，不必説《傳》《箋》《正義》，就是歐

---

① 朱熹對《采薇》的解釋比程頤更趨向於普遍化。其《詩序辨説》云："此未必文王之詩。以天子之命者，衍説也。"反對將此詩繫於文王。

陽修也要努力弄清楚詩中叙述的是哪個歷史人物的何種事情①。而程頤的解釋則不關注於這個問題,這是其特點。而這種解釋特性也見於朱熹②,就顯示出了程頤與朱熹的共通性質。

《唐風·葛生》之《程解》或許也可以準此來考察。此詩《詩序》云:

> 《葛生》,刺晉獻公也。好攻戰則國人多喪矣。

程頤則説:

> 此詩思存者,非悼亡者,序爲誤矣。好攻戰則多離闊之恨……晝夜之永時,思念之情尤切,故期於死而同穴,乃不相離也。

他不惜反對《小序》之説,認爲此詩叙述的不是妻子對陣亡的丈夫的哀悼,而是妻子送夫出征的離別之痛。從詩句中很難找到這一解釋的證據,因爲詩中有句云:

> 予美亡此,誰與獨處。

根據"亡"字的通用義,這裏應該解釋成丈夫已經死去。程頤不將"亡"解釋爲"死亡",而是"我的愛人不在這裏(我身

---

① 《鹿鳴》之《正義》云:"言鹿既得苹草,有懇篤誠實之心發於中,相呼而共食。以興文王既有酒食,亦有懇篤誠實之心發於中,召其臣下而共行饗燕之禮以致之。"《詩本義》云:"《鹿鳴》,言文王能燕樂嘉賓,以得臣下之歡心爾。"《伐木》之《正義》云:"天子至於庶人,未有不須友以成者,即序首章之事,因文王求友而廣言貴賤也。""鄭以爲……言文王昔日爲居位之時,與友生伐木於山阪,丁丁然爲聲也。"《詩本義》云:"《伐木》,文王之雅也……此詩文王之詩也。"以上都將關注點集中在詩歌爲文王所作一事上。

② 《集傳》論《鹿鳴》曰:"此燕饗賓客之詩也。"論《伐木》云:"此燕朋友故舊之樂歌。"都不認爲是文王所作之詩。

邊)"。此説以《鄭箋》的如下説法爲基礎:

"亡",無也。言我所美之人無於此,謂其君子也……從軍未還,未知死生,其今無於此也。

《鄭箋》將"亡"釋爲"無(不在)",而非"死亡",不過從《正義》對《鄭箋》的如下疏通來看,應該有不少人對這個解釋心存懷疑:

今我所美之人,身無於此,我誰與居乎。獨處家耳。由獻公好戰,令其夫亡,故婦人怨之也。

《正義》在前半段雖云"身無於此",依《鄭箋》將"亡"解釋爲"無",但後半段却云"令其夫亡",即丈夫死亡。這是添加了《小序》"國人多喪"的意思來加以疏通①。如此,不管是從力求簡要地解釋字義的角度,還是根據《小序》來解釋字義的角度,將"亡"解釋成"不在"之意都是很屈折的訓詁,但程頤採用了它,並進而批評《小序》的"國人多喪"有誤②。程頤雖未説明理由,但這也能看出他希望將詩歌解釋成對更普遍狀況的叙述。在現實社會中,丈夫當兵離家遠比丈夫戰死的情況更普遍,解釋成丈夫出征離家,往往要比解釋成丈夫戰死更貼近現實。參考前兩個例子的情況來看,程頤應該是以更具普遍性的解釋爲目標吧。

---

① 另外,蘇轍與《正義》一樣,認爲丈夫死亡了:"今予所美亡矣,將誰與哉。亦獨處而已……思之而不可得,則曰:不可生得而見之矣。要之百歲之後,歸於其居而已。居,墳墓也。思之深而無異心,此《唐風》之厚也。"不過,蘇轍的觀點與《鄭箋》不同,認爲"今予所美亡矣",將詩句中的"亡"字解釋爲"死亡",認爲詩句叙述了丈夫已死之事。這可以看作是秉持"以詩解詩"態度給出的解釋。
② 不過,這裏程頤批評的是《葛生》之序第二句往下部分的內容,與他尊序的姿態並無齟齬。參考 p.302 注①。

詩歌創作的目的不是敘述歷史事件,而是表達普遍性的教誨,和詩歌本是敘述具體的歷史事件,但後來其歷史性被捨棄而具有普遍性意義和功能,這兩種解釋雖然表達不同,却呈現了同樣的解釋目標。由此,對於詩篇具有的普遍意義的關注,換句話說,對後人如何"用詩"——如何使這些詩篇對自己生活及人生產生影響——的關注,具體表現成了解釋方法。

宋代《詩經》學擺脫了漢唐《詩經》學"以詩附史"的基本解釋方法,這經常被作爲它的特徵而提及。筆者認爲,儘管這裏所謂的擺脫"以詩附史"未必完全排斥"詩篇基於歷史事實而作"的看法①,不過,漢唐《詩經》學在探究詩篇意思的時候,其前提是"詩篇以著名的歷史人物或事件爲背景創作而成"的觀念,而宋代《詩經》學的諸學者則的確擺脫了這種解釋方法。從這個角度來看,上文中程頤志在做出抽象解釋的方法,也可謂是擺脫"以詩附史"的一種方法。就此而言,可以說程頤的《詩經》學具備了宋代《詩經》學共通的學術志向。

七、結　語

上文通過分析程頤《詩解》的經說,考察了其《詩經》解釋的特徵。誠如通常的評價所言,程頤的經說在對具體內容的解釋上往往極爲與衆不同。就像朱熹所批評的那樣,他"取義太多",可謂過度闡釋了。然而,這樣的解釋源自他對《詩經》的何種觀念,或是何種解釋目標?當我們將注意力集中在這個問題上時,就能發現程頤與衆多北宋《詩經》學者在解釋上的共通特質,儘管二者的解釋方法通常被認爲完全不同。其中尤其值得關注的是他與王安石的關係。程頤在政治上與王

---

① 關於這個問題,本書第十一章有詳細考察。

安石完全對立,並強烈反對王安石的儒學新解釋——"新學"。但儘管如此,他用以解釋《詩經》的解釋方法與王安石有頗多共通之處。這不但體現了身爲學者的二人在資質上相類似,而且説明二人的《詩經》學雖然往往容易被排斥在宋代《詩經》學學術主流之外,却實則同樣具備了時代學術的共同目標,並切實地努力回應時代學術的要求。

當然,還有必須詳細考察的問題,即王安石與程頤的《詩經》學差異究竟體現在何處?就《詩經》而言,程頤的王學批判以什麽爲參照?本文揭示的二者在學術上的共通性,毋寧説是闡明其差異之實貌所需的前提條件。以後還將對這個問題再作研究。

另外,本章也提示人們,需對程頤和朱熹的關係再作探討。或許是由於朱熹對程頤的那句評語語氣太果斷,朱熹《詩經》學對程頤《詩經》學的繼承問題一直罕有研究成果[1]。然而,本文的分析却屢屢涉及朱熹繼承程頤之經説的例子。朱熹不僅採用了程頤對具體詩句和文字的解釋,也繼承了他用來理解詩篇結構的方法。並且,在不止一個例子中,朱熹採納了他所批評的"取義太多"的解釋。由此看來,僅從表面上來認識朱熹對程頤的批評是不夠的。

若以一言蔽之,則程頤的解釋誠然"取義太多",但朱熹的解釋也同樣"取義太多"。或者不如説,我們應該看到宋代《詩經》學的共通特質之一就是以這種解釋爲目標。通常的觀點認爲,以"以詩附史"爲代表性特徵的漢唐《詩經》學過於牽強附會、陷於繁瑣解釋之中,宋代《詩經》學者們對其加以反撥,

---

[1] 當然,前人已經指出,在具體的詩歌解釋上,朱熹有繼承程頤之説的例子。例如譚德興前揭論文第113頁指出,朱熹採用了程頤對《鄭風·豐》的解釋。

構思出了新的學術。然而從詩篇結構及其邏輯的角度來看，漢唐《詩經》學的學者認爲詩篇具有單純的結構和邏輯。那麼，宋代學者們對歷來解釋的不滿，實則在於他們認爲原來的解釋沒有充分關注和理解詩歌的結構與邏輯，導致了對詩篇意思的認識流於表面和簡陋。或許就是抱持著對前代《詩經》學的如此反省，他們決心從詩篇中抽繹出更複雜豐富的意思，因此纔建構並實踐了各自多樣的解釋方法。

但筆者在此並不是説漢唐《詩經》學簡單理解詩歌內容的解釋是錯誤的，而宋代《詩經》學的複雜化處理是正確的。無論何者是正確解釋，從《詩經》這個共同的對象中，不同時代的學者發現了各異的特質，這本身就相當重要。《詩經》解釋猶如明鏡，可以映射出各時代的時代精神。本文研究所指出的程頤《詩經》解釋的時代性質，或許能爲從這個角度重新考察《詩經》解釋學史提供一份絶好的材料。

第三部

解釋的修辭法

第十一章　事實果真如此嗎
——《詩經》解釋學史上的歷史主義解釋之諸相

一、前　言

在從漢唐《詩經》學到宋代《詩經》學的變化過程中,各位學者擁有共同的解釋學姿態,在繼承與發展的循環往復中構建起了宋代《詩經》學。這一過程的實際情形,通過本書第一部的考察——即分析北宋有代表性的《詩經》學者們爲了得出詩篇解釋而運用了何種具體解釋方法及理念——已獲得某種程度的澄清。隨著這種考察的漸次積累,筆者逐漸意識到這樣一個問題:思維作爲土壤,生發出了《詩經》解釋的具體方法、理念,那麼在思維中是否存在超越學者、學派和時代的貫通性目標?如果存在,它又是怎樣的?通過把握這種貫通《詩經》解釋學史的思維目標,或許就能以統攝的眼光,研究目前所見的各學者用以獲得成果的多種方法及闡釋理念。

在歷代《詩經》解釋的背後,有一個問題一直時隱時現,或許它正是上述思維的一種。它關注的是:詩篇所敘述的內容是對現實事件的忠實再現,還是詩人頭腦中虛構而成的?

詩中講述的人、物和事件未必存在於現實之中,往往是作者虛構出來的,這在我們已經是理所應當的觀念。然而,從歷代的《詩經》解釋來看,時人却未必將此視作一個不需證明的前提,相反,我們還能夠窺見一些舊跡,證明歷代的學者們針對這個問題下了很大的功夫。那麼,圍繞這個問題的驗錯,或許就作爲原動力推進了歷代的《詩經》解釋學。

本章將專門討論這個問題,考察它在歷代《詩經》學中演變成怎樣的不同形態,對各種研究方法和理念產生了怎樣的影響。

換個角度來看,詩歌表達層面的虛構屬於相當文學性的問題。因此,考察這個概念如何被引入《詩經》解釋,也就同時牽扯到另一個問題:作爲經學的《詩經》學中是否包含了文學研究因素。

通常的觀點認爲,從"歷史化的《詩經》學"到"文學化的《詩經》學",是區分漢唐《詩經》學與宋代《詩經》學的重要標誌[1]。那麼,宋代《詩經》學脫離歷史主義而以文學主義的解釋爲目標,其詳細的實際情況是怎樣的?換個角度來問的話,被宋人擺脫的漢代《詩經》學,其"歷史化的《詩經》學"究竟有怎樣的結構?筆者期待通過本章的考察,獲得解決這個問題的線索。

思維是解釋方法及理念萌芽的土壤,它未必歷時地發展變化,而是有可能以一種超越時代的關注(或懸念)的形態,在人們心中持續傳承。並且,這樣一種思考方法和與之完全對立的思考方法往往同時並存、不斷發生衝突。或者也可能是,相互對立的觀念同時存在於一個人的思想中,優劣形勢與時變化。思維以種種形態存在,形成了推動《詩經》學發展的生

---

[1] 滕志賢説:"南宋鄭樵、朱熹等人會作詩,也懂一點文學,所以有時解《詩》比較吻合詩人之原意。"(《詩經引論》,江蘇教育出版社,1996年,第199頁)洪湛侯在《詩經學史》(中華書局,2002年)中有一章專論歐陽修、王安石、鄭樵、王質、朱熹、嚴粲對這個問題的討論(第六章《宋代學者已注意到〈詩〉的文學特點》)。另外請參考本書第十二章第一節。

動活力。

根據以上的想法,本章或將對比超越時代彼此關聯的事例,有時爲了弄清其邏輯關係還會以逆時間順序的方式展開考察,希望發現潛存在歷代《詩經》研究之中的、蘊含活力的興趣和關注點。

爲此,本章將從《詩經》中選取一篇爲例,通過比較其歷代的解釋來討論這個問題。這就是歷代《詩經》解釋中異説尤其多的《王風·丘中有麻》一篇①。構成各位學者之學説的各種觀念之間存在差異,而這些差異爲考察本章的問題提供了絶好的材料。

二、《丘中有麻》之詩

首先,讓我們結合《詩經》解釋學最初之高峰的漢代《詩經》學的注釋,來看一下《丘中有麻》講述了怎樣的内容。

[詩序]丘中有麻,思賢也。莊王不明,賢人放逐,國人思之而作是詩也。

丘中有麻,彼留子嗟。

[傳]留,大夫氏。子嗟,字也。丘中墝埆之處,盡有麻麥草木,乃彼子嗟之所治。

[箋]子嗟放逐於朝,去治卑賤之職而有功。所在則治理,所以爲賢。

彼留子嗟,將其來施施。(首章)

[傳]施施,難進之意。

[箋]施施,舒行。伺閒獨來,見己之貌。

丘中有麥,彼留子國。

---

① 《毛詩正義》卷四之一。

［傳］子國，子嗟父。

［箋］言子國使丘中有麥。著其世賢。

彼留子國，將其來食。(二章)

［傳］子國復來，我乃得食。

［箋］言其將來食，庶其親已，已得厚待之。

丘中有李，彼留之子。

［箋］丘中而有李，又留氏之子所治。

彼留之子，貽我佩玖。(卒章)

［傳］玖石次玉者。言能遺我美寶。

［箋］留氏之子，於思者則朋友之子。庶其敬已而遺已也。

由以上引文可知，《毛傳》與《鄭箋》對本詩的解釋已有不同。下面將參考《正義》的疏通，分別按照《毛傳》和《鄭箋》的說法將詩意敘述如下。首先，根據《毛傳》的解釋，本詩內容爲：

丘上生著麻，是那留氏的子嗟管理(使人民養育)的。那留氏的子嗟將要來的時候，慢騰騰走得很艱難。

丘上生著麥，是那留氏的子國(子嗟的父親)管理(使人民養育)的。那留氏的子國如果來的話，我們(百姓人民)就能得到糧食了。

丘上生著李樹，是那留氏一族的人管理的。那留氏一族的人教給我們可以稱爲美寶的美德。①

《毛傳》認爲本詩講的是人民懷念被周之昏君莊王放逐的賢臣。賢者被從朝廷放逐到地方，人民懷念和讚美他在任時

---

① 據《正義》對《毛傳》的解釋："玖是佩玉之名，故以美寶言之。美寶猶美道……謂在朝所施之政教。"

的善政①。被放逐的賢者對重返故國有所猶豫,而民衆爲此感到遺憾,他們懷念賢者參與國政時勤勞爲民的情形。

而根據《鄭箋》的解釋,本詩內容則是:

> 丘上生著麻,是那留氏的子嗟種植培育的。那留氏的子嗟要是能慢慢地走來與我會面,那該多好。
>
> 丘上生著麥,是那留氏的子國(子嗟的父親)種植培育的。那留氏的子國要是能來我這裏用餐,那該多好。
>
> 丘上生著李樹,是那留氏的族人在管理。那留氏的族人要是能把可以稱爲美寶的美德②教給我,該有多好。

與《毛傳》的解釋相比,《鄭箋》認爲這首詩中的民衆有更積極的感情,迫切想要請來賢者等。據《箋》的解釋,賢者被朝廷放逐,隱棲於丘中,從事農業③。他的技術很嫻熟,民衆見了就知道他是賢人。在《鄭箋》看來,這首詩與其説是講述人們懷念賢者們的功績,不如説是更主要地講述了人們召喚隱士的願望無法實現的焦急情緒。

儘管《毛傳》與《鄭箋》的解釋這樣不同,二者的説法卻也有相同之處,可總結如下:(一) 他們都認爲子嗟、子國、子以某種形式與"麻""麥""李"的實際栽培有關(不過對於關聯的方式,《傳》《箋》意見不同)。(二) 他們都認爲"留"是子嗟、子國、子的氏。(三) 他們都認爲子嗟、子國、子之間有父子關係(不過,關於卒章的"子",請參考下一節)。

從宋代開始,這三點作爲解釋的關鍵經常被論及。開啓

---

① 據《正義》對《毛傳》的解釋:"子嗟在朝有功,今而放逐在外。國人視其業而思之。"
② 據《正義》對《鄭箋》的解釋:"箋亦以佩玖喻美道。"
③ 據《正義》對《鄭箋》的解釋:"子嗟放逐於朝,去治卑賤之職……故云所在則治理,信是賢人。"

這一討論的是歐陽修。不過,在將視線轉向歐陽修之前,讓我們再回顧一下《傳》《箋》,看一看其解釋之依據及其意義。

三、《正義》對《傳》《箋》的合理化解釋

上一節提到了《傳》《箋》之說的三個相同之處,其中最核心的問題是"三"中的"子嗟""子國""子"應當如何解釋,其他的兩點都是在思考這個問題的過程中派生出來的。

"子嗟""子國""子"究竟是誰?讓我們重新考察一下。《毛傳》《鄭箋》都將"留"看作氏,而"子嗟""子國""子"都屬於這一氏族。也就是說,《傳》《箋》認爲他們是歷史上實際存在過的人。關於子嗟與子國的關係,如《毛傳》"子國,子嗟父"所示,《傳》《箋》都認爲二人是父子關係,"子國"爲父、"子嗟"爲子。而卒章的"彼留之子"中提到的"子"究竟是誰,則牽涉到複雜的問題。《正義》的說明如下:

> 此章留氏之子遺我以美道,欲留氏之子教己。是思者與留氏情親,故云留氏之子,於思者則朋友之子,正謂朋友之身,非與其父爲朋友。孔子爲子路"賊夫人之子"[①],以此類也。

《正義》是這麼認爲的:卒章中所謂"子"是對對方親暱的稱呼,指詩人的朋友,也就是首章提到的"子嗟"。《鄭箋》所謂"朋友之子"並非指這是友人的兒子,而是"我的朋友——你"的意思。因此,在《正義》看來,這首詩的出場人物是子嗟和子國兩個,詩歌以

---

① 《論語·先進》云:"子路使子羔爲費宰。子曰:賊夫人之子。子路曰:有民人焉,有社稷焉,何必讀書,然後爲學?子曰:是故惡夫佞者。"邢昺《論語正義》云:"夫人之子,指子羔也。"

［首章］子嗟―［二章］子國―［卒章］子嗟

的順序叙述。由此可知,《傳》《箋》的解釋經過《正義》的疏通,在對子嗟和子國的叙述上變得不均衡了。《正義》對此是如何説明的?

> 子國是子嗟之父,俱是賢人,不應同時見逐。若同時見逐,當先思子國,不應先思其子。今首章先言子嗟,二章乃言子國。然則賢人放逐,止謂子嗟耳。但作者既思子嗟,又美其奕世有德,遂言及子國耳。故首章《傳》曰"麻麥草木乃彼子嗟之所治",是言麥亦子嗟所治,非子國之功也。二章《箋》言"子國使丘中有麥,著其世賢",言著其世賢,則是引父以顯子,其意非思子國也。卒章言"彼留之子",亦謂子嗟耳。

這段《正義》中有很值得關注的看法,即本詩不過是因思慕子嗟一人而作的。這裏給出了兩點證據:一是很難想象父子二人同時遭遇放逐;二是子嗟、子國的叙述順序。《正義》的邏輯是:如果作者同樣思慕子嗟、子國二人,就應當先叙述父親子國、然後叙述兒子子嗟,但實際順序正好相反。由此想來,父親子國就不可能是主要的叙述對象。從中可以發現,《正義》認爲長幼之序這種現實世界的倫理秩序也反映在了詩歌的結構中。在此基礎上,爲了使"儘管要叙述的是子嗟但也叙述父親子國"一事顯得合理,《正義》有這樣的説明:雖然本詩的確叙述了子國、子嗟父子,但這却是爲了更好地讚美子嗟之德纔引出了對子國的叙述,子國並未被王放逐。

可見,這裏的觀念以詩篇内容的歷史真實性爲前提,追求其作爲歷史記録的合理性,且認爲基於倫理秩序能夠獲得正確的解釋①。有此立場的解釋者,可以將詩歌完全對應現實世界的邏輯來解釋②。

四、歐陽修的批評——解釋的抽象化

上節論及對《傳》《箋》之解釋的異議,這是由歐陽修提出的。這個論點抓住了《丘中有麻》一詩相關問題的關鍵③。

如上文所見,對本詩各章中"彼留子嗟""彼留子國""彼留之子"的"留"字,《毛傳》云:"留,大夫氏。"釋爲詩中主人公所屬之氏。據此則以上三句應分別解釋爲"留氏的子嗟""留氏

---

① 《正義》的這段議論與上一節中歐陽修的批評相比,有很值得注意的地方:《正義》所説的"子國是子嗟之父,俱是賢人,不應同時見逐",與歐陽修對《傳》《箋》的批判"父子皆賢而竝被放逐,在理已無"恰好相應。二者所論的是同一個問題。《正義》是努力在這個問題上使《傳》《箋》之説更正確,因此加了説明,而歐陽修則以此來論證《傳》《箋》之説不成立。兩説比較來看,就像是《正義》在回答歐陽修的論難一樣。考慮到時代先後的問題,可以説《正義》已經意識到了《傳》《箋》之説的漏洞,通過疏通來暫時解決,而歐陽修則將這個點重新提出來討論。從某個角度來説,二者在《詩經》解釋上有同樣的關注點。本書第三章已討論了這個問題。
② 對於《正義》的解釋,清代的馬瑞辰在《毛詩傳箋通釋》中提出異議:"'彼留之子',《箋》'留氏之子,於思者則朋友之子'。瑞辰按,《傳》以詩子國爲子嗟父,則此言'彼留之子'宜爲子嗟之子,故《箋》言'於思者則朋友之子'。思謂國人思之,於子嗟爲朋友也。《箋》上釋上二句云'丘中而有李,又留氏之子所治'。又字正承子國、子嗟言之。《正義》乃謂朋友之子正爲朋友之身,失《箋》恉矣。"馬瑞辰認爲卒章的"子"指子嗟的兒子,本詩講述了"子國—子嗟—子嗟的兒子"這祖孫三代的事情。他認爲,既然《毛傳》認爲子國是子嗟的父親,那麼"子"也應該是同樣與子嗟有血緣關係的人。也就是説馬瑞辰不認爲詩歌的結構反映了現實世界的倫理秩序,他認爲本詩的三章是以對等關係並列著的,試圖從這樣的結構來弄清詩意。與《正義》重視詩歌主題的立場不同,馬瑞辰可以説是重視詩歌結構。
③ 另外,本書第十二章將從别的角度入手討論《丘中有麻》一詩,本節的討論與之有一部分是重合的。

的子國""留氏之子"①。歐陽修對這個解釋則有如下批評：

> 留爲姓氏，古固有之。然考詩人之意，所謂"彼留子嗟"者，非爲大夫之姓留者也。莊王事迹，略見《春秋》《史記》，當時大夫留氏，亦無所聞於人。其被放逐，亦不見其事。既其事不顯著，則後世何從知之。

歐陽修批評《傳》《箋》之說，認爲"留"並非專有名詞，而是動詞，應釋爲"留阻子嗟""留阻子國""留阻之子"。他認爲這是説"留阻"賢者在丘墟中空虛度日。

並且，關於詩中的"麻""麥""李"，《傳》《箋》解釋爲留氏之子嗟、子國等人經營之物，由於經營有方，可以證明他們是賢者。而歐陽修認爲這樣的證據非常不充足：

> 況如毛、鄭之説，留氏所以稱其賢者，能治麻麥、種樹而已矣。夫周人衆矣，能此者豈一留氏乎？況能之，未足爲賢矣。②

---

① 關於《毛傳》《鄭箋》如何理解詩歌第三章的"之子"一詞，歐陽修與《正義》的解釋不同。如本章第三節所見，《正義》認爲《鄭箋》所謂"留氏之子，於思者則朋友之子"是指子嗟，而歐陽修則批評《傳》《箋》之説不合理："若以子國爲父，則下章云'彼留之子'復是何人？父子皆賢而竝被放逐，在理已無，若泛言留氏舉族皆賢而皆被棄，則愈不近人情矣。"這説明歐陽修不是將《鄭箋》的"朋友之子"理解成"朋友本人(即子嗟)"，而是"朋友的兒子(留氏的年輕人)"。

② 歐陽修批評《傳》《箋》，認爲要判斷一個人是否爲賢者，不能以是否能將麻、麥、李等管理好作爲標準。不過對於這個批評，疏通《傳》《箋》的《正義》至少做過一些使《毛傳》之説更正確的闡釋："毛以爲子嗟在朝有功，今而放逐在外，國人視其業而思之。言丘中墝埆之處，所以得有麻者，乃留氏子嗟之所治也，由子嗟教民農業，使得有之。今放逐於外，國人思之，乃遥述其行。"根據這個解釋，子嗟不是親自耕作，而是指導民衆從事農業，這就回答了歐陽修的批評：身居高位者從事應當由普通百姓從事的農業並不合理。歐陽修"況如毛、鄭説……"，認爲毛、鄭同説，但如果根據《正義》的疏通，他的批評就只對《鄭箋》有效。

因此，歐陽修認爲"麻""麥""李"並非子嗟、子國、之子直接參與栽培，而是用作一種比喻。他的解釋是：丘上的植物被用來與子嗟、子國、之子等賢者的境遇形成對比，植物對人有用，因此就被收穫；而賢者本應在國家政治中發揮能力，朝廷却没有迎接邀請他們，而是任由他們在丘壑中過隱遁生活。這是對放逐賢者的周莊王的諷刺：

> 莊王之時，賢人被放逐，退處於丘壑，國人思之，以爲麻麥之類生於丘中，以其有用，皆見收於人，惟彼賢如子嗟、子國者，獨留於彼而不見録。

再有，《傳》《箋》將子嗟、子國解釋成父子關係，歐陽修對此也有批評。其根據有二：一是如上文所見，史書中並未記載留氏之子國、子嗟這樣的人物；二是認爲他們是賢者家族的想法是荒誕無稽的。他認爲，如果是子嗟一人還説得過去，但舉族被放逐的事情並不符合常識：

> 及其云子國，則毛公又以爲子嗟之父。前世諸儒皆無考據。不知毛公何從得之。若以子國爲父，則下章云"彼留之子"復是何人？父子皆賢而竝被放逐，在理已無，若泛言留氏舉族皆賢而皆被棄，則愈不近人情矣。

從以上兩個理由批評了《傳》《箋》之説後，歐陽修闡述了自己的説法，即"子嗟""子國"這樣的人名並不是指特定的個人：

> 子嗟、子國，當時賢士之字。泛言之也。

也就是説，此詩並非只是以特定的某個家族爲叙述對象，它所叙述的是當時多位賢者被放逐之事。詩歌的内容並不是某個人身上真實發生的事情，而是世情常態——任何侍奉昏昧君主的賢者都可能遇到的情況。"子嗟""子國"被用作賢者的代名詞,當時雖然可能有以此爲字的賢者,但這裏並不涉及那樣的歷史真實:

  詩人但以莊王不明,賢人多被放逐,所以刺爾。必不專主留氏一家。

以上所見《傳》《箋》與歐陽修之說的分歧可歸結如下:(一)"麻""麥""李"的叙述意圖。(二)"留"的字義。(三)"子國""子嗟"的實體性。

綜合來看,與《傳》《箋》相比,"詩中内容是對真實歷史事件的忠實陳述"這樣的觀念在歐陽修的解釋中很淡薄。儘管他也認爲本詩批判了周莊王這樣一個真實存在的昏昧之君,但他認爲詩中並非叙述特定的個人、事件,而是一般性地講述亂世的常態①。這可以作爲劉毓慶所謂"脱離歷史主義的牽強附會的《詩經》解釋"②之一例。

歐陽修這種使解釋抽象化的做法,在他之後又有怎樣的發展③?來看程頤的解釋。他認爲麻、麥、李並非實指,而是比喻④。這一點與歐陽修一樣:

  丘中宛宛平窊之處,地之美者也。麻可衣,麥可食,

---

① 消除人物和事件的歷史屬性,使之成爲泛論,能將歐陽修的解釋變成可能。本書第十二章將詳細討論這個問題。
② "(宋人)擺脱前人'附詩於史'的附會之談。""宋儒努力拂除歷史附會、强調對《詩經》的獨立感受。"劉毓慶《從經學到文學——明代〈詩經〉學史論》,商務印書館,2001年,第28~29頁。
③ 在歐陽修以後的詩説中,蘇轍和吕祖謙没有回應歐陽修的如上觀點,直接沿襲了《傳》《箋》《正義》之説。
④ 在程頤的解釋中,第一章的"麻"和第二章的"麥"比喻賢人,而第三章的"李"則比喻小人,與前兩章的處理不同,從結構的統一性方面來説產生了齟齬。

宜植丘中。興賢者以在朝,則能養於人。……李者徒能甘人之口,而不能養人之物。丘中反有李,乃比不賢之人也。①

再有,程頤將"彼"解釋成巢據莊王朝廷中的小人,認爲他們居於朝廷即所謂"留"。儘管程頤與歐陽修對於主語是誰的問題觀點不一,但程頤認爲"留"不是氏而是動詞,這是繼承了歐陽修之説。

關於"子嗟""子國",程頤給出了令人誤以爲牽強附會的抽象化解釋:

彼謂不賢者,乃留於朝。子之賢反窮處而咨嗟,故思望其施施而來。次章云彼乃留而子反歸鄉國,思望其來食於朝。……佩者外飾,玖非真玉。彼留之人所貽我者,徒文飾,而無實貽我及人者。②

根據他的説法,三章中與問題有關的句子應作如下解釋:

那人留在朝廷,你却(被君王放逐而)歎息。
那人留在朝廷,你却被君王放逐而返回家鄉。
那留在朝廷的人……

程頤認爲子嗟、子國不是人名,而是"你嗟歎""你歸國"這樣的主謂結構。不過他將第三章的句子解釋爲"那留在朝廷的人",認爲是指小人。即是説,程頤對這一章用與一、二章不同的句式結構來解釋,同時認爲這一章的"子"也與其他的"子"含義不同。從訓詁的一致性來看,這會導致齟齬。

儘管從結果來看,程頤的解釋與歐陽修的很不一樣,但他

---

① 《河南程氏經説》卷三《詩解》。
② 同上。

們都不局限於歷史真實性，進行抽象化的解釋，在方法上性質相同。也就是說，程頤以歐陽修的解釋爲基礎，重新處理句子結構，發現了"他留下——你嗟歎、他留下——你歸國"這樣小人與賢人之境遇的明暗對比。他繼承了歐陽修的解釋姿態，更徹底地貫徹了解釋的抽象化。

像程頤一樣將"子嗟""子國"拆解開來解釋的，還有南宋的黃櫄：

> 予竊以爲：嗟者，詩人欲留賢者而形於嗟歎；國者，詩人欲留賢者而使之在國也。①

我們不清楚黃櫄之說的"彼"指什麼，假設它是指莊王的話，這句話就應該解釋如下：

> 那莊王如果將你留下就好了，唉。
> 那莊王如果留你住在這個國家就好了。
> 那莊王如果將此人留下就好了。

《丘中有麻》的如上解釋史中，可以看到一個從"比定歷史事實"向"擺脫此傾向，作抽象解釋"轉變的脈絡，而歐陽修就是開啓這個潮流的人物。

五、以佚失的書籍爲依據

> 莊王事迹，略見《春秋》《史記》，當時大夫留氏，亦無所聞於人。其被放逐，亦不見其事。既其事不顯著，則後世何從知之。

歐陽修的這段議論批評《毛傳》以"留"爲姓氏，以"子國"爲"子嗟"之父。這説明他認爲，根據《春秋》《史記》等史書記

---

① 《毛詩李黃集解》卷九。

載與否可以判斷事情是否爲歷史真實,從而可以確定詩歌解釋是否正確。

經由這種思路對《傳》《箋》進行批評,並提出新解釋的情況,還可見於《大雅·桑柔》。爲了與本詩的解釋相比較,下面介紹其要點。《桑柔》第二章云:

> 四牡騤騤,旟旐有翩。亂生不夷,靡國不泯。

《鄭箋》認爲此詩講述的是厲王時代真實發動的遠征,而歐陽修批評道:

> 然考厲王事跡,據《國語》《史記》及《詩》大小《雅》皆無用兵征伐之事。在此《桑柔》語文,亦無王所征伐之國,凡鄭氏以爲軍旅久出征伐、士卒勞苦等事,皆非《詩》義也。

在這裏,歐陽修用以判斷鄭玄解釋正確與否的根據,不僅是詩中有無具體的表達,還包括現存史書中有無記載。由於根據這些文獻不能確認真實,因此他判定鄭玄之說不符合史實①。

歐陽修就《桑柔》對《傳》《箋》進行批評及提出自己說法的論證方法與《丘中有麻》一樣,其思路都是根據歷史記錄來確定詩中內容是否真實,從而得出結論認爲詩中敘述了普遍性道理。這體現了歐陽修《詩經》解釋的一個基本思考特質,值得注意。歐陽修的這種態度可以稱作"依賴文獻的歷史主義"。

值得注意的是,歐陽修所舉出的用來判斷《毛傳》《鄭箋》之說是否正確的根據,是《春秋》《國語》《史記》等書籍。即是

---

① 關於歐陽修對本詩的解釋之詳情請參考本書第十二章。

説,歐陽修用來測定《毛傳》《鄭箋》記述之正確性的基準,是在他的時代現存、他能够親眼見到的文獻中是否有記録。

回過頭來看《正義》的議論,疏家已經意識到會有歐陽修這樣的批評了。《毛傳》云"子國,子嗟父",《正義》對此有曰:

> 毛時書籍猶多,或有所據。未詳毛氏何以知之。

《正義》在此説明,毛公本來是依據確切的根據提出説法的,但被他用作根據的文獻已佚失,無從覆核。在歐陽修的立論依據《春秋》《史記》以外,本來也還有可依據的史書。這當然是無法證明的論證,不過歷史上確實因種種原因導致大量書籍亡佚,因此誰也不能完全否定它。如果依照這個論證,那麽像歐陽修這樣依據現存史書來驗證《毛傳》正確與否的方法,就失去了根據。可以説《正義》預想到了歐陽修這樣的批評,並對可能有的批評預先給出了回應性的説明①。

將"佚書"當作根據來説明《毛傳》之説正確,這樣的論證方法在《正義》中還有其他例子,如《大雅·烝民》云:

> 王命仲山甫,城彼東方。

---

① 筆者曾多次指出,對像歐陽修在《詩本義》中呈現的《傳》《箋》批評那樣的批評,在《正義》的疏證中已有一些回應性質的議論,使《傳》《箋》之説顯得正確,有一些甚至説明疏家已經預先想到了歐陽修的批評。爲何有這種現象?賴惟勤認爲,《正義》從六朝義疏脱胎而來,六朝學者仿照佛家之法,爲了精研儒學問題而用討論的形式來研究問題,將其研究結果集結起來就是六朝的義疏(賴惟勤監修、説文會編《〈説文〉入門——在讀段玉裁〈説文解字注〉之前》,即《説文入門——段玉裁の〈説文解字注〉を読むために——》,大修館書院,1983年,第206頁)。在這種情況下,討論者都扮演提倡者和論難者的角色(恰似現代的辯論)而不是闡述自己的觀點,那麽論難者提出的論難就並非來自學説的差異,而是爲論難而論難,是從常識角度提出的穿鑿式論難。那麽,歐陽修信任"人情"這種人類不變的常識和良知、非難《傳》《箋》的有悖常識,他的批評就與以上論難很容易有相似之處吧。筆者暫時没有足以論證的材料,且作爲一個假説記在這裏。

《毛傳》的說明如下：

古者諸侯之居逼隘，則王者遷其邑而定其居，蓋去薄姑（山東省博興）而遷於臨菑（山東省淄博）也。

《正義》云：

既言所定，不知定在何處，故云蓋去薄姑而遷於臨菑也。毛時書籍猶多，去聖未遠，雖言蓋爲疑辭，其當有所依約而言也。《史記・齊世家》云，獻公元年徙薄姑都治臨菑。計獻公當夷王之時，與此傳不合。遷之言未必實也。

由此也可見《正義》的觀念是：毛公根據唐代疏家們無從見到的文獻來解釋《詩經》之意。有些文獻在自己的時代已經佚失了，其可靠性高於自己可見的《史記》之記錄，且其中有能證明《毛傳》正確性（＝《詩經》的正確意思）的記載。並且，《史記》之記載的可靠性也在此受到評價，其基準是與《毛傳》的記述一致與否，與《毛傳》不同則成爲懷疑《史記》記載的理由。《毛傳》的可靠性由佚失文獻來保證，在歷史記錄的正確性方面，《正義》將《毛傳》置於《史記》之上[①]。

《正義》的這種説法，不用説是無法論證的強辯，它使得根據歷史記載來檢驗故訓之妥當性的方法失效了。不過不可忽視的是，這種強辯有一個前提觀念，即認爲《詩經》含義的真實性可以基於其他文獻來驗證。或者不如說，正是因爲有這種觀念——《詩經》的真實含義僅僅依靠《詩經》本身以及《毛傳》是不能確證的，必須由其他來源正確的文獻來證明——《正

---

① 關於疏家對《史記》的評價及其理由，《〈毛詩正義〉對司馬遷〈史記〉的評價》（田中和夫〈〈毛詩正義〉に於ける司馬遷〈史記〉の評價について〉）（《〈毛詩正義〉研究》，白帝社，2003 年）有詳細考證，請參考。

義》在尋求依據時縂會使用了"佚書"這種架空根據。

在對《丘中有麻》的解釋中,歐陽修也參照了《春秋》《史記》等他認爲應當信賴的古籍去確認《毛傳》記載的真實性。可見關於《史記》的可靠性,歐陽修與《正義》的評價正好相反①,不過他們都認爲若《毛傳》的記載與可靠資料一致就能保證其真實性。即是說,二者有同樣的方法,都想要用歷史記載來證明《詩經》之詩叙述的内容是真實的。换言之,二者都認爲必須參照其他可靠書籍的記載縂能發現《詩經》詩篇的真實含義。他們没有給予《詩經》本身充分獨立的真實性。

上文將歐陽修《詩經》解釋的方法稱爲"依賴文獻的歷史主義",而現在想來,疏家的立場也可以說是"依賴文獻的歷史主義"。

筆者在上一節中指出,歐陽修對《丘中有麻》的解釋擺脱了漢唐《詩經》學歷史主義的牽强附會。在對本詩的解釋中,歐陽修用"泛言"即普遍性議論來解釋詩句,認爲詩句並不叙述歷史人物的具體事件,而是講述虚構内容,這種解釋方法對擺脱漢唐歷史主義的解釋框架而言非常重要。不過,從本節的考察來看,那充其量只適用於解釋具體詩句的範圍内,就詩歌整體而言,如"莊王之時,賢人被放逐,退處於丘壑,國人思之"所示,歐陽修還是將之與歷史真實事件結合起來解釋。也就是說歐陽修認爲詩篇的全部要素都忠實地描摹現實是不必

---

① 關於對《史記》的評價,疏家和歐陽修對孔子編輯《詩經》之功的看法有很有意思的對比。《史記·孔子世家》記載,孔子從當時的三千多首詩中仔細選擇了"可施禮義"的三百零五篇,對此,《正義》考慮到經傳所引用的詩中佚詩的比例,認爲孔子捨棄的詩不可能是現存詩的九倍,因此否定了《史記》的這個説法。而歐陽修却説書傳中留存的佚詩數目龐大,支持《史記》之説,認爲孔子與《詩經》的關係很深。對於這個問題的詳細情況,請參看第三章。

要的,可以有一部分來自虛構,詩是由虛構與事實綰合而成的——在史實中加入虛構而寫成;但他並未一舉認爲詩歌整體都是虛構的。就此而言,他也沒有完全擺脫漢唐歷史主義的《詩經》解釋①。

依賴文獻的歷史主義有其自身的脆弱性,對此,黄櫄説:

> 夫莊王不明,而何獨棄留氏父子乎? 借或有之,則《春秋》當書,《史記》當載。今皆不見於他經而獨見於毛氏,此其爲説,不免於附會,歐陽公嘗辨之矣。然(歐陽修)亦以子嗟、子國爲當時賢者,是亦無所經見也。②

---

① 還有,從歐陽修關於《丘中有麻》的議論中,可以發現他對於古代文獻世界的觀念,關於此觀念的情況很值得關注。《正義》表示毛公的時代有比自己時代更多的書籍,書籍隨時代變遷而亡佚,因此後世學者無法與古代學者在同樣的資料條件下展開研究。這是疏家的看法。疏家自覺到了自己的研究因時間推移而具有局限性。而歐陽修認爲毛公能見到的史料不過是與自己一樣而已,他在此前提下展開議論。因此纔有"既其事不顯著,則後世何從知之"這樣的説法。歐陽修認爲毛公没有比自己更多的文獻資料,即是説從資料條件來説,《毛傳》與歐陽修之間不存在優劣差别,他在此基礎上以理性的推論來批評毛公的不周全,使自己居於比毛公更優越的位置。

從某種意義上來説,這可謂是"人情説"的極端發展。大致説來,歐陽修的人情説是這樣一種觀點:人的道德和理性超越時代永遠不變,因此後世之人可以利用道德判斷和理性推論來正確理解古代的實情、古人的真實意思。此"人情説"與漢唐《詩經》學劃下了清晰的界限,成爲促使更自由的《詩經》學形成的原動力,因此古以來受到很高的評價(關於人們對歐陽修人情説的評價,參考本書第三章)。不過,若换個角度來看,這種觀點也忽略了歷史變化。並且它導致了這樣的態度:不僅認爲在思想層面上是這樣,而且認爲古今的物質條件也整齊劃一,至少没有考慮今人在資料條件上較之古人的劣勢。

再有,與此相關的,《正義》説"毛時書籍猶多",這也很值得關注。它説明即使是《正義》,也認爲毛公之解釋依據的是"書籍"。書籍以外的情報傳遞手段,例如口傳等没有被考慮在内。在某種意義上來説,這也是一種古今物質條件不變的看法。如此則《正義》與歐陽修或許就意外地有了共同的觀念形態。對此,現階段尚不能得出結論,且作爲一個有意義的問題暫記於此。

② 《毛詩李黄集解》卷九。

他的説法雖然基本上支持歐陽修的論證,但他同時指出"然亦以子嗟、子國爲當時賢者,是亦無所經見也",抓住了歐陽修解釋的弱點。如果像歐陽修所説的,《詩經》内容的真實性必須徵之他信賴的古籍之記録纔能確認,那麽歐陽修的新解釋也就因爲没有可用以證明的歷史記載而不能被認爲是真實的。黄樵指出,歐陽修自己被他所信奉的依賴文獻的歷史主義縛住了手脚。依賴文獻的歷史主義指出了先行經説的脆弱性,因此是有力的武器,然而它也是一把雙刃劍,妨礙了自己的新解釋。

清代考據學尊崇漢代學術,這一特徵在此詩中也有體現。清代的胡承珙云:"此疏善達《傳》《箋》之意"①,又説:

> 不但毛公必有所據,《鄭箋》從毛,竝無異説,亦必其時古籍尚存,有可徵信者。歐陽《本義》謂其人其事不見於《春秋》《史記》,以毛爲附會,善乎?李氏《集解》曰:此猶《陳風》所謂子仲之子,豈必求於他書。蓋詩中所陳,便是實事跡,不必於《春秋》《史記》中求之也。②

他將《正義》之説推進了一步,以鄭玄依從《毛傳》爲根據,推測鄭玄比包括自己在内的後代學者們享有更有利的文獻條件,因此其説法值得信賴。可見"亡佚的古籍"這種觀念在後世仍非常有效力。

---

① 《毛詩後箋》卷六(上册,第360頁)。
② 同上。另外,清代陳奂《詩毛詩傳疏》也説:"云'盡有麻麥草木'者,合下二章作訓,而又云'乃彼子嗟之所治',蓋此詩本爲子嗟而作也。"贊同《正義》之説。

六、歷史主義與據所見作詩的關係

上一節引用的胡承珙之説儘管支持《正義》的説法,但它的前半部分認爲《毛傳》以佚書爲依據,因此應當信任《毛傳》(以及《鄭箋》)的説法;其後半部分認爲《傳》《箋》之説真實的根據却與前半部分有微妙的差異。本節將考察這個問題。

先來討論《毛詩後箋》後半部分引用的南宋李樗之説。李樗批評歐陽修的文獻依賴主義道:

> "彼留子嗟",歐陽脩不以爲姓,而以爲"淹留"之留。……此説不然。蓋詩中所陳,便是實事跡,不必於《春秋》《史記》中而求之也。①

"蓋詩中所陳,便是實事跡"一句值得注意。這是在"詩篇所述之事是史實"立場上,與以文獻爲中心的歷史主義不同的另一種思路。這種觀念是,詩篇所叙述的是毋庸置疑的史實,不需要藉助其他古籍的旁證,《詩經》之内容本身就能保證自己的歷史真實性。

南宋的范處義説:

> 古人姓氏而存於經,不得而廢也。如《丘中有麻》之留氏,如《桑中》之姜氏、弋氏、庸氏,皆其類也。②

清代的管世銘在《韞山堂文集》卷一《〈丘中有麻〉説》中認爲子嗟、子國是真實的歷史人物,他説:

> 子嗟、子國自是賢者之名,《毛傳》以爲父子,則不知

---

① 《毛詩李黃集解》卷九。
② 南宋・范處義《詩補傳》卷一二《陳風・東門之枌》。

其何據。要必如《黃鳥》之奄息、仲行、鍼虎,專爲其人而發,惜其事未見於《春秋傳》,後世無從確指其何如人與作詩之緣起。①

以上三者都認爲子嗟、子國是真實歷史人物,就這一點而言他們與上文引用的《正義》看法相同。不過,他們認定子嗟、子國是真實歷史人物,並非是以佚書爲依據,與《正義》不同。他們認爲作爲經典,《詩經》能够保證它自己所記載的内容都具有歷史真實性,並不需要《春秋》《史記》等史書的記載提供旁證。

採取這個立場,就可避免陷入上一節中黄樸指出的歐陽修無從逃避的自我束縛。不但如此,還可以表示真實性是不證自明的,甚至可以從經典的語句中提煉出史實。南宋的嚴粲説:

> 二留名氏不顯,事迹無傳,以國人思之,知其賢矣。②

這是説,由於詩中有思慕子嗟、子國的詞句,所以知道他們是賢者。這裏的歷史真實性考證,由詩篇本身解決了。上一節所見的"以文獻爲中心的歷史主義",其觀念是《詩經》本身無法顯示其真正含義,必須藉助他者來闡明;而這裏的解釋觀念是,《詩經》本身就能呈現其真實含義,可以稱作"《詩經》自足型的歷史主義"。

從不尋求其他旁證的角度來説,我們必須承認這是個主觀説法。不過,由於有了這樣的觀念,解釋者就相信詩歌内容的歷史真實性,並且從必須對應史書記載的束縛中擺脱了出來,而此前不必説《正義》,即便是歐陽修也曾受困於這種束

---

① 劉毓慶等撰《詩義稽考》,學苑出版社,2006年,第3册,第910頁。
② 南宋·嚴粲《詩緝》卷七。

縛。將詩歌按照其詞句來理解的可能性增加了，從這個角度來看，這種説法增加了解釋的自由度。就此而言，這可以説是歷史主義解釋的新發展。

將這種方法再推進一步，就會變成尋找詩歌内容所對應的具體歷史事件的穿鑿。清代的錢澄之云：

> 愚按，此章似劉子初奔揚時張皇去國，詩人憂而嗟之。①

錢澄之認爲，本詩的"留"字通"劉"字，詩歌内容與《春秋左氏傳》昭公二十三、二十四年中劉子奔揚的史實對應，即劉子(伯蚠)與被王子朝篡奪了王位的敬王一起被逐出王城，逃到揚。此説尋求詩歌内容與史書記載的對應，在這一點上它與以文獻爲中心的歷史主義有相同之處，不過二者考察的方向恰好相反。以文獻爲中心的歷史主義爲了確認詩歌内容的真實性，必須依賴其他的文獻；而錢澄之的考證却是反過來，其方法是篤信詩歌内容符合歷史真實，並將之作爲考察的起點，尋找與之對應的歷史記載。以被視作真實的《詩經》記載爲參照，能够發現史書記載與詩篇之間的關係，這關係毋寧説是史書從屬於詩篇。

認爲詩篇叙述的内容實際存在，在這個立場上還有一個不可忽視的觀念的發展形態。南宋范處義云：

> 子嗟、子國似是留氏兄弟之子，彼留之子亦指其兄弟而言……終始止及一留氏，蓋詩人據所見者作此詩也。②

―――――

① 清・錢澄之《田間詩學》卷二。
② 上引《詩補傳》卷六。

在范處義的以上說法中,"據所見者作此詩"一句值得關注。這種"據所見者"的觀念是歐陽修解釋《詩經》比喻問題的一個特徵,此前已考察過[①]。總結其要點,即它顯示出這樣的解釋姿態:越過對詩歌所述何事,即詩歌內容的關注,而探求作者爲何、怎樣創作詩歌,也就是通過瞭解作者創作時的思維活動並弄清形成詩歌思路的情境,從而推想揣摩形成詩歌面貌的思路。

《傳》《箋》《正義》主張詩篇內容是歷史真實的時候,他們沒有考慮作者站在什麼位置、帶著怎樣的感情來面對這史實。可以說他們是將詩篇內容看作客體,用觀察僵死事物的眼光看待詩篇。而范處義的方法則使自己取代詩人,從詩人直接面對的現實來把握和切入詩篇。

二者都認爲詩篇內容是史實,這是其相同之處,不過其觀念在性質上有根本性的差異——如以上引文所見,范處義認爲記錄在經典中的內容本身就能確保其事件真實性。從范處義的觀點來看,詩中敘述的事情含有一種能夠使詩人產生詩興的力量,這一點很重要。至於這件事是否是重大歷史事件,他並不關注。不僅如此,爲何能證明詩篇所叙內容有歷史真實性,也並非那麼重要的問題。由於重視"詩人之眼",歷史主義解釋的實際情況可能發生很大的變化。在這個意義上,可以說它對於從漢唐的歷史主義解釋——尤其是依賴文獻的歷史主義——中挣脫出來,起了很大的作用。

---

① 參考本書第四章。另外,王安石《詩經新義》中也有如此觀念,從這個意義上來說這是賦予宋代《詩經》學特徵的觀念。參考本書第五章。

七、朱熹的解釋及其批評——淫奔詩的解釋

南宋朱熹的解釋與以上所見的諸家之說都不同。他認爲本詩是講述有悖於道德的男女關係的淫奔詩：

> 婦人望其所與私者而不來，故疑丘中有麻之處，復有與之私而留之者。

朱熹認爲"留"不是氏，是表示"(不誠實的男性被與之偷情的女性)挽留下來"之意的動詞。這是對第四節中提到的歐陽修之說的繼承。

關於本詩首章和第二章中出現了"子嗟""子國"這樣不同男子的名字，他的解釋如下：

> 子嗟，男子之字也。（首章）
> 子國，亦男子之字也。（第二章）
> 之子，並指前二人也。（第三章）

《傳》《箋》將"子嗟""子國"看作作詩當時擁有地位和名聲之人的名字，而朱熹則認爲這是指不道德女性的不誠實的情人，是尋常百姓的名字。這應當是參考過了歐陽修繞能有的說法吧。即是說，歐陽修認爲"子嗟""子國"是代表不特定賢者的代名詞；而漢唐《詩經》學認爲他們是在當時社會有地位、本來也可以被載入史書的著名人物，本詩敘述的是有這樣歷史獨特性的具體人物實際遭遇之事。歐陽修的解釋沖淡了漢唐《詩經》學所確信的詩歌內容的歷史具體性、個別性。將詩歌與著名(應當著名)人物的捆綁中解放出來以後，"叙述無名人物"的解釋就變得容易產生了。由此看來，朱熹的《詩經》解釋受了歐陽修的影響。

不過，歐陽修與朱熹二人的解釋之間並非直接的繼承關

係,因爲它們有特徵上的很大差異。這一點,只要看後世對朱熹解釋的批評就可以明了。清代朱彝尊有詩云:

> 丘中有麻麥,兩雄共一雌。雙雙李樹下,寧免相詬訾。立言詎可訓,説者宜再思。①

清代的管世銘在《韞山堂文集》卷一《丘中有麻説》中對朱熹之説的批評也是如此:

> 若如《集傳》所云,則一婦人而期二男子,尚安肯作詩以聞諸其人。……若以爲出於婦人,雖苟賤無耻之甚,恐亦不忍出諸口也。②

根據朱彝尊和管世銘的理解,朱熹將"子嗟""子國"都解釋成與詩篇的女性作者私通的男性情人。也就是説,不但作爲詩篇作者的女主人公真實存在,"子嗟""子國"也是真實人物。歐陽修認爲"子嗟""子國"的説法是賢者的代名詞,没有討論其真實性,而朱熹認爲本詩講述了真實人物的真實行爲。這樣一來,詩歌所叙內容就是一個女性與兩個男性保持關係,從儒教倫理來看這是極其不道德的狀況。朱彝尊、管世銘批評的中心意思是,不管是怎樣的寡廉鮮耻者,也不會叙述自己爲眾人側目的耻辱之事。

即使是擁護朱熹觀點的學者也認爲這是個棘手的問題。元代的許謙通過以下對解釋的修改而迴避了問題:

> 愚恐"嗟"非其人之字,特歎語爾。以三章之子(非人名)可見("子嗟"也非人名)。"子國"則所私之人。上下

---

① 朱彝尊《齋中讀書十二首》其六,《四部叢刊》正編 81,《曝書亭集》卷二一,第五葉 A 面。

② 上引《詩義稽考》,第三册,第 910 頁。

兩章皆異其文也。①

許謙認爲形式相同的兩句詩"彼留子嗟"與"彼留子國"有不同的句式結構,其意思分别是:"留住那個人,啊!""留住那位子國"。相比符合句式的自然解釋,他更看重不産生道德問題的解釋。"淫奔詩"是做了不道德之事的人叙述自己行爲的詩,使讀者通過對此行爲産生輕蔑之情、並想要遠離它,最終獲得實現道德生活的契機,因此被破格收録進《詩經》中。將詩歌解釋成淫奔詩,並迴避詩歌變成非常不道德的狀況,將之納入"可容忍"的不道德的範圍——許謙試圖以此將解釋合理化。這種從某種意義上來說具有諷刺意味的狀況,是"詩歌叙述現實發生之事"這一觀念的歸結。這樣,朱熹的淫奔詩説及其批評者、擁護者們都將以下觀念當做了前提:《丘中有麻》的作者,也就是主人公如實叙述了自己的體驗,因此詩中所述的人際關係和事件都是實際存在過的,並非作者虚構。

這或許會導致一個疑問:朱彝尊與管世銘將"本詩全部由一個叙述者,即女主人公叙述而成"當做前提,批評朱熹的解釋。但朱熹真是這麽想的嗎?難道朱熹不是也有可能認爲作者對每章設定了不同的主人公、叙述不同的事情嗎?假如這樣,那麽由於各章内容彼此無關,朱彝尊和管世銘指出的問題就不會發生了。

朱熹《詩序辨説》中對本詩的《小序》有如下批評:

此亦淫奔者之詞……非望賢之意,序亦誤矣。②

朱熹認爲這首詩是淫奔者所説的話,由此推測,以上可能

---

① 許謙《詩集傳名物鈔》卷三。
② 《朱子全書》,上海古籍出版社,2002年,第1册,第369頁。

性恐怕是不能成立的;並且《鄘風·桑中》的情況也可以提供旁證①。《桑中》各章分別出現了"孟姜""孟弋""孟庸"三個不同的女性名字。在朱熹看來這也是一首淫奔詩,叙述了以下内容:

> 衛俗淫亂,世族在位,相竊妻妾。故此人自言將采唐於沬,而與其所思之人,相期會迎送如此也。②

《桑中》的《詩序》云:

> 《桑中》,刺奔也。衛之公室淫亂,男女相奔,至于世族在位,相竊妻妾,期於幽遠,政散民流,而不可止。

朱熹對此《小序》有如下批評:

> 此詩乃淫奔者所自作。序之首句以爲刺奔,誤矣。其下云云者,乃復得之。……而或者以爲刺詩之體,固有鋪陳其事,不加一辭,而閔惜懲創之意,自見於言外者,此類是也。豈必譙讓質責然後爲刺也哉。此説不然。③

這是説,儘管稱爲"刺詩",也未必就是道德的作者爲了非難他人的不道德行爲而創作的詩,也可以是不道德行爲的主角坦白自己的醜行。不管怎樣,如果讀者讀了詩中記述的醜行,從而産生批判它們的想法,這首詩就可以被稱爲"刺詩"。

---

① 《鄘風·桑中》全文如下:
　　爰采唐矣,沬之鄉矣。云誰之思,美孟姜矣。期我乎桑中,要我乎上宫。送我乎淇之上矣。
　　爰采麥矣,沬之北矣。云誰之思,美孟弋矣。期我乎桑中,要我乎上宫。送我乎淇之上矣。
　　爰采葑矣,沬之東矣。云誰之思,美孟庸矣。期我乎桑中,要我乎上宫。送我乎淇之上矣。
② 《詩集傳·鄘風·桑中》首章注。
③ 上引《詩序辨説》,第364頁。

他又説：

> 今必曰彼以無邪之思鋪陳淫亂之事，而閔惜懲創之意自見於言外，則曷若曰彼雖以有邪之思作之，而我以無邪之思讀之，則彼之自狀其醜者乃所以爲吾警懼懲創之資耶。①

從這段話可知，朱熹認爲《桑中》是作者自叙其醜行的詩②。如果是這樣，《桑中》講述了一個男性與多個女性，正好與《丘中有麻》的一個女性與多個男性的情況相反，不過它們都是一個主人公與多個異性的關係，在這一點上來説二詩講述了同樣的情況。朱熹的批評者認爲他用同樣的結構解讀了這兩首詩，是一種合理的推論。

《正義》將"子嗟""子國"解釋成真實的歷史人物，認爲詩歌講述了他們的真事。而在以"詩中叙述的是實事"觀念爲前提這一點上，朱熹及其周圍學者的看法與《正義》及其繼承者是一樣的。在完全不同的解釋之間有這樣的相同看法，説明了"詩歌講述實事"的觀點在《詩經》解釋學史上是多麼的根深蒂固。

---

① 《讀吕氏詩記桑中篇》，《四部叢刊》正編 53《晦庵先生朱文公文集》卷七〇。是書篇題誤作《讀吕氏詩記桑中高》。
② 即使是批評朱熹者，在這一點上觀點也一樣。《毛詩後箋·鄘風·桑中》云："此詩惟爲刺奔而作，故所舉貴族皆明列其人，而桑中、上宫又歷著其地，蓋如陳之宛邱、鄭之溱洧，爲男女聚會之所，故奔者三人而期要送皆在一處耳。若以爲淫者自作，則非僻之事，雖至不肖者，亦未必肯直告人以其人其地也。且若以爲一人所作，則一人亂三貴族之女，而其輩行與期會迎送之地又皆相同，故無是理，若以爲三人所作，亦必無三人群聚一處而賦此狹邪之詩者。即有之，則廉耻道喪，惡莫甚焉，聖人肯録之以示後世乎？" 胡承珙反對朱熹認爲本詩是淫奔者自作的觀點，認爲是戀人在相聚的地方密會，詩人看到多個這樣不道德的男女，有所諷刺而作此詩。不過，他也像朱熹一樣，認爲特定的男女密會之事實際發生過。他的解釋也是以歷史真實性爲基礎的。

八、現代的解釋

目加田誠對《丘中有麻》解釋如下:

> 《毛傳》所謂子國乃子嗟之父,並無意義。這不過是換韻敘述,爲了與"麻""麥""李"押韻而分別用"嗟""國""子"而已。①

在考察《詩經》解釋學史的實貌時,我們必須對這樣的做法高度警惕:將某一個解釋看作正確答案、設置爲最終目標,測定歷代《詩經》學的各種解釋與目標之距離的遠近,並通過這種遠近來判斷它們的價值。筆者研究的目的,是通過弄清楚使各種解釋得以形成的理念和方法,來體會蘊含其中的時代精神和學者們的思想,而無意於得出詩篇的唯一正確的解釋。因此,這裏舉出的目加田誠的解釋,也並非最終的正確解釋。

要瞭解各位《詩經》學者的《詩經》學由怎樣的觀念和思想建構起來,就必須思考以下問題:在無數的解釋可能性中,各位學者爲何捨棄了其他可能而選擇了這一種?並且,爲了瞭解他們的解釋的意義,思索一種曾經有機會出現、却在現實中被其他可能性取代了的解釋的邏輯思路,也很有價值。筆者引用目加田誠的解釋,也是想要思考歷代《詩經》學潛在的方向和可能性。

目加田認爲《丘中有麻》是戀愛詩,在這一點上他是將本詩看作"淫奔詩"的朱熹的後繼者。不過,他的説法與朱熹很

---

① 目加田誠《定本〈詩經〉譯注(上)》,《目加田誠著作集》第二卷,龍溪書舍,1983年,第169頁。另外,關於《桑中》,他也有同樣的説法:"孟姜是姜姓長女。後面的孟弋、孟庸亦是如此。姜、弋、庸都是名門之姓。這只是換用不同詞語敘述而已。"(同書,第123頁)

不相同：他認爲"子嗟""子國"並未指代真實的歷史人物，而只是一種代名詞性質的名字。考慮到他認爲《詩經·國風》的詩是民間歌謠，本詩講述了平民坦率的戀愛情感，那麼得出這種解釋就是非常自然的①。

不過，他將"子嗟""子國"解釋成代名詞性質的用法，接近歐陽修解釋中"泛言"的想法。歐陽修舉出"子嗟""子國"爲例來代表當時賢者，實際上沒有討論其歷史真實性。在他的解釋中，"子嗟""子國"是代名詞而非真實人物，如目加田誠所說。歐陽修以後的學者本來可以參考這個解釋，例如朱熹如果照歐陽修的觀點將"子嗟""子國"看作代名詞的話，本可以避開他走進的死胡同——一個女性與多個男性保持關係這個道德上的泥潭。

但實情並不像我們假設的那樣。這說明在《詩經》解釋中，"'詩歌叙述的是史實'應當被看做解釋的前提"這一觀念曾多麼頑固地作爲一種思維模式發生著影響。

關於這個問題，清代的方玉潤在《詩經原始》中提供了很有價值的資料。對於《桑中》一詩，他認爲"淫奔者叙述自己的事情"之說並不合理，朱熹的說法不能成立。他的批評如下：

---

① 目加田誠關於《丘中有麻》和《桑中》有如下看法："《丘中有麻》之詩第一章云'彼留子嗟'，第二章云'彼留子國'；《山有扶蘇》之詩第一章云'不見子都'，第二章云'不見子充'。又《桑中》詩也是用'美孟姜''美孟弋''美孟庸'在詩歌中變化名字(這裏的'子都''孟姜'等都是非常常見的好男子、好女子之名)，不消說，這裏肯定不是在叙述個人感情。又如經常見到的那樣，說到異性時往往男子用'仲''叔''伯'，女子用'孟姜''叔姬'，其講述的戀情絕不是個人的表白。由於完全是男女相邀的一般性感情，因此缺乏個性。要之這是民間歌謠的一種特色。"(《目加田誠著作集》第一卷《〈詩經〉研究》，龍溪書社，1985年，下篇《〈詩經〉本質研究》之二《從形式入手的多方面研究》，第149頁)他所說的"個人感情"和"一般性的感情"，與筆者在本文中討論的、《詩經》解釋中對歷史真實性的追求和揚棄，可以大致對應，是非常有啓發性的一種處理。

> 賦詩之人既非詩中之人,則詩中之事亦非賦詩人之事,賦詩人不過代詩中人為之辭耳。且詩中事亦未必如是之巧且奇,同期於一日之中,即同會於一席之地。是詩中人亦非真有其人,真有其事,特賦詩人虛想。……而此"姜"與"弋"與"庸",則尚在神靈恍惚、夢想依稀之際。即所謂期我,要我,送我,又豈真姍姍其來、冉冉而逝乎?此後世所謂無題詩也。①

他不僅否定了朱熹"作者即主人公"的模式,而且也否定了詩中人物的真實性,認爲詩歌內容純粹是作者頭腦中虛構出來的。此觀念與目加田的一樣,從根本上否定歷來的《詩經》學基本思維模式"詩歌內容是史實",值得重視。不過,解釋《桑中》一詩時顛覆了以上傳統思路的方玉潤,對《丘中有麻》的解釋是:

> 毛、鄭……且以子嗟、子國爲父子二人。惟《集傳》反其所言,以爲婦人望其所與私者之詞,殊覺可異。子嗟、子國既爲父子,《集傳》且從其名矣,則一婦人何以私其父子二人耶?此真逆理悖言,不圖先賢亦爲是論,能無慨然。②

方玉潤在此批評道,朱熹的說法是一個女性與兩個男性,且是父子關係的兩個男性保持關係,這是極不道德之事。這個批評的核心與上文朱彝尊、管世銘的批評基本一樣,其議論的前提都是"作者即主人公,且詩歌所敘內容是實事"。此處

---

① 《詩經原始》卷四,上冊,第 160 頁。
② 同上書卷五,上冊,第 201 頁。方玉潤反對將"子嗟""子國"當做人名的説法,批評朱熹的淫奔詩説,認爲"嗟"是感歎詞,"國"是名詞,句意爲"他們想留下你啊""他們想留你在自己的國家",《丘中有麻》這首詩是隱居者勸自己的朋友不要出仕於昏亂的朝廷,邀請他辭別俗世、與自己一起隱遁的"招賢偕隱詩"。

並没有他解釋《桑中》時所呈現的"詩歌内容可以源自虚構"的觀念。儘管朱熹認爲這兩首詩講述了同樣的情況,但對於朱熹的解釋,方玉潤的評價一者使用了"虚構"這一概念,一者沿襲了傳統的歷史真實性前提①。即是説,方玉潤雖提倡以"虚構"來解釋《桑中》詩,却没將這一思路全面運用在《詩經》解釋中。

同樣的情況也出現在現代的《詩經》學中。程俊英、蔣見元對《桑中》有如下説法:

> 民歌中稱人之名,多屬泛指,似不應過於拘泥。詩中的三姓女子,可能都是詩人稱所美者的代詞。他在采菜摘麥時,想念起戀人,但不願將她的真實姓名説出來,就借用幾個美女作代稱。②

這個解釋與目加田的解釋相近③。不過,他們對《丘中有麻》的解釋却是這樣:

> 這是一位女子叙述她和情人定情過程的詩。首先叙述他們二人的關係,是由子嗟幫忙種麻認識的。後來又請他父親子國來喫飯。到明年夏天李子熟的時候,他們纔定情。子嗟送她佩玉,作爲定情的禮物。④

---

① 二詩爲何有這樣的解釋方法差異,尚且不知。最引人注意的是,當把兩首詩解釋成淫奔詩的時候,《桑中》是一個男性對應三個女性,《丘中有麻》是一個女性對應三個男性,主人公性别不同。從儒家道德的角度來看,後者是無論如何不可接受的,這或許也與解釋方法的差異有關,尚待今後驗證。
② 程俊英、蔣見元《詩經注析》,中華書局,1991年,上册,第131頁。
③ 不過,這裏雖認爲詩中叙述的三個女性是虚構的,但其背後是假定作者愛慕現實中的一個女性,從這一點來看,這仍然是認爲詩歌叙述了真實情況。
④ 同上書,第216頁。

第十一章 事實果真如此嗎 343

此處伴隨著複雜故事展開的解釋以如下觀念爲基礎:"子嗟""子國"是真實人物,作者叙述自己與他們之間發生的真實事情,形成了這首詩。對這首詩,他們的解釋没有呈現出在《桑中》那裏提到的、捨棄詩中人物真實性的解釋姿態。這個現象與方玉潤一樣。這説明,即使是認爲詩歌内容可以虛構的學者,也很難將此觀念運用於《詩經》整體。並且當虛構觀念隱藏時,"詩歌内容即史實"的觀念就會取而代之,重新佔據顯要位置,作爲解釋前提而發揮影響。

在目加田誠與方玉潤等人這樣否定歷史真實性的解釋中,《丘中有麻》是單純的重章疊唱之詩。而歷來的持"歷史真實性"觀點的解釋則會從詩中發現一些故事。即是説,是否秉持"歷史真實性"立場來解釋,與是否從詩中發現故事性相對應。那麼是否還有第三種方法呢?既不以歷史真實性爲前提,又能從詩中發現故事性的解釋方法?

錢鍾書關於《桑中》有以下説法:

> 夫自作與否,誠不可知,而亦不必辯。設身處地,借口代言,詩歌常例。貌若現身説法(Ichlyrik),實是化身賓白(Rollenlyrik),篇中之"我",非必詩人自道。……人讀長短句時,了然於撲朔迷離之辨,而讀"三百篇"時,渾忘有揣度擬代之法。①
>
> 《桑中》未必淫者自作,然其語氣則明爲淫者自述……直記其事,不著議論意見,視爲外遇之簿録也可,視爲醜行之招供又無不可。②

錢氏的解釋是從中發現了一個故事:一個多情男性與多

---
① 《管錐編·毛詩正義·桑中》,中華書局,1986年,第87頁。
② 同上書,第88頁。

位女性保持關係。這與目加田誠、方玉潤等將本詩看作單純疊唱不同,也不同於將詩中人名看作僅爲押韻而換字、不過是沒有實指的文詞的看法。在這一點上,他的觀點與漢唐以來主流的解釋姿態一致。但錢鍾書表示,從詩中發現故事時,不一定要將之看作歷史上的實事,這一點與傳統解釋者的觀念迥異。

他認爲,在將詩歌作爲文學來鑒賞時,詩歌是否是主人公所作並非本質問題。即便詩中以第一人稱叙述,也難以斷定那是事實還是虛構。或者説就詩歌而言事實和虛構從本質上難以斷定,因此不考慮作詩的情況,而關注作品本身,將解釋和鑒賞的焦點集中在作品的旨趣及其表達方式上。因此,即使從詩中發現了故事,也並不需要討論那究竟真的發生過還是作者的虛構,只要鑒賞分析故事本身的趣味就行了。

這裏雖以《桑中》爲例來討論,但錢鍾書討論的是涉及《詩經》整體的具有普遍意義的問題,當然也可以適用於《丘中有麻》的解釋。從錢氏的角度來看,詩歌内容之歷史真實性的問題没有意義。人們可以通過關注文學作品本質上所具有的虛構性,使完全擺脱歷史主義解釋並從詩歌中解讀出故事性成爲可能。從這個層面上來説,錢氏的解釋姿態在《詩經》解釋學史上有劃時代的意義。

九、結　語

以上圍繞與"詩歌内容究竟是歷史實情還是作者頭腦中的虛構情節"有關的觀念,縱覽了歷代與《丘中有麻》相關的議論。考察説明,以詩歌内容的歷史真實性爲前提的解釋方法存在多種形態。

一個是將歷史真實性與歷史上的大事結合在一起的方

法。其中有認爲詩歌内容與史書等的内容相對應的觀點,筆者稱之爲"依賴文獻的歷史主義";也有認爲無需其他文獻記載,《詩經》内容本身就能保證其歷史真實性的觀點,筆者稱之爲"《詩經》自足型的歷史主義"。

再有,關於詩篇所叙内容之特徵的觀念,有認爲《詩經》講述的歷史事實是史書上記載(或值得記載)的歷史性大事件的。這種觀點不但在《正義》中體現得很顯著,也潛存在批評《正義》的歐陽修的思想中,在歐陽修以後仍根深蒂固地留存下來,並伴隨著清代考據學的興起再次活躍在《詩經》解釋的前沿。另一方面,還有一種觀點認爲,詩歌作者的創作動機是他身處那個歷史環境、親見其事,因此引發感興、吟詠成詩,而所謂"歷史事實"就是這個意義上的現實事件。從這個觀點來看,這事實是否具有歷史重要性、是否見諸記載都不需關注,重要的只有它是否是引發作者詩興的印象性質的内容。朱熹將"淫奔詩"的觀念引入《詩經》解釋,其解釋與漢唐《詩經》學全然不同,就他和他周圍的學者也有歷史真實性的觀念這一點來看,他們也可廣義地劃歸於這種觀點的範圍。

另一方面,歐陽修的解釋捨棄了"子嗟""子國"的歷史真實性。這雖可謂是開啓了將詩歌解釋成泛泛之論或虛構的新方法①,但將之進一步發展、認爲詩歌全篇都是作者虛構的產物的觀點,儘管在清代方玉潤等人的解釋中曾部分地出現過,却没有全面覆蓋、成爲《詩經》解釋的基本觀念。縱觀《丘中有麻》的解釋史可知,以"詩中的内容曾在歷史上實際發生"爲前提的解釋始終保有優勢。

---

① 歐陽修爲了否定"子嗟""子國"是真實歷史人物的名字,用了"泛論""泛言"這樣解釋上的修辭法,本書第十二章將考察這個問題。

這樣看來,《詩經》解釋學史上的"歷史主義"問題必定是一個比通常所謂的"以史附詩"更大的概念。"以史附詩"所説的"史"是《春秋》《史記》及其他史書中記載,或者是應當被記載的大事,"以史附詩"是説詩歌所叙内容與這種歷史上發生的重要事件相對應。當人們説"宋代《詩經》學擺脱了漢唐的歷史主義《詩經》學,推進對《詩經》的文學性解釋"時,其中的"歷史主義"實際上被限定於"依賴文獻的歷史主義"及"叙述歷史大事件"的觀念。

當然,詩歌的内容也可能是雖曾在歷史上真實存在,却不值得留下記録的事件。認爲詩歌内容反映了雖不重要,却的確真實存在的事實,這也是一種歷史主義的看法。如此想來,廣義上的"歷史主義"在宋代以降依然繼續構成《詩經》學諸學者的思維模式。也就是説,歷史主義解釋比"以史附詩"擁有更長久的生命力①。並且,這一概念儘管適應各位學者的不同解釋姿態或是《詩經》學的多種觀念的變化,產生了各種不同的變調,但它却一直支撐著各個時代《詩經》學的發展。

筆者尤其關注的是"作者親眼見到了詩中的情况"這種觀念,它是宋代歷史主義解釋的一種形態。在筆者一直以來對宋代《詩經》學諸多問題的考察中,"詩人講述了親眼所見的内容"這一觀念呈現出了它對於北宋《詩經》學之發展的重要作

---

① 儘管宋代學者批評漢代的"以史附詩",但從廣義上來説,歷史主義一直被頻繁使用到清朝,就此而言,可謂是長壽概念。這裏所謂的"長壽"與——比方説——《小序》一直到清朝都被尊崇的情形,有質的差異。宋代學者一度否定《小序》的價值。元、明兩代的學者通常認爲《小序》不足信任。從這個角度來看,《小序》的學術繼承曾一度中絶,又被清代考據學者重新發現。而歷史主義則不同,根據上文的研究,這個概念超越了時代和學術立場,一直在發揮作用,沒有《小序》那樣中斷的階段。在這個意義上,這個概念是作爲《詩經》解釋的根本概念延續了下來。

用①。這種觀念重視創作主體和創作過程,對於超越漢唐《詩經》學中不協調的牽強附會解釋有很好的效果。

當然,"作者親見詩中情形"的觀念是以"詩歌所述之事是歷史事實"爲前提。因此,這種觀念也作爲一個要素,使得本文所述的歷史主義解釋得以繼續存在。同一個觀念,一方面有助於建構超越漢唐《詩經》學的新《詩經》學,另一方面又導致歷代承襲的傳統思考模式繼續運行。這個現象值得深思,它提供了一個切入點,可藉以思考這個問題:爲何無論《詩經》學經歷了多少變化,仍然保有它作爲同一門學問的本質上的同一性?

從歐陽修這個個案也可以發現同樣的現象。他的《詩經》學一方面包含了很多開啓新時代《詩經》研究的先進理念和方法,另一方面又明顯保留了漢唐《詩經》學的顯著學術觀念。以本文討論的內容爲例,他通過將"子嗟""子國"看作賢者的代名詞,展示了足以擺脫歷史真實性束縛的觀念,但同時其背後仍保持著依賴文獻的歷史主義。

這恐怕並非偶然。歐陽修的《詩經》學並不是他獨自憑空建構起來的,而是通過對既有《詩經》學中已經萌芽的要素再加鍛造而形成的,而以上現象大概伴隨這個過程而產生。這當然可以看作歐陽修學術的過渡性質,不過換個角度來說,在"立足于傳統學術成果來追求新的可能性"這個意義上,它是一種踏實的研究態度。即是說,一面通過追求革新來開拓《詩經》學之新可能性,同時又通過保持保守的特質來對傳統學術有所繼承,從而維持穩妥的研究,這使得歐陽修的研究容易被後來的研究者當做模範。正是因此,他纔會有那麽多的學術

---

① 例如本書第四章第六節、第五章第四節等。

繼承者,他的學術總能發展爲時代學術吧。

　　本文確認了在歷代《詩經》學中歷史主義解釋的壽命之長久,並縱觀了其中豐富的多種形態。當然,接下來還必須討論歷史主義解釋爲何有如此長的生命力、歷史主義解釋具有怎樣的意義,不過這只能作爲今後的課題了。筆者在此想要指出的一個問題是:《詩序》當然構成了漢唐《詩經》學的骨架,從這個意義上來說它是《詩經》的一部分。不過《詩序》規定了詩篇本身未提及的詩篇的歷史真實性,從這個意義上來説,它也具有信奉文獻中心主義歷史學的學者們認爲必要的、類似史書的特性。如此想來,我們或許就應該帶著本文提出的問題,重新考察《詩序》長期保持在《詩經》學中的重要影響一事之理由及意義①。這是今後研究的一個可能方向,茲述以備忘。

---

① 關於這個問題,參考錢志熙《從歌謠的體制看風詩的藝術特點——兼論對〈毛詩〉序傳解詩系統的正確認識》,《北京大學學報(哲學社會科學版)》2005年第3期。

第十二章　作爲泛論
——擺脱歷史主義解釋的方法論概念

一、問題之所在

人們經常提及,歐陽修運用他豐富的文學感受來解釋《詩經》①。通常的評價認爲,以歐陽修的研究爲發展基礎的宋代《詩經》學整體,帶有文學研究的性質②。儘管劉毓慶認爲文學性的《詩經》研究要到明代《詩經》學纔臻於完備,但他在概論各時代的《詩經》學③時,也指出"擺脱前人'附詩於史'④的附會之談,强調對詩的獨立感受"⑤是中唐至兩宋時期《詩經》學的一個特徵,且"當宋儒努力拂除歷史附會,强調對《詩經》的獨立感受時,實際上則是《詩經》由經學意義向文學意義轉變的起步"⑥,

---

① 《四庫全書總目·毛詩本義提要》云:"林光朝《艾軒集》……辨難甚力,蓋文士之説詩,多求其意,講學者之説詩,則務繩以理。"這裏對歐陽修《詩經》解釋的評價是"文士之説詩"。滕志賢説:"北宋歐陽修著《毛詩本義》,已經以文學家的見識開始用文學的眼光來探求《詩》義,所以頗得朱熹讚賞。"(《詩經引論》,江蘇教育出版社,1996年,第199頁)洪湛侯説:"歐陽修《詩本義》中,從文學角度論詩的文字雖然不多,但也還可以舉出一些,説明作者已經自覺或不自覺地接觸到這一問題了。"(《詩經學史》,中華書局,2002年,上册,第393頁)
② 參考第十一章 p.314 注①。
③ 劉毓慶《從經學到文學——明代〈詩經〉學史論》(商務印書館,2001年)上編第一章第一節。
④ 關於擺脱"詩附於史"狀況的實情及其意義,請參考第十一章。
⑤ 劉毓慶前揭書第28頁。
⑥ 同書,第29頁。

部分地承認了宋代《詩經》學具有文學研究性質。

那麼,在《詩經》解釋學的語境中,"文學性的解釋"究竟指什麼?

一個容易理解的定義是:《詩經》學者發揮自己的"文學感受"——通過大量閱讀文學作品而養成的鑒賞能力和批評眼光,以及自己作爲詩人在創作經驗中積累起來的見識——來解釋、鑒賞詩歌,就是文學性的《詩經》解釋。不可否認,《詩經》雖是儒家經典,却也是文學性文本,學者們在解釋《詩經》時的確將自己的文學感受作爲重要要素來運用,從而產生了很多精彩的經說。

不過,當我們如此理解"《詩經》解釋學的文學性"時,必須注意到一點:這種"文學性的《詩經》解釋"強烈依賴於解釋者個人的文學資質,而很難升華到《詩經》解釋方法論的層面。就此而言,它帶有很強的特殊性,可以說是由優秀的解釋者們施展的醒目的個人能力。後來的學者雖能引用這些先行的經說,却很難體會和應用產生這些經說的方法以及閱讀詩篇的秘訣。也就是說,研究方法的繼承和發展是困難的。因此,《詩經》的文學性解釋如果僅僅被這樣定義,它就只能是《詩經》解釋史上不連貫、偶然出現的現象。

當然,筆者並不否認,作爲《詩經》的文學性解釋的一種形式,這種不連貫、偶然出現的情況是存在的。有些時候,兼有強烈個性和天才的學者不時出現、提出生新奇崛的學說,確實要比歷代學者們持續且漸進的發展,更能促使一個時代的《詩經》學面貌爲之一變,開拓出新的局面。

不過,《詩經》的文學性解釋真的只限於這種不連貫出現的個人能力嗎?在此之外是否還有方法,能使《詩經》的文學性解釋獲得持續繼承?是否有這樣的文學性《詩經》解釋,給出了用來理解詩篇的基本視角,或是進行解釋的基本方法,可供後學學習和應用? 或者應該説,是否有一種方法經代代相傳而成、衍爲潛流,正是以它爲基礎,少數的天才纔能充分展開其個性化的解釋?

帶著這樣的問題,筆者在考察歐陽修《詩本義》時發現了其中的解釋姿態帶有某種目標。即是説他在解釋時有如下觀念: 詩篇不僅叙述主要内容,也講述與之性質、位相不同的事情,一首詩有可能是由這樣不同的要素構成的複合體。通過考察他的這種解釋姿態,或許可以發現推動宋代《詩經》學向有文學性目標的新《詩經》解釋發展的動力。

歐陽修的這類議論中,經常使用幾個特徵性的用語,本文要討論的是"泛言""泛論"二語。

"泛論"("氾論"①、"汎論"),字典將之解釋爲"廣泛論述",也可用作"隨意議論"的負面意思②。下文將提到,《詩本義》中也有這樣的用法。不過,《詩本義》並非使用"泛論"的常用意,而將之用作導出詩篇新解釋的概念。並且,與"泛論"同義的"泛言"也是《詩本義》中頻繁使用的術語。

這個詞的用法可以解釋成"一般性地、抽象化地説""整體而言"。即是説應該如此理解詩歌: 詩中叙述的並非是切合主要内容的具體事物、事件、狀況,而是更爲抽象和普遍化了的説法。用這個概念來解説詩歌内容,説明歐陽修認爲詩篇的叙述是由"對主要内容的具體叙述和描寫"與"抽象叙述"交織而成的。通過研究這個用語的功能和意義,就能發現在歐陽修解釋中呈現的、他理解詩篇的特徵,並爲考察歐陽修以後

---

① 最明顯且著名的例子就是《淮南子・氾論訓》一篇。
② 據《漢語大詞典》《新字源》等的説明。

的《詩經》研究的文學性解釋方法提供了一個切入點。

二、《抑》之詩

在《詩本義》中,用"泛言""泛論"術語最頻繁的,是對《大雅·抑》的解釋。本章將以此詩爲例,考察歐陽修《詩經》解釋中"泛言""泛論"概念的作用①。

這是一首長詩,其《小序》云:

---

① 關於本詩的分章,《傳》《箋》《正義》與歐陽修不同。《傳》《箋》《正義》分全詩爲十二章,歐陽修分爲十四章。二者分章的關係如下表所示。中文數字表示第幾章,括號內的阿拉伯數字表示此章的句數。

《傳》《箋》《正義》	《詩本義》
一(8)	一(8)
二(8)	二(8)
三(8)	三(11)
四(10)	四(7)
五(10)	五(6)
六(10)	六(8)
	七(9)
七(10)	八(7)
八(10)	九(6)
	十(8)
九(10)	十一(6)
十(10)	十二(10)
十一(10)	十三(10)
十二(10)	十四(10)

《抑》,衛武公刺厲王,亦以自警也。

歐陽修認爲《小序》正確闡明了此詩的創作意圖,在這一點上他的理解與《傳》《箋》《正義》相同。不過,涉及具體內容的解釋,歐陽修却批評《傳》《箋》《正義》犯了大錯誤,提出了自己的觀點。他説:

> 其詩泛論人之善惡無常在人,自修則爲哲人,不自修則爲愚人爾。其意雖以刺王不自修而陷於不善,然其言大抵泛論哲人愚人,因以自警也。蓋詩終篇泛論之語多,指切厲王之語少。而毛、鄭多以泛論之語爲刺王……皆非詩義也。

這是説,詩中有叙述一般性理論的部分,也有叙述具體內容的部分,將之辨開來是非常重要的。

那麽,歐陽修認爲叙述一般性理論的部分是怎樣的?它與講述具體內容的部分有什麽關係?讓我們配合著詩句來看歐陽修對各章的解釋要點。關於第一、二兩章,他説:

> 抑抑威儀,維德之隅。人亦有言,靡哲不愚。
> [詩本義]泛言人當外謹其容止,則舉動不陷於過惡。
> 庶人之愚,亦職維疾。哲人之愚,亦維斯戾。
> [詩本義]此雖泛論人之善惡在乎自修慎與不修慎,以譏王而勉之,亦以自警其怠忽也。(首章)
> 無競維人,四方其訓之。
> [詩本義]亦泛言莫彊於人,乃以一身所爲而訓道四方,謂以天下爲己任,可謂自彊①者也。(二章)
> [詩本義]一章、二章皆泛論,下章乃專以刺王。

---

① 《易·乾卦·象傳》云:"天行健,君子以自强不息。"

歐陽修認爲,第一、二章不是對厲王言行的具體批評,而是講述了適用於所有人的抽象真理、道德理念。它們是道德方面的一般性理論,爲從第三章開始的具體批評提供了前提,雖是抽象的内容,却暗示了從第三章往下的具體叙述和描寫方向,按照從一般性理論到具體内容的路線引導讀者。可以說它擔當了"序曲"的功能。

第十、十一章云:

荏染柔木,言緡之絲。温温恭人,維德之基。

[詩本義]泛言人必先觀其質性之如何也。(第十章)

其維哲人,告之話言。順德之行,其維愚人。覆謂我僭,民各有心。

[詩本義]又泛言哲人可教,愚人不可教如此。(第十一章①)

[詩本義]其下章乃以刺王。

從這裏,歐陽修也發現了一個叙述的順序:從第十、十一章的一般性議論到第十二章往下的具體内容。本詩的結構可以整理如下:

泛言		專刺厲王
第一、二章	→	第三至九章
第十、十一章	→	第十二章往下

叙述一般性道理的章節與叙述具體批評周厲王的章節前後關聯,這個結構在詩中兩次出現。由此可以發現歐陽修的觀念是:詩中不僅有對主要内容的具體描寫和叙述,也有離開主要内容、對一般性和抽象性議論的叙述,因此必須正確辨

---

① 據《傳》《箋》《正義》的分章,是第九章。

別不同性質的兩者,弄清它們各自在詩歌中的作用。這種觀念與對詩歌結構的闡明密切相關。

歐陽修批評《傳》《箋》《正義》没有以上的觀念,因此解釋錯誤,那麼《傳》《箋》《正義》是如何理解本詩的?對應著上文從《詩本義》中引用的部分,《鄭箋》《正義》的説法是:

[箋]今王政暴虐,賢者皆佯愚,不爲容貌,如不肖然。
[正義]古之賢人有言曰,無道之世,無有一哲人而不爲愚者。言當時賢哲皆故毁威儀,而佯爲愚人也。(首章)

[箋]衆人性無知,以愚爲主,言是其常也。賢者而爲愚,畏懼於罪也。
[正義]今哲人之爲此愚,亦維乃畏懼於時之罪戾,非性然也。由王酷虐,濫罰無罪,故賢哲之人皆佯爲愚病。言王虐之甚也。(首章)

[正義]毛以爲上言賢人不用,毁儀佯愚,此言宜用賢者使之慎儀……言王當如此,不得棄賢不用,使民無所法也。(二章)

在《傳》《箋》《正義》看來,第一、二章的内容都並非一般性議論,而是在講述周厲王的昏昧及由此發生的事情。也就是説,是對主要内容的個别情況進行具體叙述。

最能直接體現《傳》《箋》《正義》與歐陽修之説的差别的,是對"靡哲不愚"一詞的解釋。歐陽修將之解釋爲"無論怎樣的賢明之人、無論有怎樣的用心,如果不謹慎修身,就有可能墮落成爲愚者",是適用於所有人的道理。而《傳》《箋》《正義》

的說法則是"厲王統治下的賢人都唯恐無辜獲罪,因此假裝愚人來躲避政治風暴",認爲它只是叙述了"厲王的暴虐統治"這一特定歷史情形下的具體事件。在此我們不討論兩者的解釋孰是孰非。不過,歐陽修的解釋是直接從"靡哲不愚"一句中生發出來,而《傳》《箋》《正義》則認爲"没有賢人不(佯裝)愚鈍",後一種解釋必須假設字句背後藴含著深意纔能形成。也就是説,解釋上的操作是必要的——正是因此,詩意變得很複雜。

下面來討論後半部分。

[正義]上既教王行德,此言王不可教……是爲民之賢愚各自其有本心,言王無本性不可教也。(第九章,按歐陽修的分章則爲第十章和十一章)

《正義》對這一章的解釋不像第一、二章那樣有明顯特徵。不過,《傳》《箋》《正義》認爲,在這一章的表面意思背後,隱藏著對厲王的具體非難,與第一、二章一樣,他們很傾向於結合厲王這個歷史上的個人來解釋。就此而言,此章與其前後章節對厲王的具體非難和告誡就是齊等並列的,都是對同樣的主要内容的叙述。歐陽修則將其看作對一般性理論的叙述,並從前後的内容中分離出來,認爲它具有獨立的意義。兩種解釋還是不同。

由上可見,《傳》《箋》《正義》認爲本詩全篇都是對厲王暴政的具體叙述和批評,也就是説,它始終都在講述有特殊性的歷史事件。由於認爲全篇内容從未脱離主要内容,因此他們解讀出來的詩歌結構也就很單純。這樣看來,確實如歐陽修所指出的,《傳》《箋》《正義》缺乏這樣的觀念:詩歌除了具體内容之外,也講述人生真理、道德之論等一般性的道理,換言之,一首詩可以由不同特質和層面的内容複合而成。至少,他們没有利用這種觀念來解釋詩歌的自覺態度。

是否運用《詩本義》中的"泛言""泛論"説法以及其中的觀念,是一個象徵,能體現兩者之解釋方法的不同。《傳》《箋》《正義》將詩中語句解釋成詩歌的主要内容,是帶有歷史獨特性的特殊情况;而在歐陽修的解釋中,"泛言""泛論"成爲一個概念工具,能將這些詞句的意義升華並解釋爲適用於所有人的道理,呈現出本詩的文學結構。對歐陽修來説,這是形成詩篇新解釋的重要觀念。

在歐陽修的解釋中,叙述一般性道理的部分被分置於兩個地方,從而將本詩分爲前後兩半。兩個半段所叙的内容有何不同? 歐陽修在《本義》中叙述了他關於本詩内容的見解,其中散置著他概括各章内容的詞句,這些詞句可以作爲切入點,來討論這個問題。將它們列舉出來,就能明了歐陽修從本詩中發現了怎樣的脉絡。首先來看前半段:

  第三章、第四章 刺王
  第五章   教王
  第六章～第九章 戒王

如上,前半段的脉絡是:在"刺"王之失政這樣的現狀批評基礎上,以正確的行爲來"教導"和"勸誡"王。歐陽修認爲這半段是由邏輯清晰的批評和教導勸誡言辭構成的。在這個階段,本詩作者,也就是主人公(在厲王朝中爲卿士的衛武公①)也没有表露自己的感情,只是以冷静的建言者形象出

---

① 關於武公是否是厲王的朝臣,《正義》與歐陽修也見解不同。《正義》認爲其在厲王時代還不到可以出仕於朝廷的年齡,本詩是後來武公追想厲王時代而作的。不過本文不討論這個問題。請參考本書第十七、十八章。

現。這樣,武公的人性部分也沒怎麽在詩句中體現出來。

那麽,對本詩後半段,歐陽修發現了怎樣的脉絡呢?來看《本義》中歐陽修對各章内容的概况:

> 第十二章　刺王之不可教告而武公自悔也……武公已自悔而又自解也……假使我未知可否而遽教告王,然我爲卿士,當扶持王,雖遽教之不爲過也。
>
> 第十三章　武公自傷丁此時也……使我不知如此之難而教告王,然我亦老矣,今而不言,恐後遂死而不得言也。
>
> 第十四章　不忍棄王而不告也。言我小子所告爾者,非我妄言,皆據舊事之已然者,庶幾聽我,猶可不至於大悔也。……言天愛民,必降禍罰於王也。

此處除了對厲王的批評,還出現了不同的要素,這就是作者即主人公武公充沛的感情。武公在前半段中曾冷靜地訴説邏輯清晰的教導勸誡之詞,此處却一改這種態度,因爲對王的進言毫無意義而後悔、感到力不從心。但同時,他又表現出强烈的使命感:儘管感到了這樣的悔意和力不從心,他却仍舊不能不對王進言。這裏呈現出的武公的心情,與北宋士大夫們的使命感,即他們對政治的强烈責任感差相仿佛①。在歐陽修對第二章的解釋中也有"以天下爲己任"這樣的句子,這是以范仲淹爲代表的宋代士大夫用以表達理想的言辭,經常被提及②。那麽,歐陽修就是將武公看作體現了自己的

---

① 王水照云:"宋代詩人的人格類型……從其政治心態而言,則大都富有對政治、社會的關注熱情,懷有'以天下爲己任'的責任感和使命感,努力於經世濟時的功業建樹中,實現自我的生命價值。"(王水照主編《宋代文學通論・緒論》,河南大學出版社,1997年,第13頁)

② 《朱子語類》卷一二九"自國初至熙寧人物"云:"范公平日胸襟豁大,毅然以天下國家爲己任。"(第3078頁)"且如一箇范文正公,自做秀才時便以天下爲己任,無一事不理會過。"(同上,第3088頁)

士大夫理想的人物,認爲本詩是這樣一位武公表露真情的作品。

如此,後半部分就叙述了作者(主人公)在感情上的重大起伏和强烈的個人主張,作者(主人公)的個人形象也變得極爲鮮明。縱觀全篇,歐陽修認爲本詩不單單是政治批評和説理,它在從道德和政治角度針對厲王的暴政而進諫的同時,也描繪了知識分子的形象:他們因不得不盡忠於昏昧之王而非常苦惱,又無法抑制自己的使命感、必須有所行動。如果可以認爲這主要是歐陽修解釋行爲的結果,那麽歐陽修是從本詩中發現了宋代知識分子的理想形象——或者應該説,他是通過解釋創造出了宋代知識分子的理想形象。

歐陽修的如上解釋與《傳》《箋》《正義》極其不同。《傳》《箋》《正義》認爲本詩的脉絡如下:

  賢哲之人皆佯爲愚病,言王虐之甚也。(一章)
  王……不得棄賢不用,使民無所法也。(二章)
  責其不用賢者,而與小人荒耽。(三章)
  又乘而責之……今王漸漸將致滅亡……告語群臣以自警戒。(四章)
  又戒鄉邑之大夫及邦國之君……既戒臣事畢又復諫王。(五章)
  勸王使慎教令爲下民之法,施順道爲子孫之基也。(六章)
  王朋不忠。(七章)
  王若以善道施民,民必以善事報主……王后本實無德而爲有德,自用橫干政事。(八章)
  上既教王行德,此言王不可教。(九章)
  此又言王不可教。(十章)

憩王自恣,不用忠臣。(十一章)

自上以來,諫王之情已極於此,自言諫意以結之。(十二章)

根據《傳》《箋》《正義》的理解,本詩基本上全篇都是"責王""諫王"的言辭,沒有在批評和教導君主的基礎上繼續發展。在對君主的批評中,除了"不用賢臣"之外,還涉及了"不以善道"和"恩德養民"等其他幾點。不過,其中插入了與前後文不相關的幾章,其内容是:並非對君主,而是對君主之臣子的忠告;對王后的批評;以及"王不可教"這樣想要放棄教導的言辭。很顯然,《傳》《箋》《正義》不怎麼注重從詩篇中總結出一個連貫的脉絡。他們認爲本詩一直在闡述同一個意思,按照他們的解釋,本詩的印象很單調、很散漫。

再者,在《傳》《箋》《正義》的解釋中,作者(主人公)的感情沒有大的起伏,沒有呈現懷有強烈政治使命感的個人形象①。這裏有的只是在嚴酷的政治風浪中竭力保全自己的人物,其被動應付環境的形象更强烈。與此相比,歐陽修發現了以精緻的結構爲基礎的、生動且合理的詩歌脉絡,從而突出了形象鮮明的作者(主人公),這是其解釋的新穎之處。也就是說,歐陽修不僅關心本詩講述的内容,而且非常關注叙事者及其叙述方法。那麽,我們從中能夠感受到他的目的:不只是將内容、還要將表達方式通過解釋明確呈現出來。

回到詩歌表達的問題上,歐陽修的解釋令本詩前半(冷静的批評和告誡)與後半(作者即主人公的感情横溢)的内容大

---

① 是否認爲作者(即主人公)的形象出現,與本詩後半段不時出現的"小子"作何解釋有關。《傳》《箋》《正義》將"小子"解釋爲厲王,因此將有"小子"的詩句都解釋爲對厲王的批評。而歐陽修認爲"小子"是作者的自稱,因此將包含"小子"的詩句都解釋成作者自己的行爲和感情内省。

相徑庭。要使如此異質的內容共存於一首詩之中，就必須有一個方法，能夠有效連接這些不同內容，將他們融會貫通於一個連續的脉絡中。承擔這個功能、使前半與後半內容的明顯變化顯得合理的是什麼？歐陽修對第十和十一章有如下解釋：

  泛言人必先觀其質性之如何也。
  又泛言哲人可教，愚人不可教如此。

  此處由前半部分的具體叙述轉向了一般性道理，這值得注意。有了這個轉折，前半的叙述就顯得很完整。同時，通過停止對厲王事無巨細的告誡，並解釋"愚人不可教"這一常理，暗示了前半段細細講述的武公之辛勞並沒有結果，也慢慢轉移了讀者的興趣點。從這個角度上來說，這個轉折成爲後半段的序曲。詩歌沒有從前面九章的叙述直接轉換到對武公心理的具體表白，而是用這種講述"泛言，即一般性道理"的兩章來過渡，從而有效地起到了緩衝作用，利於詩歌方向的順利轉變。

  如此想來，本詩前後兩個半段都首先叙述一般性道理，來引導後面的具體內容，從而使內容的分節及其連結得以自然地實現。也就是說，歐陽修由於從詩篇中發現了兩個"泛言""泛論"的部分，得以在精緻結構的基礎上作出生動的解釋。上文已指出，歐陽修的解釋方法關注詩歌如何被創作形成，如果要從結構和文學的角度弄清這個問題，"泛言""泛論"觀點就有著不可或缺的作用。

三、《詩本義》中其他的"泛言""泛論"用例

  除了《抑》之外，《詩本義》中也有多篇詩歌的解釋包含了

"泛言""泛論"之語,詩句的內容被解釋成了一般性道理。本文將分析這些用例,從而詳細考察"將詩句解釋成一般性道理"一事對歐陽修的《詩經》學而言有怎樣的意義。

《王風·丘中有麻》的《小序》云:"《丘中有麻》,思賢也。莊王不明,賢人放逐。國人思之而作是詩也。"各章的前兩句如下:

> 丘中有麻,彼留子嗟。(首章)
> 丘中有麥,彼留子國。(二章)
> 丘中有李,彼留之子。(卒章)

《傳》《箋》《正義》認爲各章出現的"留"字指周朝大夫的氏①,"子嗟"是莊王的朝臣、留氏的賢者②,"子國"是子嗟的父親③,"留之子"是留氏的某個人。留氏雖然代代都是賢人④,昏昧的周莊王却疏遠他們、將之逐出朝廷⑤,人們爲此感到很悲傷。對於這個解釋,歐陽修就以下兩點作了批評:(一)《春秋》《史記》等史書中没有記載周莊王時有留氏這樣的氏族,因此"留"並非氏⑥。(二)子嗟一人被放逐還説得通,但全族被放逐不合常理⑦。

他認爲"子嗟""子國"並非指某個特定的人物:

---

① 《毛傳》云:"留,大夫氏。"
② 《毛傳》云:"子嗟,字也。"
③ 《毛傳》云:"子國,子嗟父。"
④ 《鄭箋》云:"言子國使丘中有麥。著其世賢。"
⑤ 《鄭箋》云:"子嗟放逐於朝,去治卑賤之職而有功。"
⑥ 《詩本義》云:"留爲姓氏,古固有之。然考詩人之意,所謂彼留子嗟者,非爲大夫之姓留者也。莊王事迹,略見《春秋》《史記》,當時大夫留氏,亦無所聞於人。其被放逐,亦不見其事。既其事不顯著,則後何從知之?"
⑦ 《詩本義》云:"及其云子國,則毛公又以爲子嗟之父。前世諸儒皆無考據。不知毛公何從得之。若以子國爲父,則下章云彼留之子,復是何人?父子皆賢而竝被放逐,在理已無,若泛言留氏舉族皆賢而皆被棄,則愈不近人情矣。"

> 子嗟、子國，當時賢士之字。泛言之也。

這就是説，本詩講述的並非"留氏"這樣某個特定家族的特定事件，而是當時衆多賢者被放逐之事①。本詩的内容未必曾在某位歷史人物的身上真實發生過，詩歌講述的是當時在昏昧君主朝中的賢者都可能遭遇的狀況，是世情常態。"子嗟""子國"在這裏不過是用作賢者的代名詞而已。

歐陽修對本詩有如下解釋：

> 莊王之時賢人被放逐，退處於丘壑。國人思之，以爲麻麥之類，生於丘中，以其有用，皆見收於人，惟彼賢如子嗟、子國者，獨留於彼而不見錄。

漢唐《詩經》學將本詩與特定歷史人物及其家族聯繫起來進行解釋，而歐陽修則認爲"子嗟""子國"不具有歷史真實性，並非真實人物的名字。如此一來，本詩就有如下的明顯特徵：其内容並非特定歷史情境中發生的特定事情，而是不限時代、場所和人物，極其普遍出現的世情常態。也就是説，通過將詩歌内容抽象化，增加了本詩内容的普遍性。在此，歐陽修通過引入"泛言"的觀點，擺脱了《傳》《箋》《正義》"詩篇内容必須切合歷史真實"的觀念之束縛②。就此詩而言，歐陽修通過對

---

① 《詩本義》云："詩人但以莊王不明，賢人多被放逐，所以刺爾。必不專主留氏一家。"
② 在筆者看來，"歷史真實性"一詞的含義並不單純，從《詩經》解釋學史的真實情況而言，"擺脱歷史真實性"也包含了極爲複雜的問題。對歐陽修而言，擺脱歷史主義指的是怎樣的事情？ 而這在《詩經》解釋學史上又有怎樣的意義？ 筆者將另外撰文討論這些問題。本文對"擺脱歷史主義"的規定是：《傳》《箋》《正義》假託史書記載的歷史事件來逐一解釋詩句，這種方法以"以史附詩"爲代表，對這種方法的擺脱，就是"擺脱歷史主義"。以"泛言""泛論"表示的一般化了的解釋，被用作這種"擺脱歷史主義"的概念工具，本文考察這一運作過程。

"泛言"概念的利用,也大幅擴展了解釋的可能性①。

歐陽修對《大雅·桑柔》的解釋中有與《丘中有麻》同樣的思路。《桑柔》第二章云:

> 四牡騤騤,旟旐有翩。亂生不夷,靡國不泯。

《鄭箋》云:

> 軍旅久出征伐,而亂日生不平,無國而不見殘滅也。言王之用兵不得其所,適長寇虐。

這還是認爲詩中所述爲當時(周厲王的時代)實際發生的事件。而歐陽修認爲,由於這一事件無法從史書中得以確認,因此鄭玄之説有誤②。他説:

> 此臣民勞苦之辭也。暴虐之政,臣民勞苦不息,則禍亂日生,而不可平夷。無國不至於泯滅。民人雖衆,皆爲灰燼矣。……此泛言暴政之爲害,有國必滅,有民必盡。既則歎嗟哀王爲國所行之道,方頻急如此也。

---

① 還有,歐陽修批評《傳》《箋》《正義》之説時,説道:"若泛言留氏舉族皆賢而皆被棄,則愈不近人情矣。"認爲《傳》《箋》《正義》將之一般化爲"留氏全族"、解釋成"留氏全族都被放逐"是錯誤的。據此,則《傳》《箋》《正義》也跟歐陽修一樣,用"泛言"概念解釋本詩,並解釋錯了。不過必須注意的是,這裏的"泛言"與歐陽修提出自己説法時所用的"泛言"有細微的差別。(歐陽修所認爲的)《傳》《箋》《正義》語境中的"泛言",不過是在留氏這個氏族的範圍内,將問題一般化到每個人身上,雖説是"一般化",但都是(在《傳》《箋》《正義》看來)歷史上實際存在過的人物。而歐陽修在説明自己觀點時使用的"泛言",是賢者的代名詞"子嗟""子國",已經遠離歷史真實性,是虛構的人物。是局限於歷史真實性來解釋《詩經》,還是擺脱這個框架、擴大解釋的可能性、將詩中内容解釋爲虛構,這是《傳》《箋》《正義》與歐陽修在觀念上的重大分歧之處。請參考第十一章。

② 《詩本義》云:"然考厲王事跡,據《國語》《史記》及《詩》大小《雅》皆無用兵征伐之事。在此《桑柔》語文亦無王所征伐之國,凡鄭氏以爲軍旅久出征伐、士卒勞苦等事,非《詩》義也。"

此處的結構也是從一般性道理到具體內容：先將世俗常態作爲一般性道理揭示出來，然後敘述某個特定的歷史狀況。這再次證明，歐陽修《詩經》解釋中的"泛言""泛論"是被用來重新認識詩歌結構的概念工具。

此外，關於《小雅·伐木》，歐陽修說：

> 且文王之詩，雖欲泛言凡人須友以成，猶……

說明他也認爲此詩是講述一般性的道理。而《傳》《箋》《正義》中沒有"泛言"一詞。這說明，《傳》《箋》《正義》沒有自覺具備"詩歌可能講述一般性道理"的觀念，而歐陽修却認識到這一點，並在解釋中將之作爲一個方法論概念，自覺地利用。

如上所見，歐陽修爲了從漢唐《詩經》學"依據史實來解釋"的框架中挣脱出來，將"泛言""泛論"當做修辭法，積極地使用①。這種修辭法，是從"詩歌可以由多個位相錯綜構成"這樣有關詩歌結構的觀念中產生的，因此，對它的利用就大大擴展了解釋的可能性。

四、《正義》中的"泛言""泛論"

歐陽修的"泛言""泛論"概念在《詩經》解釋學史上有怎樣的意義？要考察這個問題，就要弄清"泛言""泛論"在歐陽修

---

① 除了本文考察的内容之外，《詩本義》中的"泛言"還見於《小雅·無羊》："據《詩》'衆維魚矣'，但言魚多爾。何有捕魚之文。及人之子孫衆多，皆不關牧事。詩人本爲考牧，不應泛言獻夢。而爲鄭學者遂附益之，以爲庶人無故不殺雞豚，惟捕魚以爲養。此爲繆說，不待論而可知。"這裏説的是，詩歌不會離開其主要内容"考牧"而講述"獻夢"。那麼，這裏的"泛言"指的是適當講述脱離詩歌主題的事件。這個用法是第一節中"泛論"的一般意義中的"隨意議論"。因其與本文討論的"涉及詩篇意義結構的概念"性質不同，因此不在此加以考察。

之前的利用情況①。

"泛論"一詞在《毛詩正義》中兩次出現。一次見於《小雅·大東》的《小序》：

> 《大東》，刺亂也。東國困於役而傷於財，譚大夫作是詩以告病焉。

《正義》云：

> "譚大夫"者，以別於王朝也。普天之下莫非王臣，必別之者，以此(詩)主陳譚國之偏苦勞役，西之人優逸，是有("東人之子，職勞不來。西人之子，粲粲衣服"這樣相異的)彼此之辭，故須辨之。明爲譚而作故也。若泛論世事，則不須分別。《小明》，大夫悔仕於亂②。(因爲詩中所歌詠的事情在當時周王的治下隨處可見，所以明明知

---

① 《十三經注疏》中"泛言"的用例有五處，具體如下：一、《儀禮·士冠禮》正義(卷三)，二、《儀禮·特牲饋食禮》正義(卷四六)，三、《禮記·檀弓》正義(卷六)，四、《禮記·哀公問》正義(卷五〇)，五、《論語·堯曰》注疏。"泛論"的用例有三處：一、《尚書·尚書序》正義，二、《毛詩·小雅·谷風之什·大東》正義，三、《毛詩·大雅·蕩》正義。

《毛詩正義》的用例在本文討論，其他的經典中的用例基本是在解釋經文和注釋等的內容時放在開頭，但不是指具體特定的事物，而是抽象、全體的。考慮到這裏用的是其基本語義，再加上用例很少，可以說疏家沒有附上特別的意思來使用"泛言""泛論"的概念。以下舉出典型的兩例：

關於《尚書正義·尚書序》的《書序》，序所以爲作者之意"，《正義》云："而《書序》雖名爲序，不是總陳書意泛論，乃篇篇各序作意。"

《禮記》的"哀公問"云："妻也者，親之主也，敢不敬與。子也者，親之後也，敢不敬與。君子無不敬也。敬身爲大。身也者，親之枝也，敢不敬與。……三者，百姓之象也。身以及身，子以及子，妃以及妃。"

《正義》云："身以及身，子以及子，妃以及妃者，此言百姓之象。能愛己身則以及百姓之身，能愛己子則以及百姓之子，能愛己妃則以及百姓之妃。是身與妻子，還是百姓身與妻子。故云百姓之象也。前泛言，故云妻。此論人君治國政，故云妃。"

② 《小雅·小明·序》云："《小明》，大夫悔仕於亂世也。"

道作《小明》詩的)牧伯大夫①(是哪國人,但《小序》中)不言其國②是也。

《正義》説,本詩是講述譚國一國的狀況,而非"泛論"。這裏的泛論是指並非講述某個地方的狀況,而講述當時天下整體的狀況,它既不是指《詩本義》中與具體情況對比的一般性道理,也不是指與真實歷史人物對比的沒有歷史真實性、僅用作代名詞的人名。

另一次見於《大雅·蕩》的第二章:

> 文王曰咨,咨汝殷商。

《箋》云:

> 厲王弭謗③,穆公朝廷之臣,不敢斥言王之惡,故上陳文王咨嗟殷紂以切刺之。

《正義》云:

> 《民勞》亦穆公所作,皆斥王惡④。此篇獨畏弭謗,不斥言者。《民勞》之詩泛論王惡,欲王惠中國以綏四方,其惡非深,不須假託。《蕩》則陳王凶暴,將至滅亡,號呼沈湎,俾晝作夜。其言既切,故假文王。

這是説,《蕩》與《民勞》是同一作者對同一對象的諷刺作

---

① 《小雅·小明》首章之《鄭箋》云:"詩人,牧伯之大夫。"據《正義》,"牧伯"爲"部領一州,大率二百一十國"者。
② 如《正義》所言,《小明》之《序》中没有指明作者是任何一國的大夫。參考 p.369 注①。
③ 《國語·周語上》云:"厲王虐,國人謗王……王怒。得衛巫使監謗者,以告,則殺之。國人莫敢言,道路以目。王喜,告邵公曰:'我能弭謗矣,乃不敢言。'"
④ 《大雅·民勞·序》云:"《民勞》,召穆公刺厲王也。"

品,但《蕩》假託周文王對殷紂王的批評,而《民勞》則直接批評厲王,這是因爲《民勞》的批評並不切實,不需要委婉地表達。此處的"泛言"指《民勞》的批評,因此它也與《詩本義》的用法不同,是"籠統"的意思。

如上,在《傳》《箋》《正義》中,"泛論"並未被用作與具體論述相對的、抽象性言説之用語。因此,"泛論"作爲用來表現詩歌多重結構的方法論概念,是從歐陽修開始纔真正被引入《詩經》解釋的。

五、對後世《詩經》學的影響

如上一節所見,"泛言""泛論"概念在北宋以前用例很少,尤其在《詩經》解釋的領域中,歐陽修之前它們幾乎沒有被用作與解釋有關的概念。而在歐陽修以後的《詩經》學著述中,"泛論""泛言"兩個術語頻頻出現①。本節將討論這個問題。

首先需要確認歐陽修用"泛言""泛論"概念所作的解釋是

---

① 據《文淵閣四庫全書電子版》(上海人民出版社、迪志文化出版有限公司,對經部《詩經》類著錄的書籍〔六十二部,其中《詩本義》以後的著述五十七部〕)進行檢索,結果如下:"泛言"(包括"汎言""氾言")見於三十三部著述,共五十二例,其中最早的出典是《詩本義》。"泛論"(包括"汎論""氾論")見於十七部,有四十四例,除去本文考察的《毛詩正義》的兩例之外,也以《詩本義》的出典爲最早。同時使用"泛言""泛論"二詞的著述合計三十四部,即除了《毛詩正義》以外,使用"泛論"的著述都包含在使用"泛言"的著述範圍内。此外,非《詩經》學著述的其他學術筆記和論文中,與《詩經》解釋有關的論述應該大量存在,考慮到這一點,用例應該還有不少。當然,這些用例中可能有很多都並非是表達個人觀點,而是引用已有著作的説法,因此這裏的用例數目並不能代表經説數目,只能認爲是體現大致情形。不過,以下幾點應該可以確認:一、"泛言""泛論"的真正使用,始於北宋的歐陽修。二、其後,這兩個概念也被繼續使用。三、《四庫全書》收錄的北宋以後的五十七部著述中,有三十三部中包含用例,可見這樣的術語已經成爲《詩經》學中的通用術語。

否的確被後來的《詩經》學繼承。南宋戴溪《續呂氏家塾讀詩記》①卷三就《大雅·抑》詩有如下說法：

> 《抑》，且勸且戒，其辭緩。末章之辭切矣。首章泛言人必有威儀可畏爲德之隅，然後人莫敢犯，抑抑謙下也……二章皆泛言治道之當然也。三章自"其在于今"以下至"無淪胥以亡"指實以戒之也。

戴溪認爲本詩第一、二章是叙述一般性道理（"泛言……"），此後的部分繼續厲王時代的具體情况以及對厲王的具體教誨告誡（"指實以戒之"）。他是按照"一般性道理→具體内容"這樣的脉絡來理解的，這與第二節中歐陽修的看法一致。這個例子可以用來説明，以"泛言""泛論"爲基礎的歐陽修之解釋，確實被後世繼承了②。

"泛言""泛論"的觀點不僅以引用經説的方式被繼承。宋代《詩經》學的集大成者朱熹在其《詩集傳》中對《小雅·車攻》一詩的脉絡有如下説法：

> 首章：首章泛言將往東都也。
> 第二章：此章指言將往狩於圃田也。
> 第三章：此章言至東都而選徒以獵也。
> 第四章：此章言諸侯來會朝於東都也。
> 第四章：此章言既會同而田獵也。
> 第五章：此章言田獵而見其射御之善也。
> 第六章：此章言其終事嚴而頒禽均也。

---

① 戴溪《續呂氏家塾讀詩記》的學術特徵及意義，錢志熙有詳細考察。請參看《永嘉學派〈詩經〉學思想述論》，《國學研究》第十八卷，北京大學出版社，2006年。後收入氏著《温州文史論叢》，上海三聯書店，2013年。
② 不過，戴溪没有依從歐陽修關於本詩後半段的"泛言"解釋。

> 卒章：此章總序其事之始終而深美也。

本詩讚頌周朝的中興之主宣王在東都洛陽郊外會同諸侯田獵之事①。朱熹的解釋認爲，這首詩的每一章都依據時間順序，整齊排列。而《傳》《箋》《正義》則認爲本詩各章並未按時間排列：

> 上三章先致其意。首章致會同之意。二章、三章致田獵之意，故云駕言搏獸，皆致意之辭，未實行也。四章言既至東都，諸侯來會。五章言田罷之後，射餘獲之禽。六章、七章言田獵之事。卒章總歎美之也。

據此，則在第六、七兩章講述周王田獵的情形之前，第五章就提前講述了田獵結束後的事情，時間順序是倒錯的。至於爲何如此叙述，《正義》的說法是：

> 頒餘獲射在田獲之後，而先田言之者，以射是諸侯羣臣之事，因上章諸侯來會而即說之，令臣事自相次也。

這是說，詩歌的順序是先講完臣子之事，再叙周王行爲。按此解釋，本詩是混合了時間順序與君臣之別的禮制秩序這兩個不同的邏輯而成的。與需要如此複雜說明的解釋相比，朱熹的解釋所依據的邏輯更平實自然。

依照朱熹的解釋，首章與第二章都是講述出發前的狀況。從時間上來看這兩章内容重複，不過朱熹區分其特徵，認爲首章是"泛言"，即籠統地講述宣王即將東行；第二章是"指言"，

---

① 《小序》云："《車攻》，宣王復古也。宣王能内修政事，外攘夷狄，復文武之境土。修車馬、備器械，復會諸侯於東都，因田獵而選車徒焉。"朱熹亦從此《小序》之說。

即明確說明本次東行的目的是會同諸侯田獵。如此,則從第一章到第二章,是從籠統敘述到將注意力集中在明確的情景上。不是從一開始就進入具體敘述,而是慢慢引導讀者的眼光和興趣,這樣的解釋注意到了作者對讀者的引導。再有,首章不叙述具體內容,而本詩卒章則叙述事件的完整本末,前後呼應,詩歌結構匀稱。這樣的理解也是依照了從一般性道理到具體內容的順序。"泛言"概念有助於從詩中解讀出合理結構。

"泛言""泛論"的使用,不受學派、《詩經》觀之間差異的限制。眾所周知,朱熹將作爲漢唐《詩經》學根基、有至高權威的《詩序》棄而不用,獨自研究《詩經》作者的作詩意圖;而程頤、呂祖謙則與他相反,他們推崇《詩序》,就此角度來說是認同漢唐《詩經》學傳統的,但他們也利用"泛言""泛論"概念來解釋詩篇。以《大雅·皇矣》的首章爲例:

> 皇矣上帝,臨下有赫。監觀四方,求民之莫。維此二國,其政不獲。
>
> [傳]莫,定也。

《鄭箋》《正義》所言如下:

> [箋]大矣,天之視天下,赫然甚明。殷紂之暴亂,乃監察天下之眾國,求民之定,謂所歸求也。
>
> [正義]知殷紂之虐,以民不得定,務欲安之,乃監視而觀察天下四方之眾國,欲擇善而從以求民之所安定也,言欲以聖人爲主,使安定下民。

這是説,由於殷紂王的暴政,天下混亂,危機重重,爲了打破這個局面,上天在天下搜尋新的君主。這種解釋認爲詩歌全篇都是對特定歷史情形的叙述,因此詩歌結構單純。

而《呂氏家塾讀詩記》中引用程頤之説云：

此泛言天祐下民，作之君長，使得安定也。維此二國其政不獲。

程頤與《箋》《正義》對本詩構想的認識方式不同。程頤認爲，詩的最初四句首先講述天道，接下來的兩句從反面叙述有兩個國家違背天道。與《傳》《箋》《正義》的解釋相比較，這種解釋認爲詩歌具有多重結構。這種不同産生的原因，是程頤利用"泛言"概念解釋詩篇。這個例子與上文對歐陽修解釋的考察一致。

此外，還有很多例子也是運用"泛言""泛論"概念將詩篇結構解釋爲多重的。以下舉出有代表性的幾個：

(一) 南宋嚴粲《詩緝》卷二五《大雅·大明》

首章專述天命喪殷之事也。首二句泛言天人之理……舊説以明明在下爲文王非也。首章先泛言天人之理，然後及殷亡之由，爲美文武張本。

(二) 同上卷二八《大雅·板》

六章泛言治民之道也。言人心本虚明，以物欲窒之，則如牆然冥昧罔覺。苟能順天之理以開明人心，如開牖於牆，復其本然之明也……七章泛言用人之效也……八章泛言敬天之誠也。

(三) 元劉玉汝《詩纘緒》卷一二《小雅·角弓》

首章言無遠者，泛言兄弟之當然。次章乃言王不然，則民將傚其然。

以上例子用"泛言""泛論"的術語指出了詩句中講述一般性道理(多是涉及道德的道理)。引人注意的是,這裏指出,在一般性道理之後,講述的是能够具體證明或反證一般性道理的現象。由此可發現這樣的觀點:詩篇由一般性道理與具體叙述交織構成。這樣的詩歌觀念形態在《傳》《箋》《正義》中很淡薄,而在歐陽修的解釋中則很顯著。這説明漢唐《詩經》學没有充分關注的詩歌結構,成爲自歐陽修以來的《詩經》學者們都想要弄清的目標,爲此,他們致力於研究詩歌中依據不同特性和層面的分層。"泛言""泛論"的概念被用作討論此位相的一個切入點。

由上可見,本文討論的歐陽修的方法論概念,對後世學者產生了影響。

六、結　語

對我們來説,以下觀念無需討論:詩篇的內容並非在性質上完全一致,而是由不同特質和層面的內容多重組合起來的。《詩經》的"六義"中有"興",這是一種修辭手法,是在叙述主要內容之前先講述與主要內容没有現實關係的事物,在"興"的語境中,人們認爲詩篇具有多重結構。由此想來,認爲詩歌具有多重結構的觀念,在《詩經》解釋學形成的最初階段應該是極其自然的共同觀念。

不過,如本文的研究所示,在實際的《詩經》解釋歷史上,除了興以外,漢唐《詩經》學極少以"詩篇是多位相結構體"的觀念爲基礎進行解釋,而是盡量將詩篇整體都解釋成對主要內容的叙述。

考慮到這種情況,那麼當以歐陽修爲首的宋代《詩經》學者們想要超越漢唐的《詩經》解釋、建構新《詩經》學時,他們也直接面對著重新討論詩篇結構的課題。本文通過分析"泛言""泛論"概念,發現了宋代《詩經》學者的解釋姿態,這可以認爲是他們努力解決這一課題的表現。

從"泛言""泛論"中可以發現解釋者努力解讀詩篇的姿態,他們不但關注詩歌敘述的內容,而且關注這些內容如何被敘述出來。他們對作者的創作行爲非常感興趣,從這個意義上來說,他們的解釋可謂是很有文學性的《詩經》解釋。因此這可以看作是對筆者在本文開頭提出的問題——是否有文學性解釋的方法論概念,可供後世學者可以繼承應用?如果有的話,是怎樣的?——的一個解釋。

不過,在歐陽修及後來的《詩經》學者的著述中,"泛言""泛論"的用法也有時被用作一般語義。其中也有與字義訓詁有關的用法,類似於清代段玉裁所謂"渾言"對"析言"的"渾言"①。這當然與本文討論的關於詩篇結構的觀念無關。而且,管見所及,歷代的《詩經》學者們尚無專門討論"泛言""泛論"的發言和著述。這樣想來,歷代《詩經》學者並未有意識地將"泛言""泛論"當做《詩經》解釋的專門概念來使用。

然而,自歐陽修以來,學者們使用"泛言""泛論"這樣的詞語,共同對此前不甚受重視的問題表現出關注,這是不爭的事實。這樣的觀念使詩篇解釋的自由度比以往有了飛躍性的進步,爲拓展他們《詩經》解釋的可能性做出了貢獻。"泛言""泛論"可以看作是他們的這種新解釋意識的象徵。並且,從這個觀念出發,考察構成詩篇解釋基本框架的各個概念,也可以爲弄清《詩經》解釋學的實貌提供有益材料。

---

① 例如,關於《周頌·殷》詩中"於皇時周,陟其高山"一句,朱熹《集傳》云:"高山,泛言山耳。"

第十三章　如何將詩看作虛構之物
——《毛詩正義》中的假設觀念及其在宋代的發展

一、前　言

《周南·葛覃》卒章云：

> 言告師氏,言告言歸。薄汙我私,薄澣我衣。害澣害否,歸寧父母。

> [傳]婦人有副褘盛飾①以朝事舅姑,接見于宗廟,進見于君子。其餘則私也……寧,安也。父母在,則有時歸寧耳。

對此,《正義》有如下解説：

> 王后而得有舅者,因姑以協句。且詩者設言耳,文王稱王之時,太姒老矣②。不必有父母歸寧,何但無舅姑也。

《毛傳》爲了解釋詩中的"私"字,即私服,提到了與之相對

---

① 《毛傳》舉"副""褘"二字,《正義》曰:"既舉服之尊者,然後歷陳其事,言此皆是公衣,不謂諸事皆服褘衣也。毛之六服,所施不明。"據此,則《毛傳》將"副""褘"視作公服的代表。在舉行下文列舉的"朝事舅姑,接見于宗廟,進見于君子"活動時,人們要分別穿起規定的公服,而不是三個活動都要穿"副"和"褘"。《正義》之所以這樣解釋,是爲了使鄭玄在《周禮·內思服》中關於"六服"(以褘爲最高等級的六種公服)的用途的説明與此處的《毛傳》不相齟齬。
② 《史記·周本紀》云:"西伯蓋即位五十年。其囚羑里,蓋益《易》之八卦爲六十四卦。詩人道'西伯',蓋受命之年稱王而斷虞芮之訟。(轉下頁注)

照的概念"公服",那是王后(本詩中指周文王的王后太姒)侍奉舅姑時的著裝。《正義》首先解答了讀過《毛傳》後自然產生的這個疑問:太姒成爲王后時,她的丈夫文王已經稱王了,那麼太姒應當稱"舅"的對象——也就是文王的父親、周朝的先王公季——應該已經去世了。因爲合理的情形應該是文王在父親去世後纔繼承王位吧①?那麼已經成爲王后的太姒還要爲了侍奉舅而穿上"褘",於理不合。

對於這個疑問,《正義》的解釋是,"舅"字不過是用來與"姑"字組合成"舅姑"這個習語,並不是指真實的人物。並且,爲了解釋這一點,《正義》還提及了詩中的另一個不合理之處:文王直到晚年纔開始稱"王",當時太姒自然也應該是老太太了,所謂"歸寧"是不合邏輯的。如此,本詩本章的不合理之處並非只有"褘"的問題,就不必特意將之拿出來質疑了。

有了如上的叙述,《正義》對本詩本章何以存在從現實角度來看不合理的兩個問題有如下説法:

> 詩者,設言耳。

(接上頁注)後十年而崩,謚爲文王。改法度,制正朔矣。追尊古公爲太王,公季爲王季,蓋王瑞自太王興。"其《正義》曰:"二國相讓後,諸侯歸西伯者四十餘國,咸尊西伯爲王。蓋此受命之年稱王也。《帝王世紀》云:'文王即位四十二年,歲在鶉火,文王更爲受命之元年,始稱王矣。'又《毛詩·疏》云:'文王九十七而終,終時受命九年,則受命之元年年八十九也。'"此處引用的"《毛詩·疏》"是《大雅·文王》的《正義》。另外,《周本紀》"九年,武王上祭于畢"的《集解》云:"《大戴禮》云:'文王十五而生武王。則武王少文王十四歲矣。'"《史記·管蔡世家》云:"文王同母兄弟十人,母曰太姒。文王正妃也。"太姒是武王的生母,而文王十五歲生次男武王(長男是伯邑考),即便太姒比文王年輕,也不可能相差很多。那麼,文王八十九歲稱王時,太姒也應該是差不多的年紀,其生身父母尚且健在的可能性非常小。

① 《史記·周本紀》云:"公季卒,子昌立,是爲西伯。西伯曰文王。"據此,文王成爲周王時,父親已經去世,所以太姒登上后位時已無"舅"。

此處的所謂"設言",指不反映事實,而僅僅是作者、叙事者在那個場景中編造出來的言辭。因此,從廣義上也可稱之爲"虚構"。也就是説,詩從本質上來説是虚構的事物,因此對詩中的細節逐一爭辯,質疑其與事實不符、缺乏合理性,是没有意義的。《正義》希望以此説法來消解以上問題。疏家有這樣的觀念:《詩經》之詩是虚構文本,無需追求其真實性。這是非常值得注意的論斷。

"以詩附史"的解釋方法經常被當作漢唐《詩經》學的特徵而提及。這種方法認爲詩中講述了真實的歷史事件,因此注重考證詩歌的文字是否全部都反映了歷史實情、考證這些詩句與歷史事實的對應關係。漢唐《詩經》學者堅持這種解釋方法,與上文"詩者,設言耳"的論斷正好相反。

還有,通常認爲,宋代《詩經》學進入新學術階段的標誌是擺脱"以詩附史"的解釋方式①。然而,《正義》"詩者,設言耳"的論斷或許説明疏家已經具有了超越歷史主義解釋框架的思路。這樣一來,它就説明《正義》與宋代《詩經》學在解釋上具有共同的基本觀念,能够證明二者之間存在學術繼承關係。如此,則探究"詩者,設言耳"的説法的真實意思,對弄清《詩經》解釋史的實貌來説就意義重大。

帶著這樣的問題重新來看,"設言"這個術語散見於《正義》全書②。並且,與"設言"同義的"假設"術語也多次出現。還有,在用與之相關的"假……"之語的議論中,也數次出現與詩歌虚構性觀念有關的內容。把這些詞語當作關鍵詞,就可

---

① 關於歷史主義解釋在《詩經》學史上的發展,請參考本書第十章的研究。
② "設言"的本意是"將某種意思用語言表達出來"。發言者、表達者爲了實現自己的目的,有時會表達與現實不同的内容,這時的"設言"就指"表達虚構的言辭"。因此,儘管"設言"並不總是用來表示虚構言辭,但若理解了以上所述意義拓展的邏輯過程,則可判斷是否是我們想要研究的用例。

考察疏家對詩篇之假設性有怎樣的看法,以及虛構觀念對詩篇解釋起到了怎樣的效果。

另外,此後的《詩經》學論著也繼續使用了"假設""設言"這兩個術語。通過考察這些用例,就可以研究《正義》的假設觀念是否被宋代以後的《詩經》學者們所繼承、繼承中是否有發展和變革。由此則可以分析《正義》對其後的《詩經》學,尤其是宋代《詩經》學有怎樣的意義。

本論文將帶著以上問題,首先分析《正義》中"設言""假設"的用例,確認其內涵,然後討論這兩個術語在此後的《詩經》解釋學論著中的用例。

二、《毛詩正義》的"假設""設言"

檢索《正義》全文,"設言"一共用了十次(包括《白駒》的兩例),"假設"用了兩次。不過,"設言"在《正義》中的意義用法不同。除了"與事實不同的虛構表達"之外,《正義》中也有僅僅意爲"用語言表達"的例子①。同樣,"假設"也有"如果……

---

① 在《毛詩正義》的"設言"用例中,表示"語言表達"的有以下數例:
一、《王風·黍離》
《論語》孔子曰:如有用我者,吾其爲東周乎……孔子設言之時,在敬王居成周之後。
二、《王風·采葛》
年有四時,時皆三月。三秋謂九月也。設言三春三夏,其義亦同。作者取其韻耳。
三、《小雅·伐木》
毛以爲有人伐木於山阪之中……以興朋友二人相切磋。設言辭以規其友切切節節然。
四、《小雅·白駒》第三章。參考 p.388 注①。
五、《魯頌·泮水》
毛以美僖公之克淮夷,必美其以德,不以力。此當設言爲不戰之辭。故以獻爲弛貌。

的話"這樣表示單純假定的用法①。它們都與本文的論點無關,因此不予討論,那麼需要討論的就剩下四例②。本節從以上"設言""假設"的用例中,取第一節考察過的《葛覃》以外的例子來討論,定義"設言""假設"這兩個術語在《詩經》解釋學上的意義,同時探究《正義》用這種概念來解釋的理由。

(一)《周南·關雎》

第四章云:

> 參差荇菜,左右采之。
> 窈窕淑女,琴瑟友之。
> [傳]宜以琴瑟友樂之。

對此,《正義》云:

---

① 這種用法可見於《大雅·桑柔》之《正義》:
   爲謀爲毖,亂兄斯削。告爾憂恤,誨爾序爵。誰能執熱,逝不以濯。其何能淑,載胥及溺。
   [箋]女若云此於政事,何能善乎? 則女君臣皆相與陷溺於禍難。
   《正義》曰:
   王肅以爲如今之政,其何能善。但君臣相與陷溺而已。如此理亦可通。《箋》不然者,以此文承上告教之言,宜爲不受之勢。故以爲假設拒己之辭,示之不可之狀。
   王肅將詩意解釋爲當今統治者的做法正導致統治走向滅亡,是對現實問題的評論,《鄭箋》與之觀點不同,《正義》在解釋《鄭箋》時使用了"假設"一詞。《鄭箋》認爲,上文是對統治者的忠告之辭,本章前半段承此,假設並叙述了君主如果不接受自己的忠告則可能導致的後果。由此可見,這裏的"假設"表示單純的假定法。

② 當然,在"設言"的兩個意義用法中可以發現關聯。第一個用法是,筆者、發言者將頭腦中的思想情感組織成語言並表達出來,這是"語言表達";另一個(即本文所討論的)"假設"的意思是筆者、發言者的想法在現實中沒有直接根據,它們只能在頭腦中用語言形式來思考。也就是説,在這兩個意義用法中,"語言表達"是廣義的,另一種"假設"則是涉及具體內容的狹義意義用法。

毛氏於序不破"哀"字①,則此詩所言思求淑女而未得也,若得則設琴瑟鍾鼓以樂此淑女。故孫毓述毛云:"思淑女之未得,以禮樂友樂之。"②是思之而未致,樂爲淑女設也。知非祭時設樂者,若在祭時,則樂爲祭設,何言"德盛"?(本詩卒章之《毛傳》云:"德盛者宜有鍾鼓之樂。"——筆者補記)設女德不盛,豈祭無樂乎?又琴瑟樂神,何言"友樂"也?豈得以祭時之樂友樂淑女乎?以此知毛意思淑女未得,假設之辭也。

　　據《正義》,毛公認爲"窈窕淑女,琴瑟友之"一句並非實事——即在詩人敘述的場景中實際發生之事,而是詩人在想象自己的願望實現時可以做到的事情。《正義》如此判斷的根據,是《關雎·序》中"是以《關雎》樂得淑女以配君子,憂在進

---

① 這裏指出,關於《關雎·序》中的"哀窈窕",《毛傳》與《鄭箋》異説。《鄭箋》認爲"哀"字爲"衷"字之誤:"哀蓋字之誤也,當爲衷,衷爲中心恕之。"而《毛傳》認爲"哀"字無誤。《正義》對《毛傳》有如下敷衍:"毛以爲哀窈窕之人與后妃同德也,后妃以己則能配君子,彼獨幽處未升,故愛念之也。既哀窈窕之未升,又思賢才之良質,欲進舉之也。哀窈窕還是樂得淑女也,思賢才還是憂在進賢也,殷勤而説之也。"
② 清·馬國翰《玉函山房輯佚書·經編·詩類》對孫毓《毛詩異同評》有輯佚。其卷上從《正義》中輯出這一部分,認爲從"思淑女之未得"到"以此知毛意思淑女未得,假設之辭也"是孫毓原話,但筆者對此有懷疑。從書名可知,孫毓之書比較分析毛公、鄭玄、王肅、王基等注釋者的説法,評價孰優孰劣。其體例與這段輯佚似有不同。這一部分有《毛傳》的詳細敷衍,但没有將之與其他學術比較的意思。當然,《正義》既曰"孫毓述毛云",可以認爲這是《正義》省略了《異同評》中與其他説法比較分析的部分,只引用敷衍《毛傳》的部分,不過,如果是這樣,這段敷衍與其他例子,或者《異同評》的其他例子相比就過於詳細了。當然,孫毓也時有詳細的分析説明,但那都明顯是與其他説法比較分析時的説明,此處"爲敷衍而敷衍"的情況,在《異同評》中再無他例。孫毓"述"《毛傳》之"宜以琴瑟友樂之",是在"思淑女之未得,以禮樂友樂之"這一部分,"是思之而未致,樂爲淑女設也"以下的部分是疏家用孫毓的説法展開自己的議論,它也許不應當被看作孫毓自己的議論。因此,本文不依據馬國翰的輯佚。

賢,不淫其色。哀窈窕,思賢才,而無傷善之心焉,是《關雎》之義也"的説法。此處的"哀窈窕",鄭玄認爲是"衷窈窕"之誤:

> "衷"謂中心恕之,無傷善之心,謂好逑也。(本詩首章云:"窈窕淑女,君子好逑。")

如果這樣解釋的話,后妃思慕的淑女也可以是已經被召入宫中了。也就是説,鄭玄認爲①本詩講述太姒對於已經進宫、資質優秀的淑女並無嫉妒之意,而是誠心對待,希望與之在宫中和睦共處;第三章講述的是,后妃與她引薦的淑女一起採摘荇菜以供祭祀時,派人奏樂的情形。

而毛公則没有像鄭玄那樣考慮到"哀窈窕"的文字錯誤,將之訓釋爲"哀窈窕"②。《正義》對此的説明是:

> 哀傷處窈窕幽閒之女未得升進,思得賢才之人與之共事。

據此解釋,后妃還在尋求淑女,淑女還没有進宫。這就與將"窈窕淑女,琴瑟友之"解釋成實事產生矛盾了。因此,《正義》將這兩句解釋成對求得淑女後之事的想象,用"假設之辭"的説法來指代這種詩人假想出的事情。

不過,《正義》雖是對《毛傳》意思的敷衍,但《正義》中用"假設"做出的説明,與《毛傳》"宜以琴瑟友樂之"之語稍稍有些性質上的不同。《毛傳》所謂"宜……"的説法,講述的是對待淑女的適宜方式,是對淑女之美德的評價言辭,態度很客觀,看起來並不關心詩人對淑女的深切感情。而《正義》"思淑

---

① 第三章的《鄭箋》云:"言后妃既得荇菜,必有助而采之者。同志爲友。言賢女之助后妃共荇菜,其情意乃與琴瑟之志同,共荇菜之時,樂必作。"
② 《正義》對《鄭箋》的解釋是:"言后妃衷心念恕在窈窕幽閒之善女,思使此女有賢才之行,欲令宫内和協而無傷害善人之心。"

女未得,假設之辭也"的說法,認爲這兩句詩表現的是后妃衷心期待求得淑女的渴望,《正義》的這種態度,在下面的一段話中表現得更明確:

> 毛以爲后妃本己求淑女之意,言既求得參差之荇菜,須左右佐助而采之,故所以求淑女也,故思念此處窈窕然幽閒之善女,若來,則琴瑟友而樂之。思設樂以待之,親之至也。

像"故思念此……善女""思設樂以待之,親之至也"這樣,后妃的思戀之情被當作解釋的中心。《正義》說明了她對淑女的思慕之深、這種思慕產生的源頭,也將"窈窕淑女,琴瑟友之"定位爲她的這種思慕的具體表現。

筆者推測《毛傳》與《正義》解釋詩句的方法有如上不同,若這一推測正確,則疏家不單單是敷衍《毛傳》,而且也將《毛傳》的說明性質的解釋方法轉變爲追隨作者思路的解釋法。這說明在被視作同質整體的漢唐《詩經》學的學術體系中,實際上有一個解釋姿態的變化。而"假設"作爲方法論概念,爲這一變化的實現做出了貢獻。

(二)《鄭風・褰裳》

> 子惠思我,褰裳涉溱。
> [箋]子者,斥大國之正卿。子若愛而思我,我國有突篡國之事,而可征而正之,我則揭衣渡溱水往告難也。
> 子不我思,豈無他人。
> [箋]言他人者,先鄉齊、晉、宋、衛,後之荆楚。
> 狂童之狂也且。(首章)

對此,《正義》云:

第十三章　如何將詩看作虛構之物　　383

鄭人以突篡國，無若之何，思得大國正之。乃設言以語大國正卿曰：子大國之卿，若愛而思我，知我國有突篡國之事，有心欲征而正之，我則褰衣裳涉溱水往告難於子矣。若子大國之卿，不於我鄭國有所思念，我豈無他國疏遠之人可告之乎？

《正義》説的是：鄭莊公死後，太子忽（昭公）繼位，其弟突（厲公）在母親娘家宋國的支援下，奪取了鄭國君主之位（見《春秋左氏傳・桓公十一年》和《史記・鄭世家》）。關於這個內容，本詩《小序》及《鄭箋》云：

[序]《褰裳》，思見正也。狂童恣行，國人思大國之正己也。

[鄭箋]"狂童恣行"謂突與忽爭國，更出更入，而無大國正之。

《正義》的解釋是據此而來。

《正義》關於本詩內容的説法，可整理如下：本詩講述的是鄭國人民遭遇突的篡位事件，無法依靠自己的力量克服危難，因此希望藉助其他大國之力將突逐出，恢復鄭國的正常秩序。鄭國人民懷著這樣的想法，假設他國的正卿站在自己眼前，自己向他傾訴。也就是説，詩中以"子"稱呼對方，看似詩人對特定的真實人物訴説，但實際上那是虛構的人物，此時並沒有大國承諾對鄭國提供援助。詩中講述的不過是詩人頭腦中想象出的虛構情景。《正義》"乃設言以語大國正卿曰……"的説法就是指這種假設的情景。

不過，詩歌的本文中並無語句能明確顯示本詩是"設言"，即講述假設情景。《正義》爲何認爲本詩是"設言"？一個理由是，在歷史上並沒有大國派兵援助鄭國、制止突的專橫之治；

不過更直接的是《正義》追求與《小序》之叙述相對應。即是說，《小序》中有"思見正也""國人思大國之正己也"兩個"思"字，就規定了詩中講述的並非實事，而是未曾實現的、詩人的念想。《正義》要忠實地解釋《小序》的這個規定，於是有"設言"之説。

這樣的假設意識在鄭玄那裏是很淡薄的。《鄭箋》中無"設言"術語一事可作爲證明，而且《鄭箋》與敷衍《鄭箋》的《正義》之間也存在異議，這也是一個證明。《鄭箋》認爲"子"指的是齊、晉、宋、衛，"他人"則指楚。由於"子"指好幾個國家，所以鄭玄並不認爲詩人曾與這些國家的正卿對面而語，但傾向於將之解釋成總歸有那樣的具體對象。而《正義》對這段《鄭箋》敷衍道：

> 齊、晉本是諸夏大國，與鄭境接連，楚則遠在荆州，是南夷大國，故箋舉以爲言，見子與他人之異有。其實大國非獨齊、晉，他人非獨荆楚也。……《左傳》稱謀納厲公也，則是其諸侯皆助突矣。而云告齊、晉、宋、衛者，此述鄭人告難之意耳，非言諸侯皆助忽，故言子不我思，豈無他人。是爲諸國不思正己，故有遠告他人之志。若當時大國皆不助突，自然征而正之，鄭人無所可思。

《正義》特地引用《鄭箋》中用來表示"詩人有具體且特定的傾訴對象"的話，寫道："其實大國非獨齊、晉，他人非獨荆楚也。"認爲《鄭箋》認爲的"特定"不成立。不但如此，《正義》還說："若當時大國皆不助突，自然征而正之，鄭人無所可思。"強調實際上根本沒有可以指望援助的大國，本詩的"子"和"他人"都並非真有其人，只存在於詩人的念想之中。與《鄭箋》相比，《正義》的解釋姿態是認爲詩歌内容完全出於詩人的假設。

由此，對這一句的解釋也就與《詩序》中"思"字的解釋更緊密地聯繫起來了。《正義》雖然形式上是在敷衍《鄭箋》，實際上却將在鄭玄那裏很微弱的假設觀念用做核心方法來解釋，爲了適應這種解釋方法，對《鄭箋》本身也施加了解釋。

如上，從本詩中可以發現《正義》將詩句解釋成詩人之假設的姿態，且這是《正義》在解釋詩歌時追求與《詩序》相對應的結果。"設言"一詞是用於這種解釋的概念工具。

(三)《小雅·白駒》

《白駒》的《正義》中出現了兩次"設言"，其中一次是上文提到的"用語言表現"之意，不屬於本文的討論範圍①，本文將討論的是用於卒章的第二次的用法。

> 皎皎白駒，在彼空谷。生芻一束，其人如玉。
> [箋]此戒之也。女行所舍，主人之餼雖薄，要就賢人，其德如玉然。
> 毋金玉爾音，而有遐心。

《正義》曰：

---

① 見第三章。作爲這個用法的例子，此處再加詳細説明：
　　皎皎白駒，賁然來思。
　　[箋]願其來而得見之。
　　爾公爾侯，逸豫無期。
　　[傳]爾公爾侯邪，何爲逸樂無期以反也。
　　慎爾優游，勉爾遁思。
　　[箋]誠女優游，使待時也。勉女遁思，度己終不得見。自訣之辭。
　　《正義》曰："己願其來思而得見之也。既願而來，即責之……思而不來，設言與之訣。汝誠在外優游之事勉力行，汝遁思之志，勿使不終也。極而與之自訣之辭也。"在此，"設言"一詞用作"既然不來，因此作訣別之辭以表達"的意思。如此，用來表示"有意地創作表達某種言辭"，是"設言"的另一個用法。

言有乘皎皎然白駒而去之賢人,今在彼大谷之中矣。思而不見,設言形之。

有賢人沒有受到周宣王的重用,所以乘白駒離開都城,想要隱居山谷,他的友人因此作《白駒》詩,表示對他的愛惜。據《正義》,《白駒》全部四章的結構如下:

> 勸賢者留在自己這裏——賢者離開都城不久的時候。　　　　　　　　　　　　　　　　　　　（首章）
>
> 與首章同時。　　　　　　　　　　　　　　（第二章）
>
> 勸賢者來,雖然有"爲何不來?你的身份有那麼高貴嗎,以至於你這樣任性"這樣的責備之辭,但也接受了對方不會再回到都城的決心,因此向他贈言"請實現你的隱居志向",與他告別。　　　　　　　　　（第三章）
>
> 賢者已隱居在大國之中,無從會面,因此想象他的生活狀態,並請他至少不要忘記來信。　　　　（第四章）

大致來説,《正義》對本詩的解釋是,詩中表現了作者心境的變化:從想要勸阻自己的友人(即賢者)離開都城去隱居,到明白友人去意已決,因此接受其歸隱之事。卒章講述詩人已經接受了友人隱居之事,對於再會也死心斷念了,疏家認爲這一章是詩人想象著無法再次會面的友人的樣子而寫成的。此處"設言"的意思是"心中想象不在眼前的事物"。這是認爲詩歌表現的意象由作者的愛惜之意生發,是內心想象而成的,是傾向於將詩歌看作作者思想的自然表露。

這種看法,並不見於疏家當作解釋依據的《鄭箋》中。鄭玄並未從本章的詩句中解讀出詩人對友人的愛惜之意。因此,他只將詩句解釋成作者對友人的普通告誡之辭,而非詩人的思念,即想象並描述友人在山谷中的彷徨身影。將本章解讀爲詩人的假設,是疏家的獨特見解,而疏家探求詩人内心的企圖使這成爲可能。

本文在(二)中考察《褰裳》時曾提及,《鄭箋》傾向於將詩人的傾訴對象比定於具體國家,而疏家則利用"設言"的想法,避免具體的比較推定。本詩也有類似情形,即對"山谷"的解釋。《正義》曰:

> 上云"於焉逍遥"及"於焉嘉客",爲不知所適之辭者,以思之不得,故言不知所在。此以賢者隱居,必當潛處山谷,故舉以爲言。空谷非一,猶未是知其所在也。

詩云"在彼山谷",似乎已經知道了友人所在的具體地方。對此,疏家再次確認詩人不知其友人的具體住所,認爲"山谷"不過是對適合隱者居住的地方的抽象表現,並非指某個具體地點。這種理解強調詩人不瞭解其友人的現狀。因此,他頭腦中描繪的友人形象有很强的虚構性。疏家自覺且一以貫之地將"詩人描繪的友人身影是假設的"觀點作爲解釋的基礎。

總結以上内容來看,在《正義》使用的術語"假設""設言"中包含著這樣的觀念:在依據實事的敘述中,包含了期盼但未實現的情況,交織著詩人對他無法真實看到的事情的想象。我們從《毛傳》《鄭箋》中無法明顯發現這樣的觀念。當然,就著述的原意而言,《正義》的講解應該忠實地敷衍《毛傳》和《鄭箋》的詩歌解釋,但至少在《正義》視作基礎的《毛傳》《鄭箋》中,找不到以"詩歌内容出自假設"觀念爲中心的詩篇解釋方法。也就是說,《傳》《箋》與《正義》在解釋方法上有所不同。將"詩歌內容出自假設"觀念作爲基礎來解釋《詩經》,要到《正義》階段纔終於實現。

假設觀念與對於"詩中所述詩人的思想是怎樣的"問題的關注有關。換言之,不是探究講述了什麽,而是探究如何講述、講述行爲中包含了怎樣的想法。這種關注方式是宋代以來《詩經》學的顯著特徵①。由此想來,《正義》中的"假設""設言"有其作爲宋代《詩經》學先導的性質。即是說,《正義》既是漢唐《詩經》學的一部分,同時又爲後代《詩經》學準備了解釋的方法。從這個角度來看,《正義》可謂是連結漢唐《詩經》學與宋代《詩經》學的橋樑②。

三、《傳》《箋》《正義》中假設觀念的意義

疏家在解釋某首詩歌的時候,根據什麽理由來判斷其內容屬實還是出自作者的假設呢?對於這個問題,《齊風·東方之日》提供了非常有價值的材料。其《小序》云:

> 《東方之日》,刺衰也。君臣失道,男女淫奔,不能以禮化也。

《小序》認爲此詩講述了齊哀公時代不合禮制的男女關係,從而批評導致這種狀態的哀公及其朝臣們的不道德。本詩首章云:

> 東方之日兮,彼姝者子,在我室兮。
> [傳]興也。日出東方,人君明盛,無不照察也。
> [箋]言東方之日者,想之乎耳。有姝姝然美好之子,

---

① 例如,請參考本書第五章第七節。
② 關於這一點,請參考本書第一、三、九章。

來在我室,欲與我爲室家,我無如之何也。日在東方,其明未融。興者喻君不明。

在我室兮,履我即兮。

[傳]履,禮也。

[箋]即,就也。在我室者,以禮來,我則就之,與之去也。言今者之子,不以禮來也。

《毛傳》與《鄭箋》對本詩的解釋不同。《正義》對《毛傳》的解釋有如下説明:

毛以爲東方之日兮,猶言明盛之君兮……喻君德明盛,無不察理,此明德之君,能以禮化民,民皆依禮嫁娶,故其時之女言……言古人君之明盛,刺今之昏闇,言婚姻之正禮,以刺今之淫奔也。

對本詩的《鄭箋》,《正義》的説明如下:

鄭以爲當時男女淫奔,假爲女拒男之辭,以刺時之衰亂……言東方之日兮,以喻告不明之君兮。

《毛傳》與《鄭箋》之説的分歧處在於,《毛傳》認爲本詩是陳古刺今——通過講述往昔治世之貌,批判現在的亂世情形;《鄭箋》則認爲詩中講述的是現在的情況。導致這種分歧的原因是,二者對"東方之日"的解釋不同。《毛傳》認爲"東方之日"是普照萬物的太陽,用來比喻明君;而《鄭箋》認爲"東方之日"是還未升上東方天空的太陽,陽光尚且熹微,不能將籠罩世界的黑暗一掃而光,用來引出不能拯救亂世的無德君主。對於《鄭箋》與《毛傳》異説的理由,《正義》有如下説明:

《箋》以《序》言君臣失道,不言陳善刺惡,則是當時實事也。不宜爲明盛之君,故易《傳》以"東方之日"者比君於日,以情訴之也。

也就是說,在《正義》看來,《鄭箋》認爲《毛傳》之說不妥當,是因爲《小序》沒說"陳善刺惡",既然沒有這樣的規定,就應該認爲本詩講述的是實事。

比較《鄭箋》與對其敷衍而成的《正義》可以發現,《正義》的解釋利用了《箋》中沒有的要素。《箋》中只說"言東方之日者,愬之乎耳";說"有姝姝然美好之子,來在我室";說"欲與我爲室家,我無如之何也"。這裏的詩人也就是"我",詩歌被解釋成有魅力的男性來到詩人這裏請求與她結婚。而《正義》的解釋則是"假爲女拒男之辭,以刺時之衰亂",也就是說,《正義》認爲詩歌的女主人公並非作者本人,只是作者假設出來的人物。《正義》在此否定了《鄭箋》"詩人即主人公"的模式。此處的"假爲辭"——作者假想並講述現實中不存在的情況——這種說明方式,與上一節討論的《正義》的說明方式一樣,可以認爲是與"假設""設言"相同的解釋方法。

《正義》爲何不依從《鄭箋》的解釋模式?如果《正義》忠實地敷衍《鄭箋》之意,重視其著述的原旨,那麼像下面這樣換個說法也無妨——爲何《正義》要解讀出《鄭箋》沒有寫下來的鄭玄解釋的真意,並以附加的形式添入來對《鄭箋》的敷衍?若是根據《鄭箋》中寫下來的部分,詩中的男性與女性之間存在道德資質的不均衡。到女性身邊以不合禮制的方式要求締結婚姻的男性當然是不道德的。但女性却並非不道德,因爲她講述了男性的不道德,並且像"在我室者,以禮來,我則就之,與之去也。言今者之子,不以禮來也"所說的,她試圖使行爲不合禮儀的男子遵從禮儀。

《正義》認爲,現在的《鄭箋》沒有完全傳達《小序》所說的作詩之意。《正義》云：

> 若然男女淫奔，男倡女和，何以得有拒男之女而訴於君者？

如果謹守《小序》的立場，則詩中的女性並不可能真實存在。爲了消除這種齟齬，《正義》將詩歌內容解釋爲詩人的假設。也就是說，《正義》至少沒有依從《鄭箋》中寫下來的說法，並非爲了否定《鄭箋》的解釋，反而是要通過對《鄭箋》進行加工，來確保《小序》與《鄭箋》的協調一致，從而增加《鄭箋》的可信度：

> 詩人假言女之拒男以見男之強暴，明其無所告訴，終亦共爲非禮，以此見國人之淫奔耳。未必有女終能守禮訴男者也。

這樣想來，《正義》之所以將假設概念引入對《東方之日》的解釋，是因爲要消除從《小序》到《鄭箋》的學說祖述關係之間的矛盾，就需要對《鄭箋》之說再加處理。

從《正義》對《東方之日》的鄭玄解釋的敷衍中，還能發現一個重要的事實。如上文所見，《正義》將《毛傳》與《鄭箋》的解釋差異概括爲：《毛傳》——解釋爲陳古刺今之詩。《鄭箋》——解釋爲當時發生之實事。

也就是說，《毛傳》認爲詩歌作者爲了批判現實狀況而講述與此相反的往昔盛世，而《鄭箋》認爲詩人講述現實的亂世情形，詩歌猶如紀實文學。這從《正義》用來說明《鄭箋》的"是當時實事"之句可以知道。

而如果依照《毛傳》的"陳古刺今"說，詩中講述的盛世狀況雖然確實曾經出現於歷史時期，但在作詩的時候已經不存在於現實，而僅保留在記憶和口傳之中了。它們在詩人的頭腦中形成印象，並付諸語言。從詩人作詩行爲的角度來看，在"描述與詩人生活的世界不同的、存在於印象中的世界"這一點上，"陳古刺今"與假設的性質相同。那麼，上文《毛傳》與《鄭箋》之説的分歧就是以下這樣的見解差異：《毛傳》——對詩歌內容的解讀是：詩人在頭腦中建構詩人觀念中與現實不同的世界之事。《鄭箋》——對詩歌內容的解讀是：詩人觀念中的現實世界之事。

不過，以上概括的《鄭箋》解讀之法，雖然在從字面意義上理解《鄭箋》時是正確的，但當《正義》將詩歌內容敷衍爲詩人"假爲之辭"的結果時，詩歌內容就不是"當時的實事"了。那麼，《正義》的説法就有了前後矛盾。

這樣的矛盾何以產生？它可以追溯到《小序》。《小序》云"君臣失道，男女淫奔"，將此詩解釋爲對哀公時代齊國道德全面淪喪情形的描述。然而詩中的主人公有"在我室兮，履我即兮"（在我房間的那個人如果遵循禮制，我就跟隨他）的道德言辭，這就與《小序》所説的全國性道德淪喪狀態形成了矛盾。爲了消除這個矛盾，就不得不將詩歌解釋爲對非現實狀況的吟詠。

如此想來，《毛傳》"陳古刺今"的理解，與《正義》敷衍《鄭箋》、基於"假爲之辭"這一假設觀念的解釋，有同樣的動機。爲了使《小序》與經文之間不形成矛盾，就必須將詩句內容理解成異於現實的某個次元世界之事。

以上的考察説明了《正義》將假設概念引入《詩經》解釋的一個理由。漢唐《詩經》學是一個在《詩經》文本上用《詩序》《毛傳》《鄭箋》層層包裹起來的世界。其中的每層之間密切關聯，但同時它們的形成年代及形成狀況都各異。疏家必須將它們統一起來解釋，不能容許矛盾存在。

完成這一任務將遇到多種困難，其中重要的一個是將詩歌內容解釋爲實事時產生的矛盾。"假爲之辭"就是爲解決這個矛盾而引入的，這種思考方法將詩歌的一部分解釋爲假設。

如此，則《東方之日》之解釋中的假設意識，並非疏家直面詩歌、理解其想要表達之意的結果，而是他們爲了解決其再解釋、再再解釋中遭遇的理論困難而採取的方法。也就是説，漢唐經學是將解釋多重反復而發展起來的，在這種方法中形成了假設意識。

這與前幾節討論的"假設""設言"的例子也相適應。在《周南·葛覃》中，《毛傳》云"朝事舅姑"，但太姒成爲王妃時"舅"應該已經去世了；且《小序》云本詩講述后妃太姒之事，但她的父母當時幾乎不可能還在世，詩中却講述她省親之事。爲了將這些矛盾之處解釋得合理，《正義》有"詩者，設言耳"——詩歌言辭不過是虛構——這樣的説明。《周南·關雎》之《序》云："思得窈窕淑女之心。"但詩中有"用音樂取悦淑女"的內容，二者之間存在時間上的矛盾，爲了使之合理化，《正義》解釋道，詩歌內容是在想象淑女入宮後的情形。《鄭風·褰裳》的《小序》認爲詩歌表現了詩人"思"（希望）大國助我鄭國從混亂中恢復秩序，《正義》爲了使詩歌的解釋與《小序》相適應，用了"設言"的概念。這些都是爲了彌合《小序》與詩、《毛傳》與詩之間關於詩中情形的乖離，而用了"假設""設言"的概念。即是説，這裏也是由"疏通"這一解釋方法導致了困難，爲了解決困難，《正義》引入了假設觀念。

這樣也就能够説明，像第二節提及的"假設""設言"中包含的"詩歌是虛構作品"之觀念，爲何没有在《毛傳》《鄭箋》中明確出現。如果說漢唐《詩經》學中的假設觀念在很大程度上是爲了說明詩歌與先行解釋以及解釋與解釋之間的乖離而形成的,那麼只有當必須被謹守、祖述的《詩經》解釋——《詩序》《毛傳》《鄭箋》等先行研究——都出齊了,只有到了以將它們重疊、且極爲嚴密地整合起來解釋作爲研究任務的"義疏階段",纔有必要出現。

當然,《毛傳》與《鄭箋》也需要在解釋中保證《小序》與詩的協調一致。不過,那與《正義》追求的稍有不同。《毛傳》基本以詞句訓詁爲主,很少詳細解說詩歌全篇之旨趣,因此,《毛傳》中不會呈現《小序》與詩歌之間的乖離。而《鄭箋》與《毛傳》不同,經常說明一篇或是每章的旨趣;不過舉例來說,對《東方之日‧序》中的"男女淫奔",《鄭箋》沒有嚴密地敷衍,因此成了"男子不道德,但女子道德",所以《正義》必須將之合理地解釋,由此可知,《鄭箋》在解釋中並沒有像《正義》那樣,一字一句地追求《小序》與詩句之間的協調統一。因此,《詩序》與詩歌之間的乖離就沒有那麼明顯地呈現在《鄭箋》中,也就沒有必要催生出一個使之合理的理論概念。《詩經》解釋中的假設觀念,要到不厭煩瑣地追求協調一致、進行再解釋和再再解釋的六朝義疏階段,方纔變得必要①。

回過頭來看,第一節提到《葛覃》的"詩者,設言耳"之說,也應當是在疏通《毛傳》時遭遇了不合理之處,爲了消除這不合理而提出的。那麼,《正義》中的假設觀念,尚未成爲覆蓋《詩經》解釋整體的方法。疏家解釋《詩經》的基本方法,仍以

---

① 如果二一(一)《關雎》之《正義》中引用的孫毓之論到"以此知毛意思淑女未得,假設之辭也"爲止的話,那麼可以說唐代已經有了"假設"觀念。但如 p383 注②所述,筆者不確定孫毓的話確實包括這一句,因此暫時持保留態度。不過,即便如此,也與筆者的觀點——"假設"的引入要等到《詩經》學的任務變成對《序》《傳》《箋》作再解釋的時候——並不衝突。

"以詩附史"的歷史主義方法爲基調,只有當用這種方法疏通時產生了學說的齟齬時,纔引入假設概念來彌縫破綻。對疏家而言,"設言""假設"是一種異於基本姿態、可謂迫不得已、臨場救急的概念。

不過,即便與基本方法不同,它也是解釋《詩經》時實際應用的方法,意義重大。假設觀念超越了疏家當初的意圖,隱含了變革《詩經》解釋之基本觀念的可能性,對後世《詩經》學的發展有很大的影響。以第二節討論的内容爲例,《小雅·白駒》的例子就包含了這樣的潛在可能性。本詩中的"設言"概念,並非像上文所言那樣,是爲了解釋先行解釋與詩歌,或先行解釋彼此之間的乖離而使用。疏家認爲《白駒》的四章講述了某種事態變遷,這一章講述的是在作詩時對未來之事的設想,爲了説明這一點,疏家使用了"設言"概念。也就是説,本詩的情況是疏家爲了以自己對詩歌整體結構的認識爲基礎,將詩歌各部分統一起來,從而使用了"設言"概念。其中體現了疏家自己面對詩歌,把握其結構的意圖。從這個意義上來説,"設言"的作用就不僅停留在忠實地再解釋《序》《傳》《箋》上,它可以是支持疏家自己探究詩歌本義的方法論概念。假設觀念爲《詩經》解釋指出了新的可能性,值得重視。

四、歐陽修的"假設"

我們從《正義》中窺見的《詩經》解釋中的假設觀念,在後來有怎樣的繼承和發展?從宋代的《詩經》學研究來看,"假設"術語在歐陽修《詩本義》中出現了四次(卷一《〈麟之趾〉論》中三次,算作一次。没有"設言"一詞)。本節首先來討論這些内容。

歐陽修對《曹風‧候人》①有如下説法：

> 鄭又謂"天無大雨,歲不熟則幼弱者飢",此尤迂闊之甚也。據詩本無天旱歲飢之事,但以南山朝隮之雲不能大雨,假設以喻小人不足任大事爾。

關於本詩中的"南山朝隮",《鄭箋》解釋成實事,而歐陽修批評這一觀點,認爲這是"假設"之句。據此則歐陽修也用"假設"來表示事情不屬實。不過,如"假設以喻"之語所顯示的,歐陽修認爲這是表示單純的比喻。"假設"這一術語在此並非像《正義》中那樣,指與實事不同層面的、由作者頭腦虛構出來的情景。讓我們舉出其他例子,來確認其用法傾向。《邶風‧靜女》之論曰：

> 若彤管是王宫女史之筆,靜女從何得以遺人？使靜女家自有彤管,用以遺人,則因彤管自媒,何名靜女？若謂詩人假設以爲言,是又不然。且詩人本以意有難明,故假物以見意,如彤管之説,左右不通如此,詩人假之何以明意？理必不然也。

從"詩人本以意有難明,故假物以見意"一句可知,這裏的"假設"用來假託"彤管"爲何物,與"候人"的例子相同,表示單

---

① 以下是歐陽修就《曹風‧候人》討論的問題、他所批評的《鄭箋》、此《鄭箋》的《正義》：
　　蒼兮蔚兮,南山朝隮。婉兮孌兮,季女斯飢。
　　[箋]蒼蔚之小雲,朝升於南山,不能爲大雨,以喻小人雖見任於君,終不能成其德教……天無大雨,則歲不熟,而幼弱者飢,猶國之無政令,則下民困病。
　　[正義]蒼兮蔚兮之小雲,在南山而朝升,不能興爲大雨,以興小人在上位而見任,不能成其德教。此接勢爲喻,天若無大雨,則歲穀不熟。婉兮而少,孌兮而好,季子少女幼弱者,斯必飢矣。

純的比喻①。

如此,儘管歐陽修的確在其《詩經》解釋中使用了"假設"之術語,但其內涵不過是指單純的比喻或假設,而不是詩人的假設觀念②。

再者,在歐陽修之外的北宋諸學者之《詩經》學著述中,管見所及,也沒有"假設""設言"之語。由此看來,《正義》的"假設""設言"在北宋時期很難說得到了真正的繼承和發展。

---

① 《詩本義》中除了本文討論的例子之外,"假設"術語還有兩個用例。卷八《小雅·何人斯》之論曰:
　《谷風》《小弁》之道乖,則夫婦父子恩義絕而家國喪,何獨於一魚梁而每以爲言者,假設之辭也。詩人取當時世俗所甚顧惜之物,戒人無幸我廢逐而利我所有也。
　這是認爲,詩歌托言日常常用的梁,用"不要將我的梁給別人用"之語來表達被父親和丈夫抛棄的孩子、妻子的鬱結:自己爲家庭辛苦做成的東西却被自己的替代者任意使用。從廣義上來説這是對物的比喻。
　卷五《檜風·匪風》之論云:
　今考詩人之意云,"誰能烹魚"者是設爲發問之辭,而其意在下文也。毛、鄭止解烹魚,至於"溉之釜鬵"則無所説,遂失詩人之意。
　這裏提到"設爲⋯⋯辭",也與"假設"有關。歐陽修關於本詩的《本義》云:
　其卒章曰"誰能烹魚,溉之釜鬵"者,謂有能烹魚者,必先滌濯其器,器潔則可以烹魚,若言誰能治安我人民,必先平其國之亂政,國亂平則我民安矣。
　這裏用"設爲⋯⋯辭"來説明以烹魚比喻治國,所以是與"假設"同樣的用法。

② 另外,卷一《周南·麟之趾》之論曰:"《關雎》《麟趾》作非一人,作《麟趾》者了無及《關雎》之意。故前儒爲毛、鄭學者自覺其非,乃爲曲説云,實無麟應,太師編詩之時,假設此義,以謂《關雎》化成,宜有麟出,故借此《麟趾》之篇,列于最後,使若化成而麟至爾。然則《序》之所述乃非詩人作詩之本義,是太師編詩假設之義也。毛、鄭遂執《序》意以解詩。是以太師假設之義解詩人之本義,宜其失之遠也。"這裏的"假設"不是指詩人的表達方式,而是掌管周朝音樂的大臣——太師從民間採集民謠編輯起來的時候賦予本詩的功能。因此,用法稍有不同。不過,它們都不是本文要討論的。

五、朱熹《詩集傳》中的"設言"

讓我們將視線轉移到南宋時期。首先應該關注的是朱熹。朱熹的《詩集傳》中沒有"假設"一詞的用例,但"設言"有三個用例。其中有一例指詩人因強烈憎惡而有非現實的誇張表達,不屬於本文的討論範圍①。因此,本節將討論其他的兩例。

(一)《大雅·大明》第七章

> 殷商之旅,其會如林。矢于牧野,維予侯興。上帝臨女,無貳爾心。

朱熹對此有如下解釋:

> 此章言武王伐紂之時,紂眾會集如林,以拒武王而皆陳于牧野(而其士氣不振),則維我之師爲有興起之勢耳。然眾心猶恐武王以眾寡之不敵而有所疑也。故勉之曰:"上帝臨女,無貳爾心。"蓋知天命之必然而贊其決也。

本章的《鄭箋》云:"天護視女,伐紂必克,無有疑心。"其《正義》曰:

> 天意既欲興周,其從武王之人,莫不歡樂。戒武王言,上天之帝護視於汝矣……伐之是人又樂戰也。伐殷者,武王之所欲,眾人應難之。今眾人不以己勞,唯恐武王不戰,是歡樂之甚。天予人勸,所以能克也。

朱熹的解釋基本是沿襲了上面漢唐學者的解釋。不過,

---

① 《小雅·巷伯》之《集傳》云:"此皆設言以見欲其死亡之甚也。"

在此基礎上朱熹提到了《鄭箋》和《正義》沒有涉及的問題。在上面的引文之後，朱熹還說：

> 然武王非必有所疑也。設言以見衆心之同，非武王之得已耳。

朱熹解釋道，"天護視女，無有疑心"之語並非人們實際所說，而是詩人爲了強調群衆鬥志昂揚而假設的言辭。此處朱熹使用的"設言"概念與第二節討論的《正義》之"設言"用例相同，是在《詩經》解釋中用假設觀念。也就是說，朱熹與歐陽修不同，他使用了《正義》的"設言"術語，在自己的解釋中將詩歌内容解釋爲詩人的假設。

朱熹有如上説明，其理由是明顯的。他想要説明武王並非軟弱之人，不會因軍隊數量少而沮喪。所以，他的説明是想要佐證本詩讚頌文王、武王功勛的旨趣，使武王保持一貫的勇武形象。

《正義》中並無這種説明，大概可以認爲這是朱熹自己的見解。《正義》曰：

> 伐紂之事，本出武王之心。詩人反言衆人之勸武王，見其勸戰之甚。

在此，疏家認爲詩人有意地插入了群衆勸武王征伐的場面。所謂"有意"，雖並不是説這一節由詩人假設而成、並無事實依據支持，但至少疏家認爲這一節不是事實的自然發展，而是經過了詩人的加工。疏家認爲詩人在詩中插入一段軼事：群衆並非被武王強制、不情願地参與征伐，而是積極表達戰鬥願望，甚至勸武王伐紂；而朱熹認爲詩中内容與事實不同，是詩人虛構而成。二者的解釋方法都關注於詩人的構想，就此而言，他們相差不遠。

那麼，朱熹關注於疏家已經注意到的、本詩的人爲加工性質，爲了將之更明確地呈現出來，他用"設言"觀念解釋本詩，可以說這是對疏家解釋的發展。

(二)《小雅·四牡》卒章

　　駕彼四駱，載驟駸駸。豈不懷歸，是用作歌。將母①來諗。

對此，朱熹《集傳》云：

　　賦也……諗，告也。以其不獲養父母之情而來告於君也，非使人②作是歌也，設言其情以勞之耳。

這裏值得注意的是，朱熹認爲，表達使者向君主傾訴自己思念父母的詩句（"是用作歌，將母來諗"）並非使者實際說出口的內容，而是"設言"。這兩句詩是君主忖度使者的思想，將他的願望表達出來，不過是假設的事情。朱熹之所以這樣解釋本章，是因爲他認爲本詩講述了君主慰勞出使歸來的臣子之事。他說：

　　此勞使臣之詩也。夫君之使臣，臣之事君，禮也。故爲臣者奔走於王事，特以盡其職分之所當爲而已。何敢自以爲勞哉。然君之心則不敢以是而自安也。故燕饗之際，叙其情以閔其勞。……臣勞於事而不自言，君探其情而代之言，上下之間可謂各盡其道矣。

這是說，君主揣測出使歸來的臣子的勞苦，但實際上臣子

---

① 關於本詩第三章的"不遑將父"，《毛傳》云："將，養也。"朱子亦從之。
② 關於"使人"，南宋·呂祖謙《呂氏家塾讀詩記》、南宋段昌武《段氏毛詩集解》都引用朱熹之說，以"非使臣作是歌也"來解釋"使人"。

覺得自己只是完成了應當完成的任務,沒有特別感到辛勞。所以君主的體諒出自純粹的同情。君主的體諒和臣子的無私相遇,彼此之間存在深切的信賴之情。這裏講述了"設言"闡釋的原因:"探其情",即思索對方的內在感情,將之用語言表達出來。也就是説,這裏指出了同情或是體諒的存在,它們是促使詩人表述自己的假想内容的心理因素。

《集傳》所云"君探其情而代之言",來自《正義》對本詩卒章之《鄭箋》的説明:

> 是明已知其功,探情以勞之,所以爲悦。序曰:"有功而見知,則悦矣。"此之謂也。

可知"君探其情而代之言"的解釋框架來自漢唐《詩經》學,其淵源可從本詩《小序》中尋得:

> 《四牡》,勞使臣之來也。有功而見知,則説矣。

不過,朱熹沿襲的是《小序》第一句的説法,第二句"有功而見知,則説矣"没有反映在《集傳》中。而從上文引用的《正義》來看,漢唐《詩經》學則將第二句用在了詩篇解釋中。這是《正義》與朱熹之説的顯著不同。朱熹爲何不採納《小序》的第二句?換句話説,捨棄第二句對朱熹的解釋有何影響?以下引用《小序》之《正義》來作對比:

> 言凡臣之出使,唯恐其君不知己功耳。今臣使反,有功,而爲王所見知,則其臣忻悦矣。古文王所述其功苦以勞之,而悦其心焉。

這樣看來,關於受君主慰勞的臣子與慰勞臣子的君主,《正義》與《集傳》對二者之心情的理解不同。據《正義》,臣子奉王命完成任務,希望自己的功績獲得正當評價,而擔心君主不承認這功績。而君主察覺了臣子的這種不安,爲了消解他的不安,他代爲講述臣子的辛勞。總之,臣子的心情並非無私,君主的行爲也並非自然心情的表露,而是出於某種政治判斷。因此兩者之間沒有洋溢著《集傳》解釋的那種體諒和獻身的感情。

《正義》之説是爲了敷衍《小序》"有功而見知,則説矣"之句而成。那麽,朱熹通過不採納《小序》第二句,使得詩中叙述的君臣關係不止於表面的禮儀層面,而是人情味濃厚。

再者,是否依據《小序》第二句,也影響了對關於本章之假設性質的看法。如果認爲君主講述臣子的辛勞,是爲了滿足臣子期待自己的功勞被肯定的願望,那麽就會涉及這個問題:君主所述的内容在多大程度上再現了臣子實際經歷的辛勞?《正義》認爲詩中所述是臣子實際體會的勞苦,因此臣子看到君主認可自己的辛勞而感到喜悦。儘管是假設,但這裏有很强的具體性、個別性,假設與事實之間的差異曖昧不清。而《集傳》則認爲,君主講述臣子的勞苦,是其自身感情的自然流露,與臣子的心情無關,因此就不必討論其中所叙内容與現實的關係。這使得詩中内容有了更强的假想性質,更近於虚構。這樣一來,就可以認爲其中包含了君主對臣子的深切同情。

實際上,由於依從《小序》第二句,《鄭箋》與《正義》遇到了解釋上的困難。本詩卒章的《鄭箋》云:

> 君勞使臣,述序①其情。女曰:"我豈不思歸乎,誠思歸也。故作此詩之歌,以養父母之志,來告於君也。"人之思,恒思親者。

---

① 本作"述時",阮元《校勘記》云:"'述時其情',小字本、相臺本'時'作'序',閩本、明監本、毛本作'叙'。案'序'字是也。"整理本據改。

《鄭箋》云"君勞使臣,述序其情",認爲君主代使臣講述其所思所感。這與朱熹的"設言"説相同。不過,《鄭箋》同時又説"故作此詩之歌,以養父母之志,來告於君也",這讓人難以判斷其立場。是誰寫作了"此詩之歌"?"來告與君"是臣子的行爲,還是君主代爲設想、並講述的臣子將有(或有過)的行爲?

《小序》認爲本詩表達的是君主代使臣講述的内容,《鄭箋》試圖在這個理解框架中解釋"是用作歌,將母來諗"之句,結果遇到了以上的困難,並且沒能很好地解決。

這個問題經過《正義》的解釋,更加明顯了。疏家對《鄭箋》有如下説明:

> 言故作此詩之歌,以養母①之志來告於君者,言使臣勞苦思親,謂君不知,欲陳此言來告使知也。實欲陳言,云是用作此詩之歌者,以此(使臣之)實意所欲言,君勞而述之,後遂爲歌。據今(《四牡》)詩歌以本之,故謂其所欲言爲作歌也。

雖説將使臣的思想感情用詩歌表達的確實是君主,但君主表達的是臣子自己想要向君主陳述("欲陳此言")的真實情感("實意"),君主將它們權且當做臣子想説的話來表達,然後又改寫成了詩歌形式。此處認爲君主講述的内容與使臣想要講述的一致,君主只是代替臣子發言而已,其中幾乎不摻雜君主自己的設想因素。因此,假設性質基本喪失,變成無限接近於臣子講述事實的情形。所以疏家陷入了自相矛盾的境地。對於卒章的《鄭箋》,《正義》云:

> 今君勞使臣言,汝曰豈不思歸,作歌來告。

---

① 《鄭箋》云:"以養父母之志。"有"父"字。

由於"汝曰豈不思歸"之後沒有新的主語,所以"作歌來告"也就只能被解讀成使臣的行爲①。那麽,這裏就不能解釋成君主體諒使臣勞苦而叙述,而是使臣自叙其辛勞。詩歌内容到底是君主還是使臣講述,《正義》在此自相矛盾了。由此可知,疏家雖認爲本章是文王體諒使臣之思而講述的,却不能將這一觀點在全詩的解釋中保持一以貫之。也就是説,認爲詩歌内容出自假設這一思路,没能成爲支撑詩篇解釋,尤其是詩篇結構分析之方法的基礎觀念。

從以上兩個例子可知,朱熹解釋中的假設觀念,已萌芽於《鄭箋》《正義》。觀此,則兩者的觀念相距不甚遥遠。不過,在這些詩歌的《傳》《箋》《正義》中,"詩歌言辭出自假設"的觀念並未被積極地用爲解釋的方法論概念,因此也就未能在解釋中被充分消化。在這一點上,《集傳》對詩歌假設性質的認識比《正義》更成熟。

假設觀念作爲理解詩歌結構的方法,同對詩歌内容的深入理解關聯密切。如上文所見,《集傳》比《正義》更深刻地理解了詩中流露的人類情感,這種理解是在"詩篇中包含了假設表達"之觀念基礎上,圍繞"作者爲何如此表達"的問題研究而獲得的。在這個意義上來説,假設表達的觀念不單單可用來理解詩篇結構。

與此相關,還有值得注意的例子:

(三)《衛風·干旄》

> 孑孑干旄,在浚之郊。素絲紕之,良馬四之。彼姝者

---

① 順便提及,在《十三經注疏》(北京大學出版社,2000年)的《毛詩正義》中作"今君勞使臣言,汝曰'豈不思歸,作歌來告'",添加了引號,將"作歌來告"視作使臣之言(第5册,第658頁)。

子,何以畀之。

對此,呂祖謙《呂氏家塾讀詩記》引用朱熹之説(以下稱"朱熹早年説"①)云:

> 朱氏曰:此設爲賢者之言。言衛之卿大夫建此干旄,欲有所咨問於我。我將何以畀之乎?言不知所以副其意者。彼姝者子,言德之美。指衛之臣。

這基本上與《鄭箋》的解釋一致。《正義》對《鄭箋》的敷衍如下:

> 浚郊處士言,衛之卿大夫建此孑孑然之干旄,來在浚之郊,以素絲爲紕,縫紕此旌旗之旒縿,又以維持之,而乘善馬,乃四見於己也。故賢者有善道,樂以告之。云彼姝然忠順之子,好善如是,我有何善道以予之。言心誠愛之,情無所怪。

雖然將"良馬四之"解釋爲"四次乘良馬而來"這一點朱熹没有採用,但朱熹之説基本上沿襲了《鄭箋》,只是有一處需要注意。《正義》敷衍《鄭箋》云"浚郊處士言",認爲本詩的叙述者是詩中的主人公隱者。而朱熹云"此設爲賢者之言",認爲隱者本人不是本詩作者,詩人假設了隱者的話語寫成詩歌。《鄭箋》《正義》認爲作者即主人公(隱者),朱熹則持異見。與《鄭箋》《正義》比較,朱熹的解釋突出了"詩歌爲作者假設而成"的觀念。

---

① 關於《呂氏家塾讀詩記》中引用的朱熹解釋,朱熹在其所作的《呂氏家塾讀詩記序》(淳熙壬寅九月己卯)中曾説:"雖然,此書所謂朱氏者,實熹少時淺陋之説,而伯恭父誤有取焉。其後歷時既久,自知其説有所未安。"可知至遲到此《序》寫成的淳熙九年(1182,朱熹59歲),朱熹已經放棄這種説法。

朱熹爲何認爲本詩内容出自作者的假設？他對於整章内容的解釋基本上與《鄭箋》《正義》一致，由此看來，他並不想針對《鄭箋》《正義》標新立異。那麼，對朱熹來說，假設概念就不是爲了對詩歌作特定解釋而使用的邏輯工具，它密切關聯著朱熹對於"詩爲何物""詩如何寫成"的基本看法，與之密不可分。也就是說，這種觀念對朱熹而言極其自然：由於詩歌本質上是作者假設的產物，所以詩歌内容也不能看作作者的真實體驗。

不過，上面這種早年的解釋，並沒有被其後來的《詩經》學集大成之作《集傳》繼承。《集傳》的解釋是：

> 言衛大夫乘此車馬，建此旌旄以見賢者。彼其所見之賢者，將何以畀之而答其禮意之勤乎。

這裏對"彼姝者子"的解釋與其早年不同。朱熹早年認爲，"彼姝者子"指衛之大夫，而《集傳》則說："姝，美也。子，指所見之人也。"認爲"子"指隱者。那麼，他早年的說法與《鄭箋》《正義》一樣，"那位賢德的卿大夫前來拜訪我，我一個處士該用什麼來回應他的好意呢？"這是處士的自問——不過，是假設出來的；而《集傳》的解釋則是："那位清朗賢德的處士用什麼來回應前去拜訪他的卿大夫呢？"再者，《集傳》沒有依照早年的說法，不將詩歌看作作者假設的產物，而是將其看作對實事的描述。

通過放棄這種假設觀念，朱熹是否也放棄了"本詩是作者建構出來的"這種看法？並非如此。早年的解釋中雖有假設，但也認爲本詩是詩中之隱士的自我表白，認爲詩中的内容以及詩中出現的衛大夫形象，都是透過隱士的視角呈現的。即是說，儘管隱士與本詩作者判然區分，但他仍被作者賦予了本詩內容叙事者的特殊地位。

而《集傳》則認爲本詩是詩人從客觀視角描述某種情景和事件而寫成的。伴隨著這樣的學說變化，詩中的隱者也從地位特殊的叙事者，變得與衛大夫一樣，成爲詩人客觀描寫的對象。如此就消解了"主人公（隱士）即詩人，還是主人公不是詩人"的問題。因此，早年"設爲……"的想法就被棄置了。

如此想來，朱熹不在《集傳》中使用假設觀念，不是因爲放棄了"詩人不同於主人公"的看法，而是因爲即使不用假設概念，也有辦法將本詩作者解釋爲與主人公不同。即是說，朱熹在《詩經》解釋中一貫持有"詩歌是詩人創造的虛構之物"的看法。他已經不能像漢唐學者們那樣，純然信賴"詩人即主人公"的模式，而是認識到詩中人物與詩人是不同層面的人物，在敏感地意識到兩者間的距離之同時，作出詩歌解釋。

從這些例子可以發現朱熹在《詩經》解釋中使用"設言"的特徵。他的"設言"與《正義》的一樣，指將不同於現實的、詩人假設的意象付諸文字。這與歐陽修不同，後者將"假設"用來表示單純的比喻。另一方面，對於朱熹用"設言"來解釋的詩，鄭玄和疏家也在解釋中認識到了其與現實有一點距離。在這個意義上來看，朱熹的解釋並非獨創新說。他的貢獻是將漢唐解釋中模糊隱現的假設感覺用明確的術語強調出來。

在這些例子中，爲何疏家沒用"假設""設言"術語？據第三節的考察，《正義》中的假設概念主要是爲了彌合詩與《詩序》，《詩序》與《傳》《箋》之間的乖離而使用的。對《正義》而言，"假設""設言"首先是用來消除疏通之障礙的方法論概念。但在《大明》《四牡》中，並不存在需要用假設觀念消除的詩與《詩序》，《詩序》與《傳》《箋》之乖離（討論《四牡》時曾指出，其《鄭箋》《正義》遇到的解釋問題與假設觀念無關）。所以疏家就沒有必要用"假設""設言"概念了。

在關於《大明》《四牡》使用"設言"的解釋中,可以發現朱熹對作者與詩中人物關係的關注,可以發現他認為詩歌是詩人的作品,其中的內容從本質上來說是作者構建的世界,不能輕易就套上"詩人即主人公"的模式。

當然,如第二節討論的,《正義》中用"假設""設言"的解釋中,也顯示出疏家關注詩人注入詩篇的思想。不過第三節的分析說明,《正義》中的假設觀念主要從屬於疏通行為,而非獨立、成熟的方法觀念。與之相比,朱熹《詩經》解釋中的"設言"則是支撐其獨立個性解釋的重要方法論概念。

六、南宋時期其他學者的"假設""設言"

在朱熹手中獲得新發展的"假設""設言",怎樣被後來的《詩經》學者所繼承?筆者將從南宋時期的學者中選取輔廣和嚴粲的例子來分析。

(一)《小雅·皇皇者華》首章

> 皇皇者華,于彼原隰。駪駪征夫,每懷靡及。

南宋輔廣在《詩童子問》寫道:

> 使臣之受命,亦惟恐其無以副君之意,此其所以每懷靡及也。苟存此意,則諏謀度詢,必咨于周。自然不容已也。蓋亦因以為戒者,便是叔孫穆子所謂君教使臣之意。夫欲以為教戒而不遂直言之,乃設言其使臣之情,自如此。此所謂婉而不迫也。詩之忠厚其可見矣。

這段解釋中出現了"設言"一詞。

劉毓慶在《歷代〈詩經〉著述考(先秦—元代)》中對於輔廣

及其《詩童子問》有詳細的説明。據此，輔廣爲朱子的親炙弟子，於問答之際聽聞師説，以之爲基礎寫成了《詩童子問》①。《皇皇者華》的《集傳》云：

> 君之使臣，固欲其宣上德而達下情。而臣之受命，亦唯恐其無以副君之意也。故先王之遣使臣也，美其行道之勤而述其心之所懷曰……蓋亦因以爲戒。然其詞之婉而不迫如此，詩之忠厚亦可見矣。

據此可知，輔廣的確繼承了朱熹的解釋，他將朱熹的"述其心之所懷曰……蓋亦因以爲戒"改成了"夫欲以爲教戒而不遂直言之，乃設言其使臣之情，自如此"。換句話説，本詩作者使用"設言"的動機也更爲明確。君主爲了避免直接教訓臣子（"婉而不迫"）而特地使用"設言"。即是説，輔廣認爲本詩整體上確實是君主遣使臣向臣子宣示自己的想法，但這種教導訓誡並不用露骨的言辭，而是以"設言"的方式出之——君主用使臣的口氣表達。爲何"設言"會成爲"教導"？即使是君主用臣子的口氣發言，他代爲傳達的也是臣子應該有的樣子。通過講述理想臣子的心情，就可以描繪使臣的應有姿態。因此君主將眼前所見的臣子看作理想的臣子，吟詠其心情："你是這樣想的吧？"給他聽，由此來間接地教給他作爲使臣應有的姿態。也就是説，輔廣對《集傳》的敷衍是將朱熹未曾明言的本詩的"教導"體系闡明了。從這個意義上來説，這個敷衍是對朱熹之説的發展。

將"設言"概念引入本詩的解釋，有什麽效果？通過將之

---

① 關於輔廣的事蹟和學術史意義，詳見黄宗羲《宋元學案》卷六四《潛庵學案》。另外，關於他向朱熹請益之事，田中謙二《朱門弟子師事年考》(《田中謙二著作集》第三卷，汲古書院，2001年，第272頁)有詳細考證。

與本詩首章的《正義》之解釋比較,可以獲得解答。

> 此述文王敕使臣之辭。……汝駪駪衆多之行夫,受命當速行。每人懷其私以相稽留,則於事無所及矣。既不稽留,恐無所及,故當速行驅馳訪善也。①

《正義》將本章內容看作直接的教導告誡,其中呈現的文王有一個嚴格的統治者形象,他冷靜地告誡臣子。文王與臣子之間只有統治與被統治關係,沒有感情交流。而在輔廣的解釋中,君主的語氣中透露著對臣子的深厚情誼和信賴。這是由"君主體諒臣子心情"的情況而形成的氣氛。因此,要使本詩充滿溫暖的人情,就需要在解釋中使用"設言"。

這樣想來,輔廣的解釋與五一(二)中考察的《集傳》用"設言"概念來解釋《小雅·四牡》(在《詩經》中正排列在本詩的前一首),二者的目標一致。詩人通過使用假設手法,間接而非直接地傳達自己的想法,這種解釋與他們認爲"詩人對對方有溫暖人情"的看法有關。不用說,這是根據"詩歌具體體現了溫柔敦厚之精神"觀念來解釋的體現。

(二)《唐風·揚之水》

> 揚之水,白石鑿鑿。素衣朱襮,從子于沃。既見君子,云何不樂。

---

① 《毛傳》云:"駪駪,衆多之貌。征夫,行人也。每,雖。懷,和也。"《鄭箋》云:"《春秋外傳》曰:懷私爲每懷也。和,當爲私。衆行夫既受君命,當速行。每人懷其私相稽留,則事將無所及。"《正義》的"驅馳訪善"從本詩第二章《鄭箋》對"載馳載驅,周爰咨諏"的解釋"馳驅而行,見忠信之賢人,則於之訪問,求善道也"而來。

對此，南宋嚴粲在《詩緝》①中寫道：

今曰，下文"君子"既指桓叔②，則此言"子"者，設言欲叛之人。如潘父③之徒也。

又設爲國人相語之辭，言以素絲爲中衣，以丹朱爲緣，以繡黼爲領。此諸侯之服也。今子欲奉此服於桓叔，我將從子往沃，以見此桓叔，則如何不樂乎。謂從之則可免禍而無憂也。

嚴粲認爲詩中的叙事者、"欲叛"的國人是詩人假設出來的。而朱熹的解釋與之不同，《集傳》云：

其後沃盛强而晉微弱。國人將叛而歸之，故作此詩……故欲以諸侯之服從桓叔于曲沃，且自喜其見君子而無不樂也。

聞其命而不敢以告人者爲之隱也。桓叔將以傾晉而民爲之隱，蓋欲其成矣。

朱熹認爲"從子於沃"的"子"指桓叔。依照他的解釋，本

---

① 關於嚴粲的《詩緝》，洪湛侯《〈詩經〉學史》(中華書局，2002 年)第 357 頁和第 407 頁、戴維《〈詩經〉研究史》(湖南教育出版社，2001 年)第 383 頁都詳細介紹了其作爲南宋重要的《詩經》學著作的特徵和學術意義。另外，劉毓慶前揭書第 311 頁也有詳細説明。現根據這些説明簡要介紹如下：

嚴粲，字坦叔，生卒年未詳，是當時的著名詩人。《詩緝》三十六卷主要參考呂祖謙《呂氏家塾讀詩記》，並採諸書之説，其解釋特點是重視《詩經》的文學性。他還繼承了呂祖謙尊重《詩序》的態度，在這一點上與朱熹的《詩集傳》相反。

② 桓叔，名成師，晉昭侯之叔父，封大邑曲沃，勢過其主，意在篡奪。其子繼承其野心，篡位成爲晉公。《史記·晉世家》載此事甚詳。

③ 《史記·晉世家》云："(昭侯)七年，晉大臣潘父弑其君昭侯而迎曲沃桓叔。桓叔欲入晉，晉人發兵攻桓叔。桓叔敗，還歸曲沃。晉人共立昭侯子平爲君，是爲孝侯。誅潘父。"

詩由打算背叛晉昭公、投奔曲沃桓叔的國人作成。即是說，這是詩人坦率表達自己心聲的作品。據此，詩人擁護懷有野心、打算取代君主的桓叔。從儒家道德觀來看，這位詩人是極其不道德的。

與朱熹的解釋比較，嚴粲解釋的意圖就很明顯了。他想要將本詩的作者解釋爲有道德的人，認爲本詩作者並非真心想參與對君主的謀反。嚴粲說：

> 子指叛者。設言其人。其意謂國中有相與爲叛以應曲沃者矣。此微辭以泄其謀，欲昭公聞之，而戒懼早爲之備也。

詩人懷著危機感，想促使君主覺醒，於是將民衆將要叛亂的情況寫成詩歌，希望能被君主聽到。也就是說，嚴粲認爲詩人的假設表達都表露了其作爲臣子的忠義之心。據此，本詩就是有高度政治意圖的作品，詩人引入假設表達，作爲實現其政治意圖的手段。

從《詩經》解釋學史的角度來看，嚴粲認爲國民的言辭並非實事，而是假設，這有什麼意義？這個問題可以通過與《正義》之解釋的比較來考察：

> 國人欲得造制此素衣襮之服，進以從子桓叔于沃國也。國人惟欲歸于沃，惟恐不見桓叔，皆云我既得見此君子桓叔，則云何乎而得不樂，言其實樂也。桓叔之得民心如是，民將叛而從之，而昭公不知，故刺之。

"民將叛而從之，而昭公不知，故刺之"的說法，與嚴粲"此微辭以泄其謀，欲昭公聞之"的看法顯然一致。這雖是承繼本詩之《序》中的"《揚之水》，刺晉昭公也"而來，但"刺"——批評地位高的人行爲不當——這種行爲是出於促使其反省、回歸正道的動機，這樣一來，本詩的作者就是希望對晉昭公竭盡忠義之心。那麼，關於詩人作詩的動機，疏家與嚴粲的理解一致，疏家還嚴格區分了詩中想要反叛的人物與詩人。

不過，從《正義》解釋的整體來看，疏家是否真的這樣解釋還難下結論。《正義》曰：

> 以興桓叔之德，政教寬明，行於民上，除去民之疾惡，使沃國之民皆得有禮義也。

這裏坦率地認可桓叔之德，將之評價爲理想的執政者。關於這一點，《集傳》引李氏之說曰：

> 古者不軌之臣欲行其志，必先施小惠以受衆情。

這是將桓叔看作有不軌之心的惡人，與上文不同。這樣看來，國人追隨有德的桓叔，如草木隨風而偃，疏家沒有考慮這件事本身的道義問題。

像這樣，《正義》對這個問題的態度曖昧不清：詩人出於何種動機創作本詩？是出自促使晉昭公醒悟的忠義之心，還是爲了讚美有德的桓叔而貶斥昭公？如果重視《詩序》中"刺昭公"之語，那麼詩中的事情就應當被解釋成詩人懷著盡忠於君主之心，故意地讚美桓叔，以此來警惕桓叔的行動。然而《正義》並非一直都這樣解釋。因此，疏家對詩人的看法還是與嚴粲有一定距離。

疏家解釋的這種曖昧性質來自何處？通過詩中人物的視角映射出的桓叔形象——寬厚有德的理想統治者——與詩歌作者爲了"諷刺"晉公的"不知"世事而構建的桓叔形象不同，後者恐怕是一個值得警惕的人物，在寬厚有德形象的背後，隱藏著一顆準備弒君篡位的邪心。不過，沒有什麼證據顯示《正義》意識到了這樣由視角差異導致的桓叔形象的差異。即是説,疏家解釋的曖昧性質,源於疏家沒有清楚認識到詩人與詩中人物的區分。疏家尚未確立這樣的觀念:詩歌是詩人的創作物,詩人是與詩中人物屬於不同層面的詩歌創作者。

與之相較,嚴粲解釋的意義就更明瞭了。嚴粲在解釋中明確確立了方法,將詩人看作創作主體,不輕易認爲作者等同於詩中人物。因此就能解釋不同層面的内容:詩歌所述何事(對桓叔的憧憬)以及詩人想通過這種描寫表達什麽(晉公面臨的政治危機)。通過將本詩内容解讀爲假設,他認爲本詩包含如上複雜内容的解釋就得以成立。

(三)《小雅・鴻雁》卒章

《小雅・鴻雁》之《小序》云:

> 《鴻雁》,美宣王也。萬民離散,不安其居,而能勞來還定安集之,至于矜寡,無不得其所焉。

其卒章及《傳》《箋》如下:

> 鴻雁于飛,哀鳴嗸嗸。
> [傳]未得所安集,則嗸嗸然。
> [箋]此之子①所未至者。
> 維此哲人,謂我劬勞。
> [箋]此哲人謂知王之意及之子之事者。我,之子自我也。
> 維彼愚人,謂我宣驕。
> [傳]宣,示也。
> [箋]謂我役作,衆民爲驕奢。

---

① 《鴻雁》首章云:"之子于征,劬勞於野。"《毛傳》云:"之子,侯伯卿士也。"《鄭箋》云:"侯伯卿士,謂諸侯之伯與天子卿士也。"

嚴粲《詩緝》對本章有如下解釋：

> 離散之餘初有定居，生理未復，故如鴻雁嗸嗸然哀鳴，赴訴於使臣。使臣能撫恤賑濟之。於是流民稱此使臣明哲，故能知我之劬勞，若使彼愚人爲使臣，將謂我宣恣，其驕求索無厭也。此云者，指見在之人，彼云者，設言其人耳。

嚴粲的解釋是，離散的民衆被宣王的使臣救助，得以定居，於是他們感謝並讚美使臣。這個解釋與《傳》《箋》《正義》一致，是尊重、依從《小序》而形成的①。

然而，同樣依從《小序》的《傳》《箋》之解釋與嚴粲的有很大不同，這體現在"哲人"、"愚人"所指爲誰的問題上，以及詩中講述了誰的想法的問題上。

從上面的引文可知，《鄭箋》認爲本章從第三句開始，是侯伯卿士的發言，他們受周朝中興明君宣王的派遣，在厲王時代因混亂而遭遇破壞的諸國巡行，爲流離失所的民衆主持土木工事。因此，"哲人"指正確理解和評價侯伯卿士之行爲及意圖的人，"愚人"則指對此有誤解之人②。

---

① 關於嚴粲重視《詩序》一事，參考戴維前揭書第 384 頁以及洪湛侯前揭書第 357 頁。
② 到北宋時候，歐陽修、王安石也繼承了這一解釋。歐陽修《詩本義》云："其卒章云'哀鳴嗸嗸'者，以比使臣自訴也。其自訴云，哲人知我者，謂我以君命安集流民而不憚劬勞爾。愚人不知我者，謂我好興役動衆爲驕奢也。"

王安石《詩經新義》云："鴻雁以比使臣，謂宣王所遣之使臣，奔走如鴻雁之飛……維此哲人，謂我劬勞者，以我于征于桓爲劬勞也。維彼愚人，謂我宣驕者，以我矜憐、撫奄爲宣驕也……民皆離散而不安其居，必矜之甚深，哀之甚切，不爾，則無告之民不足以自存矣。哲者所懷，有同於我，是以知我之劬勞，愚者謂我宣驕而姑息於民而已。"（程元敏《三經新義輯考彙評（二）——〈詩經〉》，臺灣編譯館主編，1986 年，第 153 頁）

然而,在《鄭箋》對本詩的解釋中,一章之內視角並不一致。本章亦是如此:"鴻雁于飛,哀鳴嗸嗸"解釋爲用來比喻流浪中最窘迫時民衆的樣子;而"維此哲人"以下的句子是爲了使流民返鄉居住而開始興建土木時使臣的所思所想,在敘述時間和主角方面並無一貫性①。再者,《鄭箋》將"愚人"解釋成批評侯伯卿士的無知之人,他們抱怨自己被指派的勞役。如此,則本詩整體上都是民衆讚美侯伯卿士乃至宣王的言辭,只有這一部分是反過來批評侯伯卿士,兩者之間有矛盾。這樣缺乏一貫性的狀態,也使得《小序》提示的本詩的主旨感情——還鄉的喜悦、對宣王(及其使臣)的感謝——被削弱了。

而嚴粲的解釋則保持了詩中視角的一貫性:

> 此詩流民所作。述使臣之勤勞,能布宣其上之德意也。美使臣,所以美宣王也。

嚴粲認爲本詩整體上都在講述厲王時代在混亂中流離失所的人們之思想情感②。嚴粲的解釋雖然也同《鄭箋》一樣,詩中出現了使臣,但使臣的形象只是通過流民的視角描繪的,因此保持了一貫性,不像《鄭箋》那樣陷入矛盾。將"維彼愚人,謂我宣驕"解釋成"設言",對於從這樣的民衆視角作一貫性解釋是有必要的。如果認爲本詩的作者是流民,且如《小序》所言,他們在本詩中通過讚美使自己獲得安居的使臣來讚美派遣使臣的宣王,那麼就沒有一個真實存在的"愚人"出現的餘地了。因此,嚴粲之所以在本詩的解釋中使用"設言"概念,是爲了使解釋依從《小序》,並且使詩歌全篇的視角保持

---

① 對此,歐陽修《詩本義》已有批評:"上下文不相須。"
② 這種解釋大概來自蘇轍。蘇轍《詩集傳》云:"民復其故居,勞而未定,如鴻雁之嗸嗸也,興廢補敗,不能自靖,不知哲以爲宣驕耳。"

一致。

在解釋詩中人物感情的時候，嚴粲的"設言"觀念有何作用？嚴粲認爲侯伯卿士使他們回到家鄉定居，並在生活方面幫助他們，民衆用"哲人"指稱並讚美他們；同時，民衆還設想了"愚人"，即如果不是這樣的"哲人"而是昏昧之人被派作使臣的話，情況會怎樣。嚴粲認爲，民衆講述了他們對現實中僥倖躲過的災難的設想。使用"設言"概念，想象可能有的遭遇，反而能增加對得到的幸運衷心感謝的民衆的喜悅，最終加強了對使臣以及宣王的讚美效果。

以上考察了朱熹之後的南宋《詩經》學者在著述中使用"設言"概念來解釋詩篇的例子。朱熹用"設言"將詩歌解釋爲多重結構的作品，大大拓展了解釋的可能性。同時，這也可以更爲生動地體察詩中人物的感情。《正義》主要將假設用作疏通的工具，來消除序與正文、序與《傳》《箋》之間的乖離；而朱熹則將之用作探究詩歌本義的方法論概念。

"設言"的這種功能，也可以從朱熹之後的《詩經》學者的例子中發現。朱熹在《詩集傳》中擴展了"設言"的意義，後來的學者繼承這一點，爲大大拓展《詩經》解釋可能性作出了貢獻。

七、結　語

"假設""設言"在南宋以後的《詩經》學中也被繼續利用①，

---

① 在此列舉元代以後《詩經》學著述中使用"假設"的例子：
　　一、元·許謙《詩集傳名物鈔》卷二《河廣》
　　　文公元年即僖之元年也。今《傳》曰"衛在河北，宋在河南"，是以狄未滅衛之前言之也。而言《河廣》之詩作於襄公即位之後，則衛不在河北矣。其說自相柄鑿……若以"一葦杭之"爲假設之辭，則可（轉下頁注）

確立爲《詩經》解釋的方法論概念。

筆者在本書第十二章討論了宋代以後的《詩經》解釋中經常用到的"泛言""泛論"術語。這兩個術語體現了將詩篇的一部分看作一般性教訓的觀念，它們與"假設""設言"在某種程度上性質相同：都將詩歌的一部分單拿出來，認爲它講述了與主要內容——即實事——屬於不同性質或次元的事情。這兩種觀念形態在宋代以後的《詩經》學中獲得廣泛使用，並非偶然。通過使用這樣的觀念，詩歌就不再是始終叙述主要內容的平面狀態，而是具有了由主要內容與異質內容構成的立體結構。並且，通過獲得這種視角，詩歌解釋的可能性也獲得了更自由的拓展。

認爲詩篇內容分爲主要內容和與之異質的部分，這不僅是弄清了詩篇的結構。擁有這種觀念的人，也必然明確地意識到將詩篇以這種多重結構表達出來的人——即作者——的存在。我們很難說漢唐《詩經》學曾自覺地將作者與詩中人物

（接上頁注）爲襄公即位之後，而衛非河北矣。

二、明·朱善《詩解頤》卷二《白駒》

今《白駒》之好賢，不出於君上之誠心，而顧出於臣下之私情。……而所謂"爾公爾侯"者，特詩人假設之辭，而非出於君上之真情也。

三、明·朱朝瑛《讀詩略記》卷三《我行其野》

下莞上簟，乃安斯寢。乃寢，乃占我夢。吉夢維何？維熊維羆，維虺維蛇。

吉夢之占，特假設其事，以爲頌禱非實也。何玄子謂宣王之子幽王實亡其國，夢既不靈，幻語亦何足錄，遂以是爲非宣王之詩，此真謬語也。

四、清·姜炳璋《詩序補義》卷一九《桑柔》

若君子已見，則愛慕之意何妨直告，不徒爲中心之藏也。故知上三章既見君子，乃假設之辭，非實境也。何日忘之，便有相機而動之意，王心開悟，便可舉之於朝，故此篇是憂國思賢之操，非伐木救友之音。

五、清·朱鶴齡《詩經通義》卷一〇《大雅·抑》

或又據"亦聿既耄"語爲武公年九十五作（從《國語》），此又不然。借曰未知，亦既抱子，借曰未知，亦聿既耄。若曰汝且長大矣，且老耄矣。日月逾邁，可不省乎。此皆假設進諫者之辭，非真謂己年已耄也。

區分看待,而本章通過對具體解釋的分析證明,在宋代的《詩經》解釋中,學者普遍認識到作者與詩中人物彼此區分,不可在解釋時將之混爲一談。這種觀念的變化是從對詩歌結構的關注而來,通過明確意識到將詩歌創造成結構體的作者之存在,從而達成的。即是說,人們充分認識到,詩篇是作者有意識的創作對象。這種觀念,從另一個方面來說,源於人們認爲由作者創造的詩歌世界是自足的,想要弄清其中出現的人物之感情。

如此看來,宋代《詩經》學者重視對詩篇結構的分析,是擴大詩篇解釋可能性的必要做法。要深入理解詩歌中蘊含的思想感情,就必須對結構有新的認識。也就是說,宋代《詩經》學從漢唐《詩經》學的導引之軛中脫離出來,摸索《詩經》新解釋之可能時,首先必須從根本上重新審視詩篇是否有結構,有的話是怎樣的結構。爲此,他們使用了"泛言""泛論"以及"假設""設言"作爲方法論概念。用這兩種術語形成的他們的解釋,是宋代《詩經》學諸位學者對其努力鑽研的問題作出的回答。

"假設""設言"的成立和發展與筆者在第十二章中討論的"泛言""泛論"不同。"泛言"這一方法論概念並未在《正義》中明確成型,到北宋歐陽修那裏方纔真正被用作解釋方法,並爲後來者繼承。而"假設""設言"概念則在《正義》的階段就被使用,以獲得與《傳》《箋》異質的解釋。北宋的歐陽修似乎沒有繼承這個概念,直到南宋朱熹纔將之用作再解釋的方法論概念,後來的諸位學者也繼承下去。

這表明,宋代的《詩經》學者迫切想要弄清詩篇的結構,因此用多種方式來尋求相關的方法論概念,其中既有"泛言""泛論"這樣由他們自己把概念開發出來的情況,也有"假設""設言"這樣重新發現既有概念、使之成爲適用於解釋的概念的情況。這樣看來,他們使用的概念未必限於本書討論的兩種,爲了理解詩篇的結構,他們還可能利用了其他多種方法論概念。筆者期待對此有進一步研究。

另外,宋代《詩經》學者從《正義》中學得"假設""設言"概念,這一事實説明《正義》對於宋代開啓的新《詩經》學的成立有重要作用。人們常常將"漢唐《詩經》學"概括爲一個學派而不作進一步考察,但實際上不能否認其中的確存在質的變化發展。通常被認爲與"漢唐《詩經》學"對立的另一學派——宋代《詩經》學——的形成,是在這種變化發展的基礎上方得實現。因此,必須改變以往的看法,不可再將《正義》僅看作漢唐《詩經》學的一部分,尤其不能認爲它是漢唐《詩經》學的終點、再無繼續發展空間的最終僵化形態,與宋代《詩經》學也只有對立關係。

最後要提及的是通過本章的研究而發現的課題。筆者在本書第十一章得出結論,認爲在歷代《詩經》學中,"詩歌内容講述史實"的看法始終保有優勢。這個結論與本文的研究——認爲"詩歌的一部分講述假設之事"的觀念——有何關係,是今後必須得仔細探討的問題。當然,如果認爲詩歌主要内容講述史實,而有一部分假設内容穿插於整體結構之中,這樣理解是簡單的。不過筆者感到二者的關係並非單純的"整體與局部",而是暗示了更深層的問題。

本章的研究説明,將詩歌内容——即使只是部分内容——理解爲假設,體現了解釋者從根本上認爲詩篇是作者有意識地建構起來的作品。在這一點上,"泛言""泛論"也是如此。認爲詩歌的一部分是一般性議論,必然聯繫著對於"作者以怎樣的意圖建構本詩"的探究。

像這樣,我們可以認爲"詩是作者根據自己的意志構建起來的對象"是宋代《詩經》學者的共同觀念,但爲何儘管如此,"詩歌講述史實"的觀念在宋代以後依然保有優勢?"詩是作者根據自己的意志建構起來的對象"觀念爲何沒能一舉發展爲"詩只是作者虛構的產物"? 在本章開頭引用了《周南·葛覃》的《正義》:"詩者,設言耳。"對此,筆者認爲"這可謂迫不得已而使用的概念"。然而,在《正義》之後的《詩經》解釋學之發展中,假設觀念得以發展成熟,但此後"詩不過是設言"的觀點仍未從整體上獲得《詩經》學者的認可,這究竟是什麽原因?《詩經》解釋中的歷史主義——在此不僅限於漢唐《詩經》學中的"歷史主義",而是指前面提及的廣義"歷史主義"——究竟是怎樣的? 這個問題也是今後必須繼續研究的[①]。

[①] 本章以論文形式發表後,筆者看到楊金花的著作《〈毛詩正義〉研究——以詩學爲中心》(中華書局,2009 年 8 月)。在第一章《以文學手法解詩》中,作者從跟本章相同的角度考察《毛詩正義》的解釋特徵,並得出如下結論:"孔穎達認識到詩是一種藝術創作,不同於現實,因此,其在疏解中明確指出詞句只是'設言'、'假言',不能只按其字面理解。"(第 35 頁)她還把筆者沒注意到的"設言"的同義詞——"假言""假說",或者有關聯意義的"豫述"等詞語當作關鍵字來考察。這個研究對本章的議論有很大啓發,請參考。

第十四章　以詩爲道德之鑒者
——"陳古刺今説"與"淫詩説"所體現的《詩經》學觀念變化與發展

一、問題的設定

漢唐《詩經》學中有所謂"陳古刺今""思古傷今"的解釋概念。"陳古刺今"意謂陳述從前的情形來諷刺現在的狀況，"思古傷今"則是指追慕往昔美好的時代，悲歎現在衰落的情形。認爲某一詩篇是出於這樣的意圖而作，並這樣解釋，是漢唐《詩經》學常有的做法（雖然嚴格説來，"陳古刺今""思古傷今"的意思並不一致，但本文捨弃其間的差異，將二者作爲同一個解釋概念來對待。下文的論述將基於"陳古刺今""思古傷今"觀念的解釋方法簡稱爲"思古説"，以這樣的解釋法解釋的詩歌簡稱爲"思古詩"）。

判斷一首詩是否是思古詩，典型的方法是依據《小序》的規定。例如，《鄭風·女曰雞鳴·序》云：

<blockquote>《女曰雞鳴》，刺不説德也。陳古義以刺今不説德而好色也。</blockquote>

《小序》的説法是，詩人作詩是爲了通過描寫過去的情況來批評現在的衰敗。據此，則詩人本來想要表達的是對當今頹勢的批評，但它並未在詩歌表面上體現出來，而是隱匿於詩

中描寫的符合道德的美好往昔情景中。例如《女曰雞鳴》描寫了理想夫婦的樣子：丈夫與美麗的妻子一同生活、感情和睦，但他並未沉溺於此，而是殷勤地招待有德的朋友；而妻子也不以容色爲傲、想要獨佔丈夫，她爲丈夫殷勤地招待他的朋友。《小序》認爲，這一描寫只是一個媒介，作者借它來表達對自己所處衰敗之世的批評。這種解釋方法的特點在於，詩中描寫的内容與詩人作詩的意圖並不一致①。

根據檀作文的研究，《詩序》中説明的思古詩有十三首②。另外還有很多詩篇，雖然《小序》中未説明，但被《傳》《箋》《正義》解釋爲思古詩。正如他所言，"'陳古刺今'是漢學《詩經》學説《詩》的一個通例"③。而在宋代《詩經》學那裏，《詩序》的絕對權威被質疑，學者們用自己的方式重新解讀詩歌，他們對於思古説的態度也因人而異。

關於思古説，目前尚缺乏具體的考察。管見所及，比較突出的有上文稱引的檀作文在分析朱熹《詩經》學時對漢唐《詩經》學的思古詩所作較爲完整的考察。將思古説與"淫詩説"作比較研究是有效的，後者是宋代《詩經》學針對漢唐《詩經》學的反駁。在觀念形式上，二者有非常有意思的相似點，也有重要的差異。將它們放在同一視野中加以研究，可以檢驗出學者們對以下問題的不同看法：《詩經》的詩篇是通過怎樣的機制實現其道德教化功能的？——説得直接一點，究竟是誰

---

① 檀作文對思古説有一個説明："凡是一篇詩，在漢儒看來一定是要對時政有所美刺的。凡是時代在前（周初文武成康時）的，一律是'美'；時代在後的，一般就認定是'刺'。若是世次在後，而文意爲美的，便説是'陳古刺今'。"（檀作文《朱熹〈詩經〉學研究》，學苑出版社，2003年，第2頁）關於思古説是爲了解決怎樣的解釋問題而使用，這是一個簡潔的説明。
② 參考檀作文前揭書第一章第二節《朱熹對〈序〉的具體批評》中的《濫用"陳古刺今"》（第46頁）。
③ 同上書，第48頁。

給詩歌附加了説教性質？對這個問題的看法關係著對於一連串問題的認識，包括詩歌作者與編者之關係、讀者又如何與此關聯。

歐陽修在《詩本義》卷一四《本末論》中展開論述了這樣的觀點：詩篇中包含有"詩人之意""太師之職""聖人之志""經師之業"四個相異的意義層面，要瞭解《詩經》的本義，就應當專注於對"詩人之意"和"聖人之志"的研究①。這一觀點因其指出了《詩經》意思的多重性而有名，並很大地啓發了朱熹的《詩經》學，朱熹將其繼承並發展，錘煉成爲自己《詩經》學的基礎學術觀點。對此，研究者們都很重視②。筆者在本書第四章中曾對歐陽修的這一學說有過如下論述：

> 他（歐陽修）認爲孔子從三千篇中仔細挑選出三百篇，並加以必要的改編，由是賦予了《詩經》以道德價值。反過來説，未經孔子加工以前的《詩經》文本相當樸素就是可以理解的了。他在《詩本義·本末論》中曾展開論述他的學説，認爲《詩經》含有"詩人之意""太師之職""聖人之志""經師之業"四個層面，其中"詩人之意""聖人之志"

---

① 《本末論》所言四個不同的意思/解釋層面可整理如下：
　　一、詩人之意。民間詩人創作一篇篇詩歌的階段。寓美刺之意於事物，以語言表達喜怒哀樂就是詩歌。
　　二、太師之職。各國采詩官採集民間歌謡，由太師將其編成可供朝廷祭祀宴饗及民間宴席演奏之樂章的階段。
　　三、聖人之志。經孔子之手，作可資教化的改編，列於六經的階段。
　　四、經師之業。經過春秋戰國的混亂及秦的焚書坑儒等，學者整理殘缺、施以義訓的階段。有的正確把握了"詩人之意""聖人之志"等詩之本意，也有的被"太師之職"這樣的詩之末義所影響，想要回到詩之本意進行解釋，却使情況更混亂。
② 尤其是王倩《朱熹〈詩經〉思想研究》第一章第三節《對歐陽修〈詩本義〉思想的借鑒》考察了二者的學術關係（北京大學出版社，2009年）。

是學者應當追求的"本"。歷來的研究都將"詩人之意"與"聖人之志"看作是同一層面的,而從上文歐陽修的觀點來看,他應當是認爲此二者分屬不同層面。用現代的説法,歐陽修冷静地認識到將《詩經》作爲文學來解釋和作爲經學來解釋是兩回事。而且,他認爲導入"聖人之志"的思路,是在詩歌本來的意思之外附加了詩歌的道德價值,或許他就是通過這樣對《詩經》經典性的擔保,來貼近《詩經》實態地加以解釋。

本文希望通過研究來檢驗此觀點能否成立。

關於對詩之作者與編者關係的認識,近年來尤其盛行的研究方法是:將朱熹淫詩説的學術史意義作爲核心問題,援引西方解釋學理論加以考察①。另外,車行健對歐陽修的觀點有很好的研究②。然而,圍繞這個問題,仍有需要考察的課題:伴隨著《詩經》學者觀念的何種變化發展,漢唐《詩經》學演變成了南宋的朱熹的《詩經》學?

本文將在此前積累的各家研究成果基礎上,考察歐陽修的觀點對於連接漢唐《詩經》學與朱熹《詩經》學而言起了怎樣的作用,以期弄清作爲《詩經》研究之基礎的"詩篇作者與編者關係"之觀念是在怎樣的動力推動下變化發展的。因此,本文將把研究視角放在對思古説和淫詩説的考察上。

---

① 檀作文前揭書、黄雅琦《朱熹淫詩説在詮釋學上的意義》(《〈詩經〉研究叢刊》第13輯,學苑出版社,2007年)、劉原池《朱熹之〈詩〉學解釋學》(《詩經研究叢刊》第16輯,學苑出版社,2009年)以及王倩前揭書等,都使筆者受到了啓發。
② 車行健《〈詩本義〉析論——以歐陽修與龔橙〈詩〉義論述爲中心》第二章《歐陽修〈詩本義〉的〈詩〉義觀及對〈詩〉本義的詮釋》(臺灣里仁書局,2002年)。

二、北宋諸家及朱熹對思古説的態度

宋代《詩經》學的諸位學者對思古説是什麼態度？他們的態度又有怎樣的學術背景？在宋代《詩經》學的發展歷史中有何意義？本文擬通觀北宋《詩經》學的三位代表學者——歐陽修、王安石、蘇轍對思古説的看法，在此基礎上與朱熹的思古説相比較，考察其中所體現出的解釋理念及《詩經》觀的變化。

（一）歐陽修——重視思古説

> 蓋詩人之作，常陳古以刺今。（卷九《〈小雅・賓之初筵〉論》）

歐陽修的説法表明，他認爲思古説是《詩經》中一種重要的表現手法。第一節中提到，《小序》認定的思古詩共十三首，《詩本義》討論了五首，對於其中一首的評論並未涉及思古説（《鄭風・羔裘》），認同關於另外三首的思古説（《鄭風・女曰雞鳴》《小雅・魚藻》[①]《小雅・采菽》），只對一首的"思古詩"説法提出疑問，認爲詩句內容上缺乏證據（《小雅・鴛鴦》）。來看《鄭風・女曰雞鳴》，對於這首詩，《詩本義》與《詩序》一樣，都根據思古説作了解釋：

> 其卒章又言知子之來相和好者，當有以贈報之，以勉其夫不獨厚於室家，又當尊賢友善而因物以結之。此所謂説德而不好色，以刺時之不然也。（卷四《鄭風・女曰雞鳴》本義）

[①] 《詩本義》卷一三《一義解》中贊成《魚藻》爲思古詩之説。

《本義》明確贊成《詩序》之思古說的,只有三例,可能令人感到有點少。不過,歐陽修之子歐陽發在他爲父親撰寫的《事蹟》中叙述了歐陽修撰寫《詩本義》的方法:

> 爲《詩本義》,所改正百餘篇,其餘則曰:毛、鄭之説是矣,復何云乎?①

據此,則他對於没有自行解釋的詩篇,很可能都認同《傳》《箋》的釋義。另外,《詩序》雖未明言是思古詩,但《傳》《箋》《正義》解釋爲思古詩的詩篇中,有三篇在《詩本義》中也被解釋爲思古詩②。

對於《小序》並未認定爲"思古"的某些詩篇,歐陽修也將其解釋爲思古詩,《周南》《召南》中都有其例。《周南·關雎》之《序》云:

> 《關雎》,后妃之德也。

《傳》《箋》《正義》都將《關雎》解釋成典型的頌美詩,即詩人親見文王之妃太姒之淑德,寫了這首詩來讚美她。而歐陽修反駁道:

> 謂此淑女配於君子,不淫其色而能與其左右勤其職事,則可以琴瑟鐘鼓友樂之爾。皆所以刺時之不然。(卷一《周南·關雎》本義)

"皆所以刺時之不然"説明,歐陽修認爲本詩不是通常的頌美詩,而是思古詩③。

---

① 《四部叢刊》正編《歐陽文忠公集》附錄五,第2頁。
② 《曹風·鳲鳩》《小雅·賓之初筵》《大東》。
③ 不過,《詩本義》卷二《召南·野有死麕》本義云:"《詩》三百篇,大率作者之體不過三四爾。有作詩者自述其言以爲美刺,如《關雎》《相鼠》之類是也。"據"作詩者自述其言以爲美刺",則詩人與詩中的叙事 (轉下頁注)

《卷耳》亦是如此。其《小序》云：

> 《卷耳》，后妃之志也。又當輔佐君子，求賢審官，知臣下之勤勞。内有進賢之志，而無險詖私謁之心，朝夕思念，至於憂勤也。

通常認爲此詩作者是文王、太姒時代的人，他叙述了自己目見耳聞的事情，這是一首普通的頌美詩。而歐陽修則認爲：

> 詩人述后妃此意以爲言，以見《周南》君后皆賢，其宫中相語者如是而已，非有私謁之言也。蓋疾時之不然。（卷一《周南·卷耳》本義）

他認爲詩人寫詩歌詠他想象中的昔日文王之后太姒，用來諷刺現在后妃的行爲有悖道德。這也是將之解釋爲思古詩。

歐陽修這樣的解釋是怎樣産生的？關於《周南·關雎》，他說：

> 《關雎》，周衰之作也。太史公曰：周道缺而《關雎》作。蓋思古以刺今之詩也。（卷一《周南·關雎》本義）
>
> 先勤其職而後樂，故曰《關雎》樂而不淫。其思古以刺今而言不迫切，故曰哀而不傷。（同上）

由此可知，歐陽修將《關雎》定爲思古詩，其直接根據是孔子的話和《史記》的論述。尤其是根據孔子"《關雎》……哀而

（接上頁注）者是同一個人。這樣一來，詩人在詩中吟詠的就是自己生活時代之時事，不可稱爲"思古刺今"之詩，與《關雎》之説相矛盾。而如本文所述，歐陽修對於二《南》的態度是有變化的，在前期他認爲二《南》之詩並非"思古刺今"，而是通常的頌美詩，這就跟他對於《野有死麕》的説法不矛盾了。此説有可能是歐陽修早年的《詩經》解釋殘留下來的片段，不過這一點尚且有待今後的詳細考證。

不傷"的説法將詩歌解釋爲思古詩,説明了歐陽修的《詩經》解釋優先考慮孔子之意,即孔子對詩歌意思的解釋①。歐陽修在《卷耳》本義中用了"周南君后"一詞,説明他認爲《周南》諸篇中提到的君后始終是同樣的兩個人(即文王和太姒)。如此就可以認爲,他將《卷耳》看作思古詩是出於與上文的《關雎》同樣的理由。

二《南》中明確説明是思古詩的只有《關雎》《卷耳》二首,但從上文歐陽修關於《卷耳》的説法來看,他很可能將其他詩篇也看作思古詩。這從以下的説法中也能看出:

> 太姒賢妃,又有内助之功爾,而言詩者過爲稱述,遂以《關雎》爲王化之本,以謂文王之興自太姒始。故於衆篇所述德化之盛,皆云后妃之化所致,至於天下太平,麟趾與騶虞之瑞亦以爲后妃功化之成效,故曰"《麟趾》,《關雎》之應","《騶虞》,《鵲巢》之應"也,何其過論歟。夫王者之興,豈專由女德?惟其後世因婦人以致衰亂,則宜思其初有婦德之助以興爾。因其所以衰,思其所以興,此《關雎》之所以作也。②

漢唐《詩經》學認爲二《南》所詠"德化之盛"全是后妃教化的結果,歐陽修雖在這段文字中批評了這一觀念,認爲將理想之世的出現全部歸功於太姒一人之淑德是荒謬的,但對於"二《南》描寫了德化之盛"一事,他没有不同意見。因此他很可能認爲二《南》中其他描寫德化之盛的詩篇也與《關雎》《卷耳》一樣,是後世詩人想象文王之盛世而寫作的思古詩。

---

① 歐陽修認爲孔子作爲《詩經》的編者,起了很大的作用,《詩經》中留下了孔子思想的深刻印記。關於這一點,請參考本書第三章。
② 卷一五《時世論》。

歐陽修關於二《南》的認識隨著研究的進行有所變化。在其《詩經》研究的前期，歐陽修不認爲二《南》是思古詩①，而是接受了漢唐《詩經》學根據《詩序》做出的解釋，認爲這是被文王和太姒之盛德所感化的民衆所作的頌美盛世之作。在他研究的後期，他轉而認爲二《南》之《序》多有錯誤②，這些詩歌作於周朝國威衰落的康王時代，詩人追慕傳説中繁盛的文王、太姒之世，寫作了這些思古詩③。這是採取了三家詩的説法，也如上所見，是根據《論語》中的孔子之言以及司馬遷《史記》的記述。歐陽修早年雖認爲司馬遷的記述有誤，後來却採用了與孔子之言相吻合的司馬遷之説。歐陽修將思古説導入其《詩經》解釋中，並非是在其《詩經》研究的初始階段，而是在經過基礎研究積累和省察自己學説後、學術體系即將完成之時，這説明他對思古説很重視。

---

① 歐陽修前期關於二《南》的認識，見於《詩本義》卷一五"二《南》爲正風解"中："天下雖惡紂而主文王，然文王不得全有天下而亦曰服事於紂焉，則二《南》之詩作於事紂之時，號令征伐，不止於受命之後，豈所謂周室衰而《關雎》始作。史氏之失也。"據劉德清《歐陽修紀年録》（上海古籍出版社，2006年），這段文章寫於景祐四年（1037）歐陽修三十一歲的時候。此書同條（第99頁）云："於夷陵疑經惑傳，嘗議毛鄭，力主舍傳從經。"
② 《詩本義》卷一《麟之趾》云："孟子去《詩》世近而最善言《詩》，推其所説《詩》義，與今《序》意多同，故後儒異説爲《詩》害者，常賴《序》文以爲證。然至於二《南》，其序多失，而《麟趾》《騶虞》所失尤甚。"同卷《野有死麕》云"詩序失於二《南》者多矣"。
③ 歐陽修後期關於二《南》的觀念，集中體現於《詩本義》卷一四《時世論》中："昔孔子嘗言《關雎》矣，曰'哀而不傷'。太史公又曰：'周道缺，詩人本之衽席，《關雎》作。'而齊、魯、韓三家皆以爲康王政衰之詩，皆與鄭氏之説其意不類。蓋常以哀傷爲言。由是言之，謂《關雎》爲周衰之作者近是矣。"慶曆四年（1077），歐陽修三十八歲時得到了鄭玄《詩譜》的殘本，並爲其補全，這樣的編年研究或許是其學説由前期向後期轉變的契機。劉德清前揭書中對這一年的記載中説："七月……於絳州得鄭玄《詩譜》殘本。"（第165頁）

(二) 王安石——獨特的思古説

關於王安石對思古説的態度,筆者已在本書第五章第五節有所論述。簡單説來,王安石在其《詩經》解釋中積極地使用思古説,且其思古説有一個獨特之處,即把握詩歌的結構。這就是説,他在解釋思古詩的時候,常常將其結構歸結爲:詩歌的開頭是作者對其所處亂世之情形的描述,這催生了作者的感慨,他的思緒飄向古代偉大的盛世,想象當時的場景並表現在詩歌中。例如《小雅·楚茨》開頭兩句是:

　　楚楚者茨,言抽其棘。

王安石認爲:

　　上二句,傷今也。言"楚楚者茨",則茨生衆也。
　　今茨之所生,乃自昔我蓺黍稷之地。①

他認爲這兩句是詩人描述自己所見的今日情形,面對著如今荒蕪的土地,他感到悲傷,並思慕往昔明君治下的盛世,想象當時農業的興盛場景,歌詠成詩②。王安石這種思古説的特徵是,生活在現在的作者想象往昔之世並叙述成詩,這解釋中明確構築了"現在—過去"的雙重時間性。

(三) 蘇轍——對思古説的慎重態度及其新觀點

據《文淵閣四庫全書電子版》,蘇轍《詩集傳》中沒有"陳

---

① 程元敏輯《三經新義輯考彙評(二)——〈詩經〉》,臺灣編譯館,1986年,第193頁。
② 而《鄭箋》云:"伐除蒺藜與棘,自古之人何乃勤苦爲此事乎。"將此二句解釋成歌詠往昔明君之世人民辛勞開墾耕地的句子。他認爲詩歌整體是對往昔世情的讚美,詩人的"傷今"之情是言外之意。

古""刺今"的説法。而"思古"一詞出現了九次(五首詩中)①,"傷今"一詞出現了七次②,都出現在《小序》認定的諷刺詩中。另外也有一些思古詩的解釋是採用了《毛傳》的説法,例如《齊風・東方之日》:

> [序]《東方之日》,刺衰也。君臣失道,男女淫奔,不能以禮化也。
>
> 東方之日兮,彼姝者子,在我室兮。在我室兮,履我即兮。
>
> [傳]興也。日出東方,人君明盛,無不照察也。
>
> [正義]毛以爲,"東方之日兮",猶言明盛之君兮。日出東方,無不鑒照,喻君德明盛,無不察理。此明德之君,能以禮化民,民皆依禮嫁娶……言古人君之明盛,刺今人之昏闇。言昏姻之正禮,以刺今之淫奔也。

對此,《蘇傳》曰:

> 日升於東,月盛於東,其明無所不至。國有明君,則民之視之,譬如日月常在其室家,無敢欺之者,行則起而從之矣。及其衰也,明不及民而民慢之,行而無有從之者,此所以爲刺衰也。

《毛傳》認爲接下來的第二章"東方之月兮"是比喻臣子,而蘇轍則認爲它與第一章之"日"一起用來比喻明君。而且蘇轍只採用了《小序》第一句"刺衰也",無視了後面的"君臣失

---

① 卷二《邶風・緑衣》、卷一二《小雅・鼓鐘》《小雅・楚茨》《小雅・信南山》,卷一三《小雅・桑扈》。
② 卷四《王風・大車》《鄭風・羔裘》、卷六《秦風・無衣》、卷一二《小雅・楚茨》《小雅・瞻彼洛矣》《小雅・裳裳者華》、卷一四《大雅・瓠葉》。

道,男女淫奔,不能以禮化也"①。這樣一來,通過將本詩解釋爲思古詩,就消除了《小序》將其定爲刺詩,但内容却襃揚明君的自相矛盾②。

從這裏可以知道,當解釋既想尊重《小序》的第一句,又想切合詩句内容時,兩種方法間會産生齟齬,蘇轍的思古説就是用來消除這種齟齬的。他並不像歐陽修那樣積極地使用思古説,即抛開《小序》的規定,用自己獨特的《詩經》觀進行解釋。

《蘇傳》中也有不採用《小序》之"思古詩"説法的情況。如第一節所見,《鄭風·女曰雞鳴》的《小序》將其定爲思古詩,《蘇傳》中却没有將其解釋爲思古詩的文字③。從其字面意思來看,《蘇傳》認爲本詩是一首叙述了詩人當代實事的頌美詩。這一觀點與本詩之《序》首句的"刺不説德也"的意見也相違背。《詩序》的首句是孔子以來的正確傳承,這本是蘇轍的基本觀念,而此處他的意見違背了這個基本觀念。但實際上我們也發現他對《小序》的觀點多有摇擺④,所以他的意見也並

---

① 這裏很典型地反映了蘇轍的《詩序》觀,即認爲《小序》的首句是從孔子開始傳承下來的正確内容,而從第二句往下則不過是後世學者紛紛附加上去的内容罷了。
② 鄭玄對這一句的解釋與《毛傳》不同,他認爲首章的"東方之日"、第二章的"東方之月"都是剛從地平綫升起的狀態,還只是發出了微弱的光芒,比喻君臣都暗淡不明。因此,整首詩都在描述當今衰敗的景象,並非是思古詩。
③ 《女曰雞鳴》之《蘇傳》云:"夫婦相戒以夙興。婦人勉其君子曰:雞既鳴,明星見矣,可以起從外事。弋取鳬雁,歸以爲肴,相與飲酒,偕老而不厭。且非特如此而已。苟子有所招來而與之友者,吾將爲子雜佩以贈之。言不留色而好德也。明星,啓明也。弋,繳射也。加,中也。史曰:以弱弓微繳加諸鳬雁之上,宜和其所宜也。雜佩,珩璜、琚瑀、衝牙之類,問,遺也。"
④ 請參考郝佳敏《宋代〈詩經〉文獻研究》(中國社會科學出版社,2006 年)第三章第一節。另外,也請參考本書第八章。

非絕對不會違背《小序》的第一句①。從以上來看,與歐陽修相比,蘇轍對思古説的態度更加慎重。

《蘇傳》中有與思古説相關的重要意見。《小雅·南有嘉魚》之序云:

> 《南有嘉魚》,樂與賢也。太平之君子至誠,樂與賢者共之也。

漢唐《詩經》學將本詩解釋爲:本詩讚美了賢臣們聚集於有德君主處、宴飲歡樂的樣子。《蘇傳》對此也無異論,説明蘇轍也將本詩看作是普通的頌美詩,而非思古詩。但本詩卒章云:

> 翩翩者鵻,烝然來思。君子有酒,嘉賓式燕又思。

對此,《蘇傳》云:

> 父子之相親,物無不然者,故夫不之鳥②常懷其親,來而不去。君子之事君,如子之養父母,義有不可已者,故曰:長幼之節不可廢也,君臣之義如之何其廢之?蓋孔子歷聘於諸侯,老而不厭,乃所謂"烝然來思"者,惟莫之用,是以終舍而去。古之君子於士之至也,則酒食以燕樂之,故士可得而留也。

蘇轍在此也認爲詩句本身讚美了君子殷勤爲賢者提供精美酒食的情形。值得注意的是,他同時提到了孔子的事情。孔子一直執著地希望仕於有德君主、在世間實現自己的理想,

---

① 李冬梅《蘇轍〈詩集傳〉新探》第二章第一節《詩序觀》(四川大學出版社,2006年,第76頁)舉例説明:"蘇轍對於《詩序》所定意旨的批駁,有批駁《詩序》首句爲誤的,也有批駁首句以下的發揮語爲誤的。"指出蘇轍也有對《詩序》首句的批駁。
② "夫不之鳥",《兩蘇經解》本作"擇木之鳥"。

直到晚年仍在遊歷天下。然而諸侯都不任用他,他最終没能在任何一國立身,只好離去。蘇轍將孔子的如此際遇與本詩所述殷勤對待賢者的君子相比較,稱後者爲"古之君子",認爲正是因爲具備這樣的美德,士纔居於其門庭之下。他將本詩的内容解讀爲往昔治世之盛況,與孔子遭遇的衰敗末世相比較。這一思路與思古説具有同樣的結構。

或許,蘇轍提及孔子的經歷並非與《南有嘉魚》的解釋本身有關,而只是因爲他從本詩聯想到了這件事,所以順便談起吧? 不過這無法斷定。引人注意的是,在論及本詩前後的詩時,蘇轍也提到了作爲《詩經》編者的孔子。本詩之前有《南陔》《白華》《華黍》三首逸詩。在據毛公之説排列的《五經正義》中,這三篇附於"鹿鳴之什"之末,蘇轍却認爲那不是《詩經》之原貌,新列出一個"南陔之什",將它們作爲最初三篇。他在此説:

> 此三詩皆亡其辭,古者鄉飲酒、燕禮皆用之。孔子編詩蓋亦取焉……於是復爲南陔之什,則小雅之什皆復孔子之舊。

而《南有嘉魚》之後有《由庚》《崇丘》《由儀》三篇逸詩,對此,蘇轍説:

> 三詩皆亡。鄉飲酒、燕禮亦用焉。燕禮,升歌《鹿鳴》,下管《新宫》。射禮,諸侯以《貍首》爲節。《新宫》《貍首》皆正詩,而詞義不見,或者孔子删之歟。不然後世亡之也。

《新宫》《貍首》被當做儀式歌收入《儀禮》,但不見於《詩經》,蘇轍考慮其理由,提出了《詩經》編纂者孔子有意不收録此二詩的説法。像這樣,在《南有嘉魚》前後,他强烈地意識到

《詩經》編纂者孔子的意圖。蘇轍本來就重視作爲《詩經》編纂者的孔子之作用,常在解釋詩篇時考慮到其編纂的意圖①。因此,他在考察本詩内容時提及孔子的事蹟,可能也並非隨便帶過,而是想説明孔子將本詩編入《詩經》有怎樣的意圖。

這樣想來,以上《蘇傳》的説法可以説體現了理解思古説的新方法。此前的思古説被看作是一種作詩的技法,作者在歌詠往昔的詩句中暗含了自己對現狀的批評。也就是説,詩歌表面意思與真實意思之間的差距是作者自己造成的,關於這一點,蘇轍的思古説也基本無異。但在《南有嘉魚》中,可以説蘇轍將思古説的思路用在更大的範圍,把《詩經》編纂的過程也包含在内了。《南有嘉魚》本身雖是作爲一首頌美詩被寫作出來的,但隨著時代遷移,後世讀者將之與自己時代的情形相對照,讀出了作者原意之外的新内涵,進而,當它被編入《詩經》時,也成爲了頌揚儒家道德的工具,編者根據自己對所處時代的認識,給它添加了新的寓意。這就是説,上面的一段文章體現了蘇轍這樣的看法:《詩經》的編纂者孔子通過本詩看到從前盛世的情形,對照之下,想起了自己時代的衰敗氣象,他給本詩添加了思古詩的功能,向讀者傳達自己對當代的歎息和批評。説得直截一點,這恐怕不是作者之意層面上的思古説,而是編者之意、讀者層面上的思古説。讀者從作品中解讀出新的含義並將其附加於作品之上,上文的《蘇傳》暗示了可以從這個角度理解問題,這段話因此有重要的價值。

(四) 對於思古説之發展的總結

以上考察了北宋諸家對思古説的態度,大致可總結如下:

---

① 關於這個問題,請參考本書第六章第四節。

第十四章 以詩爲道德之鑒者

歐陽修繼承漢唐《詩經》學,重視思古説。正如在二《南》詩的《本義》中所見,他批評《小序》觀點、獨自解釋的時候也運用了思古説。他對思古説没有懷疑。王安石顯示出關於思古説的獨特見解,他從詩中解讀出詩人的心理過程:從對自己時代現狀的感慨中生發出了對舊日世界的憧憬,從而王安石認爲思古詩中有一個包含了"今""古"兩個時間層面的結構。蘇轍與二人不同,他的《詩經》解釋并没有那麼重視思古説。不過,他提到了編者之思古説的可能性,即編纂了《詩經》的孔子將古代創作的頌美詩收入《詩經》時,加入了對自己時代的感慨和批評之意。

從上面的概述可以看出,北宋《詩經》學的三位代表學者對思古説各有不同的態度。三人的如上觀點在《詩經》解釋學史中有何意義呢?要瞭解這一點,就要將之與集宋代《詩經》學之大成的朱熹對思古説的觀念相比較。

檀作文對朱熹《詩經》學的學術體系有詳細研究,他總結的朱熹對《小序》的批評中,有一條是:《小序》濫用思古説、將詩篇内容附會於歷史事件。他根據《詩集傳》《詩序辨説》等,論證其中顯示了朱熹極力反對思古説的觀念①。現將其研究簡要概括如下:

朱熹批評《小序》將《小雅·楚茨》爲首的一組詩解釋爲"思古傷今"之作,他説:

> 自此篇至《車舝》凡十篇……序以爲其在變雅中,故皆以爲傷今思古之作。詩固有如此者,然不必十篇相屬,而絶無一言以見其爲衰世之意也。(《詩序辨説·小雅·

---

① 參見檀作文前揭書第45頁。

楚茨》)①

"詩固有如此者"説明,總體而言,朱熹也認爲可能存在思古傷今的詩歌。但"不必十篇相屬,而絶無一言以見其爲衰世之意也"説明,朱熹認爲,思古傷今之詩的内容雖是叙述往昔之事,但也要有詞句能明確表明這是爲批評現狀而寫的。也就是説,詩中應該有批評作者時代現實情形的詞句,使讀者能够感到詩中並存著現在和過去的雙重時間結構。

朱熹既然持這樣的觀點,自然基本上不承認《小序》對思古傷今的規定。而且,考慮到《集傳》的解釋中没有"思古"一詞②,就能明白朱熹不贊成以思古説來解釋詩篇。檀作文的結論是:"朱熹對漢學《詩經》學以'陳古刺今'爲有所認定的'刺詩',大抵都以其辭意爲根據,當作美詩來理解。"③由此可知,朱熹尊重主要依據詩句本身進行解釋的態度,對他來説,思古説大多不過是從詩歌外部規定的、無根據的解釋概念。

以上基於檀作文的考證概述了朱熹關於思古説的態度。下面將北宋三家與朱熹並列來考察。歐陽修雖不時有大膽的否定,但基本上尊重《詩序》,將之作爲詩歌解釋的依據;王安石尊崇《詩序》④,認爲那是"詩作者自己所作",二人都積極地運用思古説。而蘇轍認爲《詩序》自從第二句往下都不是原有的文字,因此不做參考(而説明是思古詩的詞句,基本都在《詩序》第二句往下出現);朱熹則大膽否定《詩序》,二人對思古説

---

① 朱傑人、嚴佐之、劉永翔主編《朱子全書》,上海古籍出版社、安徽教育出版社,2002年,第1册《詩集傳》卷首。
② 檢索所得的唯一一句是《邶風·緑衣》中"我思古人有嘗遭此而善處之者",只是對經文"我思古人"一句的説明,不能當做考察對象。
③ 參考檀作文前揭書第48頁。
④ 參考本書第五章第四節。

體現出慎重,乃至否定的態度。對思古説的態度與對《詩序》的態度是相應的。本來,思古詩大多在表面上敍述往昔之事,沒有顯示詩人時代的詞句,若是只讀詩句,則無從得知這是思古詩(王安石的結構性解釋則是例外)。明確説明是思古詩的只有《詩序》。這就是説,《詩序》是思古説的重大依據,因而思古詩的越來越不受重視,與宋代《詩經》學懷疑、否定《詩序》的過程是同步進行的。

朱熹説:"此亦未有以見其陳古刺今之意。"(《詩序辨説·女曰雞鳴》)如多位研究者已經指出的,這樣對文辭之意的重視並非朱熹獨有,而是遍佈宋代《詩經》學整體之中,是推動宋代《詩經》學發展之原動力的解釋理念[1]。宋代《詩經》學"以詩説詩"[2],即"不依據以《詩序》爲代表的外在詩説,而是依據詩句本身敍述的内容自行解讀詩歌本義"的解釋方法之發展,最終必然歸結爲思古説不再受到重視。

朱熹不認同思古説的理由是,没有詞句表明詩中並存著過去和現在的雙重時間。參考他的觀點,我們可以將此前討論的王安石之思古説看作與之同時代的觀念。王安石認爲詩篇的開頭是詩人對自己時代現狀的感慨,他的解釋看起來很獨特,似乎在宋代《詩經》學中獨樹一幟。但換個角度來看,他的解釋想要從詩歌中解讀出"詩人的時代與令人憧憬的過去時代"這樣雙重的時間結構。這體現了他與朱熹同樣的觀念,即思古詩中應該有詞句明確地顯示它是爲批評現實而寫作的。二人的不同之處在於,朱熹不帶預設地讀詩,没有從中發現明確顯示雙重時間性的詞句,因此否定這是思古詩;而王安

---

[1] 參考本書第十二章第一節。
[2] 《朱子語類》卷八〇《詩一·綱領》(第 2077 頁)云:"今人不以詩説詩,却以序解詩。"

石爲了證明這是思古詩,勉力從中解讀出複雜的結構,在某種意義上來說强行從詩中抽出了與作者時代有關的一個層面。對於篤信《小序》的真實性、以《小序》爲基礎解釋詩歌的王安石來說,用這方法大概是理所當然的。總之,宋代《詩經》學中"忠實於詩中詞句所顯示的内容進行解釋"的觀念,王安石也同樣持有。

蘇轍在《詩集傳》中暗示道,孔子編纂《詩經》時曾將思古詩的功能附加於頌美詩,這種思路也對我們思考宋代《詩經》學的學術發展有很多啓發。它使人想到,在詩人作詩時表達的意思之外,詩歌被編入《詩經》時也可能被添加教訓性質的意義,那麼詩歌作爲《詩經》中的一篇所提示的道德信息未必是詩人自己的原意,而可能是由《詩經》之編者附加上去的。

三、歐陽修之"準淫詩説"的特點

上一節的研究表明,從大致走向上來看,從歐陽修到朱熹,思古説在其發展過程中使用範圍逐漸縮小、作爲一個解釋概念被用得越來越少。這樣想來,歐陽修的思古説觀念應是受到了前代《詩經》學濃墨重彩的影響。對於開拓新時代《詩經》學的歐陽修而言,這一觀念是個特例嗎?還是説這與他《詩經》學的本質關聯在一起?本節將再選取一個解釋概念,通過對歐陽修和朱熹的比較來考察這個問題。

當思古説影響漸弱,宋代《詩經》學中以淫詩説爲基礎的解釋逐漸增多。《詩經》中有一些作品,内容是不道德的男女不加反省地敘述自己有悖禮法的戀愛(稱爲"淫詩""淫奔詩"——以下統稱"淫詩")。這樣不道德的詩篇,何以會被收入爲了以道德教化民衆而編纂的《詩經》中呢?其理由是,爲了使讀者讀了這些詩後對其中表現的不道德行爲懷有厭惡感,自我反省、提示自己不要陷入這樣的罪惡,從而將讀者導向正確的道德之徑。孔子就是出於這樣的意圖,纔大膽地將淫詩編入《詩經》中——這是對淫詩説的簡單總結。這一觀念使得詩篇可以在儒學框架之内被解讀爲歌詠男女自由愛情之詩,使得依照詩句本身進行解釋成爲可能,從這個意義上來説,它在《詩經》學史上具有重大的意義。將淫詩説全面展開、應用於詩篇解釋的,正是朱熹。這些都已是衆所周知的事實了。

再有,多位研究者早已指出,歐陽修《詩本義》中已出現了與朱熹之淫詩説相似的解釋(以下把這類解釋簡稱爲"準淫詩説"),歐陽修於朱熹而言是先行者①。在這一點上,歐陽修的準淫詩説②爲宋代《詩經》學指明了前進的道路,與他的思古説觀念恰好相反。因此,我們可以期待將對其實際情況的考察當做重要的切入點,來探討歐陽修的思古説觀念在其《詩

---

① 何澤恒《歐陽修之經史學》(臺灣大學出版委員會,1980年)第二章《歐陽修之詩學》舉出歐陽修對《邶風·靜女》《陳風·東門之枌》《召南·野有死麕》的解釋,認爲他的《詩序》批評中"自以指陳《國風》中有淫辭一事爲尤甚"。張啓成《論歐陽修〈詩本義〉的創新精神》(《貴州社會科學》1999年,第5期,第85頁)中以歐陽修對《靜女》的解釋爲例論證道:"朱熹《詩集傳》論《靜女》曰:'此淫奔之詩爾。'歐氏首創,朱氏唱和。雖然'淫奔'二字反映了歐氏認識的局限,但《靜女》屬戀歌情詩的性質則因此明確。歐氏之創見,功不可没。"蔣立甫《論歐陽修對〈詩經〉的文學研究》(潘嘯龍、蔣立甫《詩騷詩學與藝術》,上海古籍出版社,2004年)用"愛情詩"的術語來討論這個問題。另外還有劉展《歐陽修〈詩本義〉'淫奔詩'説解讀——以〈靜女〉詩爲例》(《科技信息(人文社科)》,2008年,第23期)。
② 關於如何命名與朱熹淫詩説相似的歐陽修之解釋,學者們觀點各異。有的研究者像前注中提到的劉展那樣,使用朱熹的命名,將之同樣稱爲"淫詩""淫奔詩"。但如本文所考察的,歐陽修的淫奔詩解釋與朱熹有重大差異。另外也有研究者如蔣立甫那樣,將之歸入並無儒教價值判斷的"愛情詩"範疇中。但在本文的考察中,《詩經》學者對於這些詩有怎樣的倫理價值判斷是一個重要的要素。綜合以上理由,本文使用"準淫詩説"的説法。另外,漢唐《詩經》學中的這類解釋也與歐陽修的基本一致,因此本文也將之稱爲"準淫詩説"。

經》學中有怎樣的地位。

二一(三)中提到,對於《齊風・東方之日》一詩,蘇轍繼承《毛傳》觀點,將之解釋爲思古詩,而歐陽修則以準淫詩說作了解釋:

> 東方之日,日之初升也。蓋言彼姝之子顏色奮然美盛,如日之升也。"在我室兮,履我即兮"者,相邀以奔之辭也。此述男女淫風,但知稱其美色以相誇榮,而不顧禮義。所謂"不能禮化"也。(卷四《東方之日》本義)

朱熹也將本詩解釋爲淫詩。在這一點上,朱熹的解釋是對歐陽修之說的繼承。其說如下:

> 言此女攝我之跡而相就也。(《集傳》卷五《東方之日》)

> 此男女淫奔者所自作,非有刺也。(《詩序辨說》)

需要注意的是,朱熹在《詩序辨說》中說道"其曰君臣失道者,尤無所謂",批評本詩的《小序》是與詩句內容無關的無稽之論,不足以作爲解釋依據。也就是說,在朱熹看來,否定《詩序》是將本詩解釋爲淫詩的前提條件。

而歐陽修認爲,本詩描述的男女情貌,即被淫風荼毒而不顧禮儀、一味沉迷於對方的容色,與《詩序》中"不能禮化"之語相對應。他又說道:

> 若毛既謂日月在東方爲君臣盛明,則與《詩序》所謂君臣失道者義豈得通?此其又失也。(卷四《〈東方之日〉論》)

歐陽修以與《小序》之意相齟齬爲理由,否定了《毛傳》的解釋。由此可見,歐陽修認爲用準淫詩說解釋是忠實於《小序》的做法。

歐陽修與朱熹作出的解釋雖一致,其思路却正相反。二者的差異源於他們對《詩序》將本詩規定爲諷刺詩一事的評價不同。

這樣的例子不止一處。關於《邶風·静女》,歐陽修與朱熹的解釋相似:

> 衛宣公既與二夫人烝淫,爲鳥獸之行,衛俗化之,禮義壞而淫風大行,男女務以色相誘悦,務誇自道而不知爲惡,雖幽静難誘之女亦然。舉静女猶如此,則其他可知,故其詩述衛人之言曰……(《詩本義》卷三《静女》本義)
> 此淫奔期會之詩也。(《詩集傳》卷二《静女》)

而《静女》之序云:

> 《静女》,刺時也。衛君無道,夫人無德,以君及夫人無道德,故陳静女遺我以彤管之法。德如是,可以易之爲人君之配。

對此,二人的評價正相反。歐陽修認爲:

> 《静女》之詩,所以爲刺也。毛、鄭之説皆以爲美。(卷三《〈静女〉論》)

由於《小序》將本詩定爲諷刺詩,因此歐陽修批評《毛傳》《鄭箋》將本詩解釋爲頌美詩,與《小序》相齟齬。他還説:

> 據序言,《静女》刺時也……君臣上下,舉國之人皆可刺,而難於指名以偏舉,故曰刺時者,謂時人皆可刺也。據此乃是述衛風俗男女淫奔之詩爾。以此求詩,則本義得矣。

這也表明了歐陽修的態度是以《詩序》爲淫詩解釋之根據。對歐陽修而言,準淫詩說是忠實繼承《詩序》的必然結果。

而朱熹對《靜女》之序有如下說法:

> 此序全然不似詩意。(《詩序辨說》)

朱熹將其完全拋開了。這樣看來,朱熹的淫詩說是其批評《詩序》的結果。

歐陽修準淫詩說與朱熹淫詩說的一大差異是,朱熹認爲詩中的敘事者(不道德之人)就是作者,而歐陽修認爲敘事者並非作者。

上文引用的兩段歐陽修的解釋文字中都出現了"述"字,這個字表示詩人敘述第三者的言語行動。下面的例子可以證實這一點:

> 陳俗,男女喜淫風,而詩人斥其尤者子仲之子,常婆娑於國中樹下,以相誘說,因道其相誘之語……下文又述其相約以往……(《詩本義》卷五《東方之枌》)

對於陳國尤其受淫亂風俗荼毒的人,詩人"斥""其相誘之語",歐陽修在此明言這是第三者的客觀敘述,下文"又述"也說明"述"字指客觀的敘述①。

在歐陽修看來,内容有淫詩性質的詩歌是作者爲了批評現狀,當做諷刺詩寫作的。詩歌雖然以行爲放蕩的主人公用第一人稱敘述(參考《東方之日》),但這只是作者故意使用不道德男女的口吻,而並非敘事者等同於作者本人。作者總歸是道德之人,通過假扮成不道德男女的樣子在詩中敘述,使讀

---

① 像"又作者自述其言以爲美刺"(《詩本義》卷二《〈召南·野有死麕〉論》)那樣,當登場人物的言行就是作者本人言行的時候,會使用"自述"這樣的說法。

者產生厭惡感,從而爲讀者提供追求道德生活的契機。也就是説,在歐陽修的準淫詩説中,是作者爲詩歌附加了道德功能。

朱熹的淫詩説則與此相反。朱熹否定淫詩是諷刺詩。他認爲淫詩是不道德的男女無羞恥地叙述自己的放蕩行爲而成,作者就是詩中的第一人稱者。也就是説,作者是不道德之人。從這裏可以看出,朱熹認爲,詩的道德力量必須在讀者對其產生厭惡感後纔出現,它與作者作詩的意圖相齟齬(作者本來絶對不會認爲讀自己詩的人必須對自己產生厭惡感)。

歐陽修的淫詩解釋,是他自己的創造,還是對先行學説的引用? 根據檀作文的介紹①,據元代馬端臨《文獻通考·經籍考五》記載,朱熹解釋爲淫詩的二十四首詩中,有七篇②被《詩序》認爲是"刺淫"之作。馬端臨提到的七篇中,《鄘風·桑中》《鄭風·溱洧》《鄭風·東門之墠》③《陳風·月出》四篇有與歐陽修的準淫詩説相關的解釋。例如,《月出》的《小序》云"刺好色也。在位不好德,而説美色焉"。其首章的《正義》云:

在位如是,故陳其事以刺之。

所謂"陳其事",指詩句本身表達了對自己戀人美貌的稱讚、傾訴了無法見到她的抑鬱心情。也就是説,作者假託好色男子的口吻叙述詩句,詩中有這樣一個二重結構。此結構與

---

① 參見檀作文氏前揭書第 81 頁。筆者以中華書局影印本(第 1540 頁)對《文獻通考》的記載進行了確認。
② 《鄘風·桑中》《鄭風·溱洧》《鄭風·東門之墠》《齊風·東方之日》《陳風·月出》《陳風·東門之楊》《陳風·東門之池》。
③ 關於《鄭風·東門之墠》,《毛傳》《鄭箋》的解釋不同,《鄭箋》中包含了準淫詩説解釋。

歐陽修的準淫詩說相同①。

《詩本義》雖未對以上四篇做出解釋，但第二節引用過他的說法："毛、鄭之說是矣，復何云乎？"從歐陽修寫作《詩本義》的如上態度來看，他採用漢唐《詩經》學觀點的可能性很高。這當然不可簡單地下結論②，但歐陽修的準淫詩說是從漢唐《詩經》學的詩說中獲得啓發的，即使在他反對《傳》《箋》《正義》而提出不同意見時也運用這種觀念，因此可以說他擴大了其適用範圍。

總結以上分析可知，歐陽修認爲詩中的内容可以是淫奔男女的言辭，且其準淫詩說被朱熹的淫詩解釋所繼承，對朱熹而言，歐陽修是先行者。不過，他認爲詩歌内容淫蕩並不等於詩作者淫蕩，作者總歸是追求道德之人；且準淫詩說也部分地出現於漢唐《詩經》學中，這表明他並未完全脱離漢唐《詩經》學的影響。

再有，歐陽修的準淫詩說中還有一個值得注意的特徵，雖與本文關注的問題不直接相關，但在此也順便論及。這就是，在歐陽修看來，即使詩中之事並非當事人自述，也是作者目見耳聞之事，就是說，詩中所述爲真實發生的事件。例如，他認

---

① 檀作文已經論及，漢唐《詩經》學中已經有準淫詩說解釋，但那是以第三人稱立場叙述事件，與朱熹的淫詩說不同：

漢《詩經》學將詩的作者默認爲國史一類人，具體到"淫詩"的解說時，將其作者處理爲事件的局外人，認爲作者只是以第三人稱的身份來叙述這事件，他的目的乃是要抨擊這淫亂之事，以及造成這風氣的政治背景，這樣做，實際上是取消了這類詩歌在一般意義上的抒情性，而將其處理成純粹的政治美刺詩。朱熹對這類詩歌的抒情主體，則作出了合理而有意義的確認。既然是自作，便是"淫奔者"以第一人稱自歌其事，自抒其情，這實際上乃是認定其爲一般意義上的抒情詩（參見檀作文前揭書第4頁）。

② 例如，關於《毛傳》、《鄭箋》解釋不同的《東門之墠》，歐陽修本應說明自己依從《傳》《箋》中的哪一方，但他並未說明，這說明對歐陽發的記述也並不能不加考察地認爲它無條件地適用於《詩本義》全體。

爲《東方之枌》作者爲了批評陳國淫風蔓延的狀況,於是斥責國人中最墮落的子仲之子,在詩中敘述他的行徑。這一觀點就明顯地體現了上述特點。他不認爲作者虛構了人物並敘述。本書第十一章曾論及,將詩篇真實性和事實性視爲一體,是歷代《詩經》解釋學的顯著傾向。此處值得注意的是,歐陽修的準淫詩說也再次確認了這一點。

詩篇內容是實際發生之事,這一前提爲朱熹的淫詩說所繼承。認爲淫詩是當事者自己敘述的,這更是強化了上述前提。朱熹即使在批評漢唐《詩經》學的準淫詩說解釋時,也將"詩中事件實際發生過"作爲前提。

> 李茂欽問:"先生曾與東萊辨論淫奔之詩,東萊謂詩人所作,先生謂淫奔者之言,至今未曉其説。"……先生曰:"若人家有隱僻事,便作詩訐其短譏刺,此乃今之輕薄子,好作謔詞嘲鄉里之類,爲一鄉所疾害者。詩人温醇,必不如此。"①

這裏說明了"淫詩並非當事者而是第三者所作"之說法不成立的理由,認爲這樣一來,詩人就成了喜歡暴露他人隱私的不道德之人。由此可見,不管是本人自述還是第三者敘事,朱熹都認爲詩中所述之事真實發生過。他沒有考慮過詩中內容爲虛構的可能性。篤信詩歌內容真實性這一點,是朱熹對傳統思路的蹈襲。

四、關於詩歌道德性之由來的看法

對於宋代《詩經》學而言,思古說與淫詩說(或者準淫詩說),一者是繼承前代學術之舊、不合時宜的落後學說;一者是新近鍛造打磨出的銳利武器,能夠打破前代僵化的解釋、引導

---

① 《朱子語類》卷八〇《詩一·解詩》,第 2092 頁。

催生出清新的解釋,兩説恰相對立。歐陽修將兩者都用作解釋《詩經》的方法。下面將以此爲線索,考察歐陽修《詩經》學的特點,及其在《詩經》學史上的意義。

首先要將思古説與朱熹提出的淫詩説相比較,總結其相似點與不同點。

在思古詩中,《詩經》本身叙述的是與作者時代遠隔的往昔世界發生之事。但詩人真正想説的並非過去的盛世,而是與之對比,或者説令人感到落差的現在没落的情形,詩人爲此而感傷並加以諷刺。由於詩句本身表達的内容與作者想説的内容不一致,讀者就需要這樣的解讀步驟:閱讀詩句,並正確地探究其背後隱藏的詩人的意圖,從而解讀出詩中藴含的教訓。

而在朱熹看來,淫詩是由不道德的作者寫成的,詩句本身描述了不道德男女關係的情形。但由於它可以作爲反面教材來教育讀者,因此被收入《詩經》。他認爲讀者讀了這些謳歌自己戀情、讚美自己戀人的詩句後,一定會產生厭惡感,告誡自己遠離這樣的行爲、追求道德生活。詩句本身雖是對戀愛的坦率讚美,但讀者從中得到的道德教訓則是抑制奔放恣意的戀愛感情,這兩者之間有很大的隔絶。

關於詩的内容,思古詩的讀者想到的是"這樣的'美好'是我的世界中没有的",淫詩説的讀者想到的是"這樣的'淫亂'是我不應該有的"。如此,思古詩與淫詩説的共同之處就在於,詩句本身表現的内容與讀者從詩中接受的道德信息相乖離①。

---

① 車行健也引《詩本義》中《女曰雞鳴》之論,認爲其中關於此詩之本義的認識,比詩句的意思"明顯多出了諷刺的意涵,而且對這首詩的指涉對象由古之賢夫婦轉移到當時人。……作品的語文意義和作品本義間確實是存在著一道鴻溝"(車行健前揭書第57頁)。這雖然不是專門分析思古説與淫詩説之解釋,但它抓住了歐陽修《詩經》解釋中詩句意思與作詩意圖相乖離這個問題,因此很是重要。

那麼,二者的不同點在哪兒?在思古説中,詩句内容與道德信息的矛盾是本來就由作者安排好的。即是説,作者給思古詩附加上了道德的言外之意。而淫詩説中,詩歌的道德性並非作者的意圖,而是當詩歌被收入《詩經》時產生的。即是説,編者給詩歌附加上了道德的言外之意。準淫詩説則認爲詩句内容與道德信息的乖離出自作者的意圖,所以關於道德性的來源和傳達,思古説與準淫詩説具有相同的機制。這樣看來,歐陽修或者漢唐《詩經》學同時使用思古説和準淫詩説,並沒有矛盾。

下面來換個視角,從讀者反映的角度來比較思古説與淫詩説。既然在兩種説法中,詩句表達的内容與其中隱含的道德信息都不一致,那麼哪一種的詩篇都包含著解讀上的困難。然而,由於相信詩篇能實現對讀者教化的功能,這兩種説法都認爲讀者能人人均等地克服結構上的解讀困難。即是説,它們都假設,儘管詩句之意與其中被(作者或是編者)附加的信息之間有空隙,但附加的信息確實能傳達給讀者——信息的發送和接收之間没有空隙。

爲何讀者能解讀出詩句本身所没有的意思呢?對淫詩而言,其理由大概是:詩句叙述的是不道德的内容,無論誰讀到此詩都會認爲這是值得唾棄的行爲,並感到厭惡。因此編者就放心將其作爲反面教材呈現在讀者面前。

另一方面,對思古詩而言,爲何讀者認爲這首詩不是古代創作的樸素頌美詩,而只是作者對作爲永久憧憬對象的世界的描述呢?如第二節所提到的,歸根結底,其根據來源於詩的《小序》(就漢唐《詩經》學而言)或是《論語》中孔子的意見(就歐陽修《〈關雎〉論》而言)。這樣想來,儘管思古詩的作者確實是將其當作思古詩來寫作的——作者自己故意在詩的表面意思與想要表達的意圖之間製造了差距——但想讓讀者能正確理解，就有賴於編者之言①。上文從是否與編者有關的角度來區分了思古詩與淫詩，但實際上，思古詩的成立與淫詩説一樣，都離不開編者的作用。

因此，對思古説與淫詩説而言，要發揮詩篇的道德力量，都需要有編者存在。不同之處在於，思古説中作者與編者的職責尚且混同，而淫詩説中則判然分明。

另一方面，歐陽修或是被他作爲基礎的漢唐《詩經》學在其準淫詩説解釋中認爲，詩中的敘事者與作者並非同一人，以此來保持作者的道德性。在他看來，詩歌的教訓之意並不是像朱熹淫詩説所言、由《詩經》之編者後來附加上去，而是本來就由作者植入詩中的。因此在準淫詩説解釋中，作者與編者的關係與思古説中一樣，混在一起，功能難以區分。關於思古説與準淫詩説解釋，歐陽修一貫性地認爲作者是有道德的人，這一點是他繼承漢唐《詩經》學而得來的。

以上内容可以幫助我們考察本章第一節提出的問題：歐陽修如何看待"詩人之意"與"聖人之志"的關係？

關於"詩人之意"與"聖人之志"的關係，車行健曾詳細分析《本末論》，做了理論上的考察②。他認爲，歐陽修將"詩人之意"與"聖人之志"視爲一體，"在歐陽修看來，寫作《詩》三百的詩人（們）均爲古代的賢者，不管在人格修養、理性態度、思辨能力以及表達技巧等方面都是優秀的，所以他們不但能够將其對外在環境的感受及聞見，通過良好的表達技巧呈現在

---

① 在漢唐《詩經》學中的觀念中，《詩序》是孔子的弟子子夏所作。子夏當然並非《詩經》的編者，但他的《詩序》之所以受到尊崇，是因爲人們認爲它忠實反映了孔子的教導。那麼説到底，《詩序》也貫徹了《詩經》編者孔子的思想，在這個意義上來説，這是廣義的"編者之意"的一種。

② 參見車行健前揭書。

詩篇中,而且也於其中注入了美刺諷喻的内涵"①。車行健認爲,之所以能保證詩人擁有如此高的境界,是因爲有孔子存在。孔子從當時的衆多詩篇中選詩編入《詩經》,在此過程中以道德的眼光加以"删錄"。由此,"經過聖人删錄後的《詩經》,其中的詩人之意和聖人之志就是二而一、一而二,渾融一體。"②這樣,對歐陽修而言,"知詩人之意"必然"則得聖人之志"③。

王倩比較歐陽修與朱熹的《詩經》學理論,認爲:

> 歐陽修對"詩人之意"與"聖人之志"並未作明確劃分,只說"知詩人之意,則得聖人之志",在兩方面如何同一的問題上未能提出超乎前賢的辦法。④

王倩的論述指出了歐陽修觀點的局限性,與車行健在觀點和評價上有所不同,但也同樣指出歐陽修對"詩人之意"和"聖人之志"未加區分。二人的考察主要是理論方面的,没有通過對實際詩篇解釋的分析來論證,而本文的考察可以作爲對二人結論的佐證。那麼,第一節中提出的筆者舊説——歐陽修在解釋詩篇時將"詩人之意"和"聖人之志"區分看待——就需要從根本上加以修正。黄雅琦對於將美刺説作爲中心解釋理念的漢唐《詩經》學有如下意見:

---

① "其所謂包含了'詩人之意'和'聖人之志',換句話説,作者本意的實質内涵包含了這兩者。在歐陽修看來……"參見同上書,第58頁。
② "不但將那些不具有美刺勸戒内容的詩篇予以删汰,從而確保了《詩》三百内容的純正,而且也使其擁有垂訓後世的作用,使這部古代詩歌總集具備'經'的性質。所以事實上,經過聖人删錄後的《詩經》……"參見同上書,第60頁。
③ 同上書,第61頁。
④ 王倩前揭書第63頁。

由此觀之,以《小序》爲代表的美刺説,在詮釋學操作上所犯的最嚴重失誤,首先在於未能釐清聖人之志與詩人之志的不同。①

接著這一議論來説,歐陽修未對"詩人之意"和"聖人之志"加以區分的一大原因或許就在於,他雖然有時大膽地批評《小序》,但總歸是將《小序》據爲詩篇解釋的中心理念。

五、歐陽修關於"詩人之意"與"聖人之志"認識的另一性質

然而,問題似乎還是無法簡單地就此總結。如上文所見,且車行健和王倩也已指出了,在歐陽修的詩篇解釋中,"詩人之意"與"聖人之志"確實被看作一體,或至少是還沒有將它們作爲不同的概念分別看待。王倩指出,對於歐陽修在《本末論》中提出,但仍將其置於未區分狀態的"詩人之意"與"聖人之志",朱熹認識到了其間存在質的不同,並把它們區分爲不同層級:

> 朱熹認爲"詩人之意"純粹指的是詩人感於物而所道之情,是未作道德判斷的。②

> "詩人之意"中誠然有善善惡惡的内容,但有待于聖人導之以正,進而對"聖人之志"加以深化,……展示聖人勸善抑惡以化成天下的職志。③

不過,儘管沒有理論性的建構,歐陽修應當還是認識到了二者間有質的不同吧。

---

① 參見黃雅琦前揭書論文,第213頁。
② 參見王倩前揭書,第62~63頁。
③ 同上。

首先來看《本末論》的記述。歐陽修確實如車行健所言，認爲"知詩人之意，則得聖人之志"，將兩者視爲一體，但對於"詩人之意"他有如下説明：

> 作此詩，述此事，善則美，惡則刺，所謂詩人之意者本也。

對於"聖人之志"，他説：

> 察其美刺，知其善惡，以爲勸戒，所謂聖人之志者本也。

據此，雖然詩人的確針對某事讚美或諷刺，但通過"察""知"，爲詩歌添加"勸戒"的道德效用的是聖人。而且歐陽修關於被聖人"察""知"的詩人之"美刺"有如下説法：

> 觸事感物文之，以言善者美之，惡者刺之，以發其愉揚怨憤於口，道其哀樂喜怒於心，此詩人之意也。

由此可見，歐陽修所説的"詩人之意"，强調對遇到某事而生發出的坦率感情的流露。這還只是個人感情，並非作者自覺意識到教導天下的道德功能而作詩。將之作爲"勸戒"工具、用它來傳達道德信息的，是聖人。這樣看來，關於"詩人之意"與"聖人之志"之差別的觀點，雖如王倩所説，是朱熹認識到並作了區分整理，但朱熹的觀點或許在歐陽修這兒也早已有了萌芽。

何澤恒提到了歐陽修的這一首詩[①]：

> 《詩》三百五篇，作者非一人。羈臣與棄妾，桑濮乃淫

[①] 參見何澤恒前揭書，第 73 頁。

奔。其言苟可取，瘀雜不全純。(《酬學詩僧惟晤》)①

在這首詩中，歐陽修表示，《詩經》的作者有其多樣性，《詩經》的作品中包含淫詩，瘀雜不純，這明確顯示了他的觀點是：詩篇作者未必是道德高尚之人②。他確實認爲，詩人並未考慮其感情的道德意義，只是坦率地表達出來而已。

再有，如筆者以前所論述的，歐陽修有這樣的觀點：孔子不僅從當時所存的三千餘篇詩歌中選取了有資道德的三百餘篇，還爲使所選之詩有資道德而進行了改編③。從中也可發現，他認爲在使《詩經》之詩成爲道德之鑒這件事上，相比作者而言，編者孔子更值得重視。

本書第四章第七節的注（第122頁注①）曾經提到，《詩本義》卷九《賓之初筵》論中有這樣一段話：

> 鄭氏長於禮學，其以禮家之説曲爲附會詩人之意，本未必然。義或可通，亦不爲害也。學者當自擇之。

歐陽修在此雖批評鄭玄將禮制的解釋牽強附會地用於《詩經》解釋，認爲他的説法並非《詩經》之本義，但在道德功能的意義上又承認這些説法有其價值，表示可以任學習者自行選擇。按照《本末論》的分類來看，這應當是對"經師之業"的評論，它同樣顯示了這樣的觀點：詩篇中並存有本來之意和根據現實社會要求附加的意義兩個部份，後者也有一定的存

---

① 《歐陽修詩文集校箋》，上海古籍出版社，2009年，上冊，第101頁。洪本健箋注云："本詩原未繫年，置慶曆七年（1047）詩間，疑即作於是年左右。"若依此意見，則此詩作於歐陽修47歲撰述《詩解》八首（景祐四年，1037）的十年後，發現鄭玄《詩譜》殘本（慶曆四年，1044）的三年後（據劉德清前揭書）。
② 《詩本義》中有認爲作者不止一人的説法。
③ 請參考本書第三章第六節。

在意義。

　　上文曾論述道,歐陽修的解釋姿態是,繼承漢唐《詩經》學的觀點,將"詩人之意"與"聖人之志"視爲一體,在解釋中認爲詩作者是有道德之人。而這裏的情況却與之大相徑庭。像這裏所顯示的,歐陽修關於"詩人之意"與"聖人之志"的觀點在其内部包含著矛盾。從歐陽修《詩經》學的體系性來説,這一矛盾雖是破綻、是瑕疵,但考慮到他的《詩經》學被後來的學者繼承並發展的脉絡——尤其是它與集宋代《詩經》學之大成者朱熹之《詩經》學的關係,這樣的體系性破綻在後來被放大、變得成熟,成爲支持宋代《詩經》學獨特發展的觀念之基礎。而且,像準淫詩説所體現的那樣,或許正是因爲有這樣的體系性破綻,歐陽修纔能在漢唐《詩經》學與朱熹《詩經》學之間擔當中介,起到了所謂緩衝銜接的作用。

　　再有,歐陽修假設詩歌作者的創作意圖與編纂者的意圖不同——儘管他在實際解釋時强烈傾向於將他們視爲一體——這或許也是受到了《正義》的影響。在本書第三章中,筆者舉出《周南・麟之趾》之例作爲體現了這種可能性的一個根據,爲了證明那並非孤證,此處再舉出一例:《小雅・天保》。

　　　　[序]《天保》,下報上也。君能下下以成其政,臣能歸美以報其上焉。

　　　　[箋]下下,謂《鹿鳴》至《伐木》皆君所以下臣也。臣亦宜歸美於王,以崇君之尊而福禄之,以答其歌。

關於《序》及《箋》,《正義》曰:

　　　　作《天保》詩者,言下報上也。

看起來是認爲《小序》之説説明了作者的意圖,但《正義》

接下來又説：

> 然詩者，志也，各自吟詠。(《鹿鳴》至《天保》)六篇之作，非是一人而已。(《鄭箋》)此爲"答上篇之歌"者，但聖人示法，義取相成……非此(《天保》)故答上篇(《鹿鳴》至《伐木》五篇詩)也。何則？上五篇非一人所作，又作彼者不與此計議，何相報之有？鄭云"亦宜"者，(聖人爲了)示法(而排列如此)耳，非(詩人)故報(他詩而作此詩)也。

這裏説明的是，《小序》所言並非作者的意圖，而是編者的意圖。這對應了歐陽修的"詩人之意"和"聖人之志"。如此想來，歐陽修《本末論》的説法並非是他獨創，而是他在仔細研究漢唐《詩經》學的過程中獲得了啓發。由此可見，歐陽修的《詩經》研究不是單純否定漢唐《詩經》學並與之隔絶後形成的，而是從漢唐《詩經》學中吸取營養、自行消化並發展而形成的。而且，這樣想來，將歐陽修《本末論》加以發展的朱熹之淫詩説觀點，也可從《正義》中求得其淵源。朱熹雖從整體上否定漢唐《詩經》學，但實際上漢唐《詩經》學中存有質的變化，它的一部分經由歐陽修這個中介，與朱熹《詩經》學聯繫在了一起。

還有，如二一(三)所示，蘇轍的一些想法也可稱爲"編者的思古説"。它暗示了一種觀點，即在詩人的意圖、詩歌本來之意之外，編者根據現實要求給詩歌新添加了道德意義。這與淫詩説中典型地體現出的朱熹之觀點相通。如果考慮到歐陽修《詩經》學中已有如上觀點的潛流存在，那麽我們就可以發現此觀點的發展史：對於"詩人之意"與"編者之志"關係的學術關注一直作爲潛流存在於宋代《詩經》學中，它慢慢成熟，最終在朱熹的《詩經》學中開花結果。

六、淫詩説中的難點

朱熹從根本上將思古説從《詩經》解釋中排除了,這樣一來就消除了詩中的時間層與作者想表達的時間層之間的距離。而且,由於主張淫詩説,所以關於詩中叙述的内容與讀者獲得的道德信息之間的齟齬之處,也可以合理地用"作者、編者是不同之人"來解釋。有這兩者,就不一定要假設作者故意使詩歌的字面内容和寫作意圖相乖離了。也就是説,不一定要假設詩歌有言外之意了。如此,朱熹就可以使他"重視詩句本身"的解釋體系保持前後的一貫性①。

---

① 與淫詩説相類似,另有"詩歌褒揚了暗藏篡位野心的有權勢者"這樣的解釋,可作爲對以上論述的佐證。以《鄭風·叔於田》爲例,歐陽修的解釋爲:
  詩人言大叔得衆,國人愛之,以謂叔出於田,則所居之鄉若無人矣,非實無人,雖有而不如叔之美且仁也……皆愛之之辭。(卷四《叔於田》本義)
  從"詩人言大叔得衆,國人愛之"可知,歐陽修認爲詩人引用的是詩中惡人之仰慕者的言辭。不過,漢唐《詩經》學對於本詩的解釋與歐陽修之解釋的對比很值得關注。本詩的《詩序》云:
  《叔於田》,刺莊公也。叔處於京,繕甲治兵,以出於田。國人説而歸之。
  對此,《正義》曰:
  此皆説叔之辭。時人言叔之往田獵也,里巷之内全似無復居人。豈可實無居人乎?有居人矣。但不如叔也。信美好而且有仁德。國人注心於叔,悦之如此,而公不知禁,故刺之。
  《正義》云"國人注心於叔,悦之如此,而公不知禁,故刺之",認爲詩的内容是國人仰慕共叔段之語,而莊公僅僅坐視此情形,並不努力挽回,因此詩人諷刺之。這樣看來,疏家認爲詩中的叙事者與作者並非同一人。即是説,作者直接引用時人言辭,時人並非作者,因此可以確保作者的道德性。在此,兩者都認爲詩中的叙事者雖不道德,但作者持有道德的目的,只是直接引用叙事者的言辭而已,這看法與歐陽修的相類似。那麼可以説歐陽修對本詩的解釋是繼承了《正義》之説。
  而朱熹《詩集傳》的《叔於田》有如下説法:
  段不義而得衆,國人愛之,故作此詩。

(轉下頁注)

而歐陽修因蹈襲思古說，其《詩經》解釋中就必須假設言外之意。而且，雖然他在淫詩說解釋方面是朱熹的先行者，但

（接上頁注）雖然"得衆，國人愛之"的說法與歐陽修一致，但歐陽修將之作爲"詩人言"的賓語，因此可以解讀爲詩人在詩中引用國人之語，而朱熹並未暗示有一個與詩中人物不同的作者存在。"故作此詩"的說法顯示，朱熹似乎認爲是仰慕共叔段的國人寫了這首詩（不過，朱熹說："或疑此亦民間男女相說之詞也。"《詩序辨說》中也有"此詩恐其民間男女相說之詞耳"，說明此詩也可解釋成淫詩）。

爲了更清楚地說明這一點，讓我們再來看與《叔於田》在內容上相類似的《唐風・揚之水》。此詩之《小序》云：

揚之水，刺晉昭公也。昭公分國以封沃。沃盛強，昭公微弱。國人將叛而歸沃焉。

第一章的《正義》云：

桓叔之得民心如是，民將叛而從之，而昭公不知，故刺之。

根據疏家的解釋，《揚之水》全詩敘述的是桓叔得民心、曲沃日漸強盛，民衆歸附於他的情形。這裏出現的民衆是圖謀背叛主君的不道德之衆。但詩人與詩中的民衆不同，他知道民衆的行爲不道德，試圖喚起君主的注意，因此自己假扮民衆來敘述他們的想法。雖然詩句中並未顯示有這樣的一個結構，但通過說明作者置身於詩中世界之外，就可避免使作者成爲不道德之人。

而朱熹《詩集傳》的看法則與此不同：

晉昭公封其叔父成師於曲沃，是爲桓叔。其後沃盛強而晉微弱，國人將叛而歸之，故作此詩⋯⋯故欲以諸侯之服從桓叔於曲沃，且自喜見君子而無不樂也⋯⋯聞其命而不敢以告人者，爲之隱也。桓叔將以傾晉而民爲之隱，蓋欲其成矣。

從"國人將叛而歸之，故作此詩"可知，朱熹認爲國人就是詩的作者。在這首詩中，朱熹沒有解讀出"詩人故意引用不道德的國人之言辭"這樣的結構，而是將詩人直接等同於不道德的國人（《詩本義》中雖有對本詩的解釋，但從中無法看出歐陽修對於詩人與詩中敘事者關係的看法）。

從以上兩個例子可知，當認爲詩中的敘事者依據不道德價值觀時，唐代疏家的處理方式是區分詩中敘事者與作者，認爲詩人爲了實現某個道德目的而引用了不道德人物的言辭。如此，則詩歌內容雖不道德，卻能保證作者是道德的。這一觀念與歐陽修相同。而朱熹並無如此顧慮，即使詩中內容被解讀爲不道德的，他也並不區分敘事者與作者。朱熹不認爲詩的作者總是道德的，他可以接受不道德的作者存在這件事。

這與淫詩說的情況基本一致，我們可以把朱熹對於這類詩篇的解釋稱爲"類淫詩說"（"類淫詩說"對我們考察朱熹的淫詩說有很高的參考價值，這個問題筆者擬另寫文章專門討論）。

在那裏他也爲了保持作者的道德性而認爲詩中的叙事者與作者並非同一人,因此不得不假設言外之意。歐陽修之所以取這樣的觀點,是因爲想要儘量按照《小序》的規定來解釋。從宋代《詩經》學"以詩說詩"的脉絡來說,歐陽修的解釋理念和方法仍受到漢唐《詩經》學的強大影響。如上文所引用的,黃雅琦討論了漢唐《詩經》學的弱點,指出"以《小序》爲代表的美刺説,在詮釋學操作上所犯的最嚴重失誤,首先在於未能釐清聖人之志與詩人之志的不同"。這個説法對歐陽修也同樣適用。正如黃雅琦所説,克服這一問題是朱熹《詩經》學的重大成果。

黃雅琦關於漢唐《詩經》學的美刺説問題還有一個論述:

> 其次則在(以《小序》爲代表的解釋)任意取消了讀者的文本詮釋權。而朱熹之"淫詩説"……以及聖人存"淫詩"而未刪,是爲了"惡可戒"等説法,則將詮釋權還給了讀者,也等於間接承認了文本在詮釋獲得中的優先性。①

這裏雖然説朱熹的淫詩説將解釋文本的權利重新還給了讀者,但是否真是這樣呢? 筆者前面曾推測淫詩説成立的理由,或者換句話說,可以期待讀者解讀出詩句表面所無之意的理由,是"淫詩的詩句叙述的是不道德内容,讀了這些後誰都會認爲這是應當唾棄的行爲、感到厭惡"。這或許是將問題過度單純化了。黃雅琦從另一個方面敏鋭地指出了淫詩説中包含的弱點:

> 其實,作者以有邪之思作之,讀者却能以無邪之思見之,就詮釋學的理論來説,自是可有之義。然而問題在

---

① 參見黃雅琦前揭論文第213頁。

於,如果承認文本內容爲"有邪",就無法保證每一位讀者都能做出"無邪"的詮釋。①

這是説,淫詩説預設的一個前提是詩歌作者善惡賢愚各自不同,但其另一個前提爲:詩歌讀者都是能正確認識淫詩之"有邪"性質的賢明良善之人,這對於學説而言是破壞其内部統一性的。萬一有讀者讀了淫詩後對其内容抱有憧憬,則《詩經》豈不是非但無法發揮道德教化的功能,還會成爲有害於世的書籍嗎?在朱熹看來,孔子將淫詩編入《詩經》時,確信讀到這些詩的人也同樣會對詩中内容懷有厭惡感。淫詩説能容許作者的多樣化,却没有考慮讀者的多樣性。既然將讀者會産生同樣的厭惡感作爲前提,那麽淫詩説或許就不能説是如黄雅琦所言,恢復了讀者對文本的解釋權。歐陽修將"詩人之意"與"作者之志"視爲一體而導致了矛盾,朱熹的解釋學體系是爲了將此矛盾合理解決而形成的,但它自身内部也存在矛盾。

劉原池説:

可見,解讀詩文,讀者必須處於"虚心"的閲讀狀態,不能存有先入爲主的詮釋,纔能全面掌握詩文的本意。朱熹一再强調要虚心静慮,他説:"虚心平氣,本文之下打疊,交空蕩蕩地。"這並非指一種特殊的閲讀心理狀態,而是要求"不用留一字先儒舊説",亦即要擺脱漢儒説《詩》的遮蔽。因此,"以己意迎取作者之志"即與作品的對話,是以"虚静"爲必要的先決條件,只有處於"虚心平氣"的狀態中,纔能真正做到無執無礙的"以己意迎取作者

---

① 參見黄雅琦前揭論文第214頁。

之志"。①

朱熹設定的讀者,是在讀書時使自己的精神達到虚心狀態、排除先入爲主觀念的人。在劉原池引用的文章中,朱熹還説:

> 一切莫問,而唯本文本意是求,則聖賢之指得矣。若於此處先有私主,便爲所蔽而不得其正。②

由此可知朱熹認爲讀書時要有極純粹且嚴正的態度,否則就會陷入誤解。對他而言,讀書行爲是極爲神聖且嚴格的。這也説明朱熹没有考慮到讀者的精力、智力、判斷力程度各有不同。

歐陽修在《本末論》中提出導致詩歌意義多樣性的四種主體,"詩人之意""太師之職""聖人之志""經師之業",它們都處於與送出信息相關的方面。也就是説,《本末論》是關於送出信息方面多樣性的理論,它没有考慮到接受信息的讀者方面因(賢愚善惡等的)多樣性而導致的詩歌意義多樣化。即是説他的觀念是,信息送出者——無論是一個或是幾個——在詩中添加其想要表達的意思,且這意思能够保持原汁原味地傳達給讀者。

而朱熹的淫詩説的確考慮了讀者接受的形式,提及了讀書行爲引發讀者心中道德反應的機制。但他也没有考慮到讀者領會到的意思是多樣化的。歐陽修《本末論》雖與朱熹有同樣的問題,但其理論是關於送出信息方面的,能够自圓其説,因此問題並不明顯。而淫詩説將讀者的接受作爲機制的要

---

① 劉原池前揭書第 330 頁。
② 《晦庵先生朱文公文集》卷四八《答吕子約》,《朱子全書》,第 32 册,第 2213 頁。

素,認爲道德力量是讀者閱讀淫詩後自然生出的反應,由於這忽略了對於多樣性的考慮,就使問題凸顯出來。

此外,朱熹淫詩說還有一個無法自圓其説之處,即關於將淫詩編入《詩經》者的意志的問題。

淫詩説的一個前提是,有一個基於《詩經》編者縝密考量的堅定意志。也就是説,《詩經》的編者孔子相信淫詩能以一種相反機制發揮對讀者的道德力量,因此將淫詩編入了《詩經》。

然而,朱熹認爲孔子編纂《詩經》時,並沒有對當時留存的詩篇作取捨選擇。這與疏家的觀點相近。他認爲《詩經》形成現在的面貌與孔子無關:

> 怕不曾刪得許多。如太史公説古詩三千篇,孔子刪定三百,怕不曾刪得如此多。①
>
> 人言夫子刪詩,看來只是採得許多詩,往往只是刊定。②
>
> 人言夫子刪詩,看來只是採得許多詩,夫子不曾刪去,往往只是刊定而已。③
>
> 問刪詩。曰:"那曾見得聖人執筆刪那個、存這個。也只得就相傳上説去。"④

然而,朱熹對孔子與《詩經》之形成的關聯度估計得這樣低,就無法充分説明上文中編者對於淫詩的綿密考量與目的。

就這一點來説,作爲説明淫詩存在的理論,反而是歐陽修的觀點在内部更協調一致。歐陽修認爲孔子從當時留存的三

---

① 《朱子語類》卷二三《論語五・爲政篇上》,第 542 頁。
② 同上書,第 542 頁。
③ 同上。
④ 《朱子語類》卷八〇《詩一・綱領》,第 2065 頁。

千首詩中選取三百首，並加以必要改動，編成了《詩經》。淫詩說既然認爲編者考慮了詩篇給讀者帶來的效果後編成了《詩經》，那麼歐陽修的觀點本來就是更能支持它的理論。

　　明白了朱熹淫奔詩中存在的以上難點後，讓我們再來考慮一下讀者怎樣纔能正確獲得詩篇的道德信息。淫詩本身的內容只是相愛的男女表達真情，如何纔能使任何人都將其作爲反面教材閱讀、從中得出道德教訓？答案是，要讓讀者忠實地閱讀朱熹的解釋。也就是說，用朱熹的解釋來支配讀者的解讀。這樣一來，淫詩說就能夠使注釋者，也就是朱熹本人獲得絕對權威地位，注釋就變成了複製自己這個理想讀者的媒介。從這個意義上來說，朱熹"此淫奔期會之詩也"（《邶風·靜女》集傳）、"淫女戲其所私者曰"（《鄭風·山有扶蘇》集傳）等注，就與思古詩之《序》中"此陳古刺今""思古傷今"的說法具有同樣的功能，儘管他否定後者，認爲那不過是來自外部的規定。諷刺的是，爲了使淫詩成爲千萬讀者的道德之鑑，就必須有朱熹的注釋，就此而言，朱熹的淫詩說與思古傷今說是相似的。

第十五章　詩人的視線、投向
詩人的視線
—— 關於"詩中叙事者與作者之關係"
問題的觀念變遷

一、問題的設定

在"創作—接受·解釋—再接受·再解釋"的過程中，《詩經》的詩篇容納了多種意義位相，它們分屬多個層面，彼此關聯又各自相異。車行健指出，歷代的《詩經》學者已經認識到了這一點，他還列舉了其中的代表性言論①。現將其整理如下：

一、詩人之意（本義）、太師之職（末義）、聖人之志（本義）、經師之業（末義）　　（北宋歐陽修《詩本義·本末論》②）

---

① 車行健《詩本義析論——以歐陽修與龔橙詩義論述爲中心》（臺灣里仁書局，2002年）第一章，第3頁。
② 詩之作也，觸事感物，文之以言，美者善之，惡者刺之，以發其揄揚怨憤於口，道其哀樂善怒於心。此詩人之意也。古者國有采詩之官，得而錄之，以屬太師，播之於樂。於是考其義類而別之，以爲風、雅、頌而比次之，以藏于有司，而用之宗廟朝廷，下至鄉人聚會。此太師之職也。世久而失其傳，亂其雅頌，亡其次序，有采者積多而無所擇。孔子生於周末，方修禮樂之壞，於是正其雅頌，刪其繁重，列於六經，著其善惡，以爲勸戒。此聖人之志也。周道既衰，學校廢而異端起，及漢承秦焚書之後，諸儒講説者，整齊殘缺以爲之義訓，耻於不知，而人人各自爲説，至或遷就其事以曲成己學，於聖人有得有失，此經師之業也。（《詩本義·本末論》）

二、詩人之意、編詩之意(清姜炳璋《詩序補義・綱領》)[1]

三、作詩者之心、采詩編詩者之心、説詩者之心、賦詩引詩者之心　　　　　　　　　(清魏源《詩古微》)[2]

四、作詩之誼、讀詩之誼、太師采詩・瞽矇諷誦之誼、周公用爲樂章之誼、孔子定詩建始之誼、賦詩・引詩・節取章句之誼、賦詩寄託之誼、引詩以就己説之誼 (清龔橙《詩本誼》)[3]

以上四家所述的意義位相,儘管繁簡不同,却有相同之處。龔橙將"讀詩之誼("誼"爲"義"的古今字[4])"與以下諸"誼"相提並論,然而,儘管太師、瞽矇、周公、孔子等因其各自的立場而有不同的目的與方針,但他們的諸"誼"都以"讀(或用其他方法享受)詩"行爲爲前提,就此而言,它們都應被列爲"讀詩之誼"下面的細目。因此,龔橙的説法就可以被簡化爲"作詩之誼——讀詩之誼"這樣的模式。姜炳璋將"編詩之意"與"詩人之意"並舉,不過,《詩經》的編輯行爲,是編者按自己的觀念來解讀詩意,在此基礎上將既有的詩歌編輯在一起,如果從這個角度來看,則"編詩之意"大致也可看作是"讀詩之意"。那麼,四種説法都是圍繞著"詩人想通過詩歌表達的意思"(即本義)與"受衆通過解釋解讀出的意思"之間的關係形

---

① 有詩人之意,有編詩之意。如《雄雉》爲婦人思君子,《凱風》爲七子自責,是詩人之意也。《雄雉》爲刺宣公,《凱風》爲美孝子,是編詩之意也。朱子順文立義,大抵以詩人之意爲是詩之旨,國史明乎得失之跡,則以編詩之意爲一篇之要。(清・姜炳璋《詩序補・綱領》)
② 夫詩有作者之心,而又有采詩、編詩者之心焉,有説詩者之心,而又有賦詩、引詩者之心焉。(清・魏源《詩古微》)
③ 有作詩之誼,有讀詩之誼,有太師采詩、矇瞽諷誦之誼,有周公用爲樂章之誼,有孔子定詩建始之誼,有賦詩引詩節取章句之誼,有賦詩寄託之誼,有引詩以就己説之誼。(清・龔橙《詩本誼》)
④ 據《説文解字注》第三篇上《言部・誼》。

成的。四說的差異,只在於將受衆的類型區分得有多詳細。

不過,在以上四家指出的之外,歷代《詩經》注釋者還注意到了另一種意義位相,這就是:應該將詩歌的敘述者與作者(詩人)看作同一人,還是區分開來? 或者還包括這一點:是否應該將詩中的主人公與敘述者看作是同一人? 換句話說,這裏的問題是,是否應該在"作詩之意"内部繼續細分。對這個問題,歷代的《詩經》學者態度不一,其態度也影響了對詩歌的解釋。

《正義》中常有"詩中敘事者或主人公並非作者"的說法,對此,學者們已經有所注意,例如楊金花就指出:"孔穎達……認識到……詩中的事主也不等同於作者本人。"[1]筆者也曾指出,這可以作爲一個例證來說明《正義》已經認識到,至少詩歌的一部分是虚構的[2]。將詩歌的叙事者與作者區分開來,這似乎可以說是《正義》的解釋學成果之一。然而,這樣的判斷是否真的合適,還需要經過慎重的考察。

著名的淫詩說是朱熹《詩經》解釋的特色,這種說法認爲《詩經》的部分詩篇講述了不道德之事,而孔子之所以將它們收録進《詩經》,是期待讀者讀過淫詩後對詩中行爲感到厭惡,從而立志過道德生活。淫詩說認爲,正是由於這些詩篇謳歌不道德的行爲和情感,且毫無反省,因此可以期待讀者對此心生厭惡,使之成爲反面教材。因此,從"毫無道德反省"的角度上來說,"詩中的敘事者/主人公與作者是同一人"觀念是淫詩說成立的前提條件。實際上《集傳》的解釋也認爲這些詩是作者講述自己的行爲[3]。《集傳》中有許多以此觀點爲基礎形成

---

[1] 楊金花《〈毛詩正義〉研究——以詩學爲中心》,中華書局,2009 年,第 108 頁。
[2] 參考本書第十三章。
[3] 淫詩說的例子,在檀作文《朱熹〈詩經〉學研究》(學苑出版社,2003 年)中有詳細討論。

的解釋,包括淫詩説和其他説法,檀作文、王倩關注到這個現象,將之稱爲"詩歌抒情主體與作者的一體化",認爲這是朱熹作出有高度文學性解釋的重要原因①。據此,則《正義》中"詩歌叙述者與作者並非同一人"的看法反而阻礙了對詩篇抒情性的充分把握。爲何會如此?關於這個問題,用我們現在通常對文學的理解無法完全得到答案。

在歷代的《詩經》解釋學史上,有一個主流的解釋觀念,認爲《詩經》中的人物在歷史上實際存在,其中講述的事情曾真實發生過②。《正義》是漢唐《詩經》學中的集大成者,它當然是依據"以詩附史"觀念形成的。詩中所述爲實事,叙述者却不是當事人,那麽詩歌作者到底在此扮演什麽角色?——疏家怎樣看待這個問題?我們可以想象,在他們的觀念結構中應當有一個特殊的邏輯。

這個問題對於考察《詩經》之文學性解釋的歷史而言很重要,因此迄今爲止已有多位研究者討論過,尤其是檀作文、王倩在討論朱熹《詩經》學時,對此有詳細研究。不過圍繞這個問題,還有不少值得繼續關注的點,比如其歷史性發展的樣貌、它與"對《詩經》編輯者之看法"問題的關係、它與追求道德性質的解釋之間的關係等等。本文想爲這些問題的解決做一些基礎的工作,比較集漢唐《詩經》學之大成的《正義》、宋代《詩經》學的先驅歐陽修、宋代《詩經》學的集大成者朱熹這有

---

① 檀作文前揭書、王倩《朱熹詩教思想研究》(北京大學出版社,2009年)。
② 參考本書第十一章。關於"'以詩附史'是漢唐《詩經》學的特徵,到宋代受到批評"的説法,應當注意的是,宋人的批評充其量是針對"詩中講述之事對應著歷史上的著名事件"觀念而言,宋代以來的《詩經》學儘管批評這種説法穿鑿,但他們也還是認爲詩中所述之事並非出自虛構,而是在歷史上某個時間點真實發生過。朱熹的淫詩説也是在這種觀念基礎上形成的。

代表性的三家的觀念形態。在考察中，自然要對檀作文、王倩等先行研究者的成果多有仰仗。

詩人對詩歌世界投射了怎樣的視線？詩人從詩歌內部用怎樣的視線凝視著我等讀者？歷代的《詩經》學者用何種視線來看待詩人？本文的研究就將圍繞《詩經》之詩篇來討論"視線"的問題。

再有，如上文提到的，關於人格的一致不一致，除了詩中的敘事者與作者之外，還包括了詩中主人公與敘事者之關係的問題。不過，本文主要討論第一個問題，而附帶論及後者。這是因爲，在歷代的《詩經》解釋中，以"詩中主人公與敘事者爲同一人"觀念爲基礎的解釋很多，筆者的做法可以避免本文的論證陷入繁雜。

本文比較每首詩的《正義》《詩本義》、朱熹《詩集傳》以及《詩序辨説》的不同解釋。爲了便於對比各説法，在引用時本文將詩篇按序編號，並加上[正義]、[詩本義]、[集傳]、[辨説]的簡稱。

二、關於"詩中敘事者與作者關係"問題的多種看法

要討論上一節提出的衆多問題，先要概括瞭解圍繞"詩中敘事者與作者關係"問題的多種看法及其流變。因此，我們將以《衛風·氓》爲例，來看《正義》、歐陽修、朱熹三家的解釋。

本詩講述的是，衛宣公時，不道德風氣在世間蔓延，女子聽信浪蕩男子的言辭而與他私奔，容色衰老後又遭其抛棄，因此怨懟男子，并後悔自己年輕時的輕率舉動。對此，《正義》曰：

（一）—[正義]其中或有困而自悔棄喪其妃耦者，故敘此自悔之事，以風刺其時也。美者，美此婦人反正自

悔,所以刺當時之淫泆也。

如"匪來貿絲,來即我謀""自我徂爾,三歲食貧"所顯示的,本詩的敍事方式是女性用第一人稱講述自己的遭遇。《正義》却説:"故敍此自悔之事,以風刺其時也。"認爲詩中敍事者與作者並非同一人,詩中女性所述的事件是經由作者敷述成詩的。《正義》還説,作者像這樣敍述女性的不幸,是爲了批判當時的不正之風,這説明《正義》認爲本詩是作者帶著社會性目的而作成的。同時,"其中或有……者"的説法説明,《正義》認爲詩中講述的人物和事件都真實存在,這是其解釋的觀念基礎。在《正義》看來,本詩是這樣形成的:真實女性講述自己的親身經歷,而後由身處事件之外的詩人將之敷述成詩。《正義》設想了與詩歌內容有關的"真實存在的當事人、也即敍事者"以及"敷述作詩的詩人",這樣一來詩歌內容與其表現形式之間就並非直接連結,而是通過某種濾鏡似的中介,敍述視角因此發生了偏折。

《正義》將詩中的敍事者與作者看作不同之人,這是依從了《小序》之説。本詩的《小序》云:

> 《氓》,刺時也。宣公之時,禮義消亡,淫風大行,男女無別,遂相奔誘。華落色衰,復相棄背。或乃困而自悔,喪其妃耦,故序其事以風焉。美反正,刺淫泆也。

《小序》説:"《氓》,刺時也。"明確表示本詩的寫作並非出於"不幸女子悲歎其身世"這樣的個人目的,而是有其社會性目的。並且《小序》還説"美反正,刺淫泆",認爲本詩從道德角度評價女性的行爲。由此觀點出發來看,詩中敍事的女性就不可能是作者。《正義》依從《小序》的這個看法,認爲詩中敍事者與作者並非同一人。因此,"詩中敍事者並非詩歌作者"

這個看法並非創始於《正義》,而是作爲基本觀念一直貫穿於漢唐《詩經》學中。

歐陽修也有同樣的觀念。《詩本義》云:

(一)—[詩本義]今考其詩一篇始終,皆是女責其男之語……據詩所述,是女被棄逐,怨悔而追序與男相得之初殷勤之篤,而責其終始棄背之辭云……

從上面的説法來看,歐陽修似乎認爲本詩是詩中女性自己創作的。不過,他又説:

據《序》但言"序其事以風",則是詩人序述女語爾。
詩述女言"我爲男子誘而奔也"。

從"詩人序述女語""詩述女言"的説法可以知道,歐陽修與《正義》一樣,以《小序》的説法爲基礎,將詩中叙事者與作者看作不同之人①。

朱熹則有不同看法。《集傳》將本詩看作淫詩,有如下

---

① 歐陽修《詩本義》卷二《野有死麕・論》云:
《詩》三百篇,大率作者之體不過三四爾。有作詩者自述其言以爲美刺,如《關雎》《相鼠》之類是也。有作者録當時人之言以見其事,如《谷風》録其夫婦之言、《北風其涼》録去衛之人之語之類是也。有作者先自述其事,次録其人之言以終之者,如《溱洧》之類是也。有作者述事與録當時人語,雜以成篇,如《出車》之類是也。然皆文意相屬以成章。

歐陽修在此將詩中"事"的表達方式分爲了四類:一、作者用自己的話叙述,二、記録當時人們的言辭,三、作者的話和當時人們的言辭前後並列,四、作者的話和當時人們的言辭交錯出現。第二、第三、第四是"記録"當時人的言辭,可知這裏認爲詩歌講述的是實事,詩中的話語也曾真實被説出。一所舉的例子《關雎》,在歐陽修看來是"思古傷今""陳古刺今"之詩;而《相鼠》是痛駡當時執政者的言辭。"思古傷今""陳古刺今"的詩是用詩人的言辭來再現事實,儘管對於其内容的真實性問題,歐陽修的態度有不少模糊曖昧之處,但若暫時不考慮這一點的話,一的内容基本上也可看作以事實爲基礎。即是説,歐陽修設想《詩經》的内容全部是基於、並記録(歷史或現實)事實的。

説法：

（一）—［集傳］此淫婦爲人所棄，而自述其事，以道其悔恨之意也。

朱熹説："淫婦……自述其事。"認爲本詩的作者即叙事的女性本人。《正義》與歐陽修認爲詩歌叙事者與作者之間存在的差距，在朱熹這裏則消失了。

上文提及，《正義》、歐陽修認爲叙事者與作者並非同一人，這是依從了《小序》的説法，而朱熹在《詩序辨説》中對本詩《小序》有如下批評：

此非刺詩。宣公未有考。"故序其事"以下亦非是。其曰"美反正"者，尤無理。

他在此否定了本詩爲刺詩的説法。由此可確認，將詩中叙事者與作者看作同一人的觀念，與否定《詩序》之"美刺"説有密切關聯。

以上内容或許可以勾勒出本文所討論問題的簡圖。關於詩中叙事者／主人公與作者的關係，《正義》（及其所總結的漢唐《詩經》學）認爲二者不重合，歐陽修繼承了這個看法，而朱熹的觀點則恰好相反。三者觀念的差異是從是否依從《小序》之説生發出來的，因此可以直接歸結到對於作詩目的的看法上：後者認爲作詩只是爲了表露個人的感慨，前者則認爲除此之外作詩也是爲了向社會傳達信息。

以上三者的注釋中，都使用了"述"（或"叙"，或其同義詞"序"）這個字。包含這些術語的詞句，多能顯示注釋者關於一系列問題的看法：詩中内容在什麽立場上、以何爲基礎、用怎樣的材料來完成詩句的表達？由此入手，或許就更便於收集考察問題的材料。下一節將運用這個關鍵字，依據上面勾勒

三、詩人是信息傳遞者——《正義》的觀點

《正義》在解釋中將詩中叙事者與作者區分開來,這會引出什麽樣的問題呢?來看下面的幾個例子。

《鄭風·出其東門》的首章云:

> 出其東門,有女如雲。雖則如雲,匪我思存。縞衣綦巾,聊樂我員。

《毛傳》與《鄭箋》對本詩的解釋有很大不同①,不過本文關注的是鄭玄的解釋及《正義》對它的敷衍:

> (二)—[正義]鄭以爲,國人迫於兵革,男女相棄,必不忍絶,眷戀不已。詩人述其意而陳其辭也。言鄭國之人,有棄其妻者,自言出其東門之外,見有女被棄者,如雲之從風,東西無定。此女被棄,心亦無定如雲。然此女雖則如雲,非我思慮之所存在,以其非己之妻,故心不存焉。彼被棄衆女之中,有著縞素之衣、綦色之巾者,是我之妻,今亦絶去,且得少時留住,則以喜樂我云。民人思保室家,情又若此。迫於兵革,不能相畜,故所以閔之。

《正義》依據《鄭箋》之說概況了本章大意,其中有"詩人述其意而陳其辭也"之句。"其"指的是上文"國人"中的"男女相

---

① 《毛傳》云:"思不存乎相救急……願室家得相樂也。"《正義》認爲這是詩人憐憫生別的夫婦而作,有如下疏通:"言我出其鄭城東門之外,有女被棄者衆多如雲……詩人閔之,無可奈何,言雖則衆多如雲,非我思慮所能存救。以其衆多,不可救拯,唯願使昔日夫妻更自相得……詩人閔其相棄,故願其相得則樂。"

棄"之"男女"。由此可知,《正義》認爲本詩的作者講述了詩中叙事者的思想和言辭,形成詩歌。

不過,上面的疏中也提到,在本詩寫作的時代,有許多人被配偶遺棄。那麽在這種情況下,詩人陳述"其意"與"其辭",也有可能是綜合許多人的言行而作成詩歌的吧? 如果是這樣,那麽儘管本詩是根據歷史事實寫成的,但它是從多種材料中選取與詩歌相應的言行、並組織成一個故事而寫成的,在創作過程中詩人的主體性質也就變得相當大。《正義》是否確實這樣看待詩人的作用?

要討論這個問題,可以參考《鄭箋》對本章末兩句的箋注:"縞衣(輕而薄的白色衣物)綦巾(飾有青色花紋的圍巾)①,己所爲作者之妻服也。""己所爲作者"説明,鄭玄認爲本詩是作者代替某個人創作的。由此可知,《正義》認爲作者以第三人的立場創作此詩,這觀點來自《鄭箋》。再者,《正義》還有以下敷衍:

> 則詩人爲詩,雖舉一國之事,但其辭有爲而發,故言"縞衣綦巾,所爲作者之妻服也"。"己"謂詩人自己。

《正義》説"舉一國之事",是繼承本詩《小序》來的。《小序》有"閔亂"②之語,規定了詩中講述的並非個别人物的事件,而是整體狀況。《正義》説,詩歌雖然意在呈現國家整體的狀況,但在具體表達時,却要落實在個別的事件上。詩歌包含的主題與其具體表達的内容有所區别。詩中的"縞衣綦巾",也是描述詩人"爲其作"這詩句的人的妻子之情況,也就是鄭

---

① 《鄭箋》云:"綦,綦文也。"《正義》云:"……綦是文章之色,非染繪之色……謂巾上爲此蒼文,非全用蒼色爲巾也。"
② 《出其東門》之《序》的全文是:"《出其東門》,閔亂也。公子五爭,兵革不息,男女相棄,民人思保其室家焉。"

玄所謂"已所爲作者"。《正義》認爲,本詩創作的意圖帶有社會性,以真人真事爲素材,就詩歌內容本身而言,是忠實地模仿現實的作品。

詩人以第三人視角叙述,這觀點喚起了疏家的特別關注:作者是通過怎樣的途徑獲知了詩中的內容?《邶風·谷風·序》云:"《谷風》,刺夫婦失道也。"對此,《正義》云:

> (三)—[正義]此指刺夫接其婦不以禮,是夫婦失道,非謂夫婦並刺也。其婦既與夫絶,乃陳夫之棄己,見遇非道,淫於新婚之事。

"其婦……乃陳……"的說法似乎說明,《正義》認爲本詩是被丈夫遺棄的妻子自己創作的。對本詩中的"涇以渭濁,湜湜其沚"一句,《鄭箋》云:"此絶去所經見,因取以自喻焉。"似乎《鄭箋》的看法是,詩中叙事者——妻子,在講述自己親見的風景。且《正義》對此有如下說法:

> 《鄭志》張逸問何言"絶去",答曰:渭在東河,涇在西河,故知絶去,不復還意。以涇不在衛境①,作詩宜歌土風,故信絶去。此婦人既絶,至涇而自比己志。

從"此婦人……自比己志"來看,這種印象愈深。然而,從接下來的《正義》看,却並非這樣:

> 邶人爲詩得言者,蓋從送者言其事,故詩人得述其意也。禮,臣無境外之交。此詩所述,似是庶人得越國而昏者。

這裏顯示的觀念是,本詩並非詩中的叙事者(被丈夫拋棄

---

① 渭水流經現在的甘肅、陝西,在華山以北匯入黃河,而衛國領地在今天的山西、河北一帶,二者隔離。

的妻子)所作,而是詩人聽聞了這個女子的話語後寫成的。並且,根據《正義》的猜測,詩人不是直接從女子那裏聽聞,而是從送了女子一段路程的人那裏聽説了事情的來龍去脈以及女子的話。這裏假設了"女子(叙事者)——送行者——詩人"這樣二重的傳聞關係。詩人並非事件的當事人,甚至並非旁觀者,而只是風聞者,他與詩中事件的關係很淺。

從這樣的觀念出發來看,上文"此婦人既絶,至涇而自比己志"一句是什麽意思? 就這一句來看,詩中的比喻並非詩人,而是女性本人説的。也就是説,詩中的内容是由叙事者表述的,詩人不過是直接拿來寫成詩而已。詩人對詩歌的創造性操作,基本上被疏家忽略了。疏家認爲,無論傳聞過程如何複雜,事實都毫無歪曲地呈現在了詩歌中。筆者此前分析《氓》的《正義》説:"《正義》設想了與詩歌内容有關的'真實存在的當事人,也即叙事者'以及'敷述作詩的詩人',這樣一來詩歌内容與其表現形式之間就並非直接連結,而是通過某種濾鏡似的中介,叙述視角因此發生了偏折。"但在本詩《正義》的奇妙設想中,儘管在真實事件及其呈現形式——詩歌——之間的確存在多個作爲介質的棱鏡,但内容的傳遞却似乎不受任何棱鏡的干擾、完美地保持了原樣。

"事件及其呈現形式——詩歌——以棱鏡爲介質",以及"儘管如此,内容仍保持原汁原味",這樣的奇妙觀念多次出現在《正義》的詩篇解釋中。例如,《小雅·小弁》之《序》云:"《小弁》,刺幽王也。大子之傅作焉",其《正義》曰:

(四)—[正義] 諸序皆篇名之下言作人(如"《何人斯》刺蘇公也""《巷伯》刺幽王也,寺人傷於讒,故作是詩也"等),此(《小弁》詩序)獨末言"大子之傅作焉"者,以此述太子之言。太子不可作詩以刺父,自傅意述而刺之,故變文以云義也。

幽王聽信讒言,放逐了太子宜咎,此詩表達了對幽王的怨情。但疏家認爲此詩並非宜咎所作,而是宜咎之傅陳述宜咎之言而作的。不過,太子之傅只是將太子的話整理成詩而已,並未改動内容①。

據《正義》的解釋,《小雅・四牡》講述文王慰勞結束任務、從遠方歸來的臣子之事,文王代替臣子,用第一人稱講述臣子的辛苦②。本詩之《鄭箋》云:

> 君勞使臣,述序其情。女曰:"我豈不思歸乎?誠思歸也。故作此詩之歌,以養父母之志,來告於君也。"人之思,恒思親也。

對此,《正義》曰:

> (五)—[正義]言"故作此詩之歌以養母之志來告於君"者,言使臣勞苦思親,謂君不知,欲陳此言來告君使知也。實欲陳言,云是"用作此詩之歌"者,以此(使臣之)實意所欲言,君勞而述之,後遂爲歌。據今(《四牡》之)詩歌以本之,故謂其所欲言爲"作歌"也。

關於這段《正義》,筆者在第十一章中曾指出:"雖説將使臣的思想感情用詩歌表達的確實是君主,但君主表達的是臣子自己想要向君主陳述("欲陳此言")的真實情感("實意"),君主將它們權且當做臣子想説的話來表達,然後又改寫成了詩歌形式。此處認爲君主講述的内容與使臣想要講述的一

---

① 太子用詩歌形式諷刺父親,這是不容於道德的,因此《小序》和《正義》認爲必須有一個太子的師傅來居中做這件事。本書第十七章第七節討論了這一段《正義》,請參考。
② 參考本書第十三章第五節。

致,君主只是代替臣子發言而已,其中幾乎不掺雜君主自己的設想因素。因此,假設性質基本喪失,變成無限接近於臣子講述事實的情形。"①在此,使臣的勞苦也被看作是通過文王這一棱鏡表達出來,但我們可以發現,《正義》本身似乎感到困惑,因爲它不知如何繼續在解釋中處理文王這個"棱鏡"的問題。

在《邶風·簡兮》中雖無以上那樣關於這種詩中叙事者與作者之關係的説法,却有説明詩中人物與作者關係的部分。根據漢唐《詩經》學的解釋,本詩首章和第二章是詩人客觀描寫碩人的模樣,卒章的叙述方式則忽然變化:

云誰之思,西方美人。彼美人兮,西方之人兮。

對此,《鄭箋》曰:"我誰思乎?思周室之賢者,以其宜薦碩人與在王位。彼美人,謂碩人也。"這是認爲卒章轉變成了主人公碩人的想法。《正義》對此轉換的説明是:

(六)—[正義]碩人既不寵用,故令我云:"誰思之乎。"思西方周室之美人。若得彼美人,常薦此碩人,使在王朝也。彼美好之碩人兮,乃宜在王朝爲四方之人兮,但無人薦之耳。

"碩人既不寵用,故令我云"説明了詩中人物(碩人)與詩中叙事者的關係,而不是上面討論的詩中叙事者與詩人的關係。不過,這裏認爲是碩人讓叙事者講述自己的想法,且叙事者儘管用第三人稱,但却忠實傳達了碩人之思。那麽,《正義》在這裏設想了圍繞詩歌的雙重關係,而没有設想叙事者的主動性,所以認爲詩歌内容没有受到棱鏡的干擾而變形。這與

---

① 參考本書第十三章第五節。

上文討論的、關於詩中敘事者與作者關係的看法相似。

如上,漢唐《詩經》學認爲,在詩歌講述史實的前提下,詩歌是由多個參與者以多層關聯的方式創作出來。這看似承認了作者作爲詩歌創作主體的意義,但實際上並非如此,儘管《正義》認爲詩篇由複數的參與者通過多層關聯而形成,但《正義》仍然不認爲詩歌內容由此變化。由此可發現《正義》之觀念——儘管不承認作者的實質作用,但《正義》仍將其與敘事者相區分——的扭曲之處。

四、《正義》之觀念的意義

《正義》認爲詩中敘事者與作者並非一人,換句話說,認爲一首詩表現的不是詩人自己的、而是第三人的體驗,其根據是什麼? 首先可以舉出的,是依從《小序》[①]。這一點,在討論《氓》和《小弁》時已經指出了。

反過來想,《正義》判斷某首詩是自述詩,其理由也可以從《小序》中尋求。例如,《邶鄘衛譜》的《正義》認爲《鄘風·載馳》是許穆夫人自己創作的,其根據主要來自《小序》的記載[②]:

(七)—[正義](a) 唯《載馳》一篇《序》云:"許穆夫人

[①] 這一點,檀作文、王倩等已經指出。檀作文說:"在具體解說這類作品時,《序》將其作者處理成事件的局外人("國史"一類人),他只是以第三人稱的身份來敘述這現象。"(檀作文前揭書第 82 頁)王倩說:"《毛詩》將詩歌的抒情主體與詩歌作者分割開來,時人是詩歌所敘世情的旁觀者,從總結政教的經驗教訓出發體察詩歌抒情主體的感情,冷靜分析詩作中蘊含的教化内容。"(王倩前揭書第 202 頁)

[②] 再舉一例。《正義》認爲《豳風·鴟鴞》是周公的自述詩,有如下說法:"故公乃作詩,言不得不誅管蔡之意,以貽遺成王,名曰《鴟鴞》……此周公自述己意。"《正義》這樣說的根據是本詩《小序》的說法:"《鴟鴞》,周公救亂也。成王未知周公之志,公乃爲詩以遺王,名之曰'鴟鴞'焉。"

作也。"《左傳》曰:"許穆夫人賦《載馳》。"①《列女傳》稱"夫人所作"②。或是自作之也……許穆夫人之詩得在衛國者,以夫人身是衛女,辭爲衛發,故使其詩歸衛也。

不過,在判斷詩中叙事者與作者是否同一人時,《正義》也未必完全依據《詩序》。從上面這段《正義》來看,儘管《小序》說得確定,《正義》却用了"或是自作之也"的模糊説法。從《正義》對《衛風・河廣》的解釋中,可以更清楚地看到這一點③。《邶鄘衛譜》的《正義》④曰:

(八)—[正義](b) 宋襄之母則身已歸衛,非復宋婦,其詩不必親作,故在衛也。

在此,疏家云:"其詩不必親作。"認爲《河廣》並非宋襄公的母親自作。兩首詩的《序》在記述方法上有所差異,從中可以發現《正義》中以上判斷的理由:

《載馳》,許穆夫人作也。閔其宗國顛覆,自傷不能救也。衛懿公爲狄人所滅,國人分散,露於漕邑。許穆夫人

---

① 杜預注云:"《載馳》,《詩・衛風》也。許穆夫人痛衛之亡,思歸唁之,不可,故作詩以言志。"
② 漢・劉向《古列女傳》卷三《仁智・許穆夫人》(《四部叢刊》正編14,據長沙葉氏觀古堂藏明刊本影印本)云:"許夫人馳驅而吊唁衛侯,因疾之而作詩云。""許不能救,女作《載馳》。"
③ 對本詩的《小序》,《鄭箋》云:"宋桓公夫人,衛文公之妹,生襄公而出。襄公即位,夫人思宋,義不可往,故作詩以自止。"認爲本詩是宋襄公夫人自作。此處的《正義》説:"作《河廣》者,宋襄公母。本爲夫所出而歸於衛。及襄公即位,思欲嚮宋而不能止,以不可往,故作《河廣》之詩以自止也。"同意鄭玄的見解。同樣的疏家,却對《邶鄘衛譜》和《河廣・序》有明顯相互矛盾的解釋,這應該看作是《正義》掇取六朝多種義疏成書時的粗糙痕跡。與此相同的例子還有《大雅・抑》,參考本書第十七章的討論。
④ 《邶鄘衛譜》中"七世至頃後,當周夷王時,衛國政衰,變風始作,故作者各有所傷,從其國本而異之,爲邶、鄘、衛之詩焉"的《正義》。

閔衛之亡,傷許之小,力不能救,思歸唁其兄,又義不得,故賦是詩也。

《河廣》,宋襄公母歸於衛,思(兒子所在的宋國)而不止,故作是詩也。

《載馳》之《序》明言"許穆公夫人作也",《河廣》之《序》則不言"宋襄公母作也",而是説"故賦是詩也"。後一句没有指明主語,可以理解爲"宋襄公母作也",也可以理解成"詩人看到宋襄公母親的情形而作"。《正義》認爲《河廣》與《載馳》不同,詩中叙事者與作者並非同一人,或許就是根據這一點作出的判斷。因此,儘管不能説《邶鄘衛譜》的《正義》不遵從《小序》之説,但可見疏家(或者説後來構成《正義》基礎的六朝義疏的著者們)這樣解釋這句話的依據在《小序》之外的某些地方。這是爲什麽?要討論這個問題,必須詳細考察這部分之前和之後的《正義》:

(八)—[正義](c)《木瓜》①美齊,《猗嗟》②刺魯,各從所作之風,不入所述之國。

在(a)(b)(c)的《正義》中,論及了關於叙述對象、叙事者、作者三者之間關係的三種類型,下面用表格來表示。表1中有陰影的部分,是與詩篇出處有所不同的點:

《木瓜》《猗嗟》的情況比較單純,不管其内容講述哪國之事,它們都被編入了詩歌創作地的《國風》。而《載馳》與《河廣》的情況則稍爲複雜。這兩首詩的共同之處在於,它們都講

---

① 《木瓜》之《小序》曰:"《木瓜》,美齊桓公也。衛國有狄人之敗,出處於漕,齊桓公救而封之,遺之車馬器服焉。衛人思之,欲厚報之,而作是詩也。"
② 《猗嗟》之《小序》曰:"《猗嗟》,刺魯莊公也。齊人傷魯莊公有威儀技藝,然而不能以禮防閑其母,失子之道,人以爲齊侯之子焉。"

表 1 《邶鄘衛譜》之《正義》中提及的詩歌內部關係的三種類型

	《木瓜》《猗嗟》	《載馳》	《河廣》(《詩譜》《正義》與詩篇《正義》異說)
出處	衛、齊	鄘(衛國的一部分)	衛
作者	衛人、齊人	異國(許)人	衛人
詩中叙事者	衛人、齊人	異國(許)人 衛國出身 叙事者＝作者	原異國(宋)人 衛國出身→歸衛 叙事者≠作者
叙述對象、內容與出處之間的關係	異國（對齊人、魯人的美刺）	本國(對衛的思念)	異國(對宋的思念)
被收入出處的理由	詩被創作並編入《國風》未被編入所述國的《國風》	作者原是衛國人 叙述對衛國的思念	主人公已歸衛＝不是宋國人 不是自作

述住在某國的女性思念另一國之事。《載馳》講述嫁到許國的女性思念娘家衛國,《河廣》則講述回到娘家衛國的女性懷念曾經嫁去的宋國。《正義》對《載馳》的解釋是：被認爲是《載馳》作者的許穆夫人悲痛於故鄉衛國的滅亡,想要親自回到衛國,却因爲不合於諸侯夫人的行爲準則而放棄,她在詩歌中表達了這種思想。她在許國作的詩被收入了衛國的一部分——鄘地的《國風》中,《正義》對此解釋道："夫人身是衛女""辭爲衛發",以使之變得合理。而《河廣》被認爲講述了嫁到宋國並生子、後來回到娘家衛國的女性,在兒子即位後思念宋國之事。這首詩被收入《衛風》而非"宋風",《正義》給出的理由是：

"宋襄之母則身已歸衛,非復宋婦""其詩不必親作"。

疏家又有以下説法:

> (八)—[正義](d)《緑衣》《日月》《終風》《燕燕》《柏舟》《河廣》《泉水》《竹竿》述夫人、衛女之事,而得分屬三國(邶、鄘、衛)者,如此《譜》説,定是三國之人所作,非夫人、衛女自作也。《泉水》《竹竿》俱述思歸之女,而分在異國(《邶風》《衛風》),明是二國之人作矣。女在他國,衛人得爲作詩者,蓋大夫聘問往來,見其思歸之狀,而爲之作歌也。

"女在他國,衛人得爲作詩者,蓋大夫聘問往來,見其思歸之狀,而爲之作歌也"的説法值得注意。這體現了上一節討論的、對詩人之情報來源的關注。由此可知,疏家認爲詩歌創作的過程中有情報的跨國流通,這導致了詩歌所述之事發生的諸侯國與詩歌被編入的《國風》不對應。他們認爲詩篇的收録情況反映了其物理性的流通、移動和收集情況。也就是説,在一國土地上創作出的詩歌,出於某種原因流傳到了另一國,被後者的太師保存在宫中,於是在編輯《詩經》時,這首詩就被編入了傳入國的《國風》,問題不單單是《詩經》這部書内部的齟齬而已。疏家大概認爲,收録《載馳》的《國風》和《載馳》作者所屬之國不同,這是詩篇跨國流傳的結果。如果《載馳》是許國夫人自作而成的,那麼她作詩的動機是她的真情流露:因故鄉衛國的滅亡(後來又復興①)而悲哀。在這種情況下,本詩作爲對衛國之思念的證據,被從許國送往衛國,或是由被派往許國的衛國使臣帶回,衛國太師從而將之保管起來,就是完

---

① 衛懿公愛鶴,沉溺於淫樂奢侈,在其統治的第九年被北狄之翟人攻破城池並殺害,爲此,齊桓公率諸侯討伐翟,在楚丘築城,立文公爲衛國之主。

全可以想象到的。另一方面,《河廣》並非自作,且主人公是被宋國宮廷驅逐的人,那麼就不太可能是將詩從衛國送到宋國,或者由宋國使臣從衛國捎回。這大概是因爲,既然不是自作,那麼儘管詩中講述了對他國的思念,但那也並非主人公的真情流露,而只是爲達到某種目的採用的手段,並且其目的也應當是有利於自己國家(衛國)的,所以不能在宋人那裏贏得共鳴。

從以上的考察中可以發現疏家將詩中叙事者與作者區分開來的動機,它包含了兩點:首先,這能顯示其解釋是依據了《小序》的記載;再者,這能够解釋爲何詩中内容發生的地方與詩歌被編入的《國風》不相對應①。儘管這是有關作者的問題,但其判斷標準却是是否符合編者之意。並且,疏家認爲,詩歌背後的創作動機不是真情吐露,而是某種社會目的。某首詩是自作還是由叙事者以外的人創作,關係著"這首詩的創作動機是真情流露還是其他目的"的問題。

---

① 另外,第二節提及的《邶風·谷風》之《正義》曰:"邶人爲詩得言者,蓋從送者言其事,故詩人得述其意也。"也可作爲例證。還有,《邶風·式微》的《正義》曰:"此經二章,皆臣勸以歸之辭,此之《旄丘》皆陳黎臣之辭,而在《邶風》者,蓋邶人述其意而作,亦所以刺衛君也。"由此可見,《式微》《旄丘》叙述的是黎國之臣的言辭,但詩歌却收入《邶風》,《正義》爲了説明這個情况,認爲詩中的叙事者(黎國之臣)並非作者(邶人)。另外,儘管本文不能詳細考察,但仍可指出另一個理由:爲了迴避將詩歌看作自述作品時產生的道德難題。一個著名的例子是《周南·摽有梅》,《正義》議論道,應該認爲詩中的"我"不是叙事者在講述自己,而是作者假託爲叙事者。否則,如果認爲詩中的叙事者即女主人公,就會出現道德問題。也就是説,關於《摽有梅》的"求我庶士,迨其吉兮"之"我",《鄭箋》云:"我,我當嫁者……求女之當嫁者之眾士宜及其善時。"《正義》云:"言此者以女被文王之化貞信之教興,必不自呼其夫令及時之取己。鄭恐有女自我之嫌,故辨之言:'我'者,詩人,我此女之當嫁者,亦非女自我。"清原宣賢云:"蒙文王之化的好女子,哪能主動向男子求嫁?是詩人代言而成的。"(《毛詩抄》,岩波書店,第1册,第106頁)

《正義》中有些地方顯示了疏家認爲詩人帶著目的創作了詩歌。《毛詩大序》云：

> 達於事變而懷其舊俗者也①。故變風發乎情，止乎禮義。發乎情，民之性也；止乎禮義，先王之澤也。是以一國之事，繫一人之本，謂之"風"；言天下之事，形四方之風，謂之"雅"。

這是說，詩人的策略是抒發自己遭遇世亂的悲怨之情，不是肆意地表達感情，而是將現在的亂世情形與往昔沐浴先王恩澤的治世之風俗作對比，進行理性的思考。疏家取上文《大序》中的接續詞"是以"，說道：

> （八）—[正義]"是以"者，承上生下之辭，言詩人作詩，其用心如此。

疏家在此强調，作詩並非是爲了發泄感情，而是爲了實現確切目的的理性行爲。關於"一國之事，繫一人之本"，《正義》又說：

> "一人"者，作詩之人。其作詩者，道己一人之心耳。要所言一人心，乃是一國之心，詩人覽一國之意以爲己心，故一國之事繫此一人，使言之也。

即便詩人講述的内容是個人感情的吐露，但那也反映了一國的狀况。由此可見，疏家認爲詩人作詩帶有社會性目的。

這種看法也存在於某些詩篇的《正義》中。例如，《小雅·菁菁者莪》之《小序》云："《菁菁者莪》，樂育才也。君子能長育人才，則天下喜樂之矣。"對此，《正義》云：

---

① "達於事變而懷其舊俗者也"的說法，是思古說的依據。

(九)—[正義]又《序》言"喜樂之"者,他人見之(君子能長育人才)如是而喜樂之,非獨被育者也。作者述天下之情而作歌耳。

這裏也認爲,詩歌作者代表天下之人用詩歌表達共同的感情。並且,第三節討論過的《鄭風·出其東門》的《正義》曰:"詩人爲詩,雖舉一國之事,但其辭有爲而發。"認爲這是詩人爲了批評當時的風俗而講述某人之事作例子。儘管這與《菁菁者莪》之《正義》的討論正好在相反方向上,但也可以從中發現"一人—整體"的關係①。

在這樣的《正義》中,詩歌本身包含的雙重意義屬性是:"詩歌表達思想感情的載體"與"詩歌是美刺的工具"。這雖是《毛詩大序》所標榜的,不過二者性質不同,時有矛盾。那麽,要將這兩種精神具體體現在解釋中,有時就需要兩種不同的人格②。當然,如果有"詩歌内容是詩人虛構而成"的觀念,就不需要假設兩種人格;但歷代的《詩經》解釋有一個一貫的傾向:將"詩中所述事件是歷史事實"當做解釋基礎。那麽,由於現實事件的當事人自己處於事件中心,就未必能作道德反省並傳達給衆人,在這種情況下,要將《大序》的精神貫徹到解釋中,就有必要將詩中敘事者與作者區分開來。

不過,如上一節所述,《正義》在實際解釋中並没有明確意

---

① 《小雅·我行其野·小序》曰:"《我行其野》,刺宣王也。"《鄭箋》云:"刺其不正嫁取之數,而有荒政,多淫昏之俗。"對此,《正義》曰:"詩所述者,一人而已。但作者總一國之事而爲辭,故知此不以禮旨成風俗也。"另外,《衛風·氓·序》云:"復相棄背以上,總言當時一國之事。或乃困而自悔以下,叙其經所陳者,是困而自悔之辭也。"這些都是認爲,詩歌爲了諷刺當時的時勢而選取發生在某一個女性身上的事情來講述,"一人"指詩中的主人公。不過,由於這兩首詩的叙述方式都是主人公獨白,因此"一人"也還是指叙事者。

② 這一點正如檀作文、王倩二人前揭書所述。

識到二者的任務分配。在很多情況下,《正義》認爲詩人傳達叙事者的言行,將之不加批評地寫成詩歌。由此想來,主要是爲了維持《小序》與詩的一致性,並説明詩篇的分配狀況,《正義》纔有如上觀念。這觀念尚未充分反映在具體的解釋中。

五、詩人是表達者——歐陽修的看法

如第二節所提及的,在歐陽修的《詩經》解釋中,叙事者與作者有所區分。換句話説,歐陽修比較傾向於認爲,詩人從第三人的角度叙述詩中人物的話語、並創作成詩①。這看法與《正義》相同②。那麽在這個看法中,是否包含異於《正義》、歐陽修獨特的部分?下面以《邶風‧北風》爲例來討論這個問題。《詩本義》中本詩之"論"曰:

(十)—[詩本義]《北風》本刺衛君暴虐,百姓苦之,不避風雪,相攜而去爾……皆民相招之辭。

---

① 關於歐陽修區分詩中叙事者與作者一事,本書第十八章將有討論。但那是討論這種區分在歐陽修《詩經》學中的意義,及其與疏家之觀念的差異,並未深入探討,因此本章想繼續考察這個問題。
② 以下舉出《詩本義》中用"述"字區分詩中叙事者與作者的例子:
　○ 述……之語
《〈鄭風‧女曰雞鳴〉論》:"女曰雞鳴,士曰昧旦"是詩人述夫婦相與語爾。其終篇皆是夫婦相語之事,蓋言古之賢夫婦相語者如此。
　○ 述……之言
《小雅‧角弓‧本義》:其七章、八章又述骨肉相怨之言云。
《〈邶風‧静女〉論》:故曰刺時者,謂時人皆可刺也。據此乃是述衛風俗男女淫奔之詩爾……其詩述衛人之言曰……
《〈衛風‧氓〉論》:詩述女言。
　○ 述……之辭
《小雅‧蓼莪‧本義》:此述勞苦之民自相哀之辭也。《大東‧本義》:其六章以下皆述譚人仰訴於天之辭。《〈漸漸之石〉論》:詩人述東征者自訴之辭也。《一義解‧羔裘》:據詩乃晉人述其國民怨上之辭云。《一義解‧召旻》:皆述周之人民呼天而怨訴之辭也。

其"本義"曰：

　　詩人刺衛君暴虐、衛人逃散之事，述其百姓相招之辭。

這裏認爲本詩敍述了因苦於苛政而逃離衛國的民衆之辭。這種看法，以及用"述"字來顯示這種看法的方式，都類似於上一節討論的《正義》。不過，歐陽修的解釋中有與《正義》不同的看法。本詩之"論"中的以下内容值得關注：

　　詩人必不前後述衛君臣而中以民去之辭間之。

這句話批評的，是《正義》對本詩之結構問題的以下解釋：

　　此主刺君虐，故首章、二章上二句皆獨言君政酷暴。卒章上二句乃君臣並言也。三章①次二句皆言攜持去之，下二句言去之意也。

爲了理解《正義》在此想表達的意思，下面舉本詩首章爲例：

　　北風其涼，雨雪其雰。
　　[箋]寒冷之風，病害萬物。興者，喻君政教酷暴，使民散亂。
　　惠而好我，攜手同行。
　　[箋]性仁愛而又好我者，與我相攜持，同道而去。
　　其虛其邪，既亟只且。
　　[箋]言今在位之人，其故威儀虛徐寬仁者，今皆以

---

① "三章"的説法也許會引發歧義：引文的前面既然有"首章""二章"的説法，那麼"三章"好像指"本詩第三章"。然而，《北風》之詩一共三章，"第三章"就是引文所説的"卒章"；況且此句有"皆言"的説法，由此可知這個"三章"不是"第三章"的意思，而是"三個章"的意思。

爲急刻之行也。所以當去,以此也。

據《鄭箋》,第一、二句是詩人諷刺君主之政治的話。接下來的第三、四句詩敘述民衆不堪忍受暴政、準備去國的言辭。第五、六句表達民衆想要去國的動機。即使只看這一章,其中也包含了詩人的政治批評、民衆彼此的呼應,以及民衆的政治批評,它們並非很有條理地聯結在一起,視角繁多紛亂。歐陽修批評這種解釋,認爲它使詩歌結構顯得不合理。

從這裏,可以發現歐陽修在"詩人的作用"問題上與《正義》不同的觀點。歐陽修也認爲詩人根據他人的言行來創作詩歌,不過在他看來,詩人不甘於像《正義》理解的那樣,做一個單純的傳達者。他認爲詩人以事實爲素材,將其納入統一的視角與協調的結構中,從而鍛煉成一個詩歌的統一體。與《正義》的觀點相比,在這裏詩人對詩篇的形成有更大的主體作用。

將歐陽修的看法與《正義》對本詩卒章的解釋相比較,能更加明確地體現以上差別。卒章第一、二句云:

莫赤匪狐,莫黑匪烏。

如上文所引用的,《正義》將之解釋成對衛國朝中君臣暴虐的諷刺言辭。不過,《正義》對這兩句的說明是"衛之百姓疾其時政……以興……",也就是說,這個包含了政治批判的比喻是民衆作出的,詩人只是忠實地記錄下來而已。本應承擔詩歌道德性的詩人沒有發揮任何的主體性,只是做了一個傳聲筒。與此相反,歐陽修對這兩句的解釋是:

謂狐兔各有類也。言民各呼同好,以類相攜而去也。

他認爲這比喻由詩人作出,且是爲了比擬本詩主題,即逃亡人民的情狀而作,由此而強烈要求詩歌的叙述有一貫性。可見上文"詩人刺衛君暴虐、衛人逃散之事,述其百姓相招之辭"的説法,指出了詩人是帶著明確表達意圖和視角而創作的。

如第二節所述,儘管《正義》和歐陽修都認爲《衛風·氓》表述了一個被丈夫抛棄的女子的言辭,但在漢唐《詩經》學中,鄭玄認爲詩中插入了一章來記録這個女子以外的人物的言辭。即是説,只有第三章陳述了國中賢者對於將要走入歧途的女子的教諭。對此,歐陽修有以下批評:

> (一)—[詩本義](本章)皆是女被棄逐、困而自悔之辭。鄭以爲國之賢者刺此婦人見誘,故于嗟而戒之,今據上文"以我賄遷"、下文"桑之落矣",皆是女之自語。豈於其間獨此數句爲國之賢者之言?

歐陽修批評《鄭箋》解釋中視角的摇擺。儘管歐陽修説"詩人序述女語",認爲詩歌内容源於事實,但他不認爲詩人的作用只限於傳聲筒。他對這首詩的看法也與《北風》一樣,認爲詩人用統一的視角和協調的結構創作成了詩歌。在他的解釋中,强調了詩人創作作爲"統一表達體"的詩歌的作用①。

如此,儘管都提及"詩人",但歐陽修所指涉的内容與《正義》不同。《正義》語境中"詩人"的道德主體性質很强,但這種性質並未充分反映在詩篇内容的解釋中。而歐陽修眼中的詩人更多的是一位"表達者",他在實際的解釋中也强調這一點。歐陽修對《小雅·節南山》第七章的解釋是一個有代表性的例子,這首詩中有第一人稱"我",出現了詩人自己的形象:

---

① 參考本書第三章第三節。

駕彼四牡,四牡項領。我瞻四方,蹙蹙靡所騁。

對於"我瞻四方"一句,《正義》自然將之看作詩人的自稱。不過,《正義》將"四牡"解釋爲拉著王車的動物,認爲這兩句用來比喻諸侯不聽從王命①。因此,"我"沒有被賦予具體的形象,其感慨也就只是抽象的言辭而已。

而歐陽修則認爲詩中描繪了"我"是怎樣的人物:

(十一)—[詩本義]"駕彼四牡,四牡項領。我瞻四方,蹙蹙靡所騁"云者,作詩者言我駕此大領之四牡,四顧天下,王室昏亂,諸侯交争而四方皆無可往之所。

這裏出現了一位駕著馬車眺望天下、因紛争而悲歎的詩人形象。他既是叙事者,又將自己的形象描繪在詩歌中。在第四節中我們提到了《正義》的一種解釋:即便詩人抒發了自己的感慨,這感慨也是全國民衆的共同心聲。也就是說,個人被溶解在了集體中。與之相比,歐陽修的如上解釋呈現的詩人形象是,高調表達自己的感慨、並擁有確定的形象與人格②。這是下一節將討論的朱熹之詩人觀的先導③。

六、《正義》與朱熹的比較

朱熹的詩篇解釋明顯傾向於認爲詩中叙事者就是詩人。

---

① 《正義》的解釋如下:"當所乘駕者,彼四牡也。今四牡但養大其領,不肯爲用,以興王所任使者,彼大臣也。今大臣專己自恣,不爲王使也。臣既自恣,莫肯憂國,故夷狄侵削,日更益甚。云我視四方,土地蹙蹙然至狹,令我無所馳騁之地。以臣不任職,至土地侵削,故責之也。"
② 關於歐陽修這種關於詩人角色的看法,另請參考本書第三章第三節。
③ 本書第十二章第二節指出,歐陽修在解釋《大雅·抑》時,賦予了作者衛武公政治責任感强、意志堅韌的形象,這也許可以爲本節之討論提供一個旁證。

這一點檀作文和王倩已經詳細討論過了①,不過爲了便於討論,在此仍將以上文涉及的詩篇爲例來再次作一説明。

《正義》認爲,《鄭風·出其東門》講述亂世中無法周全夫婦之義的男女的悲傷,而朱熹則認爲本詩講述的是,在當時淫亂風氣蔓延的情況下,有一對夫婦仍然過著道德的生活。朱熹説:

> (二)—[集傳]人見淫奔之女而作此詩。以爲此女雖美且衆,而非我思之所存。不如己之室家,雖貧且陋,而聊可自樂也。是時淫風大行,而其間乃有如此之人。亦可謂能自好而不爲習俗所移矣。羞惡之心,人皆有之,其不信哉?

從"人見淫奔之女而作此詩"之句可見,朱熹認爲作者講述了自己的經歷。詩中的"我"即作者,詩中叙事者的話也恰是作者的道德信息②。《正義》認爲詩中的"我"是被迫抛棄妻子的丈夫,他的悲傷訴説與絶望之辭本身並非道德信息,而詩人將之寫入詩歌是出於"閔亂"(《小序》的説法)的目的,這纔是道德信息。這與朱熹之説相反。

關於《小雅·四牡》,朱熹説:

> (五)—[集傳]此勞使臣之詩也。夫君之使臣,臣之事君,禮也。故爲臣者奔走於王事,特以盡其職分之所當爲而已。何敢自以爲勞哉?然君之心則不敢以是而自安也。故燕饗之際,叙其情以閔其勞……臣勞於事而不自言,君探其情而代之言,上下之間可謂各盡其道矣。

---

① 參考前揭檀作文、王倩書。
② 由於《詩本義》沒有討論本詩,所以歐陽修的意見無從得知。

朱熹認爲,臣子沒有傾訴自己的辛勞,文王演繹出它們並表達成爲本詩。由於此處將臣子的言辭理解爲出自文王虛構、認爲全詩統一於文王的視角,因此就避免了《正義》中解釋的不甚通暢之處——表達者雖是文王,表達的内容却是臣子的實際思想,表達者由此失去了存在的意義。

朱熹的解釋將作者與叙事者視爲一體,從而實現了將詩篇看作抒情的工具,並將詩中講述的情感本身看作詩人想要表達的内容。這促進了對《詩經》的文學性解釋,對此檀作文、王倩已經有詳細的説明。

不過,這個問題還可以換個角度來考察。《正義》將叙事者與作者區分,認爲前者用語言表達感情,後者以評論的態度記録這些感情。也就是説,《正義》認爲,詩中的叙事者是抒情主體,作者是有道德的主體,作者一邊講述某件事,一邊從道德角度加以批評,向讀者傳達道德信息。而在朱熹的理解中没有這樣的任務區分,叙事者也就是作者同時承擔了詩篇的叙事性和道德性建構。這樣一來,詩中叙事者的話、或者説以他爲主人公講述的事情,必然要帶有强烈的道德性。從這個意義上也可以説,朱熹的觀點限定了主人公的形象。這一點在《出其東門》中也能體現出來。《正義》解釋中呈現的主人公形象,是被殘酷的現實作弄之人,無法保護自己的妻子,但又不能乾脆地斷絕念想,是不夠成熟、缺乏主體性的人物;朱熹解釋中呈現的主人公形象,則是不被周圍狀況所干擾,一直按照自己的道德觀念來生活的性格堅韌的之人。

對於另外的例子,如《小雅·小弁》,朱熹在《詩序辨説》中批評其《小序》云:

(四)—[辨説]此詩明白爲放子之作無疑,但未有以見其必爲宜臼耳。《序》又以爲宜臼之傅,尤不知其所據也。

在《小弁》的題下注中,他又說:

> (四)—[集傳]幽王娶於申,生大子宜臼。後得褒姒而惑之,生子伯服,信其讒,黜申后,逐宜臼,而宜臼作此以自怨也。《序》以爲大子之傅述大子之情以爲是詩,不知其何所據也。①

朱熹批評了《小序》的説法。儘管對於作者是否是宜臼,朱熹的態度有些摇擺,但他總歸是認爲本詩陳述了被放逐的兒子本人對父親的埋怨。

而《正義》認爲本詩並非太子本人的言辭,是出於這樣的判斷: 孩子在詩中批評父親是不孝,《詩經》的詩不應該講述這種内容。這個問題在孟子的時代就被拿來討論,齊高子認爲《小弁》是"怨",因此是小人之詩;孟子則辯解道,抱怨父母的重大過失是孩子對父母的親情的體現,是"仁",不怨纔是不孝②。《集傳》在解釋《小弁》時,引用了孟子的這個説法。這是爲了在將本詩解釋成太子自作的前提下,證明太子怨父而作詩並無道義上的問題。在確保主人公道德性的基礎上,這就將作者和叙事者合二爲一了③。

---

① 關於對本詩的解釋,請參考本書第十七章。
② 《孟子·告子下》云:
　　公孫丑問曰:"高子曰:《小弁》,小人之詩也。"孟子曰:"何以言之?"曰:"怨。"曰:"固哉,高叟之爲詩也! 有人於此,越人關弓而射之,則己談笑而道之;無他,疏之也。其兄關弓而射之,則己垂涕泣而道之;無他,戚之也。《小弁》之怨,親親也;親親,仁也。固矣夫,高叟之爲詩也!"曰:"《凱風》何以不怨?"曰:"《凱風》,親之過小者也;《小弁》,親之過大者也。親之過大而不怨,是愈疏也;親之過小而怨,是不可磯也。愈疏,不孝也;不可磯,亦不孝也。孔子曰:'舜其至孝矣,五十而慕。'"
③ 不過,在《孟子集注》中,朱熹關於《小弁》的説法依從《小序》之説:"周幽王……廢宜臼。於是宜臼之傅爲作此詩,以叙其哀痛迫切之情也。"

再來看《小雅·采綠》。據《正義》的解釋,妻子在詩中表達了自己的後悔:如果當時跟隨丈夫一起外出就好了。《正義》認爲,儘管這表現了妻子對丈夫的強烈思念之情,但由於妻子隨丈夫外出不合於禮制,因此詩人在此批評這種想法。在《正義》看來,作者對詩中人物採取批評態度(第七節將詳細討論這一點)。

朱熹否定了《正義》的這種理解。他在《詩序辨說》中寫道:

(十二)—[辨說]此詩怨曠者所自作,非人刺之,亦非怨曠者有所刺於上也。

朱熹認爲本詩是詩中女性所作,敘事者即是作者,當然也就沒有對詩中言辭的批評態度。這種看法對詩句解釋有很大的影響。本詩第三章云:

之子於狩,言韔其弓。之子於釣,言綸之繩。

《正義》曰:

(十二)—[正義]婦人……云:我本應與之俱去。若是子之夫往狩與,我當與之韔其弓……是子之夫往釣與,我當與之綸之繩……今不見而思,故悔本不然。

疏家認爲,詩中講述的是妻子設想如果自己當初跟隨丈夫外出的話自己會做什麼事。由於跟隨丈夫外出是不合禮制的,因此"如果跟丈夫去的話自己會這樣"的想法也只能是空想,而這空想是詩人批評的對象。《集傳》的解釋則與此不同:

(十二)—[集傳]言君子若歸而欲往狩耶,我則爲之韔其弓;欲往釣耶,我則爲之綸其繩①。望之切、思之深,

---

① 《集傳》云:"理絲曰綸。"

欲無往而不與之俱也。

"君子若歸"一句值得注意。與《正義》不同,朱熹認爲這一句講述妻子幻想丈夫歸來後的情形。朱熹如此解釋的一個原因是:丈夫被朝廷征發派遣,而詩中的狩獵、釣魚等内容與此不符。不過,他或許還有别的原因。在朱熹看來,詩中的妻子並沒有想要跟隨丈夫去外地。她只是因爲丈夫不在而悲傷,期盼著他早日歸來。即使按照《正義》所説的道德標準,這個妻子形象也沒有可批評的地方①。也就是説,朱熹通過改變解釋,使真情表露出來,並且呈現出一個合於道德的叙事者(也就是作者)的形象。如此我們可以推測,朱熹的道德觀與《正義》一致,但他避免了使主人公陷於不道德境地的情況,其解釋將主人公的幻想由"隨丈夫去的話會做的事情"變爲"丈夫歸來的話會做的事情"。

本書第十六、十八章將論及,在宋代《詩經》學的解釋中,有强化詩中人物道德性的傾向,而"作者即叙事者"的觀念與這一傾向是並駕齊驅的②。

七、詩人與編詩

姜炳璋在《詩序補義·綱領》中有如下説法:

> 有詩人之意,有編詩之意。如《雄雉》爲婦人思君子,《凱風》爲七子自責,是詩人之意也。《雄雉》爲刺宣公,

---

① 本詩《小序》云"刺怨曠也",《正義》曰:"婦人思夫,情義之重,禮所不責,故知譏其不但憂思而已,欲從君子於外,非禮也。"《正義》説,妻子隨丈夫到外地,或是後悔沒有這樣做,都不合於禮,是詩人諷刺的對象。
② 當作者即叙事者無法在保持道德性的同時抒發真情時,詩歌本身就變成表述不道德感情的作品了。朱熹認爲,在這種情況下,孔子依然將之編入《詩經》,是期待使讀者對詩歌内容產生厭惡感,從而自我反省,告誡自己不要陷入這種不道德境地。這是依據淫詩説作出的解釋。

《凱風》爲美孝子,是編詩之意也。朱子順文立義,大抵以詩人之意爲是詩之旨;國史明乎得失之跡,則以編詩之意爲一篇之要。

所謂"編詩之意",指太師從采詩官呈上的民謠等作品中,選取合於禮儀或有資教化的那些保留下來,這時候體現出的意思就是"編詩之意"。換句話説,編詩之意是詩歌被添加了社會性時體現的意思。與此相對應的是"詩人之意",即作者在詩中嵌入的意思,是詩歌社會化之前本來藴含的意思。姜炳璋認爲,詩歌同時有兩層意思:本來藴含的意思和作爲社會性作品的意思。從前者還是後者的角度出發來解釋,認爲前者還是後者正確,導致了朱熹與國史之解釋的差異。對他的這個見解,車行健説:"姜氏……嘗試著從《詩》義形成的不同管道之分梳,來對傳統《詩經》學中詩義解釋紛歧的現象做一番正本清源式的釐清工作,這種用心企圖却是與魏源、龔橙一致的。"①認爲他抓住了詩歌意義多重性的本質。

不過,姜炳璋的説法還可以與本章考察的問題——詩中叙事者/主人公與作者之關係——聯繫起來分析。上文中作爲"編詩之意"舉的例子——《雄雉》"刺宣公"、《凱風》"美孝子",説法都來自《小序》首句。也就是説,姜氏認爲"編詩之意"等於《小序》。由於漢唐《詩經》學認爲《小序》表述了詩之本義,因此姜氏是把漢唐《詩經》學認爲的"詩人之意"改稱爲了"編詩之意"。在這種情況下,姜氏所説的"詩人之意"就必須更向詩篇深處去探求,與之相應的應該是《正義》認爲的詩中叙事者/主人公的言行。也就是説,姜氏所謂的"詩人之意"和"編詩之意"之關係,相當於漢唐《詩經》學中叙事者與作者

---

① 車行健前揭書第89頁。

之關係,後兩者都被看作是詩歌的內在含義。本章第一節曾提及,姜氏的説法將詩篇意義的多重性理解爲"詩人之意"與"讀詩之意"——作者嵌入詩中的意思和讀者通過解釋感受到的意思,若將之放入《正義》的邏輯框架中來看,這種觀點就是發現詩歌之内部結構的重新解讀。反過來看,或許可以説,《正義》觀念中的詩人恰好處於詩歌内部與外部的分界線上,地位曖昧。

另一方面,懷疑《小序》的朱熹認爲,編詩之意與詩歌的本意當然不同,所以"詩人之意"存在於詩歌内部,"編詩之意"則存在於外部。如此看來,儘管《正義》與朱熹都認同詩歌有兩重意義,但《正義》認爲這種雙重性包含在詩歌自身内部,朱熹則認爲有内部和外部之分。如圖 1 所示:

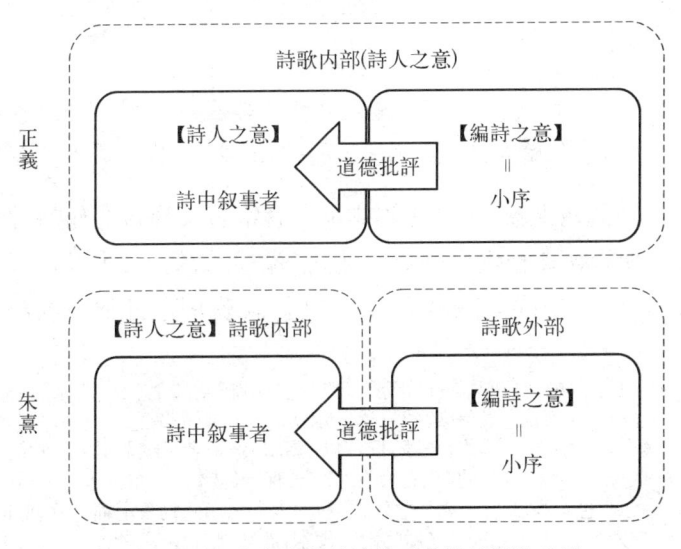

圖 1 《正義》與朱熹關於詩歌兩重性的觀點差異
(參考姜炳璋之説整理)
【】内爲姜炳璋用語

《正義》雖然認識到了詩歌內在的兩重性,但如第三、四兩節指出的,那主要是爲了説明《小序》之説以及編排狀況,《正義》的這個觀念不能説充分反映在了《正義》對詩篇内容的解釋中,詩人在這兒只是擔當了信息傳遞者的角色。又如本書前面的章節所指出的,《正義》在解釋《小序》時,基本上用"作……詩者"的説法,説明《正義》認爲解釋《小序》也就解釋了作詩的意圖;不過其中也有的解釋認爲《小序》説明的是編者的意圖,因此詩人之意與編者之意未必明確區分①。如此,參考上文的内容可知,疏家對詩人的定位並不清晰,没有充分認識到其獨特地位。

下面以《小雅·采緑》爲例來看一下。本詩之《詩序》云:"《采緑》,刺怨曠也。幽王之時多怨曠者也。"其《正義》不用"作《采緑》者……"這樣的通常説法來説明詩人之意,而是説②:

(十三)—[正義]婦人之怨曠非王政,而録之於《雅》者,以怨曠者爲行役過時,是王政之失,故録之以刺王也。

在此,《正義》的説法並非是作者懷著某種目的作詩,而是:使詩歌具有政治目的的是"收録"此詩的人,不是作者。這與此前討論的《正義》觀點相矛盾,似乎説明《正義》的觀點

---

① 《周南·麟之趾·序》的《正義》曰:"此《麟趾》處末者,有《關雎》之應也……大師編之以象應,叙者述以示法耳……明是編之以爲示法耳。"《召南·騶虞·序》的《正義》曰:"以《騶虞》處末者,見《鵲巢》之應也。"《小雅·天保·序》的《正義》云:"作《天保》詩者,言下報上也……然詩者,志也。各自吟詠,六篇之作,非是一人而已。此爲答上篇之歌者,但聖人示法,義取相成,比《鹿鳴》至《伐木》於前,此篇繼之於後以著義,非此故答上篇也。何則? 上五篇非一人所作,又作彼者不興此計議。何相報之有? 鄭云'亦宜'者,示法耳,非故報也。"參考本書第三章第三節、第十四章第五節。

② 關於本詩,請參考本書第五章第四節。

也有摇擺之處。不過,《正義》下面又説:

> 經上二章言其憂思,下二章恨本不從君子,皆是怨曠之事。欲從外則非禮,故刺之。
>
> 禮,婦人送迎不出門,況從夫行役乎?雖憂思之情可閔,而欲從之語爲非,故作者陳其事,而是非自見也。①

《正義》認爲,本詩本來爲諷刺後悔没跟隨丈夫旅行的妻子而作,作者爲此目的而叙述了妻子的言辭。這就是説,詩中出現的人物與作者並非同一人。《小序》中"刺怨曠"的説法説明了作者之意,而這段話表明,本詩另外還包含了編者之意。

那麽,相比作者的意圖,爲何《正義》更優先解釋爲了"刺王"而收録詩歌這件事?在《序》的《正義》中,"録之於《雅》者"一句值得注意。如上文所見,《鄭箋》認爲,《小序》説的是作者的意圖在於諷刺與丈夫別離的妻子。若是如此,這就廣泛諷刺了各國之人,因此應該收入《國風》,而不適合收入美刺王政的《小雅》。爲了消除這個問題,疏家設想了一個不同於作詩意圖的收録者意圖,認爲編者從詩中發現了與詩歌原來的道德意圖(諷刺妻子有不合禮制的想法)不同的道德價值(諷刺使人民陷入這種心理狀態的王的失政),因此將其收入《小雅》。也就是説《正義》認爲,圍繞這首詩,詩中的叙事者/主人公、作者、編者(將本詩編入《小雅》者)三者各有其想法和意圖,這些想法和意圖重重疊加。將此整理出來,即是表2:

疏家認爲,在《采绿》中,詩人與編者同樣從道德觀念出發批評詩中之事,但他們的對象並不相同。通常,《小序》之《正義》説明的是詩人之意,但既然疏家在本詩中發現了以上矛

---

① 關於本詩之《序》、《鄭箋》有如下敷衍:"怨曠者,君子行役過時之所由也。而刺之者,譏其不但憂思而已,欲從君子於外,非禮也。"

表2 《小雅・采綠》之《正義》的看法

詩中叙事者即主人公	作　者	編者將本詩編入《小雅》的意圖
因爲丈夫遲遲不歸而憂傷，後悔當初没有隨丈夫一起去	諷刺這種想法不合於禮制	諷刺使人民懷有這種想法的王之失政的意圖

盾，他們在本詩《正義》中就採用了跟通常不一樣的寫法，説明編者之意，而非詩人之意。這反過來可以證明，《正義》認爲，詩人與編者同樣可以從道德觀念出發進行批評。如果批評内容不相齟齬，二者就可以看作是合而爲一了。"作《××》詩者……"這樣的表達方式，説明《正義》是將作者與編者看作合而爲一的。

漢唐《詩經》學相信，《小序》所述的内容就是詩之本義。弄清《小序》的意思，也就是弄清詩人嵌入詩歌中的感情。並且，只有在《小序》説明了詩篇的道德意義之後，道德評價纔成爲詩人的職責。另一方面，在《正義》看來，《小序》是孔子解讀出來的詩篇之意（由其弟子子夏記録），且孔子是將當時留存的詩篇照原樣收集並編纂成《詩經》的①，那麽《小序》表達的就是太師從詩篇中解讀的意思了②。以《小序》爲媒介，詩人之意與編詩之意融合起來了。疏家對於詩人職責的態度曖昧，可以由此尋得原因。其關係如圖2所示。

而歐陽修的解釋在繼承《正義》解釋的同時，將"詩人是表達者"觀念由撲朔掩映的幕後提到了前臺，他比《正義》更明確

---

① 關於這個問題，請參考本書第三章第六節。
② 《毛詩大序》中"故詩有六義焉……"的《正義》云："詩各有體，體可有聲，大師聽聲得情，知其本意。"這是說，詩篇本有風、雅、頌這樣的詩體區分和歌唱方式的區分，而太師聆聽詩篇的演奏，能從其中藴含的感情知曉其本意。"本意"是《小序》中應該説明的内容，而太師已經知道了。

圖2　疏家的觀點

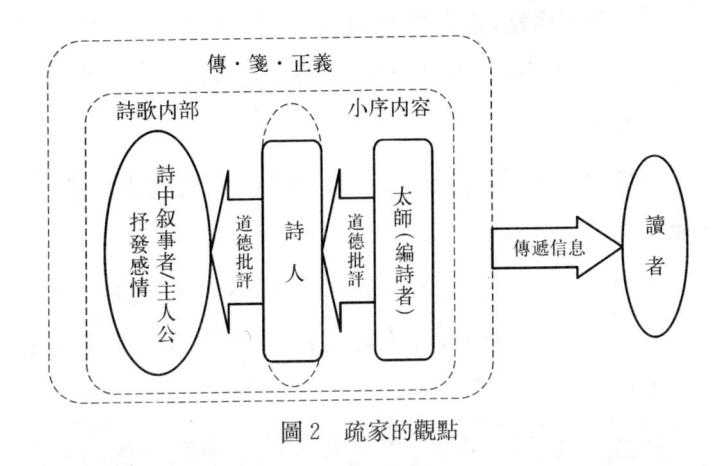

地認識到詩中敘事者/主人公與詩人不可混淆。這是因爲歐陽修整理了詩歌意義的多重性：詩人之意、聖人之志、太師之職、經師之業。他將作爲詩歌本義的詩人之意與聖人之志區分開來。歐陽修認爲孔子編纂《詩經》時，從當時留存的三千多首詩中選取三百餘篇，並通過加工使其具有更高的價值①。另一方面，他認爲詩篇的作者分佈於多個階層，貴賤賢愚各自不同②。因此，他把《詩經》道德性的源泉歸於孔子，稱作"聖人之志"。這與《正義》"詩中敘事者與作者非同一人"的觀念相對應，不過《正義》將道德批評的職能賦予詩人與太師，分別處於詩歌内部與外部，而歐陽修則將之完全歸於聖人之志，完全置於詩歌外部。由此，在解釋詩篇中包含的詩人作詩意圖時，就沒有那麼必要去追求解釋的道德批評性質，而可以更多地考察詩人的文學性功能。在《詩本義·本末論》中，歐陽修說明詩人之意道：

---

① 參考本書第三章第六節。
② 參考本書第十四章第五節。

> 詩之作也，觸事感物，文之以言，美者善之，惡者刺之①，以發其揄揚怨憤於口，道其哀樂善怒於心。此詩人之意也。

這是說詩人抒發感情，寫成了詩歌。關於聖人之志，他又說：

> 孔子生於周末，方修禮樂之壞，於是正其《雅》《頌》，刪其繁重，列於六經，著其善惡，以爲勸戒。此聖人之志也。

這裏強調了《詩經》這部經典的編纂者孔子的道德意圖②。道德批評的職能被移交給孔子，使得詩中敘事者與詩人的關係更爲密切了，這與《正義》的情況正好相反。這樣看來，歐陽修一面繼承了漢唐以來"詩中人物與作者區分"的觀念，一面又放棄了《正義》中"詩中人物＝感情抒發者、作者＝道德評判者"的模式，從而更積極地尋求一個創作了"作爲一個統一體的詩歌"的作者形象。正如圖3所示。

歐陽修將所謂的"聖人之志"這樣處於詩歌外部的内容視爲詩之本義，朱熹則不是這樣，他沒有將之與詩歌本身放在一起討論過。並且，朱熹也沒有將《小序》當作解釋詩篇的依據，因此就從"詩中内容是作者的美刺"這樣的《小序》之規定中解放出來，而這樣一來，就沒有必要將詩篇內部分爲雙重意義層了。但另一方面，他繼承了前代學者"詩篇講述真實歷史事

---

① 這一部分雖然看起來說的是詩人承擔道德批評的任務，但考慮到像"著其善惡，以爲勸戒"所說的，孔子被看作使詩歌獲得道德屬性的真正主體，那麼詩人的任務就主要是抒發感情了。關於這一點，參考本書第十四章第五節。

② 關於這一點，參考本書第十四章第五節。

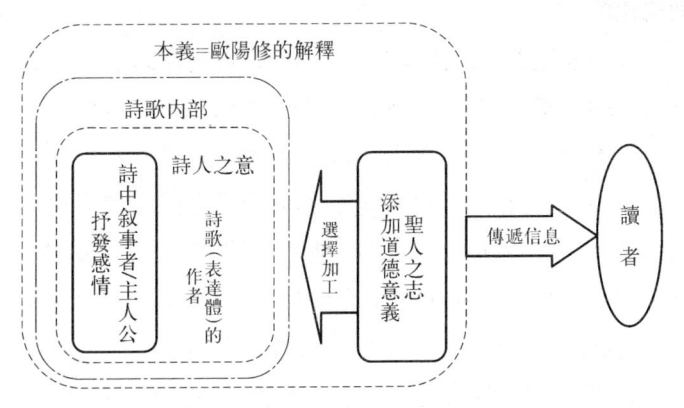

```
┌─────────────────────────────────────────────┐
│  本義＝歐陽修的解釋                          │
│ ┌─────────────────────────────────────────┐ │
│ │ 詩歌內部                                 │ │
│ │ ┌─────────────────────┐  ┌──────┐       │ │
│ │ │ 詩人之意            │  │添    │       │ │
│ │ │ ┌──┐ ┌──────┐      │  │加 聖 │       │ │
│ │ │ │詩│ │詩    │ 選擇 │⇔ │道 人 │ 傳遞信息  ┌────┐
│ │ │ │中│ │歌    │ 加工 │  │德 之 │ ─────→  │ 讀  │
│ │ │ │敘│ │（表  │      │  │意 志 │         │ 者  │
│ │ │ │事│ │達體  │      │  │義    │         └────┘
│ │ │ │者│ │）的  │      │  │      │       
│ │ │ │主│ │作者  │      │  │      │       
│ │ │ │人│ └──────┘      │  └──────┘       
│ │ │ │公│                │                 
│ │ │ │抒│                │                 
│ │ │ │發│                │                 
│ │ │ │感│                │                 
│ │ │ │情│                │                 
│ │ │ └──┘                │                 
│ │ └─────────────────────┘                 
│ └─────────────────────────────────────────┘ 
└─────────────────────────────────────────────┘
```

圖3　歐陽修的觀點（僅就《本義》中的"詩人之意"與"聖人之志"整理）

件"的觀念。將這些觀念綜合起來，用最簡單直率的思路得出的結論是：詩中叙事者／主人公與作者是同一人。朱熹的觀念就是這樣形成的。

不過，如果將詩歌看作自給自足的存在，它就必須本身包含了道德教化力量。在《正義》和歐陽修那裏，有一個詩歌内容的批評者來發佈道德信息；而在朱熹這裏，詩歌内容本身負責向讀者傳達道德信息。將詩中叙事者與作者合而爲一，意味著對詩中内容的解釋必須符合道德。如第六節所見，朱熹的解釋强化了道德方面，可以看作是爲了適應以上要求的做法。

讓我們討論一下這種認識方法與他的淫詩説有何關係。在詩歌非淫詩的情況下，詩歌傳達道德信息，而讀者對詩歌内容產生共鳴，由此可以正常接收信息。而如果是淫詩，詩篇傳達的就是不道德作者的不道德信息，讀者會厭惡詩歌内容，從而有拒絕的反應。朱熹認爲，《詩經》中有淫詩，也有非淫詩，二者都能實現道德功能，這個觀點是從讀者反映的角度思考而得出的。

將詩歌道德功能的實現託付給讀者,是將詩歌內容的批評者轉換爲讀者,而非《正義》認爲的作者,或是歐陽修認爲的聖人。不過,在這種情況下,讀者的反應只有認同和拒絕兩種可能;詩歌內容也只有完全道德和完全不道德兩種情況。再者,説明詩歌內容道德與否的是朱熹的注釋,朱熹假設讀者會依據自己的解釋來作出道德上的反應①,因此這種觀念並未將讀者看作解釋的主體。即是説,真正意義上的評判者是朱熹。筆者曾指出,歐陽修重視孔子對於《詩經》形成的作用,而通過考察他的"人情説"可以知道,這最終有助於確保他用個人感情與價值觀來解釋《詩經》的正當性②。比照這件事來看,朱熹認爲讀者的道德性反應對於《詩經》解釋而言不可或缺,是因爲這能使朱熹的解釋擁有絕對的話語權,如圖 4 所示。

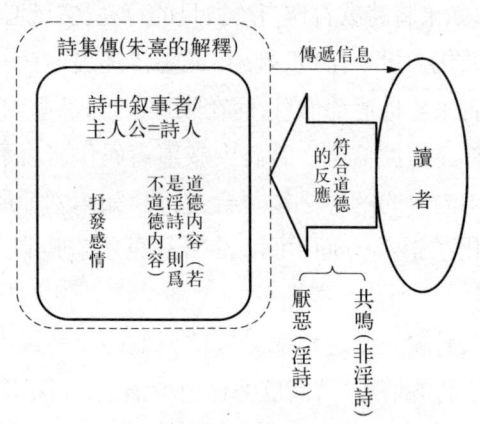

圖 4 朱熹的觀點

---

① 參考本書第十四章第六節。
② 參考本書第三章第六節。

朱熹認爲詩人是表達者,創造了詩篇的藝術性格,在這一點上他與歐陽修看法一致,將此也納入考慮,則作者中也有人抒發了合於道德的真情:這是優秀的人,既是事件的當事人,也是文學家,還是有道德的人。儘管將抒情主題與作者統一起來確實能夠促進人們對於詩人之真情的理解,但另一方面,詩人也會被當做全能之人①。朱熹也像歐陽修那樣,認爲詩人來自多個社會階層、有賢愚善惡之別②,但諷刺的是,朱熹認爲臻於"完人"的詩人絕不會是這樣的。最符合理想的可能是《大序》中舉出的變詩作者——國史③。反過來説,《正義》重視國史在詩篇形成過程中的作用,它通過區分叙事者與作者,使得詩中事件的當事人之地位性格可以被自由設定。這是一種具有諷刺意味的現象,因爲它是從構成歷代《詩經》學共同的解釋基礎的觀念——詩歌講述真實人物的真實事件——中生發出來。綜合以上的考察來看,關於詩中叙事者與作者之關係的諸多問題,都是在《詩經》解釋學中以歷史主義爲基礎而展開的。

在《正義》看來,詩人對詩中事件只有曖昧閃爍的視線。在歐陽修那裏,詩人用表達者的視線凝望著詩中的事件。而

---

① 車行健説:"在歐陽修看來,寫作《詩》三百的詩人(們)均爲古代的賢者,不管在人格修養、理性態度、思辨能力以及表達技巧等方面都是優秀的,所以他們不但能夠將其對外在環境的感受及聞見,通過良好的表達技巧,呈現在詩篇中,而且也於其中注入了美刺諷喻的内涵。"(車行健前揭書第58頁)不過在歐陽修這裏,還是需要"聖人之志"來保證詩歌合於道德。説到詩歌本身就具有道德自律性這一點,朱熹的詩人(非淫詩的作者)才是真正的完美無缺之人。
② 例如《朱子語類》卷八〇《詩一·綱領》云:"大抵《國風》是民庶所作,《雅》是朝廷之詩。"
③ 如本書第五章第六節所指出的,王安石眼中的典型詩人應該是"國史"。如果要討論王安石與朱熹二人之《詩經》學的關係,這是個很有價值的問題。筆者將以之作爲今後的課題。

與此二者不同,朱熹認爲詩人的視線是爲了催促讀者作出道德性反應而投向讀者。從另一個角度來看,疏家還不能說已經擁有了凝望詩人的明確視線;歐陽修認定詩人是詩歌的作者,因此獲得了確定的視線;而在朱熹那裏,投向詩人的視線則極端而單純:不是將其看作完美之人來推崇,就是將之視爲墮落之人而唾棄。

第四部

儒教倫理與解釋

第十六章　去國而走向新天地是否不義
——《詩經》解釋中對國家的歸屬意識之變遷

一、前　言

　　中國歷代都產出了大量的儒學經典注釋書籍。這些注釋不僅是從單純的學術趣味出發、將經典作爲古典作品來客觀研究的成果，而且由於經典傳授了人類生存的應有之道，注釋則說明了經典的真正含義，因此注釋也可資於實踐道德。不過，歷來對經典注釋的研究，大多著重於探究其學術史價値，或是將其用作研究注釋者之形而上學思想的材料。相比之下，注釋者本人對實踐道德的看法恐怕還未得到充分的研究。《詩經》收集了古代詩歌，是經典中最具有文學性質的典籍，而在對《詩經》之注釋書籍的研究中，以上傾向最爲顯著。

　　不過，在經典的注釋書籍中，也有一些被賦予了權威地位，它們是歷代王朝認定的權威經典解釋，是科擧考場上標準答案的來源。具體到本文討論的《詩經》而言，唐代孔穎達等編撰的《毛詩正義》、北宋王安石撰寫的《詩經新義》、南宋朱熹撰寫的《集傳》等就是如此。讀書人想進入國家官僚體系，最重要的一關就是科擧考試，因此有志於此的讀書人對這些注釋都爛熟於心，他們的道德價値觀的形成也在很大程度上受了注釋的影響。

除此之外，當時有代表性的知識分子也撰寫了其他的注釋書籍，著者的人格魅力使之在讀書人圈中產生了巨大的影響力。《詩經》方面有北宋歐陽修的《詩本義》和蘇轍的《集傳》等。那麼，歷代的《詩經》注釋書籍如何反映注釋者本人的政治、道德價值觀？探討這一問題，對於把握各時代的時代精神有重要意義。實際上，在北宋歐陽修的《詩本義》中，作者屢次表示前人從道德角度所作的《詩經》注釋有誤（具體例子詳見下文），由此也可見這種探討的重要性。本文試圖通過研究來驗證筆者的以上假說是否成立。

本文分析的主題是：去國而走向新天地是否不義？《詩經》中有若干詩篇叙述了被君主疏遠、逐出朝廷的臣子之苦衷。詩中訴說了他們對君主或國家的眷戀之情。對這些詩篇的解釋，也呈現了注釋者本人關於"個人與國家"問題的道德觀念。將這些事例作一歷時的比較，或許就可以發現關於上述問題的意識及價值觀的變化軌跡。

本文將始終把《詩經》當作歷史文本來分析。筆者想要強調的是，在傳統時代的中國，《詩經》的身份首先是"經"。它是儒家的經典之一，人們認為孔子為了教化眾人而編纂了這部書，因此其中收錄的詩篇也在多個意義上包含了可資教化的內容。本文討論歷代《詩經》解釋的變遷情形，所以仍然沿襲這種傳統的《詩經》觀念。筆者在此不是要討論《詩經》之詩篇的真實含義，而是要研究《詩經》之詩篇被認為包含了怎樣的意思。

研究的順序，首先是大略觀察《詩經》注釋怎樣被用作政治觀點之載體。其次是考察注釋怎樣從道德角度來闡釋《詩經》中出現的人物，並分析其變遷的情形。再次，是通過考察他們對隱遁行為的態度，來探討注釋認為臣子應有怎樣的道德。又次,是通過考察注釋如何評價臣民捨棄君主和國家的行爲,來探究注釋中對國家之歸屬意識的變遷。

二、作爲政論的《詩經》解釋

在解釋《詩經》之詩篇的內容時,注釋者會將自己對現實政治的見解和主張注入其中。關於這一點,經常被舉例引用的是王安石的《詩經新義》。爲了配合他當時推行的科舉改革,王安石主持撰寫了《書》《詩》《周禮》三部經書的新義,來闡明符合當時情況的新經解,取代此前被用作科舉權威文本的《五經正義》。《詩經新義》就是其中之一,從其形成的情況來看,這部書有極強的政治特性。可以說,王安石在此用書中的《詩經》解釋爲他推行的新法鼓吹①。

戴維在《〈詩經〉研究史》中舉《小雅·出車》的例子,來說明王安石的《詩經》解釋中包含了他宣傳新法的目的。本節將介紹戴維的研究,討論王安石的解釋,並考察與之相關的其他學者的詩說,來探究《詩經》解釋擔當政見載體的情形。

討論的對象是《出車》中以下詩句的注釋:

> 我出我車,於彼牧矣。

王安石對此有如下解釋:

> 古者兵隱於民,而馬則牧於野。兵車之出,則以車而就牧地也。

對此,戴維說:

---

① 例如,戴維《〈詩經〉研究史》(湖南教育出版社,2001年9月)第六章《宋代研究史》第一節《北宋〈詩經〉研究》寫道:"王安石訓釋三經義是爲他的改革變法而作的,其《詩義》對於行政變法之事,就多所牽合以至穿鑿。"(第278頁)

《續資治通鑑》卷六十九記載,熙寧五年,"行保馬法,王安石始建此議,文彦博、吴充以爲不便,安石持論益堅"。保馬法是官府給馬,讓民養之,改變以往官養的辦法,而他在釋《出車》一詩時説:"古者兵隱於民,而馬則牧於野。兵車之出,則以車而就牧地也。"大概當時廷争,王安石就是以此經義來爲其變法辯護的。①

的確,在上面引用的詩句中,没有"馬"字。王安石因爲"牧"字而判斷養了"馬",出征時將戰車運至牧場,用牧場的馬來拉戰車。不過,特地將馬車運到牧場,然後再將其與馬拴在一起,這個順序並不自然。戴維對此感到牽强附會,他大概察覺到了脱離客觀詩篇解釋的、注釋者王安石的意圖。

在王安石之後的注釋者是如何説明的?蘇轍的解釋是:"牧,郊也。"朱熹也解釋成:"牧,郊外也。"由於本詩第二章有"我出我車,於彼郊矣"之句,蘇轍等認爲這是對首章的重複疊唱,因此有如上解釋。他們認爲詩句的意思是:載著出征士兵的馬車向戰地疾馳,已經到達了郊外。這樣一來,就没有王安石解釋中的不合理之處。南宋的李樗批評王安石之説道:"未必得詩人之意。"而對蘇轍之説的評價是:"此説簡勁。"應該説是合理的評價。

然而,在其他學者所著的《詩經》注釋書籍中,也有一些説法或多或少地超出了客觀解釋的範圍,而掺入了有關現實政治的政論。例如,與王安石類似,程頤也在解釋《出車》中的某些詩句時牽涉到了政治:

天子命我,城彼朔方。赫赫南仲,玁狁於襄。

---

① 戴維前揭書第279頁。

第十六章 去國而走向新天地是否不義

排在此詩之前的《小雅·采薇》一詩中已經出現了"獵狁"一詞。《采薇》之《小序》云：

> 文王之時，西有昆夷之患，北有獵狁之難。

《毛傳》亦云："獵狁，北狄也（即北方的異民族）。"《鄭箋》更是直截了當地說："北狄，今匈奴也。"據《傳》《箋》《正義》，《出車》的這一句講述的是：爲了準備與北方的"獵狁"作戰，天子命我在朔方（即北方）築城，後來，戰功赫赫的元帥南仲率衆大勝獵狁（據《傳》《箋》，"天子"指殷紂王，"我"指周文王）。

程頤對這一句詩有如下注釋①：

> 禦戎之道，守備爲本。不以攻擊爲先，其事卒矣。

與《傳》《箋》的解釋相比，程頤的說法尤其重視"城彼朔方"一句。《傳》《箋》《正義》認爲"元帥南仲爲了與獵狁作戰做準備，在前線築城→作戰→勝利"這個連貫的過程中的"作戰"被隱藏在言外了。《鄭箋》的說法是：

> 戍役築壘，而美其將率自此出征也。

《正義》曰：

> 天子命我城築軍壘於朔方之地，欲令赫赫顯盛之南仲，從此征獵狁，於是而平除之。

《正義》在對詩句内容的敷衍說明中，插入了與獵狁作戰的一段。而程頤則認爲詩歌中包含的過程是"築城→立刻戰勝獵狁"，認爲戰勝獵狁的理由可以從築城一事中直接尋得。即是說，僅僅是築城屯軍、示以威儀，就能够使獵狁震恐降伏。作爲本詩的注釋，這過於輕率和不自然。爲何程頤要選擇這

---

① 《二程集》，第 1075 頁。

樣一個倉促的因果關係？

解決這一疑問的線索，來自朱熹的註釋。朱熹對這句詩有以下説明：

> 朔方，今靈（靈州，今寧夏回族自治區吳忠境內）、夏（夏州，今陝西省靖邊境內）①等州地……程子曰……

這裏需要注意的是朱熹對"朔方"的訓詁。《毛傳》將"朔方"解釋爲"北方"，而朱熹舉出了"靈州""夏州"的具體地名。顯然朱熹的解釋比《毛傳》更具體。這是爲什麼呢？

"靈州""夏州"地處今天的陝西省和寧夏回族自治區境內，這兩個地名在宋代有非常重大的意義，因爲這裏正是宋朝與西夏——位於北宋西北方的藏系党項族政權，屢屢進擊北宋，是北宋國力疲敝的重要原因——作戰的地方。

北宋後期，朝中關於對西夏作戰的戰略形成了兩派意見。西夏雖是藏系党項族政權，但藏系民族也有多個分支，在西夏周邊居住了多個種族，他們彼此爭鬥不斷。怎樣對待這種情勢，是當時北宋朝廷中反覆論爭的問題。王安石等新法派持積極論，以此爲基礎推行政策；而程頤等舊法派則持消極論，反對王安石的做法。

對西夏積極派的根據，是王韶②在熙寧元年（1068）向神宗呈上的《平戎三策》。其大略如下：

---

① 夏州，隋代稱朔方郡，唐代自天寶元年（742）至乾元元年（758）亦稱朔方郡。朱熹在此應當是用了夏州的古稱。但儘管如此，他特地提出與《詩序》《鄭箋》之訓詁不同的説法，其理由是值得考察的。

② 《宋史》卷三二八（中華書局，1977年，第30册，第10579頁）《王韶傳》云："王韶，字子純，江州德安人。第進士，調新安主簿、建昌軍司理參軍。試制科，不中，客游陝西，訪采邊事。熙寧元年詣闕上《平戎策》三篇……神宗異其言，召問方略，以韶管幹秦鳳經略司機宜文字。"王韶受命指揮了熙河之役。

爲了壓制西夏，必須首先收復黃河上游以及湟水流域，形成對西夏的兩面夾擊之勢。

西夏當時與藏族的唃廝囉建立的青唐王國（在今西寧）對抗，景祐二年（1035）作戰也負於青唐王國，南進的道路被阻擋。青唐王國就是阻止西夏入侵宋朝的堡壘。萬一西夏擊破了青唐王國的防線，形成強大攻勢，就會攻陷甘肅一帶，逐個征服當地沒有歸服宋朝的藏族政權。

不過，現在唃廝囉的子孫各自獨立，處於分裂狀態，對西夏的抵抗力衰弱。如今藏族居住的武威之南、洮州、河州、蘭州、鄯州等的土地，本來都是中原政權的國土。宋朝應該趁藏族的分裂形勢將這些地域合併起來，如此，則青唐族也將歸順。

這樣一來，西夏的命運也就掌握在宋朝手中了。用此策略，不但能使異民族成爲中原政權的手足，而且能使西夏斷絕盟友，孤立無援。①

根據這個計劃，宋朝開始經營塞外，多次作戰，消耗了大量軍費，招撫青唐族，以武勝爲中心設置熙河路，作爲對西夏的防線②。

這一政策受到了舊黨的強烈批評。他們的意見可以從蘇軾的奏章中瞭解：

乃者王韶取熙河，全師獨克，使韶有遠慮，誅其叛者，

---

① 參考《宋史·王韶傳》。
② 關於王韶與熙河之役以及宋朝與青唐國之關係，請參考榎一雄《論王韶的熙河策略》(《王韶の熙河經略について》，《蒙古學報》第 1 期, 1940 年。亦載氏著《著作集》第七卷《中國史》，汲古書院, 1994 年); Tutomu Iwasaki *A study of Ho-hsi (河西) Tibetans during the Song Dunasty* (The memoirs of the Toyo Bunko, 44, 1986)。

> 易以忠順,即用其豪酋而已,則今復何事？其所以兵連禍結,叛弊中國者,以郡縣其地故也。①

宋朝建立熙州、河州等,將藏族之地納入政治編制,西北諸民族因此懷疑宋朝意欲擴張國土,所以使事態更加複雜。

> 自古西羌之患,惟恐解仇結盟,若所在為讎敵,正中國之利,無可疑者。②

王韶試圖趁西北諸民族紛爭之際,人為地拉起對西夏的包圍網,而蘇軾反對這個策略,認為宋朝應該不再介入他們的紛爭,而是要使他們保持緊張對立的狀態。也就是説,舊黨主張宋朝不主動介入藏系各族之間的對抗,認為如果放任各族彼此爭鬥,則異民族間的消耗戰也會使西夏國力疲敝,那麼宋朝不損耗軍隊和國費就能削弱西夏國力,坐收漁翁之利。

當時,這個西北問題與王安石新政導致的國內問題一起,構成了新黨、舊黨的又一個重要爭論焦點。

從這個角度來看,程頤《詩經》解釋中"禦戎之道,守備為本。不以攻擊為先,其事卒矣"的意見,也可以説是批評王安石等人的積極出擊論、主張舊黨的慎重的西北政策。

可以推測圍繞這個問題作出的《詩經》解釋,不止一例。據《四庫提要》,蘇軾的弟子、"蘇門四學士"之一的張耒在他的《詩經》研究著作《詩説》中,多處就時事表述自己的感想,如批評王安石的新法,感歎蘇軾在"烏臺詩案"(後述)中受到的壓制等。其中的一個例子就是,以下經説中包含了對王安石之對西夏政策的批評:

---

① 《續資治通鑑長編》卷四〇五,哲宗元祐二年(1087)九月丙子(二十一日)。中華書局,1995年,第28冊,第9873頁。
② 同上。

《卷阿》之詩曰:"爾土宇昄章。"夫治天下者,雖無事於恢大,幸而治得於內,則土宇廣於外,蓋人歸者眾,則各以其地附之矣。故周公之詩,斥大九州之略,建侯之數過於商之末世,而考之傳記,無周公斥大之事。所謂治得於內則人附之者眾,非周公侵伐攻取而得之也。夫土地削,非政之病,然政亂於內,則人相與攜持而去。人去之,則地隨以削。故芮伯所以憂心殷殷,念我土宇,而凡伯之刺幽王以日蹙國百里,而上陳先王之盛時,曰日闢百里也。蓋土宇昄章與蹙國百里者,所以觀治亂之跡也。①

《小雅·漸漸之石》有以下詩句:

> 武人東征,不皇朝矣。……武人東征,不皇它矣。

蘇軾的弟弟蘇轍對此有如下注解:

> 今諸侯背叛而欲以武人征之。吾亦見其益亂而已,不暇使之朝也。孔子曰:"遠人不服,則修文以來之。"遠人可以德懷而不可以力勝。武人非所以來之也……使武人征之,而尚何暇及其他哉?蓋知誅之而已。此亂之所以益甚也。

蘇轍在這裏解釋道:天子派武人治理亂狀,但我認為這反而更增加了亂態;對於遠人,應懷德義待之,武力對於統治異民族不是有效手段。從上文來看,這或許也是借解釋《詩經》批評了新黨為征服西北民族而推行武力的做法。由此可見,在解釋經典時大量表述自己的政治主張,是當時被廣泛使用的手法。

為何要用解釋經書的形式陳述政見?首先,不難想象,這

---

① 《張耒集》,第724頁。

是爲了顯示經典中闡述了與自己一致的政治主張,從而使自己的觀點具有權威。此外還有一個不容忽視的原因,即當時士大夫的言論環境,也就是"烏臺詩案"的影響。蘇軾是當時非常有名的詩人,作爲舊黨的一員,他寫了一系列的詩歌,其中包含了對王安石新政的批評。書肆擅自將這些詩歌編集並印刷,使其大行於世。御史臺("烏臺"即其雅稱)因此彈劾蘇軾冒犯天子和國家,蘇軾被下獄,一度以爲自己將會被處死。最終他被免於死罪、流放至黃州,弟弟蘇轍及其他多位與蘇軾有詩歌應酬的名士都被連坐問罪。

內山精也認爲,在因詩歌的政治批判性質而問罪的這一點上,"烏臺詩案"是中國文學史上的標誌性事件;並且,這是以當時出版業興盛爲背景而發生的言論壓制事件,從這個意義上來看,它也意義重大[1]。

此後,舊黨與新黨繼續對抗,徽宗時期,新黨宰相蔡京嚴厲打擊舊黨,將舊黨主要人物的名單刻在石碑上並立於各地,禁止名單上的人及其子孫在中央做官(即"元祐黨人碑")。蘇軾、黃庭堅等舊黨人士的文集也成了禁書。上文引用其詩説的程頤、張耒、蘇轍等都是舊黨,他們紛紛受到壓制、被迫隱居。

如此,在北宋後期,舊黨發佈言論變得相當不自由。在這種狀況下,經書的注釋或許就是最能夠堂堂正正表達自己的政治主張,且不給反對者留下批評口實的載體。不過這個問題需要另外撰文討論了。由於可以想見的理由,本文只能暫記一筆,期待將來就此課題展開研究。

---

[1] 關於"烏臺詩案"的始末與歷史意義,請參看內山精也《"東坡烏臺詩案"考——北宋後期士大夫社會中的文學與傳媒》,收入氏著《傳媒與真相——蘇軾及其周圍士大夫的文學》,上海古籍出版社,2005年。

通過以上考察我們發現,《詩經》注釋中包含了注釋者自己的政治、道德意見。筆者猜想,若能積極地將這些事例用作精神史研究的資料,或許就可以從中發現中國人的意識及價值觀的變化。

三、從私憤到公憤——道德性的顧慮

《詩經》的詩篇中有很多是採集各國民謠並編纂成的,表達了當時人們的喜怒哀樂。尤其是《國風》中收錄的詩篇,講述了當時民衆的個人感情,其內容未必都符合道德。歷代的注釋者如何從這些詩中發現了道德價值?其中是否有某種解釋學上的處理?

爲了討論以上問題,本章擬選取講述個人怨恨和憤怒的詩歌,分析歷代的注釋者站在什麼樣的立場上解釋它們。

《邶風·谷風》之《小序》云:

《谷風》,刺夫婦失道也。衛人化其上,淫於新昏而棄其舊室,夫婦離絕,國俗傷敗焉。

這裏認爲本詩的內容是:丈夫迷戀新婚妻子而將正妻逐出家門,正妻因此講述了自己的悲傷心情。此詩第三章云:

毋逝我梁,毋發我笱。我躬不閱,遑恤我後。(笱,捕魚工具。用竹子做成筒,魚進入其中就無法出來。)

對此,《鄭箋》有如下注釋:

"毋"者,喻禁新昏也。女毋之我家,取我爲室家之道。躬,身;遑,暇;恤,憂也。我身尚不能自容,何暇憂我後所生子孫也。

《正義》的敷衍如下:

言人無之我魚梁,無發我魚笱。以之人梁、發人笱當有盜魚之罪。以興禁新昏:汝無之我夫家,無取我婦事。以之我夫家、取我婦事必有盜寵之過。然雖禁新昏,夫卒惡己,至於見出,心念所生,已去必困。又追傷遇己之薄,即自訣。言我身尚不能自容,何暇憂我後所生之子孫乎。**母子至親,當相憂念,言己無暇,所以自怨痛之極也。**

據此,《鄭箋》與敷衍《鄭箋》的《正義》之間,存在微妙的立場差異。《鄭箋》只是直接地解釋詩句意思,對於放棄做母親的主人公,沒有從道德角度來討論。而《正義》則關注了"她爲何無從顧及自己的孩子"的問題,解説、辯明主人公的狀況道:她由於怨恨和悲痛而失去了理性,纔會如此。主人公的外在情況應爲她拋棄孩子之事負責,她本人不承擔責任——《正義》通過這樣處理來使詩歌內容符合道德要求。

《鄭箋》没有特別從道德角度來關注母親拋棄孩子之事,但《正義》却這樣做了,這是因爲《正義》有這樣的觀念:將母親拋棄孩子作爲經典的内容,這很難直接接受,要使它符合道德就必須附加某個理由。換個觀點來看,《鄭箋》不要求本詩主人公的行爲符合道德,只要詩中叙述了因自身遭到拋棄而悲歎之事就可以。而《正義》則要求主人公是道德的(現在不道德,是由悲慘的情況導致)。

本詩《小序》規定了"刺夫婦失道也"的主題,而詩歌講述女性遭受拋棄、怨恨悲歎的情形,就已經充分表現了這一主題,因此將詩中女性解釋成在道德上無辜並非必須。由此想來,鄭玄的理解充分滿足了"依從《小序》解釋詩歌"的要求。然而《正義》想要確保詩中女性的道德性質,因此對《鄭箋》有再解釋。這是因爲,關於本詩"教化"民衆之力量的源頭來自何處,《鄭箋》與《正義》的看法不同。《鄭箋》認爲,通過舉出實例來展現"國家混亂導致了人們陷於不幸"之事,就能使人們感到保持國內和平的重要性,從而達到教化的目的;而《正義》認爲這樣不够,要實現教化,還必須呈現本來道德的主人公遭遇了不幸,喚起同情。是否從主人公那裏尋求道德意義,是《鄭箋》與《正義》不同的地方。

宋代的《詩經》學者如何看待這個問題?《蘇傳》云:

> 逝人之梁而發人之笱,因人之成功之謂也。新昏因舊室之成業,不知其成之難,則將輕用之。我雖見棄,猶憂其後之不繼也。故告而止之。

在蘇轍的解釋中,"我後"不是指自己的孩子,而是自己離去後的家事。此處沒有出現主人公拋棄孩子的情況。她遭到拋棄,還擔心自己離開後家中會變成怎樣,是個無私的人。與《正義》相比,主人公在這裏的道德層次更高。

朱熹的《集傳》中也有如下說法:

> 又言毋逝我之梁,毋發我之笱,以比欲戒新昏毋居我之處,毋行我之事。而又自思我身且不見容,何暇恤我已去之後哉。知不能禁而絕意之辭也。

朱熹認爲,這首詩講述的是主人公擔心自己離開以後,新主婦在家中任意處置。儘管這裏解釋的個人感慨與《蘇傳》不同,但朱熹也同蘇轍一樣,將《鄭箋》《正義》中"拋棄自己孩子離去的母親"這樣有道德問題的形象消解掉了。

與《谷風》同樣的詩句也見於《小雅·小弁》:

> 毋逝我梁,毋發我笱。我躬不閱,遑恤我後。

《小弁》的《詩序》云:

> 《小弁》,刺幽王也。大子之傅作也。

《詩序》認爲這首詩批評周幽王娶襃姒爲妃、並流放原來的妃子和太子一事,這一章是被流放的太子所説的話。《毛傳》云:

> 念父,孝也。

《毛傳》認爲詩中包含了太子對父親幽王的孝思。而《鄭箋》云:

> 之人梁,發人笱,此必有盜魚之罪。以言襃姒淫色來嬖於王,盜我大子母子之寵。念父,孝也。大子念王將受讒言不止,我死之後懼復有被讒者,無如之何。故自訣云:我身尚不能自容,何暇乃憂我死之後也。

表面上看來,鄭玄的解釋的確是對《毛傳》"念父,孝也"之訓釋的敷衍,但實際上這裏呈現了這樣一位主人公:傾吐對驅逐自己的襃姒及其子嗣的怨恨,沉浸在自己的悲痛中想要放棄一切。《毛傳》所謂"念父"的孝子形象,在這裏很空洞。

《正義》的敷衍思路與《箋》相同,同樣呈現了一個自我中心的,或者説陷入自己思索中的主人公形象。

而《詩本義》則有如下説法:

> 所謂魚梁者,古人於營生之具,尤所顧惜者,常不欲他人輒至其所,於是屢見之,以前後之意推之可知也。……《谷風》《小弁》之道乖,則夫婦、父子恩義絶而家國喪。何獨於一魚梁,而每以爲言者假設之辭也?詩人取當時世俗所甚顧惜之物,戒人無幸我廢逐而利我所有也。(《詩本義·何人斯》)

《詩本義》認爲,《谷風》《小弁》的主人公並非感歎自身的不幸,而是擔心那種爲了自身利益趕走他人、將其物品據爲己有的行爲滋長蔓延，從而使夫妻、父子的恩義斷絕，進而導致家國滅亡的情況。詩中的主人公看起來是在計較日常瑣碎的事情，但那不過是運用了比喻手法，其真實意圖是更高層面的擔憂。《鄭箋》《正義》等將主人公視作沉浸於自己的悲哀情感之中，《詩本義》的解釋中呈現的主人公則將眼光投向外界，觀察大局，超越個人層面而擔憂自己離開後家國的情況。這裏不再有個人感慨，只有對公事的憂愁。

在王安石的解釋中，《小弁》的主人公擁有一個更清晰的愛國者形象：

"毋逝我梁，毋發我笱"者，太子放逐而其憂終不忘國也。

與《蘇傳》相同，這個解釋也認爲詩歌内容是太子擔心褒姒及其子會導致國家滅亡，於是將此事報告給幽王：

既以此告王，又恐褒姒、伯服之害其成梁，故告知以無敗梁笱，猶《谷風》之義也。

《集傳》也是如此：

王於是卒以褒姒爲后，伯服爲大子，故告之曰："毋逝我梁，毋發我笱，我躬不閱，遑恤我後。"蓋比辭也。……《小弁》作，大子既廢矣。而猶云爾者，蓋推本亂之所由生，言語以爲階也。

如此，宋代學者的解釋與《鄭箋》《正義》明顯不同，概括來說就是主人公的思想感情由私憤變爲了公憤。

接下來我們選取對祖先傾訴自己境遇的詩，分析歷代注釋者尋求怎樣的主人公形象。《小雅·四月》云：

先祖匪人，胡寧忍予。

對此，《鄭箋》云：

我先祖非人乎？人則當知患難，何爲曾使我當此亂世乎？

儒家的價值觀以"孝"爲至高品德，由此價值觀來看，抒發對祖先的憤怒顯然非常不道德，但《鄭箋》並沒感到主人公的這種行爲有問題。這還是因爲他將解釋的重點放在了抓住主人公的苦惱上，而不要求主人公是道德之人。

《正義》對《鄭箋》有如下敷衍：

人困則反本，窮則告親。故言我先祖非人，出悖慢之言，明怨恨之甚。

《正義》在此辯明：說先祖"不是人"雖不合道義，但正因爲主人公窮苦至極、失去了理性，才會說出這樣的話。這是想要減輕主人公所承擔的道義責任。從鄭玄與《正義》對"先祖匪人"一句的處理方式來看，他們在此處的意識與上文《谷風》的情況一致。

在宋代的《詩經》解釋中，只有王安石的《新義》與衆不同，與《鄭箋》一樣，王安石也沒有從道德角度考慮主人公所說的話：

先祖匪人乎？亦人爾。則不宜忍其後使之遇亂也。

宋代其他學者的解釋都與《鄭箋》不同，他們努力辯解，力圖使主人公的行爲符合道德。這一點與《正義》相同。來看《蘇傳》與《集傳》的解釋：

是以君子自傷生於亂世曰："先祖非人哉？而忍生我

於是。"此所謂"窮則反本"。"浩浩昊天,不駿其德";"先祖匪人,胡寧忍予",一也。皆無所歸怨之辭也。其實以爲非其罪也。(《蘇傳》)

非人乎?何忍使我遭此禍也。無所歸咎之詞也。(《集傳》)

《蘇傳》說,詩人實際上並沒有歸罪於祖先的打算;《集傳》也站在主人公立場上爲其辯護:由於痛苦和鬱悶無處發洩,纔會辱駡祖先。

《詩本義》的解釋則完全不同:

如彼世禄在位之臣,自其先祖以來所任,當時何安然忍予之禄位者?蓋未見其害。

我們雖然不知道歐陽修如何解讀詩句纔得到這個意思,但顯然《詩本義》通過這樣解釋,消解了《鄭箋》《正義》中"非難自己祖先"的思路。

如上,宋代對這句詩的解釋大多與《鄭箋》不同,它們都力圖將辱駡祖先"非人"的詩句解釋得符合道德。

同樣的例子還可見於《小雅・正月》的第二章:

父母生我,胡俾我瘉。不自我先,不自我後。

[箋]天使父母生我,何故不長遂我,而是我遭此暴虐之政而病?此何不出我之前、居我之後?窮苦之情,苟欲免身。

本詩也與上一首詩一樣。詩中講述詩人的悲歎:父母生下我,我恰逢亂世,爲何這樣的亂世不是更早或更晚,而正好在我生活的時代?這還是不道德的説法,因爲"亂世要是發生在自己時代之前或之後就好了"的想法,是爲了自己獲得安穩的生活,就想將自己現在遭遇的困苦轉嫁到祖先和子孫身上。

《正義》關注這個問題,解說道:這也是由於困苦至極失去理性而導致的,並非詩人本意:

> 忠恕者,己所不欲,勿施於人,况以虐政推於先後,非父母則子孫,是窮苦之情,苟欲免身。

《詩本義》和《集傳》等則認爲這只是詩人在一個勁地哀歎自己的命運,並没有讓祖先或者子孫代替自己的意思:

> 言父母生育我,猶不欲使我有疾病,而乃遭罹憂患如此,蓋適丁其時爾。其曰"不自我先後"者,直嘆己適遭之爾。(《詩本義》)

> 疾痛故呼父母,而傷己適丁是世也。(《集傳》)

如上所見,《鄭箋》認爲,主人公的思考以自己爲中心,並不抵觸坦率地傾訴自己的感情;而《正義》則努力地通過再解釋將之納入道德框架。當主人公以自己爲中心思考時,《正義》想要通過説明他所置身的特殊情况,來使他在某種程度上更合於道德。這説明《正義》認爲《詩經》的主人公本不應該有自我中心的思考。

到了宋代,這種傾向變得更强,有解釋認爲主人公並不考慮自身,而是擔憂家國的前途命運。即是説,這一時期的解釋强調"《詩經》中出現的人們是道德的"。由此可見宋代《詩經》學者的解釋姿態。

不管是哪首詩,鄭玄的一個鮮明特徵是:不介意主人公是不道德之人。他不是企圖從詩中發現主人公的道德價值,而是想從詩中講述的不幸情况本身中覓得教育意義。從這個角度來看,詩中講述的情况越殘酷,其教育效果越值得期待。因此,相比一個道德的主人公,他更期待一個在絶望的深淵中沉淪、導致思想和行爲違反道德的主人公。這個主人公形象並不見於《毛傳》，儘管後者通常與《鄭箋》一起被稱作"漢代《詩經》學"。再有，對鄭玄的注釋作再注釋的《正義》，則在其再解釋中努力設法將《鄭箋》中呈現的這個人物形象納入道德價值觀的框架内。那麼，鄭玄的解釋在漢唐《詩經》學中就是孤立的。鄭玄的解釋令人聯想到他的同時代人王粲所作的《七哀詩》：

> 出門無所見，白骨蔽平原。路有飢婦人，抱子棄草間。顧聞號泣聲，揮淚獨不還。未知身死處，何能兩相完。

鄭玄與王粲生活的後漢至三國時期，中國陷於戰爭，是非常混亂的時代。母親爲了自己活命而捨棄孩子，在當時毋寧説是淺近的現實。由此想來，鄭玄的解釋或許就反映了生於亂世者的感覺與經驗。而《毛詩正義》是由皇帝敕修的，它需要提供統一的經典解釋來象徵國家安定，孔穎達等撰修這部書時，大概從"（《詩經》中出現的人物是）道德之人"的角度修正了《鄭箋》的解釋軌道吧。

四、臣子之義——隱遁的政治功能

接下來考察"臣子之義"的問題。本節將選取講述臣子不被君主接受而隱遁内容的詩歌，探討歷代《詩經》學者通過注釋賦予了隱遁者怎樣的形象。這樣的考察可以向我們呈現隱遁者如何看待君臣之義和祖國的朝廷。這樣也就能夠體現注釋者自己對君臣之義的看法和他們關於國家的道德觀念。

本節選取《衛風·考槃》一詩來討論。此詩小序云：

> 刺莊公也。不能繼先公之業，使賢者退而處窮。

《小序》認爲這首詩講述了不被君主認可,因此隱居山谷之間的賢者之事,即"野無遺賢"的反面。詩的全文及《傳》《箋》之解釋如下:

考槃在澗,碩人之寬。

[傳]考,成。槃,樂也。山夾水曰澗。

[箋]碩,大也。有窮處成樂在於此澗者,形貌大人,而寬然有虛乏之色。

獨寐寤言,永矢弗諼。 (第一章)

[箋]寤,覺。永,長。矢,誓。諼,忘也。在澗獨寐,覺而獨言,長自誓以不忘君之惡,志在窮處,故云然。

考槃在阿,碩人之薖。

[傳]曲陵曰阿。薖,寬大貌。

[箋]薖,饑意。

獨寐寤歌,永矢弗過。 (第二章)

[箋]弗過者,不復入君之朝也。

考槃在陸,碩人之軸。

[傳]軸,進也。

[箋]軸,病也。

獨寐寤宿,永矢弗告。 (第三章)

[傳]無所告語也。

[箋]不復告君以善道。

關於《考槃》,歷代有多種解釋,因此它是一個尤其值得研究的例子。即便只看以上所示的範圍,如"薖"和"軸"的訓詁所呈現的,《毛傳》和《鄭箋》之說全不相同,於是對詩歌整體的解釋也就産生了很大的差異。尤其成爲議論焦點的,是如何解釋各章的最後一句,即"永矢弗諼""永矢弗過""永矢弗告"。

《鄭箋》解釋道:"長自誓以不忘君之惡""不復入君之朝""不復告君以善道"。在此,有一個明確指責君主之無道和罪惡的人物形象。此人對自己作爲隱者的現狀不滿,窮困衰弱。因此他強烈地憎惡將自己逼入這種狀況的君主。

據《正義》,《毛傳》與《鄭箋》有不同的解釋。《正義》對《毛傳》之説的解釋如下:

> 此篇《毛傳》所説不明……王肅之説皆述《毛傳》。其注云:"窮處山澗之間,而能成其樂者,以大人寬博之德。故雖在山澗,獨寐而覺,獨言先王之道,長自誓不敢忘也。美君子執德弘信道篤也。歌所以詠志,長以道自誓不敢過差。"其言或得《傳》旨。

《正義》説,主人公發誓"不忘"的,不是君主惡逆無道的情狀,而是"先王之道"。先王指出現於理想之世的昔日的聖明天子;不忘的就是那時施行的理想道德。從這個解釋來看,主人公滿足於隱居生活,將隱棲當做人格陶冶的機會,心境坦然。這與鄭玄解釋中的隱者形象恰成對比。《正義》沒有明確表示是支持《毛傳》/王肅之説還是鄭玄之説,不過,關於王肅之説,《正義》云"王肅之説皆述《毛傳》",這不符合《正義》本來的立場:《正義》認爲《鄭箋》是爲了説明《毛傳》的意思而寫成的[①],而王肅則是在正面批判鄭玄學問的基礎上發展了自己的經學,因此《正義》本來對王肅也持批判態度。然而對於這

[①] 對於鄭玄作《箋》的目的,正義是這樣説的:"鄭以毛學審備,遵暢厥旨。所以表明毛意,記識其事,故特稱爲箋。"(《正義》卷一《周南·關雎訓詁傳第一·毛詩國風·鄭氏箋》疏)

一句詩,《正義》爲了説明王肅的説法正確表達了《毛傳》的意思,給出的理由是:王肅的《詩經》解釋"全部"都是敷衍《毛傳》而成。這與《正義》的基本姿態不同。由此來看,我們大概可以推測,在對這一句詩的解釋上,《正義》批評《鄭箋》的解釋,而贊成王肅之説①。

那麽,宋代學者如何解釋這首詩?王安石的《新義》依從《鄭箋》,但這是特例。《詩本義》説:

> 《考槃》……如鄭之説,進則喜樂,退則怨懟,乃不知命之狠人爾,安得爲賢者也……如鄭説,孔子録詩必不取也。

歐陽修從道德角度嚴厲批評了鄭玄的説法②。這是由於他認爲不管受到對方的厚待或是迫害,自己都要保持道德,表現出一以貫之的態度。即使被放逐,臣子也不能對君主懷有怨懟,隱者也應當遵守君臣之義。歐陽修在《詩本義》中多次表現出對君臣之義的重視,《小雅·正月》就是其中的一個例子:

> 幽、厲之時,極陳怨刺之言,以揚君之惡。孔子録之者,非取其暴揚主過也。以其君心難革,非規誨可入,而其臣下猶有愛上之忠,極盡下情之所苦,而指切其惡,尚冀其警懼而改悔也。至其不改悔而敗亡,則録以爲後王之戒。

這裏的觀念是,不管君主是善是惡,臣子必須對君主盡

---

① 例如,《毛詩李黄集解》中黄櫄的説法就認爲毛、鄭同説。《正義》提出的"《傳》《箋》異説"理論,未必是不言自明、無需辨析的。
② 關於歐陽修在批評《鄭箋》時使用的邏輯結構,尤其是他將"孔子編纂了《詩經》"這一傳統觀念當做批評的依據之事,詳情請參考本書第三章。

第十六章 去國而走向新天地是否不義

忠。同樣,他關於《考槃》的説法認爲應當保持道德的一以貫之,這也體現了"即便是離開朝廷的隱者,也應恪守基本的臣子之義"的觀念。有了這樣的觀念,歐陽修對此詩就有如下解釋:

> "考槃在澗,碩人之寬。獨寐寤言,永矢弗諼",謂碩人居於山澗之間,不以爲狹而獨言,自謂不忘此樂也。"碩人之寬",澗居雖狹,賢者以爲寬也。"永矢弗過",謂安然樂居澗中,不復有所他之也。"永矢弗告"者,自得其樂,不可妄以語人也。

此處有個在山谷中隱居且自足的賢者出現,可以説是繼承了王肅與《正義》的解釋。即是説,歐陽修解釋中的隱者形象由兩個方面的意象組成:(一)在山谷中隱棲且自足……繼承自王肅、《正義》。(二)儘管隱居、解除了現實中的君臣關係,仍繼續恪守君臣之義。

在歐陽修之後,宋代《詩經》學對《考槃》的解釋中出現了由以上兩個方面的意象發展出的隱者形象。《蘇傳》云:

> 澗也、阿也、陸也,皆非人之所樂也。今而成樂於是,必有深惡而不得已也……"弗諼",既往之戒不可忘也;"弗過",不可復往也;"弗告",不可復諫也。皆自誓以不仕之辭也。

"既往之戒不可忘""不可復往""不可復諫"的解釋,表面上似乎與《鄭箋》一致,但蘇轍解釋中"不可忘"的對象不是君主之惡,而是昔日的誓言——不仕。也就是説,在蘇轍的解釋中,主人公的姿態不是像鄭玄所説的那樣揭發君主之惡,而是強調他們關於自己行爲的誓言。這雖是細小的差異,但鄭玄解釋中"不忘君之惡""不復告君以善道"這樣對君主的憤怒、怨恨、復仇之思被隱藏起來了,這一點值得注意。"必有深惡"一句也沒有像《鄭箋》那樣指明對象。

朱熹的解釋如下:

> 自誓其不忘此樂也……自誓所願不踰於此,若將終身之意也……不以此樂告人也。

朱熹的解釋認爲此詩描寫了隱居於山谷的賢人自足的狀態。

蘇轍和朱熹的解釋中,主人公放棄了對君主的憤懣,具有了一個在山谷中隱居並感到自足的隱者形象。這基本可以説是繼承了王肅與《正義》以來的隱者形象,比較強地體現了歐陽修隱者形象(一)的特點。

在宋代,也有的隱者形象比較明顯地體現了歐陽修隱者形象(二)之特點:

謝采伯《密齋筆記》卷一引鄭俠(字介夫,他繪製了《流民圖》獻給皇帝,描繪了王安石新法造成的民衆之苦狀,後因此被降職,但此事也成爲王安石罷相的導火索)的解釋:

> "弗諼"者,弗忘君也。"弗過"者,弗以君爲過也。"弗告"者,弗以告他人也。①

這裏的隱者形象是儘管隱居,却仍忠於君主。這樣的解釋也見於程頤的《詩説》:

> 賢者之退,窮處澗谷間,雖德體寬裕,而心在朝廷。寤寐不能忘懷,深念其不得以善道告君,故陳其由也。

程頤認爲"弗諼""弗過""弗告"的"弗"字不是禁止之意,

---

① 《叢書集成初編》本,第2872册,第7頁。

而是"無法做……"的意思。也就是説,他將"長不忘"解釋爲"長久不能忘懷"之意。這樣一來,一系列的詩句表現的就不是隱者的決心,而轉換爲依然懷著忠君愛國思想的隱者形象。程頤的弟子楊時在《龜山集》中説:

> 《考槃》之詩,言"永矢弗過"。説者曰:"誓不過君之朝。"非也。矢,陳也。亦曰:"永,言其不得過耳。"昔者有以是問常夷甫之子立,立對曰:"古之人蓋有視君如寇讎者。"此尤害理。何則?孟子所謂"君之視臣如犬馬,則臣視君如寇讎"。以爲君言之也。爲君言則施報之道,此固有之。若君子之自處,豈處其薄乎?孟子曰:"王庶幾改之,予日望之。"君子之心蓋如此。《考槃》之詩,雖其時君使賢者退而窮處爲可罪天。苟一日有悔過遷善之心,復以用我,我必復立其朝。何終不過之有。①

楊時解釋中的隱者形象從程頤筆下"即使退隱仍心懷君主"的樣子更進一步,變爲:隱居只是暫時的,待到君主回心轉意,如果有機會回來,就高興地再次出仕。這樣的隱者可謂官僚預備軍,是愛國者。對這樣的隱者來説,山谷並非終生隱居之地,而只是暫時的避難所,隱居不是他内心的選擇,而只是虛假的姿態。從君主/政權的角度來説,隱居是使被自己驅逐的反對勢力不投身於顛覆體制的行爲,而是在體制控制下安然終老的有效制度;隱居地是反對者在保持對君主的忠誠、期待將來再入仕的期間寄身的避難所。

《毛詩李黄集解》中記載了南宋黄櫄的説法,是集程頤、楊時等人説法之大成的解釋:

---

① 《龜山集》卷七,《文淵閣四庫全書》本。

> 永陳其不忘君父之意，又永陳其不得適君之朝，又永陳其不得告君以善道。此賢者愛君之誠而忠厚之至也。

他認爲"矢"的意思並非"誓"，而是"陳述"，描繪了一個熱烈期冀君主再次起用自己的隱者形象。

這樣看來，《鄭箋》中害怕將對君主的怨恨説出口的隱者形象，轉換成了《正義》以來不反抗君主、自我滿足的隱者形象。到宋代，更是順應體制需要，出現了儘管隱居却仍苦惱於如何對君主盡忠的隱者形象。也就是説，解釋中的隱者從鄭玄的"自我中心"者，變成歐陽修(蘇轍、朱熹)的隱居而無害於政治的賢者，再變成程頤、楊時等人的"儘管退居二線却依然期待機會、希望再次進入政治世界的官僚預備軍／愛國者"這樣有政治意義的隱者。

從鄭玄的隱者形象來看，執政者們認爲讓臣子(或反對者)隱居，是將他們推到危險的立場上，成爲内心憤懣不平的反體制勢力。而在宋代《詩經》學中，隱居的意義與此完全相反，是用來維持體制的一種方法：即是説，儘管是隱者，他們也並未從曾經的君臣關係中挣脱出來，其思想和言行舉止仍然像國家政治的現任人員那樣受到相應框架的制約。因此就可以指望他們懷著"遇到合適的機會就回到朝廷"的想法而度日。這是一種預防措施：對於受政治迫害者及抱怨自己懷才而不遇者，不是將他們推到威脅體制的位置，而是使其保有對國家的歸屬感。爲何隱者形象會演化成這樣？這個問題必須放在對中國思想史的整體透視背景下來分析。尤其是，這與孔子在《論語》中所説的隱居道理之間的關係，對於思考儒家道德的滲透也很重要。再者，兼有愛國者與隱者兩種形象的陶淵明在宋代獲得了更高的尊崇，尤其是他常被認爲是像諸葛亮那樣胸懷大略的隱者、具有儒家的風格①。當我們思考《詩經》中隱者之解釋的變化時，這也是不能繞過的問題。再有，據程傑的研究，梅花在宋詩中開始被比作神氣品風韻俱佳的美人，隨著理學的勃興、倫理道德的提高，梅花成爲體現士大夫理想的高士，尤其是隱者的象徵；至南宋末期，梅花更是被用來比喻忠於國家、堅持操守、隱棲山谷的高士②。如此，在梅花擬人化的歷程中，它逐漸向道德人格和愛國者形象演變。這也可以當做一個參考事例。對此，筆者將另外撰文討論。

五、《詩經》解釋中的殉國意識

接下來要討論的是，在殉國意識——即在多大程度上歸屬於國家的意識——的問題上，歷代的《詩經》解釋中包含了怎樣的變遷。我們將考察的對象分爲三類。首先根據其身份是否能參與政治，分爲士大夫和民衆；然後根據是否與王或是自己的君主同姓，即是否是王或君主的同族人，將士大夫區分爲兩類。下面將考察歷代的《詩經》解釋認爲這三類人——同姓之臣、異姓之臣、民衆——分別應該對國家有怎樣的歸屬意識，以及在對國家／君主的歸屬意識的極致表現——殉死——的問題上有何解釋。

（一）同姓之臣可以捨去國家嗎

首先來看與王或君主同姓的臣子，即王或君主的同族之

---

① 關於陶淵明形象在宋代的發展詳情，請參考李劍鋒《元前陶淵明接受史》第三編，齊魯書社，2002年。
② 程傑《宋代詠梅文學研究》中卷《"美人"與"高士"——詠梅模式之五》，安徽文藝出版社，2006年6月。拙譯題名《宋代における二つの詠梅模式（二）——「美人」と「高士」、二つの詠梅の比喻の變遷について——》，刊載於日本宋代詩文研究會《橄欖》第10號（2001年）。

臣被認爲應當如何處世。《邶風·柏舟》的《詩序》云：

> 柏舟，言仁而不遇也。衛頃公之時，仁人不遇，小人在側。

《詩序》認爲這是被君主疏遠的臣子的歎息之辭。詩中有"亦有兄弟，不可以據"之句，《鄭箋》云：

> 責之以兄弟之道，謂同姓臣也。

《鄭箋》推斷本詩主人公是與衛君同姓的臣子。本詩卒章云：

> 日居月諸，胡迭而微。心之憂矣，如匪澣衣。靜言思之，不能奮飛。
> ［傳］不能如鳥奮翼而飛去。
> ［箋］臣不遇於君，猶不忍去，厚之至也。

《鄭箋》中"厚之至也"一句講的是什麽呢？《正義》的解釋如下：

> 此仁人以兄弟之道責君，則同姓之臣。故恩厚之至，不忍去也。以《箴膏肓》云："楚鬻拳，同姓，有不去之恩。"《論語》注云："箕子、比干不忍去。"皆是同姓之臣，有親屬之恩。君雖無道，不忍去也。

由此看來，《正義》將《鄭箋》中"臣不遇於君，猶不忍去"的理由看作是"（君主之恩德）厚之至也"。前者的主語是臣子，後者的主語則變成了君主，也就是說：同姓之臣儘管不被器重，却也不忍心離開國家，因爲他作爲同族人，曾經蒙受到過君主很深厚的恩德。那麽，即使"君主無道"，同姓之臣也不能背棄國家。

不過，對這段《鄭箋》可以有更平易的解釋。如果閱讀《鄭箋》時不添加轉折，那麼情義深厚的也可以是臣子，即解釋成"儘管不被君主重用，仍然不忍離開祖國，臣子的這種感情深厚無比"。順帶提到，清原宣賢講述的《毛詩抄》也認爲"主人公雖不願與小人爲伍，希望跳出這個環境到別處去，但是他對君主很忠誠，不敢離開他去。他用鳥來比喻自己的困境。這是一首表現敦厚情感的詩歌"①，他也將《鄭箋》的"厚之至也"理解成臣子之心的"敦厚"。先不説這説法與《正義》的觀點孰是孰非，這個解釋的確是可以存在的。

從"如何評價臣子去國的行爲"這個角度來看，這兩種解釋的方向正好相反。《正義》認爲，同姓臣子即便被君主疏遠也不背棄國家，這是極爲自然之事。而筆者提出的，或是《毛詩抄》的解釋則認爲那是例外的行爲，只有懷著無比忠誠的臣子纔這樣做。根據前者的解釋，不能離開故國是同姓之臣的行爲原則；而根據後者的解釋，即便是同姓之臣，若是被君主疏遠，也是可以背棄國家的。由此看來，在可能的兩種解釋中，《正義》故意選擇了轉折大的那一種，表現了"同姓之臣不可背棄國家"的意見②。

如果筆者的推想是正確的，那麼鄭玄的看法是：當不能從君主處受到正當對待時，臣子離開祖國、自由地移居別國纔是自然的選擇，正是因此，懷才不遇却又不忍離去的本詩主人公纔可謂"忠厚至極"。到了《正義》那裏，這變成：本詩主人公是與君主同姓的臣子，從君主那裏受到了無與倫比的厚恩，

---

① "小人はともにまじはつていれば、いづくへもいにたけれども、君を思ふ忠節の心が有程に、えいなぬぞ。鳥を以ってたとゆるぞ。爰が敦厚の詩ぞ。"《毛詩抄 詩經》(一)，岩波書店，1996年，第134頁。
② 像這樣，《正義》曾多次爲了使《鄭箋》與自己的邏輯吻合，在再解釋時改變其原意。詳情請參考本書第三章的討論。

因此不忍離去。對同姓之臣的倫理解釋在此有了變化①。

不過,《正義》所說的這種束縛也主要是源自情誼的心理狀態。從理論上來說,《正義》在上面的引文之後也説明了臣子有移居的自由,其説法如下:

> 然君臣義合,道終不行,雖同姓有去之理。故微子去之,與箕子、比干同稱"三仁"。明同姓之臣有得去之道也。

不過還是要注意,《正義》認爲,背棄國家必須要有"道終不行"這樣極强的理由,並且還説了"君雖無道,不忍去也"這樣的話。這是認爲與異姓臣子相比,同姓之臣要背棄國家,受到更强的倫理限制。

在此,筆者想要以戰國時代的文學家屈原作爲參考對象。屈原是楚國的同姓之臣,不被楚王信任,遭到放逐。他難以抑制憂國之思,浪跡天下,最終投身汨羅江而死。屈原在很多作品中都表達了對楚國與楚王的深摯感情,以《楚辭·九歌·湘君》爲例:

> 心不同兮媒勞,恩不甚兮輕絕。

對此,東漢王逸注云:

> 言人交接初淺,恩不深篤,則輕相與離絕。言己與君同姓共祖,無離絕之義也。

順帶一提,《文選》收錄了這首《湘君》,在唐代撰著的《文選》五臣注中,李周翰曰:

---

① 上文提到的《正義》中引用了《箋膏肓》,其中記載了鄭玄的説法:"同姓,有不去之恩。"與本詩之《箋》不一致。這個問題尚待進一步研究。

事君之道亦類此焉。

這是相當平淡的解說。王逸的注從詩句的字裏行間發掘意義,可以說是過度闡釋了。反過來說,這表明王逸注中的內容對他而言極其重要,因此即便不合理他也要這樣解釋。即是說,王逸也堅定地認爲同姓之臣應該對君主保持高度忠誠。不過,差不多與他同時代的鄭玄却持異見,認爲即使是同姓之臣也可以自由地移居。到了《正義》中,"自由"有所削減,即同姓之臣的移居自由則受到限制。由此可以推測,關於同姓臣子的行爲倫理,有多種不同的意見交織在一起。再者,反過來想的話,限制同姓之臣移居,就是認同異姓之臣可以自由移居、不受道德束縛。這一點將在下一節詳細討論。

在蘇轍和朱熹等人的《詩經》解釋中,完全没有同姓之臣的問題。二人對"亦有兄弟"之句的解釋,都没有顯示主人公與君主是同族關係,而是認爲這裏指主人公及其兄弟。在此基礎上,《蘇傳》云:

> 月當微耳,日則否,豈有日月更代而微者歟?君子與小人常遞相勝。然而小人而不得其志者常也。君子而不遂,如日而微耳。是以憂之不去於心,如衣垢之不澣,不忘濯也。憂患既深,思奮飛以避之而不能矣。

他的解釋將"不能奮飛"當作前提,没有分析"不能奮飛"的原因。蘇轍没有討論主人公是否是君主的同姓之臣,他從一開始就没有設置"離開國家和君主"這樣的選項,將詩句解釋成"(因爲不能奮飛)所以在這樣壓抑的環境中痛苦挣扎"。

《集傳》云:

> 比也……言日當常明,月則有時而虧,猶正嫡當尊,衆妾當卑。今衆妾反勝正嫡,是日月更遞而虧,是以憂

之,至於煩冤憒眊,如衣不澣之衣,恨其不能奮起而飛去也。

與以上提及的學者觀點都不同,朱熹將此詩解釋成不被丈夫愛護的妻子的心聲。不過,《集傳》也與《蘇傳》一樣,沒有討論"不能奮飛"的理由,只將它作爲解釋的前提。如此想來,蘇轍與朱熹二人應該都認爲,"即使得不到他人理解、孤立無援,也要脫離自己所屬的共同體、尋求自由"是不能輕易認可的情況。

如上所見,在《鄭箋》的解釋中,同姓臣子背棄君主是可以的。《正義》繼承了這個解釋,但到了宋代,這個問題却消失了。原因之一,是《鄭箋》將"亦有兄弟"解釋爲主人公與君主的關係,這說法未免牽強附會,如果用平易的方法來解讀詩句,則應該按字面意思解釋成主人公及其兄弟。宋代《詩經》學者根據詩句本身來解釋,從而得出學術層面的判斷後,以上問題就被消解了。但不可否認的是,他們依據這種方法作出的解釋中所呈現的主人公形象,相比《鄭箋》和《正義》,對自己所屬集團的歸屬意識更強。對於主人公的這種情況,蘇轍和朱熹等並未感到什麽不妥,由此看來,他們解釋中的主人公之歸屬意識,應當反映了解釋者本人的價值觀。

(二)異姓臣子可以背棄國家嗎

下面來看異姓臣子應有怎樣的行爲。《小雅·小明》的第四章云:

嗟爾君子,無恒安處。

[鄭箋]恒,常也。嗟女君子,謂其友未仕者也。人之居,無常安之處,謂當安安而能遷。孔子曰:"鳥則擇木。"

後來的學者們如何解釋《鄭箋》的這段話？讓我們首先來看較爲晚出的歐陽修的說法。《詩本義》云：

> 鄭乃以"嗟爾君子"爲其友之未仕者。且大夫方以亂世悔仕，宜勉其未仕之友以安居而不仕，安得教其無恒安處？蓋鄭謂大夫勉未仕之友去之他國，無安處於周邦也，故引"鳥則擇木"之説。夫悔仕者悔不退而窮處爾，如鄭之説則周之大夫皆懷貳志，教其友以叛周而去，此豈足以垂訓也？

歐陽修認爲，鄭玄的解釋是"大夫勸未出仕的友人亡命他國，不要留在周邦"。因此他批評鄭玄："如鄭之説，則周之大夫皆懷貳志。"認爲這是對國家的背叛。

那麼，《正義》是如何解釋《鄭箋》的？

> 無常安之處，謂隱之與仕，所安無常也。"安安能遷"者，無明君，當安此遷遁之安居；若有明君，而能遷往仕之，是出處須時，無常安也。必待時而遷者。孔子曰："鳥則擇木。"猶臣之擇君，故須安此之安，擇君而能遷也。

《正義》認爲，"無常安之處"指隱居和出仕的區分，鄭玄解釋了一種隨機應變的方法：若無明君則安於隱遁；若有明君則仕明君。

如此，《正義》與《詩本義》對《鄭箋》的解釋全然不同。《正義》認爲，鄭玄的意思是應該適應政治情況而改變立場，而所謂"立場"，是從隱居或出仕兩個選項中選取一個。這是説，鄭玄在勸那些不受君主器重的人成爲隱者，而不是勸説他們離開祖國到其他國家。這讓人聯想到了程頤等解釋《考槃》的模式——將隱居用作國家的一種預防措施。

《詩本義》則將《鄭箋》解釋成了完全不同的意思。這裏認爲,《鄭箋》的意思是,如果不被君主器重,那麼天下有很多國家,不被此國接受則去往彼國,彼國不接受則再往一國。歐陽修由此認爲,鄭玄這是勸説友人背叛國家,因此對鄭玄有嚴厲批評。

這樣看來,且不管鄭玄的意思究竟如何,《正義》與《詩本義》是在同樣的倫理觀基礎上解釋《鄭箋》的。二者都否定了"不受君主器重的臣子仕於他邦"這個選項,都認爲士大夫去往他國、與自己國家爲敵是非常不道德的。他們的差別只存在於對《鄭箋》的處理方法上:前者努力使《鄭箋》與這種倫理觀相適應,後者則依據這種倫理觀來批評《鄭箋》。

而《蘇傳》《集傳》中則没有"離開朝廷"的情況:

> 有久勞於外,則必有久安於內者矣。故告之,使無以安處爲常。(《蘇傳》)

> 嗟爾君子,無以安處爲常。言當有勞時,勿懷安也。(《集傳》)

蘇轍、朱熹的解釋是,作者勸慰友人,即使處在現在的情況中、在自己所屬的集團裏感到痛苦,也要努力。這種思路,即不脱離自己所屬的集團而是在集團範圍內思考,與上一節提及的《邶風·柏舟》之解釋思路一致。與《傳》《箋》《正義》相比,可以發現這裏對於去國、脱離集團之事有不同的看法。

與如上的觀點變化緊密相關聯的,是學者們如何看待君臣關係的性質。《檜風·羔裘》之《小序》云:

> 《羔裘》,大夫以道去其君也。國小而迫,君不用道,好絜其衣服,逍遥游燕,而不能自强於政治,故作是詩也。以道去其君者,三諫不從,待放於郊,得玉玦乃去。

《小序》認爲，此詩是大夫講述自己的心聲：對君主的諫言不被採納，於是自己想要離開這個國家。大夫離開國家時，根據禮制的要求，採取君主放逐臣子的形式，大夫要暫時在郊外停留，等待從君主那裏獲得表示"君主斷絶與你的君臣之義"意思的玦玉。《小序》認爲這首詩是大夫在將去未去之時寫作的。之所以這樣説的理由，見於《正義》：

> 《序》言以道去其君，既已舍君而去。經云："豈不汝思。"其意猶尚思君。明已棄君而去，待放未絶之時作此詩也。

這裏的邏輯是：因爲有思戀君主的詩句，所以詩歌作於離開國家之前。反過來説，如果已經離開了國家，就不思戀君主了。《正義》又説：

> 《序》云以道去其君，則此臣已棄君去。若其已得絶之後，則於君臣義絶，不應復思。故知此是三諫不從，待放而去之時，思君而心勞也。

這裏的看法是：君臣之義是依據禮儀而結成或斷絶的一種契約，其中的感情相當淡薄。

宋代没有這樣的解釋。《蘇傳》云：

> 檜君好盛服，故以其朝服燕，而以其朝天子之服朝。夫君之爲是也則過矣，然而非大惡也。而大夫以是去之則何哉？孔子之去魯爲女樂故也，而曰膰肉不至。蓋諱其大惡而以微罪行。檜大夫之羔裘，則孔子之膰肉也歟。此所謂以道去其君也。

《正義》中那種因禮儀而形成契約關係、情感淡薄的君臣關係，在此處難覓蹤跡。我們反倒能夠從主人公諱言君惡的姿態中,感到他本可不顧,却特地維護君主體面的臣子之義。

《集傳》云:

> 舊説,檜君好潔其衣服,逍遥游宴,而不能自強於政治,故詩人憂之。

朱熹所謂的"舊説",指上面引用的《正義》之文字。儘管如此,《正義》依據《詩序》判斷此詩是主人公去國之際所作的説法,没有被朱熹引用。那麽,朱熹不認同"此詩是背棄君主的大夫所作"的觀點。從一開始,朱熹的説法中就没有出現"背棄君主的臣子"這一形象。

對這首詩的解釋也説明,離開國家、斷絶君臣之義的臣子形象,在宋代被視爲禁忌。

(三) 民衆的行爲倫理

下面來看民衆的行爲倫理。《小雅·正月》云:

> 瞻烏爰止,於誰之屋。

對此,《正義》曰:

> 毛以爲……今我民人見遇如此,於何所從而得天禄乎?是無禄也①。此視烏於所止,當止於誰之屋乎?以興視我民人所歸,亦當歸於誰之君乎。烏集於富人之屋以求食,喻民當歸於明德之君以求天禄也。言民無所歸,以見惡之甚也。

《正義》的解釋是,民衆在國家中被迫過困苦的生活,非常不自由,作者看到這種情形,於是勸説民衆去往新的天地、新

---

① "也"本作"世",據清代阮元《毛詩注疏校勘記》改。

的國度。

對於《傳》《箋》《正義》的如上解釋，《詩本義》評價道：

> 毛、鄭之意不然，謂烏擇富人之屋而集，譬民當擇明君而歸之，是爲大夫者無忠國之心，不救王惡而教民叛也。

歐陽修批評《傳》《箋》《正義》，不僅是因爲其解釋錯誤，而且由於他認爲這樣的解釋不道德，因此嚴厲批評《傳》《箋》《正義》。民衆爲了過更好的生活而去往新天地的行爲，被他看作是"背叛"並否定。將之與《正義》比較來看，《正義》認爲民衆有移居的自由，而《詩本義》却堅持道德觀念——民衆不應該背離國家——來批評《傳》《箋》之說。同屬宋代的《蘇傳》與《集傳》有如下說法：

> 王視烏之所止者誰之屋歟？有以飲食而無畢弋之患，烏之所止也。奈何以刑御民，使無所措手足哉？（《蘇傳》）

> 言不幸而遭國之將亡，與此無罪之民，將俱被囚虜而同爲臣僕。未知將復從何人而受禄。如視烏之飛，不知其將止於誰之屋也。（《集傳》）

民衆移居他國的情形完全没有出現在蘇轍的解釋中。而在朱熹看來，此詩講述的是國家滅亡後民衆成爲他國俘虜之事，並不是民衆主動離開國家。"民衆離開國家"的解釋被忌諱和迴避了。即是説，蘇轍、朱熹也與歐陽修一樣，没有依從《傳》《箋》的解釋、認爲民衆有移居的自由。由此可見，宋代對於移居別國之事有非常嚴格的倫理限制，不僅是士大夫，就是普通民衆也被認爲不可自由移居。

（四）殉死

最後要討論的是最能表現對祖國和君主之歸屬意識的"殉死"。講述殉死之事的詩歌被如何解釋？來看《秦風·黃鳥》的詩序：

> 《黃鳥》，哀三良。國人刺穆公以人從死，而作是詩也。

《小序》認爲這首詩是爲了悼念秦國的名臣——"三良"而作。據《左傳·文公六年》《史記·秦本紀》等的記載，秦國名君穆公要求一百七十人（一説一百七十七人）爲自己殉葬，其中就有子車氏的三個兒子奄息、仲行、鍼虎這樣的忠良之臣，人們爲此感到惋惜，於是創作了本詩。

> 交交黃鳥，止於棘。……臨其穴，惴惴其慄。彼蒼者天，殲我良人。如可贖兮，人百其身。

本詩的《毛傳》及《正義》對《毛傳》的敷衍如下：

> ［傳］黃鳥以時往來，得其所；人以壽命終，亦得其所。
> ［正義］今穆公使良臣從死，使不得其所也。

《毛傳》坦率地將本詩解釋爲純粹的悲傷。儘管在這個説法背後，或許也隱含著對於用殉死這種過分方式命令人的秦穆公的批評，但這並沒有明確的表示。而對順從命令殉死的三個人，更是沒有批評。

《鄭箋》則説：

> 黃鳥止於棘，以求安己也。此棘若不安則移。興者喻臣之事君亦然。今穆公使臣從死，刺其不得黃鳥止於棘之意。

對此,《正義》曰:

> 鄭以爲喻以興臣仕於君以求行道,道①若不行則移去。言臣有去留之道,不得生死從君。今穆公以臣從死,失仕於君之本意。

《正義》云:"臣仕於君以求行道。"但《鄭箋》中並無如此説法。《鄭箋》認爲,鳥棲於木是爲了求得自身安全,"喻臣之事君亦然",由此看來《鄭箋》的解釋是,臣子事君是爲了保障自己的生活,那麼如果君主無法保障臣子的生活,臣子就應該去往他國。也就是説,鄭玄非常理智而冷淡地考慮君臣關係。《正義》附上了"行道"這個理由,不是因爲《鄭箋》中涉及了這一點,而是《正義》要將自己的價值觀帶進對《鄭箋》的再解釋中。

如此想來,穆公踐踏臣子移居的自由,《鄭箋》對此當然持批評態度;並且,如《正義》中"不得生死從君"一句所言,《鄭箋》對於不利用自己的移居自由、唯唯諾諾地遵從君主之無理要求,從而葬送性命的三良,也有批評。在這一點上,《鄭箋》與《毛傳》態度很不同。

宋代對這首詩的解釋是如何發展的?與《鄭箋》一樣,王安石的解釋也討論了三良之道義的問題:

> 始曰"止於棘",中曰"止於桑",終曰"止於楚",則與出自幽谷、遷於喬木者異矣。以哀三良所止不能進趨高義,而終於死非其所也。

而《蘇傳》則認爲此詩批評的是命人殉死的穆公及遵從父命的穆公之子——康公:

---

① "道"字據《毛詩注疏校勘記》補。

> 穆公以子車氏之三子爲殉,皆秦之良也。國人哀之,爲賦此詩。言臣之託君,有黃鳥之止於木,交交其和鳴。今三子獨不得其死,曾鳥之不若也。"人百其身"者,欲以百人贖其一身也。然三良之死,穆公之命也。康公從其言而不改,其亦異於魏顆矣。故《黃鳥》之詩交譏之也。

魏顆是春秋時晉國人,他的父親得病後,先是要求在自己死後將自己的妾嫁給他人,但等到他重病後,又要求將她爲自己殉葬。父親死後,魏顆說:"病重時所說的話是精神混亂的結果。"將父親的妾嫁給了他人。後來晉、秦兩軍交戰時,有一個老人將地上長著的兩叢草的尖頭連結起來,絆倒了秦國的將軍,幫助魏顆捉住了他。當天晚上,魏顆夢見這個老人對他說:自己是被他嫁出去的妾的父親,爲了報答他讓自己的女兒活命的恩德而幫助了他(《春秋左傳‧宣公十五年》)。通過將康公與魏顆這樣的人相比較,蘇轍在批評穆公的同時,也批評了康公盲從父親遺命的態度。

《集傳》則從更廣泛的政治立場評論此事:

> 愚按,穆公於此,其罪不可逃矣。但或以爲穆公遺命如此,而三子自殺以從之,則三子亦不得爲無罪。今觀臨穴惴慄之言,則是康公從父之亂命,迫而納之於壙,其罪有所歸矣。又按《史記》,秦武公卒,初以人從死,死者六十六人。至穆公遂用百七十七人,而三良與焉。蓋其初特出於戎翟之俗,而無明王賢伯以討其罪,於是習以爲常,則雖以穆公之賢而不免。論其事者,亦徒閔三良之不幸,而歎秦之衰,至於王政不綱,諸侯擅命,殺人不忌至於如此,則莫知其爲非也。嗚呼,俗之敝也久矣。

與蘇轍一樣,朱熹也認爲命人殉死的穆公與其盲從命令的兒子康公都有罪愆。但朱熹認爲更應當注意的是,這一切的根源在於王的教化未能够到達秦國。殉死是蠻族的風俗,而秦没有接受王的教化、保留了蠻族的風俗,所以產生了三良的悲劇。因此,没有使其教化遍行天下的天子不可避免地負有最終的罪責。

綜合以上的研究來看,《鄭箋》强烈主張臣子有移居的自由,因此認爲没有利用這種自由的三良也有過錯,這一點與衆不同。它不但在與此後的時代比較時顯得很獨特,而且與此前的《毛傳》,或是同時代的其他學者之説相比,大概也是獨特的。

而宋代的《詩經》解釋則没有批評殉死的三良,他們重視命人殉死的執政者的責任,或是没有使教化實現的天子的責任。他們的邏輯是:君主與臣子的關係非常固定,因此地位高的君主下達的命令必須是負責任的。這種傾向在《集傳》中表現得最明顯,《集傳》的解釋視角非常政治化。

以上通過分析《詩經》解釋,討論了人們對國家的歸屬意識從漢代到宋代的變化。到宋代,無論是同姓之臣、異姓之臣還是民衆,離開祖國、移居他國都被看作是不道德的行爲,對國家的歸屬意識成爲《詩經》解釋的前提。即是説,當時普遍要求人們對中國有强烈的歸屬之心。而由此觀念產生的解釋被看作是對《詩經》之詩篇的正確解釋,説明當時的《詩經》解釋開始具有强化《詩經》之讀者——以参加科擧的讀書人／預備官僚爲典型人群——對國家的歸屬心理的功能。

六、結　語

以上研究表明,在漢唐《詩經》學中尚且比較緩和的道德約束力,被宋代的《詩經》學者在解釋時加以強化。在後者的解釋中呈現的人物形象,是道德之人、對國家有歸屬感的人、有政治屬性的人。

人們通常認爲,漢唐經學有許多學術方面的矛盾之處,這是宋代經學者否定漢唐儒學、建構新經學的重要理由。例如歐陽修指出,《正義》受讖緯思想的影響,因此在經説中夾雜了離奇詭辯的内容,這存在著問題①。不過本文的研究説明,宋代學者建構新《詩經》學一事,得益於一種與此不同的志向:對經典中出現的人物形象,他們試圖强調其道德、政治、歸屬於國家的屬性。

如第一節所説,本文的寫作目的是驗證以下假説是否成立:經典注釋可以看作是注釋者展現其價值觀和意見的載體,通過對它的研究可以探索中國人的道德價值觀之變遷。通過考察,筆者認爲這個假説可以成立,今後也將積極地把經典注釋用作資料,研究各種問題。

關於本文研究的問題,當然還有需要繼續考察的問題:爲何會有這樣的價值觀變遷?變遷的轉機是什麽?本文限於篇幅,不能充分討論,只得留待後論。關於宋代對詩篇内容尤其有高道德要求這件事,以下將把可以考慮到的理由列出,作爲今後研究的開端。

第一,科舉制度的發展是重要理由。唐代雖然也舉行科舉,但貴族制度仍有餘威,相對限制了科舉的效力。到宋代,科舉成爲在政治上立身出仕的主要途徑,原則上所有的讀書人都要參加科舉考試。知識階層因此擴展,且只要通過了科

---

① 歐陽修《論删去九經正義中讖緯劄子》,《歐陽修全集》卷一一二,中華書局,2001年,第4册,第1707頁。

舉考試就能成爲國家官員,因此在野讀書人與國家官員之間的階級壁壘消失了。在這種情況下,就有必要對全體人民進行統一的教化。那麼,作爲科舉教材的經典之注釋書籍,其重要性當然就增加了。這種情形要求經典的注釋書籍作爲載體,宣揚有道德、對國家有歸屬感的人物形象。

第二,出版文化的發展也是原因之一。出版文化在宋代飛速發展,下面的軼事可作爲例子:開國半個世紀左右的時候,皇帝問國子監(國立教育機構)的祭酒(校長)邢昺:爲了印刷而雕刻的五經版木共有多少片?邢昺説:"國初不足四千片,現在已有十餘萬片,經、傳、《正義》俱齊備。"他還説:"我年輕時跟隨老師學習儒學,當時同時擁有經書和《疏》的,百人中只有一二。"從前是通過抄寫獲得書籍,因此擁有《疏》的人非常少。"現在印刷術非常完備,士庶人家,至少是想要參加科舉考試的人家,都有此書。"①

可見,最初的時候有《疏(正義)》的人並沒有很多,那麼《正義》的内容也就不會有那麼大的影響。而當條件成熟,有志於科舉的人們全部擁有《正義》之後,注釋書籍對人們的影響力就變得相當大了。可以想象,如果其中有不道德或是對國家不利的内容,就可能引發嚴重事件。

北宋時期,有志於經學革新的歐陽修、王安石、蘇軾、蘇轍等人,都是讀書人中曾身居高位的代表人物。他們作爲政治家、教育者,在重新審視漢唐學術時,從中發現了對於道德和國家不利的地方,爲了改正這些問題,他們各自發展了自己的

---

① 《宋史》卷一九〇《儒林一·邢昺傳》。關於宋代的出版情況,參考井上進《中國出版文化史——書籍世界與知識風景》(《中國出版文化史——書物世界と知の風景——》,名古屋大學出版會,2002年)第八章《士大夫與出版》。

經學研究。

第三個理由是，在宋代，遼、西夏、金、元等異族政權輪流與宋朝對峙，勢力強大，宋朝無法像唐朝那樣以大國自居、安然處於獨尊的地位。在宋朝與這些異族政權時而反目、時而交流的過程中，人們需要對自己國家有堅定的歸屬感。這或許也成爲經書中強調對國家之歸屬感的契機。

本文的考察以《詩經》一部經典爲對象，且只是就"國家與人"這一個主題，探討了歷代注釋書籍中呈現的思想變遷而已。今後筆者還想用同樣的方法對其他主題、其他經典展開討論。

通過分析，可以發現鄭玄《詩經》解釋的獨特性。從他的《詩經》解釋中，可以強烈感受到東漢末年中國大動蕩時期的生活體驗。他的《詩經》研究包含了所謂的"亂世之思"。

不過，雖說鄭玄的解釋獨特，但既然唐人將之與《毛傳》一起看作《詩經》的標準解釋，《正義》對它也有再解釋，那麼當時唐人肯定也能容納鄭玄的解釋，或者説有接受的想法。我們也可以看到，唐人一邊採納鄭玄的解釋，一邊如《正義》所顯示的那樣，努力在接受的時候淡化其獨特性。如此，他們特地採用麻煩的手續，將《鄭箋》加工而後接受，這就引出了一個問題：他們爲何將《鄭箋》作爲正統解釋來採用？

還有，儘管宋代的《詩經》解釋所依據的觀念大多不同於《傳》《箋》《正義》，但王安石的《新義》中却有很多解釋是依據與《鄭箋》一致的倫理觀作出的。由此或許能發現王安石與其他諸位學者不同的詩歌解釋姿態和倫理觀。

詳細探討以上幾個問題，或許就能更接近於經學的集大成者鄭玄之實際情況，以及漢唐儒學與宋代儒學的連續性和斷裂的實際情況。這些都有待今後的繼續研究。

第十七章　以詩歌諷刺過去的君主是否正當
——《毛詩正義》的"追刺説"研究

一、前　言

　　認爲美刺，即讚美或諷刺政治得失是《詩經》中作品的創作目的，這是漢唐《詩經》學的基本觀念。關於"美刺"，已有衆多的研究①。不過，與"美刺"相關的還有一種情况：《正義》中也用"追美"和"追刺"的觀點來解釋詩篇。

　　"追"指"追述"，即後世的詩人追想、叙述古人——多爲古代君主——的事蹟。因此以上的兩個概念可以如此定義：追想並讚美即爲"追美"，而追想並批評則爲"追刺"。《詩經》的作者對過去的人物和事件懷著怎樣的態度而寫作了這些詩篇？對此，《正義》有自己的判斷，而"追美"和"追刺"就是疏家用以表達這些判斷的術語。可以預先想見，這兩個術語，尤其是"追刺"，在儒家倫理的觀照下藴含著微妙的問題，而後世學者們對此也反應各異。但就筆者管見所及，目前尚没有對這個問題的詳細研究。

---

① 例如最近的研究成果有：施榆生《〈毛詩序〉與"美刺説"》(《電大教學》1998 年第 5 期)、劉毓慶《〈詩小序〉與詩歌"美刺"評價體系的確立》(《太原師範學院學報(社會科學版)》2007 年第 6 期)、梅顯懋《〈毛詩序〉以美、刺説詩探故》(《社會科學輯刊》2005 年第 1 期)等。

本章將把"追刺說"作爲《正義》中詩篇解釋的方法性概念加以分析,並考察其意義。

"追刺"是怎樣一回事?

"追刺"在《正義》的解釋中有怎樣的效果?

"追刺"是出於什麼理由被創造出來的解釋概念?

"追刺"這個概念,疏家是如何處理的?

對以上這些問題的考察,正可作爲探討以下問題的一個樣本:在依據儒家倫理來疏通《序》《傳》《箋》時,出現了怎樣的問題?疏家又是怎樣處理的? 另外,筆者也期待著對"追刺"問題的考察可使以下研究變得更充分:即考察宋代以後《詩經》學者們對於追刺說的反應,以及歷代《詩經》解釋學中儒家倫理觀對於解釋方法之建構有怎樣的影響。

另外,爲了下文討論的便利,本章引用的《正義》將按節進行內部連續編號。

二、《正義》的"追刺說"

《大雅·抑》之《小序》的《正義》中有關於"追刺"的完整說明,本節將做一下解釋。《大雅·抑》的《小序》云:

《抑》,衛武公刺厲王,亦以自警也。

周厲王把奸臣榮夷公留在身邊,他的政治好利暴虐,對批評自己的人處以刑罰,封禁民衆的言論,因此失去了民心,招致反叛,被放逐到彘(山西省霍州)①。而衛武公②在厲王之孫

---

① 參考《史記·周本紀》及《國語》卷一《周語上》。厲王被放逐是共和元年,即公元前841年之事(據中華書局排印本《史記·十二諸侯年表》第512頁)。

② 據中華書局排印本《史記·十二諸侯年表》,在位時間是宣王十六年(公元前812年)至平王十三年(公元前758年)。

幽王被犬戎殺害時，率兵追討外敵，迎接被幽王疏遠的太子宜臼即位爲天子(平王)，延續了周王朝的運數，以此功績被封爲公①。他到九十五歲仍然關心政事，命臣下毫無忌憚地指出自己的錯誤，並爲了自我誡鑒而寫了《懿》，日夜誦讀。這是《國語·楚語上》所記載的。爲《國語》作注的吳國人韋昭認爲這裏的《懿》就是《大雅》中的《抑》這首詩②。這就是說，武公認爲保證臣民能自由地批評政治、並虛心聽取意見，對好的政治而言至關重要，因此他寫了《抑》這首詩來批評厲王因閉目塞聽故而失去民心、導致覆敗，此詩有他山之石的用途。

《抑》之《小序》的《正義》根據韋昭注這樣說道：

二—(一)《楚語》曰：昔衛武公年九十有五矣，猶箴儆於國曰：自卿以下，至於師長，苟在朝者，無謂我耄而捨我。於是乎作《懿》以自儆。韋昭曰：昭謂《懿》，《詩·大雅·抑》之篇也。……如昭之言，武公年耄，始作《抑》詩。案《史記·衛世家》，武公者，僖侯之子，共伯之弟。以宣王十六年即位，則厲王之世，武公時爲諸侯之庶子耳，未爲國君，未有職事，善惡無豫於物，不應作詩刺王。必是後世乃作追刺之耳。正經美詩有後王時作以追美前王者，則刺詩何獨不可後王時作而追刺前王也？詩之作者欲以規諫前代之惡，其人已往，雖欲盡忠，無所裨益，後

---

① 《史記·衛世家》記載："四十二年，犬戎殺周幽王，武公將兵往佐周平戎，甚有功，周平王命武公爲公。五十五年卒，子莊公揚立。"武公的即位之年及卒年，與《史記·十二諸侯年表》(中華書局，1977年，第2册，第521、536頁)記載相符合。
② 所用文本爲清·董增齡撰，據光緒庚辰章氏式訓堂精刻本影印《國語正義》。是書卷一七(巴蜀書社，1985年，下册，第1122頁)韋昭注云："懿，讀曰抑。"董增齡疏云："古抑、意、懿字皆相通。"據郭錫良《漢字古音手册》(北京大學出版社，1986年)，"懿""抑"之上古音之聲母都爲"影"母，韻部都屬"質"部。

世追刺,欲何爲哉?詩者,人之詠歌,情之發憤,見善欲論其功,覩惡思言其失,獻之可以諷諫,詠之可以寫情,本願申己之心,非是必施於諫。往者之失誠不可追,將來之君庶或能改,雖刺前世之惡,冀爲未然之鑑,不必虐君見在,始得出辭,其人已逝,即當杜口。《雨無正》之篇,鄭爲流彘後事,既出居,政不由己,雖欲箴規,亦無所及。此篇彼意於義亦同,以此知韋氏之言爲得其實。(P1365-下)①

如果《國語》韋昭注是正確的,那麼武公作《抑》詩當是在平王統治時期,距厲王時代大約七八十年②,厲王時代,武公只是衛釐公十多歲的庶子,尚未出仕。也就是說,武公沒有親見厲王的惡行,許多年後纔作詩批評這些行爲。從漢唐《詩經》學"詩爲美刺而作"的觀念來看,作詩諷刺君主的惡行這件事本身雖不足異,但是否應當允許批評過去君主的行爲則是另一回事了。《國語·楚語上》記載了這樣一則軼事:楚恭王臨終時,意識到自己擔負著鄢陵之戰中楚國敗給晉國的責任,留下遺言,要求將給自己用"靈""厲"這樣專用於暴君的謚號。恭王死後,大臣們想要遵從他的遺言,子囊反對,告誡衆人:

不可。夫事君者先其善,不從其過。

對此,韋昭注云③:

---

① 爲了便於複核,本章引用的《正義》及鄭玄《詩譜》都注出文本頁數及上下段。
② 假設武公作《抑》是在平王元年(公元前770年),則已是厲王被放逐七十一年後之事;若假設爲武公生命的最後一年平王十三年(公元前758年),則是八十三年後之事。董增齡"即以平王元年計之,上距厲王流彘之歲已六十七年"(前文所引書第1126頁)之說,所據不詳。
③ 同上書,第1088頁。

先其善,先舉君之善事以爲稱,不從其過也。

此處的關鍵在於從何種觀點出發爲先君擬定諡號。這雖與《詩經》中的"追刺"在性質上有若干差異,但能説明,應當盡量迴避向後世宣傳已故君主的惡事這一共同觀念從當時起就存在。

那麽,《抑》中體現出的"追刺"行爲——作詩昭顯並未直接危害到自身的先王的錯誤,按照儒家倫理來説應該是件棘手的事情。上文所引的《正義》就是想要解決這個問題,疏家在此處的説明恰好可作爲素材,來探究漢唐《詩經》解釋學中"追刺"具有怎樣的意義,並以此爲基礎考察《詩經》學者在解釋時有何顧慮。

三、"追刺"與"追美"是對稱的嗎

如前所述,追刺行爲包含著倫理上的微妙問題。但儘管如此,爲何《正義》仍然認爲《詩經》中有追刺詩？這是由於《詩經》中存在"追美"的現象。疏家認爲,"正經美詩有後王時作以追美前王者,則刺詩何獨不可後王時作而追刺前王也？"這個邏輯是,既然有"追美"之詩,當然也就有"追刺"之詩。《小大雅譜》的《正義》中也有同樣的説明：

> 三—(一)　前檢《小宛》,謂事在《雨無正》之先①,今而處流彘之後者,以詩之大體,雖事有在先,或作在後。故《大雅》文武之詩,多在成王時作。論功頌德之詩可列於後,追述其美,則刺過譏失之篇,亦後世尚刺其惡。(P642 上)

---

① 《小大雅譜》之《正義》曰："《小宛》誨王無忝而所生,皆教王爲善以導民,其事亦在流彘前矣。則厲王《小雅·雨無正》一篇,事在流彘之後。"

這說明疏家的理解框架是，將詩人對古人的評論分別歸類於追美和追刺這兩個對稱的概念。在漢唐《詩經》學的基本認識中，頌美詩與諷刺詩是對稱的，由此出發則自然能夠形成以上的思路。然而，是否能因爲《詩經》中存在"美—刺"的對稱性，就認爲其中也同樣存在著追美與追刺的對稱性呢？

令人意外的是，除了上文提到的《抑》的例子之外，"追美"一詞只在《正義》中出現了一次：《周頌·酌》的《正義》云：

> 三一（二）鄭以爲，《大武》象武王伐紂，本由文王之功。故因告成《大武》，追美文王之事。……言武王以文王之故，故得道也。（P1611 上）

據《小序》，《酌》詩的寫作緣由是，周公旦向宗廟稟告制定禮樂、完成樂歌《大武》之事時，詩人看到這一情景，想起《大武》之歌所歌頌的武王的戰功，因此寫作了這首詩。然而鄭玄對此詩的理解是，詩中歌頌了爲武王功業奠定基礎的文王之功勳①，以此間接地稱頌了武王的戰功。詩人追想並讚美古昔文王的統治，這種做法被《正義》稱爲"追美"，除此之外，《正義》中再未說明過某詩是追美之詩。

那麼，疏家是否認爲除《酌》之外《詩經》中沒有"追美"之詩了呢？並非如此。雖然沒用"追美"一詞，但疏家認爲《詩經》中有不少追美古人的詩。《大雅》"文王之什"中的一批詩歌就是其代表。鄭玄早在《詩譜·小大雅賦》中這樣說過：

> 文王受命，武王遂定天下。盛德之隆，《大雅》之初，

---

① 《酌》序之《正義》云："鄭以爲，武王克殷，用文王之道，故經述文王之事，以昭成功所由。"

起自文王。至于文王有聲,據盛隆而推原天命,上述祖考之美。(P631上)

歌頌文王、武王的《大雅》諸篇中,有歌頌大王、王季等父祖之美德的篇章,即"上述祖考之美",這些應當是"追美"吧。由此可知,《大雅》中有後代詩人追想、讚美古人美德的詩篇,這是從鄭玄開始就有的觀念。而且,三一(一)云"《大雅》文武之詩,多在成王時作",則疏家認爲《大雅》中歌頌文王、武王功勳的詩篇是成王時代寫作的。二一(一)中《正義》所言"正經美詩有後王時作以追美前王者"的追美詩中,應當也包括這些詩。

另外,鄭玄在《周頌譜》中寫道:

《周頌》者,周室成功致太平德洽之詩,其作在周公攝政,成王即位之初。(P1494上)

然而《周頌》之詩多歌頌文王、武王之功業。前面曾提到,《正義》認爲《周頌・酌》一詩是"追美文王之事",這樣想來,這些詩應該也都被《正義》看作是追美詩。

如此則可以說,疏家認爲"追美"是《詩經》之詩的典型模式之一。

讓我們回過頭來,看"追刺"的情況又是如何。疏家們是否的確認爲"追刺"這一概念是與"追美"對稱、理當存在的?這兒有個很大的疑問,以下將舉出其根據。

疏家所言令人疑惑的第一個根據是,《正義》認定的"追刺"詩很少。除了《抑》以外的例子有:

A 《鄭風・有女同車》序:

《有女同車》,刺忽也。鄭人刺忽之不昏于齊。太子忽嘗有功于齊,齊侯請妻之齊女,賢而不取,卒以無大國之助,至於見逐①。故國人刺之。

其《正義》云:

三—(三)此請妻之時,在莊公之世,不爲莊公詩者,不娶齊女出自忽意,及其在位無援,國人乃追刺之。《序》言嘗有功於齊,明是忽爲君後追刺前事,非莊公之時,故不爲莊公詩也。(P349 上)

B 《唐風·鴇羽》序:

《鴇羽》,刺時也。昭公之後大亂五世,君子下從征役,不得養其父母,而作是詩也。

[箋]大亂五世者,昭公、孝侯、鄂侯、哀侯、小子侯。

其《正義》曰:

三—(四)此言"大亂五世",則亂後始作,但亂從昭起,追刺昭公,故爲昭公詩也。(P462 下)

C 《豳風·九罭》序:

《九罭》,美周公也。周大夫刺朝廷之不知也。

鄭玄認爲《序》中的"朝廷"指"朝廷之臣",武王死後,成王尚且年幼,周公攝政執掌大權,當時朝臣懷疑周公意圖篡位,詩人諷刺這種懷疑而作此詩②。對此,《正義》曰:

---

① 參考《史記·鄭世家》。
② 《毛傳》認爲本詩爲刺成王之詩。對此,《正義》云:"作《九罭》詩者,美周公也。周大夫以刺朝廷之不知也。此序與《伐柯》盡同,則毛亦以爲刺成王也。周公既攝政而東征,至三年,罪人盡得。但成王惑於流言,不悅周公所爲,周公且止東方,以待成王之召。成王未悟,不欲迎之。故周大夫作此詩以刺王。經四章,皆言周公不宜在東,是刺王之事。"據此,則毛公認爲此詩諷刺成王爲流言所惑,懷疑周公,不允許結束東征的周公回到京城。由於諷刺的是正在發生之事,所以不是"追刺"。

三—(五)鄭以爲周公避居東都三年①,成王既得雷雨大風之變,欲迎周公,而朝臣羣臣猶有惑於管蔡之言,不知周公之志者。及啓金縢之書,成王親迎,周公反而居攝政,周大夫乃作此詩美周公,追刺往前朝廷羣臣之不知也。此詩當作在歸攝政之後。②(P622下)

D 《小雅・小宛》

可與以上三例並列的是《小雅・小宛》,雖然沒有"追刺"一詞,但《正義》也認爲這是"追刺"之詩。三—(一)中《正義》認爲,《小雅・小宛》詩中所述之事雖發生於厲王被流放到彘之前,但詩却是在那之後寫的,由此可知,疏家認爲《小宛》的作者是想起了厲王執政時的行爲而作詩諷刺他。

將此與《抑》合起來,《詩經》中疏家認定是追刺詩的不過五首。"追美"被認爲是《大雅》及《頌》的典型寫法,相比之下,追刺詩的數量顯然少多了。

之所以認爲把"追刺"不能與"追美"比肩,還不僅因爲其數量少。第二個根據是,《正義》中"追刺"的用法並不清晰。被看作是"追美"的詩有内容上的共通之處,它們都是後世作

---

① 《尚書・金縢》有"周公居東二年"之句,疏家根據《豳風・東山》序中"周公東征,三年而歸"一句認爲"三年"指周公從都城出發到回來的時間,"二年"是周公在東土的實際時間長度,二者所言實則一致。又引王肅"東,洛邑也"之説(《十三經注疏》整理本第3册,《尚書正義》第400頁)。本詩《正義》所言"周公避居東都三年"應該是繼承此説。
② 《豳風譜》之《正義》中提及王肅之説:"既美周公來歸,喜見天下平定,又追惡四國之破毀禮義,追刺成王之不迎周公,而作《破斧》《伐柯》《九罭》也。《伐柯》序云:'刺朝廷之不知。'王肅云:朝廷,斥成王也。肅又云:或曰:《東山》,既歸之詩,而朝廷不知猶在下,何?曰:同時之作。《破斧》惡四國,而其辭曰:'周公東征,四國是皇。'猶追而刺之,所以極美周公。"據此,則《破斧》《伐柯》亦爲追刺詩,鑒於疏家將王肅之説作爲異説引用,本文不作討論。

者(例如周公統治時期的詩人)想起過去君主(例如文王、武王)的事跡並表達讚美之情。雖説過去的君主爲現在的繁榮奠定了基礎,從這個意義上來説,他們的故事與現在關聯在一起,但基本上詩中叙述的事情都與現在隔絶、已經完結了,對於作者而言是客體化了的過去。就此而言,"追美"能確定一個唯一的定義。而與此相比,上面舉出的四首"追刺"詩所叙述的過去,其性質却各不相同。

A 《鄭風·有女同車》中,被諷刺的對象——忽尚在人世。疏家認爲,詩人諷刺忽自己招致災禍,陷入現在的困境中,因此稱這首詩爲"追刺"。既然是由現在正進行著的事情發端,所叙述的就並非是與現在無關的過去。

再有,對於忽的評價也很值得考量。《鄭風·揚之水》序云:

《揚之水》,閔無臣也。君子閔忽之無忠臣良士,終以死亡,而作是詩也。

這裏把忽看作是憐憫的對象。即使忽在《有女同車》中被批評,也是對他一時判斷失誤的批評,而非從人格和道德角度的批評。漢唐《詩經》學者對忽的評價,與《抑》的作者對厲王人格整體的厭惡和批評有質的差異。

B 《唐風·鴇羽》序中云"大亂五代",指昭公封叔父成師於大邑曲沃,致使其勢力凌駕於晉國王室之上,以此爲契機導致了其後歷五代而曲沃取代晉國王室的大政變。詩人追想、諷刺這一大事件的始作俑者昭公。昭公雖已亡故,但他是延續到現在的事件的源頭,因此詩中叙述的過去與《有女同車》一樣,也不完全是與現在隔絶的。

C 《豳風·九罭》諷刺的,是周公攝政前群臣曾懷疑過周公這件事,被諷刺的是與作者同時代的人,雖説是過去,但距現在很近①。

以上三個例子雖說是"追刺",但却是詩人對同時代人過去所犯過失的批評,是對延續到現在的事件的某一時間段之批評,與作者生活的當下是連續的關係。從這個意義上來說,它們接近於評論同時代人物和事件的普通諷刺詩,而與《抑》不同,後者諷刺的人物已經去世,且叙述的事件也已在過去完結,作者持完全旁觀的態度。

D《小雅·小宛》的寫作時間在厲王生前還是死後,疏家没有給出結論。假如他們認爲此詩寫於厲王生前,那麽,"追美"的典型特點是讚美完全被視爲客體的過去,而能與之對應的就只有《抑》這一個例子。也就是説,疏家認定的典型的"追刺"作品就極其少。

四、《正義》中的異説

再有,關於《抑》的解釋,《正義》中也有二一(一)所引内容相矛盾的説法。若據此説,則《抑》也無法認定爲追刺詩。《小大雅譜》中"《大雅·民勞》,《小雅·六月》之後,皆謂之變雅。美惡各以其時,亦顯善懲過。正之次也"的《正義》中引了上文《國語》中關於《抑》的内容以及韋昭注,並提出懷疑:

> 韋昭云:《懿》,今《抑》詩。則作在平王之時。然檢《抑》詩,經皆指刺王荒耽,仍未失政,又言"哲人之愚,亦維斯戾",則其事在流彘之前,弭謗時也。韋昭之言未必可信也。

《正義》在此認爲:詩中叙述了厲王之暴政,詩當作於厲

---

① 上文提及,王肅關於《破斧》《伐柯》是追刺詩的説法,也是認爲諷刺的是現在仍然生活著的成王過去的錯誤,因此還是與《九罭》一樣。

王在位之時,那麼到平王時代,武公追想厲王時代並寫作《抑》詩的想法就不能成立。所以韋昭認爲《國語》所云武公九十五歲時所作的《懿》就是《抑》,這個説法有誤。

那麼,如果不按韋昭注,應該如何解讀《國語》? 我們來重新審視《國語·楚語上》的本文:

> 昔衛武公年數九十有五矣,猶箴儆於國曰:自卿以下,至於師長士,苟在朝者,無謂我老耄而舍我。……於是乎作懿戒以自儆。①

加點的文字顯示,《正義》的引用與原文有所出入。其中值得注意的是,《正義》所引的文章中作"作懿",而在此作"作懿戒"。如此,則可以解釋爲武公寫了一篇以"懿"爲題目(或是表語)的"戒"體文章②。再加上文章中並沒有出現於厲王有關的詞句,那麼《國語》中的這條記載就不能證明這是武公諷刺厲王之詩(或文章),既不能説《抑》是武公寫作的,又不能說此詩是後世詩人追刺厲王的作品。

此説法與上文引用的《抑》的《正義》完全相反③,認爲

---

① 前揭《國語正義》卷一七,下冊,第1122頁。
② 韋昭注云:"三君云:懿,戒書也。"(同上書,第1124頁)韋昭《國語叙》叙述自己的注釋方針,有"因賈君之精實,采唐虞之信善"之句,則"三君"指韋昭之前注釋《國語》的後漢·賈逵、虞翻及三國吳·唐固。

　　附注:另外,筆者也讀到馮浩菲《歷代〈詩經〉論説述評》(中華書局,2003年),其第七章《關於〈國風〉》之三《王風論》中,考察批評清代魏源《詩古微》,對於《抑》有詳細的考證,雖與本文的論點並非直接相關,但對於考察《抑》之作詩情況的闡釋史而言,應當參考。尤其是,筆者在本文中提到,若不依據韋昭注來讀《國語·楚語》,則《懿》是一篇"戒"體文章,據馮著可知,清·方玉潤《詩經原始》、姚際恒《詩經通論》已有此説。特此附記。
③ 爲何會出現這種情況?《正義》雖爲唐代孔穎達等所撰,但實爲綜合劉焯、劉炫以來六朝義疏的成果而成。岡村繁説:"以我所見,《毛詩正義》的編修有流於相當簡易之方法的傾向,有許多地方甚至令 (轉下頁注)

《抑》並非追刺詩。爲何同一書中的説法，差別却如此懸殊？考慮到《正義》是綜合六朝多種義疏而成的作品①，一個合理的解釋是，孔穎達等《正義》的編輯者引用多種義疏中的説法，並没有考慮到其中的相互齟齬。這樣説來，上文中將《抑》作爲追刺厲王之詩的説法，在六朝時期絶非定論，當時應有有力的反對意見。

還有，"既然叙述的是厲王執政時期的事情，那麽詩就應該是當時寫作的"這種觀點也體現了對於《詩經》之詩人如何叙述過去的事情一事的獨特看法。以上議論的主旨在於，後代詩人如果批評厲王，應當將視角放在厲王被流放到彘以後的事情上，而不應不考慮結局，只截取他掌權時的一段來叙述。這裏的觀念是，詩人叙述過去的事情時，將視角放在事情終結的時刻上，概括人物的生平、事件的整體，而不是從事件進行的當中截取一段時間、用詩歌將之再現。對他們來説，過去是在已經知道結局的基礎上評論的對象，不可改變，被用完全客觀的態度對待，而不是以想象力置身事件之中從而追想體驗的對象。他們考慮的追想應有之樣態，形式上極爲單純。

另外，以上的説法體現了這樣的思路，即《抑》詩是經歷厲王暴政的當事人所作，這很可能也是對《抑》之《小序》"《抑》，衛武公刺厲王，亦以自警"的否定。據《史記·衛世家》《十二諸侯年表》，厲王時代，武公尚且是釐公十幾歲的庶子②，没有

（接上頁注）人懷疑可能是對稿本（或自己的作品）用'剪刀加漿糊'的方法拼湊起來的。"（岡村繁《毛詩正義譯注·解説》，中國書店，1986年，第7頁）本文的這個例子也可看作是由這種綜合拼湊的編撰方法形成的一個例子，恰好被筆者誤打誤撞遇到。

① 參考前注。另外《毛詩正義·序》云："其近代爲義疏者……然焯、炫並聰穎特達，文而又儒……今奉敕删定，故據以爲本……今則削其所煩，增其所簡，唯意存於曲直，非有心於愛憎。"

② 參考 p.558 注②、p.559 注①。

在周朝爲官,沒有目見耳聞厲王的惡行。因此,《小序》中"《抑》,衛武公刺厲王"的記載就是錯的①。漢唐《詩經》學認爲,《詩序》是孔子的弟子子夏以孔子所教爲基礎而寫成的,是解釋的根本依據。那麼,上面的這段與否定《詩序》之説有關的"正義",就相當不尋常。這不僅是暗示了《詩序》即使在漢唐階段也並非不可置疑的貴重證明,而且它也説明"追刺"帶來的不協調感到了很強烈的地步,以至於哪怕否定作爲漢唐《詩經》學根本的《詩序》也要這樣解釋。

從以上考察可知,《正義》雖將"追刺"定義爲與"追美"對應的概念,但只在限定範圍内使用"追刺"這一概念。與普通的美刺相比,這一點相當獨特。這是因爲,雖然"美刺"並稱,但實際上《詩經》中諷刺詩遠多於頌美詩,占壓倒性優勢②,這一點已成定論。如錢鍾書指出的,自古就有這樣的説法,認爲《詩經》之詩雖通常包含頌美一類,但實際上全是"諷刺詩"③。

---

① 不過也不能否定這樣的可能性,即使武公在周朝是未出仕的少年,也可以在衛國聽聞了都城的情況,寫作批評厲王的《抑》詩。
② 對此的直覺認識,較早有朱自清在《詩言志辨》中指出"所以'言志'不出乎諷與頌,而諷比頌多"(《朱自清全集》第六卷,江蘇教育出版社,1990年,第135頁)。施榆生前揭論文云:"據統計,《風》《雅》各篇序中明言'美'者二十八,明言'刺'者一百二十九。"(第16頁)梅顯懋前揭論文云:"《毛詩序》中涉及言美、刺内容的就有二一〇篇,占《詩經》總數的2/3還強。其中以王公后妃爲美、刺對象的有一六九篇,接近於美、刺篇目總數的90%。而這一六九篇當中,言'刺'者一二二篇,占以王公后妃爲美、刺對象詩篇的70%以上。"(第157頁)
③ 錢鍾書《詩可以怨》舉例證明了"雖頌皆刺"是古來已有的觀念(《七綴集》,上海古籍出版社,1985年,第121頁)。謝建忠認爲:"風雅在《毛詩》經學闡釋裏的主要功能特徵是怨刺,頌美居於其次的地位,由此可以説批判現實是風雅概念的主要功能特徵。"(《〈毛詩〉及其經學闡釋對唐詩的影響研究》,巴蜀書社,2007年,第116頁)對於《毛詩大序》中"上以風化下,下以風刺上,主文而譎諫,言之者無罪,聞之者足以戒,故曰風"之語,《正義》亦云:"唯説刺詩者,以詩之作皆爲正邪防失,雖論功誦德,莫不匡正人君,故主説作詩之意耳。詩皆人臣作之以諫君,然後人君用之以化下。"(第16頁上)這也可作爲"雖頌皆刺"之一例。

《詩經》本來就宜於"諷刺"。值得注意的是,雖然對現行政治和當今統治者的評價以批判爲主,但對過去事件和人物的批評言辭却難以被認同。

這可以從兩個方面來考慮。第一,《詩經》中收録的追刺詩實際上很少。這包括兩種可能:中國古代諷刺從前君主的詩本來就少,或是採集、編纂民間歌謡及朝廷儀式歌曲從而形成《詩經》的過程中,將諷刺過去君主的詩有選擇性地排除了。無論哪種可能,都意味著中國從先秦時代開始就對"追刺"行爲有很強的心理抵制。

第二,《詩經》編成後,承繼《序》《傳》《箋》爲首的多種先行研究,疏家集漢唐《詩經》學之大成,他們運用"追刺"概念進行解釋一事必須慎重對待。一言以蔽之,對疏家而言,追刺並非好用的概念。本章想對第二個方面集中考察。通過下文研究的推進可以説明,在《詩經》編纂過程的問題之外,這第二個方面也包含了需要考察的重要問題。

五、《正義》"追刺説"分析

如第二節提到的楚恭王謚號一事所顯示的,宣揚前代君主之過,有與儒家的君臣倫理相抵觸的危險,因此不難推想,疏家使用起"追刺"觀念來並不順手。但這裏仍然留有疑問。這也可以從反面來問:既然有倫理上的困難,那麽《正義》爲何還要採用"追刺"概念? 疏家大膽使用"追刺"概念,是想説明詩篇中的什麽問題? 爲了找到解決這一問題的著眼點,以下將再次分析二一(一)《抑》的《正義》中的邏輯。

《正義》預想了可能有的對追刺説的批評:

> 詩之作者欲以規諫前代之惡,其人已往,雖欲盡忠,無所裨益,後世追刺,欲何爲哉?

這裏的批評意見是,諷刺詩既然是以告誡、教導對象爲目的,那麼諷刺已經去世人物的追刺詩就沒有存在的意義了。從中體現出的觀念是,詩歌的首要特質是,作者爲了向與自己有現實關係的特定之人傳達信息而寫詩,作者所寫詩的內容也是同時代的事情。這是從實用主義角度出發看到的諷刺詩的存在意義。

《正義》對此批評的回答可以分爲兩個方面,其一是:

(a) 詩者,人之詠歌,情之發憤,見善欲論其功,覩惡思言其失……本願申己之心,非是必施於諫。

這是從詩歌產生的心理原因來說的。詩是由於作者情感的自然流露而產生的,因此詩的作者不一定要帶著教化責任和道德考慮來寫詩。上文的意見以教化並非實際有效爲理由來質疑追刺的存在意義,此處的反駁理由是詩未必要爲現實目的而作。不用說,這說法的基礎是《毛詩大序》:

詩者,志之所之也,在心爲志,發言爲詩。情動於中而形於言,言之不足,故嗟歎之,嗟歎之不足,故永歌之,永歌之不足,不知手之舞之,足之蹈之也。

據此,則詩歌的存在意義未必要由現實效用的有無來判定。

其二是:

(b) 往者之失誠不可追,將來之君庶或能改。

這是從詩歌效用的方面回答批評。疏家預想的批評,其主旨在於諷刺對象不存在則諷刺就沒有實效。他們對此的反駁是,追刺詩不是對本人有益,而是對於後代讀到或聽到這些詩歌的人們有促進其道德覺醒的作用。他們認爲,詩歌不一定要以跟自己有實際關係的特定人物爲寫作對象,詩歌傳達的信息有普遍性和永久性。

這樣想來,上文的意見可以整理如下:從單方面把握詩篇意思,是僅用有無現實效用、有無同時代效用作標準來判斷詩歌的存在意義,而正確的做法與此不同,應該從作者的本意和對讀者的現實效用兩個方面把握詩篇的存在意義,不僅限於對同時代的現實效用,也要考慮對於後世的效用①。疏家以這樣的說法,主張《詩經》中存在"追刺"現象。

不過,(a)中説的是,作者寫作追刺詩時不必考慮現實的效用。而在(b)中,却加上了現實效用:此詩的目的在於促使將來君主的道德覺醒。這兩個説法並未完全協調一致。如何纔能消除兩條説明之間的齟齬?

爲了消除這種齟齬,應該把單純以表達感情爲目的的作者,與爲詩歌附加上教導後世意義的人區分開來。也就是説,應該認爲作者作詩並不考慮現實效用和道德意義,但詩歌被其他人賦予了可資教化的新意義、新機能。這"其他人"就是負責編述《詩經》之人。那麼此處顯示了這樣的觀念已開始出現:存在兩個主體,即詩的作者,以及將此詩編入《詩經》,使之成爲《詩經》整體之一部分的人,也就是《詩經》的編者;一首詩有不同層面的兩重性質,一是作者的創作意圖,二是由《詩經》編者賦予的現實效用,即道德功能。北宋歐陽修在《詩本

---

① 不過,疏家從作者動機角度所作的説明不能没有問題。據《國語》韋注,則《抑》詩作於八十年後,《正義》"詩者,人之詠歌,情之發憤……覩惡思言其失"的説法,是以感情流露爲前提,假設詩人親身經歷了事件,這與《抑》的情況不符。無論是怎樣震動國家的大事,如果自己没有直接受到牽連、没有親眼目睹,而是根據傳聞和記載知道,那麽《正義》中"在事後八十年,對此流露出悲哀和憎惡之情從而作詩"這樣的説明是否真有説服力,尚有很大的討論餘地。

義・本末論》中提出,詩篇有意義上的多重性,包括詩人之意、太師之職、聖人之志及經師之業,而《正義》的這種觀念可以看作是其前導①。

疏家的說明還顯示了這樣的觀念：作者寫詩的動機——即感情的自然流露、不考慮現實效用,與寫成的詩歌的現實效用——促進後世讀者的道德覺醒,二者不一定要一致。可以用中國傳統的"體用"思路來看待他們的關係：作者的意圖是本來的意思,即"體",而編者賦予的效用則是"用"。這種觀點令人想起朱熹關於《詩經》收錄淫奔詩之理由的說明。《詩經》中有無知男女直白敍述自己不道德的男女關係的詩。朱熹的淫奔詩說②認爲,這樣的詩被收入《詩經》這樣至高的經典中,是因爲詩的內容本身雖確實不道德,但編者想要使讀者將對詩中內容感到厭惡,提醒自己不要如此,從而期待過道德的生活。這裏的邏輯是：詩未必是基於道德考慮而作,但將其納入《詩經》體系的人爲使其具有道德功用,賦予了它新的意義。此邏輯與《正義》追刺說的邏輯構造一致。

以上考察說明,圍繞著"追刺",疏家的思路中包括了詩篇意義的多重性以及存在體與用的問題兩方面。筆者想要將此作爲關鍵概念,考察追刺在漢唐《詩經》學中的用途。

六、不認定爲"追刺"的例子

如上一節所分析的,在使追刺顯得合理的意見中,疏家有這樣的一種意見,即應當從不同層面上來把握作詩動機(作者之意)與現實效用(編者之意)。然而,從《正義》的內容來看,

---

① 關於這個問題,請參考本書第三章第三節及其第 65 頁注②。
② 請參考《朱子語類》卷二三《論語五・爲政編上》,第 540 頁。

却很難説已經明確説明了二者的關係。這是什麽緣故？疏家是怎樣看待作詩動機與現實效用這兩個意義層面的？或者説在疏家的觀念中有怎樣的界限？這種界限又是由何產生的？

《詩經》中有一首詩，按照《正義》的解釋來看應該與《抑》一樣是典型的追刺詩，但《正義》却否定這一點。詩的題目常被用作亡國之痛的代名詞，這就是《王風·黍離》。其《小序》云：

> 《黍離》，閔宗周也。周大夫行役，至于宗周，過故宗廟宮室，盡爲禾黍，閔周室之顛覆，彷徨不忍去而作是詩也。

如《小序》所述，犬戎入侵周朝都城鎬京，殺死幽王，周王朝曾瀕臨覆滅，後來立平王、遷都洛陽，保住了王朝命脈。此後，詩人路過舊都，目睹其被廢棄的荒凉景象，爲周王朝的衰亡感到悲傷，寫作了此詩。這種悲傷之情轉化成了對導致這一事態的罪魁禍首幽王的怨恨。各章的最後都重複著這樣兩句：

> 悠悠蒼天，此何人哉。

《鄭箋》云：

> 遠乎蒼天，仰愬欲其察已言也。此亡國之君何等人哉，疾之甚。

《正義》亦進一步説明：

> 六—（一）此亡國之君是何等人哉，而使宗廟丘墟至此也。疾之太甚，故云"此何人哉"。（P298-下）

這裏説的是，詩人過於憎惡"亡國之君"幽王①，甚至不屑

---

① 對於《鄭箋》，《正義》有云："《正月》云：'赫赫宗周，褒姒滅之。'亡國之君者，幽王也。"

於稱呼他的名字,由此可知,《正義》認爲詩人在詩中表達了自己的批評之意。

這樣看來,本詩應當是非常典型的追刺詩。然而,《正義》却説:

> 周室顛覆,正謂幽王之亂。王室覆滅,致使東遷洛邑,喪其舊都。雖作在平王之時,而志恨幽王之敗,但主傷宫室生黍稷,非是追刺幽王,故爲平王詩耳。又宗周喪滅,非平王之咎,故不刺平王也。(P297-上)

疏家儘管同意此詩作者對導致西周覆滅的昏君幽王心懷怨恨,却説此詩的内容主要是感歎宫室的衰敗,而非追刺幽王。這體現出疏家對於"刺"的獨特看法。《黍離》詩中流露的感情是對周幽王的傷感、怨恨。但疏家不認爲此詩是"刺"幽王之作。也就是説,疏家並不認爲詩中流露的感情就是"刺"。這觀點也有一些讓人信服的地方。"刺"既然是對地位更高者的評論,就是伴隨著理性價值判斷的行爲,自然與單純的感情流露不同。换個説法,流露出來的感情經過理性的過濾方能稱爲"刺"。

然而,這樣的觀點與第五節分析的疏家對"追刺"的説明有矛盾。在那個語境中,由於詩歌"本願申己之心,非是必施於諫",詩人自然地對過去君主的惡行流露出情感,寫成了《抑》這首追刺詩。這樣看來,詩人對幽王流露出傷感、怨恨之情而寫成的《黍離》,自然應當屬於"追刺"了。但疏家並不這麼認爲。

爲何《正義》不認爲《黍離》一詩是"追刺"幽王的呢?

> 六—(三)《史記·宋世家》云:箕子朝周,過殷故墟,城壞生黍,箕子傷之,乃作《麥秀》之詩以歌之。其詩曰:

麥秀漸漸兮,禾黍油油兮。彼狡童兮,不我好兮。所謂狡童者,紂也。過殷墟而傷紂,明此亦傷幽王。但不是主刺幽王,故不爲雅耳。何等人猶言何物人,大夫非爲不知,而言何物人,疾之甚也。(P300-上)

此處也説了,如《麥秀》是作者傷紂王而作一樣,《黍離》也是作者傷周幽王而作,並確認了作者從心底厭惡幽王。然而這裏又説,由於此詩並非以刺幽王爲主,因此没被收入"雅"(《大雅》或《小雅》)中。據鄭玄《王城譜》,《王風》之詩作於平王遷都洛陽之後①。這兒的邏輯是,幽王之詩應編入《小雅》或《大雅》②,既然《黍離》没被編入,則説明它不是寫幽王的詩,因此也就並非"追刺"幽王之詩。

反過來説,假如《黍離》並非編入《王風》,而是《小雅》或《大雅》,那麽它就會成爲諷刺幽王的詩,疏家也認定這是追刺詩。這説明在疏家看來,決定一首詩是否追刺詩的關鍵並非是詩的内容——疏家也同意《黍離》表達了作者對幽王的感情,而是這首詩被編入《詩經》中的位置。決定一首詩被放置在《詩經》中哪個位置的,不是作者,而是編者。也就是説疏家所使用的"追刺"這一概念,表達的不是作者的寫作意圖,而是編者的編纂意圖。

使用"追刺"概念並對此作出説明的《正義》前後發生了矛

---

① 《王城譜》云:"晉文侯、鄭武公迎宜臼于申而立之,是爲平王。以亂故,徙居東都王城,於是王室之尊與諸侯無異。其詩不能復雅,故貶之,謂之王國之變風。"東周以後,周王室號令不行於天下,地位下降與諸侯並列,其詩已不能編入《雅》,因此用"王風"之名,當做諸侯之詩,編入《風》中。
② 《小大雅譜》云:"小雅、大雅者,周室居西都豐、鎬之時詩也。"《正義》曰:"以此二雅,正有文、武、成,變有厲、宣、幽,六王皆居在鎬、豐之地,故曰豐、鎬之時詩也。"

盾,這種現象在《小雅·小宛》中也出現過。三一(一)中,疏家的說明是,《小宛》敘述的是厲王被流放到彘以前的事,但詩寫作於流放之後,因此是追刺厲王的作品。然而在此稍前,疏家曾說:

> 六一(四)《小宛》誨王無忝爾所生(父祖之意——筆者注①),(《民勞》《十月之交》《小旻》以及《小宛》四首)皆教王爲善以導民,其事亦在流彘前矣。(P642-上)

"誨王""教王"的"王"指的是厲王。那麼,在此疏家認爲《小宛》是爲了教導厲王而寫的,這與本詩是追刺詩的説法相矛盾。如果是追刺詩,就應當是君主失去政權後的作品,那麼促進君主改善的教誨也就沒意義了。

疏家爲何將本詩解釋成追刺詩?這緣於本詩的位置。三一(一)中疏家説:

> 檢《小宛》,謂事在《雨無正》之先,今而處流彘之後者,以詩之大體,雖事有在先,或作在後……則刺過譏失之篇,亦後世尚刺其惡。

疏家認爲,《詩經》之詩雖有不少例外,但基本上還是按照創作順序排列的。基於這一觀點,由於《雨無正》是在厲王流彘後創作的,《小宛》排在《雨無正》之後,因此它也在《雨無正》之後寫成,是厲王流彘之後的事情了。疏家不根據內容而是根據位置,認定本詩爲追刺詩。

關於《黍離》,疏家雖認爲其中有詩句表達了後代詩人對前代君主幽王的怨憎之情,但由於編纂者並未將其編入收錄刺幽王之詩的《小雅》或《大雅》中,所以疏家沒有將之認定爲

---

① 《小宛》之《正義》對"無忝爾所生"的解釋爲"無辱汝所生之父祖已"。

追刺詩。另一方面,儘管根據《小宛》一詩的本文可以將此詩解釋成對現在在位君主的諷刺,但由於被排在君主失去天下後的詩歌之後,《小宛》就反而被解釋成了追刺詩。這兩個例子的共同之處在於,"追刺"概念的導出,不是依據詩歌本文的內容,而是依據詩歌被置於《詩經》中的什麼位置、通過考慮其中包含的意義而完成的。也就是説,使用此概念不是爲了説明作者之意,而是編者之意。

通過以上考察,可以知道疏家的"追刺"概念有何意義。第五節曾説明了疏家有這樣的觀念:詩篇中包含作者之意與編者之意這樣兩個意義層面,因此追刺的意思要從作者投射的感情和對讀者的現實效用兩個方面去把握。但在實際的解釋中,追刺被用來説明編者後來爲詩歌附加的現實效用,而不是用來説明作者在詩中表達了怎樣的感情。説得極端一點,追刺不是用來説明詩歌原意,而是用來疏通解釋的概念。這説明,疏家雖然認識到《詩經》中有些詩篇的創作緣由是作者感情的自然流露,但這一觀念並没有貫徹到《詩經》解釋的理論和方法中,在實際的詩篇解釋中,重點被放在了説明編者賦予詩篇的現實效用上①。

七、結　　論

在考察疏家關於"追刺"的看法時,有兩個問題浮現了出

---

① 關於這一點,劉毓慶、金萬金前揭論文中討論《詩序》,認爲"可以説,以'美刺'爲核心的詩歌評價體系,是以'詩言志'理論爲導向,以歷史化、政治化爲基礎而建立的。但由上可知,這個'志'並不一定是詩人之志,更多的是采詩、獻詩、編詩者之志"(第67頁),可參考。據此可以説明,《詩序》用"美刺説"已不是爲了揭明作者之意而是編者之意,疏家爲了説明編者之意而使用"追刺説",所依據的是以《小序》爲闡釋之根本的漢唐《詩經》學學術體系的共同指向。

來。其一是,從中可以看出他們對於如何爲"刺"在《詩經》解釋中定位似乎表現得很愼重:

> 上以風化下,下以風刺上,主文而譎諫,言之者無罪,聞之者足以戒,故曰風。

《詩經》之詩爲議論而作,這是漢唐《詩經》學的基本觀念。這裏引用的《毛詩大序》說明,以詩批評在上位者,這在觀念上是有保證的。不過,通過考察《正義》對諷刺詩的解釋可以發現,有若干例子顯示,《正義》似乎認爲"批評在上位者"這件事實際上有種種限制。《小雅·小弁》就是一例,其序曰:

> 《小弁》,刺幽王也。大子之傅作焉。

其《正義》曰:

> 七—(一) 諸序皆篇名之下言作人,此獨末言太子之傅作焉者,以此述太子之言。太子不可作詩以刺父,自傅意述而刺之,故變文以云義也。

這裏說的是,太子之傅代作此詩是因爲兒子不能作詩諷刺自己的父親。疏家認爲,用詩來批評在上位者,並非人人都可做的事情。

此處値得注意的是,《正義》認爲《小弁》是太子之傅將太子的話寫成了詩("此述太子之言")。據此,則太子曾說過諷刺自己父親的話,那麼疏家認爲兒子是可以諷刺父親的。他們認爲不可以做的,是將諷刺用詩的形式表現出來。這顯示了詩作與一般的言語表達行爲性質不同的看法。疏家的觀念是,單純的說話是情感的自然流露,用詩諷刺則不是情感的自然流露,而是對外的公開行爲,是已經考慮到其社會影響的有目的行爲。這種詩歌觀念與第五節提到的、《毛詩大序》中"作詩是情感的自然流露"之説明有所不同。疏家認同"追刺"，但又在使用上表現出慎重的態度，應當也是出於同樣的理由。

關於《毛詩大序》中的"主文而譎諫"，鄭玄釋云：

> 主文，主與樂之宫商相應也。譎諫，詠歌依違，不直諫。

對此，《正義》曰：

> 七一（二）其作詩也，本心主意，使合於宫商相應之文，播之於樂，而依違譎諫，不直言君之過失。（P16上）

> 七一（三）譎者，權詐之名，託之樂歌，依違而諫，亦權詐之義，故謂之譎諫。（P16下）

從中可以看出，疏家認爲臣子向君主勸諫時，如果用詩的方式就能無罪，即是説詩歌的形式能保證批評者的安全。但《小弁》的《正義》却正好相反，認爲用詩歌形式意味著公開發言，受到種種束縛。

第六節中討論的《黍離》，雖有"悠悠蒼天，此何人哉"這樣流露對幽王的怨恨與感情句子，在《正義》的解釋中却並非追刺。援用上文的觀念來説明的話，或許會得出這樣的看法：相比在詩中單純表達對先君的情感，伴有冷静判斷的追刺更難以被認同。無論是《小弁》還是《黍離》，疏家都認爲，任憑情感流露與"刺"是性質不同的兩個概念，而且，即便可以容許對過去君主有單純的情感吐露，但公然批評是不能隨便容許的。

通過考察疏家對追刺的看法而呈現的第二個問題是，疏家雖意識到存在作者之意與編者意圖的兩個意義層面，却在解釋詩篇時，將注意力放在説明編者意圖上。也就是説，《正義》解釋詩歌時，其中心不在於説明作者懷著怎樣的思想感情寫作了這首詩，而在於《詩經》的編纂者爲何選取這首詩、此詩被賦予了何種可資教化的社會功能。相比作者以表達情感爲目的的作詩活動，編者出於教化目的、給民間採集來的詩歌賦予新内涵、將之重新編輯起來的編纂活動，因其更符合儒家倫理而獲得了更多的重視。那麽，疏家若據此觀念解釋詩篇，則不難想象，追刺概念確實不易大範圍使用。

北宋歐陽修在《詩本義·本末論》中説：

> 作此詩，述此事，善則美，惡則刺，所謂詩人之意者，本也。正其名，别其類，或繫於彼，或繫於此，所謂太師之職者，末也。察其刺美，知其善惡，以爲勸戒，所謂聖人之志者，本也。求詩人之意，達聖人之志者，經師之本也。講太師之職，因其失傳而妄自爲之説者，經師之末也。

《正義》使用"追刺"這個概念，用來説明的不是作者之意，而是編者之意，若依據上文歐陽修的定義，《正義》應當居於"經師之末"了吧。在疏家看來，追刺是爲了説明《詩經》本文、《序》《傳》《箋》之間存在的矛盾和齟齬而提出的，可以説是追不得已的概念。因此，《正義》没有充分發揮其潛在的可能性。歐陽修立志於超越漢唐《詩經》學之界限、構築新的《詩經》學，他對於前代《詩經》學的概括正中要害。

然而另一方面，《正義》對追刺概念作出説明，並將作者之意和編者之意兩重意思的存在作爲前提，這對於歐陽修將詩篇的意思、功能分爲詩人之意、太師之職、聖人之意、經師之業四個層面來區分辨别的觀念來説，有先驅的意義，還是值得重視的。這是由於歐陽修有可能從《正義》中受到啓發而提出了自己的學説，儘管要得出這樣的結論仍需慎重考察。第五節中曾指出，疏家對追刺的説明與朱熹的淫奔詩説有同樣的邏輯構造，這也顯示了《正義》的迫不得已之説與宋代《詩經》學的支柱理論之間可能有學術上的繼承關係。如果是這樣,那麼諷刺的是,《正義》爲了維護漢唐《詩經》學的體系而提出的解釋觀念,爲立志超越漢唐《詩經》學、構建新《詩經》學的宋代《詩經》學者提供了學術上基礎性的準備。換言之,歐陽修和朱熹將唐代疏家提出而未充分解決、遺留下來的課題當做自己的課題繼承下來,並加以發展,由此構築了新的《詩經》學。

本章所討論的雖是疏家關於"追刺"的看法這樣一個小問題,但它顯示了《正義》與北宋《詩經》學之間存在的學說上的繼承關係,這也值得注意。其他的問題是否也同樣顯示了《正義》與宋代《詩經》學之間在學術觀念上的共同之處?這是今後必須考察的。

再有,本章展現了疏家的狀態,他們一方面在"根據儒家倫理來解釋"這一儒家的基本立場與"疏通《序》《傳》《箋》"這一著述主旨之間的夾縫裏,提出了追刺的概念,又躊躇著未曾大範圍地運用它。這裏浮現的儒家倫理與《詩經》解釋之間的衝突問題,應當是北宋以後的《詩經》學者們也同樣面臨的,他們如何應對?下一章將以本章的考察爲基礎,繼續著手解決這個問題。①

---

① 補記:本章完成後,筆者讀到了楊金花《〈毛詩正義〉研究——以詩學爲中心》(中華書局,2009年)。其第二章第一節《情志一也——從本體論的角度疏通了文學與經學》等有與本文的討論相關的研究。本文的研究未能吸收其成果,洵爲憾事,今後盼可參考爲幸。

第十八章　詩歌爲何不可解釋成
對過去君主的諷刺
——宋代《詩經》學者對"追刺說"的批評

一、前　言

在上一章中，筆者考察了《毛詩正義》中的"追刺"這一解釋概念。"追刺"是後世詩人對過去的人物——多爲過去的君主——的惡行加以批評，《正義》認爲《詩經》中某些詩篇的創作正是出於這樣的意圖，因此也從這個角度出發進行解釋。"美刺"是漢唐《詩經》學解釋的中心概念，"追刺"可以看作其中"刺"的一個變種，但這裏有一個問題："刺詩"以促使被批評的對象在道德上覺醒爲目的，而"追刺"則由於對象已去世，無法改變心意，所以沒有現實功用，變成了只是爲批評而批評。像這樣包含倫理問題的概念，疏家爲什麼敢於將其用在解釋中？考察的結論是，疏家並非想要說明作者在詩中注入了怎樣的思想感情，而是要說明這首詩被放在《詩經》中特定位置有何深意。也就是說，用"追刺"這個概念，不是爲了說明作者的意圖，而是要說明編者的意圖。在考察過程中，筆者還發現，歐陽修《詩本義·本末論》中認爲《詩經》包含了多重意思，即"詩人之意、大師之職、聖人之志、經師之業"，此觀點在《正義》的疏家那裏可謂已經有了萌芽。還有，疏家雖然將"美刺"概念作爲《詩經》解釋的根本，實際上對"刺"卻似乎相當謹慎。

本章擬承接上一章，考察宋代以來的《詩經》學者對於追刺的看法，由此來研究他們怎樣看待詩篇中的批評、怎樣認識《詩經》。

上一章主要分析了《正義》中對"追刺"概念説明得最詳細的《大雅・抑》這一篇，對於其中體現出的問題，結合其他相關詩篇的《正義》作了考察。這一章也將接著上一章繼續推進研究。

二、關於《正義》之"《抑》追刺説"的反調

總的來看，宋代《詩經》學對於將《抑》解釋成追刺詩的做法①有不少批評意見。不過，雖然同樣是反對將《抑》解釋成追刺詩，但其理由却大致可分爲兩種：

他們反對的第一個理由是，《抑》的詩句本身就否定了它是爲追刺而作的，例如南宋的吕祖謙在《吕氏家塾讀詩記》中説道：

> 《史記》載武公以宣王三十六年（此爲十六年之誤——筆者補記②）即位，《國語》亦稱武公年九十五作《懿》以自儆。韋昭謂《懿》即《抑》也，説者遂以爲此詩乃追刺厲王。今考其文，如曰"在於今，興迷亂於政"，曰"匪

---

① 當然，也有學者沿襲《正義》，認爲《抑》是追刺詩，蘇轍《詩集傳》即是其代表。蘇轍認爲："宣王十六年，衛武公即位。年九十五而作此詩，蓋追刺厲王以自警也。"（《詩集傳》卷一八，《續修四庫全書》據淳熙七年蘇詡筠州公使庫刻本影印本，第160頁上）

② 下文引用的南宋范處義《詩補傳》中也作"三十六年"。清・嘉慶重刊宋本《十三經注疏》（藝文印書館影印本）亦作"三十六年"。對此，阮元《毛詩注疏校勘記》云："閩本、明監本、毛本同。案浦鏜云：'三，是也。'"（參考 p.586 注④）又嚴粲《詩緝》云："疏以爲武公，宣王三十六年即位，恐誤矣。"從以上内容來看，范處義、吕祖謙、嚴粲所見《毛詩正義》文本與《校勘記》所列諸本相同，都有衍文"三"字。范、吕沿襲了錯誤。

手攜之,言示之事,匪面命之,言提其耳",曰"聽用我謀,庶無大悔",夫豈追刺之語乎?《史記》《國語》殆未可據,一以《詩》爲正可也。①

呂祖謙反對把《抑》看作追刺詩的理由是,詩句的口氣在講述現在,它們顯示了詩人置身事件的漩渦之中②,而非回想過去。

用這種方法解釋《抑》,肇始於北宋的歐陽修:

> 考詩之意,武公爲厲王卿士,見王爲無道,乃作詩刺王不自修飾而陷於過惡……召穆、衛武,厲王時人。③

歐陽修認爲,詩句講述了厲王的無道行爲,且詩中還有諫言,因此本詩的作者武公在厲王時是卿士的身份。這樣想來,本詩就不是追刺詩,而應看作是作者規勸自己現在侍奉的君主的典型諷刺詩。

南宋的范處義將此方法作爲解釋的原則性理念。即是説,由於《詩經》有至高的地位,相對於其他文獻有價值上的優越性,因此根據詩句中的表達來解釋就是正當的。

> 是詩刺厲王,亦以自警……武公以宣王三十六年(此爲十六年之誤——筆者補記④)始即位,至幽王時始入爲卿……然則厲王之時武公特衛之公子耳。學者求其説而不得,遂疑是詩爲刺幽王。舍經而信傳,理所不可。究而

---

① 《呂氏家塾讀詩記》卷二七,《四部叢刊》廣編4,第398頁。
② 姚永輝《呂祖謙〈呂氏家塾讀詩記〉衆多"詩史互證"》(中國《詩經》學會編《〈詩經〉研究叢刊》第八輯,學苑出版社,2005年,第67頁)中引用呂祖謙對本詩的闡釋來説明他的"以詩證史"。
③ 《詩本義》卷一一《抑》,《四部叢刊》廣編3,第67頁。
④ 據《史記·十二諸侯年表》,宣王十六年爲"衛武公元年"(中華書局,1977年,第2冊第521頁)。

言之,武公爲公子則作是詩以刺厲王,至老猶誦之以自警,何爲不可哉……去其作《懿》之説,則經"《抑》以自警"爲可信。經,聖人所删,《史記》《國語》,其事雜出,諸家學者可不知所去取哉?況《抑》之名篇,以"抑抑威儀"爲主,不當爲"懿"也。①

范處義認爲,經典是聖人編纂的真實的文本,其真實性天然存在,無需外部證據來證明。他也認爲《詩序》傳達了真正的孔子之教,將之推崇爲解釋詩篇的根本依據。所以他認爲,《詩序》和經文中所表達的內容就是最準確的詩歌含義②。史書的記載不過是經文外緣的內容,當它們與《詩經》之詩句及《詩序》所顯示的"事實"相齟齬時,他不加考察地直接認爲史書記載有誤,排斥基於《國語》的記載及韋昭注而將本詩看作追刺詩的説法。范處義否定了重視整合利用《詩經》之外的史料這一解釋方法,這一態度在下文明確地體現出來③:

衛武公之事當以經爲信,史傳異同不足證也。④

不過,范處義與歐陽修不同,他依從了《史記》中關於武公年齡的記載。由此,他爲了使《小序》中"本詩是武公諷刺厲王之作"的説法顯得合理,主張此詩是武公早年所作⑤。

---

① 《詩補傳》,《詩經要籍集成》,據通志堂經解本影印,學苑出版社,2003年,第 5 册第 264 頁。
② 關於范處義《詩補傳》的專論,有黄忠慎《范處義〈詩補傳〉與王質〈詩總聞〉比較研究》(臺灣文津出版社,2009 年),詳細論述了范處義對於經典之神聖性的認識和尊崇《詩序》的態度。
③ 關於范處義優先參考經文內容的闡釋態度,請另外參考本書第十一章第三節。
④ 同上。
⑤ 南宋嚴粲的《詩緝》(卷二九,《詩經要籍集成》,據明味經堂刊本影印,學苑出版社,2003 年,第 9 册,第 417 頁)也從范處義之説。

由於認爲依據詩句和《詩序》這些《詩經》文本來解釋詩歌方爲正道，以上的三種説法都駁斥了《正義》依據《國語》韋昭注而提出的"《抑》追刺厲王"之説。在解釋詩篇時，他們並不費心於使解釋與外在的歷史記載相協調，而是尊重詩句本身，根據文辭來解讀詩歌的意思。從這種意義上來説，他們擺脱了漢唐《詩經》學"以史附詩"的典型方法，尋求新的解釋方式，這一方式是值得重視的①。

然而，如上一章所指出的，《正義》的解釋也曾使用這一方法。在《小大雅譜》的《正義》中，提到了關於《抑》的不同意見，認爲既然詩中具體描寫了厲王耽於淫樂，就不會是追刺的作品②。由此看來，宋代的三種説法可以從《正義》中尋得淵源，宋人説法的意義在於，《正義》中尚不充分的方法被他們昇華爲解釋的基本理念，並加以發展③。

但是，若將歐陽修、范處義、吕祖謙三人的觀點放在《詩經》解釋學的脈絡中來看，則很難説它們有足够的説服力。這是因爲，儘管他們明顯都瞭解《正義》的觀點④，却没有對《正義》將《抑》解釋爲追刺詩的論據提出有力的反證。

首先，歐陽修的觀點完全無視了《史記》《國語》中關於衛武公的年齡及其生活年代的記録，也没説明爲何要無視它們。

---

① 關於這個問題，請參考本書第十一章。
② 請參考本書第十七章第四節。
③ 順帶説一下，前面的論文中已考察了《正義》中關於《抑》的異説，指出其中已體現了注疏者們關於"詩歌怎樣描述過去"的觀點。它的意思是，如果認爲詩歌講述現實事件、因此作者應當身處事件之中，從這個思路出發，則會認爲"作者憑想象力追蹤體驗過去之事"這樣的描述方式是不可能的。本文引用的宋代三學者的觀點同樣可以這麽説，在他們的《詩經》闡釋中有一個傾向，即認爲作者與詩的内容在現實層面上直接對應。關於這個問題，請參考本書第十一章。
④ 關於歐陽修與《正義》的關係，請參考本書第十一章。

在整部《詩本義》中,依據《春秋左氏傳》《國語》《史記》等史書的記載來批評《序》《傳》《箋》《正義》之解釋的地方很多①。從這一點來看,他關於《抑》的觀點有一種孤立的性質,其中體現的方法與歐陽修《詩經》解釋的基本方法相違背,不與整體的體系特徵保持一致。

范處義認爲本詩乃是武公尚爲公子之時所作,而《正義》中已討論了這一可能性:

> 案《史記・衛世家》,武公者僖侯之子,共伯之弟,以宣王十六年即位。則厲王之世,武公時爲諸侯之庶子耳,未爲國君,未有職事,善惡無豫於物,不應作詩刺王②。

《正義》先是這樣假設了武公尚爲公子時寫作了本詩的可能性,又認爲武公當時在朝廷沒有職位、不能親見厲王的行爲,因此不會寫出批評厲王的詩,從而否定了這一可能性。疏家的反對理由中,包括了從作者的社會地位方面的考慮,即是否具有批評君主的社會身份;也包括了從本質上對作詩這一行爲的理念:詩既然是爲了表達人類無法抑制的情感而寫成的,那麼作者就不應當是與此事無關的人③。范處義的說法並未首先解決《正義》指出的難點,且說服力也不夠。

再有,呂祖謙也認爲"《史記》《國語》殆未可據",否定了它們的可依據性,但他也與疏家一樣認爲本詩的作者是衛武公。如此,若是不能對"武公是何時、在何種情景下寫作了本詩"給出他自己的見解,恐怕他的觀點也不足以批

---

① 關於這一點,請參考本書第十一章。
② 《毛詩正義》,第 1366 頁上。
③ 《抑》的正義中云:"詩者,人之詠歌,情之發憤,見善欲論其功,睹惡思言其失……本願申己之心。"(第 1366 頁上)

評《史記》和《國語》①。

以上三人無視《正義》的意見，提出了論證不充分的觀點。這不免讓人懷疑，與其説他們的觀點是純粹通過虛心體會詩句的文辭而形成的，不如説是他們首先想要迴避《正義》的追刺説法，因此纔有了這些觀點。實際上，在宋代對《抑》的解釋中，有些言論是具體批評"追刺"這一行爲本身的，下一節將對此加以考察。

三、從倫理角度對"追刺"的質疑

反對將《抑》解釋成追刺詩的第二個理由是，"追刺"這一行爲本身讓人感到不合適。宋代《詩經》學者對《抑》的解釋中，有一些從倫理角度抵制"追刺"的意見。南宋朱熹的説法就是其中的一個典型例子：

> 如《抑》之詩，《序》謂衛武公刺厲王，亦以自警也。後

---

① 與以上觀點比較來看，清人翁方綱的説法值得注意：

孔《疏》引侯包云，衛武公刺王室，亦以自戒。行年九十有五，猶使臣日誦是詩而不離於其側。其意亦取《楚語》爲説，與韋昭小異……其云刺王室，亦最較渾，當以侯包此説爲正也。《楚語》不言刺王者，朱氏鶴齡曰：篇中"爾""女""小子"及"手攜耳提""諄諄藐藐"等語，皆設爲老成人訓戒後生之言，意實在諷刺時王，亦因以自警。此説與朱《傳》未始不相合也。至謂厲王之世，武公方爲諸侯之庶子，而嚴氏、陳氏皆以爲作於爲庶子時，固非矣。蘇氏又以爲追刺厲王，李氏又以爲刺厲王，亦皆非也。愚謂《序》以爲刺厲王，此在經師相傳，必非無因，而其作於何時則無從而考矣。故莫若依侯包謂刺王室、兼以自警，則衆説皆融貫耳。（《詩附記》卷四，《叢書集成初編》本，第101頁）

翁方綱在尊重《小序》的同時，放棄了具體考定本詩的寫作年代，只是平淡地停留在"刺王室"之詩的理解上。這當然應該説是表現了尊重"闕疑"的學術態度，但與此同時，宋代學者想要通過弄清作詩的情形來探求本詩所包含的道德性含義，他們這種甚至多到過剩的關心在翁方綱這裏是没有的，翁方綱只將詩篇當做純粹的學術研究對象、單純的客體來對待，由此我們可以發現在對待闡釋對象的態度上發生的變化。也請參考第七節中對陳奐之闡釋的考察。

來又考見武公時厲王已死,又爲之説是追刺。凡詩是説美惡,是要那人知,如何追刺?以意度之,只是自警。①

與這則發言一致,朱熹在《詩集傳》中也只將《抑》解釋爲武公自警之作,沒有從詩句中解讀出對厲王的批評②。如"凡詩是……"一句所顯示的,朱熹這段話涉及的範圍並非只是批評把《抑》解釋成追刺詩,而是將追刺行爲本身也當作了問題。在朱熹看來,"刺"這一行爲是詩人在詩中描寫某個特定之人的過錯,使其人聽聞,從而期待他能覺醒、回歸正道。既然被批評的當事人已經去世,就不能期待他的道德覺醒,那麼"追刺"的行爲就沒有意義了。朱熹從共時性的角度來考慮美刺的效用,認爲追刺無效。由此可以看出他的觀念是,詩是爲了向特定的對象表達某些具體的現實內容而寫作的,是作者與對象之間一對一的交流手段。

朱熹沒有明說"追刺"的不道德性質,這方面可以參考歐陽修的觀點。上一節已經介紹過,歐陽修解釋《抑》這首詩時,並未明確地表示從倫理上排斥追刺行爲。不過,他的價值觀仍與朱熹一致,《詩本義》中另有從倫理方面批評"追刺"的說法。關於《小雅·信南山》的評論就是如此:

> 蓋刺者,欲其改過,非欲暴君惡於後世也。若追刺前王,則改過無及,而追暴其惡,此古人之不爲也。故言平王時作詩刺幽王者不通也。

在此歐陽修從倫理角度表示了自己的懷疑:既然無法期待對對方有什麼現實作用,那麼"追刺"不就是一味鞭撻褻瀆

---

① 《朱子語類》卷二三《論語五·爲政篇上》,第540頁。
② 他說:"衛武公作此詩,使人日誦於其側以自警。"引北宋董逌的説法,並認爲"刺厲王者誤矣"。

死者的行爲嗎?這一邏輯也同樣適用於《抑》。這種認爲"追刺"不道德的觀念,也被後世繼承。《正義》依據《國語·楚語上》將《抑》解釋爲追刺詩,而清代的董增齡在《國語正義》中寫道:

> 左史言武公九十五始作《懿》詩,當在平王之世。即以平王元年計之,上距厲王流彘之歲已六十七年。孔《疏》謂後世乃作,追刺之耳。武公爲周卿士,不應於六十餘年之後暴揚先王之過惡,則《序》義、《疏》義未足據也。①

董增齡與朱熹一樣,都認爲《抑》並非追刺詩,而是武公自警之作。不過,歐陽修和朱熹的意見,《正義》中早已有了。疏家事先假設,可能存在與"追刺説"相反的如下觀點:

> 詩之作者,欲以規諫前代之惡,其人已往,雖欲盡忠,無所裨益,後世追刺,欲何爲哉?②

對此,疏家指出:詩是作者的感情自然流露而寫成的,因此並非只能從現實功用的角度來討論;且追刺詩的寫作目的也可以説是促進後世讀者的道德反省,所以將《抑》解釋成追刺詩是正當的③。如此看來,對追刺行爲的懷疑,宋前已有。倫理上的懷疑原本潛藏於《詩經》解釋的底層,歐陽修、朱熹等人觀點的意義在於將之彰顯出來,並從道德性的角度加以評論。

---

① 清·董增齡《國語正義》卷一七,巴蜀書社,影印光緒庚辰章氏式訓堂精刻本,下册,第1123頁。
② 《毛詩正義》,第1365頁下。
③ 參考本書第十七章。

四、關於"此何人哉"

宋代以後,人們忌諱將詩篇解釋成對過去君主的諷刺。《王風·黍離》一詩之解釋的變化就能夠說明這一點。據說這首詩的寫作背景是,昏庸的幽王沉溺於褒姒的美色,不理政事,異族犬戎趁機來犯,覆滅西周。在以衛武公爲首的諸侯們的努力下,幽王的嫡子宜臼即位並遷都,艱難地延續了周王朝的命脈。此後,有位大夫作爲使者來到舊都,看到滿目瘡痍的景象而寫作了這首詩①。詩歌每一章的最後都重複了如下的悲痛之辭:

  知我者,謂我心憂。不知我者,謂我何求。悠悠蒼天,此何人哉。

對於"此何人哉",上一章已經提到,《鄭箋》與《正義》都解釋爲"此亡國之君何等人哉",認爲作者過於憎惡幽王,連他的名字也不願提及,用實際上無可置疑的疑問句式來指幽王②。這是認爲詩篇中明白無誤地表現了對幽王的強烈憎惡之情。鄭玄和疏家並不認爲露骨地表達對前代君主的感情是應當忌諱之事。

而到了南宋,關於這一句的解釋出現了許多不同的意見。首先來看兩種意見,這是南宋的李樗在注釋《黍離》時,提到了程頤弟子楊時的觀點,然後表達了他對於楊時觀點的批評:

  楊龜山曰:周自東遷而後,政亦衰敗。《黍離》降而爲國風,則宗周之亡久矣。蓋自幽王馴致至此。其詩曰:

---

① 然而《正義》雖認爲詩中充滿對幽王的"疾""恨"之情,却沒有將其看做追刺詩。關於理由,請參考第十七章第六節。
② 具體請參考第十七章第六節。

"此何人哉?"無所歸咎也。亦不必如此。詩言"此何人哉",蓋言含蓄之辭,亦不必謂之無所歸咎,此蓋周大夫不欲指斥其人也。①

在李樗的引文中,楊時認爲詩人說"此何人哉"是因爲"無所歸咎"②。他認爲這一句並非是對某個特定之人的批評,而是表達了對從幽王以至於詩人所處時代的頹勢無可奈何的歎息。楊時觀點的特色是,他當然也意識到,導致這種局面的始作俑者是幽王,但他在此並不突出對他個人的憎惡之情,反而想要在人所無能爲力的無情的歷史長流中沖淡這種憎惡之情。

而李樗認爲"此何人哉"指厲王,這一點雖與《鄭箋》《正義》一致,但對於詩人爲何用這樣的文辭表述,則提出了另外的理由。《鄭箋》《正義》認爲詩中不明言厲王,是因爲憎惡之極、不屑於提起他的名字;而李樗認爲這是由於對直接批評幽王的惡行有所忌憚。李樗從詩中解讀出了詩人對前代君主的顧慮,這與《鄭箋》和《正義》正相反。

李樗與楊時的觀點雖不同,但其相似處在於都站在《正義》的對立方面,用曖昧的方式處理詩人的憎惡及批評的對象。也就是說,《正義》中所體現的詩人對幽王露骨的憎惡之情在後來的解釋中消失了。

---

① 《李黃毛詩集解》卷八,《通志堂經解》,江蘇廣陵古籍出版社,1993年,第7册第313頁。
② 楊時的文集《龜山集》中找不到相應的詩說。不過,李樗引文中的"《黍離》降爲國風"見於《龜山集》卷八《經解·春秋義·始隱》、卷一〇《語錄·荆州所聞》和卷二五《孫先生春秋傳序》三處。此處雖無從確知"楊先生曰"到何處爲止,但可以合理地認爲"亦不必如此"以下是李樗之言,以上全部是楊時的話吧。如此一來,這就是楊時《詩經》闡釋的佚文了。

第十八章　詩歌爲何不可解釋成對過去君主的諷刺

值得玩味的是,李樗在以上的説法之外還提出了另外一種解釋:

> 知我者謂我心憂,不知我者謂我何求,周室之顛覆如此,不知我者謂何求,久留於此者何人也。①

此前列出的各種觀點,對於"何人哉"的解釋雖有具體和曖昧的差異,但都認爲這是指詩人批評的對象。而李樗的這個説法則將其解釋爲詩人自己,認爲"此何人哉"承上句"不知我者謂我何求"而來,説的是詩人設想別人如果看到自己,必然會想"這是個什麼人呢"②。

南宋范處義認爲,"此何人哉"指的是"謂我何求"的"不知我者":

> 彼不知者,亦何人哉？意謂宗周顛覆,至此而不知憂,亦不近於人情矣。③

范處義的解釋認爲,詩人評判的並非導致周朝衰亡的人,而是面對周朝衰亡却並無憂慮的人。通過將詩句解釋成對同輩人而非君主的批評,這首詩就變成了呼籲臣子應有之義的作品——也就是説,它在對當下的世風提出異議④。

---

① 《李黄毛詩集解》卷八,《通志堂經解》,江蘇廣陵古籍出版社,1993年,第7册第313頁。
② 李樗没有説明這樣描寫的詩人懷著怎樣的心情。清人翁方綱對李樗之説進一步解釋,認爲不理解詩人的人看到詩人因亡國之痛深受打擊、毫無目的地到處亂走,覺得很奇怪,因此有這一問(《詩附記》卷二,伯克萊加州大學東亞圖書館編《翁方綱經學手稿五種》第三種,上海古籍出版社,2006年,第86頁)。
③ 《詩補傳》卷六,第73頁。
④ 南宋的王質也與范處義有同樣的闡釋:"當時東周懷忠抱義之士來陳秦庭,以奉今主歸舊都爲意。或以尊王室制諸侯爲辭……徒隱憂難明,告以不知者爲何人,言此等人非我輩人也。"(《詩總聞》卷四,《詩經要籍集成》,第5册、第374頁)

如上所見,南宋諸家對"此何人哉"有多樣的解釋,但其相同處在於,哪種觀點都不認爲這一句是在批評幽王。這與《正義》恰恰相反。這種解釋傾向何時開始、如何普及開來,我們並不清楚。北宋的《詩經》學者中,歐陽修《詩本義》和程頤《詩説》都未解釋《黍離》。王安石《詩經新義》對"此何人哉"的解釋今亦不存。蘇轍《詩集傳》云:

> 平王東遷而宗周爲墟,宗廟宫室盡爲禾黍,過者閔之,彷徨不忍去而作是詩。

這僅僅是平淡地介紹了詩歌大意。在我們面前只剩下了與《鄭箋》《正義》的解釋方向完全不同的南宋時期的情况。而且前面提到的南宋諸家著作中,都未説明自己爲何不採用《正義》的觀點而獨創新説。不過,雖然"此何人哉"之解釋的變化過程及其理由尚不明確,但結合歐陽修和朱熹等從倫理方面對"追刺"產生疑問的情形來看,這或許也可以作爲一個例證,用來説明到南宋時期,忌諱直接批評過去的君主已經成爲了普遍的風氣。

五、對"刺"的懷疑

下面擬將以上討論的問題放在更廣闊的視野中來考慮。第三節提到朱熹用"凡詩是説美惡,是要那人知"的理由,否定《抑》是追刺詩。僅從這句話來看,朱熹似乎認爲爲了使某個特定之人在道德上覺醒而寫作諷刺詩是《詩經》的常態。然而朱熹有多條言論説明,他認爲不只是追刺,"刺"這一行爲本身也不應是作詩的常態:

(一)温柔敦厚,詩之教也,使篇篇皆是譏刺人,安得

第十八章　詩歌爲何不可解釋成對過去君主的諷刺　593

温柔敦厚?①

（二）《詩》小序全不可信。如何定知是美刺那人？詩人亦有意思偶然而作者。②

（三）大率古人作詩，與今人作詩一般，其間亦自有感物道情、吟詠情性。幾時盡是譏刺他人？只緣序者立例，篇篇要作美刺說，將詩人意思盡穿鑿壞了。且如今人見人纔做事，便作一詩歌美之，或譏刺之，是甚麼道理？如此，亦似里巷無知之人，胡亂稱頌諛說，把持放鵰③，何以見先王之澤，何以爲情性之正？④

朱熹批評道，固守著《小序》的美刺體系來認識作詩意圖，就會使解釋牽強附會，最終違背温柔敦厚的詩教精神。關於這一點，研究朱熹《詩經》學的學者們意見一致⑤。朱熹在此認爲，"刺"的做法有違背温柔敦厚的危險。也就是說，《詩大序》以來被看作《詩經》根本之義的"美刺"和"温柔敦厚"，在朱熹看來是二律背反的關係，且朱熹更看重"温柔敦厚"。這種想法在他對詩的解讀中有所反映，例如：

（四）寬厚温柔，詩教也。若如今人說《九罭》之詩乃

---

① 《朱子語類》卷八〇《詩一·綱領》，第2065頁。
② 同上書，第2074頁。
③ "放鵰"一詞不見於各種詞典。此處筆者認爲可以闡釋成同音的"放刁"。南宋王質《詩總聞》卷五《齊風·東方未明》云："此必是醉亂之中，偶有徵召之命，而以非時召臣咎其君，以逞狂駭人罪其使……俗所謂放鵰者也。既挾持其君，又挾持其將命之人……此臣當是狡腸兇德者也。"可參考。
④ 同上書，第2076頁。
⑤ 檀作文《朱熹〈詩經〉學研究》（學苑出版社，2003年）、鄒其昌《朱熹〈詩經〉詮釋學美學研究》（商務印書館，2004年）、莫礪鋒《朱熹文學研究》第五章《朱熹的〈詩經〉學》（南京大學出版社，2000年）。

責其君之辭，何處討寬厚温柔之意？①

《集傳》中是這樣表達的：

> 此亦周公居東之時，東人喜得見之而言。

朱熹將《九罭》解釋爲頌美之詩，而非批評成王之作。

> （五）此爲美賢者處窮而能安其樂之詩，文義甚明。然詩文未有見棄於君之意，則亦不得爲刺莊公矣。《序》蓋失之，而未有害於義也。至於鄭氏，遂有誓不忘君之惡、誓不過君之朝、誓不告君以善之說，則其害義又有甚焉。於是程子易其訓詁，以爲陳其不能忘君之意，陳其不得告君以善，則其意忠厚而和平矣。然未知鄭氏之失生於序文之誤，若但直據詩詞，則與其君初不相涉也。②

（五）這個例子很有啓發性。朱熹根據詩中没有詞句顯示這一點，批評《詩序》及《鄭箋》將《考槃》詩解釋成諷刺衛莊公之作。這裏是從"解釋詩篇應依據文辭本身"的觀念出發，反對將本詩看作諷刺詩。然而另一方面，朱熹對於以《詩序》爲基礎的鄭玄的解釋，又有"其害義又有甚焉"的評價，著眼於詩歌内容變成了臣子背義之事。這是從詩歌是否有悖道德的角度來判斷前人的解釋是否恰當。他對程頤觀點"於是程子易其訓詁……則其意忠厚而和平矣"的引用，也很能說明這一點。程頤的方式並非排除先入爲主觀念、虛心解讀詩歌文辭、從中探求詩歌原意，而是先有一個使詩歌符合道德的目的，爲了實現這一目的而進行解釋。從朱熹對這一解釋方法的評價

---

① 《朱子語類》卷八一《詩二·九罭》，第2115頁。
② 《詩序辨說·衛風·考槃》（《朱子全書》，第1册第367頁）。朱熹對本詩的闡釋，請參考第十六章。

來看,我們也可以推測朱熹對"刺"的行爲是有懷疑的。

從朱熹引用的程頤觀點可以知道,對"刺"的懷疑並非朱熹獨有,宋代《詩經》學諸位學者都是如此。這是因爲,對於漢唐的《詩經》解釋中頻繁出現的"刺",宋代《詩經》解釋中往往傾向於繞開它。例如,《小雅·雨無正》云:

浩浩昊天,不駿其德。降喪饑饉,斬伐四國。

[鄭箋]此言王不能繼長昊天之德,至使昊天下此死喪饑饉之災,而天下諸侯於是更相侵伐。

[正義]詩人告幽王言:浩浩然廣大之昊天,以王不能繼長其德,承順行之……①

儘管詩句中並沒有暗示幽王的詞語,但《鄭箋》《正義》還是將幽王解釋成了行爲的主體。通過解釋,就挑明了詩人對暴君幽王的批評。

對此,蘇轍云:

幽王之亂,民之無罪而被禍災者,無所歸咎,曰:天實爲之。②

蘇轍解釋這句詩時,沒有讓幽王登場。不僅如此,他雖然認爲詩中講述的是幽王時代之事,却進一步解釋爲"無所歸咎"。他想要把遭受災難的人民對幽王的憤怒和怨恨從詩句中去除。蘇轍此說,與第四節中李樗關於《黍離》"此何人哉"的解釋裏所引楊時的觀點相仿佛。楊時認爲《黍離》一詩表達的並非對幽王的直接批評,而是對王朝衰亡的悲傷心情,由於"無所歸咎",因此發出"此何人哉"的感歎。蘇轍和楊時相同

---

① 《毛詩正義》,第854頁上。
② 蘇轍《詩集傳》卷一一,第108頁上。

的地方在於，認爲詩歌不是遭逢亂世的詩人批評導致亂世的君主的作品，而是僅僅表達哀傷而已。

尊重《詩序》的南宋學者嚴粲，也在對《邶風·雄雉》最後一段的解釋中寫道：

> 不欲斥國君，而呼其夫之同寮告之言。①

他特別在解釋中加上了"不欲斥國君"一句。這也是想要通過説明詩人並未明確地指出國君的惡行，強調詩人有道德。蘇轍、楊時和嚴粲都同樣迴避"詩人諷刺君主"這件事，在解釋時小心翼翼。結合上文中朱熹的例子來看，相比之下，漢唐《詩經》學廣泛使用"刺"的概念解釋詩篇，而宋代《詩經》學對此則比較慎重。

詩篇解釋方法的如上變化，應該與周裕鍇分析的宋代思想狀況有關。根據他的觀點，宋代以前人們認爲詩人的激情是文學創作的動機，而到宋代，這種觀念發生了變化，人們認爲詩人應當以平靜的心態進行文學創作②。再有，宋人重新認識了詩歌載道的功能，宋代前期諷諫詩興盛一時，許多詩人都以此批評時事，但諷刺的是，隨著人們普遍認同詩歌具有政治功能和力量這一觀點，在詩中加入諷諫之意却越來越難③。也就是説，周裕鍇指出，宋人對詩歌批評現狀之功能的認識，

---

① 《詩緝》卷三，第 59 頁。
② 作爲對"不平則鳴"的反駁和補救，宋人提出"自持"的新觀點……詩之並非出於情感的"不平"，而是基於"無所動於其心"。這是宋儒的典型看法……這與唐儒代表孔穎達在《毛詩正義》裏所談詩"所以舒心志憤懣""感物而動""言悦豫之志""憂愁之志"相較，顯然形同胡越。(《宋代詩學通論》甲編《詩道篇》，上海古籍出版社，2007 年，第 61 頁)
③ 文字獄……從側面説明作詩者和解詩者對詩的政治功能的理解是一致的。諷諫一旦越界成爲譏刺訕謗，言之者也就有罪了。宋代的文字獄出現於仁宗慶曆之後，與政教詩論的強化正好同步，這決非偶然。(同上書，第 39 頁)

反而使批評現狀被限制在適當的限度和方法範圍之內,超出範圍的批評就會被指責爲冒犯。這導致了很諷刺的結果:作者難以在詩中直率地表達自己對於社會狀況的思想情感。

  當統治者意識到詩歌是一種政治鬥爭工具之時,諷諫就需要非常小心地在法度允許的範圍內進行。……由極端强調詩的諷諫功能到不敢直辭寄詠時事,這是宋人所始料未及的。①

這就是説,宋代逐漸形成了難寫諷刺詩的大環境。我們在上文討論的《詩經》解釋上的變化,與周裕鍇所言以詩歌爲媒介的言論環境之變化相符合。諷刺的概念一直被當做詩的重要功能並用於詩歌解釋,而宋人對此却態度消極,這反映了當時文學觀念的變化。可以這麽認爲,宋人將自己作詩時"詩必須這樣作/詩不可這樣作"的觀念,也拿來解釋《詩經》這一至高經典的詩篇。宋代學者首先有一個"詩必須這樣作/詩不可這樣作"的基礎,然後再與之相適應地進行解釋,其結果就是將諷刺的要素從詩篇解釋中驅除出去了吧。觀念上既有如此變化,那麽宋人忌諱追刺之説也就是當然的了。

如上一章所示,疏家也對"追刺"行爲是否有倫理上的問題存著懷疑。這與宋代學者一致。但他們認爲詩歌既然是作者自然感情流露而寫成的,那麽對於過去君主的諷刺雖在道德上存有疑問,却也是説得通的,因此用追刺説作了解釋。而宋代學者認爲追刺是不爲臣子之義所容許的行爲,基於這種信念,他們認爲没有這樣的詩,於是排斥追刺説。因此《詩經》解釋就顯示出一個從唐代"可能存在"的認可姿態向宋代"不可能存在"的否定姿態的變化。從中可以看出宋代《詩經》學

---

① 同上書,第40頁。

有更爲嚴格的道德準則①。

六、《詩經》解釋中的倫理性要求與文學性要求

上一章中朱熹表明自己對"刺"的懷疑的言論中,陳述了兩個理由,除了諷刺詩違背了"溫柔敦厚"的精神、因此"不可能存在"之外,還有一個理由如"詩人亦有意思偶然而作者""大率古人作詩……其間亦自有感物道情、吟詠情性"所顯示的,是詩人可以爲坦率地抒發自己的思想感情而作詩。並非所有的詩歌都是以道德感化爲目的,因此勉強從詩中解讀出原本沒有的諷刺要素是錯誤的。與"不可能"相對應,這個理由可以總結爲"讀不出"。如此,朱熹對於"詩"的懷疑就是由兩個性質不同的理由錯綜形成的。

在對《抑》之追刺說的批評中也有類似的例子。宋代學者之所以反對將《抑》解釋成追刺詩,一來是如第三節所說,認爲追刺存在道德上的問題;二來也是如第二節所見,他們解釋詩歌的方法是根據詩句表達的内容來探求詩歌原意。這裏也共存著"不可能"和"讀不出"兩種因素。上文舉出的朱熹《詩經》解釋的邏輯,可以説是宋代學者的普遍觀念。不僅如此,上面的兩個反對追刺解釋的理由,疏家都已經意識到了②。由此,則"不可能"與"讀不出"的錯綜就是《詩經》解釋學史上早已存在的現象。

"讀不出"這一方法,即依據詩歌詞句本身來解釋的方法,受到了研究朱熹《詩經》學的學者們的一致重視③。在此,朱熹從漢唐《詩經》學"以史附詩"的歷史主義解釋法中脱離出

---

① 關於這個問題,請參考本書第十四章。
② 請參考本書第十七章。
③ 參考 p.597 注⑤。

來,轉換成了"以詩解詩"的解釋法,這在《詩經》學史上具有方法論層面劃時代的意義。

另一方面,以儒學之徒的身份解釋《詩經》,這一道德要求成爲"不可能"這一解釋方法產生的基礎。此方法也爲研究者們提及①。不過,研究者們也多指出了這一方法的消極因素:它將《詩經》解釋限制在儒教框架中,阻礙了自由解釋的發展。即是說,現有的研究傾向於認爲,"讀不出"與"不可能"是彼此相反的兩種解釋方法,一者能推動《詩經》學發展,另一者則會使《詩經》解釋停滯。

然而,二者的關係並非這麼單純。如本章所見,爲了擺脫使用追刺和諷刺等的解釋,兩者要同時使用。也就是說,倫理道德意識的變化和將《詩經》作爲文學來解釋的意向的強化,二者相輔相成,共同促成從嶄新視角對詩篇的解釋。由此想來,二者或許是以更微妙的方式關聯在一起。

由此可以發現《詩經》解釋學中,解釋方法的構築、發展與儒教倫理之間有微妙的關係。道德上的嚴格主義總是容易被看作阻礙開拓新方法的不利因素。不可否認,在很大程度上的確如此。但另一方面,如此處所見,道德上的要求也可以成爲新《詩經》觀發展的契機。在帶著"不可能"的先入爲主觀念探索與舊說不同的解釋時,就形成了像"讀不出"所顯示的這種文學性解釋方法。筆者曾指出,疏家因爲難以疏通《序》《傳》《箋》,費盡心思編造出各種解釋,它們成爲宋代《詩經》學構築新方法的基礎②。《詩經》解釋的道德要求也是一樣的吧,爲適應道德要求而絞盡腦汁編織的解釋,也爲文學性解釋

---

① 前面所引檀作文書第四章《理學思想與朱熹〈詩經〉學之關係》。
② 本書第一章。

提供了契機。古人將《詩經》同時看作文學性文本和道德性文本,因此《詩經》解釋學的發展也自然是兩個方面相互縮合、相互作用著進行的。這樣想來,在《詩經》學中就不能將道德性的方面與解釋學方面的問題分開來考慮。我們想要探尋到《詩經》解釋學的實貌,就不能忽視這些不同特性中的任何一方,必須正視它們的錯綜狀態。

七、補充說明

本章論述了宋代《詩經》學者中存在的迴避追刺說的傾向。但實際上也有與本文論點相反的説法。例如,關於第四節討論的《王風·黍離》,朱熹云:

> 既嘆時人莫識己意,又傷所以致此者果何人哉,追怨之甚也。①

嚴粲認爲:

> 亡國之恨,淒然滿目,唯呼悠遠之蒼天而訴之曰:致此顛覆者是何人乎? 不斥其人而追恨之深矣。②

二人在解釋中用了"追怨""追恨"等與"追刺"類似的詞,叙述了與《鄭箋》《正義》相同的觀點。然而,從解釋的脉絡來看,其中又有不同於《鄭箋》《正義》的地方。從"又傷所以致此者果何人哉"中,似乎確實可以看出朱熹的解釋是:本詩是爲了譴責導致亡國下場的人而作。但如果不把這句話單獨拿出來,將之看作承接上句"既嘆時人莫識己意",以"又傷"的形式與之累加,上下句就合爲一體,收束於"追怨之甚也"中。由此

---

① 朱熹《詩集傳》卷四,臺灣學生書店,1970年,第171頁。
② 《詩緝》卷七,第103頁。

看來,作者的"追怨"不是對於亡國之君這一特定個人的批評,而是對由於他的失政導致的亡國感到悲傷、對周圍盡是不爲此悲傷的人而感到絶望,是兩種感情交織在一起。"追刺"是與事件隔開距離遠遠眺望著批評,而"追怨"是詩人身處從過去到現在、事件的洪流之中,抒發自己内心溢出的感情,二者有所不同。這裏流露的感情並非《鄭箋》和《正義》在《黍離》的解釋中所説的强烈憎惡,而是作者對自己被捲入的時空潮流(亡國的餘波、周圍人的不理解)懷有怨懟,是更内在化的情緒,這也是不同之處。

以上分析也同樣適用於嚴粲解釋中的"追恨"。"不斥其人而追恨之深矣"之語雖可有多種解釋,但若考慮到它與上文"亡國之恨"相呼應,則"追恨"更多的指向亡國的情狀,而非亡國之君個人。這樣看來,"不斥其人"與第四節中討論的楊時的解釋——"'此何人哉?'無所歸咎也"——是一樣的。

通過上面的考察可知,"追怨""追恨"雖與"追刺"在語詞形式上相似,但他們是作者懷想過去發生的不幸、抒發强烈的情感,這與批評先人、因此導致倫理上疑問的"追刺"有質的不同。不過,這一説法是否無誤,還要通過今後對其他例子的驗證來確認。

另外,與"追刺"相似的"追咎"一詞常常出現在宋代以後的《詩經》解釋作品中。例如,范處義對《雨無正》的解釋是:

> 是詩有"既伏其辜,周宗既滅"之語,蓋作於幽王之後,追咎前日之失,以爲後來之戒。①

這説明"追咎"是批評幽王等過去的特定人物,以教化後

---

① 《詩補傳》卷一八,第178頁。范處義在本文所引内容之外,還説"於是作此詩之大夫既歸過於其長,謂離居而去,不任國事,莫知我勞勩,又追咎當時三公及其餘大夫,莫肯夙夜無在公之節(第二章)""此章上則追咎幽王爲惡不悛(第三章)",認爲本詩是追咎之作。

人,基本可以認爲是與"追刺"用作同一個意思。因此,本章所討論的現象,即宋代以降的《詩經》研究中忌諱出現"追刺"、或者憎惡過去的君主等行爲,並非是一種全面現象,只是這種傾向比較强罷了。另外,第六節的考察中提到的,"追刺"或者對前代君主的憎惡從《詩經》解釋中的消失,其原因是倫理道德意識的變化,以及在解釋理念上從依據史書、《詩序》的姿態向重視詩句文辭本身的姿態的變化。兩種變因之間的關係是怎樣的? 筆者雖得出結論,認爲二者有機的相互作用使《詩經》解釋學得以變化發展,但以上反例提醒我們,對此仍需更加慎重地討論。因此,本章的考察與結論只能看作是階段性的成果。

最後需要提及的是,到了清代,又有學者舊事重提,將《抑》解釋爲追刺詩,這就是清代陳奂的解釋:

> 據《史記》,平王始命武公爲公,武公於厲王時未爲諸侯,幽王時雖諸侯,不聞爲周卿士,則入相於周,斷在平王之世。入相而作《賓之初筵》刺幽王,作《抑》刺厲王。兩詩皆作於平王時,而《序》云刺厲王者,本作詩之意而言,取殷鑒不遠之意,因遂附於《蕩》篇後。《正義》以爲追刺厲王,是也。①

陳奂不僅根據《史記》的記載將《抑》解釋爲追刺詩,還將《正義》中未被指爲追刺詩的《賓之初筵》也看作追刺之作②。

---

① 《詩毛氏傳疏》卷二五,北京中國書店據漱芳齋咸豐元年(1851)版影印本。
② 《詩毛氏傳疏·賓之初筵》云:"入,入相也。武公入相在周平王之世,是詩爲追刺幽王而作。"再次確認本詩爲追刺詩。不過不但《毛詩正義》没這麽説,《小序》亦云:"賓之初筵,衛武公刺時也。幽王荒廢,媟近小人,飲酒無度,天下化之,君臣上下沉湎淫液。武公既入而作此詩也。""刺時也""武公既入而作此詩也"説明《小序》將這首詩規定爲武公叙述自己親身體驗的事情。陳奂之説連《小序》都没有依從,從這一點來看,是很特立獨行的。

第十八章　詩歌爲何不可解釋成對過去君主的諷刺　603

由此可見,他對於"追刺"概念並不像宋代學者那樣懷有疑慮。

不過從這裏引用的陳奐之說中也可以發現,關於"追刺",包括《正義》在内的歷代《詩經》學者們都存有疑慮,有人爲消除疑慮而建構新理論,也有人基於此疑慮而對《抑》這首詩作出新解釋,這樣傾注了努力、前後相繼的解釋歷史,却被陳奐捨弃了。這些工作都如本章所見,是生活在現實世界的研究者將自己的生活感受和價值觀投射到《詩經》的篇章中而完成的。這雖然也可以被批評爲缺乏客觀性、非史學的解釋法,但從中的確可以看出如下態度:不將《詩經》這樣的古代文獻當作客體,而是當作與自己的生命密切關聯的鮮活事物來對待。就此而言,陳奐的解釋方法是將古典就當做古典、以冷静的態度作純粹的理論考察,這可以說是近代的學術風格,但實現這一風格的代價是捨弃了對於"《詩經》如何教化我輩"這樣的切實關注,令人稍感遺憾。不知筆者這樣的看法是否稍顯主觀?

第五部

宋代《詩經》學對清代《詩經》學的影響

第十九章 訓詁的連綴
——歐陽修《詩本義》對陳奐《詩毛氏傳疏》的影響

一、問題之所在

一般認爲,清代陳奐(1786～1863)的《詩毛氏傳疏》是一部以考據學方法研究《詩經》的集大成之作。然而這部書中實則混有兩種不同的研究方法:

其一,基於嚴密考證的字義解釋——目的在於極致地運用考據學方法以揭示《詩經》文本的原意。

其二,墨守(陳奐自用語)《詩序》《毛傳》之說並加以疏通——目的在於揭示漢儒研究《詩經》的方法。①

陳奐作嚴密字義考證的用意,是弄清《詩序》和《毛傳》之意,從而獲知《詩經》的本意。不過,這兩種研究方法在本質上是不相容的,因此這就使他的《詩經》研究不能一以貫之。概括言之,爲了謹守秦漢之際大儒毛亨的《毛詩故訓傳》,陳奐犧牲了通過客觀考證而窺視《詩經》真實面目的目的②。

---

① 《詩毛氏傳疏·叙錄》云:"要明乎世次、得失之跡,而吟詠情性,有以合乎詩人之本志。故讀《詩》不讀《序》,無本之教也。讀《詩》與《序》而不讀《傳》,失守之學也。"
② 請參考拙著《陳奐〈詩毛氏傳疏〉的特點》(《陳奐〈詩毛氏傳疏〉の性格》),慶應義塾大學文學部《藝文研究》第70號,1996年。

《詩毛氏傳疏》中體現出的這種特徵,未必曾被如此重視過[①]。這或許是由於,此前的陳奐研究認爲考據學就是漢學,考據學者依從漢代的注釋是理所當然的,在研究開始時就將這樣的觀念作爲大前提接受下來了。因此,人們没有從這個角度充分地考察過:客觀考證這種做學問的方法,與謹守漢學這種做學問的態度之間存在的乖離,怎樣影響了陳奐研究?

然而筆者以爲,若是要將《詩毛氏傳疏》置於《詩經》解釋學的長流中,考察其學術特徵及形成,這個問題就不容忽視。《詩經》解釋學史往往是將歷代解釋的複雜情形有機綰合(繼承前代《詩經》解釋學的成果,並在對其批判的基礎上構建自己的解釋理念和方法)而構成的。當陳奐一面想要繼承和發展既有的學問體系,又同時想要構建新的學術方法時,問題就浮現了,矛盾在他的《詩經》研究中體現了出來。這正是一個極好的案例,可以藉以考察《詩經》解釋學史上的普遍問題。從這個意義上來説,就必須認真地考察陳奐所謂"墨守"的意思。

《詩毛氏傳疏》中混雜了相互矛盾的研究方法,是由陳奐的師承導致的。他所受教的段玉裁及王念孫、王引之父子,繼承了由戴震開拓的《詩經》研究。陳奐繼承了他們的《詩經》研究成果,但段玉裁與二王的研究旨歸有很大的不同。因此,既然陳奐是繼承他們的成果而完成了《詩毛氏傳疏》,他的《詩經》研究中也就混雜了不同的方法。在上文提到的兩方面中,第一項主要是對王念孫、王引之學問的繼承,第二項則可說是對段玉裁學問的繼承。從這裏也可以看出,在戴震之後,伴隨

[①] 林慶彰、楊晉龍主編的《陳奐研究論集》(臺灣中研院中國文哲研究所籌備處,2000年)集合了此前陳奐研究的成果。

著考據學的發展，戴震的考據學目的被很大地改變了，即是說，清朝考據學在學術上成熟的同時，也發生了質的變化。戴震曾有整體的設想，即以字義考證超越前人的《詩經》學，並建立他自己的《詩經》學體系。到段玉裁那兒，將之換成了對《詩序》《毛傳》等漢學權威解釋的疏通；而二王則放棄了對整體性的追求，專注於對字義考證的精益求精①。

陳奐不惜犧牲學術方法的一貫性也要堅持對於《詩序》《毛傳》的疏通，將後者當作他的《詩經》研究中最重要的部分。那麼，這究竟是怎樣的疏通呢？陳奐是基於怎樣的眼光、運用怎樣的理論來疏通《詩序》和《毛傳》的？換個角度說，同樣是遵奉《詩序》和《毛傳》之旨，陳奐的《詩經》研究却與《鄭箋》《正義》相異，其關鍵何在？既然陳奐認爲通過墨守《詩序》和《毛傳》，就可直達詩的原意，那麼問題就不外乎：他認爲應該如何解釋《詩經》中的詩篇？

爲了考察這個問題，需要將陳奐的詩篇解釋放入歷代《詩經》解釋學的整體中重新審視。尤其是它與宋代《詩經》學之間的關係，雖歷來被看作如水與油般截然分明，從未被納入考察的視野②，却是不能忽視的。在宋代，研究者

---

① 見拙文《從戴、段、二王論清代詩經學的變化》(《清朝詩經學の變容——戴、段、二王の場合》)，慶應義塾大學文學部《藝文研究》第 62 號，1993 年。另請參考拙文《戴震的〈詩經〉學——〈杲溪詩經補注〉的立場與方法》(《戴震の詩經學——〈杲溪詩經補注〉の立場と方法》)，《日本中國學會報》第 44 集，1992 年。

② 討論宋代與清代《詩經》學關係的論文，有胡念貽《論漢代和宋代的〈詩經〉研究及其在清代的繼承和發展》(《中國古代文學論集》，上海古籍出版社，1987 年)、郭全芝《〈毛詩後箋〉與〈詩毛氏傳疏〉比較》(《文獻》，2001 年 7 月第 3 期，後收入氏著《清代〈詩經〉新疏研究》，安徽大學出版社，2010 年 3 月)。另外郭書還收錄了《〈詩毛氏傳疏〉與〈詩集傳〉》一文，專門討論陳奐與朱熹的學術關係。以上論文與筆者的研究很有關係，可參考。

放棄了秦漢以來"依據《序》《傳》《箋》解釋《詩經》"的先入爲主觀念,開始認真地考慮怎樣纔是真正的《詩經》解釋。經過如此錘煉的宋人的《詩經》解釋方法,在《詩經》解釋學史上具有決定性的意義。它的影響如何,對於考察清朝考據派《詩經》學的解釋方法而言,也是重要的一點,必須加以探討。

在這樣的考察過程中,筆者發現《詩毛氏傳疏》的經說中,有數處可以認爲是源自歐陽修在《詩本義》中展開的議論,因此就必須認真考察兩者間的學術關係。

衆所周知,宋代《詩經》學對漢唐《詩經》學所依據的《詩序》《毛傳》《鄭箋》等權威正面發出挑戰,以"人情"爲根本,闡釋自己對《詩經》的解釋,南宋的朱熹是其集大成者,而歐陽修的《詩本義》則是其先驅性質的著作。高自標榜"謹守《毛傳》"的陳奐,其《詩經》學正在宋代《詩經》學的對立面。實際上,《詩毛氏傳疏》中幾乎找不到直接引用歐陽修《詩本義》經說的例子。筆者目之所及,只有《詩毛氏傳疏·邶風·擊鼓疏》之一例:

> 歐陽修《詩本義》引王肅云:"爰居"而下三章,衛人從軍者與其室家訣別之辭。①

這也只是爲了介紹《詩本義》中引用的三國魏王肅的詩説

---

① 《擊鼓》第三章"于嗟闊兮,不我活兮。于嗟洵兮,不我信兮",鄭玄認爲,這是士兵受不了衛國州吁的粗暴傲慢、臨戰逃亡後,剩下的兵士對於戰友背叛了與自己同生死誓言的嘆恨之辭。歐陽修批評這個解釋不合理,他支持魏人王肅的説法,認爲是士兵出征之際與妻子訣別的話語。陳奐首先認爲,鄭玄的觀點依據三家詩的説法而來,因此與毛亨的解釋不同;然後指出王肅的觀點纔是對《毛傳》的正確理解。

而已,並非關注於歐陽修的經説本身①。況且清代朱彝尊《經義考》中早已引用過這一條②,陳奂或許只是轉引而已。

不過,《詩本義》被收入《通志堂經解》《四庫全書》,且筆者管見所及,陳啓源③、戴震④、錢大昕⑤等人的《詩經》研究著作中都引用了《詩本義》。另外,陳奂的同輩、密友胡承珙曾一度被陳奂認爲是取代自己、集《毛詩》研究之大成⑥,胡著《毛詩後箋》中多取宋、元、明《詩經》學者之説而加以議論,其中多次出現了歐陽修的詩説⑦。這説明,清代學者認爲《詩本義》是值得參考的著作,而且陳奂客觀上也具備接觸到這本書的條件,他很可能見過這本書。如此説來,那麽他自己的作品中幾乎没有直接引用歐陽修的詩説,就是有意爲之的了。

---

① 《玉函山房輯佚書·經編·詩類·毛詩王氏注》也從歐陽修《詩本義》中輯出了王肅的這條詩説。不過檢諸目録,王肅《毛詩注》二十卷只著録到《新唐書·藝文志》爲止,《宋史·藝文志》未著録。另外,歐陽修參與編纂的《崇文總目》中亦未著録。因此,歐陽修實際上是否見到了此書,若見過又是以怎樣的形式,這仍無法確定。或許是《毛詩正義》引用王肅的詩説"王肅云:言國人室家之志,欲相與從生死,契濶勤苦而不相離,相與成男女之數,相扶持俱老",歐陽修只是將此概括了一下,這也是有可能的。
② 《經義考》卷一〇一《詩》四之《毛詩音·佚》之注。
③ 《毛詩稽古編·周南·關雎》云:"歐陽修《本義》云'不取其摯,但取其別'。"(《皇清經解》卷六〇)
④ 《經考附録》卷三"詩之編次"云:"歐陽永叔曰:正變之風,十有四國,而其次比莫詳……"(《戴東原先生全集》,復印安徽叢書景印歙縣許氏藏汪氏不疏園初寫本,臺灣大化書局,1978年,第517頁)
⑤ 《潛研堂文集》卷六"答問三"云:"歐陽永叔乃謂別有拙烏處鵲空巢,今謂之鳩,與布穀絶異。"(吕友仁校點本,上海古籍出版社,1989年,第71頁)
⑥ 陳奂《師友淵源記》云:"唯專意於毛氏《詩傳》。志術既同,往復討論,不絶於月,竊謂墨莊治《詩》有年,於毛氏經傳必爲完書,故已所治詩,特編爲義類。及其病革之日……乃至所治毛氏條列章句,不爲完書,奂遂奮焉以義類揉疏。"
⑦ 例如,同書卷一關於《周南·關雎》云:"歐陽《本義》疑於摯爲猛鷙,且謂雌雄皆有情意,孰知雎鳩之情獨至。其説固矣。"此書卷一僅關於《周南》就有五處引用歐陽修的詩説。

可以推測,陳奐大概認爲歐陽修的《詩經》學完全没有價值。不僅是歐陽修,蘇轍、吕祖謙、朱熹等宋代學者的名字也同樣極少出現①。《詩毛氏傳疏》條例有云:

  有足以申明毛氏者,《鄭箋》、《孔疏》與今人説詩家亦皆取證。

似乎他認爲宋代學者並不算在"足以申明毛氏者"的範圍内。對此,我們或許應當看成是陳奐作爲純粹的漢學之徒的矜持。

像這樣,陳奐認爲《詩本義》與自己的學術立場不同,然而他的《詩毛氏傳疏》却實際上繼承了《詩本義》的經説,如此一來,這裏面就包含了重要的問題。本章即擬通過分析實例來檢查二者的關係是否的確存在,如果存在,又有何意義。通過這樣的考察,可以弄清陳奐《詩經》研究的特點,並且能從與以往不同的新視角出發,對於上文提到的"陳奐用怎樣的方法疏通《毛傳》"這一問題作出解答。再有,如果説陳奐是從學術方法上極力排斥宋代《詩經》學的一個典型,那麽他與宋代《詩經》學創始人歐陽修之間的關係,就是考察宋代《詩經》學與清代《詩經》學之間關係的最佳樣本,可以説這是重新認識宋代《詩經》學與清代《詩經》學兩者本質特色的好機會。它同樣也是探討另一個問題的切入點,即到陳奐的時代爲止,歐陽修在《詩本義》中提出的經説及《詩經》研究方法在多大程度上被接受?還有,通過考察,筆者也期待著證明一點:在"《詩經》解

---

① 關於《詩毛氏傳疏》的引用文獻,據前面提到的郭全芝論文中統計,除十三經之外的先秦文獻有三十一部左右,漢代文獻四十部左右,魏晉南北朝至唐代文獻二十部以上,清人文獻六七十部。而宋代文獻十幾部,明代則不滿十部。論文中指出了陳奐"一般只引用唐以前的古文獻及近人之説"的特點(第204頁)。

釋學與文學之間的關聯"這一課題上，宋代《詩經》學也具有重要的意義。

二、實例考察

以下，本文將對能體現出《詩本義》與《詩毛氏傳疏》在觀點上有相似性的經説，按照關係的性質分别作一討論。

（一）字義考證的相關例子

據《詩序》及《毛傳》，《邶風·二子乘舟》一詩的寫作背景是這樣一則軼聞：衛宣公爲兒子伋迎娶齊女，自己却被其美貌打動，占爲己有，生下兩個兒子壽、朔。宣公聽信了朔及其生母對伋的污蔑，假意派伋到齊國去，却命刺客在途中將他殺死。壽知道了此事，將原委告知伋並阻止他前去，但伋答道"不可違背君命逃走"，不肯聽從。壽因此盜走了伋的節，並趕在伋的前頭上路，自己代替伋被刺客殺死了。伋後到，責備刺客："主君命你取我性命，壽有何罪，你要將他殺死？"最終也被殺了①。詩的開頭兩句是：

　　二子乘舟，汎汎其景。

對此，《毛傳》云："國人傷其涉危遂往，如乘舟而無所薄，汎汎然迅疾而不礙也。"

如何解釋其中的"不礙"是關鍵點，《正義》未對"礙"字特别加以解釋，因此可以推測是按字面意思解釋成"妨礙"的。

歐陽修批評《毛傳》的解釋説："據《傳》言，壽、伋相繼而往，皆見殺。豈謂汎汎然不礙？引譬不類，非詩人之意也。"他

---

① 除本詩的《毛傳》之外，《春秋左氏傳·桓公十六年》也記載了事情的經過。

對這首詩的解釋是:"以譬夫乘舟者,汎汎然無所維制,至於覆溺,可哀而不足尚。亦猶《語》謂'暴虎馮河,死而無悔'也。"

此處歐陽修對於《毛傳》中"礙"字的解釋與《正義》相同,認爲"不礙"就給人自由、無拘束的印象,而壽爲了補償母親和弟弟的惡意及父親的不公,代替兄長以身赴死;伋則唯恐違背父親的命令,明知會被殺死仍踏上不歸之路。歐陽修認爲這兩兄弟的事情用"不礙"來比喻是不恰當的,因此他批評《毛傳》的解釋不合理。

而陳奐對"礙"字的解釋是:

> 《説文》:"礙,止也。"傳意以迅疾不止釋經中"景"字,與遠行之意正合①。汎汎,流貌。

與《正義》不同,陳奐將"礙"解釋爲"止",因此認爲詩中叙述了船越行越遠並不停留的樣子。這樣一來,兩兄弟明知會被殺還是奔赴死地,逐漸遠離了給他們送別的人,可以認爲詩句就是比喻這一情景的。而且這樣一來,也就可以認爲《毛傳》中"不礙"的訓詁正確地把握了詩的原意。陳奐依據《説文解字》的釋義來叙述這一觀點,而不用通常的意思來解釋"礙"字,是因爲若像《正義》那樣將"礙"解釋爲"妨礙"就會在解釋詩句時生出問題,而他想要消除這樣的問題、使《毛傳》對詩句的解釋合理化。他考慮的問題與歐陽修一致。換言之,關於這句詩的合理解釋究竟是怎樣的,歐陽修與陳奐觀點一致。不同的

---

① 順帶説一下,王引之《經義述聞》卷五"汎汎其景"條認爲"景"爲"憬"字之假借。王引之據《魯頌・泮水》中"憬彼淮夷"之句下《毛傳》所云"憬,遠行貌",認爲可以與本詩第二章"汎汎其逝"解釋爲同一個意思。《毛詩後箋》採用這一説法。陳奐當然也知道王引之的觀點,但《詩毛氏傳疏》中没有發現這一觀點的痕跡。其理由無法確知,總之他的解釋是更接近於歐陽修的觀點。

只是,在這個相同觀點的基礎上,歐陽修批判《毛傳》並提出自己的解釋,陳奐則爲了使《毛傳》的説法顯得正當而作了考證。

(二) 與比喻認識相關的例子
(二)—1 《周南·關雎》

關關雎鳩,在河之洲。窈窕淑女,君子好逑。

關於此詩中所詠的"關雎"之鳥,《毛傳》云:"雎鳩,王雎也。鳥摯有別。"對此,鄭玄云:"摯之言至也。謂王雎之鳥,雌雄情意至,然而有別。"考慮到"摯""至"發音相同而如此解釋。孔穎達《毛詩正義》也認爲鄭玄的説法正確理解了《毛傳》的意思,並進一步爲之疏通。對此,歐陽修這樣批判道:

> 先儒辨雌雄雎鳩者甚衆,皆不離於水鳥,惟毛公得之曰:"鳥摯而有別。"謂水上之鳥,捕魚而食,鳥之猛摯者也。而鄭氏轉釋摯爲"至",謂雌雄情意至者,非也。鳥獸雌雄皆有情意,孰知雎鳩之情獨至也哉? 或曰:詩人本述后妃淑善之德,反以猛摯之物比之,豈不戾哉? 對曰:不取其摯,取其別也。雎鳩之在河洲,聽其聲則和,視其居則有別,此詩人之所取也。

《正義》認爲《傳》《箋》正確而爲之疏通,歐陽修則認爲鄭玄錯會了《毛傳》的原意。《正義》認爲《傳》《箋》一體,歐陽修却將兩者分開考慮,認爲《傳》意正確而《箋》語有誤。另外還值得注意的是,對於"用兇猛的鳥比喻后妃是否不合適"這一疑問,歐陽修的解決方法依據了他獨特的比喻理論:詩人在比喻一個事物時,只關注喻體的某一個特徵,而捨弃了喻體的其他屬性[1]。

---

[1] 請參考本書第四章。

而《詩毛氏傳疏》中認爲:"定本作'摯',《釋文》'摯'本作'鷙','摯'與'鷙'同,'摯有別'者,雌雄別居。"

陳奐與歐陽修一樣,認爲《毛傳》中"摯"字是兇猛之意,沒採用《鄭箋》中"摯＝至"的説法。他在此雖未提及"用猛禽來比喻文王和大姒是否不合適"的問題,但這可能是因爲他認爲此問題已經解決了。從戴震《杲溪詩經補注》的如下説法中就可以瞭解:

> 箋説非也。古字"鷙"通用"摯"。……雎鳩之有別,本於其性成。是以詩寄意焉。凡詩辭於物,但取一端,不必泥其類。

戴震在此與歐陽修一樣將《毛傳》《鄭箋》分開,認爲《毛傳》是正確的。他對於"用猛禽比喻文王和大姒不合適"這一疑問的反駁,也援用了歐陽修的比喻理論。陳奐的經説從文本上爲戴震之説提供了確證,他的理論本身就依據了戴震的學説,考慮到"戴震——段玉裁、二王——陳奐"這樣的師承關係,這是很自然的。可能是由於陳奐認爲比喻的問題已經通過戴震的考證解決了,因此他在《詩毛氏傳疏》中就沒有再特意對此加以説明。這樣看來,更可以説陳奐的經説是在歐陽修研究成果的基礎上形成的。而且從中我們也可以知道,在陳奐的時代,歐陽修的比喻理論已被廣泛地接受了。

(二)—2《王風·采葛》

> 彼采葛兮,一日不見,如三月兮。
>
> [傳]興也。葛,所以爲絺綌也。事雖小,一日不見於君,憂懼於讒矣。
>
> [箋]興者,以采葛喻臣以小事使出。
>
> 彼采蕭兮,一日不見,如三秋兮。

[傳]蕭,所以共祭祀。
[箋]彼采蕭者,喻臣以大事使出。
彼采艾兮,一日不見,如三歲兮。
[傳]艾,所以療疾。
[箋]彼采艾者,喻臣以急事使出。

如何解釋"采葛""采蕭""采艾"是問題的關鍵。《毛傳》認爲這三個行爲是大臣的實際工作,《鄭箋》認爲這是比喻大臣工作的輕重,而歐陽修則認爲這些都是無關緊要的工作,並不是那些身處高位、受人嫉妒、必須擔心可能有人進獻讒言、導致自己失去君主的信任的大臣必須親力親爲的工作,那麼即便是作爲比喻,用來比喻大臣工作的輕重也並不合適,所以《傳》《箋》的解釋都有誤①。

歐陽修進而認爲,這些雖是極細微的小草,但一點點地采下、集在一起後就會變得很多,這用來比喻雖是小事上的讒言,若反復説的話,原本不肯當真的君主也會最終相信這些中傷的言辭②。

而陳奐的觀點是:

> 興者,采之爲言事也。采葛、采蕭、采艾,皆事之小者。讒之進而事每始於細小,故以爲喻。……《傳》云"事雖小,一日不見於君,憂懼於讒矣"者,此總釋全章之義,

---

① 《詩本義》原文如下:"采葛、采蕭、采艾皆非王臣之事,此小臣賤有司之所爲也。讒人者害賢材,離間親信,乃大臣賢士之所懼,彼詩人不當引小臣賤有司之事以自陳。此毛、鄭未得於詩,而強爲之説爾。故毛直以謂采葛者自懼讒,而鄭覺其非,因轉釋以爲喻臣以小事出使者,二家之説,自相違異,皆由失其本義也。"

② 《詩本義》原文如下:"《本義》曰:詩人以采葛、采蕭、采艾者,皆積少以成多,知王聽讒説,積微而成惑,夫讒者疏人之所親,疑人之所信,奪人之所愛,非一言可效,一日可爲。必須累積而後成,或漸入而日深或多。"

言其事雖甚細小,然君子之於君,一日不見,已爲讒人所毀,故憂懼及之。"葛爲絺綌""蕭供祭祀""艾以療疾",此唯解物,不言興意,《箋》誤會《傳》,以小事專釋首章,蕭喻大事,艾喻急事,因又申説之,非是。

陳奐的意見是,《毛傳》以"采葛""采蕭""采艾"比喻小的讒言日積月累就會變成大的災難,但《鄭箋》錯誤解釋了《毛傳》的説法。且首章的《毛傳》云"事雖小……"是敘述本詩的整體意思,鄭玄却誤以爲這只是針對首章而言,因此有"第二章比喻'大事'、第三章比喻'急事'"這樣的附會。陳奐就是這樣通過説明鄭玄誤解了《毛傳》的意思,來確保《毛傳》的正確性。

與歐陽修不同,陳奐致力於證明《毛傳》的訓詁正確,然而二人在解釋方向上是一致的,且他們都認爲"采葛""采蕭""采艾"全是無關緊要的工作,用來比喻讒言而非比喻大臣的工作。這就是説,陳奐對《毛傳》之意的説明,與歐陽修的比喻解釋相吻合。

另外,由於《毛傳》中有"葛,所以爲絺綌也""蕭,所以共祭祀""艾,所以療疾"的説明,歐陽修認爲《毛傳》誤解爲"采葛""采蕭""采艾"都是真實的大臣工作,而陳奐則認爲這些不過是《毛傳》對"葛""蕭""艾"的百科辭典式的解釋,與詩句内容的解釋並無關係,從而使《毛傳》的内容顯得合理。這裏的邏輯是,除了與詩句解釋有關的内容之外,《毛傳》的訓詁中也包括了對詩句中出現的事物所作的百科辭典式的解釋。值得玩味的是,這與(二)—1中歐陽修處理"雎鳩摯(兇猛)"這樣的《毛傳》訓詁時所用的是同一個邏輯。可以説,陳奐的用意是想要運用歐陽修解詩的理論來對待歐陽修對《毛傳》的批判。

(三) 詩的主題(《詩序》)與詩句的關係

(二)—1 所引《關雎》首章的《毛傳》接下來説：

> 言后妃有關雎之德，是幽閒貞專之善女，宜爲君子之好匹。

《鄭箋》云：

> 怨耦曰仇，言后妃之德和諧，則幽閒處深宮，貞專之善女能爲君子和好衆妾之怨者，言皆化后妃之德，不嫉妒，謂三夫人以下。

《正義》對此的疏通大致可整理如下：

> 文王的后妃大姒雖然深愛著丈夫，但守著夫婦之別，退居在後宮深處，即便文王愛其他的女性，她也不嫉妒，而且她還爲丈夫尋找好的女性。由於后妃有這樣寬和的性格，因此住在深宮的貞淑善女能够作爲妃妾侍奉文王。

依據這個解釋，則詩中的"窈窕淑女"不是指正妃大姒，而是比大姒地位更低的、侍奉文王的妃妾(據《鄭箋》，則爲三夫人九嬪之一)。另外，本詩的序云："是以《關雎》樂得淑女以配君子。"據此，則是"后妃大姒爲丈夫文王尋覓淑女、請她嫁給文王"的意思①。

歐陽修批評這種説法，認爲"窈窕淑女"指的就是大姒本人。他的理由是：

> 如果如《傳》《箋》所言，"窈窕淑女"是三夫人九嬪中的一

---

① 《正義》云："后妃既有是德，又不妒忌，思得淑女以配君子，故窈窕然處幽閒，貞專之善女，宜爲君子之好匹也。以后妃不妒忌，可共以事夫，故言宜也。〇鄭唯下二句爲異，言幽閒之善女謂三夫人九嬪既化后妃不妒忌，故爲君子文王和好衆妾之怨耦者，使皆説樂也。"

人,本詩在描寫用來做喻體的雎鳩之後,就會説到三夫人九嬪的事情。但這也讓人疑惑,因爲此詩是歌詠文王和大姒的,詩中却也並無一語言及文王及大姒。

歐陽修認爲"古之人簡質,不如是之迂也",批評《傳》《箋》《正義》的解釋"此豈近於人情"。他根據自己對古人詩風的認識,解釋了詩的内容。

歐陽修認爲,如果根據《關雎》序中"《關雎》,后妃之德也"的説法,則詩中所歌詠的不可能是大姒以外的人,因此他批評《傳》《箋》《正義》的説法。也就是説,歐陽修與《傳》《箋》《正義》都是基於《詩序》來解釋本詩,但他批評《傳》《箋》《正義》在立場上與《詩序》相矛盾。對此,陳奐云:

> "窈"言婦德幽静也,"窕"言婦容閒雅也。古者女未嫁,女師教以婦德、婦言、婦容、婦功,后妃在父母家,有如是也。

陳奐認爲這首詩歌詠的是大姒嫁給文王前在父母家中涵養婦德時的事情。

> 《大明》傳"文定厥祥",言大姒之有文德也。即此云"窈窕淑女"也……言后妃有是德,是謂之善女,宜乎爲君子之好配也。

這裏是陳奐引用其他詩中的用例,來説明大姒＝善女(淑女)。而且,他對本詩《詩序》的解釋:

> 序云:"是以《關雎》樂得淑女以配君子。"言作《關雎》詩者,在得淑女配君子也。

這與上文所述《傳》《箋》《正義》的説法不同,而與歐陽修的解釋一致。

那麼,關於本詩的解釋,陳奐是認爲《毛傳》《鄭箋》錯了嗎? 並非如此。他説:

> 鄭玄作《箋》云:"后妃善女能爲君子和好衆妾之怨。"《樛木》箋"后妃能和諧,衆妾不妒忌其容貌",鄭亦以淑女指后妃……《正義》謂"后妃思得淑女以配君子",失《傳》《箋》之恉矣。

也就是説,他認爲《傳》《箋》的解釋本是正確的,但爲之疏通的《正義》誤解了毛亨和鄭玄的意圖。

來看陳奐論證《鄭箋》正確的過程。陳奐引用《鄭箋》的内容,作"后妃善女能爲君子和好衆妾之怨",而上文所引十三經注疏本《毛詩正義》的《鄭箋》作"言后妃之德和諧,則幽閒處深宫,貞專之善女能爲君子和好衆妾之怨者",比較之下可知,陳奐是將加點的文字連綴成了一句。將陳奐的理論詳細説明一下,則對這一句的解釋是:

> 后妃之德寬和,静静住在深宫,是貞淑專一的善女,因此能收服衆妃妾中心懷怨憎者,與她們友好相處。

不可否認,這種省略的方式有點强詞奪理。而《正義》對《鄭箋》中這句話的解釋是:

> 后妃之德温柔寬和,因此静静住在深宫的貞淑專一的善女(被后妃之德感化,没有嫉妒之心,又去感化别人)能消除衆多妃妾中懷有怨憎者心中的怨憎,與她們友好相處。

在《正義》的解釋中,"后妃"與"淑女"指不同的人。如上文所叙述的,作爲對於整句話的疏通,《正義》的説法給人曲折繞遠的印象,但這裏對《鄭箋》的理解,《正義》却比陳奐更自然。

從陳奐《詩經》學的基本姿態來看,維護《鄭箋》的正確性本不是必要的。但儘管如此,陳奐仍然寧可強詞奪理也要證明《鄭箋》正確,這是因爲《鄭箋》是對《毛傳》的忠實敷衍,因此,證明《鄭箋》正確就能更好地支持《毛傳》吧。

歐陽修依據《正義》的疏通來解釋《傳》《箋》,批評《傳》《箋》有誤;而陳奐則認爲《正義》的疏通有誤,《傳》《箋》對詩的解釋是正確的。就這一點來說,歐陽修與陳奐對《傳》《箋》的解釋正好相反。不過,二人解釋的方向是一致的,他們都認爲"后妃"即"淑女"。而且二人也都認爲是《正義》錯了。只有涉及與此相關的、"如何評價《傳》《箋》之經説"這一問題時,二者的觀點纔有所不同。陳奐認爲《正義》對《傳》《箋》的解釋有誤,將歐陽修指出的解釋上的問題歸於《正義》,從而維護《傳》《箋》的正確性。即是說,陳奐採取了歐陽修的解釋,而避開了歐陽修對《傳》《箋》的批評。

在這個例子中,關於《傳》《箋》如何理解並解釋《詩序》,陳奐的見解與《正義》不同,而是繼承了歐陽修的觀點。對此,還可舉出《周南·螽斯》的例子加以説明,筆者在另外的文章中已有詳細論述,敬請參考①。

(四) 關於如何把握句子結構的問題

《邶風·柏舟》的第二、三章中,同樣結構的句子出現了三次。以下引用這幾句,並附上《毛傳》及《鄭箋》:

> 我心匪鑒,不可以茹。
> [傳]鑒,所以察形也。茹,度也。

---

① 請參考本書第一章。

[箋]鑒之察形,但知方圓白黑,不能度其真僞,我心非如是鑒,我於衆人之善惡外內,心度知之。

我心匪石,不可轉也。我心匪席,不可卷也。

[傳]石雖堅,尚可轉,席雖平,尚可卷。

[箋]言己心志堅平,過於石、席。

《正義》認爲《傳》《箋》觀點一致,爲之疏通。這個觀點認爲,第二、三章中同樣句式結構的詩句在意義結構上有所不同。歐陽修針對這一點批評了《傳》《箋》。他的意見可總結如下:

本詩的第二、三章既然是同一構造,意思也應該是相似的。那麼第二章就很明顯是"鑒雖能……我心非鑒,不能……"的意思,《傳》《箋》沒有解釋成這樣,是錯誤的。錯誤的原因是《毛傳》將"茹"訓釋爲"度"。"茹"應如《大雅·烝民》"柔則茹之,剛則吐之"中那樣,是"納"的意思。這就是說,第二章這一句的意思是:"鏡子能夠不論美醜,將所有的形態都容納映照出來,本詩主人公的心與鏡子不同,無法不分善惡地容許所有事物,只能容納善而摒棄惡。由於他無法容忍將善惡一股腦接受這樣的不潔行徑,所以受到君主身邊小人們的嫉妒,由是不遇。"①

而陳奐認爲鄭玄採納了三家詩的觀點,其訓釋與《毛傳》

---

① 《詩本義》的原文如下:"'我心匪鑒,不可以茹',毛、鄭皆以'茹'爲'度',謂鑒之察形,不能度真僞,我心匪鑒,故能度知善惡。據下章云,'我心匪石,不可轉也。我心匪席,不可卷也',毛、鄭解云:'石雖堅尚可轉、席雖平尚可卷者,其意謂石、席可轉卷,我心匪石、席,故不可轉卷也。'然則鑒可以茹,我心匪鑒,故不可茹,文理易明,而毛、鄭反其義以爲鑒不可茹,而我心可茹者,其失在於以'茹'爲'度'也。……蓋鑒之於物,納影在內,凡物不擇妍媸,皆納其景,時詩人謂衛之仁人,其心非鑒,不能善惡皆納,善者納之,惡者不納,以其不能兼容,是以見嫉於在側之群小而獨不遇也。"

不同:

"茹,度",《爾雅·釋言》文。鑒所以察形之物,我心匪如鑒,人不可以測度於我意,承上章而言。我心之隱憂,人無有能明其志者耳。"匪鑒,不可茹",於下文"匪石,不可轉""匪席,不可卷"句法一例。箋謂鑒之察形,不能度其真偽,我心度知衆人之善惡外内,但經明言鑒可度,我心不可度,依鄭説則爲鑒不可度,而我心可度矣。

陳奐認爲《傳》《箋》説法不同,由是維護了《毛傳》的正確性。與歐陽修相同,他在此也是根據"同樣句式結構的詩句應該在意義結構上也相同"這一觀點認爲《箋》有誤。歐陽修把《傳》《箋》出錯的原因歸結到《毛傳》"茹,度也"的訓釋上,陳奐則認爲《毛傳》的訓詁無錯。爲此,他不但要將第二、三章以同樣的結構解釋,同時也要使"茹,度(度量)也"的解釋能成立。於是,在陳奐那裏,"茹"的主語就與前人的觀點不同,句子被解釋成"別人無法像看鏡子那樣看見我的内心",他想要以此來解決問題。這樣看來,解釋本身雖不一樣,歐陽修和陳奐在解釋問題的方向上却顯示出了一致性。

(五) 對於詩歌結構的認識

《鄭風·女曰雞鳴》云:

女曰雞鳴,士曰昧旦。子興視夜,明星有爛。將翱將翔,弋鳧與雁。

弋言加之,與子宜之。宜言飲酒,與子偕老。琴瑟在御,莫不静好。

> 知子之來之,雜佩以贈之。知子之順之,雜佩以問之。知子之好之,雜佩以報之。

《箋》對於本詩結構的認識是:首章是夫妻對話,第二章和卒章是主人對客人說的話。本詩中雖然各章都有用"子"字的句子,但依照鄭玄的理解,首章的"子"是妻子對丈夫的稱呼,而另外兩章中的"子"則是主人對客人的稱呼①。《正義》承此,認爲《傳》《箋》的解釋相同。

而歐陽修則批評《鄭箋》的解釋無視詩歌的結構,他的意見如下:

> "女曰雞鳴,士曰昧旦",是詩人述夫婦相與語爾。其終篇皆是夫婦相語之事,蓋言古之賢夫婦相語者如此,所以見其妻之不以色取愛於其夫,而夫之於其妻不說其色,而內相勉勵以成其賢也。而鄭氏於其卒章"知子之來之",以爲"子"者是異國之賓客,又言豫儲珩璜雜佩,又云雖無此物,猶言之以致意,皆非詩文所有,委曲生意而失詩本義。

此處歐陽修雖云"其終篇皆是夫婦相語之事",但實際上從以下的文字中可知,他認爲的"本義"是這些話都是妻子對丈夫說的:

> 謂婦勉其夫早起,往取鳧雁,以爲具飲酒。歸以相樂,御其琴瑟,樂而不淫,以相期於偕老。凡云子者皆婦謂其夫也。其卒章又言知子之來,相和好者當有以贈報之。以勉其夫,不獨厚於室家,又當尊賢友善,而因物以

---

① 第二章的《鄭箋》云:"子,謂賓客也。"《正義》於首章疏通云:"夫起即子興也。"而第二章則根據《鄭箋》云:"我欲爲加豆之實,而用之與子賓客作肴羞之饌。"

結之。此所謂說德而不好色。以刺時之不然也。

在他的解釋中,關鍵點在於"凡云子者皆婦謂其夫也"。這大概是因爲,關於這一首詩内部的結構,《鄭箋》認爲前後對話的對象有所變化,而歐陽修則批評《鄭箋》的觀點,認爲不可能是這種散漫的結構。而全篇中出現的"子"字應當指同樣的内容,這可以作爲一個根據,使他的考證充分成立。

而陳奐也用了同樣的根據批評《鄭箋》:

> 案此篇詩意皆蟬聯直下。首章之"子"與二章兩"與子"、三章三"知子"皆女謂士之詞。箋以爲賓客,則與首章之"子"不同義矣。

陳奐解釋首章"女曰雞鳴,士曰昧旦"之"曰"云:"曰,語詞。"將之解釋成"女雞鳴而起,士昧旦而起"。也就是說,他認爲這兩句不是夫婦的對話,而是客觀描寫的句子。既然認爲是客觀描寫,則妻子對丈夫說"子興視夜……"以下全部都是妻子對丈夫說的話。考慮到歐陽修的解釋也認爲從第三句以下全是妻子對丈夫說的話,那麼陳奐應當是爲了使結構更緊密,將"曰"字解釋爲虛字,並認爲詩中並非對話,而是單方向的說話。這就是說,陳奐對於詩篇結構的觀點,基本上依據了歐陽修的觀點。

三、歐陽修與陳奐的關聯方式

上一節討論的多個例子中,體現出了歐陽修與陳奐思路的若干相同之處,現整理如下:

(一)、(二)—2、(三)對於"如何解釋詩、《詩序》方爲合理"這一問題的觀點。

(二)—1 認爲用某一事物作喻體時,詩人關注這個事物的一個方面,不必要求喻體和本體完全對應。

(四)認爲同樣結構的詩句應當在意義結構上也是一致的。

(五)認爲一首詩中,像突然變換前後描寫的主體或者説話對象等這樣的散漫結構是不可能的。

還有一個思路也應該算在裏面:如(二)—1、(二)—2中所顯示的,《毛傳》中有針對詩中事物所作的百科辭典式的補充説明,這些説明未必全是對於詩中描寫情形的注釋。

由此看來,確實應該説《詩本義》和《詩毛氏傳疏》在解釋《詩經》的思路上有相似之處。而且這種相似不僅是如(一)、(二)—2、(三)諸例所體現的字義考證這樣部分的、個別的相似,而且有(二)—1、(四)、(五)諸例那樣,涉及如何把握詩歌結構及内容的、在從整體上和本質上把握詩歌方面的相似。在這些例子中,我們感到,陳奂是以歐陽修《詩經》學所提示的設計圖爲藍本來進行自己的考證。當然,二者的關係很複雜,陳奂有幾乎原封不動地繼承歐陽修論點的例子,也有一些議論是以駁斥歐陽修之批判的形態出現的。不過,即便是第二種情況,陳奂"是否必須通過考證解決某個問題"這樣的關注點仍然與歐陽修相同,那麼他的解釋思路仍然是從歐陽修那裏繼承來的。可以説,歐陽修的經説爲陳奂指明了考證的方向。

當然,在上一節舉出的例子中,没有能説明《詩毛氏傳疏》參考歐陽修《詩本義》的句子。而且筆者也並不認爲陳奂直接參考並引用過歐陽修《詩本義》的説法。筆者在本書第一章中,曾通觀《周南·螽斯》一詩的解釋史,並指出:陳奂對此詩《詩序》的見解,是南宋金履祥提出的,被後來的歷代學者所採納,而形成這一觀點的思路最初出現在歐陽修的經説中。這可以作爲一個例子,説明宋代《詩經》學者提出的學説被後來元明清的學者們接受、納入自己的研究,並獲得普及,成爲不需追溯源頭的常識,而陳奐也從中取用。在(一)中"歐陽修→戴震→陳奐"的形式也能發現這樣的經説接受方式。陳奐或許都沒有意識到,自己採用的解釋可追溯到歐陽修的經説。

不過,即便如此,我們在考察陳奐《詩經》學的特點時,仍不可不關注他自己(可能)沒意識到的學説源流問題。而且應該説,假使陳奐沒意識到,他的思考程序却已經接納、融和了歐陽修的思考方式,那麽説明歐陽修《詩經》研究在更本質的層面上影響了陳奐。要談陳奐的《詩經》學,歐陽修的《詩經》學確實相當重要。

《詩本義》作爲一部自成體系的著作,最早通過對《詩序》《毛傳》《鄭箋》等奠定漢唐《詩經》學基礎的學説作批判性的研究,開創了宋代《詩經》研究的道路。尤其是,歐陽修的議論並非漫無目的,而是在他獨特的《詩經》觀的基礎上形成了一以貫之的方法,它推動了後來的《詩經》研究。而且,無論陳奐是否直接參考了《詩本義》,像上一節中所體現的,使陳奐經説得以成立的研究視角及方法,其開拓者應歸結爲歐陽修。所以,即便我們能把歐陽修與陳奐在個別觀點上的相似歸爲偶然,但使這些觀點得以產生的《詩經》觀和《詩經》研究理念是由歐陽修開創的,他具有決定性的地位。因此,二人的相似之處在於思路形成的方面,對此進行研究是有意義的。如果我們要將視線集中在出發點和終點上來把握《詩經》學發展的樣貌,那麽將問題集中到歐陽修與陳奐的關係這一個點上、認爲陳奐受到了歐陽修學説的影響,就是正確的。

如果説陳奐以一種禁欲的方式追隨《詩序》與《毛傳》,立志復原漢代《詩經》學,而他的《詩經》解釋却在思路上受到了以超越漢唐《詩經》學爲目標的歐陽修的深刻影響,那麼這就與另一個問題密切關聯,即清朝考據學所追求的漢學復古究竟是怎樣的。本文希望在這樣的宏觀觀察基礎上,對《詩本義》與《詩毛氏傳疏》之間關係的意義作一深入考察。

四、在對待《毛詩正義》上的共同之處

通過第二節的研究我們發現了歐陽修學說與陳奐學說之間的關聯模式,現整理如下:

1. 對歐陽修學說原封不動的蹈襲。《正義》認爲《傳》《箋》觀點一致,而歐陽修和陳奐則認爲《傳》《箋》觀點不同,《傳》正確而《箋》有誤。——(二)—1

2. 歐陽修以《正義》的觀點爲基礎,認爲《傳》《箋》觀點一致,並批判《傳》《箋》的觀點。而陳奐認爲《傳》《箋》觀點不同,《傳》正確而《箋》有誤。——(二)—2

3. 歐陽修以《正義》的觀點爲基礎,認爲《傳》《箋》觀點一致,並批判《傳》《箋》的觀點。陳奐雖也認爲《傳》《箋》觀點一致,却認爲是《正義》的疏通誤解了《傳》《箋》的原意,《傳》《箋》本來的觀點是正確的。——(三)

4. 《正義》雖認爲《傳》《箋》觀點一致,但歐陽修認爲《傳》《箋》觀點不同,且都錯誤。陳奐認爲《箋》沒有正確把握住《傳》的原意,《傳》的觀點是正確的。——(四)

5. 《正義》認爲《傳》《箋》觀點一致。歐陽修對《傳》不作評價,而認爲《箋》有錯誤。陳奐認爲《箋》的觀點錯誤,而《傳》的觀點正確。——(五)

6. 《正義》認爲《傳》《箋》觀點一致。歐陽修認爲《傳》有錯誤,而陳奐通過解釋維護《毛傳》的正確性。二人對《箋》都

無評價。——（一）

　　就《詩毛氏傳疏》這部著作的寫作主旨而言，陳奐所有的考證都歸結在證明《毛傳》之正確性上面，也是理所當然的。不過，在達成這個目的的具體操作中，他與歐陽修之間的關係可以分爲好幾種。二人的差別在於，如何看待《傳》《箋》之間的關係，以及如何看待《正義》的疏通。需要注意的是，雖説《正義》與陳奐同樣站在墨守《毛傳》觀點的立場上，但二者各自對《毛傳》的解釋以及把握詩篇整體意思的方式，都有很大的差別。同樣的，歐陽修與陳奐在《詩經》研究的指導方向上是對立的，但他們把握詩篇意思的方法則有很大的相似度，這也值得注意。換句話説，這是討論《詩本義》與《詩毛氏傳疏》之間關係問題的關鍵。

　　關於《詩本義》與《正義》的關係，筆者在本書第三章已分析過了。對於《詩本義》，一般多強調它是史上最早的真正批判《詩序》《毛傳》《鄭箋》觀點的著作。但歐陽修絶非無視《序》《傳》《箋》的學術價值。例如，最能説明這一點的是，他雖然對《詩序》部分地產生了疑問，但還是將《詩序》當做解釋詩篇的最佳參考。即是説，他的方法是將過去《詩經》研究的成果嚴格區分爲兩部分：應當採用的和應當批判的，並在吸收前者的同時展開自己的研究。筆者得出的結論是，對於不由分説地遵奉漢唐《詩經》學的體系性、關係性鏈條，歐陽修要解開它，這就是他重讀《詩經》、舊注的基礎背景。藉由這樣的方法，他一面接受《正義》的很大影響，一面避免被《正義》的體系性與統一性所束縛，而是將吸收來的成果自由地運用於他自己構想的《詩經》學體系之中。

　　可想而知，對於懷有這樣態度的歐陽修而言，將《序》《傳》《箋》視爲一體、爲之作綜合疏通的《正義》就成爲對抗的重要對象。那麽,歐陽修的做法是,無論是批評《序》《傳》《箋》之説還是採納它們,都不會毫無批判地接受《正義》對《序》《傳》《箋》的疏通,而是用自己的視線分別重新審視它們、重新考慮其含義。從"疏通《傳》《箋》"這一《正義》的方法中擺脱出來,對於過去的《詩經》研究重新進行個别審視,筆者認爲這是歐陽修《詩經》研究最重要的支點。

對陳奐的《詩經》學來説,將《傳》《箋》分開看待也是不可或缺的方法。陳奐《詩毛氏傳疏》自叙云:

> 唐貞觀中,孔沖遠作《正義》,《傳》《箋》俱疏。於是毛、鄭兩家合爲一家之書矣。近代説《詩》兼習毛、鄭,不分時代,不尚專修,不審鄭氏作《箋》之旨,而又苦毛義之簡深。猝不得其涯際,漏辭偏解,迄無鉅觀。二千年來,毛雖存而若亡,有固然已。

陳奐的老師段玉裁在《毛詩故訓傳定本小箋》的題辭中也表達了同樣的看法:

> 讀毛而後可以讀鄭。考其同異、略詳、疏密,審其是非。今本合一而人多忽之。不若分爲二、次第推燖也。

也就是説,從前的《詩經》研究都將《毛傳》和《鄭箋》看作一體來解釋,因此都没準確把握住《毛傳》和《鄭箋》的真實意思。而段、陳的方法是,反省過去《詩經》研究的不足,在此基礎上將《傳》《箋》分開看待,各作獨自研究,從而弄清二者的真實意思(當然,雖説是"二者的真實意思",段玉裁及陳奐想要弄清的主要是《毛傳》的《詩經》學)。那麽,給從前的《詩經》研究帶來方法上混亂的最初原因,就被歸於《正義》的疏通了。如此,他們超越了《正義》的框架,而直接面對《詩序》《傳》《箋》這些漢代的訓詁學著作,以學術態度進行自己的研究。

將《毛傳》《鄭箋》分開看待、重新把握它們各自所要敘述的意思，在這一點上歐陽修與陳奐的態度一致。而且，他們也都必須把《正義》看作直接對峙的對象。

　　在陳奐方法的先行者們看來，即使在宋代《詩經》學者之中，歐陽修"尊重《序》《傳》《箋》同時又批判它們"的方法，也占有獨特的位置。例如，朱熹等人的方法是：捨弃《詩序》《傳》《箋》這些漢唐時期對詩的解釋，把詩本身抽出來考察它的本義。陳奐認爲，要弄清詩的本來意思，就要追溯到最可信賴的漢代訓詁，因此對他而言，朱熹的方法有點走得太遠了。

　　而歐陽修的方法雖有"祖述者"與"批判者"這樣姿態的差異，但他與陳奐一樣，直接採用漢代的訓詁成果來構成自己的觀點，從這個意義上來看，他對於陳奐是很重要的參考對象。尤其是歐陽修不顧《毛詩正義》的解釋，將《詩序》《毛傳》《鄭箋》分開看待、探求各自的真正意思，這一點對於陳奐拋開《鄭箋》來探尋《詩序》和《毛傳》的本意、從而追究《詩經》本義應當是方法上的有益提示。這樣想來，歐陽修可以説是陳奐在《詩經》研究方面的先導。正是因此，陳奐的考證中纔有歐陽修的影子若隱若現吧。

五、歐陽修《詩經》研究對陳奐考據學的貢獻

　　上一節指出，歐陽修與陳奐在對待《正義》的態度上有相似之處。本節將進一步考察的是，歐陽修的經説對於陳奐考證的成立起了怎樣的作用。

　　陳奐對《毛傳》作疏證，爲何一定要利用歐陽修的學説？説到底，對《毛傳》的疏通究竟是怎樣的工作？

　　回過頭來看，《正義》爲《毛傳》和《鄭箋》作疏通有其正當

理由,那就是,鄭玄自己說明了《鄭箋》的寫作目的就是説明《毛傳》的意思①。

如上一節所見,陳奂將《毛傳》與《鄭箋》嚴格地區分開來,只據《毛傳》來解釋詩篇的意思。但對於把握整首詩的本義而言,《毛傳》中大多只是斷片式的字句訓詁②。要據此來理解詩篇,就需要某種解讀《毛傳》的理論。打個比方,《毛傳》就像珍珠,一條一條的訓詁無論怎樣正確、有價值,却是散落、没有穿在一起的珍珠。要從這些訓詁中獲取整首詩的意思,就必須有能將它們連綴在一起的理論,恰似珍珠必須由絲線穿連起來纔能成爲一件首飾一樣。既然《鄭箋》的寫作目的的號稱是"毛義若隱略則更表明",那麽《正義》注疏者依據《鄭箋》將《毛傳》連綴起來的這種思路就是有道理的。陳奂的方法與《正義》不同,他將《毛傳》與《鄭箋》割裂開來,那麽就必須獨自尋找一個可以連綴《毛傳》的理論來代替《鄭箋》。

關於陳奂《詩經》解釋的方法,學者們多有研究③。而且陳奂自己也在《詩毛氏傳疏》中有所説明,見該書凡例以及卷末所附《毛詩説》的《毛傳章句讀例》《毛傳淵源通論》等。其中的重要因素有對《爾雅》的援用、對荀子的詩説的重視、對鄭仲師和許慎的借鑒等。可以認爲,這幾個方面都在師承上與《毛傳》有密切的關係,是從學術親緣關係中尋找綴合《毛傳》的理論。

陳奂更是在《詩毛氏傳疏》中發現了《毛傳》的凡例(一般性的法則)並加以考察。這裏顯示了他的方法,即發現《毛傳》

---

① 請參考本書第三章第五節。
② 這一點已爲歐陽修指出,請參考本書第三章第五節。
③ 例如山本正一《陳碩甫小論》、林慶彰《陳奂〈詩毛氏傳疏〉的訓釋方法》、滕志賢《試論陳奂對〈毛詩〉的校勘》等,都收入前面出注的《陳奂研究論集》。

的内在理論並利用它對《毛傳》作疏通。其中的大部分都已在學者們的研究中被指出和分析過了,但爲了方便討論起見,此處仍將舉出數例:

[傳]爲全詩"薄"字發凡也。(《周南·芣苢》)

凡經文一字,《傳》文用疊字者。一言不足則重言之,以盡其形容者。例準此。(《邶風·谷風》)

蓋《爾雅》釋詩之例每存兩説,《毛傳》中亦用此例,皆傳聞異辭備存古訓也。(《邶風·匏有苦葉》)

[傳]既釋字之訓,又釋經之義。全詩《傳》例如此也。(《周南·關雎》)①

凡《傳》例先依經文次弟作解,後乃統釋經義,以發作詩者之旨。(《召南·野有死麕》)

全詩中有上章合下章發《傳》者,又有下章合上章發《傳》者。此其例也。(《齊風·東方之日》)

凡詩三章有末章與上兩章辭異者,又有末章與上二章辭同而意異者,毛公作《傳》,循辭之變,本意之殊,故往往不與上二章同訓。《箋》不然矣。(《周南·桃夭》)

凡言興體有寓意於言者,又有明言其正意者,是其例也。(《召南·草蟲》)

《傳》於首章言興以晐下章也,全詩放此。(《周南·樛木》)

如上所見,陳奂發現的凡例涉及多個方面,包括對特定文字和詞彙作訓詁的方法、指出《詩經》之修辭的方法、對於《詩經》詩篇結構的認識和相應的解釋體例等多個層面,從中可知,陳奂想要盡可能地使用《毛傳》的内在理論來解釋《毛傳》。

---

① 對《邶風·柏舟》(三/四 a)也有同樣的評論。

這也就是説,他試圖找出毛亨《詩經》解釋的一貫性理論,此理論僅從個別的《毛傳》訓詁中是無法發現的。然而,遺憾的是,這樣的凡例過於抽象,僅憑此肯定無法充分解釋每一首詩。根據凡例研究無法完全將《毛傳》的内容連綴起來,那麽就需要有另一個理論來完成這項任務。換言之,首先要將關於"詩歌應有之樣態"的觀點確立下來,並根據它來敷衍、疏通《毛傳》。那麽,這種"應有的樣態"究竟該從何處求得?在本章第二節討論的事例中,《詩本義》與《詩毛氏傳疏》的觀點有相似之處,這些相似的部分都顯示了歐、陳二人關於"詩歌應有怎樣的樣態"這一問題的觀點相近。也就是説,陳奂從歐陽修的《詩經》解釋中學到的最本質内容就在於此吧。

下面換個角度,來討論一下對於陳奂而言,歐陽修的《詩本義》利用起來有多便利。

對歐陽修的《詩本義》,歷代學者高度評價了他的持平態度,以及基於"詩人的感覺"的《詩經》解釋。他的詩人的感覺在考察個別字義方面,以及把握詩篇整體、探尋其意思的方面上都多有體現。在對比喻的解釋以及關於詩歌結構的意見等方面,這一點尤其顯著。他對於"優秀的詩歌是怎樣的"有著堅定的觀念,據此從詩篇應該怎樣書寫、應該怎樣結構這樣的見解出發,探求詩的本義。而《正義》及以前的《詩經》解釋則與此不同,它們雖然對詩中的每詞每句都有詳盡的考證,却不太從語詞之間、詩句之間的有機關係著眼,不太關注從整體上把握詩歌的意思[1]。

當陳奂探求連綴《毛傳》的理論時,歐陽修《詩經》研究中的這種特徵應當成爲他的重要參考對象吧。在第二節的(二)

---

[1] 請參考本書第四章。

中舉出的關於比喻解釋的觀點,以及(五)中舉出的關於詩歌結構的觀點,能顯著地表現出這一點。這樣想來,則或許可以說,歐陽修在考慮詩歌整體的基礎上說明詩篇的意思,這一方法爲陳奐所學習。打個比方,陳奐爲了將《毛傳》的一個個訓詁組合成詩篇整體的意思,就將歐陽修的解釋用作了設計圖。

*

當我們關注"不是作個别的字義考證,而是把握詩篇整體意思"的這一方法時,如以上的研究顯示的,陳奐的考證無疑受到了歐陽修《詩經》研究成果的影響。筆者在第一節中提出了這樣的疑問:"陳奐在《詩經》研究中最爲重視的是對《毛傳》的疏通,爲此他甚至犧牲了學術方法的一貫性,那麽這疏通究竟是如何做的?"根據上文的考察,很明顯,他的《毛傳》疏通並非只藉助於發現《毛傳》的内在邏輯這一方法。他有另外的方法,即利用歐陽修的邏輯將《毛傳》訓詁所示的一個個點連綴起來了。本來,陳奐批評一直以來的《詩經》研究態度,認爲"近代説詩,兼習毛鄭,不分時代,不尚專修",他推崇"專修"和"墨守",但若不用與其初衷相異的方法,則無法完成對《毛傳》的疏通。這説明,試圖通過對漢代經師的注釋進行"疏通"來理解詩篇整體的意思,這種方法有其局限性。

"考證"作爲清代考據學的學術方法,此前已有衆多學者作過詳細研究。戴震一派按照"字—詞—道"的順序,窮盡文字訓詁,解明由文字構成的詞句之意,認爲這樣就自然能够把握由詞句組成的經文整體意思①。但研究者們已經指出,在

---

① 例如,戴震在《與是仲命論學書》中説:"經之至者道也,所以明道者其詞也,所以成詞者字也。由字以通其詞,由詞以通其道,必有漸。"(《戴震文集》卷九,中華書局,1980年,第142頁)

實際的考證中,他們也同時使用了"道—詞—字"這樣的理論順序①。這就是説,首先瞭解經文想要表達的內容之精髓,然後由此入手,思考經文中的詞句,或構成詞句的文字的意思。那麼,作爲這一思考之起點的"經義",究竟是從哪兒產生的呢?就陳奐的《詩經》學而言,其把握詩篇大意的邏輯來自於歐陽修的《詩經》解釋學,後者對前者有重要的影響,本章的考察已經説明了這一點。

"人情説"是歐陽修詩學的主幹,它是將自己的常識和生活感受直接拿來解釋經文原意的一種理念,其成立的基礎是"古人與今人的生活感受和反應相同"這樣一種非常樂觀的非歷史主義思路。而清代考據學的學術理念則是,去除注釋者的主觀色彩,僅以語言所表達的內容爲研究對象,僅以能夠確定其正確性的內容爲證據,從而解明古代文獻的真正含義,其方法正與"人情説"相反。但儘管如此,標榜自己謹守清代考據學方法的陳奐,其《詩經》解釋却受到歐陽修《詩經》解釋思路的影響。這説明,若是不導入與清代考據學方法不同的、基於主觀的邏輯,則無法完成對《毛傳》的疏通。而且,在這個意義上,可以説陳奐的《詩經》研究也接續了與漢代《詩經》學的脉絡不同的宋代《詩經》學的脉絡。

清代考據學的精髓在於追求客觀,也就是對字義的嚴密考證,這一點從無可疑。然而其本質的學術屬性與其説是語言學的,不如説是文獻學的,其研究目的並非像字典一樣弄清一個個文字和詞句的意思,而是對於表現了人的思想與感情,

---

① 例如近藤光男《關於〈屈原賦注〉》(《〈屈原賦注〉について》,《清朝考證學研究》,研文出版,1987年)、濱口富士雄《清代考據學的解釋理念的展開》(《清代考據學における解釋理念の展開》,《對清代考據學的思想史研究》,國書刊行會,1993年)等。

抑或是記叙了人類社會事件與制度等内容的自成一體的文章,從整體上正確把握它的意思。由於必須對構成經典的一篇篇文章作出解釋,因此就不能不構建一種全局性地把握文章的方法。這一點,如果像他們所標榜的那樣,僅僅使用分析漢代學者訓詁的方法,恐怕是不可能達成的,至少就《詩經》學研究而言可以這麽説。僅借助《毛傳》無法完全把握詩篇的整體意思,而歐陽修爲了挣脱漢唐訓詁學的束縛構建了新的方法,可以説,陳奐爲了能把握詩篇整體的意思,就不得不援用歐陽修的方法。

六、補 充 説 明

上文考察了陳奐接受歐陽修的《詩經》解釋方法、形成自己的《詩經》研究的情況。然而必須注意的事,對陳奐而言,歐陽修的《詩經》學終歸只是他必須參考的衆多前人成果之一。而且陳奐對於歐陽修《詩經》研究的方法也並非是有體系地繼承,即使在某個方面運用了歐陽修的解釋方法,在其他方面抛開這一方法的情況也屢屢出現。在此可舉《小雅·青蠅》中對於比喻的解釋爲例:

營營青蠅,止於樊。
[傳]興也。營營,往來貌。樊,藩也。
[箋]興者,蠅之爲蟲,汙白使黑,汙黑使白。喻佞人變亂善惡也。言止于藩,欲外之,令遠物也。

《鄭箋》以蒼蠅"汙白使黑,汙黑使白"的習性比喻讒言能使善惡倒轉、導致混亂,而歐陽修批評這樣的解釋並不合理,理由有二:(一)蒼蠅雖能汙白使黑,却不能汙黑使白。(二)蒼蠅造成的污漬非常微小,用來比喻混淆善惡這樣危害嚴重的讒言是不合適的。

因此他的解釋是,用蒼蠅成群飛動、翅膀產生的噪音來比喻不斷絶的讒言①。

這裏的第一條很好地體現了他的《詩經》解釋的基本方法,即根據"不合人情""道理不通"的觀點來批判《毛傳》《鄭箋》的解釋。第二條很好地體現了他關於《詩經》的比喻所持有的觀點。第二條的方法如第二節中的(二)所考察的那樣,尤其曾被陳奐多次使用。

而對於這首詩,陳奐的意見是:

> 《箋》"蠅之爲蟲,汙白使黑,汙黑使白",《易林》《論衡》《初學記》並有"青蠅汙白"之語。《後漢書・楊震傳》"青蠅點素"同。苬在藩,《漢書》昌邑王賀夢青蠅之矢積西階東,可五六石。矢即汙也。此皆本三家詩,可以申明《毛詩》之興義也。

陳奐對歐陽修的意見完全沒有做出反應,而是接受了《鄭箋》"不近人情"的比喻解釋,將其作爲《毛傳》之説作的疏通。這與《正義》的疏通相同。他認爲《鄭箋》觀點正確的依據是,其他的先秦、漢代文獻中有同樣的記載。也就是説,他在此考慮的並非歐陽修那樣的觀點是否合理,或者換種説法,他並不以自己的常識性感覺能否接受來作爲判斷觀點的基準,而是根據這觀點在詩歌寫作的當時是否被普遍認可來判斷其是否正確。這種做法是將《詩經》這一古代文獻放在歷史脉絡中考

---

① 《詩本義》的原文如下:"然蠅之爲物,古今理無不同……今之青蠅所汙甚微。以黑點白,猶或有之,然其微細,不能變物之色。詩人惡讒言變亂善惡,其爲害大。必不引以爲喻。至於變黑爲白,則未嘗有之。乃知毛義不如鄭説也……蓋古人取其飛聲之衆,可以亂聽,猶今謂聚蚊成雷也。"

察,恰恰很好地反映了清代考據學本來的學術方法。在《召南·鵲巢》《豳風·破斧》和《小雅·鹿鳴》等詩篇中也可發現同樣的例子。由此可知,陳奐並未完全依賴歐陽修的比喻說及其支持理論"人情說"。

這其中所包含的深意,以下試從歐陽修和陳奐兩個方面稍作考察。

從歐陽修這邊來看,可以說,這顯示了他《詩經》解釋的基本方法"人情說"有其弱點和界限。"人情說"是這樣一種觀點,認爲人的常識和理性不隨時代而變,因此歐陽修相信以自己的常識和理性爲基礎來解釋《詩經》,就可以瞭解到《詩經》的真正意思。這是一種"以今釋古"的方法,內裏包含了"古人與今人在根本上一樣"的過分樂觀的思路,可以看出它對於歷史的推移和變化不甚敏感[①]。清代考據學者將事物的歷史性變遷當做基本認識,致力於對古代文獻的歷史性考據,他們大概難以認同歐陽修的這一方法吧。歐陽修的《詩經》解釋未被陳奐全盤採納,顯示了宋人與清人在學術觀念上的這種差異。

下面再從陳奐的角度來考察這個問題。陳奐爲了證明《鄭箋》的說法正確,列舉了其他古代文獻的例子。然而,僅列舉其他文獻的例子只能證明當時對詩有同樣的解釋,却無法證明那些解釋抓住了詩歌,也就是詩人的本意。歐陽修意見的主旨是認爲《鄭箋》的觀點沒有抓住詩的本意,而陳奐的考證未能對歐陽修的《鄭箋》批判做出嚴密回答。

這表明了陳奐《詩經》解釋的目的意識。他認爲《詩經》解

---

① "協韻說"曾是音韻學史上的一大話題,它是人們不顧音韻的歷史變化,以中古音來考慮上古文獻《詩經》《楚辭》的押韻問題,並爲使齟齬之處顯得合理而被發明出來的一個錯誤學說,却也曾興盛一時,這同樣是從沒有意識到歷史變化、認爲自己的常識普遍適用這樣過分樂觀的觀念中產生出來的吧。

釋就應當是爲《詩序》和《毛傳》作疏通的,並未打算爲了把握住詩歌的本意而超越《詩序》和《毛傳》。當然,他採用的前提是《詩序》和《毛傳》説明了詩的本意,而並未驗證這個前提是否正確,那麽這就僅僅是信仰而已。就本詩而言,他將與《毛傳》同時代的文獻中出現了同樣的説法作爲根據,由此認爲《鄭箋》正確理解了《毛傳》的解釋,而《毛傳》對《詩經》的解釋是否真的正確,則是他覺得根本無須驗證的。因此,歐陽修那種從合理性觀點出發檢驗學説正確與否的方法,在陳奐那裏無法看到。

如上文所述,歐陽修的"人情説"作爲解釋古典文獻的方法有其弱點,但若是以弄清《詩經》的本意爲解釋目的,則陳奐的考據並沒有提供超越歐陽修"人情説"之上的方法。諷刺的是,陳奐將其《詩經》解釋的目的限定於爲《毛傳》作疏通,雖然避免了歐陽修使用"人情説"而陷入的誤區,但歐陽修《詩經》學因追求詩之本義而擁有的廣闊視野,也被陳奐自己屏蔽了。本章討論的例子意外地呈現了二人在《詩經》解釋學的目的上所存在的差異。陳奐(或許也可説是清代考據派的《詩經》研究)最終未能找到代替歐陽修"人情説"來尋求詩之本義的方法。

七、結 論

如上所見,即便有其限度,但歐陽修《詩經》學對於陳奐《詩經》研究之影響的重要性是不容忽視的。在第一節中,筆者曾指出陳奐的《詩經》學中摻雜了兩種相互矛盾的研究方法:

其一,基於嚴密考證的字義解釋——目的在於運用極致的考據學方法以揭示《詩經》文本的原意。

其二，謹守《詩序》《毛傳》之說並加以疏通——目的在於揭示漢儒研究《詩經》的方法。

仿此將第六節的考察整理一下，則在疏通《詩序》和《毛傳》這一方面，還存有一個矛盾：

其一，爲了從《詩序》和《毛傳》的片段學說中導出對詩篇的整體解釋，援用歐陽修的方法來説明詩篇的意義結構。

其二，爲了維護《詩序》和《毛傳》的絕對權威，放棄以一以貫之的理論解釋《詩經》整體，而是將研究限定於對《詩序》和《毛傳》的疏通，放棄了對詩篇本意的探究。

這説明，陳奐的《詩經》學是由不同的學術方法、以複雜而多層次的方式綰合起來的。若是不能仔細地析解這一複雜結構體中的諸多要素，就無法把握他的學術的本質。因此，陳奐從歐陽修《詩經》學中學到了什麼，就成爲了一個重要問題。

在本書第三章中，筆者考察了《毛詩正義》與《詩本義》的關係，指出歐陽修爲了構築自己與前代《詩經》學不同的體系，意欲超越《毛詩正義》，但他實際上或隱或顯地受了《毛詩正義》非常大的影響。對於歐陽修的《詩經》學而言，《毛詩正義》既是必須打破的壁壘，也是提供給養的溫室。而本章又考察了《詩本義》與《詩毛氏傳疏》的關係，探討了陳奐想要構建一種新的學術，與歐陽修奠基的宋代《詩經》學的體系不同，但他實際上受到了《詩本義》很大的影響。

《毛詩正義》與《詩本義》的關係、《詩本義》與《詩毛氏傳疏》的關係，這二者是平行的，暗示了漢學與宋學、宋學與清代考據學之間關係的實貌。也就是説，宋學對於漢學、清代考據學對於宋學，後者都是對前者的反撥，是用與前者不同的理念與方法構築起來的，但實際上却不能將其間的關係看作單純的反撥，不可將它們完全分裂開來看待。這反撥的內部實則浸潤在密切的影響和繼承關係中，而正是這樣一面聯結一面反撥的能量，纔成爲了《詩經》學發展的推動力。

還有，從這樣的角度去看就能明白，自歐陽修以下，北宋學者們的思路對於後代《詩經》學有極大的影響，在這個意義上來說，考察北宋諸家是如何深入《詩經》學内部的，對於瞭解《詩經》解釋史的實貌是不可或缺的工作。

再有，第二節曾舉例説明，陳奐有時並未直接引用歐陽修的著作(不如説他是想要把包括歐陽修在内的宋代《詩經》學從自己的《詩經》研究中排斥出去)，而是通過繼承清代考據學前輩們的成果而間接吸取了歐陽修的思路。也就是説，可以想象到陳奐以外的清代考據學者們也已經接受了歐陽修的影響。從這一點來考慮，則本章所考察的問題並不僅限於歐陽修與陳奐的個人關係，而是關涉到清代考據派《詩經》學的形成過程。對於清代考據派《詩經》研究而言，可以説歐陽修的《詩經》學具有先驅的意義吧。

更進一步來說，我們必須充分意識到，清代《詩經》學受到宋代《詩經》學的洗禮，用浸染了宋代《詩經》學色彩的思路重新構築了漢學。也就是說，只從"對漢代《詩經》學的復古"這一面來認識清代考據派《詩經》研究並不充分，當我們關注是何種理論支撐了他們的考據時，就必須認真考察從前認爲彼此無關的各個時代及學者們的研究所起到的作用。本章雖集中討論歐陽修與陳奐的關係，但不用説這只是其中的一個例子。可以想見，其他的宋代《詩經》學者們也對清代考據學有種種影響。要弄清宋代《詩經》學的意義以及清代考據派《詩經》學的特徵，就需要對這一個個例子分別進行考察。而且通過這些研究可以提供相關材料，用於考察以前往往被分別考慮的各時代《詩經》學之間有怎樣相互的有機關係,進而也能够重新看待歷代《詩經》學的發展。筆者認爲,本章的討論可作爲開啓以上研究的一塊鋪路之石。

各章最初發表目錄

緒言　從下列論文中節取並改寫

第一章　イナゴはどうして嫉妬しないのか？——詩經解釋
　　　　學史點描——
　　　　慶應義塾大學日吉紀要《言語・文化・コミュニケーション》第 35 號　2005 年 9 月 30 日

第二章　《詩經》の注釋を讀み比べる
　　　　平成二二年度極東證券寄付講座　文獻學の世界
　　　　《注釋書の古今東西》、慶應義塾大學文學部　2011 年 11 月 30 日

第三章　歐陽修《詩本義》の搖籃としての《毛詩正義》
　　　　宋代詩文研究會《橄欖》第 9 號　2000 年 12 月 1 日

第四章　《詩本義》に見られる歐陽修の比喩說——傳箋正義
　　　　との比較という視座で——
　　　　慶應義塾大學文學部《藝文研究》第 83 號　2004 年 12 月 1 日

第五章　詩の構造的理解と「詩人の視點」——王安石《詩經新義》の解釋理念と方法——
　　　　宋代詩文研究會《橄欖》第12號　2004年9月15日

第六章　穩やかさの内實——北宋詩經學史における蘇轍《詩集傳》の位置　その一　歐陽修《詩本義》との關係——
　　　　宋代詩文研究會《橄欖》第14號　2007年3月1日

第七章　穩やかさの内實——北宋詩經學史における蘇轍《詩集傳》の位置　その二　王安石《詩經新義》との關係——
　　　　《慶應義塾大學商學部創立五十周年紀念日吉論文集》　2007年9月29日

第八章　穩やかさの内實——北宋詩經學史における蘇轍《詩集傳》の位置　三　小序および漢唐詩經學に對する認識——
　　　　慶應義塾大學日吉紀要《言語・文化・コミュニケーション》第39號　2007年12月20日

第九章　穩やかさの内實——北宋詩經學史における蘇轍《詩集傳》の位置　三　小序および漢唐詩經學に對する認識——補訂
　　　　慶應義塾大學日吉紀要《中國研究》創刊號　2008年3月31日

第十章　深讀みの手法——程頤の詩經解釋の志向性とその宋代詩經學史における位置——
慶應義塾大學日吉紀要《中國研究》第 4 號　2011 年 3 月 31 日

第十一章　それは本當にあったことか？——詩經解釋學史における歷史主義的解釋の諸相——
慶應義塾大學日吉紀要《中國研究》第 2 號　2009 年 3 月 31 日

第十二章　一般論として……——歷史主義的解釋からの脱却にかかわる方法的概念について——
慶應義塾大學日吉紀要《言語・文化・コミュニケーション》第 40 號　2008 年 12 月 20 日

第十三章　いかにして詩を作り事と捉えるか？——《毛詩正義》に見られる假構認識と宋代におけるその發展——
宋代詩文研究會《橄欖》第 16 號　2009 年 3 月 31 日

第十四章　詩を道德の鑑とする者——陳古刺今説と淫詩説から見た歐陽修と朱熹の詩經學の關係——
宋代詩文研究會《橄欖》第 17 號　2010 年 3 月 1 日

第十五章　詩人のまなざし、詩人へのまなざし——《詩經》

における詩中の語り手と作者との關係についての認識の變化——
慶應義塾大學日吉紀要《中國研究》第 5 號　2012 年 3 月 31 日

第十六章　國を捨て新天地をめざすのは不義か？——詩經解釋に込められた國家への歸屬意識の變遷——
《表象文化に關する融合研究》(平成十二年度～平成十六年度私立大學學術研究高度化推進事業[學術フロンティア推進事業]研究成果報告書、第四卷「融合研究」)　2005 年 3 月

第十七章　詩によって過去の君主を刺ることは許されるか？——《毛詩正義》追刺説の考察——
慶應義塾大學日吉紀要《言語・文化・コミュニケーション》第 41 號　2009 年 12 月 18 日

第十八章　なぜ過去の君主を刺った詩と解釋してはいけないか？——宋代の學者の追刺説批判——
慶應義塾大學日吉紀要《中國研究》第 3 號　2010 年 3 月 31 日

第十九章　訓詁を綴るもの——陳奐《詩毛氏傳疏》に見られる歐陽修《詩本義》の影響——
宋代詩文研究會《橄欖》第 13 號　2005 年 12 月 1 日

後　　記

　　從某種意義上來説，本書所收錄的論文是我在迂迴繞遠的路途中擷取的果實。我最初涉足宋代《詩經》學，是由於對孔穎達等的《毛詩正義》、歐陽修《詩本義》以及陳奐《詩毛氏傳疏》三者之間的學術關係懷有興趣，這段研究的成果現在歸結於本書的第三章和第十九章。此前我的研究對象是清代考據學的《詩經》學，我的論文討論從戴震到其後繼者（段玉裁、王念孫與王引之父子、陳奐）的學術變遷。在這個過程中，我發現要弄清清代《詩經》學的實際面貌，就必須重新考察它與唐、宋《詩經》學之間的關係，而這一點一直未獲得足夠的重視。於是我首先開始考察陳奐與歐陽修以及《正義》之間的關係。最初我並未打算深入到宋代《詩經》學的領域中來，然而不久就迅速地爲北宋的《詩經》學者們而心折，他們用開闊的視野和清新的感覺構建自己時代的《詩經》學，每個人都個性十足。我從此跟他們打了近十五年的交道。他們並不畏怯涉及經學、文學兩個領域的諸多複雜的根本性問題，用他們的《詩經》注釋來探究事物的本質、解開謎團，這些注釋洋溢著活躍的思考與治學的喜悦，時常鼓舞著我。

　　説到"繞遠"一事，本書第四部討論的主題——道德觀的變化和政治、社會狀況的變化對《詩經》學的影響——也並不屬於本來的研究計劃，而像是偶然的恩賜。在我任職的慶應義塾大學日吉校區,跨學科、跨專業的院系合作研究活動頻繁,這些活動主要圍繞外語和綜合基礎教育課程等展開。有一次,校區舉辦了一場大型研究活動,其中的一個環節是名爲"民族形象與載體"的合作研究,他們邀請我從中國學的角度參與討論。當時我不太確定地回答説:我對於中國現代史全不熟悉,能做的只有從《詩經》學史研究的角度出發,考察注釋中所呈現的、人們對於國家之歸屬意識的變遷而已。對方却説:這就挺好的,就這麼辦吧。於是我參加了這次研究。此前我並未打算結合政治、社會等外部狀況來考察《詩經》學史,這一次稍微仔細地審視了一下這個問題,就發現對當時的學者來説,學術動機與個人對社會的認識緊密關聯,不能斷然割裂開來。這次研究拓展了我的思考範圍,到如今我還對這份僥倖的收穫感到由衷的喜悦。

我這樣一個容易局囿於狹隘個人見解的人,本因天性怠惰而隨心所欲,却幸運地獲得種種偶然機遇,因緣巧合,使研究超出了最初的設想。並且,由於我的隨心所欲,我曾長期不能確定自己的研究對象,對於這樣一個心思不定的學生,我的指導老師佐藤一郎先生以及慶應義塾大學文學部中國文學專業的各位老師,一直非常耐心而溫暖地給予支持。經過漫長的遊歷,我的研究終於結集成了這樣一冊關於宋代《詩經》學的論文集,儘管它尚不完善,但我也希望以此向老師表達衷心的感謝。

由於天性疏懶,勤學不足,因此我在本書中使用的方法非常單純,可以歸納爲兩點。這兩點都來自我的兩位恩師的教導。第一點是:"切入點要小"。這是我在慶應義塾大學文學研究科中國文學專業攻讀碩士學位時,金文京老師教給我的。當時我撰寫碩士論文(並非是關於《詩經》學的),頗經一番惡戰苦鬥後,好歹算是寫成了,題目很大,內容却很空疏,金先生讀後,給了這樣的評論:"研究的切入點不收小,就得不到成果。"從那以後,這句話就成爲我做研究的基本原則。本書中的論考也都力圖指向具體的問題,儘可能地深入探尋。

第二點是:"通過比較來考察"。這是當時任職於慶應義塾大學附屬研究所斯道文庫的大沼晴暉先生教我的。我在博士生階段曾修過先生的課,那門課是爲了訓練學生正確記述漢籍書志而開設的,大沼先生教我們不要在只看到一本書時就著急下結論,一定要比較儘可能多的版本。乍看是同一版本的書籍,如果全部比對下來就能發現其中的差異,明白它們各自的形成過程;再者説,即便是同一版本,每本書在傳播過程中也獲得了彼此不同的特徵,保留在其書籍形態上,由此可知書籍的文化史意義。仔細追究細微差異,從中獲得的發現却指向了大問題,這樣的驚奇我曾在大沼先生的課上多次體會。儘管我最終沒有將書志學當做專業,但這門課教給我的"通過比較來考察"却經常成爲我的核心研究方法。本書也努力避免將《詩經》的注釋書籍和經説等單獨考察,而一定要通過與他者的比較來研究分析。

這樣,我總結編出了一個自己的研究方法,可以用"穿鑿比較法"來命名,但我心下不能確定這是否符合兩位先生的意思。或許金先生是因爲可憐我只會寫空泛無針對性的碩士論文,所以纔爲權宜計,將"切入點要小"作爲必要的原則教給我呢。先生的研究常常是大開大闔,視野極其宏大、思想生動敏鋭,拜讀這樣的雄文時,我不禁有上面的猜測。而大沼先生的研究不離實物,且對研究對象的比較驗證很徹底,那麼也有可能先生會認爲我的所謂"比較"只是不能脚踏實地的空理論吧?這樣説來,恐怕我使用的方法就是誤會了兩位先生的教導而形成的自以爲是之法了。不過,假如可以容我辯解的話,我也想向兩位先生表明:通常所説的"解釋"伴隨著誤解和曲解,並且這些誤解和曲解絕非無價值,它們多次成爲推動歷史前進的原動力,這是我在《詩經》學史研究中深刻體會到的原理。就此而言,或許我的誤解也是一種有其存在價值的見解。總之,問題的關鍵在於我的誤解是否真的具有某種創造性。這本書可以作爲一份遲來的期末考試答卷,呈給我曾有幸獲得指導的兩位先生。

　　金文京先生還有一番教導,也記在我心頭。某次在酒席上,先生斷言道:"學術論文各有其壽命,不能期待自己的論文永遠有價值(因是酒席上的談話,所以我只記得大意)。"當時聽來頗覺不是滋味,現在却知道這是真理,能坦然地接受了。在現在的中國,無論是學界前輩還是年輕學者,大家都致力於獲取《詩經》學研究的新成果,在這種情况下,我已意識到自己的論文大概也會迅速地失去其存在價值。作爲論文的創造者,我希望它們在其生命力消失前,至少能夠對《詩經》學史的研究有一點貢獻。將我的論文譯成中文並匯集成册,使它們在失去生命前有望幸運地再生,有機會在《詩經》學的發源地討論其存在和消逝的意義,這於我是意外之喜。我非常感謝給予我這種幸運的本叢書主編、復旦大學的王水照教授,及其高足朱剛教授,還有上海古籍出版社。我也要感謝早稻田大學的内山精也教授,他主持了日本的宋詩研究班和宋代詩文研究會,爲我提供了中國文學研究的交流研討機會,並且推薦我的作品成爲《日本宋學研究六人集》第二輯的一種。我還必須感謝復旦大學中文系古代文學專業的博士生李棟女士的付出,她將我冗長複雜(我的"穿鑿比較法"帶來的不可避免的缺點)的論文翻譯成明晰的中文。爲了完成本書的翻譯,她犧牲了自己寶貴的研究時間，對此我很不好意思；但同時我也感到，我們圍繞本書翻譯的多次郵件往來、反復探討，將長久地在我的研究生涯的這一頁留下明亮的印記。

2015 年 5 月 20 日

種村和史